L'ÎLE AUX PAPILLONS

De la même autrice, aux éditions Charleston

Le Jardin au clair de lune, 2016

Titre original : *Die Schmetterlingsinsel*

Édition française publiée par :

10, place des Cinq-Martyrs-du-Lycée-Buffon
75015 Paris - France
www.editionscharleston.fr

ISBN : 978-2-36812-733-9

Traduit de l'allemand par Odile Brandt
Maquette : Patrick Leleux PAO

Charleston s'engage pour une fabrication écoresponsable ! Amoureux des livres, nous sommes soucieux de l'impact de notre passion et choisissons nos imprimeurs avec la plus grande attention pour que nos ouvrages soient imprimés sur du papier issu de forêts gérées durablement.

Corina Bomann

L'ÎLE AUX PAPILLONS

Roman

Traduit de l'allemand
par Odile Brandt

CHARLESTON
POCHE

15 février 1888

Ma très chère Grace,

Je ne sais pas si tu m'as pardonnée entre-temps. Je suppose que ce n'est pas le cas mais je ne peux m'empêcher de t'écrire.
Je t'imagine assise à la fenêtre de ta chambre, le regard perdu dans les brumes du parc, encore révoltée par la manière dont tout cela est arrivé. À juste titre. Et je ne peux dire qu'une seule chose : je regrette du fond du cœur.
Ici, les choses ont bien changé depuis que tu es partie. Tu me manques tellement ! Et je crois que tu manques aussi à papa, même si jamais il ne l'avouerait. Il disparaît des heures dans son bureau et n'est là pour personne. Maman a peur qu'il se laisse aller. (Tu sais comme elle exagère.) Elle s'est mis en tête d'organiser

une fête et s'agite beaucoup. Elle dit que c'est pour remonter le moral de papa mais, en fait, elle veut juste savoir dans quelle mesure le scandale a eu des répercussions.

Si tu n'as pas jeté cette lettre au feu dès sa réception, je suppose que tu souris tristement en découvrant ces lignes. J'espère de tout cœur que tu me donneras une chance, car j'ai une nouvelle qui va peut-être te redonner de l'espoir.

Peu après ton départ, il a surgi à ma fenêtre. Il m'a expliqué qu'il n'allait pas tarder à te rejoindre. Il m'a laissé en gage quelque chose que je dois garder pour toi, puisqu'il n'a plus d'adresse fixe. Il va sûrement venir te libérer de ces vieilles murailles, comme dans les contes de fées, et vous trouverez enfin votre bonheur.

Ma très chère sœur, je te promets d'être toujours là pour toi et pour les tiens, quoi qu'il arrive. Ma porte sera grande ouverte si un jour vous êtes dans le besoin. Je vous le dois bien.

Avec tout mon amour

Victoria

Prologue

Tremayne House, 1945

Octobre. Il pleuvait quand la jeune femme arriva devant la vieille demeure patricienne. Le brouillard qui nimbait le parc ajoutait au spectacle désolant du saule pleureur dégoulinant de tristesse. Des feuilles mortes jonchaient les sentiers autrefois si soignés et parsemaient le gazon qui n'avait pas été tondu depuis une éternité.

Ignorant le reflet de son visage amaigri, l'étrangère scrutait l'intérieur de la maison à travers la vitre de la porte d'entrée. Elle semblait tendue. C'était la deuxième fois qu'elle sonnait sans succès, alors qu'elle entendait distinctement les allées et venues des habitants de la maison. Manifestement, l'activité fébrile qui régnait derrière cette porte les empêchait de venir l'ouvrir.

Après avoir pressé une troisième fois la sonnette en vain, elle décida de repartir et tournait les talons quand elle entendit des pas. Une femme de chambre dont le prénom était épinglé sur la poitrine vint ouvrir : Linda. Cette dernière dévisagea la nouvelle venue d'un air sévère. Elle ressemblait à toutes ces femmes que la guerre avait précipitées dans la misère, les cheveux noirs mal coiffés, la peau très blanche. La faim et les privations avaient souligné son regard d'une ombre bleue. Ses souliers trop grands bâillaient sur les côtés. Sous des vêtements sales et un vieil imperméable troué, on distinguait un petit ventre.

« Désolée, nous n'avons plus de place », marmonna-t-elle froidement.

Mais la pâle silhouette lui tendit une enveloppe froissée et souillée. « Donnez ceci à votre maîtresse, s'il vous plaît. » À la façon dont elle hachait ses mots, on sentait bien qu'elle n'était pas habituée à parler anglais. La détermination avec laquelle elle s'exprimait laissait pourtant entendre qu'elle n'envisageait pas de passer le restant de ses jours à la rue. Linda examina cette femme d'allure étrange qui ne semblait pas disposée à partir et soutenait son regard avec insistance, et finit par saisir l'enveloppe. « Un instant, s'il vous plaît. »

L'instant se prolongeait mais la jeune femme resta postée devant la porte, comme pétrifiée. Elle ne se balança pas d'une jambe sur l'autre, ne s'assit pas, bien que la petite balustrade en pierre qui précédait la porte s'y prêtât. Elle se contenta de caresser doucement son ventre qui abritait le plus précieux des trésors. Cet enfant qui s'épanouissait en elle valait bien toutes les fatigues et toutes les humiliations.

Au lieu de la servante, deux femmes apparurent enfin. La première, aux cheveux d'un blond foncé, devait compter une cinquantaine d'années. Plutôt rousse, la seconde semblait avoir son âge. Si la guerre ne les avait pas épargnées non plus, elles semblaient aller bien, à en juger d'après leur teint frais et leurs joues rebondies.

« Vous êtes Beatrice ? Beatrice Jungblut ? »

La jeune femme acquiesça.

« Oui, je suis la fille d'Helena. Vous êtes la famille Stanwick, n'est-ce pas ?

— Oui, je m'appelle Deidre Stanwick. Voici ma fille Emmely Woodhouse », dit la plus âgée des deux en désignant la plus jeune qui lui ressemblait à s'y méprendre.

Beatrice esquissa un petit signe de tête gêné. Elle sentait bien qu'elle n'était pas la bienvenue, mais elle n'avait pas d'autre choix. Sa vie lui importait peu. La mort, elle l'avait frôlée tant de fois qu'elle avait fini par l'apprivoiser. Ce qui comptait, c'était que son enfant voie le jour et qu'il puisse goûter la paix qui régnait depuis quelques mois.

Après qu'elles se furent regardées un instant, la plus âgée demanda : « Où est Helena ?

— Elle a succombé lors d'une offensive aérienne, tout comme mon mari, répondit la jeune femme.

— Et toi ? demanda Emmely visiblement troublée.

— J'ai pu me cacher. » Instinctivement, elle posa les mains sur son ventre. « Ma mère m'avait dit que je pourrais m'adresser à vous s'il lui arrivait malheur. »

Les deux femmes se regardèrent encore, puis Deidre lui demanda : « As-tu des papiers qui prouvent ton identité ? »

Beatrice secoua la tête. « Ils ont brûlé pendant les bombardements aériens. »

C'est fichu, pensa-t-elle. *Elles vont me renvoyer. Pourquoi devraient-elles me faire confiance, après tout ? Cela n'a pas de sens, elles ont sans doute oublié depuis belle lurette la promesse faite dans la lettre.*

« Eh bien, entre, nous discuterons mieux à l'intérieur. »

L'odeur de phénol et de mort agressa la jeune femme lorsqu'elle les suivit dans le long couloir. On devinait des blessures purulentes qui ne pouvaient être soignées ici faute de désinfectant et de médicaments.

« Cela fait trois ans que nous faisons office d'hôpital militaire, expliqua Emmely pour briser le silence qui l'embarrassait manifestement. Les pièces sont pleines à craquer. Il ne faut pas en vouloir à Linda d'avoir voulu te renvoyer. En ce moment, nous sommes littéralement envahis par les soldats qui rentrent de la guerre et, aussi, par des gens qui ont faim. »

Gênée, Beatrice baissa les yeux sur ses souliers crottés. « Je suis désolée.

— On se débrouille comme on peut, dit gentiment Emmely en passant le bras autour des épaules de Beatrice. Tu es la bienvenue. »

Ces mots lui donnèrent le vertige. Existait-il vraiment un endroit où son enfant et elle pouvaient être les bienvenus, alors que ce qu'elle avait jusque-là appelé sa patrie avait été mis à feu et à sang ?

Bien que la cuisine fût très vaste, la place manquait. Elle était envahie par des caisses, des armoires et autres meubles. Des chaises s'empilaient dans les recoins où il n'y avait pas trop de passage. Seul un petit espace, au milieu de la pièce, avait été épargné pour la cuisinière, une table et quatre chaises…

« Ce n'est pas terrible, mais on s'y fait, soupira Deidre en allant chercher trois tasses. Autrefois, j'avais des domestiques, mais la guerre ne vous prive pas seulement de liberté mais également de tous vos privilèges. Maintenant, nous partageons nos repas avec le personnel qui ne travaille même plus pour nous, d'ailleurs. »

Beatrice se souvint vaguement que sa famille avait aussi une domestique, à l'époque. Le malheur avait si efficacement remplacé l'image de la maison où elle avait grandi, de sa chambre et des belles robes qu'elle avait portées qu'elle ne se rappelait plus sa vie avant la folie meurtrière. Un seul souvenir était resté intact et l'avait aidée à tenir le coup.

« Qui est cette femme qui m'a ouvert la porte ? demanda-t-elle en s'asseyant lentement sur la chaise qu'on lui tendait.

— Linda est ma femme de chambre. Son uniforme est symbolique car nous avons davantage besoin d'elle à l'hôpital. Ma fille et moi aidons aussi du mieux que nous pouvons. » Le regard de Deidre se posa sur son ventre.

« Je pourrais vous aider, moi aussi, proposa Beatrice, mais sa tante secoua la tête.

— À la cuisine peut-être, mais certainement pas auprès des malades. Avec tous les germes qui traînent, tu courrais le risque de perdre ton enfant. »

Le ton cinglant avec lequel Deidre avait asséné ces paroles glaça Beatrice, réveillant aussitôt les doutes qu'elle avait ressentis en arrivant. *Ce n'est pas parce qu'elles t'ont invitée à boire le thé dans ce bric-à-brac qu'elles sont prêtes à t'aider, se tança-t-elle.*

Deidre voulut reprendre la parole, mais le sifflement strident de la bouilloire l'interrompit. Elle se leva pour préparer le thé. Son parfum épicé eut un effet apaisant sur Beatrice. Depuis toujours, elle adorait l'arôme du thé et, dans le camp de réfugiés où elle avait séjourné après avoir passé l'Oder, il lui avait rappelé son pays. L'espace d'un instant, elle s'était retrouvée dans sa maison, dans la roseraie de sa grand-mère Grace, dans la petite serre où celle-ci s'évertuait à faire pousser des fleurs exotiques. Beatrice l'y avait souvent surprise en train d'observer des fleurs de frangipanier en serrant entre ses mains un bout de papier. Sa mère avait toujours affirmé qu'il s'agissait d'un horoscope.

« Un très mauvais Assam, mais nous n'avons malheureusement rien d'autre », dit Deidre en la ramenant à la réalité. Le colorant du thé faisait ressortir les fêlures du vernis, dessinant tout un réseau de veines sombres à l'intérieur de la tasse.

Assam, Darjeeling, Ceylan… Soudain, l'image des boîtes de thé soigneusement alignées dans la cuisine de sa grand-mère lui revint. Elle avait tant aimé dessiner les lettres sur des étiquettes qu'elle avait ensuite décorées de feuilles de thé et de fleurs stylisées. Elles avaient sans doute connu le même sort que la maison du capitaine sur la mer Baltique, le jardin et la serre, tous réduits en un tas de gravats.

Le silence se fit tandis que les trois femmes sirotaient leur thé, chacune perdue dans ses pensées. Le regard de Deidre se perdait au loin comme si elle cherchait quelque chose, Emmely observait Beatrice, et cette dernière feignait de ne pas s'en apercevoir, tandis que le visage de sa grand-mère se dessinait devant elle.

Comme c'est étrange que je me souvienne d'elle, tout d'un coup, et pas de ma mère ! pensa-t-elle tout en se laissant aller à détailler ses traits fins, et à caresser du regard sa chevelure rousse trahissant ses origines écossaises. Sa peau blanche était parsemée de taches de rousseur. Petite, comme elle avait envié cette grand-mère lumineuse ! Sa mère Helena et elle-même étaient aux antipodes, très brunes, la tête ornée d'épaisses boucles noires et des yeux au dessin étrange. Un héritage de la famille de son mari, affirmait sa grand-mère. Malheureusement, son capitaine de grand-père était mort avant sa naissance.

« En tout cas, ce soir tu restes ici, décida Deidre lorsqu'elle revint à la réalité. Tu te mettras dans la chambre d'Emmely et elle dormira avec moi.

— Mais..., protesta Emmely, qui aurait manifestement préféré partager sa chambre avec la nouvelle venue.

— Ne discute pas, notre hôte aura sa chambre à elle. » Le regard intransigeant de Deidre mit fin à la discussion. « Montre ta chambre à Beatrice et aide-la à s'installer. Moi, je retourne auprès des malades. »

Sur ce, elle se leva et sortit d'un pas décidé. Les deux jeunes femmes se regardèrent timidement.

« Je suis désolée d'apprendre ce qui est arrivé à ta mère et à ton mari, finit par dire Emmely en posant la main sur les doigts sales de la jeune femme. C'est difficile de perdre ceux qu'on aime.

— Tu as perdu quelqu'un pendant la guerre, toi aussi ? », demanda Beatrice à Emmely dont la mine rose et satisfaite ne trahissait rien. À cette question, cependant, son sourire se figea.

« Oui, j'ai perdu quelqu'un, répondit-elle en fixant le fond de sa tasse. J'ai perdu mon enfant.

— Il est mort sous les bombardements ? »

Beatrice savait que Londres avait été touchée.

Emmely secoua la tête. « J'ai fait une fausse couche au cinquième mois. Mon mari venait juste de partir au front. Je ne sais même pas s'il vit encore. Il doit croire que notre enfant sait déjà marcher. »

Cette femme m'apporte du réconfort alors qu'elle porte une croix aussi lourde que la mienne, se dit Beatrice.

« Enfin, nous en reparlerons une autre fois. » Elle se leva et chassa ses souvenirs d'un sourire amer. « Viens, je te montre la chambre. Elle est très belle, et bien assez grande pour deux, mais puisque ma mère veut m'écouter ronfler… »

Emmely conduisit Beatrice à travers un labyrinthe de couloirs. Elles dépassèrent l'ancien salon de réception envahi de lits et de matelas posés à même le parquet et s'engagèrent dans l'escalier. À l'étage, les couloirs étaient tout aussi envahis de meubles et de caisses. On avait dû vider les chambres pour faire de la place. En effleurant une caisse par inadvertance, Beatrice entendit un bruit de verre ou de cristal. Tout comme les êtres humains, ce petit univers emballé semblait attendre le retour de la paix.

« Nous y sommes ! » Emmely ouvrit une grande porte à deux battants. La chambre qui se trouvait derrière était chauffée. Les motifs à fleurs du papier peint étaient défraîchis, mais la pièce n'avait rien perdu de sa magnificence. Sous les grandes fenêtres aux rideaux légèrement jaunis, des tableaux retournés avaient été adossés au mur. Leurs cadres brillaient comme de l'or.

C'est le lit qui impressionna le plus Beatrice. Elle n'en avait jamais vu un d'aussi imposant. Il était tellement large qu'il occupait presque toute la pièce. Les vêtements qu'Emmely portait sans doute le plus souvent pendaient sur le dossier de deux chaises. D'autres affaires s'entassaient dans la penderie dont les portes étaient légèrement entrouvertes.

« Si tu veux, je t'offre une robe, proposa Emmely. On ne pourra jamais raccommoder ce que tu portes là.

— Merci, je…

— Viens là ! » Emmely s'approcha de l'une des commodes et l'ouvrit. Elle regorgeait de vêtements – lingerie, chemisiers, jupes, pull-overs, écharpes. « Qu'est-ce qui te ferait plaisir ?

— Je…

— Allez, ne sois pas timide !

— Mais, je ne sais même pas si je peux rester ici. Ta mère…

— Ah ! maman va céder, je te le promets ! » Elle attrapa une blouse rose pâle avec un col marin et de fines broderies.

« Je crois que celle-ci t'ira mieux qu'à moi. Je ne sais même pas pourquoi je l'ai choisie. Tu as vu la couleur de mes cheveux ? Le roux et le rose, ça jure, non ? »

Sans laisser à Beatrice le temps de se défendre, Emmely brandit le vêtement devant sa poitrine. « Je le savais bien ! Cette couleur va beaucoup mieux avec tes cheveux foncés et ta peau dorée.

— Mais mon ventre ! objecta Beatrice. Je ne pourrai plus la mettre dans quelques semaines.

— D'ici là, je t'aurai tricoté un pull-over ! En plus, tu es bien plus fine que moi. Regarde, j'ai l'air d'un éléphant à côté de toi, non ? »

Les deux jeunes femmes se regardèrent un instant, puis elles éclatèrent de rire.

Emmely ne quitta pas la pièce avant d'avoir choisi une jupe, un chandail, des sous-vêtements et des bas pour Beatrice. « Je vais aussi te trouver de nouvelles chaussures. Nous sommes justement en train d'organiser une collecte de vêtements et de souliers. Si je vois une paire qui pourrait t'aller, je la mettrai de côté pour toi. »

Abasourdie par tant de gentillesse, Beatrice se laissa tomber sur le lit. Le matelas moelleux s'enfonça sous elle. Les draps sentaient bon la lavande. Elle s'étira et s'autorisa pour la première fois à penser qu'elle était en sécurité. Peu importait si elle ne savait pas combien de temps elle pourrait rester.

Avant même le retour d'Emmely, partie chercher de l'eau, les yeux de Beatrice se fermèrent. Elle ne l'entendit même pas revenir.

Au beau milieu de la nuit, elle fut brutalement tirée de son sommeil par un horrible cauchemar. Elle ne cessait de revivre en rêve la scène où elle avait été séparée de sa mère et de son mari. La foule avait failli l'écraser, mais des mains étrangères l'avaient relevée et attirée dans un buisson tandis que les avions rasaient la terre en hurlant. Impuissante, elle avait vu des obus s'abattre sur le convoi de réfugiés où se tenaient sa mère et son mari, qui n'avait pas été mobilisé à cause de son asthme. Tous deux avaient disparu au milieu de dizaines de cadavres.

Convaincue de se trouver encore dans le camp de réfugiés américain, elle se redressa, mais sentit aussitôt la chaleur douillette provenant des cendres rougeoyantes, dans la cheminée. Tout était calme derrière les hautes fenêtres. Une lune à peine entamée perçait timidement le rideau de nuages annonciateurs de brouillard et de pluie.

Elle entendit des pas légers dans le couloir. Une porte claqua. Peu après, elle perçut des voix étouffées à travers le mur. Elle ne distinguait aucun mot et l'inquiétude la poussa à s'approcher du mur et à y coller son oreille. Le papier peint délavé dégageait une odeur étrange…

« Comment savoir si c'est bien elle ? Elle aurait tout aussi bien pu trouver la lettre par terre. » Deidre avait l'air furieuse. Avait-elle changé d'avis ? Où pourrait-elle se réfugier, si c'était le cas ? Elle ne connaissait personne en Angleterre.

« Je ne crois pas qu'elle ait trouvé la lettre, insista Emmely, visiblement déterminée à la défendre. L'enveloppe ne contenait pas d'argent. Crois-tu qu'une vagabonde s'y serait intéressée ?

— Cette lettre tient quand même lieu de mot de passe pour obtenir de l'aide.

— Oui, mais à condition de connaître la personne en question, tout de même ! rétorqua Emmely, entêtée. Tu as vu ses cheveux ? Et son visage ?

— Oh ! beaucoup de filles ont les cheveux noirs ! Elle a très bien pu tirer profit de la coïncidence, d'ailleurs.

— Mère ! lâcha Emmely sur le ton du reproche. Tu ne l'as pas bien regardée ? Cela saute aux yeux. Elle a beau n'être que la petite-fille, cela se voit tout de suite. »

Qu'est-ce qui se voit ? se demanda Beatrice, ignorant la soif qui collait sa langue à son palais. Tout à coup, son cœur se mit à battre comme si elle avait de la fièvre, recouvrant presque le murmure des voix. Elle réalisa soudain que les deux femmes savaient à son sujet quelque chose qu'elle-même ignorait. Qu'est-ce que cela pouvait bien être ?

Il y eut un long silence avant que Deidre ne reprenne la parole : « Tu sais bien que nous sommes rationnés.

— Tu sais ce que disait toujours grand-maman Victoria, rétorqua Emmely.

— Oui, que... » Quelque chose sembla se coincer dans sa gorge, quelque chose qui ne demandait qu'à sortir mais qui n'en avait pas le droit. « Ce ne sont que des bêtises !

— Peu importe. Tu lui as promis sur son lit de mort que tu suivrais ses instructions et que tu aiderais les descendants de Grace s'ils étaient dans le besoin, rétorqua tranquillement Emmely.

— Qu'est-ce qui m'a pris de faire cette promesse... » lança amèrement Deidre avant de se taire. Ses pas retentirent dans la chambre. « Eh bien d'accord, qu'elle reste jusqu'à ce que l'enfant soit là. Après, nous verrons. C'est déjà bien suffisant si nous trouvons un logement sûr pour elle et son enfant. Ils ne peuvent pas rester au milieu de ce chaos.

— Mais un jour, ce sera la fin du chaos… »

Manifestement, Deidre avait alors esquissé un geste pour faire taire sa fille.

M'ont-elles entendue ? se demanda Beatrice inquiète. Non, c'était impossible. Elle respirait tout doucement et était collée au mur comme une statue que le vent aurait renversée.

« On l'héberge jusqu'à l'accouchement et après, on verra. Comme tu as pu t'en rendre compte, tous nos plans ont été anéantis. Raison de plus pour éviter d'en faire de nouveaux dans la situation présente. »

Le silence se fit d'un coup. Apparemment, les deux femmes s'étaient couchées sans se donner la peine d'articuler un bonsoir qui aurait peut-être dissipé leur désaccord.

Alors que la tension se relâchait, Beatrice ressentit une vive brûlure à la gorge. *De l'eau. Il me faut absolument un peu d'eau.*

Elle se détacha du mur en serrant les dents. Cette mauvaise posture lui avait attiré un mal de dos terrible. Ses chevilles, gonflées en permanence depuis un mois, étaient douloureuses. Si elle n'avait pas eu une telle soif, elle se serait aussitôt recouchée en espérant retrouver bientôt le sommeil. Mais comment trouver le repos quand elle avait si soif ?

Dans le couloir, elle toucha le mur en tâtonnant jusqu'à l'interrupteur, mais la lumière ne s'alluma pas. Y avait-il une panne de courant, ou l'électricité était-elle rationnée ? Beatrice se rappela que chez elle, dans la cuisine, une boîte à fusibles permettait de couper le courant quand c'était nécessaire.

La lumière blafarde de la lune l'aida à s'orienter. Elle longea le couloir, descendit l'escalier, tourna à droite avant d'ouvrir la seconde porte. Guidée par l'odeur du thé, elle emprunta alors un nouveau couloir.

Les marches grincèrent sous ses pieds malgré sa légèreté et elle retint son souffle déjà faible. Elle dut s'arrêter sur la dernière marche, submergée par la soif. Un malaise la fit chanceler. Des lumières inexistantes se mirent à danser devant ses yeux, même quand elle ferma les paupières.

Le cœur battant, elle se cramponna à la rampe d'escalier. Du coin de l'œil, elle perçut un mouvement à côté d'elle. Une silhouette se détachait devant la lumière diffuse filtrant à travers la porte vitrée de la salle de réception. « Tout va bien, mademoiselle ? »

Par pur réflexe, elle voulut rassurer son interlocuteur, mais les mots lui firent défaut.

« Mademoiselle, je suis le docteur Sayers, poursuivit l'homme en se penchant sur elle. Je vais vous aider. »

À cet instant, ses genoux lâchèrent et elle sombra dans l'obscurité.

Premier livre

LE SECRET

1

Berlin, avril 2008

Diana Wagenbach s'éveilla sous la caresse rougeâtre de l'aube. Elle ouvrit les yeux. Lâchant un soupir, elle essaya de se repérer. L'ombre de l'énorme tilleul du jardin se réfléchissait dans les hautes vitres de la véranda attenante au salon.

Des taches de lumière parsemaient le tapis rouge foncé censé protéger le parquet. Une étrange odeur flottait dans l'air. Quelqu'un avait-il renversé de l'alcool ?

Il fallut un moment à Diana pour comprendre comment elle avait atterri sur le canapé en cuir blanc. Ses vêtements de la veille lui collaient à la peau. La sueur avait plaqué ses boucles noires sur son front tandis que ses joues et ses lèvres étaient toutes desséchées.

« Oh ! Mon Dieu ! », gémit-elle en se redressant. Ses bras et ses jambes lui faisaient mal comme si elle avait passé la nuit à traîner des cartons de déménagement. Elle avait dormi dans une mauvaise position, et son dos s'en ressentait.

Une fois redressée sur le canapé, le souvenir de la veille lui revint. Le salon ressemblait à un vrai champ de bataille. Ce n'étaient pas les vestiges d'une folle soirée, non. Elle avait perdu le contrôle. Épouvantée, elle se frotta le visage.

Pourtant, Diana était plutôt du genre calme. D'une patience exceptionnelle, à en croire ses amis. Seulement hier, elle avait vu Philipp, son mari, avec cette femme. Si les réunions tardives après le bureau faisaient partie de son poste, embrasser passionnément son associée en lui caressant avidement les seins n'avait plus rien à voir avec son emploi.

Si seulement j'étais restée à la maison ! pensa-t-elle en s'asseyant avant d'examiner les hématomes sur ses bras. *Mais non, il a fallu que j'aille dans notre restaurant habituel sous prétexte de m'accorder un petit plaisir après une dure journée de labeur.*

En se levant pour se dégourdir les jambes, elle repassa toute la soirée en revue.

Bien entendu, elle n'avait pas eu le courage d'affronter Philipp au restaurant. Elle était sortie sans qu'il s'aperçoive de sa présence et s'était précipitée à la maison. Furieuse, elle avait claqué la porte derrière elle et s'était jetée sur le canapé en pleurant. Comment pouvait-il lui faire une chose pareille ?

Après une brève crise de larmes, elle s'était mise à arpenter le salon, torturée par mille et une questions. Y avait-il eu des signes ? Aurait-elle pu s'en douter ? Tout cela n'était-il qu'une erreur et ce baiser, un baiser tout ce qu'il y avait de plus anodin ?

Mais non, il était tout sauf anodin ! Si elle était honnête avec elle-même, elle savait que son couple battait de l'aile depuis un certain temps déjà et qu'il n'attendait qu'une occasion pour voler en éclats.

Elle avait pesté contre lui. Reproches, menaces, insultes, revendications, tout y était passé. Quand Philipp s'était retrouvé devant elle à tripoter nerveusement ses clés, sa volonté de lui faire une scène s'était pourtant évanouie. Au lieu de cela, elle s'était contentée de le regarder et lui avait calmement demandé qui était la femme qu'il enlaçait avec tant de passion.

« Chérie, je… elle… »

Bien entendu, il lui avait juré que c'était juste une connaissance, mais elle ne l'avait pas cru. Diana savait quand on lui mentait, elle avait un don pour cela. Enfant déjà, elle repérait toujours ceux qui ne lui disaient pas la vérité. Il lui était même arrivé de démasquer sa grand-tante Emmely quand celle-ci essayait de lui cacher quelque chose.

« Va-t'en ! » C'était tout ce qu'elle avait réussi à lui dire. Va-t'en. Puis elle s'était retournée pour s'engouffrer dans le jardin d'hiver, ignorant son reflet en passant devant les vitres. Le regard plongé dans le jardin baigné de lune, elle avait entendu la porte d'entrée claquer.

En toute logique, c'eût été le moment d'aller se coucher et de pleurer dans son oreiller. Mais Diana avait réagi autrement.

Avec le recul, elle trouvait même cela choquant. Jamais elle n'avait fait une telle crise. Tout avait commencé par un vase jeté contre le mur en poussant un hurlement de colère. Les chaises du coin salle à manger n'avaient pas tardé à suivre. De toutes ses forces, elle les avait jetées à travers la pièce en pulvérisant au passage la table en verre du salon ainsi que la vitrine dans laquelle Philipp entreposait ses trophées. Une bouteille de whisky avait subi le même sort. Sur le tapis, le liquide mordoré renversé avait séché.

J'aurais dû le boire, se dit-elle, sarcastique. *Cela m'aurait dispensée d'avoir à expliquer à notre assurance ce qui s'est passé.*

Les morceaux de verre étincelaient comme autant de regards accusateurs et crissèrent sous ses pieds quand elle traversa la pièce. Une bonne douche lui remettrait les idées en place, pensa-t-elle, et l'aiderait à mettre de l'ordre dans ses sentiments.

Une fois déshabillée, elle se regarda dans le miroir et se trouva ridicule. Avait-elle vraiment besoin de se demander ce que l'autre avait de plus qu'elle ?

On ne pouvait pas imaginer qu'elle avait trente-six ans. Ceux qui ne la connaissaient pas la croyaient proche de la trentaine. D'après la publicité, les premiers cheveux blancs apparaissaient vers les trente-cinq ans, mais elle n'en avait pas encore un seul. Sa chevelure parfaitement noire tombait sur ses épaules qui, tout comme ses bras, avaient pris la teinte dorée de l'été, au grand dam de ses collègues féminines et de ses amies qui l'enviaient toujours. Le reste de son corps, mince sans être musclé, contrastait par sa blancheur et aspirait à un séjour au bord de la mer pour rattraper un peu de bronzage.

J'ai besoin de vacances, soupira-t-elle en pénétrant dans la douche. *Je devrais peut-être faire un voyage pour oublier toutes ces histoires.*

La tiédeur de l'eau l'aida à reprendre ses esprits, mais la brûlure qu'elle avait au creux de l'estomac se réveilla. Si la douche avait le pouvoir d'effacer de son corps et de ses cheveux les traces de la nuit précédente, elle ne pouvait annuler ce qui s'était passé.

Elle ignora d'abord la sonnerie stridente du téléphone. C'était certainement Philipp qui avait trouvé une excuse stupide ou, pis encore, qui voulait savoir comment elle allait. Son portable éteint, il ne pouvait la joindre qu'à la maison.

Comme le téléphone continuait de sonner, il lui vint à l'esprit que c'était peut-être Éva Menzel, son associée au cabinet d'avocats. Elle quitta la salle de bains seulement drapée dans une épaisse serviette bleue et se rendit dans le vestibule. Elle décrocha. *Si c'est Éva, j'en profiterai pour lui dire que je ne viendrai pas au bureau aujourd'hui.* « Allô ?

— Madame Wagenbach ? » demanda une voix en prononçant son nom à l'anglaise, « Waiguenback ».

La surprise coupa le souffle à Diana. « Monsieur Green ? »

Le majordome de sa tante confirma son intuition dans un allemand approximatif. Passant aussitôt à l'anglais, Diana engagea la conversation.

« Cela me fait plaisir de vous entendre, monsieur Green, tout va bien ? »

Depuis quand n'avait-elle pas parlé à sa tante, ou tout au moins au majordome qui faisait office d'intermédiaire et tenait le combiné du téléphone à la place de tante Emmely ? Suite à une attaque, elle avait partiellement perdu l'usage de ses bras.

« J'ai bien peur de ne pas avoir de très bonnes nouvelles pour vous. »

Ces mots frappèrent Diana en pleine figure. « Que se passe-t-il, monsieur Green ? Ne me faites pas attendre ! »

Le majordome hésita un instant avant d'annoncer l'inévitable. « Malheureusement, votre tante a subi une autre attaque, il y a deux jours. Elle se trouve au St James Hospital, à Londres, mais les médecins ne savent pas combien de temps elle tiendra. »

Diana porta la main à sa bouche et ferma les yeux, comme pour interdire l'accès à cette horrible nouvelle. Le visage d'une femme âgée, dont la chevelure blond vénitien avait blanchi au fil du temps, s'afficha dans son esprit. Le sourire plein de bonté de sa bouche ridée. Quel âge avait tante Emmely ? Quatre-vingt-six ou quatre-vingt-sept ans ? La grand-mère de Diana, cousine au second degré et contemporaine d'Emmely, était morte depuis bien des années.

« Madame Wagenbach ? » La voix de M. Green balaya ses pensées comme une bourrasque.

« Oui, je suis toujours là. Je suis seulement… choquée. Comment cela a-t-il pu arriver ?

— Votre tante a un âge respectable, madame Wagenbach, et la vie n'a pas toujours été clémente avec elle, pour autant que je puisse en juger. Ma mère disait toujours que les êtres humains sont comme des jouets : tôt ou tard, ils cassent. » Il marqua une petite pause, comme s'il évoquait l'image de sa mère. « Vous devriez venir. Madame m'a prié de vous prévenir tant qu'elle est à peu près consciente.

— Elle vous a donc parlé ? » Bêtement, elle eut une petite lueur d'espoir. Peut-être les médecins allaient-ils la sauver ? Ne disait-on pas que c'était la troisième attaque qui était fatale ?

« Oui, mais elle est très faible. Si vous voulez lui faire plaisir, venez dès aujourd'hui. Le cas échéant, je viendrai personnellement vous chercher à l'aéroport.

— Oui, je… je vais venir. Il… faut juste que je regarde quand part le prochain avion, et s'il y a encore de la place.

— D'accord, répondit le majordome. Pourriez-vous avoir la gentillesse de m'informer par un e-mail de l'heure de votre arrivée ? Je ne voudrais pas vous faire attendre sous la pluie.

— C'est très aimable à vous, monsieur Green, je vous envoie mon numéro de vol dès que je l'ai. »

Il y eut encore une petite pause. Puis un craquement sur la ligne. Avait-il raccroché ?

« Je suis vraiment désolé, madame Wagenbach. Je vais tout préparer pour que votre séjour ici se passe le mieux possible.

— C'est très aimable à vous, monsieur Green. Merci encore et à plus tard. »

Une fois qu'elle eut raccroché, elle ressentit le besoin de s'asseoir. Pas au milieu de ce chaos de débris, bien entendu. Elle opta pour la cuisine. Chez Emmely aussi, elles avaient coutume de s'asseoir dans la cuisine quand elle était en visite avec sa mère Johanna.

Johanna avait eu une relation très particulière avec Emmely. C'est elle qui l'avait élevée après que sa propre mère fut morte en lui donnant naissance, dans le chaos de la fin de la guerre. Diana ne la connaissait qu'à travers une photo prise juste avant la naissance de Johanna. Elle n'avait jamais compris pourquoi Emmely, qui n'avait pas eu d'enfant ne l'avait pas adoptée.

La pendule du salon sonna, un petit souvenir que Philipp avait rapporté de Tchéquie. Elle la détestait mais la tolérait pour lui faire plaisir. Elle lui rappela soudain que le temps passait et que les avions n'attendaient pas.

Bien qu'elle eût mal à l'estomac et tremblât de tous ses membres, Diana réussit à s'habiller en cinq minutes. Elle opta pour une tenue pratique : un jean, une blouse à manches courtes, un petit pull en laine rouge foncé au cas où le temps serait mauvais. Elle tressa ses boucles noires mais ne se maquilla pas, pour une fois. L'habitude des voyages d'affaires lui avait appris à préparer ses bagages à toute vitesse. Elle ne prit pas grand-chose, une blouse de rechange, un tee-shirt et une brosse à dents. Elle emporta aussi son ordinateur, un carnet et, bien entendu, son chargeur et des batteries de rechange. Près de la demeure des Tremayne, un petit village offrait tout ce dont les touristes – des randonneurs à bicyclette pour la plupart – avaient besoin. Tant qu'elle avait de l'argent et ses papiers, elle ne manquerait de rien.

Sur le seuil de la porte, elle se retourna et contempla le désordre qu'elle laissait derrière elle. Les bris de verre scintillaient au soleil, comme des diamants. Philipp n'aura qu'à les jeter, se dit-elle en se réjouissant intérieurement de ne pas laisser de mot, comme elle avait l'habitude de le faire quand elle devait partir d'urgence.

Elle monta dans la Mini rouge qu'elle appréciait pour se faufiler dans le trafic dense de Berlin, et se retrouva bientôt sur l'autoroute en direction de Tegel.

À peu près au même moment, M. Green se dirigeait vers la bibliothèque située dans le bureau de l'ancien maître de maison. Sa maîtresse lui avait laissé des instructions précises pour le cas où elle décéderait. Il devait veiller à ce que Diana le trouve. Le secret.

Lui-même l'ignorait. Toutes les années au service des Tremayne lui avaient appris à ne jamais se montrer trop curieux. Pourtant, s'avouait-il parfois, il avait senti dès le premier jour que la maison cachait quelque chose. Aujourd'hui encore, cette impression ne l'avait pas quitté. Peut-être allait-il être le témoin d'une révélation stupéfiante à quelques années de sa retraite. Qui sait ?

Il y a un an, Mme Woodhouse l'avait mis au courant du jeu de piste qu'elle avait organisé. À l'époque, déjà, elle avait cru que l'ange de la mort frappait à sa porte. Dieu lui avait finalement accordé un peu de répit pour lui permettre de laisser des traces. Une photo par-ci, une lettre oubliée dans un livre par-là. Tous ces petits indices devaient apparaître à la personne concernée par le plus grand des hasards. « Cela l'aidera à surmonter ma disparition », avait-elle dit. Bien que Diana ne fût pas venue depuis des années, Mme Woodhouse n'avait jamais douté de l'amour et de la loyauté de la jeune femme qui avait pris la place d'une petite-fille dans son cœur.

Campé devant la bibliothèque, M. Green cherchait un titre précis. Depuis la mort de la vieille Mme Deidre, la mère d'Emmely Woodhouse, l'ordre des livres était resté intact. La guerre elle-même, qui avait pourtant mis la maison sens dessus dessous, n'y avait rien changé.

Ah ! il était là ! Un volume vert arborant des lettres dorées, un peu passées. Il semblait rangé là par hasard. Quand on connaissait le motif qui l'ornait, cependant, il sautait aux yeux. Au cas où Diana serait trop accablée par la tristesse pour avoir les idées claires, il le sortit un peu de la rangée, d'un doigt environ. Pas plus. L'ouvrage se déplaça avec un bruit semblable au soupir d'un mourant soulagé de tourner enfin la page.

M. Green retira sa main et contempla son œuvre avec satisfaction. La lumière tombait directement des hautes fenêtres sur l'ouvrage. Même si le ciel était couvert, le livre sauterait quand même aux yeux.

2

Visiblement, M. Green savait de quoi il parlait quand il avait insisté pour qu'elle n'attende pas sous la pluie. Lorsque l'avion en provenance de Berlin atterrit à Heathrow, Londres se cachait sous un épais nuage de pluie. On se serait cru le soir, alors qu'on était en pleine journée. La légère bruine se transforma bientôt en orage. De grosses gouttes tombèrent sur l'aéroport, cinglant les vitres du bus rempli de passagers en route vers le hall d'arrivée.

Après avoir récupéré sa valise sur le tapis roulant, Diana se précipita vers la sortie où elle espérait tomber sur M. Green. Il avait répondu à son e-mail en promettant d'être ponctuel mais, de nos jours, la circulation qui bouchait tout aux heures de pointe pouvait jouer des tours même au plus fiable des majordomes.

Elle ne le vit pas tout de suite au milieu de la cohue, mais finit par le dénicher près des portes.

Leurs regards se croisèrent et il fit aussitôt un petit signe de la main.

Accélérant le pas, Diana bouscula un homme tirant une valise à roulettes. Elle s'excusa et se fraya un chemin à travers un groupe de Japonais enjoués qui braquaient leurs appareils photo sur un tableau d'affichage.

À mesure qu'elle avançait, elle constatait que M. Green n'avait pas beaucoup changé depuis leur dernière rencontre, il y avait cinq ans de cela. Il devait approcher la soixantaine, mais ses cheveux parfaitement coiffés étaient à peine grisonnants. De grande taille, il n'avait pas pris un gramme de graisse. Le loden qu'il portait sur son costume affichait une coupe irréprochable. Il n'aurait eu aucune peine à passer pour un homme d'affaires fortuné.

Cela ressemble bien à tante Emmely, songea Diana avec mélancolie, cette perfection en toute chose. Avec M. Green, qui était à son service depuis presque trente ans, elle avait trouvé le majordome idéal.

« Soyez la bienvenue à Londres. Je me réjouis de vous revoir, Mme Wagenbach. »

Sa poignée de main fut aussi chaleureuse et cordiale que son sourire. Diana se demanda s'il avait maintenant une nouvelle petite amie. La dernière en date l'avait laissé tomber pour un marin, il y a des années.

« Je me réjouis de vous voir, moi aussi », répondit Diana avec sincérité. Elle était rassurée par le calme qu'il dégageait. Une petite voix lui souffla que sa tante vivait encore. Il n'était pas encore trop tard.

« Vous n'avez pas eu de problème avec la circulation pour venir ?

— Tout est allé au mieux, *Madam*, répondit-il poliment en coinçant son grand parapluie sous son bras. J'ai eu la chance de trouver une place presque devant l'entrée. Nous pourrons nous y rendre sans trop nous mouiller. »

Un sourire glissa sur les lèvres de Diana. Elle savait qu'il était inutile de tenter une conversation avec M. Green dès maintenant. Il fallait toujours compter plusieurs jours pour que le majordome campé dans son rôle consentît à échanger quelques mots un peu plus personnels.

Une pluie battante les attendait dehors, poussant quelques voyageurs à courir avec leurs lourds bagages comme si leur vie en dépendait. Imperturbable, M. Green ouvrit le parapluie et abrita Diana.

« Y allons-nous, *Madam* ? »

Diana avait toutes les peines du monde à suivre cet homme dont les jambes faisaient au moins vingt centimètres de plus que les siennes, tout en évitant les flaques qui se formaient à toute vitesse.

Ils s'arrêtèrent enfin devant une limousine noire, une Bentley Brookland de 1998, toujours impeccable après dix ans de bons et loyaux services. Emmely n'avait dû se faire conduire qu'occasionnellement, et elle doutait que M. Green l'utilisât à titre personnel. Il était bien trop honnête pour cela.

Le majordome la débarrassa de son sac et ouvrit la porte. Elle grimpa dans la voiture tandis qu'il rangeait son bagage dans le coffre.

« Je suppose que nous allons directement à l'hôpital », lança-t-il après avoir pris place au volant de la

Bentley, non sans une certaine élégance. Quelques gouttes de pluie scintillèrent sur ses épaules et dans ses cheveux lorsqu'il se retourna vers elle.

« Oui, j'aimerais bien, répondit Diana. En savez-vous un peu plus ?

— Malheureusement non, car je ne suis pas de la famille. Le médecin urgentiste, qui m'a pris pour son fils, m'a tout de même dit qu'il s'agissait probablement d'une attaque et que celle-ci ne lui avait pas seulement paralysé les deux bras, mais aussi les deux jambes. Si je n'avais pas remarqué qu'elle n'arrivait pas à se relever de son fauteuil, elle serait probablement morte dans la nuit.

— Vous avez été très attentif », lâcha Diana qui ne trouva rien d'autre à dire. Qu'ajouter de plus ?

Après avoir attaché sa ceinture, M. Green démarra et actionna les essuie-glaces. Ils se retrouvèrent bientôt au beau milieu du dense trafic londonien.

Le St James Hospital exhalait une fraîcheur stérile, qui serrait l'estomac dès l'entrée. Diana s'était toujours demandé pourquoi ces endroits où les gens venaient au monde, étaient sauvés ou quittaient le monde, étaient tous aussi lugubres.

L'aimable infirmière de la réception qui la redirigea vers le service des soins intensifs n'y changea rien. Le bâtiment imprégné d'odeurs de désinfectant semblait avoir pour vocation de vider de ses forces chaque être vivant.

Elle aurait tellement aimé demander à M. Green de l'accompagner ! Mais le majordome s'était absenté une demi-heure pour faire une course. Après tout, il avait une invitée et il avait promis de s'occuper d'elle. C'est ce qu'il avait expliqué à Diana. « Dès que je suis de retour, je vous attends en bas, dans le hall. »

Diana l'avait laissé partir à regret et se frayait maintenant un chemin à travers un personnel soignant affairé, arborant des blouses de différentes couleurs. Elle se dirigea vers une grande porte vitrée sur laquelle une inscription indiquait : « Soins intensifs ». Avant même qu'elle ait pu l'atteindre, la porte s'ouvrit pour laisser passer un lit d'hôpital poussé par deux infirmiers. Enfoui sous des oreillers et des couvertures, le patient aux cheveux blancs était à peine visible. Un respirateur artificiel portable était fixé au pied du lit. Les infirmiers n'entendirent pas le salut de Diana et continuèrent à discuter du match de foot du week-end.

En voyant la porte grande ouverte et le couloir vide, Diana faillit s'y engouffrer, mais quelque chose la retint. *Elle se trouve derrière l'une de celles-ci*, pensa-t-elle le cœur battant et l'estomac noué. Son regard se promena le long des murs carrelés, régulièrement interrompus par des portes ou le comptoir des infirmières. *Je me demande si elle va me reconnaître.*

« Est-ce que je peux vous aider ? »

Surprise, Diana sursauta. Perdue dans ses pensées, elle n'avait pas remarqué qu'un médecin avait surgi derrière elle. Âgé d'une quarantaine d'années, il devait être pakistanais mais son anglais ne trahissait aucun accent. Sur sa poitrine, un badge affichait son nom : Docteur Hunter.

« Oui, excusez-moi, je m'appelle Diana Wagenbach, je voudrais voir Emmely Woodhouse. On m'a dit qu'elle avait été hospitalisée hier.

— Vous êtes de la famille ? », demanda le médecin. Diana fit signe que oui.

« Venez avec moi. »

Le médecin l'accompagna jusqu'au comptoir des infirmières et pria une femme vêtue d'une blouse rose d'accompagner Diana jusqu'à la chambre.

L'infirmière acquiesça, posa son bloc-notes et s'approcha de Diana tandis que le docteur Hunter s'éloignait rapidement dans le couloir.

« Vous êtes sa petite-fille ? », demanda-t-elle à Diana. Par facilité, Diana se contenta de hocher la tête tout en se demandant si elle pouvait se considérer comme telle, et si cette infirmière était en mesure de comprendre les histoires compliquées de sa famille.

« Bien, suivez-moi. »

Derrière chacune des portes qu'elles dépassaient, on entendait le bip des appareils de contrôle. Elles atteignirent bientôt le bout du couloir où le médecin avait disparu et s'arrêtèrent devant une chambre dont la porte était fermée. L'infirmière ouvrit une petite armoire à côté du support où se trouvait le dossier des patients. Avant même que Diana eût le temps d'y jeter un œil, l'infirmière lui mit un paquet bleu clair dans les mains.

« Enfilez cela, s'il vous plaît. Il faut protéger votre grand-mère contre les germes. En plus de son attaque, elle a développé une pneumonie.

— Si rapidement ? répondit Diana, qui pensa tout de suite aux histoires horribles qui circulaient sur les bactéries dans les hôpitaux.

— Elle devait traîner une grippe mal soignée. Quand elle a été hospitalisée, elle en avait tous les symptômes. Si elle n'avait pas eu d'attaque, on n'aurait sans doute pas détecté la pneumonie. » L'infirmière affichait un air contrarié et Diana se dit qu'elle aurait fait de même si on avait sournoisement laissé entendre qu'elle faisait mal son travail.

« Quand vous aurez fini de vous habiller, désinfectez-vous les mains. Si jamais vous quittez la pièce et que vous y retournez ensuite, il faudra recommencer toute la procédure. »

Diana n'en avait pas l'intention.

« Vous pouvez rester une demi-heure, pas plus », lui expliqua l'infirmière pendant que Diana essayait de nouer la fine blouse bleue dans son dos, ce qui s'avéra moins facile qu'elle ne pensait. Parlez-lui doucement, s'il vous plaît, et essayez de ne pas l'énerver. »

Mais si, bien sûr ! Je vais débarquer dans une chambre d'hôpital avec tambours et trompettes ! fulmina Diana. Elle ravala cependant son agacement et remercia l'infirmière pour le petit bonnet de protection que celle-ci lui tendait. Elle lui assura qu'elle s'en tiendrait aux consignes reçues. Une fois coiffée de son bonnet et affublée d'un masque, elle eut enfin la permission d'entrer.

Bien que préparée au pire et habituée à côtoyer la maladie – sa mère était décédée neuf ans auparavant d'un cancer –, Diana eut un choc en voyant Emmely.

Ses cheveux blancs étaient ternes, son visage ridé s'était affaissé, ses yeux étaient cernés. De sa bouche légèrement entrouverte s'échappait un souffle rauque. Ses bras, désormais complètement immobiles, étaient sanglés pour éviter qu'ils ne glissent à travers les barreaux. Diana remarqua à quel point Emmely avait maigri et en fut effrayée. Manifestement, il n'y avait pas que l'attaque qui l'avait affaiblie.

Un nœud dans la gorge, elle s'approcha doucement du lit en essayant de ne pas pleurer. Il était entouré d'une demi-douzaine d'appareils qui bipaient régulièrement.

« Tante Emmely ? », murmura Diana en se penchant sur le visage de la malade. Aucune réaction. Était-elle en mesure d'entendre quelque chose ? Malheureusement, l'infirmière qui aurait pu la renseigner était déjà partie.

« Tante Emmely ? répéta Diana un peu plus fort, luttant encore contre les larmes.

— Diana ? »

Bien qu'elle parlât très doucement, on la comprenait bien. Avec une lenteur infinie, elle tourna la tête vers l'endroit d'où provenait la voix de sa nièce. Enfin, elle ouvrit les yeux.

« Oui, je suis là, ma tante. » Diana voulut lui prendre la main, mais elle réalisa au même moment que sa tante ne sentirait rien. Elle lui caressa alors doucement les cheveux et sentit que son front était brûlant.

« Je suis tellement heureuse de pouvoir te voir encore une fois, chuchota Emmely en fixant Diana. Tu as encore embelli, ces dernières années. Tu es presque aussi belle que ta grand-mère Beatrice. Une fois remise de ses longues années de privations, elle était éblouissante. »

Diana parvint à retenir un sanglot, mais une larme s'échappa et glissa le long de sa joue avant de s'écraser sur le drap. « Toi aussi, tu es merveilleuse, ma tante.

— Pour une fois, je te crois », répondit Emmely avec une pointe d'humour. Ce même humour qui lui avait attiré la sympathie de tout son voisinage. « Mais pourquoi pleures-tu ? Tu me trouves si effrayante que ça ? »

Diana secoua la tête. « Non, c'est juste que…

— Que c'est la fin pour moi ? »

Un sourire effleura son visage. « Ah ! mon enfant, la fin vient tôt ou tard, et pour chacun de nous… J'ai eu une longue vie… Pas toujours très heureuse, comme tu le sais, mais suffisamment longue pour porter ma part de la faute qui pèse sur notre famille. »

La faute ? Diana ouvrit de grands yeux. Quelle faute cette femme douce et affectueuse pouvait-elle bien porter ? Ou bien sa famille ?

« Qui sait, peut-être que je rencontrerai enfin Grace, dans l'au-delà. Même si je ne l'ai jamais connue, c'est elle qui a finalement déterminé ma… », poursuivit Emmely. Des gouttes de sueur perlaient sur son front.

Diana aurait voulu lui dire de se reposer pour économiser ses forces mais, autrefois déjà, personne n'était arrivé à la faire taire. Manifestement, cela n'avait pas changé.

Je vais lui raconter que son amour porte toujours ses fruits et que j'ai tout fait pour implorer le pardon pour Victoria. Les morts connaissent la faute que les humains portent.

Une quinte de toux fit sonner tous les appareils. Affolée, Diana recula précipitamment et s'apprêtait à chercher de l'aide quand les machines revinrent subitement à la normale.

Emmely retomba sur ses oreillers en gémissant. « Un secret jette une ombre sur notre famille. Un secret que Grace ne connaissait pas. » Lorsqu'elle rouvrit les yeux, son regard était ailleurs, comme si elle apercevait déjà, au loin, le visage de cette femme morte avant la guerre. « Ma grand-mère avait horriblement mauvaise conscience à cause de ce secret. »

Sa respiration se fit irrégulière, comme si le fait de prononcer ces mots la fatiguait terriblement.

Diana ressentit de nouveau le besoin urgent de lui dire de se reposer. Mais elle savait qu'Emmely n'en ferait qu'à sa tête.

« Malheureusement, je ne peux pas te dire de quoi il s'agit exactement. J'ai toujours soupçonné ma mère d'en savoir davantage, mais elle ne m'a jamais rien raconté. La seule chose qu'elle m'a révélée, sur son lit de mort, c'est que le secret de grand-maman Victoria ne devait être dévoilé qu'au tout dernier membre de la famille. Il s'agit de toi, puisque je n'ai malheureusement jamais eu d'enfants. L'heure est venue, désormais. »

L'estomac de Diana se noua. En effet, elle était la dernière. Les rares descendants des Tremayne étaient des femmes, si bien que leur nom d'origine avait disparu des annales depuis longtemps.

« Tu verras, dans l'étagère du milieu de l'ancien bureau, il y a un compartiment secret. La clé avait déjà disparu du temps de ma mère, mais je pense qu'il sera facile d'en faire fabriquer une nouvelle. Ce qui est caché là est pour toi, tires-en le meilleur parti et essaie de réunir toutes les pièces du puzzle. »

Des pas se firent entendre dans le couloir. Apparemment, la visite de Diana était terminée et l'infirmière venait le lui rappeler.

Emmely la regarda avec de grands yeux. Une larme coula du coin de son œil gauche. La larme du cœur, comme l'appelait sa mère. « Promets-moi de rassembler les pièces du puzzle et de tout reconstituer. Grace et Victoria… »

« Mademoiselle Wagenbach ? »

L'infirmière se tenait sur le seuil de la porte, aussi impitoyable qu'une gardienne de prison.

« La demi-heure vient de s'écouler. Prenez congé, s'il vous plaît. Nous devons déplacer votre grand-mère. »

Diana lui adressa un petit signe de la tête et attendit qu'elle disparaisse de nouveau. Puis elle se pencha sur Emmely et déposa un baiser sur son front. « Je te promets que je vais tout reconstituer. »

Apaisée, sa tante la regardait désormais en souriant. « Tu es vraiment une gentille fille. Tu mérites tout le bonheur du monde. En résolvant notre secret, toi aussi tu trouveras la paix. J'en suis certaine. »

Épuisée, Emmely s'enfonça de nouveau dans ses oreillers.

« Je reviens demain », promit Diana en lui caressant de nouveau les cheveux. Sa tante avait-elle entendu ses paroles ? Quand elle s'éloigna du lit, la vieille dame s'était déjà rendormie.

Comme promis, M. Green l'attendait dans le hall. Diana essuya hâtivement les larmes qu'elle avait versées en sortant de la chambre. Elle ne voulait pas pleurer en public.

« Ah ! Madame Wagenbach ! » Après avoir replié le journal qu'il lisait pour passer le temps, M. Green se leva. « Puis-je vous demander comment va *Madam* ?

— Je lui ai parlé, raconta-t-elle vaillamment. Mais elle va très mal. L'infirmière m'a dit qu'elle avait une pneumonie en arrivant ici. Elle devait la traîner depuis plusieurs jours.

— Je suis désolé. Si votre tante était malade, elle n'en a rien montré. » Green eut l'air très contrarié. En tant que majordome, son devoir était de tenir la maison. À moins que sa patronne ne lui en parle ou qu'il ne remarque quelque chose d'anormal, l'état de santé de sa maîtresse ne le regardait pas… Emmely avait toujours eu l'art de dissimuler les choses.

« Oui, je la reconnais bien là. » Le petit rire de Diana sonna plutôt comme un sanglot.

« Comme vous pouvez le constater, l'Angleterre se montre aujourd'hui sous son meilleur jour, en ce qui concerne l'humidité de l'air », ironisa M. Green en sortant le parapluie du porte-parapluies. Même s'il pleuvait moins fort, il n'y avait toujours pas de soleil à l'horizon. « Voulez-vous manger quelque chose en route, *Madam* ?

— Non, merci, j'aimerais rentrer directement à la maison. »

À la maison. Tout en passant les portes de l'hôpital, elle s'étonna de la facilité avec laquelle elle avait employé cette tournure en parlant de la demeure des Tremayne. Comme si sa vie à Berlin n'avait jamais existé.

3

Les voies rapides encombrées cédaient peu à peu la place aux routes de campagne bordées d'arbres et d'églantiers. Diana luttait avec les images que le ronronnement du moteur faisait resurgir.

Elle revoyait Emmely à cinquante ans. Penchée sur son lit d'enfant, sa tante lui caressait tendrement les cheveux. Puis quelques années plus tard, en train de s'affairer dans la cuisine pendant qu'elle faisait des dessins sur la table. Diana avait toujours passé l'intégralité de ses vacances dans la demeure des Tremayne parce que sa mère, partie faire ses études à Berlin à l'âge de dix-huit ans, était très attachée à son lieu de naissance.

Elle la revit à soixante ans, assise dans l'église, le jour de sa confirmation. Une femme fière, et élégante. Les invités la regardaient avec une curiosité empreinte d'admiration. Quand Diana avait obtenu son diplôme, Emmely avait même fait le trajet jusqu'à Berlin malgré ses soixante-dix ans pour venir la féliciter en personne. À cette époque, on ne remarquait pas encore que le temps commençait à émousser ses forces.

Mais lorsque Diana lui avait rendu visite la dernière fois, elle portait les stigmates de son attaque, même si elle n'avait rien perdu de son courage. Fièrement, Diana lui avait raconté qu'elle avait ouvert un cabinet d'avocats avec Éva, une amie d'études. Après l'accident de voiture mortel de son père et la mort de sa mère, c'est Emmely qui l'avait soutenue. Alors que le chagrin menaçait de l'anéantir, elle l'avait invitée à passer tout l'été chez elle. C'est là que Diana avait enfin trouvé un peu de temps pour elle-même.

Peu de temps après, Philipp était entré dans sa vie. Elle avait passé les années suivantes à s'occuper de lui et de son cabinet. Peu à peu, elle avait espacé ses coups de fil à sa tante et n'était plus venue à Londres. Aujourd'hui, elle le regrettait amèrement. *Elle a toujours été là pour moi,* se dit-elle, *et moi, je l'ai laissée tomber.*

La tristesse se mêlait à la rancœur qu'elle éprouvait envers Philipp. *Je serais peut-être venue plus souvent ici s'il n'avait pas existé…*

Mais elle savait très bien que si Philipp n'avait pas existé, elle aurait rencontré quelqu'un d'autre. Un homme meilleur que lui, peut-être, et dont elle se serait également davantage occupée que de sa tante en Angleterre.

« Nous arrivons, *Madam* », annonça M. Green comme s'il voulait qu'elle ne manquât pas le spectacle qu'offrait la maison.

Depuis la petite colline, on voyait presque l'ensemble du domaine : l'élégant manoir à deux étages, les communs et l'écurie.

La légende voulait que cette demeure bâtie près de la Tamise ait autrefois appartenu à une famille noble à la réputation douteuse, mêlée à un complot contre la reine Élisabeth Ire d'Angleterre. Son maître espion, sir Francis Walsingham, aurait vécu dans le voisinage. Au XVIIe siècle, la famille Tremayne avait reçu la propriété des mains de Charles II d'Angleterre, le roi de la Restauration. Les descendants l'avaient conservée, veillant ainsi à ce qu'elle ne soit pas transformée en musée.

En cette fin d'après-midi maussade, la demeure des Tremayne ressemblait à un chien mouillé couché aux pieds de son maître, l'air marri et le regard implorant. De grosses gouttes tombaient des encorbellements, du toit et des chenaux. L'écoulement à côté de l'escalier débordait presque sous les torrents de pluie.

Après qu'il eut arrêté la Bentley devant le rond-point rehaussé d'un jet d'eau, M. Green saisit le parapluie qu'il avait posé par terre, à l'arrière du véhicule.

« Attendez, *Madam*, je vous accompagne à la porte. »

Elle n'eut même pas le temps de rétorquer qu'elle atteindrait la porte d'entrée sans fondre sous la pluie, qu'il se tenait déjà devant elle, le parapluie déployé, la porte ouverte et le sac de Diana sur l'épaule. Pour un peu, elle l'aurait oublié.

Dans le hall, Diana essaya de s'imaginer à quoi les lieux avaient dû ressembler à l'époque de Grace et de Victoria. À cette heure-ci, une armée de domestiques devait sans doute s'affairer pour exécuter les ordres. De temps à autre, le majordome contrôlait que tout se passait conformément à la volonté de son maître. Depuis le fin fond de la cuisine, on percevait sûrement le tintement des casseroles et de la vaisselle.

Les murs semblaient avoir absorbé et conservé un peu de cette effervescence d'antan. Sinon, pourquoi Diana y aurait-elle songé ?

« J'ai déjà préparé votre chambre », annonça M. Green qui avait rangé le parapluie dans le porte-parapluies métallique installé près de la porte. Si vous voulez bien me suivre. »

Diana voulut protester en lui disant qu'elle pouvait porter son sac elle-même, mais le majordome s'engageait déjà dans l'escalier. *Je devrais peut-être me faire à l'idée que l'on s'occupe de moi, tout simplement*, songea-t-elle en gravissant les marches de marbre. Si certaines d'entre elles étaient légèrement fissurées par endroits, elles n'avaient rien perdu de leur robustesse. *Ça me changerait un peu, après tous ces mois de négligence de la part de Philipp.*

Les stucs familiers, les tableaux avec des personnages et des scènes oubliés depuis longtemps, le grincement du parquet sur le palier de l'étage et l'odeur des vieilles tapisseries la propulsèrent immédiatement dans son enfance. À l'époque, les problèmes des adultes ne la concernaient pas. Diana caressa tendrement le lourd cadre doré qui représentait une scène bucolique dans le parc qui entourait la demeure. À l'ombre des saules pleureurs qui bordaient l'étang, deux fillettes assises sur une couverture pique-niquaient en compagnie de leur mère.

À en juger d'après sa date de création, 1878, il devait s'agir de Grace et de Victoria, les dernières à avoir porté le nom des Tremayne à leur naissance. La plus petite des deux fillettes, Victoria, la grand-mère d'Emmely, était assise devant un petit chevalet pendant que sa sœur tressait une couronne de fleurs. Leur mère portait une robe vert tendre, ornée de dentelle et de fleurs en soie. Elle trônait au milieu d'elles comme une reine.

Diana avait toujours adoré ce tableau. Il était tellement réaliste qu'il faisait l'effet d'une fenêtre ouverte sur un passé lointain. Elle serait bien restée là un moment pour observer les petites filles et leur mère, si M. Green ne l'avait pas attendue à la porte de sa chambre.

Elle remarqua tout de suite que sa chambre avait été refaite. L'odeur de neuf se mêlait à celle des jours anciens comme une invitée indésirable. Heureusement, on remarquait à peine les travaux qui avaient été effectués. Bien qu'il fût encore en très bon état, on avait passé une couche de vernis transparent sur le papier peint à fleurs pour qu'il se maintienne encore quelques années. L'un des montants du lit avait été changé. On ne le voyait pas à la teinte rouille, mais à la structure du bois : les petits trous des vers avaient disparu. Un épais tapis neuf dont la couleur s'accordait parfaitement avec les meubles, invitait à être foulé pieds nus.

Diana s'approcha presque religieusement de la cheminée. Le feu absorbait l'humidité de l'air et atténuait la fraîcheur qui filtrait par les fenêtres.

Enfant, elle avait aimé s'asseoir ici pour regarder danser les flammes. Dès qu'une bûche s'affaissait, elle essayait d'en compter les étincelles.

« Si vous voulez, je vous apporte le thé ici. » La voix du majordome s'était immiscée dans ses souvenirs.

Diana secoua la tête. Après tous les événements de la journée, elle n'avait pas envie de rester seule dans la chambre où les esprits des Tremayne chuchotaient dès que le majordome avait le dos tourné.

« Je déballe vite mes affaires et je descends à la cuisine. Je suppose que ma tante n'a plus de cuisinière, n'est-ce pas ?

— Non, plus depuis quelques années. J'ai repris cette fonction. » Un petit sourire furtif se dessina sur le visage du majordome. Cet aveu l'embarrassait-il ? S'étonnait-il qu'une maîtresse aussi exigeante qu'Emmely Woodhouse se satisfasse de ses talents de cuisinier ?

« Je vous aiderai volontiers, si vous le voulez bien, proposa Diana. Après tout, vous avez de la visite aujourd'hui !

— Une raison de plus pour ne pas demander d'aide, répondit poliment le majordome. J'ai promis à Mme Woodhouse de vous rendre ce séjour le plus agréable possible et je m'y tiendrai. »

Après qu'elle eut tout déballé, Diana décida de faire un petit tour dans la maison histoire de se rafraîchir la mémoire. Auparavant, elle jeta un œil sur son BlackBerry. Elle parcourut quelques mails d'Éva ainsi que d'un client qu'elle défendait et décida d'y répondre plus tard. Éva savait tout depuis son appel de ce matin. Il n'y avait pas de message de Philipp. Si elle en fut un peu déçue, cela ne l'étonna pas outre mesure. Il n'avait probablement pas encore remarqué sa disparition.

Refoulant la colère qui montait à nouveau, elle s'engagea dans le couloir qui semblait toujours aussi hanté qu'autrefois. Le craquement du parquet qui l'agaçait tant dans les maisons récentes sonnait ici comme autant de voix amies l'invitant à leur rendre visite.

À l'étage, à côté de sa chambre, il y avait une chambre d'amis pareille à la sienne et une petite bibliothèque. Autrefois, elle aimait à s'y réfugier les jours de pluie avec un grand chandelier. Emmely avait beau lui dire que ce n'était pas bon pour les yeux, elle n'en avait que faire. Pour elle, il n'y avait rien de plus excitant que de feuilleter un vieux livre illustré et de se représenter la vie des gens à une époque où il n'y avait pas l'électricité. C'était bien mieux à la lumière des chandelles.

Lorsque la maladie avait cloué Emmely sur une chaise roulante, sa chambre avait été transférée au rez-de-chaussée. À l'époque, M. Green avait écrit une longue lettre à Diana pour lui expliquer les mesures qu'il avait prises pour lui faciliter la vie autant que possible.

Soudain, elle entendit à nouveau la voix frêle d'Emmely.

Il y a un compartiment secret dans l'étagère du milieu de l'ancien bureau…

Elle frémit comme si un vent glacial avait soufflé dans son dos, puis son regard se posa une nouvelle fois sur la petite fille rousse et sa majestueuse maman.

Le secret. Existait-il vraiment ?

Tante Emmely avait beau être faible et malade, Diana avait pu se convaincre qu'elle avait toute sa tête. Une personne confuse n'aurait pas eu la présence d'esprit de convoquer un parent pour lui enjoindre de fouiller dans l'histoire familiale pour y dénicher un secret et libérer la famille d'une mystérieuse malédiction.

Arrivée en bas, cependant, une délicieuse odeur incita Diana à remettre sa recherche à plus tard. Lorsqu'elle entra dans la cuisine, M. Green était en train de couper un morceau de cake à peine sorti du four avec un couteau en argent.

Manifestement, cet homme a des talents cachés, se dit Diana en souriant. *Dommage qu'il ait vingt ans de plus que moi, sinon j'aurais peut-être tenté ma chance.*

Absorbé par sa tâche, le majordome ne remarqua pas tout de suite sa présence. Il la vit au moment où il se redressait pour disposer le gâteau sur un plat.

« Ah ! Madame Wagenbach ! dit-il sans s'interrompre. Cela tombe bien, le thé est prêt.

— Vous souvenez-vous du temps où vous m'appeliez miss Diana ? », dit-elle en s'asseyant sur l'une des lourdes chaises de la cuisine. Bien que ces meubles fussent relativement neufs, ils avaient le charme du début du XIXe siècle. L'âge d'or des Tremayne.

Le majordome sourit. « Autrefois, vous vouliez tout le temps savoir pourquoi on ne m'appelait pas James, comme tous les majordomes des séries télévisées.

— Vous avez toujours fait grand secret de votre prénom.

— C'est encore le cas. Demandez à votre tante, si vous voulez le savoir. » D'un geste souple trahissant des années de pratique, il lui servit une tasse de thé ainsi qu'un morceau de gâteau.

« Mais pourquoi donc ? », demanda Diana. L'odeur délicieuse du thé lui ôta instantanément le poids qu'elle avait sur l'estomac depuis sa visite à l'hôpital.

« On a tous besoin d'un secret, n'est-ce pas ? Le mien, c'est mon prénom. Seules Mme Woodhouse et ma bien-aimée le connaissent. Et l'administration, bien entendu. »

Il parut inopportun à Diana d'enchaîner sur sa compagne dont il parlait aussi peu. « Avez-vous déjà entendu parler d'un secret chez les Tremayne, monsieur Green ? », demanda-t-elle après avoir bu une gorgée de thé qu'elle reconnut aussitôt comme un Ceylan.

Il marqua un petit temps d'arrêt qu'elle interpréta comme un encouragement.

« Cette maison a certainement beaucoup de secrets, répondit-il de façon évasive. Je m'occupe de toute la partie visible. Qui sait ce que renferment les murs ?

— Lorsque j'étais à son chevet, ma tante m'a parlé d'un secret », enchaîna Diana. Après tout, Emmely ne lui avait pas interdit d'en parler. « Elle m'a priée de regarder dans la bibliothèque de l'ancien bureau. J'ai toujours eu peur de cet endroit, quand j'étais enfant. Chaque fois que j'y suis, j'ai l'impression que tous les hommes de la famille me regardent de haut et s'étonnent qu'une femme ose pénétrer dans ce lieu. »

Cette fois, M. Green resta impassible. « Des femmes travaillent dans ce bureau depuis Mme Victoria. Pour autant que je sache, leurs descendantes n'ont jamais autorisé leurs maris à y mettre un pied. *Madam* non plus, d'ailleurs.

— Mais le mari de tante Emmely est mort à la guerre. » Cela avait toujours étonné Diana que sa tante ne se soit jamais remariée. Certaines amours duraient probablement au-delà de la mort au lieu d'être balayées comme des feuilles par le vent d'automne.

« Même si elle avait eu un nouvel homme dans sa vie, il n'aurait jamais eu l'autorisation d'entrer dans cette pièce, observa M. Green qui tirait visiblement une certaine fierté de pouvoir aller et venir dans la maison comme bon lui semblait. Après toutes ces années à l'étranger, il a dû se passer quelque chose, dans la famille, pour que le patriarcat se transforme en matriarcat.

— Parce qu'elle n'a engendré que des filles, peut-être ? » railla Diana en mordant dans une tranche de gâteau. Aussitôt, un feu d'artifice d'arômes se libéra dans sa bouche.

« Certainement. » M. Green ôta ses gants en esquissant un petit sourire énigmatique. *Il y a anguille sous roche*, pensa Diana en mastiquant. *Il sait quelque chose, mais Emmely lui a probablement interdit de m'en parler.*

« Asseyez-vous donc avec moi, monsieur Green, dit-elle lorsque le majordome fit mine de retourner à son travail. Il est plus de 17 heures, vous m'avez promenée de droite à gauche, la maison est impeccable et vous n'auriez pas pu mieux faire pour que je me sente bien. Je crois que vous avez bien mérité une petite pause, non ? »

Une lueur dans ses yeux lui signifia qu'il était sur le point de refuser, mais il se reprit et s'assit.

Après le thé, quand le crépuscule eut enfin chassé l'après-midi maussade, Diana rassembla tout son courage et emprunta le couloir au carrelage à damier noir et blanc. Elle s'arrêta devant la grande porte à deux battants qui suggérait généralement aux visiteurs une pièce aux dimensions spacieuses. En réalité, elle donnait accès au bureau des Tremayne, dont les proportions étaient plutôt modestes.

Bien que les lampes murales fussent toutes électriques maintenant, on aurait dit des becs de gaz d'autrefois. Diana eut vraiment l'impression de remonter dans le passé. Enfant, elle avait toujours évité cet endroit dans lequel elle ne se risquait qu'après avoir vainement cherché Emmely dans tout le reste de la maison. La plupart du temps, c'est en effet ici qu'elle la retrouvait enfin, assise au bureau en train d'écrire.

Elle s'arrêta devant la porte, posa les mains sur les deux poignées et sentit sur ses paumes le froid du métal ouvragé. Puis elle ouvrit et se retrouva chez les Tremayne, à la fin du XIXe siècle. Derrière le bureau en acajou massif, typique de l'époque, il y avait un fauteuil assorti. Le cuir du capiton était fixé au bois par de gros clous. Il n'y avait pas un grain de poussière sur l'abat-jour vert de la lampe au pied incurvé et pas davantage sur l'épaisse plaque de verre aux bords légèrement rayés et qui protégeait la précieuse marqueterie de l'usure et des taches.

Certaine que l'encrier en argent était sec depuis longtemps, Diana en souleva le couvercle. La surface brillante et noire de l'encre la surprit. Un sourire passa sur son visage. Comme d'habitude, M. Green avait pensé à tout. Il avait même prévu un bloc-notes qui gisait là comme un corps étranger contemporain glissé dans le passé. Sans doute s'attendait-il à ce qu'elle en ait besoin.

En se tournant vers l'étagère du milieu, elle sentit comme un chatouillement au creux de l'estomac. *Le secret*, pensa-t-elle.

Est-ce que je veux vraiment le connaître ?

Oui, elle le voulait. Enfant déjà, le silence qui entourait la mort de sa grand-mère l'avait toujours intriguée. Il cachait quelque chose de plus ancien. Bien entendu, elle connaissait le nom de ses ancêtres, comme autant de caractères sur des papiers jaunis, avec ces dates de naissance et de mort qui ne disaient rien de leur vie.

Aujourd'hui, j'ai une chance unique d'apprendre des choses sur ma famille, et peut-être de dédommager Emmely pour toutes ces années perdues.

Avec précaution, Diana sortit les livres les uns après les autres avant de les déposer sur le bureau, loin de l'encrier.

Elle ne trouva rien sur la première étagère qu'elle pensait être celle du milieu. Sur la seconde, en revanche, elle découvrit une petite porte dissimulée derrière le papier peint. Un petit trou de serrure et une encoche sombre en trahissaient l'existence.

Protégé par les livres, le motif cachemire du papier peint était comme neuf à cet endroit. À l'époque, se souvint Diana, cette tapisserie était du dernier cri. La reine Victoria elle-même l'avait en effet importée des Indes. Elle passa le doigt sur les encoches et essaya d'ouvrir la petite porte en s'aidant de l'épingle à nourrice qu'elle portait en permanence sur elle.

Comme Emmely l'avait annoncé, le compartiment secret était verrouillé. Aux fines éraflures visibles sur ses côtés, on devinait que quelqu'un avait essayé de le forcer, mais le coffre était de bonne facture. Quand bien même on eût détruit la maison, il n'aurait probablement pas livré son secret.

Pourquoi personne n'avait pensé à faire fabriquer un passe-partout ? se demanda Diana. Les rayures devaient certainement venir de cambrioleurs qui espéraient trouver les bijoux de la famille.

Lorsque Diana se détourna avec un soupir, réfléchissant déjà au moyen de trouver un bon serrurier, un livre lui sauta aux yeux. Il dépassait légèrement de la rangée – comme un soldat qui aurait oublié de s'aligner. Dans l'ordre ostentatoire qui régnait ici, une négligence était inimaginable. Était-ce donc intentionnel ? Emmely lui avait-elle laissé un indice ? Mais comment avait-elle pu s'y prendre, avec ses bras malades ? Avait-elle mis M. Green au courant ?

Le cœur battant, elle saisit le volume relié en cuir vert. Les lettres dorées avaient un peu passé. *David Copperfield*, de Charles Dickens. Une édition de 1869. En l'ouvrant, une odeur de moisissure la saisit et quelque chose tomba à ses pieds. Une feuille de papier. Quelqu'un avait dû l'y glisser récemment, sinon elle ne se serait pas détachée aussi facilement du livre. Pourtant, le papier qui atterrit sur le tapis n'était pas récent.

Lorsque Diana le ramassa, elle vit qu'il s'agissait d'un télégramme daté du 15 octobre 1886. Elle l'ouvrit et se retrouva instantanément propulsée à l'époque de ses ancêtres, comme un témoin silencieux…

Henry Tremayne regardait par la fenêtre en soupirant. Son reflet était déformé par les gouttes de pluie. Cela faisait des jours qu'il pleuvait à torrents et on ne savait pas quand le déluge cesserait. En heurtant les flaques, l'eau formait de grosses bulles. Si l'on en croyait un vieux proverbe, cela annonçait encore davantage de pluie.

Ce temps correspondait parfaitement à son humeur. Depuis quelques jours, il avait dû admettre qu'il ne pouvait garder qu'une seule propriété héritée de sa famille. La décision n'était pas difficile à prendre puisqu'il n'avait jamais aimé le château en Écosse. Ils avaient dû y aller deux ou trois fois depuis leur mariage. S'il recevait chaque mois une lettre de l'intendant qui l'informait de l'état de la demeure, c'était bien le seul lien qui en restait.

Sa femme cependant y était attachée et, parce qu'il l'aimait, il ne voulait pas la fâcher en lui annonçant tout de go qu'ils devaient sacrifier le château pour des raisons financières. En ce qui le concernait, il était impensable qu'il se séparât de la résidence principale de sa famille, la demeure des Tremayne. Une situation inextricable et, tant qu'il n'aurait pas pris de décision, elle le tracasserait tous les jours davantage.

Il fut arraché à ses pensées quand quelqu'un frappa à sa porte. « Entrez », cria-t-il en se redressant et en s'éloignant de la fenêtre.
Le majordome, un homme sec qui devait avoir la cinquantaine, entra, tenant de sa main gantée un petit plateau d'argent sur lequel était posée une enveloppe. « Ce télégramme à votre attention vient d'arriver, sir. »
S'agissait-il encore d'un créancier ? se demanda Henry inquiet en saisissant l'enveloppe. Il signifia au majordome de rester au cas où il eût fallu une réponse immédiate.
Il tenta de calmer le tremblement de ses mains en saisissant le coupe-papier en argent. Le télégramme n'était qu'un petit bout de papier plié en deux, sans doute pour qu'il soit impossible de le lire en transparence. Les lettres dactylographiées le paralysèrent. Le message venait de loin. Dans un coin du papier figurait un tampon de Colombo, Ceylan.
« Mon frère a eu un accident, dit-il tout bas, la voix brisée par le choc. D'après ce qu'ils écrivent, il aurait fait une chute du pic d'Adam. » Bien qu'il ne se laissât pas aller à la moindre émotion habituellement, il porta la main à sa bouche en continuant sa lecture. Il n'arrivait pas à y croire. Richard était mort. Il avait été rattrapé par le destin, si loin de chez lui.
« Dois-je transmettre une réponse, sir ? », demanda le majordome impassible. Bien qu'il eût connu Master Richard et qu'il fût certainement tout aussi épouvanté par cette nouvelle, il n'en laissait rien paraître. Son devoir l'imposait.
Henry se précipita dans le couloir sans lui répondre. La vente de l'une ou l'autre des propriétés familiales n'avait plus aucune importance…

Henry Tremayne s'évanouit quand on frappa à la porte.

« Oui, qu'y a-t-il ? demanda Diana en posant le télégramme sur le bureau, à côté du livre.

— Désolé de vous déranger, *Madam*, je voulais juste savoir à quelle heure je devais servir le dîner.

— Eh bien, quand il sera prêt », répondit Diana un peu troublée. Elle n'était pas habituée à ce qu'on lui pose de telles questions. « Je ne sais pas, quand pensez-vous pouvoir le servir ?

— À 19 heures, ça vous ira ?

— Oui, bien sûr. »

M. Green quitta le bureau, un petit sourire au coin des lèvres.

Il doit trouver que je manque d'assurance, pensa Diana en reprenant le télégramme.

4

Le lendemain matin, M. Green insista pour conduire Diana à l'hôpital. Il refusa tout net sa proposition de prendre le bus. « Sinon, que vais-je faire toute la matinée ? Et puis j'ai des emplettes à faire, de toute manière. »

Diana se douta que c'était un prétexte pour lui être agréable. Elle n'aurait pas rechigné à prendre le bus, habituée qu'elle était aux transports en commun berlinois.

Après l'avoir déposée devant l'entrée principale de l'hôpital, M. Green partit rapidement vers une mystérieuse destination. Comme la veille, elle prit le chemin des soins intensifs. Le papier légèrement jauni qu'elle avait fourré dans la poche de son pantalon semblait peser et même s'alourdir à mesure qu'elle approchait de la chambre d'Emmely. Elle s'était torturé l'esprit toute la nuit. Quelles conséquences pouvait bien avoir eues ce télégramme ? Elle ne connaissait pas l'existence du frère de Henry

Tremayne et n'avait, *a fortiori*, pas la moindre idée du fait qu'il était mort de façon tragique. Est-ce que tout était parti de là ?

À peine arrivée au comptoir des infirmières où elle fut retenue par quelques questions, Diana fut envahie d'un drôle de pressentiment. Le médecin qui vint à sa rencontre n'était pas le docteur Hunter, mais un de ses confrères. Mince, blond, proche de la quarantaine, son stéthoscope brillant sur sa tenue chirurgicale.

« Vous êtes la petite-fille, n'est-ce pas ? »

Apparemment, l'infirmière qu'elle avait croisée hier et qui était encore là aujourd'hui l'avait informé de sa venue.

« Je suis le docteur Blake », se présenta-t-il quand Diana eut fait un petit signe de tête. Il lui tendit la main. « Malheureusement, votre grand-mère ne va pas fort. Son état s'est détérioré au point que nous avons dû la mettre sous respirateur artificiel. Sa tension est très instable, mais nous faisons tout notre possible. »

Choquée, Diana hocha la tête. Si elle n'avait pas osé espérer une amélioration, elle ne s'attendait pas à une aggravation si rapide.

« Bien entendu, vous pouvez aller la voir, mais elle ne vous entendra pas. Nous avons dû la mettre dans un coma artificiel pour qu'elle puisse se reposer. Soyez préparée. »

Abasourdie, Diana le remercia et se retrouva bientôt devant la porte d'Emmely vêtue d'un équipement stérile. Elle reprit ses esprits à la vue des appareils qui bipaient. Elle reconnaissait à peine Emmely sous le masque du respirateur. Elle était également branchée à une sonde d'alimentation. Ses yeux semblaient s'être enfoncés dans ses orbites et sa poitrine se levait et se baissait mécaniquement sous l'impulsion du respirateur artificiel. Elle faisait tellement de peine à voir que Diana ne put s'empêcher de fondre en larmes. Sa poitrine se serra terriblement. Jamais elle n'avait ressenti pareille douleur, même quand elle avait découvert l'infidélité de Philipp.

Elle se laissa choir sur le petit tabouret placé à côté du lit et pleura un moment. Heureusement, personne ne vint lui demander ce qui se passait ou si elle avait besoin d'aide. Personne ne pouvait l'aider.

Un quart d'heure plus tard, elle se releva, enfin calmée, et s'approcha du lit. Doucement, elle se mit à caresser les cheveux d'Emmely quand elle eut soudain l'impression que sa tante était près d'elle. Oui, il lui semblait même qu'elle posait sa main sur son bras pour la consoler.

Ah ! mon enfant, la fin vient tôt ou tard pour chacun de nous, tu sais… Elle revit la lueur d'espoir qui s'était allumée dans les yeux d'Emmely quand elle avait évoqué l'éventualité de retrouver ses ancêtres dans l'au-delà. Diana pensa aux témoignages de gens qui croyaient avoir entendu les voix de leurs ancêtres lorsqu'ils étaient dans le coma.

« J'ai trouvé le télégramme, dit-elle doucement lorsqu'elle eut dépassé sa gêne à parler à une personne inconsciente. Je ne sais pas si c'est toi qui l'as mis dans le livre de Dickens mais, si c'est le cas, je t'en remercie. » Même si toute cette histoire la dépassait un peu, Diana était persuadée que ce petit bout de papier qu'elle ne pouvait malheureusement pas montrer à Emmely faisait partie du secret.

« J'ai aussi trouvé la petite porte cachée. Elle est fermée, comme tu me l'as dit. Aujourd'hui, je vais faire venir un serrurier. Je te promets que je vais découvrir le secret. »

Comme prise en faute, elle releva vivement la tête en entendant un bruit de pas. Une infirmière arrivait. L'avait-elle entendue parler tout haut ? La prenait-elle pour une folle, maintenant ? Si c'était le cas, elle ne le montrait pas.

« Vous savez que vous ne pouvez pas rester plus d'une demi-heure, n'est-ce pas ? », dit-elle. Diana hocha la tête.

« Oui, je repars tout de suite. »

Elle évita de dire qu'elle reviendrait le lendemain. Elle ne voulait pas défier le destin et ne tenait surtout pas à être de nouveau arrêtée par un médecin en passant par le bureau des infirmières.

Elle prit congé d'Emmely en déposant un baiser sur son front à travers son masque de protection, puis elle quitta la chambre et arracha ses vêtements stériles.

Avant même d'arriver dans le hall, Diana entendit la sonnerie de son téléphone. Elle aurait dû l'éteindre, mais sa conscience professionnelle vis-à-vis de son cabinet l'en avait empêchée. Alors qu'elle sortait son portable de son sac pour lire le message, elle se demanda combien de temps elle voulait encore rester à Londres. Elle avait parlé de deux ou trois jours, mais l'état d'Emmely, les recherches qu'elle devait entreprendre et, surtout, le fait que quelqu'un devait être là quand le pire se produirait, la firent douter de son retour prochain à Berlin.

Pouvait-elle se permettre une si longue absence ? Bien sûr. Son équipe méritait toute sa confiance et Éva était une avocate hors pair. Il n'était pas rare, cependant, que des clients désirent lui parler personnellement…

C'était un message de Philipp.

T'es pas à la maison. Donne-moi de tes nouvelles et dis-moi où tu es. Il faut qu'on parle. Philipp.

Parler ? se dit-elle avec amertume, en effaçant le SMS sans hésiter. *De quoi devons-nous parler ? De ton infidélité ? Du fait que tu es désolé ? Ah non ! mon bonhomme, tu vas d'abord mariner un peu !*

Le message de Philipp l'aida quand même à prendre une décision. Elle se dit qu'elle enverrait un e-mail à Éva dès son retour à la maison pour lui dire qu'elle serait absente deux semaines et qu'Éva devait lui faire suivre toutes les requêtes importantes par e-mail.

Comme la veille, M. Green l'attendait dans le hall. Un petit paquet coincé sous le bras, il discutait avec une vieille dame.

Elle se demanda pourquoi il ne l'avait pas laissé dans la voiture. Elle lui fit un petit signe de la main et passa la porte vitrée.

« Comment va Mme Woodhouse ? lui demanda-t-il après avoir pris congé de son interlocutrice.

— Plus mal qu'hier. Elle est sous respirateur artificiel. » Diana n'arriva pas à en dire davantage. M. Green lui adressa un signe de tête compréhensif.

« Je suis désolé. Tenez, c'est pour vous. »

Diana le regarda, étonnée. « Vous m'avez acheté quelque chose ?

— Non, je me suis contenté d'aller chercher ce que votre tante avait choisi pour votre petit paquet annuel. »

C'en fut trop pour elle. Diana éclata en sanglots. Bien que tante Emmely n'ait pas été en forme, ces dernières semaines, elle n'avait pas oublié une chose aussi anodine que le paquet qu'elle lui envoyait une fois par an sans occasion particulière. Elle le qualifiait en riant de colis de ravitaillement. La mère de Diana, déjà, en avait reçu un par an après son installation en Allemagne.

« Allez, allez, miss Diana, soyez courageuse. Votre tante est une battante, elle ne va pas partir aussi rapidement. »

M. Green sortit un mouchoir propre de son manteau et réalisa à cet instant-là qu'il l'avait appelée comme autrefois, quand elle était enfant. Il s'empourpra.

« Merci, monsieur Green, répondit Diana, après s'être mouchée. Et continuez de m'appeler miss Diana, d'accord ? Je crois que je ne vais plus rester longtemps Mme Wagenbach. »

Confus, le majordome la regarda mais se contenta de la conduire à la voiture.

« Mon mari et moi, nous allons probablement divorcer », lui confia-t-elle une fois qu'ils furent sortis de Londres.

Interloqué, le majordome mit un moment à réagir à cette confidence qui ne le regardait pas en tant qu'employé de maison. Puis il toussota et avança : « Vous devriez bien y réfléchir. De nos jours, les gens rompent tellement facilement. »

Autrefois, peut-être du temps d'Emmely et de Deidre, il aurait été réprimandé pour une pareille réflexion. Mais Diana trouva qu'il avait raison. Les gens jetaient de bonnes et longues relations à la poubelle pour une petite aventure, par exemple.

« Il m'a trompée », précisa-t-elle. Ce genre de confidence aussi aurait été impensable à une époque plus ancienne.

« Alors là, c'est autre chose ! » Y avait-il une pointe de colère dans ses propos ? « Je ne comprends pas certains hommes. Pourquoi se jettent-ils dans des aventures en pensant que les femmes d'aujourd'hui ne vont pas s'en apercevoir ? Même autrefois, elles le savaient, d'ailleurs. Les femmes ont un sixième sens pour ces choses-là.

— Et elles ne sont plus prêtes à cacher leur chagrin, ajouta Diana.

— C'est ça ! Cependant, les hommes pensent toujours qu'ils vont s'en sortir. Ils sont prêts à accepter toutes ces disputes et ces drames uniquement pour sentir une fois une autre peau. »

À l'entendre, on aurait pu croire qu'il vivait la relation la plus heureuse de tous les temps. Mais Diana savait très bien que ce n'était pas le cas. Traversait-il une sorte de prise de conscience tardive ?

« Est-ce que je peux vous poser une question personnelle, monsieur Green ? »

Diana remarqua qu'il haussait les sourcils. Apparemment, il savait ce qu'elle allait dire.

« Allez-y. À part mon prénom, je n'ai pas de secrets.

— Avez-vous déjà été marié ? »

Green hésita un instant. « Non.

— Presque, peut-être ?

— Presque, souvent. Il y a toujours eu des femmes avec lesquelles j'ai cru que c'était possible.

— Qu'est-ce qui vous a retenu ?

— Eh bien, qu'est-ce qui retient quelqu'un de sauter le pas ? Soit on ne s'aime pas assez, soit on s'aime trop. Parfois, ce sont les circonstances qui se chargent de vous en empêcher, parfois la bêtise. »

Et le service ? se demanda Diana. Elle se demanda s'il était encore d'usage que le majordome appartînt à la famille au service de laquelle il travaillait, et qu'il dût quitter son poste s'il se mariait.

« Je suis sûr qu'un jour, je trouverai une femme qui me donnera envie de rester. Mais en ce moment, nous avons d'autres problèmes, n'est-ce pas ? »

Diana fit un petit signe de tête. M. Green n'avait pas satisfait sa curiosité, mais elle sentit qu'il ne se livrerait pas davantage.

Arrivée au manoir des Tremayne, Diana se retira dans le salon avec le paquet encore fermé. La veille, elle en avait fait son quartier général. Elle avait toujours adoré l'énorme canapé en cuir de style colonial qui, grâce à un soin attentif, ne trahissait pas sa date de confection, autour de 1900. Son ordinateur portable, relié par un câble à la prise du téléphone, trônait sur la lourde table basse, à la place de la coupe à fruits qui y était habituellement posée. Elle était allée chercher le bloc-notes dans le bureau, mais avait laissé l'encrier, car elle craignait de tacher le tapis en se servant d'une plume et d'un porteplume.

Elle n'avait encore rien noté sur le supposé secret dans son bloc. Simplement la liste des choses à faire ce jour-là. Elle s'en tenait à ce système depuis des années. Il lui avait permis de mettre un peu d'ordre dans sa vie. Cette liste, sur laquelle elle avait noté en premier lieu d'appeler le serrurier, faisait maintenant office de planche de salut. Elle se laissa tomber sur le canapé et sortit le télégramme qu'elle avait glissé dans une enveloppe pour le protéger.

La veille, elle avait entré le nom Richard Tremayne sur Google, mais cela n'avait rien donné. Son esprit n'avait pas encore atteint Internet. Elle avait aussi noté sur sa liste d'aller faire un tour aux archives du village.

Diana attrapa le téléphone qui, avec la cuisinière, était l'appareil le plus moderne de la maison. Elle n'avait pas encore découvert de télévision lors de son inspection des pièces. Certaines étaient d'ailleurs presque vides.

Les renseignements lui communiquèrent les numéros de trois serruriers. Pour le premier, un répondeur indiquait que l'entreprise était fermée pour cause de vacances, le deuxième sonnait toujours occupé. C'était plutôt bon signe pour l'entreprise, mais Diana ne voulait pas attendre. Quand elle composa le troisième numéro, un sympathique monsieur d'un certain âge lui répondit et ne tarda pas à lui raconter qu'il allait bientôt partir en retraite mais que, pour la maison des Tremayne, il était prêt à se déplacer l'après-midi même pour regarder la serrure en question.

À peine avait-elle raccroché que Diana aperçut M. Green près de la porte. Elle ne savait pas depuis combien de temps il se tenait là, à attendre patiemment qu'elle termine sa conversation téléphonique. Une délicieuse odeur flottait dans l'air.

« Le déjeuner sera prêt pour 13 heures, cela vous convient-il, miss Diana ?

— Ça dépend de ce que vous me mitonnez, répondit-elle pour plaisanter.

— Une spécialité anglaise. Laissez-vous surprendre ! » Sa voix résonna dans le couloir où il venait de disparaître.

Diana songea qu'elle avait eu sa dose de surprises, ces derniers temps. Son regard se posa sur le paquet soigneusement ficelé qui ne révélait rien de son contenu, ni même du lieu où il avait été acheté. Il n'y avait aucun cachet d'entreprise sur le papier d'emballage brun. Il était entouré d'une cordelette toute simple, de celles que l'on trouvait partout. *Allez, laissons-nous surprendre*, se dit-elle en défaisant le nœud.

En ouvrant, elle sentit tout de suite une matière extrêmement douce sous le bout des doigts. Surprise, elle inspira un grand coup quand elle vit de quoi il s'agissait. Un foulard de soie orange couvert de magnifiques motifs rouge et or. Curieusement, il semblait assez ancien. Ses bords étaient légèrement usés et les broderies ressemblaient à celles que l'on peut admirer sur de vieux habits, dans les musées. Bien que Diana ne fût pas experte en histoire de la mode, elle se rappela avoir lu que les foulards avec les vrais motifs cachemire étaient très chers. C'est pour cette raison qu'on avait commencé à les copier et à les reproduire dans une ville écossaise du nom de Paisley.

Les colis annuels de tante Emmely étaient célèbres pour la générosité dont elle faisait preuve, mais jamais Diana n'avait rien reçu d'aussi précieux. Venait-il de sa propre garde-robe ? Mais alors, pourquoi M. Green avait-il dû aller le chercher ailleurs ? Avait-il été restauré ?

Si c'était le cas, le tailleur avait fait du bon travail…

Tout à coup, elle repensa au motif du papier peint. Était-ce l'un des indices de tante Emmely ?

Elle s'interdit de demander à M. Green si Emmely en avait fait son confident. Si elle le faisait, il lui sourirait probablement et répondrait de façon sibylline. *Non, je vais tout découvrir par moi-même*, se dit-elle en faisant glisser entre ses doigts l'étoffe délicate du foulard.

5

La spécialité anglaise annoncée par M. Green se composait d'un succulent gigot d'agneau accompagné de pommes de terre et d'une sauce à la légère saveur de menthe. Diana n'avait pas faim, mais elle ne sut résister aux talents culinaires du majordome.

L'après-midi, on sonna à la porte. Le timbre strident de la sonnette ne s'accordait pas du tout avec le style de la maison mais, au moins, on l'entendait de partout.

M. Green étant parti faire des courses, Diana se vit contrainte d'aller ouvrir elle-même. Elle détacha ses yeux de son ordinateur portable, se leva du confortable canapé en cuir et courut jusqu'au hall d'entrée.

Le visiteur semblait habitué à patienter. Lorsqu'elle arriva à la porte vitrée, il se tenait là, la tête baissée, le chapeau à la main. La vitre en verre dépoli aux motifs Art nouveau masquait encore ses traits mais, lorsque Diana ouvrit la porte, elle se retrouva devant un homme d'environ quatre-vingts ans arborant une tignasse grise et revêtu d'un trench-coat noir.

« Docteur Sayers ? », laissa-t-elle échapper.

L'homme écarquilla les yeux comme s'il voyait un esprit mais il esquissa un petit signe de tête. Une fois la surprise passée, il réalisa enfin qui se tenait devant lui.

« Vous êtes la petite-fille de Beatrice, n'est-ce pas ?

— Oui, c'est moi », dit Diana en souriant. Depuis quand n'avait-elle pas vu cet homme ? Quand elle était petite, il venait souvent en visite dans la demeure des Tremayne. Au-delà de sa fonction de médecin, il avait tissé des liens d'amitié avec la famille d'Emmely. Tante Emmely l'évoquait bien de temps à autre, mais elle ne l'avait pas revu depuis longtemps. Maintenant, ses traits lui revenaient.

« Mon Dieu, quand vous ai-je vue pour la dernière fois ? » Un sourire adoucissait son visage sévère. « Lorsque vous aviez quatorze ans, peut-être ? Cela doit faire plus de vingt ans.

— C'est bien possible. Vous n'avez pas changé, docteur. »

Sayers eut un petit rire moqueur. La glace était brisée. Affectueusement, il posa sa main sur son bras.

« Ne flattez pas un vieil homme, sinon il va se faire des idées !

— Vous venez à propos de tante Emmely, n'est-ce pas ?

— Oui, je n'ai plus de nouvelles depuis quelques jours. Va-t-elle bien ? Elle doit être contente que sa nièce soit là, vous avez toujours été une petite-fille pour elle. »

Diana baissa la tête tristement. Apparemment, il ne savait rien encore. « Entrez, docteur Sayers, je vais vous raconter ce qui s'est passé. »

Soudain inquiet, il la suivit silencieusement dans la cuisine. Le soleil de l'après-midi qui perçait les nuages inondait la pièce et de petits grains de poussière dansaient dans les rayons de lumière.

« Asseyez-vous, je vous prie, et excusez-moi de vous recevoir dans la cuisine. J'ai mis pas mal de désordre dans le salon, avec des paperasses. »

Le médecin lui adressa un petit signe de tête compréhensif tout en s'asseyant. « Oui, l'administration ne laisse pas les gens en paix. Emmely se réjouit certainement que vous l'épauliez. » Diana eut du mal à avaler sa salive. *Il faut bien que je lui dise.* « Tante Emmely a été transportée à l'hôpital avant-hier. C'est M. Green qui m'a informée. Elle a eu une nouvelle attaque.

— Oh ! mon Dieu ! » Le docteur Sayers leva les bras d'un air désemparé. « Où est-elle ?

— Au St James. Étant donné qu'elle a également attrapé une pneumonie, elle a été mise sous respirateur artificiel. On ne peut pas lui parler. Je suis allée la voir ce matin. »

Il fallut un moment au docteur Sayers pour se ressaisir. « C'est vraiment terrible. Je suis désolé, miss Diana.

— C'est très gentil de votre part. » Diana inspira profondément en fixant ses mains pour chasser son angoisse, puis elle se leva. M. Green avait préparé du thé avant de quitter la maison ; elle en versa donc une tasse au docteur Sayers ainsi qu'à elle-même.

« Dommage que je n'exerce plus, sinon j'aurais eu le droit d'entrer dans n'importe quel hôpital, en tant que médecin de famille. J'aurais dit à cette vieille enfant de ne pas trop se dépêcher de prendre la poudre d'escampette. Avec qui d'autre vais-je pouvoir discuter et me chamailler tous les mercredis après-midi, si elle n'est pas là ? »

Un sourire amer passa sur son visage.

Involontairement, Diana se demanda s'il avait déjà tenté de se rapprocher de sa tante. Elle avait été veuve suffisamment jeune pour se permettre d'avoir tout au moins un amant.

« Je me souviens encore très bien de votre grand-mère, miss Diana », dit le médecin. Il but une gorgée et ferma les yeux de bonheur. « Quel merveilleux thé ! Quelles sont les chances que M. Green me révèle un jour ses fournisseurs ?

— Demandez-le-lui. »

Sayers soupira. « Je doute fort qu'il me réponde, ce vieux cachottier. Cela doit vous paraître bizarre que je dise cela alors que j'ai bien trente ans de plus que lui. » Il éclata de rire avant de reprendre une gorgée de thé.

« Ah oui ! votre grand-mère, reprit-il là où il s'était interrompu. Quel joli brin de fille c'était ! Je l'ai rencontrée la nuit même de son arrivée. »

Diana ne connaissait qu'une toute petite partie de son histoire familiale. À la fin du XIXe siècle, son ancêtre Grace et son mari avaient fait construire une maison au bord de la mer Baltique, dans cette partie de la Prusse-Orientale qui faisait désormais partie de la Pologne. Puis le mari de Beatrice et sa mère Helena, la fille de Grace, avaient péri en fuyant, en 1945. Bravant toutes les difficultés, Beatrice, la grand-mère de Diana, alors enceinte et à moitié affamée, avait réussi à se rendre en Angleterre. La mère d'Emmely l'avait recueillie ici au moment où la maison faisait encore office d'hôpital militaire.

« Bien qu'elle ne fût pas d'une grande aide à l'hôpital en raison de son état, elle faisait tout son possible pour mettre la main à la pâte et nous prêter main-forte. Deidre ne voyait pas cela d'un bon œil, en revanche. »

Son regard sembla se perdre dans le passé, à l'époque où il était encore un séduisant jeune homme qui devait beaucoup plaire aux filles.

« Elle devait sans doute vouloir qu'elle se ménage, à cause de son état.

— Oui, mais il y avait autre chose. Deidre ne semblait pas lui faire confiance. Après tout, elle n'avait aucune preuve de ses origines, hormis une lettre. »

Diana dressa l'oreille. « Une lettre ?

— Oui, une lettre qu'elle portait sur elle en arrivant et que sa mère était supposée lui avoir confiée. Personnellement, je ne l'ai jamais vue, mais j'ai entendu Deidre et Emmely en parler. Apparemment, c'était la seule petite branche à laquelle Beatrice ait pu se raccrocher pour éviter que Deidre ne la renvoie.

— Et Emmely ?

— Oh ! elle a tout de suite adoré Beatrice ! Elle la considérait un peu comme une sœur aînée. »

Tout à coup, les mots de M. Green lui traversèrent l'esprit : le patriarcat se transforma en matriarcat.

« En tout cas, Emmely et Beatrice n'ont pas tardé à être inséparables. Emmely, surtout, s'était mis en tête de choyer la brebis perdue. Beatrice était très renfermée, probablement était-elle torturée par les souvenirs de sa fuite. Il a fallu attendre quelques mois avant qu'elle ne consente à s'ouvrir un peu. Elle ne parlait jamais de ce qu'elle avait vécu et ce secret lui conférait une sorte de force qui la rendait encore plus belle et plus rayonnante. »

Une lueur lointaine illumina son regard, aussitôt chassée par une vilaine ombre. « La mort de Beatrice en donnant naissance à sa fille Johanna a représenté un choc pour nous tous. Elle avait bien eu des moments de faiblesse occasionnels, avant, mais nous avions mis cela sur le compte des privations qu'elle avait endurées lors de sa fuite et durant sa grossesse. Elle était plutôt bien soignée, ici, mais cela ne suffisait pas pour lui faire prendre du poids. »

Diana croisa les bras devant son torse en attrapant ses épaules. L'histoire de la mort de sa grand-mère n'avait jamais été évoquée à la maison. Emmely n'en parlait jamais et sa mère ne la connaissait pas. Diana ne s'attendait vraiment pas à l'apprendre aujourd'hui. « Tout d'un coup, alors qu'elle poussait, elle s'est mise à saigner violemment. C'était inhabituel, la sage-femme et moi étions complètement désemparés. Supposant qu'elle avait subi une déchirure des tissus, nous avons espéré pouvoir stopper l'hémorragie en l'opérant. Après la naissance de l'enfant, je me suis battu pendant toute une heure pour la sauver, mais cela n'a servi à rien. Elle avait perdu trop de sang. » Les épaules de Sayers, contractées comme s'il se trouvait encore en salle d'opération, se relâchèrent brusquement et retombèrent mollement. « Lorsque j'ai fait son autopsie, j'ai vu qu'elle avait un éclat d'obus dans le ventre. Je me demande comment elle a pu ne pas le remarquer. Sans doute n'a-t-elle rien senti. Il a dû se balader dans son corps jusqu'à ce qu'il atteigne l'aorte abdominale.

— En fin de compte, elle n'était qu'en sursis, remarqua Diana avec angoisse, réalisant que sa famille avait bien failli s'éteindre à ce moment-là.

— En effet. Elle aurait très bien pu mourir pendant sa grossesse. Mais le bon Dieu ou je ne sais qui avait voulu que cette enfant naisse. À la lumière des événements qui ont suivi, on peut même dire que le destin a été clément avec la descendance des Tremayne, pour une fois. Après la mort d'un premier enfant, Emmely n'a jamais pu en concevoir d'autre. »

Le silence qui suivit ses paroles semblait l'écho d'une époque éloignée. Les images du passé se rapprochaient, les cernaient comme autant de soldats qui ne laissaient pas d'autre choix à Diana et au médecin que de s'y abandonner.

« Est-ce que sa tombe existe encore ? Je veux dire celle de votre grand-mère Beatrice ? » La voix de Sayers brisa le silence comme un marteau percutant une vitre. « Voilà bien longtemps que je ne suis pas allé au cimetière. Plus ma propre fin approche, plus j'évite ce lieu de peur qu'il ne me laisse plus repartir. »

Tandis que le passé regagnait peu à peu les ombres de la maison, Diana, troublée, haussa les épaules sans réagir à la plaisanterie du médecin.

La tombe de sa grand-mère n'était plus qu'un vague souvenir de son enfance. Un souvenir ailé, car Emmely avait fait sculpter un ange de marbre pour veiller sur la jeune femme. « Je n'ai pas encore eu le temps d'aller vérifier. Tante Emmely employait un jardinier pour s'en occuper.

— Peut-être devriez-vous rendre une petite visite à votre grand-mère. Contrairement à moi, vous n'avez pas encore à craindre la mort. Cela intéresserait certainement beaucoup Beatrice de savoir ce qu'est devenue sa petite-fille. Vous lui ressemblez comme deux gouttes d'eau, si je peux me permettre cette réflexion. »

À ces mots, Diana se sentit submergée par la mauvaise conscience. Était-il vrai que les morts voyaient les vivants ? Dans ce cas, sa mère et sa grand-mère devaient être effarées par ce que Philipp lui avait fait – mais aussi par la violence de sa réaction.

« J'irai dès que j'aurai réglé la paperasse. »

Sayers la contempla comme pour s'assurer qu'elle tiendrait parole. Puis il hocha la tête avant de plonger la main dans la poche intérieure de sa veste. « Voici ma carte. Prévenez-moi s'il se passe quelque chose ou si Emmely peut recevoir de la visite. Vous pouvez m'appeler à tout moment, même pour vous épancher ou si vous avez besoin d'aide ici. »

Après que Diana l'eut remercié, il s'adossa à la chaise, regarda le plafond et sourit comme s'il y avait découvert quelque chose de familier. « Ah ! cette maison ! Je m'y sens presque chez moi. Je revois encore le désordre qui régnait ici lorsque j'étais jeune. Je m'y sentais si bien ! Notre tâche à l'hôpital militaire était parfois horrible, la promiscuité était insupportable et la faim nous tenaillait ; pourtant, pour rien au monde je ne rayerais cet épisode de ma biographie. Malgré toutes les souffrances, c'était une belle époque. »

Après avoir conversé de sujets plus anodins, le docteur Sayers prit congé en promettant de passer prendre des nouvelles la semaine suivante. Diana reconnut sans peine la véritable raison de son empressement : il ne voulait pas passer le mercredi après-midi tout seul ! Cependant, et quand bien même le vieil homme avait remué nombre de tristes souvenirs, la présence du docteur ne lui avait pas été désagréable.

De retour au salon, Diana se laissa choir sur le canapé. Tout à coup, ses jambes lui semblaient infiniment lourdes. Le récit du docteur Sayers avait fait remonter des images si précises de sa grand-mère qu'il lui semblait qu'elle était morte la veille. Tout ce qu'elle connaissait de la belle Beatrice se résumait à une photo, elle n'avait jamais pu nouer de liens avec elle. Son image se superposait étrangement avec celle d'Emmely qui se retrouvait également aux portes de la mort.

Peut-être devrais-je vraiment aller sur sa tombe vérifier que tout va bien, maintenant qu'Emmely ne peut plus le faire. Il faudrait aussi que tu réfléchisses à l'endroit où Emmely pourra être enterrée si on en arrive à cette extrémité, lui souffla une petite voix.

Quelques instants plus tard, vêtue d'un débardeur et d'une chemise pour se protéger de la fraîcheur, elle marchait en direction du cimetière du village situé à environ dix minutes de la maison. Le crissement du gravier sous ses chaussures avait quelque chose d'hypnotisant qui l'aida à clarifier ses pensées et à mettre de l'ordre dans toutes les informations qu'elle avait engrangées ces derniers jours.

Alors qu'elle se trouvait à mi-chemin, le soleil parvint enfin à se frayer un passage à travers les nuages. Son environnement changea aussitôt d'aspect. Les haies de mûres sauvages et l'herbe gorgées d'eau de pluie étincelaient, les oiseaux se mirent à chanter à qui mieux mieux et, quelque part, le cri du coucou annonça l'arrivée imminente de l'été.

Le soleil se montre à point nommé, pensa Diana, *est-ce un signe ?* Bien qu'elle ne crût pas à ce genre de choses, cette lumière inattendue emplit son cœur de légèreté alors que le petit cimetière entouré d'un muret de pierre apparaissait devant elle. Des tilleuls et des marronniers bordaient ce lieu où le vent semblait toujours souffler plus fort qu'ailleurs. Au milieu des croix en fer s'élevait une petite chapelle. Le caveau de la famille Tremayne. Diana ne s'était jamais demandé pourquoi sa grand-mère n'y était pas enterrée. Maintenant, cette question l'obsédait littéralement. Avait-on manqué de place dans la crypte ? Deidre s'y était-elle opposée ? À moins que ce n'ait été le vœu de sa grand-mère elle-même ?

Elle ne chercha pas longtemps la tombe de Beatrice Jungblut : l'ange la saluait de loin. Protecteur, il tenait une couronne au-dessus de la pierre tombale recouverte de lierre.

Autrefois, la petite chapelle avait dû constituer le cœur du cimetière, mais le temps et l'extension des lieux l'avaient décentrée d'environ cinquante mètres, laissant la place d'honneur à l'ange dont les ailes dépassaient de peu la chapelle.

Était-ce voulu que l'ombre projetée de la couronne entourât les dates de naissance et de mort de la jeune femme ? Incapable de répondre à cette question, Diana se réjouit néanmoins de l'effet ravissant et esquissa un sourire.

« Salut, grand-mère », dit-elle doucement en s'accroupissant. Elle passa son doigt sur les lettres et les chiffres gravés dans la pierre.

Beatrice Jungblut
Née Feldmann
1918-1945

Quelle que soit la personne qui s'occupait de la tombe, elle s'acquittait bien de sa tâche.

L'idée de parler aux morts lui avait toujours semblé absurde car, dès l'enfance, elle avait douté de la vie après la mort. Aujourd'hui, pourtant, elle ressentait le besoin irrépressible de raconter à cette femme dont elle ne conservait pour tout héritage qu'une photo et quelques gènes, tout ce qui s'était passé depuis sa dernière visite au cimetière. Après avoir relaté ses études, elle narra sa rencontre avec Philipp puis l'ouverture de son cabinet, et conclut avec la tromperie de ce dernier, le fait que les jours d'Emmely étaient comptés et cette impression qu'elle avait de voir son petit monde s'écrouler.

En levant les yeux vers la couronne que l'ange tenait au-dessus d'elle, elle remarqua que les feuilles avaient quelque chose d'inhabituel. Elle avait déjà vu quantité de couronnes de laurier réalistes ou stylisées au cours de ses études ou dans sa profession, mais aucune n'avait de pareilles feuilles ! Ce n'était pas du laurier. Une sensation de chatouillement à l'estomac, elle se releva pour inspecter la couronne de plus près. C'était la sculpture la plus originale qu'elle ait jamais vue. Les feuilles étaient extrêmement détaillées, réalisées avec une grande précision. Elle caressa le marbre en soupirant. Il était si lisse qu'aucun lichen n'y avait prise. *Ah ! Emmely, si seulement je pouvais te questionner !*

Tout d'un coup, elle réalisa qu'elle avait déjà vu de telles feuilles. Elle ne se souvenait plus exactement où, mais elles lui disaient vraiment quelque chose. La sensation bizarre qu'elle avait au creux de l'estomac s'intensifia et le désir de rafraîchir sa mémoire devint si fort qu'elle tourna vivement les talons et se précipita vers la sortie du cimetière en manquant de renverser deux vieilles dames armées d'arrosoirs et de râteaux, qui se rendaient sur les tombes de leurs parents. Courant le long du chemin sablonneux, elle ne remarqua même pas leurs hochements de tête désapprobateurs.

Le sport n'avait jamais été son fort, se rappela-t-elle une fois de plus en gravissant péniblement les marches du manoir, le souffle court. Entre-temps, M. Green était rentré. Elle apercevait la Bentley dans le garage dont il avait laissé les portes ouvertes.

Après avoir marqué un bref arrêt pour reprendre sa respiration, Diana se précipita dans la cuisine. Elle infligea une telle frayeur à M. Green qu'il faillit faire tomber la théière. « Miss Diana, s'est-il passé quelque chose ? »

Diana ignora sa question. Arrivée devant le buffet de la cuisine, elle commença par tirer les deux petits tiroirs puis se ravisa et ouvrit l'une des petites portes.

Bingo ! Poussant un « ah ! » triomphal, elle brandit un petit paquet. À cet instant seulement, elle remarqua que M. Green la regardait comme s'il doutait de sa raison.

« Je suis désolée, monsieur Green, dit Diana gênée tout en serrant le paquet contre sa poitrine comme quelque chose d'infiniment précieux. Je ne voulais pas vous faire peur. Je voulais juste en avoir le cœur net. »

Le majordome haussa les sourcils. « Le cœur net de quoi ? De ne pas manquer de thé ? »

Diana éclata de rire. « Non, monsieur Green. Mais j'ai l'impression que tante Emmely s'est autorisé une petite extravagance sur la tombe de ma grand-mère.

— Que voulez-vous dire par là ? », demanda le majordome en fronçant les sourcils.

Diana lui relata la visite du docteur Sayers qui lui avait suggéré de se rendre sur la tombe de sa grand-mère.

« Cela vient probablement du fait que je n'y étais pas allée depuis longtemps : j'ai un regard neuf sur les détails, dit-elle en retournant le paquet qu'elle avait sorti du buffet et en l'élevant à hauteur de ses yeux comme s'il s'agissait de la trouvaille de l'année.

La couronne que l'ange tient au-dessus de la tombe de ma grand-mère et dont l'ombre encercle ses dates est composée de feuilles de thé. »

« Une couronne de feuilles de thé, donc… », murmura M. Green pensif lorsqu'ils furent réunis peu après autour de tasses fumantes et d'un morceau de gâteau. « Vous en êtes sûre ?

— Absolument certaine, s'obstina Diana. Les feuilles sont exactement les mêmes que sur ce paquet. Je peux vous affirmer que la couronne de l'ange n'est pas une couronne de laurier. »

Songeur, M. Green caressait machinalement la table de bois striée d'entailles aux endroits où un couteau avait dérapé. « Dans quel but *Madam* aurait-elle fait une chose pareille ?

— Ce n'est pas à moi qu'il faut le demander, répondit Diana. En tout cas, c'est très bizarre.

— Est-ce que votre grand-mère avait une prédilection pour le thé ? À moins que les raisons ne soient plus mystérieuses ? Après tout, certains voyants lisent bien dans les feuilles de thé. »

Diana secoua la tête. Ces explications ne la satisfaisaient pas. Emmely n'était pas superstitieuse. L'idée que quelqu'un puisse lire son avenir dans sa tasse de thé l'aurait tout au plus fait rire. La théorie selon laquelle sa grand-mère aimait le thé était beaucoup plus plausible. Après tout, elle venait d'une famille de marins et elle avait grandi au bord de la mer. Mais cette prédilection suffisait-elle à faire décorer sa tombe avec les feuilles de cette plante ?

« Est-ce que cela vous dérange si je joins ce paquet à mes trouvailles ? demanda-t-elle à M. Green qui releva le nez de sa tasse d'un air étonné.

— Bien sûr que non, nous en avons encore suffisamment en réserve et puis, désormais, c'est vous la maîtresse de maison, tout au moins jusqu'au retour de *Madam.* »

Diana fut touchée par l'espoir qu'exprimait le majordome de revoir sa patronne et eut honte de s'avouer que son cœur à elle lui disait tout le contraire : Emmely vivait ses derniers jours.

Après le thé, Diana retourna au salon et déposa le paquet odorant à côté de l'écharpe et du télégramme.

Il va falloir que je trouve un coffre, si cela continue…

Elle travailla jusqu'au soir, répondant aux mails du bureau et ignorant un nouveau message de Philipp, un e-mail cette fois-ci. Que pouvait-il bien vouloir, hormis se justifier ? De quoi voulait-il parler ? Son cœur en colère ne voulait pas en savoir davantage.

Lorsqu'elle se blottit au fond du canapé, fatiguée, elle se rappela que cette recherche de son histoire familiale ressemblait au jeu auquel elle jouait, petite, avec Emmely. Un jeu de piste, *Schnitzeljagd* comme on disait en Allemagne. Sa tante avait toujours été très forte pour cacher les indices. Dommage qu'elle soit maintenant à l'hôpital, incapable de l'aider !

6

Cette nuit-là, alors qu'elle était enfouie sous les couvertures épaisses qui sentaient un peu le renfermé, les rêves de Diana la ramenèrent au cimetière. Perçant la brume matinale dont il était maintenant nimbé, elle crut percevoir des voix. Lorsqu'elle baissa les yeux, elle s'aperçut qu'elle ne portait qu'une chemise de nuit. Ses pieds nus laissaient de légères traces sur le chemin sablonneux, ses cheveux défaits, plus longs que de coutume, flottaient derrière elle comme un voile.

Rien n'avait changé depuis sa dernière visite, hormis ces voix mystérieuses impossibles à localiser au milieu de cette nappe de brouillard rose. L'ange tenait toujours la couronne au-dessus de la pierre tombale. Les rayons du soleil absorbés par le brouillard ne projetaient pas d'ombre sur les dates de Beatrice, mais l'ensemble demeurait néanmoins impressionnant.

Tout à coup, Diana ressentit comme une caresse sur sa joue. En reculant, elle s'aperçut qu'un papillon avait émergé du brouillard. Petit, il avait quelque chose d'exotique. Il la frôla et se dirigea vers l'ange avant de se poser sur la couronne.

À son contact les feuilles reprirent vie, retrouvant une teinte verte, éclatante. Le bras qui tenait la couronne se colora à son tour et ainsi de suite, jusqu'à ce que l'ange dressé devant Diana se transforme en une femme aux cheveux d'un roux ardent et vêtue d'une longue chemise blanche. Des larmes coulaient sur ses joues, des larmes dorées comme le thé. Soudain, elle leva les yeux vers Diana et la supplia : « Ramène-le-moi. »

Ces mots empreints d'une tristesse indicible la réveillèrent en sursaut et elle se redressa dans son lit, confuse. Elle réalisa qu'elle se trouvait dans sa chambre et qu'elle avait rejeté toutes ses couvertures dans son sommeil.

Oppressée, Diana se laissa retomber sur le matelas. Ce n'était qu'un rêve, se dit-elle, mais l'idée que son aïeule eût pu venir à elle pour lui demander quelque chose lui donna la chair de poule.

Incapable de se rendormir, elle fixa le plafond en se demandant quelle sorte de papillon elle avait vu, et comment il avait pu arriver dans la froide Angleterre. Par bateau ? Par voie aérienne, enfermé dans un avion en échappant à la vigilance du personnel de nettoyage ?

Elle ne se rendormit qu'au petit matin, d'un sommeil dépourvu de rêves jusqu'à ce que la sonnerie de son portable la réveille. Comme si elle avait pressenti que sa nuit serait agitée, Diana s'était donné la peine de programmer son réveil pour être sûre d'avoir le temps de rendre visite à Emmely dès le matin, avant la venue du serrurier qui s'était annoncé pour le milieu de journée.

Après unc douche revigorante – l'eau chaude semblait rechigner à traverser les tuyaux –, un thé et quelques toasts à la confiture, elle se rendit au salon, où elle caressa le désir de raconter ses découvertes à Emmely. Mais elle se rappela bien vite que la vieille dame ne serait sans doute pas sortie de son coma artificiel.

Diana avait déjà le sac à l'épaule quand le téléphone sonna. Elle se figea, tout comme M. Green qui attendait sur le pas de la porte.

Une sensation étrange la submergea sans raison apparente : qui pouvait bien appeler ?

« C'est certainement une connaissance de *Madam*, dit M. Green pour la rassurer, mais sa voix trahissait son inquiétude.

— Je vais voir ça », décida Diana et elle décrocha juste après la troisième sonnerie.

« Vous êtes bien chez Mme Woodhouse », annonça-t-elle au cas où il s'agirait en effet d'un des amis d'Emmely. Peut-être était-ce le docteur Sayers qui venait aux nouvelles ?

« Ici le docteur Hunter du St James Hospital. » Le Pakistanais, nota Diana. « Est-ce que je parle à la petite-fille de Mme Woodhouse ?

— Oui, je suis Diana Wagenbach, répondit-elle alors que son estomac se serrait.

— Je suis vraiment désolé, mademoiselle Wagenbach, dit-il après une courte pause. Votre grand-mère est décédée il y a une heure. Nous avons fait tout ce qui était en notre pouvoir pour la sauver, mais les mesures prises n'ont pas eu d'effet. »

Diana laissa tomber le combiné. Elle n'avait plus la force de le tenir. « Allô ? entendit-elle. Vous allez bien ? »

Un instant s'écoula pendant lequel elle se contenta de fixer le vide, puis elle raccrocha sans prendre congé et retourna dans le hall, comme anesthésiée.

Le visage de M. Green s'assombrit.

« Tout va bien, miss Diana ? »

Diana secoua la tête tandis que ses yeux s'emplissaient de larmes. « Elle est morte il y a une heure. »

Des instants qui suivirent, elle ne réalisa qu'une chose : M. Green l'avait entraînée sur le canapé du salon. Quand il lui demanda s'il pouvait faire quelque chose pour elle, elle secoua la tête. Il réapparut quelques instants plus tard avec un paquet de mouchoirs et une tasse de thé, puis se retira discrètement dans la cuisine.

Après qu'elle eut fixé un moment la cheminée hérissée de photos de proches décédés de longue date, l'état de choc dans lequel la nouvelle l'avait plongée se relâcha et Diana put donner libre cours à sa tristesse.

Comme hébété, M. Green regardait par la fenêtre de la cuisine qui offrait une bonne vue sur le jardin potager et une partie du parc.

Bien qu'il ne fût pas particulièrement sentimental, des larmes coulaient le long de ses joues – silencieuses, car jamais il ne se serait autorisé à pleurer ouvertement. La mort de sa patronne ne le tourmentait pas seulement parce qu'elle avait été une bonne maîtresse, mais aussi parce que la responsabilité de faire découvrir le secret à miss Diana pesait désormais sur ses seules épaules. Dans l'impossibilité de lui poser davantage de questions, il allait devoir s'en tenir strictement aux ordres donnés par Mme Woodhouse.

D'un pas vif, il se dirigea vers la commode à côté de la porte d'entrée et en sortit un livre épais qui n'avait manifestement pas été ouvert depuis longtemps. Il saisit l'enveloppe coincée entre ses pages et la glissa dans la poche de sa veste. Sa maîtresse ne lui avait jamais dit ce qu'elle contenait, c'était quelque chose de précieux. Selon ses instructions, il devait la transmettre discrètement à sa petite-nièce. Elle devait tomber dessus comme par hasard. Jusqu'à présent, il ne s'en était pas inquiété, partant du principe qu'elle vivrait encore un moment. Peut-être allait-il avoir une idée pendant le trajet. Miss Diana allait certainement vouloir aller à l'hôpital après avoir prévenu les pompes funèbres.

Il monta les marches à la hâte jusqu'au séjour, un annuaire sous le bras.

Diana fut reconnaissante à M. Green de lui apporter l'annuaire ouvert à la page des entreprises de pompes funèbres de la région.

Tout à coup, elle repensa à l'enterrement de sa mère et à toutes les formalités qu'elle avait dû remplir à l'époque. Fort heureusement, la présence de M. Green à ses côtés atténuait un peu cette impression d'accablement.

« Norton & Fenwick ont bonne réputation dans le coin, des employés qui font du bon travail et qui sont discrets, et puis ils n'achètent pas des cercueils bon marché en Europe de l'Est », expliqua-t-il en désignant une annonce particulièrement discrète. Le nom de l'entreprise y figurait en toutes petites lettres dans un encadré noir. Il disparaissait littéralement à côté des annonces qui débordaient de rameaux, de roses tape-à-l'œil, de croix et de couronnes.

« Vous croyez que c'est ce que tante Emmely aurait voulu ?

— En tout cas, elle aurait voulu un enterrement de bon goût et je suis sûr que de ce point de vue, on peut faire confiance à cette entreprise. Voulez-vous que j'appelle ?

— Non, je le ferai en route. Nous devrions y aller le plus vite possible, je crois.

— Très certainement, miss Diana. »

Alors que M. Green sortait, Diana monta l'escalier en courant. Après le premier choc de l'annonce, l'espoir absurde que le médecin s'était trompé l'envahissait. Elle ne pouvait s'empêcher d'espérer qu'un miracle s'était produit et qu'Emmely avait changé d'avis.

Mais à peine arrivée dans sa chambre, la réalité la rattrapa et s'abattit sur ses épaules comme un sac à dos trop lourd.

N'ayant pas songé à emporter de vêtements sombres, elle boutonna sa veste noire jusqu'en haut et attrapa son sac à main. En redescendant, son regard balaya de nouveau le tableau avec la scène du lac. L'espace d'un instant, elle crut reconnaître

Emmely dans les traits de Victoria enfant. Elle monta dans la Bentley en essayant de garder contenance et la voiture démarra en trombe, chassant les graviers sur son passage.

Diana se mit d'accord par téléphone avec une dame d'un certain âge très prévenante qui lui promit d'envoyer un corbillard à l'hôpital au plus vite.

« Vous aviez raison, monsieur Green, ils ont l'air très compétents.

— Je suis heureux d'avoir pu vous aider.

— Ils seront à l'hôpital dans une demi-heure. » Diana soupira. « Honnêtement, je ne suis pas sûre d'être prête à la voir.

— Elle n'aura certainement pas beaucoup changé, répondit M. Green. J'ai eu la même peur avec ma mère. Finalement, ce n'était pas aussi difficile que ça. Elle avait l'air de dormir. Peut-être l'ont-ils déjà descendue à la morgue pour qu'elle soit prête pour les pompes funèbres. »

Réalisant que ses paroles étaient peut-être un peu trop terre à terre, il se tut.

Diana n'avait rien remarqué. Elle regardait défiler la campagne. Brusquement, elle dit : « Vous allez peut-être me prendre pour une folle, mais malgré ma peur, j'ai quand même envie de la voir encore une fois. La dernière image que je garde d'elle est celle où elle est reliée à des tuyaux. J'aimerais la regarder comme si elle allait se réveiller d'un instant à l'autre, en s'étonnant de me voir là.

— Cela me semble tout sauf insensé, au contraire », répondit le majordome avant d'accélérer en ignorant le panneau de limitation de vitesse qu'il venait de dépasser.

Par chance, il régnait suffisamment d'effervescence dans le service pour que personne ne prît le temps de lui jeter des regards apitoyés. L'infirmière de l'accueil la pria de patienter un instant sur l'une des chaises du couloir. Absente, Diana regarda un malade allongé dans un lit passer devant elle et sentit un calme étrange l'envahir. Bien sûr qu'elle avait de la peine, mais la peur était partie. C'était fini, elle n'avait plus de souci à se faire pour Emmely. S'il existait tout de même quelque chose comme un paradis, sa tante devait être avec ses proches à l'heure qu'il était, en train de leur raconter ce qui s'était passé dans sa vie en leur absence.

Surgissant soudain à ses côtés, le docteur Hunter la fit sursauter.

« Ah ! docteur, je vous prie de m'excuser ! dit Diana en portant la main à sa poitrine. J'étais perdue dans mes pensées.

— On peut difficilement vous en vouloir. » Le médecin lui tendit la main. « Je suis vraiment désolé. »

Diana hocha la tête puis se leva, supposant que le docteur n'avait pas l'intention de poursuivre cette conversation dans le couloir.

« Nous l'avons mise dans la chambre mortuaire. Sachant que vous étiez là, nous ne voulions pas la transférer tout de suite à la morgue. J'imagine que vous avez prévenu les pompes funèbres ?

— Oui. » Diana eut soudain l'impression que le sol se dérobait sous ses pieds, comme si elle avait une attaque de panique. *Tu es à côté d'un médecin*, se rassura-t-elle furtivement. *Si tu tombes dans les pommes, il te rattrapera.*

« Très bien. On y va ? Vous voulez certainement la revoir, n'est-ce pas ? »

Elle avait dû acquiescer sans s'en rendre compte puisque le docteur Hunter la conduisit dans une pièce où elle n'était jamais allée, à l'autre bout du couloir.

Tout à coup, son cœur se mit à battre la chamade et, l'espace d'un instant, elle voulut lui dire qu'elle avait changé d'avis, que les images d'Emmely qu'elle gardait en son cœur lui suffisaient.

Mais la porte s'ouvrit et Diana la vit.

Sous le drap, le corps d'Emmely semblait aussi fragile que celui d'une poupée de porcelaine ancienne.

Libérée des tuyaux et des appareils, elle donnait l'impression de dormir. Seuls les cernes bruns sous ses yeux témoignaient de son récent combat. Quelqu'un avait soigneusement étalé ses cheveux sur l'oreiller.

« Elle est morte sereinement, expliqua le docteur Hunter. Elle s'est tout simplement endormie. Quand l'alarme s'est déclenchée, nous avons essayé de la réanimer, mais elle en a décidé autrement. »

La mort était-elle vraiment une question de choix ? Emmely aurait-elle pu faire marche arrière, si elle avait voulu ? Ou bien avait-elle jugé bon de partir, maintenant qu'elle avait révélé l'existence d'un secret à sa petite-nièce ?

Diana pressa la main sur sa bouche tandis que les larmes jaillissaient. Malgré la brûlure qu'elle ressentait au creux de la poitrine, elle était incapable de donner libre cours à son chagrin. Elle ne pouvait s'empêcher de se dire qu'Emmely avait tenu aussi longtemps uniquement pour lui confier la mission de découvrir le secret de famille.

Tout à ses pensées, elle n'entendit pas les explications du médecin sur les causes de sa mort et ne reprit ses esprits qu'au moment où il posa la main sur son bras pour la réconforter.

« Je vous laisse tranquille, maintenant. Prenez votre temps. Si les pompes funèbres arrivent, je vous les enverrai. »

Diana le remercia d'un hochement de tête et l'entendit refermer doucement la porte derrière lui.

Après être restée un moment devant le lit, elle prit une chaise et s'assit.

« J'ai trouvé les premiers indices », dit-elle tout bas en lui caressant les cheveux. Le froid de sa peau la frappa. « Mais comment faire pour recoller les morceaux du puzzle ? J'aurais tant aimé que tu sois encore là pour m'aider ! »

Diana se tut, consciente d'attendre une réponse qui ne viendrait jamais. Un moment plus tard, on frappa à la porte et deux hommes en costume noir entrèrent. Diana les salua rapidement puis se retira non sans avoir jeté un dernier regard à Emmely. *Je tiendrai parole*, se promit-elle en s'adossant au mur du couloir pour laisser libre cours à ses larmes.

Comme promis, le serrurier se présenta l'après-midi même. Son coup de sonnette sortit Diana de son sommeil.

Elle était rentrée à la maison complètement épuisée et s'était aussitôt étendue sur le canapé. Elle se sentait encore lourde. Elle hésita un instant à aller ouvrir, puis se hâta vers la porte, en se rabrouant : *Je l'ai promis à tante Emmely* !

Vêtu d'un bleu de travail, l'homme aux cheveux blancs avait manifestement dépassé la soixantaine. Il se redressa quand elle ouvrit la porte et la détailla avec étonnement : « Tout va bien, mademoiselle ? Voulez-vous que je revienne plus tard ? »

Il voyait bien qu'elle avait pleuré. « Ça va aller, merci, répondit Diana en écrasant une larme qui s'était échappée de son œil gauche. Je viens d'apprendre que ma tante est décédée.

— Oh ! je suis désolé ! Mme Woodhouse était une personne tout à fait délicieuse. J'ai eu l'occasion de faire quelques clés pour elle.

— Merci, c'est très gentil », répondit Diana en clignant des yeux. La lumière du jour blessait ses yeux irrités par les larmes.

« Vous ne voulez vraiment pas que je revienne un autre jour ?

— Non, entrez, monsieur Talbott. »

Alors qu'elle s'écartait pour le laisser passer, elle aperçut M. Green dans le jardin. La mine crispée, il poussait le long de la haie une brouette pleine de branches.

À chacun sa façon d'évacuer sa tristesse, observa Diana en espérant secrètement trouver elle aussi un moyen de se défouler physiquement. *Peut-être devrais-je faire une balade ou du vélo.*

M. Talbott la suivit à travers les couloirs avec l'indifférence des gens qui connaissent bien les lieux. « Je ne savais pas que vous aviez déjà travaillé pour ma tante », remarqua Diana qui se sentait un peu obligée de lui faire la conversation. C'était comme chez le coiffeur : bien qu'on n'ait aucune envie de converser avec un inconnu, on finissait toujours par parler de la pluie et du beau temps, ne serait-ce que pour ne plus voir sa mine déconfite dans le miroir.

« Oui, Mme Woodhouse n'était pas vraiment une bavarde, mais elle était très agréable. Tant que l'on exécutait ses ordres, elle vous laissait tranquille. C'est tout de même dommage qu'elle ne se soit jamais remariée. Au village, on dit qu'elle n'a pas manqué de prétendants, pourtant. »

Tante Emmely faisait donc l'objet des conversations au village ? se demanda Diana. Enfant, elle n'avait pas pu s'en rendre compte puisqu'elle quittait rarement l'enceinte rassurante du parc et n'avait que très peu de contacts avec les enfants du village.

Comme ils atteignaient le bureau, Diana se dispensa de toute question supplémentaire. L'espace qui se cachait derrière les deux grands battants de porte n'impressionna pas davantage le serrurier que les autres pièces de la maison. En revanche, le compartiment secret au fond de l'étagère lui arracha une exclamation de surprise.

« Que serait la demeure des Tremayne sans ses coffres et ses couloirs secrets ! Tout manoir anglais qui se respecte est truffé de cachettes invisibles. Je l'ai toujours dit à Mme Woodhouse, mais elle n'a jamais voulu l'entendre. »

Y avait-il vraiment des couloirs cachés, ici ? Ou bien une cave pleine de secrets ?

Diana lui céda la place et observa l'homme palper le contour de la petite porte comme s'il s'attendait à découvrir des signes magiques. Après avoir scrupuleusement examiné le coffre et la serrure, il sortit de sa poche une sorte de pâte à modeler.

« De nos jours, les serruriers ne jurent que par les pistolets à silicone, expliqua-t-il. Moi je n'en suis pas convaincu, parce qu'ils bouchent parfois les trous. Je préfère travailler à l'ancienne. »

Parfaitement ignorante de la fabrication des clés, Diana ne put rien ajouter.

Elle laissa M. Talbott faire ce qu'il jugeait bon et elle approuva quand il lui montra l'empreinte de la clé.

« Regardez-moi ça ! Je crois que cela va être l'une des plus belles clés que j'aie jamais faites ! Laissez-moi quelques jours et je passerai vous la déposer. »

Diana lui donna son accord et le raccompagna jusqu'à la porte d'entrée. Au lieu de revenir dans le salon, elle retourna ensuite dans le bureau des Tremayne. Elle y avait été envahie d'une paix étonnante tandis que le serrurier œuvrait. Elle passa presque religieusement la main sur la surface du bureau, puis elle prit place sur le siège qui grinça. Après un coup d'œil au compartiment secret et aux livres, elle se tourna vers la fenêtre.

Comme le jardin avait dû être magnifique autrefois ! M. Green faisait tout ce qui était en son pouvoir pour le tenir propre et ordonné, mais il n'égalait pas les photos des jardins anglais luxuriants qu'on voyait dans les magazines. Pourtant, le spectacle n'en était pas moins apaisant. Elle commençait à comprendre pourquoi ses ancêtres avaient choisi d'installer leur bureau dans cette pièce, celle-là même qui lui donnait la chair de poule quand elle était enfant. Elle constata avec étonnement que cette frayeur s'était dissipée depuis qu'Emmely était morte, comme si la maison l'acceptait maintenant comme la nouvelle maîtresse.

La douleur d'avoir perdu sa tante s'étant quelque peu calmée, Diana décida de transporter son quartier général dans ce bureau. Elle alla aussitôt chercher son ordinateur portable, le téléphone sans fil, l'écharpe, le paquet de thé et le vieux télégramme dans le salon.

Une fois son installation terminée, elle se rappela qu'elle avait du pain sur la planche. Il fallait appeler un pasteur, vérifier l'emplacement de la tombe et procéder aux formalités administratives. Elle passa la main sur l'écharpe en soupirant et s'attela à dresser une liste des tâches les plus urgentes.

7

Pendant les deux jours qui suivirent, Diana fut tellement absorbée par les préparatifs de l'enterrement qu'elle ne parvint ni à s'occuper de son bureau à Berlin ni à progresser dans l'histoire du secret.

Après avoir choisi le cercueil, parlé au prêtre et réglé les formalités, elle s'acheta un tailleur noir classique et une blouse en soie noire dans une petite boutique située non loin de l'hôpital. Il fallut ensuite trouver des collants satinés et des escarpins noirs.

M. Green, qui avait toujours une longueur d'avance sur elle, sortit la clé du caveau avant même qu'elle la lui demande.

« Que ferais-je sans vous ? s'exclama Diana tandis que le majordome s'inclinait légèrement.

— Je fais mon devoir, miss Diana, rien de plus.

— Vous êtes trop modeste, monsieur Green, dit Diana, amusée par son geste désuet. Dès que j'aurai un aperçu des biens de ma tante, je vous donnerai une augmentation. Après cela, j'espère que vous me dévoilerez enfin votre prénom. »

Une fois encore, le mystérieux majordome se contenta de sourire discrètement.

Cette fois, ils se rendirent au cimetière en voiture et ne manquèrent pas de récolter les regards admiratifs des autres visiteurs venus entretenir les tombes de leurs proches. Bien que l'époque où le village entier jouissait du rayonnement de leur illustre nom fût révolue, les gens continuaient de marquer un temps d'arrêt respectueux lorsqu'un membre de la famille se montrait, qui plus est dans un lieu comme celui-ci, juste après l'annonce du décès d'Emmely.

Ressentant presque physiquement tous ces regards posés sur elle, Diana pénétra pour la première fois de sa vie dans le caveau de la famille Tremayne, ses ancêtres.

Là aussi, le jardinier du cimetière avait fait du bon travail car elle ne vit rien du nuage de poussière et du tas de feuilles mortes auxquels elle s'était attendue en poussant la porte en bois.

Après s'être demandé comment un si petit caveau pouvait accueillir tous les cercueils, elle considérait maintenant avec perplexité l'espace dépourvu de la moindre tombe ou urne qui s'ouvrait à elle.

Comme d'habitude, M. Green avait la réponse à tout. Armé d'une puissante lampe torche, il éclaira une petite grille derrière laquelle il semblait n'y avoir que du noir.

« Le vrai caveau se trouve sous terre. La petite clé argentée ouvre cette porte. »

Pénétrer dans la petite crypte fit un drôle d'effet à Diana. L'endroit lui rappela un peu l'une de ces vieilles chambres mortuaires égyptiennes qu'elle avait vues dans un reportage du *National Geographic*. Bien entendu, elle savait que les familles riches se faisaient confectionner de tels caveaux, mais jamais elle n'avait pénétré dans l'un d'eux. Pour couronner le tout, c'était celui de ses ancêtres. Enfant, elle s'était parfois demandé l'effet que cela ferait de les rencontrer, d'aller se promener avec eux ou de leur poser des questions sur l'époque à laquelle ils avaient vécu.

Maintenant, elle ressentait davantage d'anxiété que de curiosité. Cette pièce aux étagères chargées de cercueils autour de deux sarcophages centraux ne cachait rien de ce qu'il advenait tôt ou tard de chacun de nous.

« Les sarcophages sont ceux du premier des Tremayne et de sa femme, n'est-ce pas ? demanda Diana en éclairant les noms figurant sur les plaques ornant les blocs de pierre massifs.

— Oui, pour autant que je sache, répondit le majordome respectueusement posté en haut des marches éclairées par la faible lumière du jour. Les autres membres de la famille ont été installés sur les étagères au fil du temps. Dans certains caveaux, il est parfois d'usage d'aménager un compartiment dans le mur pour chaque défunt. »

Diana partit de la gauche et tourna autour de la pièce dans le sens des aiguilles d'une montre. Les uns après les autres, les noms s'imprimaient dans son esprit qui s'efforçait de reconstituer un arbre généalogique à partir des dates.

Elle s'immobilisa finalement devant un cercueil. Le magnifique chêne poli, orné d'un remarquable travail de marqueterie, avait à peine souffert du temps. Après avoir débarrassé sa plaque de laiton d'une couche de poussière, Diana lut : *Ci-gît Victoria Princeton, née Tremayne, 12 septembre 1873-15 août 1929.*

La célèbre Victoria, grand-mère d'Emmely. La tante de Diana ne lui en avait pratiquement jamais parlé, ce qui n'était pas très étonnant puisque Emmely avait neuf ans quand elle était morte.

Si elle avait bien compris le système selon lequel les cercueils étaient rangés, celui de sa sœur Grace aurait dû se trouver juste devant ou derrière celui-ci. Pourtant, il n'en était rien, constata Diana en éclairant les autres cercueils. Il y avait là le cercueil de Henry Tremayne, celui de Claudia, sa femme, celui de Deidre et de son mari, mais celui de Grace manquait. Aucun des Tremayne n'avait vécu très vieux. Pour autant qu'elle le sût, il en était de même pour le reste de la famille, au sein de laquelle Emmely faisait figure d'exception.

L'absence de Grace s'expliquait sans doute par le souhait de son mari de l'avoir auprès de lui. On supposait que le capitaine avait été enterré en Prusse-Orientale, c'était du moins l'information que Diana tenait de sa mère. Mais pourquoi Beatrice, qui n'était associée à personne mais ne s'inscrivait pas moins dans la descendance des Tremayne, ne reposait-elle pas dans le caveau familial ? Pourquoi reposait-elle dans une tombe individuelle ornée d'un ange tenant une couronne de thé ?

« Est-ce que vous savez pourquoi ma grand-mère a été enterrée à l'extérieur du caveau familial, monsieur Green ?

— Non, je suis désolé, cela faisait partie des choses dont on ne parlait jamais. Mais peut-être était-ce le souhait de votre grand-mère. »

Diana se demanda si Beatrice, dans les douleurs de l'accouchement, avait été en état d'exprimer le moindre désir. Si elle-même était sur le point de mourir, elle se ficherait de savoir où on allait l'enterrer.

À moins que ce ne fût l'initiative de Deidre, toujours aussi méfiante ?

Lorsque Diana se pencha sur l'emplacement libre qui se trouvait en dessous du cercueil de Deidre, le faisceau de sa lampe éclaira soudain quelque chose.

« Qu'est-ce que c'est ? », murmura-t-elle, étonnée, en continuant d'éclairer l'endroit. À une coudée de Diana, sous le pied du cercueil, était posé un papier jauni et un peu froissé, couvert de poussière. Elle crut d'abord que le jardinier avait voulu se débarrasser de l'emballage de son sandwich en le posant là mais, quand elle le prit, elle vit qu'il s'agissait d'une enveloppe.

« Monsieur Green ? »

Sa voix se perdit dans le caveau. Manifestement, le majordome avait fini par remonter. « Excusez-moi, miss Diana, vous m'avez appelé ? demanda-t-il quelques instants plus tard en redescendant les marches à toute vitesse. Je voulais voir si le jardinier du cimetière était déjà arrivé. »

Diana fit demi-tour, le regard toujours fixé sur la lettre. « Regardez ce que j'ai trouvé sous le cercueil de Deidre ! Une enveloppe. » Elle la retourna. Elle était adressée à Grace Tremayne, mais elle ne vit ni adresse ni expéditeur. Bien qu'elle ne fût pas cachetée, Diana décida de l'ouvrir plus tard. Plus les minutes passaient, plus le caveau la mettait mal à l'aise, comme si tous ses ancêtres avaient leur regard posé sur elle.

« Vous avez regardé ce qu'il y a dedans ? »

Curieusement, M. Green ne semblait pas particulièrement surpris par cette découverte.

« Non, je ferai ça plus tard. » Diana glissa l'enveloppe dans son sac. « Je crois que cette place sera parfaite pour ma tante, vous ne trouvez pas ? Juste en dessous de sa mère.

— Je suis sûr que Mme Woodhouse en aurait été satisfaite. »

Diana plongea son regard dans l'obscurité sous le cercueil puis recula en frissonnant. Qui sait si sa grand-tante n'aurait pas préféré reposer dehors, dans un endroit d'où elle pouvait contempler les étoiles – voire la couronne de feuilles de thé ?

Le jardinier l'attendait effectivement en haut des marches. Après avoir brièvement convenu des formalités pour les obsèques, Diana renvoya M. Green à la maison, préférant pour sa part rentrer à pied. En chemin, elle croisa quelques personnes qu'elle salua aimablement bien qu'elle ne récoltât que des regards étonnés en retour. Elle plongea la main dans son sac et saisit l'enveloppe puis se ravisa. Qui avait bien pu la cacher sous le cercueil ? Emmely, peut-être ? À moins que quelqu'un ne l'ait volée avant de la déposer ici, rattrapé par la mauvaise conscience ? Mais qui avait accès à ce caveau ?

Arrivée à la maison, elle se rendit aussitôt dans le bureau et se laissa choir sur la chaise. Elle sentait le stress de ces derniers jours peser sur ses épaules comme une chape de plomb.

Elle était tentée de s'allonger sur le canapé pour se reposer, mais la lettre la turlupinait. Que contenait-elle ? Était-il possible qu'elle l'ait attendue là pendant toutes ces années, depuis la mort de Deidre ? Elle était couverte d'une bonne couche de poussière et si elle ne portait aucune tache d'humidité et n'était pas jaunie, cela s'expliquait du fait qu'elle avait séjourné dans l'obscurité. En revanche, elle était maculée d'empreintes de doigts et de saletés sur les côtés. Lorsque Diana la retourna, elle crut même reconnaître des éclaboussures de sang.

Avec beaucoup de précaution, elle aplatit l'enveloppe sur la plaque de verre du bureau. Elle avait visiblement été froissée avant d'être dépliée et lissée, peut-être même qu'on l'avait pressée entre les pages d'un livre. Les petites pliures étaient encore visibles, comme sur un vêtement fripé que l'on aurait essayé de repasser avec un fer trop tiède.

L'enveloppe écrite à la machine était adressée à Grace Tremayne, à la maison familiale. L'aïeule de Diana. Était-ce la lettre d'un soupirant ? Il n'y avait pas d'expéditeur.

Les mains légèrement tremblantes, Diana sortit une feuille de l'enveloppe. Si elle n'était pas moins sale que cette dernière, elle était tout au moins dépourvue de traces de sang. L'encre délavée laissait croire qu'elle avait été mouillée. Les pliures du papier étaient si friables qu'on pouvait craindre de l'émietter en y touchant.

La lettre était très courte mais, après en avoir découvert le contenu, Diana abasourdie se laissa retomber contre le dossier de la chaise. Après avoir demandé pardon à sa sœur, Victoria, la grand-mère d'Emmely évoquait un scandale et annonçait la venue d'un homme dont Grace était apparemment éprise. Victoria promettait à Grace d'être toujours un soutien pour sa famille.

Que s'était-il passé ? Et pourquoi Grace et Victoria avaient-elles été séparées ? Diana retourna la feuille, mais ne trouva aucun indice concernant le lieu d'expédition. Seule une date y figurait : le 15 février 1888.

À peine un an et demi auparavant, le télégramme annonçant la mort du frère était arrivé. Puis cette lettre. Qu'est-ce que les deux éléments avaient en commun ?

Diana contempla le compartiment secret. La réponse se cachait-elle à l'intérieur ? Quel dommage qu'il fallût attendre quelques jours encore avant d'avoir cette réponse ! On n'était que jeudi et l'enterrement était imminent.

Après avoir réexaminé la lettre attentivement, Diana repensa à ce que le docteur Sayers lui avait raconté. Il avait parlé d'une lettre grâce à laquelle Beatrice avait pu demander l'assistance de Deidre. Est-ce que la lettre qu'elle tenait entre les mains était cette ancienne promesse de soutien ?

Tout indiquait que oui.

Troublée, Diana réfléchit encore un moment aux derniers événements sans trouver de réponse, et finit par se convaincre qu'il était préférable de dormir. Après avoir remis la lettre dans l'enveloppe, elle la rangea avec le télégramme et le paquet de thé puis éteignit la lumière et monta dans sa chambre.

8

Le jour de l'enterrement, le temps se joignit au deuil d'Emmely. Le soleil ne se leva pas vraiment et la lumière électrique elle-même semblait s'écouler par les fenêtres en ne laissant qu'une demi-pénombre déprimante.

« N'aurions-nous pas dû recouvrir les miroirs ? », demanda Diana, songeuse. Elle était en train d'arranger sa coiffure devant le petit miroir de la cuisine qui permettait autrefois à la cuisinière d'observer le personnel tout en ayant le dos tourné. Elle portait rarement les cheveux tirés, mais cette coiffure sévère s'accordait avec les circonstances et son tailleur.

« C'est une coutume démodée, dit M. Green en soulignant ses propos d'un petit signe négatif de la main. Mme Woodhouse aurait trouvé cela absurde. » Il examina Diana. « Vous avez l'air très digne, miss Diana, votre tante serait certainement fière de vous.

— Merci, monsieur Green, répondit-elle tout en se pinçant le nez pour refouler ses larmes. Mais vous feriez mieux d'éviter les compliments si vous ne voulez pas que je ressemble bientôt à Alice Cooper. »

Green afficha un large sourire. « C'est bon de voir que vous avez toujours votre humour.

— Je croyais que les Allemands n'avaient pas d'humour. »

Un éclair de malice passa dans les yeux noirs du majordome. « Vous n'êtes pas une vraie Allemande, miss Diana. Vous avez beaucoup de sang anglais dans vos veines.

— Vous m'en voyez rassurée. »

Elle quitta la maison quelques instants plus tard, suivie de M. Green. La cérémonie funèbre en l'honneur de sa tante devait avoir lieu dans la petite église du village. Diana s'attendait à ce que beaucoup de gens viennent lui rendre un dernier hommage et se munit de mouchoirs pour essuyer ses accès de larmes. Elle avait peut-être une bonne part de sang anglais dans ses veines, mais elle était encore très loin de la retenue britannique.

De nombreux véhicules stationnaient devant la petite église du village.

« Apparemment tout le monde est venu, ceux qui étaient invités comme ceux qui ne l'étaient pas », remarqua M. Green avec satisfaction. Occupé à préparer la réception depuis la veille, il aurait été vexé d'avoir confectionné tous ces gâteaux pour rien.

Un peu inquiète, Diana observa la brochette de silhouettes tout de noir vêtues, tenant pour la plupart de petits bouquets de fleurs dans les mains. Elle portait une lourde responsabilité sur ses épaules. Tous ceux qui avaient aimé ou tout au moins respecté sa tante s'attendaient à des obsèques dignes de ce nom. Bien entendu, Diana avait tout fait pour qu'il en soit ainsi, mais elle ne maîtrisait pas tous les détails et, pour couronner le tout, ses pensées s'envolaient toujours vers le secret. La nuit précédente, elle avait même rêvé d'Emmely, qui lui avait signifié qu'il ne fallait pas perdre de temps, sinon les indices allaient s'effacer à jamais comme des traces de pas dans le sable. Il lui semblait sentir encore la sueur froide dont elle était couverte quand elle s'était réveillée en sursaut.

« On y va ? », demanda M. Green en lui offrant son bras. Diana s'y accrocha et devança les invités jusqu'au portail de l'église. Le cercueil était exposé devant l'autel, fermé selon les instructions laissées par Emmely dans les papiers que Diana avait trouvés.

Je ne veux pas qu'on me regarde sans que je puisse m'en défendre, avait-elle noté de son écriture si caractéristique qui avait arraché un large sourire à Diana.

Elle se demandait maintenant si les gens ne trouvaient pas cela étrange, mais tout le monde prenait place en silence derrière elle. Quelques hommes s'inclinèrent discrètement en passant devant le cercueil d'Emmely.

À son grand soulagement, la cérémonie fut exactement comme elle l'avait imaginée – et comme Emmely l'aurait certainement souhaitée. Le pasteur revint sur sa vie avec des mots chaleureux, loua ses mérites pendant la guerre et évoqua son mari ainsi que l'enfant qu'elle avait perdu. Conformément à sa propre volonté, la famille de Diana fut à peine mentionnée. Enfin, le chœur de femmes de la paroisse entonna deux cantiques.

À sa grande surprise Diana parvint à refréner ses sanglots lorsque le cercueil fut transporté hors de l'église. Aussi digne qu'une lady britannique, elle le suivit en pleurant doucement jusqu'au caveau où l'on avait disposé les couronnes et les bouquets de fleurs.

Après s'être assurée qu'Emmely avait bien pris sa place parmi ses ancêtres, Diana quitta le caveau. « Dors bien, tante Emmely », murmura-t-elle en verrouillant la porte avant d'enfiler autour de son cou la chaîne avec la clé. Elle remercia ensuite les porteurs du cercueil, des hommes à peine plus jeunes qu'Emmely qui n'auraient voulu pour rien au monde qu'on les empêchât de rendre un dernier hommage à la maîtresse du domaine des Tremayne.

Les invités s'étaient maintenant rassemblés devant la porte du cimetière où certains s'entretenaient tout bas avec le révérend Thorpe, que Diana remercia également.

Sur le chemin de la voiture, elle jeta un dernier coup d'œil à l'ange qui tenait la couronne au-dessus de la tombe de Beatrice d'un air indifférent. Repensant soudain à son rêve étrange, elle s'approcha pour en examiner le visage de plus près – et réalisa avec étonnement qu'il n'avait rien de féminin. Les traits étaient clairement masculins. Masculins et, d'une certaine manière, exotiques.

Diana pencha légèrement la tête de côté en essayant de deviner la nationalité de l'ange. En avait-il vraiment une ? À moins que le sculpteur n'ait donné libre cours à une préférence très personnelle ? Peut-être s'agissait-il d'une personne qu'il connaissait et qu'il voulait immortaliser sur une tombe ?

Une main posée sur son coude la tira de ses pensées. Sans qu'elle s'en aperçoive, M. Green s'était approché d'elle.

« Tout va bien, miss Diana ? » Sa voix était à peine plus forte qu'un murmure.

« Oui, ça va. Je regardais juste cet ange. Son visage… »

M. Green leva la tête et plissa les yeux. « C'est un homme, constata-t-il. Je suppose que c'est un des archanges.

— Ne trouvez-vous pas qu'il a quelque chose d'exotique ?

— Jusqu'à présent, cela ne m'avait jamais frappé… » Le majordome hésita un instant, puis il acquiesça. « Mais vous avez raison, ses traits ne sont pas vraiment européens. Peut-être s'agit-il de la touche personnelle de l'artiste.

— C'est possible. » Une idée traversa l'esprit de Diana mais s'effaça aussitôt, sans qu'elle eût pu la saisir. « Eh bien, nous ferions mieux de ne pas faire attendre les autres. »

Presque toutes les personnes présentes au cimetière les suivirent au manoir des Tremayne. M. Green avait embauché quelques aides, des femmes du village qui s'étaient proposées pour couper les gâteaux et les servir.

Après que Diana eut adressé quelques mots aux invités en les remerciant d'être venus, les murmures envahirent la vieille maison, lui redonnant, comme pour un dernier pied de nez, la vie qui lui manquait depuis bien des années.

Diana fut heureuse de reconnaître le docteur Sayers parmi tous ces inconnus dont elle ne retenait pas les noms.

« Merci d'être venu », lança-t-elle en lui tendant la main.

Le médecin sourit tristement. « C'est bien la moindre des choses que je puisse faire pour ma vieille amie. Je suis très triste qu'elle nous ait quittés, mais c'est dans l'ordre des choses. Je serai probablement le prochain. »

Diana ne répondit rien. Qui était-elle pour prédire la durée de vie des gens ? Autre chose lui traversa cependant l'esprit. « Vous avez certainement vu que la tombe de ma grand-mère est encore en très bon état.

— Oui, je l'ai remarqué et, pour tout vous dire, cela m'a beaucoup réjoui. Dommage que je n'y sois pas allé depuis longtemps, mais je vous ai déjà expliqué comment la mort louche sur les vieux hommes comme moi. »

Diana se tut. Elle réfléchit. *Dois-je vraiment lui poser la question ?*

« Je suis allée sur sa tombe tout de suite après votre visite et quelques détails singuliers m'ont sauté aux yeux. »

Une lueur de connivence éclaira son visage. « Je parie que vous vous êtes demandé pourquoi elle n'était pas dans le caveau.

— Entre autres.

— Cela fait partie des choses que miss Deidre a emportées dans sa tombe. À l'époque, cela nous a beaucoup étonnés, nous aussi.

— Qu'en pensez-vous ? Prenait-elle encore ma grand-mère pour un imposteur ?

— Non, sûrement pas. Je crois plutôt que la cause se cache dans un passé plus lointain, mais personne ne la connaît, ici. Ce qui est sûr, c'est que quelque chose s'est passé entre la tante de Deidre, Grace, et le père de celle-ci. Quelque chose qui a poussé ce dernier à rayer Grace de la lignée des Tremayne. »

Diana haussa les sourcils. Ça, elle ne le savait pas. « Vraiment ? »

Le docteur Sayers fit un signe de tête affirmatif. « Après la mort du vieux Henry Tremayne, c'est miss Victoria, la cadette, qui a repris le domaine. Plus tard, elle l'a légué à son tour à sa fille Deidre.

— Grace ne voulait peut-être pas de la demeure des Tremayne. Ma mère m'a dit qu'elle s'était probablement mariée en 1888, et qu'elle possédait sa propre maison sur la mer Baltique.

— Comme je vous le disais, personne n'en sait davantage. Deidre a accueilli Beatrice de façon froide et réservée, comme si elle avait été avertie de ce qui s'était passé autrefois. Beatrice, en revanche, ne savait rien de tout cela. Elle se contentait de se tenir à bonne distance de Deidre et passait presque tout son temps avec Emmely. Elles étaient comme sœurs, ce qui n'est pas étonnant puisqu'elles avaient presque le même âge. Sa mort a brisé le cœur d'Emmely. C'est certainement la raison pour laquelle cette dernière s'est de plus en plus isolée, alors qu'elle était encore jeune. »

Il était impossible d'ignorer le regret dans la voix de Sayers. De nouveau, Diana se dit que le médecin avait probablement été amoureux d'Emmely.

Espérant résoudre l'énigme de l'ange, elle continua cependant à le questionner.

« Et l'ange ? Représente-t-il quelqu'un en particulier ?

— Non, pour autant que je sache. Emmely l'a fait ériger après la mort de sa mère. Avant, il n'y avait qu'une dalle funéraire. Je ne sais absolument pas si elle a fait réaliser l'ange d'après un modèle. Il serait possible, cependant, qu'il représente le mari de Beatrice, tué alors qu'il était en fuite. Ce serait merveilleux, vous ne trouvez pas ? Le mari qui protège sa femme au-delà de la mort. » Des larmes perlèrent au coin de ses yeux. Gêné par son émotion, il les essuya tandis que sa lèvre inférieure tremblait. « C'est vraiment une très belle attention. »

Avant même que le médecin eût pu ajouter quelque chose, l'une des dames venues s'occuper du service approcha avec un plateau.

« Un petit morceau de gâteau, madame, monsieur ? »

Diana n'avait pas la tête à festoyer, mais elle imita néanmoins son interlocuteur et saisit une assiette sur laquelle était posé un petit-four à la crème rehaussé d'un dessin noir et blanc.

« En tout cas, quelle jolie stèle pour votre grand-mère, n'est-ce pas ? dit-il en reprenant le cours de la conversation. Si vous trouvez à qui ressemble cet ange, je serais heureux de l'apprendre car vous avez excité ma curiosité, maintenant.

— Comptez sur moi », répondit Diana. Elle mordit dans le gâteau et s'aperçut qu'elle avait tout de même un peu faim.

Une fois les invités partis, Diana resta longuement debout devant les fenêtres du jardin d'hiver à observer le passage de la grisaille au noir total, sans que le moindre rayon de soleil ne transperce les nuages.

Au loin, elle entendait le bruit des assiettes que M. Green était en train de sortir du lave-vaisselle. Idy, Sophie, Jennifer, Marcy et Joan, les vaillantes aides, avaient quitté la maison depuis un moment déjà, après avoir refusé le dédommagement proposé par Diana.

« Nous aimions beaucoup votre tante, lui avait expliqué Marcy, la femme toute ronde qui lui avait offert le gâteau tandis qu'elle discutait avec le docteur Sayers. C'est vraiment dommage qu'elle ne soit plus vraiment sortie de la maison, ces derniers temps. Ma mère m'a toujours raconté avec beaucoup d'admiration le dévouement avec lequel elle s'était occupée des blessés de guerre et des traumatisés. »

Les autres femmes semblaient partager son avis. Elles avaient pris congé chaleureusement, proposant leur aide à Diana en cas de besoin. Cette dernière, cependant, doutait de la capacité de ces gentilles femmes à l'aider, et ce dans quelque domaine de sa vie que ce fût.

Lorsque M. Green alluma la lumière dans le jardin d'hiver, elle s'éloigna de la fenêtre et se retourna.

« Je vais me retirer, maintenant, annonça le majordome. J'ai laissé un peu de café au chaud dans la cuisine, et il y a encore assez de gâteaux, au cas où vous auriez un petit creux.

— Merci beaucoup, monsieur Green. » Diana remarqua qu'il portait sa veste sur le bras. Avait-il l'intention de se rendre quelque part ? Il n'avait aucune raison de se couvrir pour se rendre dans son appartement installé dans l'aile est de la maison.

« Si je puis me permettre, c'étaient des obsèques très réussies. Mme Woodhouse aurait été fière de vous. Et je ne crois pas exagérer en disant que vous vous êtes d'ores et déjà fait un nom parmi les habitants du village. Après tout, vous êtes la nouvelle maîtresse des lieux, désormais. »

Diana sourit amèrement. « Ça, je n'en suis pas aussi sûre. »

M. Green pencha la tête de côté, visiblement étonné. « Voulez-vous renoncer à l'héritage ? Pour autant que je sache, Mme Woodhouse n'avait pas d'autres parents.

— Pendant la cérémonie, j'ai appris de la bouche du docteur Sayers que mon arrière-arrière-grand-mère avait été déshéritée par son père. Il n'en connaît pas les raisons, mais il est possible que de vieilles règles soient encore en vigueur.

— Ne vous cassez pas la tête avec tout ça. Le docteur Sayers vous aura sûrement raconté, aussi, que Mme Woodhouse aimait votre grand-mère par-dessus tout. Sans parler de vous, bien sûr. Je ne crois pas qu'elle se soit laissé influencer par de vieux différends. Sinon, elle ne vous aurait pas chargée de retrouver le secret de famille. »

Bien que M. Green eût certainement raison, Diana n'arrivait pas à se départir d'une certaine angoisse. Pour quelle raison le père et la fille s'étaient-ils disputés ? Elle repensa à la lettre qu'elle avait retrouvée sous le cercueil de Deidre. Que faisait-elle là ? Emmely l'avait-elle placée là pour que Diana la retrouve quand elle mourrait ?

« Je vais boire une bière au pub du village, voudriez-vous m'accompagner ? »

Diana considéra le majordome avec étonnement. « Non merci, monsieur Green, je vais aller m'allonger.

— C'est bien compréhensible, après le stress de ces derniers jours. Bonne nuit, miss Diana. »

Le majordome parti, Diana monta l'escalier. Cette fois, elle ne jeta qu'un bref regard au tableau représentant Grace et Victoria. Arrivée dans sa chambre, elle se déshabilla et enfila une chemise de nuit sentant la lavande qu'elle avait dénichée dans le coffre, au pied du lit. Bien que les visiteurs se fassent de plus en plus rares, Emmely avait toujours gardé des vêtements de nuit en réserve. Très fatiguée physiquement, Diana ne parvint pas à s'empêcher de repasser dans sa tête tous les indices qu'elle avait rassemblés jusque-là, jusqu'à ce qu'elle en vienne à la conclusion que seule l'ouverture du coffre secret lui apporterait des réponses.

Lorsque le serrurier se présenta le lendemain, Diana venait de se laisser aller à une nouvelle crise de larmes, de celles qui submergent quiconque a accumulé trop de chagrin silencieux à la moindre allusion au défunt.

Recherchant une photo de son grand-père dans un vieil album, elle était tombée sur un cliché qui la représentait petite dans le parc, en compagnie de sa mère et d'Emmely. La photo était si fraîche et naturelle qu'elle eut immédiatement l'impression d'y être. Elle sentait encore les rosiers, l'herbe que le jardinier de l'époque tondait toujours très court et, surtout, le parfum de thé et de violette qui émanait toujours de tante Emmely, à l'âge où les hommes s'intéressaient encore à elle.

Soudain, elle s'était souvenue de ce que le docteur Sayers lui avait dit au sujet de l'ange, pendant les obsèques : le fait touchant qu'un mari protégeât sa femme jusque dans la mort. Cette pensée avait fait chanceler son équilibre mental déjà secoué par les derniers événements.

Les larmes l'avaient interrompue dans ses recherches sur son grand-père et maintenant qu'elle allait ouvrir au serrurier, elle réalisait ce que cette quête avait d'absurde. Pourquoi Emmely aurait-elle conservé une photo du mari de Beatrice ?

« Mon Dieu, il semblerait que j'aie le chic d'arriver au mauvais moment. » M. Talbott lui tendit un mouchoir propre, mais Diana secoua la tête.

« C'est passé, merci. Vous avez la clé ?

— Bien entendu. » L'homme brandit une petite pochette en papier fermée par un autocollant rutilant de l'entreprise. « Vous devriez l'essayer avant de la payer. On ne sait jamais, avec ces vieilles serrures.

— J'ai confiance en vos capacités. Ma tante vous faisait bien confiance, elle aussi, n'est-ce pas ?

— Elle me traînait dans toute la maison pour me faire essayer personnellement toutes les clés et, en fin de compte, elle se plaignait de ce que l'anneau ne soit pas à son goût. Comme je ne connais pas le vôtre, je m'en suis tenu à ce qui aurait plu à Mme Woodhouse.

— Cela me plaira sûrement. Entrez, je vais chercher l'argent. »

Diana revint rapidement. Pour un peu, elle aurait sorti la somme en euros, mais elle remarqua tout de suite son erreur et lui tendit la somme en livres en échange du petit paquet. « C'est mon petit-fils qui a fait l'autocollant, il est d'avis que mon travail mérite une telle présentation.

— C'est très gentil de sa part.

— Bof, il veut simplement me montrer tout ce qu'il sait faire sur son ordinateur ! dit-il. À seize ans, je m'occupais plus des filles que d'une machine qui crache des images en couleur et des autocollants quand on appuie sur un bouton. Mais la jeunesse d'aujourd'hui est bien différente, et les anciennes valeurs disparaissent peu à peu. »

Il devait sûrement rebattre les oreilles de son petit-fils avec ce même discours, sans oublier bien sûr les gestes qui soulignaient ses mots.

Diana fit un petit sourire en imaginant le jeune homme lever les yeux au ciel avant de se replonger dans son monde virtuel.

« Ah ! voilà, vous souriez enfin ! Je ne suis donc pas la cause de votre tristesse.

— Bien sûr que non, monsieur Talbott. Et si vous avez prévu d'exercer votre profession encore un moment, je vous appellerai certainement dès que j'aurai besoin d'une clé.

— … Ou si vous vous êtes enfermée dehors. Mais, dans ce cas, je crois que M. Green préférera escalader la gouttière pour atteindre une fenêtre du toit plutôt que de vous faire patienter dehors ne serait-ce qu'un instant. »

Il parvint enfin à la faire rire, un rire un peu douloureux, certes, mais un rire tout de même.

Le serrurier parti, Diana ouvrit le sac en papier en veillant à ne pas déchirer l'autocollant. Elle en sortit une petite clé en laiton d'un style plutôt démodé et dont l'anneau était très joliment décoré d'un ramage et d'une petite fleur. Il avait dû passer le plus clair de son temps à confectionner ce dernier, car le panneton quant à lui était relativement simple.

Les serruriers se donnaient-ils encore la peine de fabriquer de si jolies clés ? À moins que Talbott ne se soit donné cette peine parce qu'il la prenait pour une seconde Emmely ?

Si elle oublia un peu sa tristesse, son cœur, lui, se mit à battre de toutes ses forces : la clé qu'elle tenait à la main semblait vibrer, comme douée d'une force magique. C'était donc aujourd'hui qu'elle allait découvrir le secret de sa famille !

Elle inspira encore une fois profondément avant de faire demi-tour et de s'engager dans le couloir. Cette fois-ci, ce n'était pas la lumière des lampes qui l'accompagnait mais celle des deux portes restées ouvertes. M. Green était passé par là, sans doute pour épousseter les effrayants trophées de chasse.

Elle s'arrêta un instant devant la porte à double battant, puis l'ouvrit en inspirant à fond. Rien n'avait changé. La poussière qui s'était déposée depuis la dernière fois avait été consciencieusement essuyée par M. Green.

Diana serrait si fermement la petite clé qu'elle en sentait chaque contour. Le legs d'Emmely. Qu'est-ce qui pouvait bien se cacher derrière cette petite porte ? Le secret de famille, et sa malédiction, aussi.

Une fois le métal réchauffé dans sa paume, elle se posta devant l'étagère et inséra la clé dans la serrure. Un peu tendue, elle retint son souffle au moment de la tourner. Le panneton rencontra une petite résistance qu'il repoussa aussitôt, déverrouillant la serrure avec un petit claquement.

Sa main se mit à trembler et elle sentit son estomac se nouer comme avant un examen au moment où elle ouvrait la porte de la salle. Alors que l'odeur du vieux mur montait à ses narines, Diana découvrit un objet allongé.

Un coffret, à peu près aussi long que son avant-bras, de la hauteur d'une main. En bois de rose, il était sculpté de ramages entrelacés. À première vue, on aurait dit un motif irlandais, mais Diana était certaine que ce coffret avait été fabriqué dans un pays très lointain.

Poussée par une envie de le renifler, Diana approcha le petit coffret de son nez. Étonnée, elle constata qu'aucune odeur de moisi ou de renfermé ne s'en échappait. Il dégageait au contraire un parfum douceâtre qu'elle crut reconnaître. Quelqu'un avait-il conservé des bâtons de cannelle à l'intérieur ?

Diana déposa le coffret sur la table, essuya précautionneusement le couvercle et l'ouvrit. Quatre objets étaient posés sur le velours rouge qui en tapissait l'intérieur.

Un pendentif orné d'une grosse pierre bleue. Une feuille allongée et desséchée, recouverte de signes mystérieux. La photographie d'une montagne, et puis un petit livre. C'est ce dernier que Diana saisit en premier. Elle se sentait tendue, comme s'il lui avait été donné de regarder vers le passé à travers un hublot. Comme si on lui offrait la chance d'accéder à ses propres racines.

Diana caressa presque religieusement le livre, tandis que son esprit recueillait avidement toutes les impressions qui la submergeaient. Il s'agissait d'un guide touristique daté de 1887 et doté d'une couverture cartonnée bleu-vert sur laquelle les lettres se détachaient en bleu.

The Passengers Guide to Colombo.

Elle trouva entre les pages une fleur pressée, une fleur de frangipanier, la plus belle plante d'Inde, blanche avec un cœur rouge sang.

Sur les pages jaunies par le temps, quelques passages avaient été soulignés, probablement les lieux que le propriétaire du guide avait voulu visiter.

Avec déférence, Diana tourna les pages qui promettaient une vue d'ensemble des curiosités de la ville. Les illustrations étaient magnifiques. Ce livre avait-il appartenu au frère de Henry Tremayne, mort dans un accident à Colombo ? Tout à coup, elle eut l'impression que quelqu'un s'approchait d'elle pour lui murmurer à l'oreille l'histoire de ce livre.

9

Colombo, 1887

« Regarde ce que j'ai là ! » s'exclama Victoria en brandissant sous les yeux de sa sœur un petit livre relié en carton grossier. Il était vert et le titre imprimé en bleu était : *The Passengers Guide to Colombo.* D'excitation, ses yeux couleur d'azur brillaient comme le ciel clair au-dessus du port qu'elles embrassaient du regard depuis leur chambre du Grand Oriental.

« Un guide de voyage ? », s'étonna Grace, la fille aînée de Henry Tremayne, en retournant le livre. Une frise de fleurs stylisées bordait la couverture au demeurant très simple. Le même motif se répétait à l'arrière de l'ouvrage.

« Je l'ai eu pour une roupie, annonça fièrement Victoria en reprenant le guide qu'elle serra contre sa poitrine comme si c'était un bijou très rare.

— Papa te laisse aller en ville avec Wilkes et toi, tu ne trouves rien de mieux que de t'acheter un guide de voyage ! » Grace secoua la tête d'un air réprobateur en s'appuyant de nouveau à la large fenêtre de l'hôtel, offrant une vue sur tout le port.

« On va en avoir besoin, tout de même ! riposta Victoria en boudant. Après tout, nous sommes dans un pays étranger. Comment veux-tu te débrouiller ici sans aucune aide ? »

Je préférerais ne pas me débrouiller du tout, songea Grace, mais elle ravala ses paroles au dernier moment. Bien qu'elle ne partageât pas l'enthousiasme de sa sœur, elle ne voulait pas non plus lui gâcher son plaisir. C'était déjà assez pénible d'avoir été déposées à l'hôtel comme de vulgaires bagages !

Alors que sa petite sœur se plongeait dans sa lecture, Grace laissa son regard se promener sur la mer bleu foncé, repérant les *dhows* et les jonques chinoises qui se balançaient aux côtés des bateaux à vapeur modernes, comme si, tout droit venus d'une époque lointaine et oubliée, ils s'étaient retrouvés là par erreur.

Les embarcadères grouillaient de monde à cette heure. Les autochtones s'affairaient au milieu de marins de toutes nationalités. Certains portaient de simples pantalons blancs, d'autres de magnifiques habits jaunes et rouges. La plupart étaient coiffés de turbans, et certains arboraient une marque rouge au milieu du front.

Grace remarqua tout particulièrement deux femmes qui traversaient la rue. Leurs saris bleu turquoise et rose vif formaient un agréable contraste avec leur peau mordorée et leurs cheveux d'un noir de jais. Bien entendu, elles attiraient les regards de tous les hommes, peu importait leur nationalité.

Grace dut se rendre à l'évidence : le spectacle du port était bien plus attrayant que tout ce qu'elle avait pu voir dans la capitale anglaise, grise et triste. Mais cette grisaille et ce brouillard étaient aussi le lieu où vivaient ses amies. *Éliza et Alyson sont sûrement en train d'essayer leurs robes pour le bal des débutantes,* se dit-elle tristement. La date tant attendue approchait à grands pas et voilà qu'au lieu de se préparer pour le bal et la Saison qu'il ouvrait, elle se retrouvait à l'autre bout du monde, sous une chaleur torride, immergée dans une insistante odeur de poisson. Sa première apparition devant la reine Victoria avait été repoussée, « jusqu'à ce que papa ait remis la plantation en route », disait sa mère.

Grace n'était pas dupe. Malgré la chape de silence qui enveloppait leur situation, elle avait compris que sa famille affrontait de lourdes difficultés financières et que leur dernière chance de salut résidait dans la reprise de cette plantation. La vieille propriété familiale en Écosse représentait un gouffre financier pour les Tremayne, sans parler de l'entretien qu'exigeait leur maison des alentours de Londres.

Il y avait bien longtemps que son père n'avait parlé à son oncle Richard, aujourd'hui décédé. En général, on évitait de parler de lui tout comme on passait sous silence la misère financière. Certains allaient même jusqu'à nier qu'il était celui des deux frères qui avait le mieux réussi. La plantation n'avait aucun besoin d'être remise à flot, elle marchait toute seule. Grace avait découvert ces informations dans une lettre trouvée sur le bureau de son père et qu'elle avait secrètement lue. Quant aux circonstances du décès de son oncle…

« Eh ! regarde ! cria Victoria en tapant dans ses mains comme si elle était une enfant de quatre ans et non une adolescente de treize ans. Il y a une carte ! Elle indique même l'emplacement de l'asile de fous.

— L'asile ? répéta Grace, étonnée.

— C'est l'une des curiosités proposées par le guide. Il paraît que le bâtiment est tout neuf et qu'il vaut le détour. » Victoria replia la carte et continua de feuilleter attentivement le guide jusqu'à ce qu'elle trouve l'endroit où il était mentionné. « Le nouvel asile est une institution caritative soutenue par le gouvernement anglais. Ce projet causa de nombreuses difficultés et bien des problèmes à la colonie par le passé. Les six cent mille roupies prévues pour sa construction paraissant inutiles au plus grand nombre, on opta finalement pour des plans modifiés. Quatre cents malades mentaux indigènes sont internés dans ce bâtiment qui fait ainsi figure de plus grand asile commandité par le gouverneur sir James R. Longden. »

« Tu aurais pu visiter des tas d'asiles en Angleterre, tu sais, remarqua Grace d'un ton laconique. Il n'y a pas si longtemps, tu te fichais comme d'une guigne de ce genre d'institutions caritatives.

— Évidemment ! Maman aurait eu une attaque si je lui avais proposé d'en visiter une, répliqua sa sœur, imperturbable.

— Cela n'a pas changé, d'ailleurs.

— C'est bien pour cela que je t'en parle à toi et non à elle ! répondit Victoria du tac au tac.

— Tu devrais plutôt chercher les églises ou les temples. Maman te laissera certainement y aller.

— Les églises sont ennuyeuses, mais il paraît en effet que les temples sont très beaux, ici », approuva Victoria en se replongeant dans le guide. Elle finit par trouver quelque chose.

« Regarde, ça devrait t'intéresser, toi aussi ! » Elle tendit le livre sous le nez de sa sœur, ne lui laissant d'autre choix que de regarder.

« Les jardins de Cannelle », lut Grace tout haut. « Ah ! il y a un musée juste à côté, maman n'aura pas à craindre notre appauvrissement intellectuel ! »

Si Grace était tentée de refuser également cette proposition, elle devait tout de même s'avouer que les jardins de Cannelle excitaient sa curiosité. Elle aimait cette épice que la cuisinière, Mme Haynes, ajoutait parfois aux entremets et gâteaux.

Voyant que sa résistance s'effritait, Victoria enchaîna avec entrain. « Dans les jardins de Cannelle, on peut voir comment on décolle l'écorce des arbres et comment on la met à sécher. Si nous y allons, nous pourrons peut-être en prendre un peu. Ton lait à la cannelle a dû te manquer, sur le bateau ?

— Ah oui alors, et comment ! » Grace ferma les yeux en repensant à la saveur particulière de ce breuvage. Malheureusement, Mme Haynes était restée en Angleterre et les jeunes filles devraient ici se contenter de la cuisinière de leur oncle. Qui sait, peut-être cette dernière s'y connaissait-elle en matière de cannelle ? Peut-être qu'elle se laisserait convaincre de lui adoucir la douleur de la séparation avec cette boisson du soir ?

Enfant, elle en raffolait tant qu'elle avait voulu tout savoir sur la cannelle. Son père avait toujours gentiment mais fermement refusé de répondre à ses innombrables questions ; quant à sa mère, elle s'était retranchée derrière une confortable ignorance. Seule la cuisinière, chez laquelle elle se réfugiait trop souvent secrètement, ne s'était jamais dérobée. « La cannelle vient d'Inde et d'Indonésie, ne se lassait-elle pas de lui répondre. Les hommes qui la cultivent sont aussi noirs que les nègres de M. Plummer. »

Elle faisait allusion aux serviteurs africains que le comte de Waxford avait ramenés d'un voyage en Amérique.

À l'époque, Grace avait passé des nuits entières à rêver du pays dans lequel des hommes noirs cultivaient la cannelle. Ces vieilles histoires étaient oubliées depuis longtemps, cependant, lorsqu'elle avait appris qu'ils allaient s'installer à Ceylan. Heureusement, le guide de sa sœur venait de les réveiller, lui faisant oublier la chaleur et l'ennui.

« Alors, on va aux jardins de Cannelle ? pleurnicha Victoria.

— Tu ne sais même pas combien de temps nous allons rester à Colombo, répliqua Grace en rendant le guide à sa sœur. La plantation d'oncle Richard est proche du pic d'Adam. C'est très loin d'ici.

— Si ça continue comme ça, on va finir par prendre racine ici ! répliqua Victoria en désignant avec colère le bâtiment du capitaine du port. Père a l'air de s'y sentir assez bien. Si nous avions pris un pousse-pousse dès ce matin, nous serions déjà dans les jardins de Cannelle. Je parie même que nous serions déjà de retour du musée.

— Ne fais pas l'idiote, la tança Grace en hochant la tête. Si nous devons rester quelques jours de plus, je poserai moi-même la question à maman. Je pense qu'elle-même ne trouvera rien à redire concernant les jardins de Cannelle. »

« Mais, mon Dieu, combien de temps cela va-t-il encore durer ? », s'exclama Claudia Tremayne dans la pièce adjacente, s'adressant à son majordome Wilkes. Depuis sa chambre d'hôtel, elle regardait le bâtiment dans lequel son mari avait disparu depuis deux heures. Le capitaine du port devant contrôler leurs papiers, Henry avait voulu profiter de l'occasion pour rencontrer tout de suite M. Cahill, l'avocat de son frère.

« Je pense qu'il va bientôt revenir, *Madam*, répondit Martin Wilkes, un célibataire de cinquante ans qui faisait presque partie de l'inventaire, au même titre que les bagages.

— C'est plus facile à dire qu'à croire, Wilkes ! Vous connaissez pourtant M. Tremayne ! » L'accent écossais de Claudia était toujours plus prononcé quand elle était en colère. Elle jeta un œil à ses filles réfugiées de l'autre côté d'un imposant tas de bagages. Toutes deux étaient penchées sur un petit livre dont Victoria semblait avoir fait l'acquisition lorsqu'elle avait accompagné Wilkes au Harbour Office.

Avec une pointe de mélancolie, Claudia constata que Grace était la copie conforme de sa mère jeune. Claudia avait toujours admiré Bella Avery pour ses cheveux mordorés, son teint pâle et ses yeux verts.

Elle-même ressemblait davantage à son père. Une forte ossature, une carrure solide et une tignasse sombre. Parfois, elle se demandait comment le beau Henry, fils d'un membre influent du Parlement, avait pu s'intéresser à elle. Autrefois, pendant ses débuts à la cour de la reine Victoria, Henry était entouré de si jolies filles qu'elle passait parfaitement inaperçue, avec ses cheveux bruns. Pourtant, un beau jour, il était venu voir son père et lui avait demandé l'autorisation de lui faire la cour.

Ses parents lui auraient préféré l'aîné des Tremayne mais, à cette époque déjà, Richard montrait des signes de rébellion contre son héritage. Les parents de Claudia se félicitèrent finalement de leur choix lorsque ce dernier partit s'installer à Ceylan pour se lancer dans l'aventure du thé. Henry, entre-temps devenu l'époux de Claudia, hérita donc de la fortune des Tremayne et de la maison des environs de Londres – une maison qui s'était peu à peu révélée être une malédiction. Une grande partie du ressentiment que Henry nourrissait envers Richard était liée au fait que celui-ci avait délaissé toutes les obligations. Contrairement à ce que pouvaient penser ses beaux-parents, Henry, en effet, n'avait jamais manifesté le désir de reprendre l'héritage paternel.

Et voilà qu'il se retrouvait à Ceylan, contraint de reprendre les affaires de son frère, mort quelques mois plus tôt dans des circonstances mystérieuses.

Claudia lissa en soupirant les plis de sa jupe en taffetas bleu-vert qui lui faisait l'effet d'une serre par ces températures tropicales.

Lorsque son regard se perdit une énième fois par la fenêtre, elle crut reconnaître son mari. L'entretien était-il donc enfin terminé ?

Apparemment pas. Quand la personne se retourna, elle vit qu'il ne s'agissait pas de Henry, mais probablement de son interlocuteur.

Espérons que c'est pour bientôt, pensa-t-elle en essayant de capter un peu d'air avec un éventail en papier chinois qu'elle avait trouvé dans le sac de Victoria.

« La plantation comprend trois cents acres non loin du pic d'Adam », expliqua John Cahill tout en ôtant le pince-nez qui commençait à lui donner mal à la tête. Avec Henry Tremayne, désormais le nouveau propriétaire de la plantation de thé Tremayne, ils parcouraient les papiers après avoir réglé les formalités d'entrée sur le territoire. « Vous êtes maintenant l'un des plus grands propriétaires de plantation, après les Stockton et les Walbury. Leurs terres s'étendent sur l'autre versant de la montagne. »

Henry semblait tendu, ce qui n'était pas étonnant après la fatigue du voyage et la conversation usante qu'il venait d'avoir à la capitainerie. La pièce étouffante semblait concentrer toutes les odeurs qui circulaient dans le port. Le vent du sud, lui avait-on assuré, portait une odeur de cannelle. Quoi qu'on en dise, l'air puait le poisson, les algues et l'eau croupie mélangés à une odeur d'épices et de fruits qui s'échappait d'un marché situé un peu plus loin.

Si seulement nous disposions d'une pièce fraîche pour nous entretenir ! se dit Tremayne en réprimant l'envie de s'éventer avec les papiers qu'il tenait à la main.

« Elle est plus que rentable, comme vous pouvez le constater d'après ces chiffres. Cette année, nous pouvons nous attendre à ce que les gains doublent. Tout ce dont la plantation a besoin, c'est d'un propriétaire solide ; les problèmes se résoudront d'eux-mêmes. »

Peu enthousiaste, Henry jeta un coup d'œil au livre que Cahill lui glissait sur les genoux. Malgré les paroles très optimistes de l'avocat, il n'avait aucune envie de se plonger dans les chiffres. La tristesse que lui causait la perte de son frère cédait régulièrement le pas à de véritables accès de colère et de haine et, en cet instant précis, il sentait monter une nouvelle poussée de colère.

Richard Tremayne, de cinq ans son aîné, était mort en laissant derrière lui un véritable chaos. Une comptabilité mal tenue, des arriérés et un vaste désordre dans ses papiers personnels. Manifestement, son frère s'était peu à peu transformé en paysan jouissant, certes, de bonnes terres, mais incapable de les gérer.

À la lecture des comptes, cependant, Henry retrouva un peu de sa bonne humeur : si Cahill avait raison en prévoyant un doublement des revenus, il n'aurait pas à renoncer au patrimoine familial et pourrait même garder le château en Écosse.

« Sait-on dans quelles conditions mon frère est tombé ? », demanda Henry en refermant le livre de comptes. Sa question inattendue décontenança Cahill qui s'apprêtait très probablement à lui montrer d'autres chiffres.

« Non, sir, l'enquête est en cours. Bien que des Anglais s'en soient chargés, elle n'avance que très lentement. Je pense cependant que nous pouvons partir du principe que c'était un accident. Le pic d'Adam n'est pas une montagne dangereuse, mais elle comporte certains risques. Je n'ai jamais compris pourquoi votre frère y passait son temps en compagnie de ce naturaliste.

— Et ce savant était-il avec lui lors de l'accident ? »

Cahill secoua la tête. « Non, pas ce soir-là. Aussi étrange que cela puisse paraître, il semblerait qu'il soit parti seul. Les employés ont rapporté qu'il était agité et voulait sans doute se défouler sur la montagne.

— Sans accompagnateur ?

— Oui, sir, pour autant qu'on sache. Mais… »

Henry regarda la pointe de ses chaussures d'un air embarrassé. « Il ne s'est quand même pas donné la mort ?

— Non, c'est exclu. Je connaissais votre frère. Peut-être que sa comptabilité était un peu hasardeuse, mais il n'était pas homme à laisser les choses en plan. S'il avait pensé au suicide, il aurait certainement essayé de mettre un peu d'ordre avant de partir. Il aurait tout au moins laissé une lettre d'adieu. Nous n'avons rien trouvé de tel.

— Pourrait-on l'avoir assassiné ? »

Cahill pâlit. « Espérons que cela ne soit pas le cas. Si un tel soupçon se confirmait, vous seriez bon pour avoir les autorités sur le dos pendant des mois.

— Mon frère avait-il des ennemis dont vous auriez connaissance ?

— Non, sir, il s'entendait plus ou moins bien avec tout le monde. S'il y avait des disputes, il les réglait toujours calmement. La culture du thé est un métier de gentlemen. Ici, on ne se tire pas les uns sur les autres comme des propriétaires de bétail texans. »

Henry se fit songeur. Son frère avait-il vraiment été victime d'un accident ? Peut-être valait-il mieux cesser d'y penser, et encore moins chercher à creuser la question. Il ne tenait pas à avoir de problèmes avec les autorités, tout était déjà bien assez confus comme cela.

« D'après vous, quand pourrons-nous emménager dans le domaine ? dit-il pour changer de conversation.

— À l'heure actuelle, quelques ouvriers remettent la maison en état car elle avait également souffert de la négligence de votre frère, au cours des derniers mois. Je vais les secouer un peu, faites-moi confiance. Je suis sûr qu'elle sera prête d'ici à quelques jours. Vous allez voir, cela vaut le coup, Vannattuppūcci est un endroit très particulier, un vrai paradis. Croyez-moi ! »

Durant le dîner, pris dans un coin tranquille du restaurant de l'hôtel, Henry relata à sa famille ce qu'il avait appris de Cahill, en omettant les détails susceptibles de les irriter ou de les troubler. Claudia se montra néanmoins insatisfaite.

« Bon sang, combien de temps allons-nous devoir rester ici ? » Elle jeta un regard désapprobateur aux autres hôtes de la salle à manger qui ne lui prêtèrent pas attention. « Tu sais comment sont les ouvriers : ils retardent constamment leur travail dans le seul but d'exiger plus d'argent.

— M. Cahill a promis de les presser un peu.

— S'ils se dépêchent trop, ils vont bâcler leur travail.

— Claudia, ma chérie. » Henry lança un regard presque suppliant à son épouse. Est-ce que cela arrangeait les choses de se plaindre ?

Claudia sembla s'en rendre compte et baissa la tête, un peu honteuse. Son mari lui prit la main.

« Peut-être aurais-tu intérêt à faire un tour sur les marchés de pierres précieuses de la ville. Il paraît qu'il y a des pièces magnifiques à moitié prix par rapport à l'Angleterre.

— Et à quelle occasion pourrai-je porter ces bijoux ? demanda Claudia avec mauvaise grâce, se voyant déjà prisonnière entre les palmiers et les théiers.

— M. Cahill m'a parlé d'une vie sociale intense à Nuwara Eliya. Il m'a décrit des hôtels et un grand nombre de propriétés de familles anglaises de haut rang, qui y passent leurs vacances. Et puis les autres propriétaires de plantations ont très bonne réputation, tu sais. Je suis sûr qu'avec ton talent et ton aisance sociale, tu auras tôt fait de trouver des amis et que tu ne tarderas pas à organiser des bals dont tout Ceylan parlera. »

Claudia retrouva enfin le sourire, et même si Grace jugeait que c'était une bien maigre consolation pour le bal des débutantes qu'elle allait manquer, elle se réjouit de la perspective de trouver bientôt une nouvelle occasion de danser.

10

Berlin, 2008

Quelque part, le retour à Berlin de Diana sonnait faux. Comme si elle n'y avait plus sa place. Dans l'avion, la maison lui manqua tellement qu'elle ne put s'empêcher d'écrire un e-mail à M. Green. *Il va certainement être étonné,* pensa-t-elle, en tapant sur son clavier. *Cela lui donnera peut-être l'espoir que je ne laisserai plus passer des années avant de revenir.*

Quoi qu'il en soit, elle était maintenant la maîtresse du manoir des Tremayne. Lors de l'ouverture du testament d'Emmely, elle avait appris que celle-ci lui léguait les bâtiments ainsi que le terrain. À en croire le notaire, Me Burton, personne d'autre ne pouvait revendiquer cet héritage.

Elle préféra repousser à plus tard la question de l'entretien de la maison. Emmely lui avait aussi légué une somme conséquente et quelques titres, mais cela ne suffirait pas à garder une telle propriété.

Et puis il y avait le coffret trouvé dans le compartiment secret. Elle n'avait pas arrêté de se poser des questions durant tout le vol. Dans la lettre de Victoria qu'elle avait trouvée sous le cercueil de Deidre, il était question d'un « objet » que ce mystérieux individu lui aurait laissé en dépôt jusqu'à ce qu'il puisse rejoindre Grace. Le seul objet hors du commun que renfermait le coffret était la feuille de palmier.

Cette feuille de palmier avait-elle à voir avec la mauvaise conscience à laquelle Emmely avait fait allusion ?

En tout cas, il fallait d'abord qu'elle découvre la signification du message gravé sur cette feuille. S'agissait-il d'une lettre d'amour codée ? À Berlin, elle connaissait un expert en écritures asiatiques.

Pour l'instant, cependant, Diana avait d'autres préoccupations. Elle allait devoir affronter Philipp. Elle avait réussi à ne pas lui répondre depuis qu'elle était partie, ce qui n'allait certainement pas rendre leurs retrouvailles plus faciles.

En remontant la rue, déjà, elle eut l'étrange intuition que son mari l'attendait. Sa voiture garée devant l'entrée de la maison confirma son pressentiment. Apparemment, il n'avait pas de repas d'affaires avec sa nouvelle conquête, aujourd'hui. Son départ l'avait-il fait réfléchir ?

Elle gara sa Mini juste derrière la voiture de son compagnon et se prépara à entendre ses reproches dès qu'elle sortit du véhicule. Bien qu'il ne puisse plus se permettre de lui demander de comptes depuis son infidélité, le cœur de Diana battait comme celui d'une enfant ayant joué trop longtemps dehors et contrainte de se justifier devant son père.

Une pensée lui traversa soudain l'esprit tandis qu'elle tournait la clé dans la serrure. Aussitôt son pouls s'accéléra, sans que la peur en fût la cause.

Que fais-tu si tu les trouves au lit ? Peut-être a-t-il profité de ton absence…

Angoissée à l'idée d'entendre des rires ou d'autres bruits trahissant leurs ébats, elle ferma la porte derrière elle aussi doucement que possible et entra dans le vestibule à pas de loup.

Entrouverte, la porte du salon laissait échapper de la lumière. Hormis la télévision qui était allumée, on n'entendait rien. Diana abandonna toute précaution en poussant la porte coulissante du salon. Philipp était tranquillement assis devant la télé, comme un soir ordinaire. Il avait tout rangé, seule l'absence des objets en verre témoignait de son accès de colère. Sa maîtresse n'était pas avec lui. Il n'avait manifestement pas remué ciel et terre pour retrouver son épouse, sinon la police l'aurait contactée depuis longtemps.

Il ne tourna la tête qu'en l'entendant poser son sac sur le sol.

« Diana ! » Il bondit de son fauteuil et s'approcha d'elle. « Au nom du ciel, où étais-tu ?

— En Angleterre », répondit-elle froidement, évitant son regard. Son visage anguleux avec sa petite fossette, ses yeux bruns et ses cheveux courts et frisés, tous ces détails dont elle était tombée amoureuse dès le début auraient pu la pousser à regretter son comportement, mais elle se rabroua : ce n'était pas elle qui avait des choses à se reprocher !

« Chez ta tante ? » Philipp mit les poings sur ses hanches. « Pourquoi ne m'as-tu rien dit ? Pourquoi ne m'as-tu même pas envoyé un message ?

— Tu sais très bien pourquoi. » Malgré son désir de rester calme, de prendre exemple sur la circonspection de M. Green, Diana remarqua que son ton était celui d'une petite fille vexée.

« C'était juste une histoire sans lendemain.

— Ah oui ? Et combien de temps a-t-elle duré ?

— Diana...

— Si seulement tu pouvais être sincère, pour changer ! », l'agressa-t-elle.

Philipp serra les lèvres. Pas de stupeur, mais de colère.

« Comment va ta tante ? » demanda-t-il en se dominant, comme s'il n'avait rien entendu.

Diana plissa les yeux mais ne put retenir ses larmes. *Il n'a pas besoin de le savoir,* se dit-elle en essayant de se maîtriser. *Après tout, il ne s'en est jamais occupé.* Mais elle ne put garder le silence plus longtemps.

« Elle est morte », laissa-t-elle échapper.

Philipp eut l'air choqué et fit mine de s'approcher pour la prendre dans ses bras, mais Diana le repoussa farouchement. « Ne me touche pas ! Ta pitié n'arrangera rien, tu sais. »

Philipp lâcha un soupir avant de hocher la tête. « Et maintenant, que va-t-il advenir de nous deux ?

— De nous deux ? » Diana éclata d'un rire douloureux. « Je crois que nous ferions mieux de nous éviter un moment. Je vais dormir dans la chambre d'amis. »

Elle prit son sac et monta l'escalier d'un pas lourd.

Laissant échapper un long soupir, Diana s'assit sur la chaise du bureau. *J'avais raison*, se dit-elle, en sortant son ordinateur portable, *j'aurais mieux fait de rester plus longtemps à Londres.*

Il fallait pourtant bien qu'elle s'occupe de son cabinet d'avocats. Elle avait fait attendre ses clients trop longtemps. Ils la comprendraient si elle expliquait qu'elle avait eu un deuil dans sa famille, bien sûr, mais il fallait qu'elle se remette au travail.

Elle devait aussi contacter la personne qu'elle connaissait au sujet de cette curieuse feuille de palmier. Si quelqu'un pouvait lui en révéler le secret, ce serait bien lui.

« Prochain arrêt, Dahlem Dorf », claironna une voix déformée par le brouhaha du métro. Diana fourra le guide touristique dans son sac et vérifia encore une fois que l'enveloppe contenant la mystérieuse feuille n'avait pas souffert du voyage. Puis elle se leva.

Comme d'habitude, Diana s'étonna de l'indifférence des gens. À Berlin, on pouvait feuilleter un livre étrange, avoir les cheveux verts ou une dégaine de clochard, cela ne dérangeait personne. Surtout pas dans le métro, où chacun évitait le regard des autres par crainte d'être regardé.

Quelques instants plus tard, la rame de métro jaune sortit du tunnel et s'immobilisa devant une rangée de gens qui attendaient sur le quai, des étudiants pour la plupart, mais aussi quelques personnes plus âgées. En descendant, Diana se heurta à une vague d'impatience. Par chance, il n'y avait personne derrière elle, si bien que les jeunes gens purent tout de suite s'engouffrer dans le wagon. Lorsque le signal de fermeture des portes retentit, elle avait déjà atteint l'ascenseur apportant sa nouvelle fournée de passagers. Elle y pénétra aux côtés d'un homme d'un certain âge, une mallette à la main, visiblement un professeur en route pour son cours.

Pensive, Diana sourit. Les choses n'avaient pas beaucoup changé depuis ses propres études à l'université libre de Berlin. Les élèves s'habillaient un peu différemment, les programmes avaient été revisités et modernisés, mais Dahlem grouillait toujours d'étudiants assoiffés de connaissances et de ceux qui avaient décidé, il y avait quelques années de cela, de ne plus quitter l'université.

Contrairement à autrefois, Diana tourna le dos au bâtiment universitaire et se dirigea vers le bâtiment gris de béton et de verre qui abritait le musée d'Art asiatique.

Par chance, elle avait réussi à joindre cet ancien ami d'études qui lui avait tout de suite donné rendez-vous, non sans souligner sa chance exceptionnelle, car il était habituellement débordé.

Les jacassements inappropriés qui l'accueillirent en entrant dans le bâtiment provenaient d'un groupe d'étudiants qui s'apprêtaient à suivre une visite guidée. La dame derrière le comptoir d'accueil les fusillait du regard.

Diana se planta devant elle. « Bonjour, j'ai rendez-vous avec M. Fellner. Je m'appelle Diana Wagenbach. »

L'assistante la considéra avec un scepticisme à peine déguisé et saisit le téléphone pour annoncer son arrivée. Son interlocuteur lui confirma manifestement le rendez-vous puisqu'elle se dérida un peu.

« Patientez un instant, s'il vous plaît, il arrive tout de suite. »

Diana la remercia et prit place sur un banc. Elle n'eut pas le loisir d'observer longtemps les étudiants qui avaient l'air de s'ennuyer, car son ami vint la chercher au bout de cinq minutes à peine. Toujours aussi élancé, Michael Fellner avait perdu la gaucherie qui le caractérisait pendant ses études. Il portait une veste grise sur un jean bleu, le col de sa chemise bleu clair était ouvert. À l'époque, personne n'aurait pu imaginer que cet ancien punk s'habillerait un jour de la sorte, Diana moins que toute autre.

Il lui tendit la main en souriant. « Diana, je suis vraiment heureux de te voir ! Nous travaillons dans la même ville depuis des années, et nous ne nous croisons jamais.

— Voilà qui est fait, alors ! lança-t-elle en le serrant dans ses bras comme au bon vieux temps.

— Tu es magnifique ! Tu as à peine changé.

— C'est plutôt à moi de te flatter, tu sais, parce que j'ai besoin de ton aide, rétorqua Diana en riant.

— Il n'y a pas de quoi me flatter, répliqua aussitôt Michael. D'ailleurs, je n'ai besoin de personne pour me dire que je prends du ventre et que mes tempes grisonnent, je le vois dans mon miroir tous les matins. »

Diana secoua la tête d'un air désapprobateur. Il n'avait pas la moindre trace d'une bedaine, et encore moins de cheveux gris. Si sa chevelure s'était clairsemée, elle reconnaissait sans peine les traits du garçon aux lunettes trop grandes et à la crête d'Iroquois blond décoloré. À l'époque, il voulait à tout prix l'initier à l'histoire de l'art d'Extrême-Orient. Côté lunettes et cheveux, il avait fait de sérieux progrès, quant à son savoir, elle allait maintenant le mettre à l'épreuve.

« Allons dans mon bureau, tu pourras me montrer ton trésor. »

Après avoir monté un escalier et traversé quelques couloirs, ils se retrouvèrent devant le sanctuaire de Michael, un bureau témoignant du plus parfait désordre académique et offrant une belle vue sur les jardins de l'université. De sa fenêtre, les différents corps de bâtiment faisaient l'effet de grosses pierres posées au sol.

« Diana Bornemann », dit-il en prenant place dans son fauteuil de bureau.

Depuis quand n'avait-elle pas entendu son nom de jeune fille ? Tout à coup, elle fit un bond dans le passé. Elle se revit célibataire, à la veille de ses derniers examens, la tête farcie d'idées et de projets grandioses. Assis devant elle, elle revoyait le futur spécialiste de l'Asie orientale, qui baragouinait encore péniblement le japonais et le chinois et apprenait seul l'indien pendant son temps libre.

« Tu t'es mariée, observa-t-il en regardant son alliance. Je me suis d'abord demandé qui pouvait bien être cette Diana Wagenbach, et puis j'ai reconnu ta voix. Savais-tu que presque tous les gars de la bande rêvaient secrètement de te faire tomber dans leur lit ? »

Diana fit mine d'être choquée. Bien sûr qu'elle avait vu le manège des garçons, tout comme leurs bagarres stupides destinées à lui montrer qui était le plus fort. Michael, lui, s'était toujours tenu en retrait mais ses regards en disaient long.

« Moi qui pensais que vous ne vous intéressiez qu'aux débats sur les dysfonctionnements de la société ! Enfin, je crois que nous avons mieux à faire que de reparler de toutes ces histoires.

— Tu as raison », reconnut Michael, en se renversant dans son fauteuil. Il la scruta avec attention. « Qu'est-ce qui t'amène ? Tu avais l'air si mystérieuse, au téléphone ! »

Diana plongea la main dans son sac, saisit l'enveloppe et en sortit la curieuse feuille qu'elle posa sur le bureau.

En voyant la feuille, Michael inspira un grand coup. « Incroyable ! »

Diana serrait ses doigts glacés. Cela devait se passer exactement comme ça quand quelqu'un trouvait un dessin dans un grenier, qu'il le montrait à un expert en œuvres d'art et que celui-ci se rendait compte qu'il s'agissait d'un Léonard de Vinci inconnu jusqu'alors.

« Qu'est-ce qui est incroyable ? » demanda-t-elle, curieuse, tandis que Michael tirait la feuille à lui avec une délicatesse presque déférente. Il baissa un peu ses lunettes pour regarder au-dessus des verres comme le font beaucoup de myopes.

Il omit de lui répondre pendant un bon moment, complètement absorbé par son instinct de chercheur… Puis il prit une profonde inspiration, comme si ce qu'il avait à lui dire requérait un effort supplémentaire.

« Dis-moi, as-tu déjà entendu parler des bibliothèques, en Inde ou au Sri Lanka, qui conservent des manuscrits en feuilles de palmier ? »

Diana secoua la tête. « Au risque de paraître inculte à tes yeux, c'est la première fois que j'en entends parler. »

Au frisson qui parcourut son ami, elle réalisa qu'elle était tombée sur quelque chose d'extraordinaire. Mais quel était le rapport avec son histoire familiale ?

« En Inde, tout comme au Sri Lanka, cela fait des siècles – non, des millénaires – que l'on écrit sur des feuilles de palmier séchées avant de les relier pour confectionner des manuscrits souvent richement décorés. »

Il tapa quelque chose sur le clavier de son ordinateur et en tourna l'écran vers Diana.

Les petits manuscrits en feuilles de palmier dont Michael parlait ressemblaient au premier abord à de grands éventails. Des lettres en forme d'escargot ornaient leurs couvertures par ailleurs décorées de riches motifs. Certaines couvertures, en revanche, ne comportaient que les motifs.

« Tu penses que cette feuille vient d'un de ces manuscrits ? »

Michael secoua la tête et remonta ses lunettes. « Non, ma chère, ce que nous avons là est complètement différent. En théorie, tu ne devrais même pas être en possession d'une telle feuille.

— Pourquoi ? Est-il interdit de le sortir du pays ? Pour ma défense, je peux t'assurer que cela date de plus de cent ans. »

Michael s'assit sur son bureau. On voyait qu'il réfléchissait à toute allure. Après avoir secoué la tête comme s'il n'arrivait pas à y croire, il déclara : « Je suis sûr que cette feuille provient d'une des bibliothèques conservant les manuscrits en feuilles de palmier d'un oracle indien extrêmement ancien. La plupart de ces textes ont été rédigés en tamoul ancien, une langue lue par très peu de gens, aujourd'hui. Une des légendes circulant autour de ces feuilles de palmier raconte que Brighu, le fils d'un sage qui avait le privilège de fréquenter les dieux, eut un jour l'audace de gifler Vishnu. Là-dessus, Lakshmi, l'épouse de Vishnu, le frappa d'une malédiction qui le condamna à l'infortune. Bien que Brighu manifestât un repentir sincère, la déesse ne put annuler la malédiction. Elle lui accorda toutefois la possibilité de consulter un rouleau d'écriture cosmique mythique, qui lui permit de connaître la destinée de tous les hommes. La déesse lui ordonna ensuite de faire consigner les destinées qu'il avait vues par des brahmanes sur des feuilles de palmier.

— Ça me semble passionnant, répliqua Diana bien que cette information ne l'avançât pas davantage sur l'histoire de sa famille. Cette feuille a peut-être été dérobée par un colon, à l'époque. Malheureusement, je n'en sais pas davantage. » Elle garda pour elle sa supposition selon laquelle il s'agissait d'un cadeau pour Grace.

« C'est possible, répondit Michael. En tout cas, ce colon ne devait pas savoir que le vol d'une de ces feuilles de palmier était censé porter malheur. La coutume voulait que ces feuilles ne quittent jamais la bibliothèque, et qu'elles soient lues et interprétées par ce qu'on appelle des *Nadi readers*, des devins Nadi que le commun des mortels allait consulter pour obtenir des informations ou des prédictions concernant leur passé, leur présent ou leur futur. Il se pouvait également qu'ils apprennent quelque chose sur leurs vies antérieures. Comme tu le sais peut-être, les hindous partagent avec les bouddhistes leur foi en la réincarnation et en un nirvana.

— … Auxquels on n'accède qu'à condition de s'être libéré de tous ses péchés et d'avoir fait pénitence. »

La mode hippie était révolue depuis bien longtemps quand Diana et Michael avaient fait leurs études, mais beaucoup d'étudiants de leur âge s'étaient néanmoins sentis attirés par le bouddhisme.

« On peut le dire comme ça. En résumé, si on ne parvient pas à influencer son karma de façon positive au cours d'une première vie, on se réincarne plusieurs fois jusqu'à ce qu'on ait compris ce que l'on a le droit de faire ou pas. »

Diana sentit un frisson parcourir ses bras. Henry Tremayne avait-il attiré une malédiction sur sa famille ? À moins que ce ne soit Richard, celui qui était mort accidenté ? Avait-il dérobé une feuille de palmier dans une bibliothèque ?

« Crois-tu qu'il faille prendre cette malédiction au sérieux ?

— Eh bien, chacun doit en décider pour soi, à mon avis. Certains témoignages racontent que des personnes ayant subtilisé des objets sacrés à des Maoris seraient poursuivies par la malchance ou mourraient dans des conditions singulières. De mon point de vue scientifique contemporain, je ne peux que saluer toute initiative visant à restituer à son lieu d'origine tout objet qui n'aurait rien à faire dans nos cultures – non sans en avoir fait des photos et une description détaillée, bien entendu. Et puisque nous y sommes : m'autoriserais-tu à prendre quelques clichés de ce rare trésor ?

— Bien sûr », balbutia Diana encore troublée par ce qu'elle venait d'entendre au sujet des malédictions et pensant surtout à ce qu'Emmely lui avait dit sur son lit de mort.

« C'est vraiment fascinant ! » Le regard de Michael se fit presque perçant. « Ça m'intéresserait de savoir d'où tu la tiens.

— Je l'ai trouvée dans un compartiment secret.

— Qui se trouve à quel endroit ?

— Dans un vieux manoir, en Angleterre. Ma tante, qui vient de décéder, m'a chargée d'ouvrir cette cachette. C'est là que j'ai trouvé cette feuille.

— Je suis désolé de l'apprendre, répondit Michael. Je parle du décès de ta tante. Quant à ta découverte, elle est sensationnelle. »

Diana hésita à lui parler de ses autres trouvailles mais choisit finalement de les garder pour elle en attendant d'en savoir davantage : « Est-ce qu'on peut retrouver la bibliothèque d'où vient cette feuille de palmier ? J'aimerais bien la rendre, vois-tu.

— Cela risque d'être compliqué. Tu peux faire le tour des bibliothèques, mais personne ne pourra te dire si elle vient de là. Comme tu peux le voir, elle n'a pas été cataloguée.

— On a bien dû s'apercevoir quelque part qu'il manquait une page à un manuscrit, non ?

— Vu la masse de feuilles qu'ils comportent, il est probable que personne ne l'ait remarqué. En revanche, il se pourrait qu'une personne cherchant sa propre destinée en soit privée parce que celle-ci a passé toutes ces années enfermée dans un coffre.

— Il y a donc une telle feuille pour chaque individu ?

— Non, mais pour un grand nombre. En ce qui me concerne, je crois que beaucoup d'âmes vierges arrivent sur terre et qu'elles n'ont pas encore de karma. Si on en croit les brahmanes, la plupart des gens qui trouvent leur destin sur les feuilles ont déjà traversé beaucoup de vies et d'incarnations. »

Dévorée par la curiosité, Diana détailla la feuille de palmier. Quel en était le message ? Quel avenir se dessinait là ? Celui de Grace, peut-être, ou alors de son mystérieux amant ? Ou encore un autre membre de la famille ? L'absence d'Emmely se fit de nouveau cruellement sentir. Elle aurait tant aimé lui poser des questions ! Pourquoi ne lui avait-elle rien raconté du séjour de sa grand-mère au Sri Lanka, ni des frères Henry et Richard ? Pourquoi n'en subsistait-il rien d'autre, tout comme pour les filles de Henry, que des dates et des faits dans sa généalogie, des visages sur des photos dont le vernis s'effaçait ?

La faute qui semblait peser si lourdement sur la conscience de Victoria était-elle vraiment si terrible ?

« Qu'est-ce que tu me conseilles de faire ? s'entendit-elle demander.

— L'idéal serait que tu trouves quelqu'un qui serait capable de te déchiffrer cela, répondit

Michael, incapable de détacher ses yeux de la feuille. On peut se demander si elle était à un membre de ta famille. Quand tu auras trouvé ton lecteur, il pourra peut-être te dire à quelle bibliothèque il l'attribue, mais je ne te promets rien car, encore une fois, il existe une multitude de feuilles telles que celle-ci.

— Il faudrait peut-être que je me rende en Inde, alors.

— Selon toute évidence, oui. Les astrologues Nadi ne courent pas les rues, en dehors de l'Inde.

— Je pourrais aussi aller au Sri Lanka. » Elle repensa au vieux guide touristique. « Y a-t-il une bibliothèque de ce genre, à Colombo ?

— Pourquoi Colombo ? s'étonna Michael.

— Le coffre contenait aussi un très ancien guide touristique. C'est d'ailleurs la raison pour laquelle j'ai supposé que cette feuille de palmier datait de la fin du XIXe siècle.

— Elle est probablement bien plus ancienne. Si tu me la confies quelques jours, je pourrai même te dire très exactement quand elle a été gravée.

— Tu peux la garder, pour le moment. Il faut d'abord que je découvre où je dois me rendre. »

Le visage de Michael s'éclaira. « Si tu me la laisses, je la photographierai et j'en prélèverai un échantillon pour en évaluer la date. C'est pour moi une occasion unique de manipuler ce genre de document.

— J'aimerais bien la récupérer, tout de même ! répondit Diana.

— Ne t'inquiète pas, je te la rendrai. Je t'appelle dès que j'ai fait les photos et pris les échantillons. Il faut compter un ou deux jours, tout au plus. »

11

Colombo, 1887

Le lendemain, Victoria obtint effectivement de sa mère la permission d'aller visiter les jardins de Cannelle. Clouée au lit par une migraine, probablement la raison pour laquelle elle céda si facilement, elle confia ses filles à la tutelle attentive de Mlle Giles et de M. Wilkes.

Victoria se moquait pas mal d'être surveillée de près par ces deux accompagnateurs.

« Avec un peu de chance, le cocher prendra le chemin qui longe l'asile », chuchota-t-elle à Grace après avoir pris place dans la calèche. Elle lui jeta un regard complice.

« Et qu'est-ce que tu espères y voir ? Un bâtiment déprimant entouré d'une haute clôture ?

— Ça, c'est ce que tu penses. Mais qui sait combien de jeunes femmes innocentes ont été internées là par des maris qui n'avaient d'yeux que pour leur héritage ! »

Grace ne put retenir un sourire moqueur. « J'en connais une qui a encore abusé des romans à six sous…

— Moi ? »

Victoria tenta vainement d'afficher un air innocent. « Tu n'y songes pas ! Tu sais bien ce que papa pense de ce genre de littérature.

— Cela ne t'a pas empêchée d'en lire jusqu'à présent. Les caches-tu dans un compartiment secret de ta valise ? »

Un sourire malicieux se dessina sur les lèvres de Victoria. « Alors comme ça, tu es au courant ? »

Grace hocha la tête.

« Et tu n'as rien dit à papa ?

— Tu es ma sœur, non ? Les sœurs ne se trahissent pas. »

Victoria se serra affectueusement contre elle. « Merci, sœurette ! Si tu veux, je t'en prête quelques-uns.

— Je ne crois pas que les aventures de lord Ruthven puissent m'intéresser, mais merci quand même. »

Une fois que Mlle Giles et M. Wilkes furent également montés dans la calèche, ils se mirent en route.

Le conducteur, un autochtone embauché par l'hôtel, évitait avec adresse les grappes de gens, les pousse-pousse et les charrettes tirées par des bœufs. Ils ne furent arrêtés qu'une seule fois par un troupeau d'éléphants qui s'était mis en travers du chemin.

« Quels magnifiques colosses ! », s'étonna Victoria en regardant les pachydermes parés de tissus aux couleurs éclatantes. Certains portaient sur le dos des sortes de structures en forme de pagode.

« Éléphants aller temple, expliqua le cocher. Animal sacré, nous attendre. »

La procession des éléphants dura suffisamment longtemps pour que Mlle Giles s'inquiétât pour son teint sous ce soleil brûlant.

« Nous allons tous cuire si nous restons ici. Miss Grace, rabaissez votre chapeau sur votre visage. C'est valable pour vous aussi, miss Victoria. »

Les deux jeunes filles s'exécutèrent, mais à peine la gouvernante avait-elle tourné la tête, effrayée par un garçonnet qui brandissait sous son nez une petite figurine sculptée, que Victoria lui adressa une grimace silencieuse.

Les jardins de Cannelle se révélèrent davantage un quartier de la ville qu'un jardin en tant que tel. De nombreuses maisons parsemaient et bordaient la plantation. Au centre se dressait une énorme maison de maître entourée de jardins de sable blanc au milieu desquels poussaient les arbres dont on récoltait la cannelle.

« Si nous avons de la chance, nous pourrons suivre une visite guidée, annonça Victoria avec enthousiasme. C'est écrit dans mon guide. »

Mlle Giles considéra les chemins qui serpentaient entre les arbres d'un air souffrant, comme si elle prévoyait déjà les douleurs abominables que ses bottines allaient lui infliger.

« Je suis sûr qu'un guide sera prêt à nous accompagner dans la calèche », affirma M. Wilkes qui se mit aussitôt à la recherche d'une personne responsable des lieux.

Grace remarqua que sa petite sœur mijotait quelque chose. Victoria avait passé la matinée le nez plongé dans son guide. Visiblement, ce qu'elle avait sous les yeux ne satisfaisait pas sa curiosité excitée par ce qu'elle avait lu.

« Eh bien, les voilà, tes jardins de Cannelle ! s'exclama Grace en désignant des arbres qui ne ressemblaient en rien à de la cannelle. Alors pourquoi fais-tu cette tête ?

— Je ne fais pas la tête ! affirma Victoria. Je réfléchis.

— À quoi ?

— À différentes choses.

— Ce n'est pas bien, pour une demoiselle, de laisser vagabonder ses pensées », crut bon de se mêler Mlle Giles.

Grace devina cependant l'objet de contrariété de sa sœur. Contrairement à ce qu'elle avait espéré, la calèche n'avait pas longé l'asile – pour sa part, d'ailleurs, elle s'en réjouissait, car elle avait entendu circuler d'horribles histoires concernant ces lieux, à Londres.

Au bout d'un moment, M. Wilkes réussit à trouver quelqu'un qui se montra prêt à les guider à travers la plantation. Le jeune homme de petite taille, un peu trapu, dont la couleur de peau rappelait celle des noisettes, leur expliqua dès qu'il monta dans la calèche qu'ils allaient devoir faire un bout de route à pied car l'étroitesse des chemins sillonnant entre les arbres ne permettait pas le passage d'une voiture.

Mais auparavant, il leur conta l'histoire de la plantation dans un anglais presque incompréhensible. Si elle existait déjà à l'époque des Hollandais, c'était sous les Anglais qu'elle s'était pleinement épanouie. Quand ils eurent atteint les chemins plus étroits, la voiture s'immobilisa et Mlle Giles descendit à contrecœur. Pourtant, le chemin menant aux canneliers ne semblait pas très long et promettait d'être bien plus intéressant que le début de leur visite, le long du bâtiment principal.

Comme j'aimerais être à Londres en ce moment ! se dit Grace qui s'ennuyait. Ce n'était pas seulement le bal des débutantes qu'elle allait manquer, mais toutes les réceptions de printemps que les grands propriétaires terriens de la région donnaient à tour de rôle en cette saison. Les petits-fours et les quadrilles allaient lui manquer. Au lieu de cela, elle se faisait trimbaler sous une chaleur torride pour apprendre comment on récoltait la cannelle qu'elle aimait, certes, mais dont l'origine lui était relativement indifférente.

Perdue dans ses pensées, elle observait les récolteurs ôter les écorces des canneliers et les passer à leurs compagnons chargés de les rouler et de les entasser au bord du chemin sous forme de petits fagots affichant tous des stades de séchage différents. Alors que certains ressemblaient à du vulgaire petit bois sec, les autres avaient vraiment l'allure des bâtons de cannelle que leur cuisinière conservait dans un bocal de verre.

« On pourrait rapporter quelques cigares à la cannelle à papa, proposa Victoria.

— Tu penses vraiment qu'il voudra les fumer ?

— Il fume bien ces horribles cigares que ses amis de Sumatra lui envoient, rétorqua-t-elle en prenant des airs de grande personne. Pourquoi pas des cigares à la cannelle ? Ils sentent certainement meilleur.

— Bon, d'accord, achètes-en quelques-uns, concéda Grace. Je vais aussi prendre quelques bâtons de cannelle au cas où il n'y en aurait pas sur la plantation d'oncle Richard. Dieu sait quand nous aurons l'occasion de retourner dans une boutique, une fois que nous serons installés là-bas ! »

Elles s'approvisionnèrent dans une petite échoppe mais, au lieu de revenir à la calèche avec Grace, Victoria s'éloigna ensuite de quelques pas avant de s'immobiliser.

« Victoria ! l'appela Grace, avant de la suivre à contrecœur.

— Regarde, là-bas ! » Victoria désigna des maisons situées de l'autre côté des buissons qui délimitaient la plantation. Des voix s'élevaient depuis cet endroit. Devant elles, un étroit sentier s'enfonçait entre les frangipaniers. « Qu'est-ce que tu dirais d'une petite expédition ?

— Tu veux aller là-bas ? » Grace se tourna vers M. Wilkes et Mlle Giles, postés devant l'échoppe de cannelle à discuter avec le vendeur.

« Pourquoi pas ? Je me suis trompée en pensant que les jardins de Cannelle seraient passionnants. On s'y ennuie à mourir, n'est-ce pas ? Mais là, en bas (elle montrait les toits d'où la rumeur montait), il y a de la vie. Tout à l'heure, dans la calèche, j'ai eu tellement envie de me jeter dans la foule ! Peut-être allons-nous trouver le temple où se rendaient les éléphants !

— Mais Mlle Giles et M. Wilkes ont ordre de ne pas nous quitter des yeux !

— Ils ne vont même par remarquer notre absencc. »

Elle s'engagea dans le sentier sans prendre la peine de se retourner.

« Mais… » Grace s'interrompit. Un cri suffisait à rameuter le majordome et la gouvernante qui auraient alors ramené Victoria à la calèche. Après avoir boudé un moment, celle-ci aurait vite oublié l'anecdote.

Mais Grace ne pouvait se résoudre à trahir sa sœur. Victoria ayant disparu dans les buissons, elle souleva sa jupe et courut derrière elle aussi vite qu'elle pouvait.

« Ah ! tu t'es finalement décidée à m'accompagner ! constata Victoria d'un air triomphant tout en repoussant les branches et les vrilles qui lui barraient le passage.

— Je veux juste t'éviter de faire des bêtises. »

Victoria sourit intérieurement. Que le diable la prenne si elle n'arrivait plus à faire tomber le masque d'adulte que sa sœur portait de plus en plus fréquemment, ces derniers temps ! Naguère, Grace se fichait des robes et des bals et la suivait dans toutes ses aventures. Elles se cachaient dans les haies de rosiers ou sous les charmilles du parc et inventaient des milliers d'histoires. Un beau jour, cependant, leur mère s'était mis en tête de préparer Grace à une vie d'adulte. Du jour au lendemain, les bals, l'heure du thé et les essayages de robes étaient passés au premier plan. Victoria était épouvantée à l'idée de tout ce qui l'attendait quand elle atteindrait elle aussi ses seize ans. Une raison de plus pour jouir pleinement de son enfance, se disait-elle, et pour rappeler à Grace les joies de cette belle période.

Le fait que sa sœur la suive à travers les fourrés, courant le risque de s'attirer des ennuis, l'emplissait d'une allégresse optimiste.

« On jette juste un coup d'œil et on revient », glissa-t-elle à l'oreille de Grace alors qu'elles atteignaient la rue.

Un instant plus tard, Grace regretta amèrement d'avoir cédé à sa cadette. En quelques secondes à peine, la foule s'était refermée sur elles et les entraînait le long de la rue comme le courant d'un fleuve. Il semblait impossible de faire demi-tour.

Lorsqu'elles se retrouvèrent enfin dans une petite rue latérale, la plantation de cannelle était déjà loin. Grace comprit soudain qu'elles n'étaient pas là par hasard. Sa petite maligne de sœur avait tout planifié dans les moindres détails !

« Allez, viens ! cria Victoria en la tirant par la main. Ça devrait être par ici !

— Tu parles du temple ?

— Non, de quelque chose de beaucoup plus palpitant.

— Tu as vu ça dans ton guide ? insista Grace, inquiète.

— Non, sur un prospectus qui se trouvait sur le rebord de la fenêtre de la salle à manger.

— Et que disait ce prospectus ? »

Grace se souvenait d'avoir vu ce vieux papier et s'en voulut de ne pas l'avoir regardé de plus près. Elle n'avait aucun moyen de dissuader sa sœur.

« Ça, je te le dirai après. Maintenant, arrête de traîner comme un âne têtu. »

Grace ne se sentait pas vraiment à sa place au milieu de tous ces gens en saris et en sarongs. La sueur dégoulinait le long de son dos, sous son corset. Sa peau semblait brûler, pas seulement à cause du soleil mais aussi parce que le regard des autochtones, leur surprise manifeste face à leurs tenues anglaises la transperçaient. Elle aurait donné cher pour faire demi-tour avec Victoria.

Mais sa sœur venait de s'arrêter devant une maison assez délabrée. Le crépi s'en détachait par pans entiers, un volet pendait dangereusement à son dernier gond. Au lieu de rideaux, des tissus multicolores pendaient aux fenêtres. À côté de l'entrée, Grace découvrit la statue d'un homme tout aussi bariolé et doté de plusieurs bras. Sous l'auvent en feuilles de palmier tressées, un jeune homme aux vêtements chamarrés et au front marqué de deux traits rouges, comme les hommes qu'elle avait vus au port, était assis. Il toisa les deux jeunes femmes d'un air quasi démoniaque.

« Vous, anglais, dit-il finalement. Vous vouloir savoir destin ?

— Mais bien sûr ! cria Victoria enthousiaste. Grace, c'est une bibliothèque de feuilles de palmier ! Il paraît qu'elle renferme des centaines de ces feuilles sur lesquelles sont inscrites les destinées des hommes. C'est exactement ce que j'ai vu sur le prospectus. »

Voilà donc pourquoi Victoria n'avait rien dit ! Elle savait bien que j'allais dire non ! Grace saisit vivement sa main et la tira en arrière.

« C'est un charlatan, Victoria ! Allez, viens, partons d'ici !

— Eh bien justement, si ce n'est qu'un charlatan, nous n'avons rien à craindre de lui ! » Victoria afficha une moue suppliante, celle à laquelle sa sœur ne pouvait résister. « Je t'en prie, Grace, laisse-le nous prédire l'avenir !

— Mais il va sûrement essayer de nous voler ! objecta Grace, sachant très bien que sa remarque n'aurait aucun effet sur sa sœur assoiffée d'aventure.

— Pourquoi lui, si personne ne l'a fait jusqu'à présent ? Ce ne sont pas les occasions qui manquaient, pourtant. Même les bijoutiers assommants du port ne nous ont rien volé ! »

Grace soupira. Si elle ne cédait pas, Victoria la traiterait de trouillarde pendant tout le chemin du retour.

« Bon, ça coûte combien ? », demanda Grace. L'homme aux yeux marron foncé la fixa avec une intensité telle qu'il semblait vouloir pénétrer au plus profond de son âme. Cela doit être un truc de charlatan, se dit-elle, mais elle esquiva néanmoins son regard après quelques instants.

« Cinq roupies ! » dit-il en écartant les doigts de sa main droite tendue vers Grace.

Victoria poussa Grace du coude. « Allez, vas-y, il ne faut pas avoir la frousse. Il y a deux ans, c'est toi qui m'aurais entraînée dans ce genre d'endroit. »

Était-ce vrai ? Grace ne savait plus si elle avait vraiment été aussi turbulente que sa sœur. Les cours de maintien et les obligations d'adulte lui avaient fait oublier les bêtises du passé.

Grace tendit au jeune homme l'argent qu'il fit disparaître aussitôt sous son vêtement. Puis il se leva et les emmena dans une petite pièce dont la peinture bleue s'écaillait et qui faisait visiblement office de salle d'attente. Heureusement, elle était vide. Tout à coup, un bruit se fit entendre derrière un rideau bigarré.

Grace sentit ses cheveux se dresser sur sa tête. Et si une bande de violeurs en embuscade les attendait ?

« Toi, venir. » L'homme pointa le doigt en direction de Grace. Effrayée, elle porta la main à sa poitrine.

« Plutôt nous deux, non ? »

L'homme secoua la tête. « Une feuille par personne. Toujours. Toi d'abord venir, puis autre miss. »

Paniquée, Grace regarda Victoria qui semblait un peu déçue de ne pas passer la première. Cette dernière ne partageait pas les frayeurs de sa sœur, comme en témoignait sa consommation régulière de romans d'épouvante.

« Toi, venir ! », insista l'homme en ouvrant le rideau. La lumière du jour venant du fond du couloir les aveugla.

L'estomac noué, Grace suivit l'homme dans la pièce qui donnait sur l'arrière de la maison. D'une oreille, elle veillait à ce qui se passait dans la pièce de devant, très inquiète à l'idée d'entendre les hurlements de Victoria aux prises avec un proxénète. À Londres, voilà ce qui arrivait dans des quartiers similaires à celui-ci.

Dans quelle histoire est-ce que je me suis encore laissé embarquer ? pensa-t-elle une fois de plus. *Si maman savait ça, elle nous infligerait une semaine de leçons de maintien par Mlle Giles.* Quelle idée de s'engager ainsi dans des ruelles, qui plus est dans un pays étranger, et de s'aventurer dans ce genre de quartier où les voleurs et les coupeurs de gorge fourmillaient ! En chemin, déjà, les regards et les mots incompréhensibles lui avaient semblé hostiles. Elles auraient dû se contenter des grandes avenues de Colombo.

Elle cessa de se sermonner quand elle découvrit un homme à la peau très mate et aux cheveux blancs, revêtu d'une tunique immaculée. En dépit de son grand âge, il était assis dans une curieuse position sur une natte tressée. À côté de lui, un petit récipient répandait une odeur épicée.

Quand son accompagnateur s'adressa à lui dans sa langue maternelle, Grace eut honte de ses soupçons. L'homme aurait pu être son père et ne songeait visiblement pas à se jeter sur une jeune femme. À côté de lui, des objets allongés gisaient à terre. Semblables à de grands éventails chinois, ils étaient recouverts de signes singuliers.

« Moi te poser des questions, toi répondre », annonça le jeune homme en saisissant une plume et un morceau de papier. Intimidée, Grace leva les yeux et s'aperçut que le vieil homme la dévisageait avec attention. Elle se rendit compte qu'elle ne l'avait même pas salué en entrant, ce qui était fort grossier. Mais comment s'adresser à cet homme ? Elle lui fit un petit signe de la tête mais l'assistant du patriarche, puisque c'était là le rôle de l'homme au front marqué de rouge, l'interrompit aussitôt avec les premières questions.

Quel était son nom, qui étaient ses parents, d'où venait-elle, quand était-elle née, les questions s'enchaînèrent rapidement.

Encore très suspicieuse, Grace ne se prêtait qu'à contrecœur à cet interrogatoire. Craignant d'exercer une influence négative sur son horoscope, elle repoussa cependant l'idée de donner de fausses informations. Non qu'elle y crût, mais elle se connaissait assez bien pour savoir qu'un mauvais présage lui ôterait le sommeil pendant des nuits entières qu'elle passerait à se demander s'il fallait se fier ou non à ces mystérieuses prédictions.

Après qu'il eut écrit toutes les réponses, l'assistant disparut dans une autre pièce et referma soigneusement la porte derrière lui, comme s'il craignait qu'on n'y volât quelque chose. Peu rassurée, Grace regarda autour d'elle. Le vieil homme, resté muet pendant tout ce temps, la fixait toujours avec insistance. Pour éviter son regard, Grace se tourna vers le rideau cachant la salle d'attente où Victoria était assise. Tout était calme. Elle devait probablement s'ennuyer et se demander ce que fabriquait sa sœur…

Un bruit de froissement lui fit lever les yeux. L'assistant ressortait muni d'une feuille étroite et brune qui ressemblait à un double décimètre.

« Moi trouver feuille, miss, annonça-t-il en souriant. Moi la donner à Brahma pour lire. »

Il tendit la feuille au vieillard dont c'était manifestement le nom et s'inclina avec déférence. Brahma détourna alors les yeux de Grace et laissa ses doigts courir sur la feuille de palmier séchée. Après quelques instants, les premiers mots sortirent de sa bouche et l'assistant les traduisit simultanément.

Grace avait toutes les peines du monde à le comprendre à cause de son fort accent.

« Père homme riche… grand voyage… Décision… tempête qui change tout… mariage… »

Au bout d'un moment, Grace se déclara vaincue : elle ne comprenait rien. Elle laissa glisser sur elle comme sur une toile cirée ces informations qu'elle n'avait jamais demandé à recevoir, jusqu'à la conclusion du jeune homme : « Toi aller dans autre vie à soixante-trois ans. Toi encore trois vies avant nirvana. »

Était-il en train de prédire sa mort ? Elle n'avait jamais entendu ce dernier mot mais il avait une consonance d'au-delà.

Soudain son corset lui sembla encore plus étroit. La chaleur dans la pièce se fit insupportable et elle se mit à trembler de tous ses membres. Elle fit un effort surhumain pour ne pas bondir et se précipiter hors de la pièce.

Une fois que le discours du vieil homme et l'écho de son traducteur se furent tus, ce dernier s'empara d'une feuille de papier et recopia à toute vitesse les signes inscrits sur la palme.

Quand il la lui tendit, Grace avait la gorge aussi sèche que si elle avait avalé du sable.

« Prendre ça, miss, comme souvenir et si encore questions. »

Grace savait qu'elle ne reviendrait jamais à cet endroit. Convaincue que ses prédictions étaient fausses, elle avait déjà oublié la moitié de ce qu'il avait balbutié.

Elle ne le remercia pas moins poliment et quitta la salle à grands pas. Quand elle sortit de la pièce, sa sœur se précipita littéralement sur elle.

« Alors ? Qu'est-ce qu'il t'a prédit ?

— Que nous allons avoir beaucoup d'ennuis. Dire que nous avons fait tout ça pour un discours incompréhensible et des signes que personne ne peut lirc ! »

Les yeux brillants, Victoria lui arracha la feuille des mains. « Qu'est-ce qu'il y est écrit ? Que t'a-t-il dit ?

— Rien d'important. Allez, il faut qu'on y aille.

— Mais c'est mon tour ! protesta Victoria en rattrapant sa sœur par la jupe. Les cinq roupies, c'était pour nous deux. »

L'assistant apparut à cet instant et la pria de le suivre.

Victoria se jeta littéralement sur ses talons. Grace la regarda partir en soupirant, se laissa choir sur le banc et examina la feuille. *Ces signes sont-ils vraiment la transcription de ce qu'il m'a raconté ? Est-ce que j'ai bien compris ce qu'il m'a expliqué ? Peut-être devrais-je faire lire la feuille par quelqu'un d'autre ?* À la plantation, elle trouverait certainement quelqu'un qui accepterait de le faire.

Mais qu'est-ce que j'en ai à faire ? Je suis sûre qu'ils prédisent la même chose à toutes les Anglaises qui arrivent à Ceylan. Le vieil homme et son assistant, qui m'a tout l'air d'être son fils, d'ailleurs, font sûrement cela pour survivre. Sans doute ont-ils griffonné eux-mêmes des choses sur ces feuilles de palmier et ont-ils préparé toute cette petite cérémonie pour se donner une aura mystique ! Je suis sûre qu'aucune bibliothèque ne se cache derrière cette porte qu'ils ont refermée avec précipitation. Sans doute ne possèdent-ils qu'une seule feuille de palmier qu'ils montrent aux gens pendant que le vieil homme invente des histoires. Après tout, personne ne peut contrôler ce qu'il y a vraiment sur la feuille !

Je vais faire mon enquête, décida Grace, e*t je mettrai fin à cette supercherie.*

Victoria réapparut après un laps de temps qui lui parut interminable, les mains vides et affichant une tête d'enterrement. « Ils n'avaient rien sur moi, rapporta-t-elle, extrêmement déçue.

— Quoi ? » Grace leva les sourcils, étonnée, puis se mit en colère. Ce n'étaient donc vraiment que des balivernes, elle le savait ! S'ils avaient possédé deux de ces feuilles ridicules, ils n'auraient eu aucun besoin de décevoir Victoria. Évidemment, ils avaient eu peur de se faire pincer en faisant deux fois les mêmes prédictions. « Je vais parler à cet homme !

— Non, laisse-le… » Mais Victoria ne put rattraper sa sœur à temps.

« Pouvez-vous m'expliquer pourquoi vous ne voulez pas donner à ma sœur une de vos feuilles de palmier ridicules ? » lança Grace en se grandissant le plus possible et en croisant les bras.

Le vieil homme leva la tête et la regarda calmement, affichant même un petit sourire presque moqueur. « Certaines personnes aucune feuille de palmier parce que esprit nouveau sur terre. Pas encore karma, pas encore vie avant. »

Il parlait donc anglais ? Un bon anglais, pardessus le marché ! Mais alors, pourquoi faisait-il comme s'il ne comprenait pas ? Cela faisait-il aussi partie de la mystification ?

Après quelques secondes d'étonnement, Grace se reprit. Peu satisfaite par son explication cousue de fil blanc, elle exigea la chose suivante : « Je voudrais voir votre prétendue bibliothèque de feuilles de palmier !

— Vous ne pouvez pas », répondit l'homme calmement.

Grace la dévisagea, prête à en découdre.

« Et pourquoi pas ? Parce que vous n'avez qu'une seule feuille de palmier ? Je vais aller me plaindre en personne auprès du gouverneur et lui dire que de telles escroqueries ont lieu sur son territoire ! »

Bien que le vieil homme la toisât de nouveau singulièrement et avec insistance, Grace continua de le provoquer.

Finalement, il se tourna vers son assistant. « Montre-lui.

— Mais elles sont sacrées ! objecta ce dernier.

— Elle va nous dénoncer autorités. Montre-lui. »

Le jeune homme la regarda d'un œil noir puis rejoignit la porte et l'ouvrit.

« Venir, miss. »

Méfiante, elle s'approcha. Le type allait-il la frapper ? Son cœur battait à tout rompre mais sa fierté l'empêcha de reculer. Ce qu'elle aperçut par la porte ouverte lui coupa le souffle : dans une pièce de la taille du bureau de son père, d'innombrables livres semblables à des éventails s'entassaient sur des étagères branlantes. Chacun de ces recueils contenait des douzaines de feuilles de palmier sèches pâlies par le passage du temps.

Bouleversée par ce spectacle, Grace fit un pas en arrière, soudain terriblement gênée de s'être mise en colère.

« J'ai bien senti que vous douter, dit le vieil homme derrière elle. Mais destin pas se préoccuper.

Je vous ai lu votre avenir. Si vous besoin de conseils ou entendre une nouvelle fois avenir, revenir me voir.

— Excusez-moi, je… » Grace se tut, honteuse.

« Vous êtes anglaise. Vous ne pas connaître nos chemins. Pas encore. »

À sa grande surprise, il n'y avait aucune rancune dans sa voix. Il n'avait pas l'air vexé non plus.

Ébranlée, Grace prit congé du vieil homme et sortit.

« Ils n'ont aucune feuille pour moi, n'est-ce pas ? », demanda Victoria en se précipitant sur elle.

Grace secoua la tête. « Viens, Victoria, nous devons rentrer ! » Elle se retourna furtivement vers l'homme qui les avait suivies dans la salle d'attente, prit sa sœur par la main, et l'entraîna au dehors.

Le soir, à l'hôtel, après un sermon de leur mère et un exposé sur les bonnes manières de Mlle Giles, Grace s'assit de nouveau à la fenêtre.

Sous la lune, le port et la mer étaient d'argent, et la lueur jaune des lampes projetait son reflet sur les vitres. Les lanternes des bateaux éclairaient l'ombre et, au loin, le phare transperçait la nuit de son faisceau.

Curieusement, cette visite à la bibliothèque de feuilles de palmier ne lui sortait pas de la tête. *Peut-être parce que je me suis très mal comportée ?*

Plus le temps passait, plus les détails refoulés à cause de ses préjugés remontaient à sa conscience, comme un sort qui commençait à faire effet.

Elle revoyait et sentait tout. L'homme qui avait fait courir ses doigts sur les lettres gravées et dont il avait fredonné comme une mélopée les mots traduits par son élève. La feuille âgée de plusieurs siècles. L'odeur d'encens, de patchouli et d'autres plantes dont elle ignorait le nom. Et surtout son regard !

Bien que convaincue du fait que l'horoscope n'était que bêtise, elle prit la feuille, un bloc et un crayon, et essaya de se souvenir du charabia de l'assistant.

« Que fais-tu ? demanda Victoria en levant les yeux de son guide adoré.

— J'écris quelque chose.

— Quoi donc ?

— Quelques pensées. Rien de particulier.

— Des pensées à propos de la feuille de palmier ? »

Il n'avait pas échappé à son attention que Grace avait déposé la feuille de palmier à côté d'elle.

« Des pensées concernant le fait que je ne me laisserai plus entraîner par toi dans des coins dangereux de la ville », répondit sèchement Grace pour cacher sa gêne. Après le scandale qu'elle avait fait sur le chemin du retour, elle ne pouvait pas avouer qu'elle avait l'intention de reconstituer tout l'entretien.

« Ce n'était pas si dramatique, tout de même, répondit Victoria en ouvrant une nouvelle page du guide. Et on n'est même pas allées chez les marchands de pierres précieuses. Je veux les voir demain !

— Seulement si nous prenons une calèche qui ne traverse pas le quartier pauvre ! D'ailleurs, maman et Mlle Giles vont sûrement vouloir venir avec nous, tu as entendu ce qu'elles ont dit pendant le dîner.

— Oui, oui : “Vous ne vous mêlerez plus aux indigènes, les enfants, ils pourraient vous dévorer”. »

Le ton de Victoria arracha un sourire à Grace.

« Ah ! enfin tu arrêtes d'être aussi sérieuse ! ajouta Victoria voyant que sa sœur se retenait d'éclater de rire.

— Ne dis surtout pas cela à Mlle Giles et à maman, sinon nous serons privées de sortie !

— Ne te fais pas de souci ; demain, je serai sage comme une image. » Pendant que Victoria se replongeait dans son guide, Grace essaya de se remémorer les paroles de l'assistant.

Qu'avait dit l'homme ? Qu'elle allait rencontrer l'homme de sa vie avant ses vingt ans ? Qu'elle allait se marier et avoir un enfant ? Pour prédire cela, il ne fallait pas être voyant. Sa mère allait certainement faire en sorte qu'elle se marie et qu'elle ait des enfants. C'était probablement la même chose pour toutes les femmes. Par ailleurs, il était improbable qu'elle s'en allât d'ici. Au mieux, elle vivrait à Colombo, au bord de la mer.

Un passage cependant l'avait inquiétée. L'année de la naissance de son enfant, une grande tempête mettrait un terme à la vie qu'elle avait vécue jusque-là. Allait-elle périr dans une tornade ? À moins que cette tempête ne soit une manière de décrire le changement qui l'attendait ?

Cette dernière hypothèse était sûrement la bonne, car, au milieu du fouillis de mots qui devenait de moins en moins clair, elle avait compris qu'elle aurait une bonne fin de vie et qu'elle passerait de l'autre côté à presque soixante-trois ans. Ah oui, et elle finirait sa vie au bord de la mer.

Elle nota tous ces faits et hocha la tête avec satisfaction après les avoir relus.

Apparemment, sa famille n'allait pas quitter Ceylan avant longtemps. Les mariages et les naissances n'étaient pas des événements particuliers. Et si elle devait vivre soixante-deux ans en tout, cela ne faisait certes pas beaucoup d'années, mais c'était encore très éloigné. En dehors de l'âge de sa mort – ce qu'elle trouvait assez macabre –, n'importe quel bateleur aurait pu lui prédire la même chose.

Un conseil que l'homme lui avait donné lui revint alors. « Écoute toujours ton cœur et suis-le. Si tu ne le fais pas, tu attireras le malheur sur toi-même et sur ceux que tu aimes. »

C'est ce qu'il avait dit, ou presque. *Écouter mon cœur,* pensa Grace en posant sa tête contre la fenêtre. *Que veut mon cœur ? Et pourquoi mes souhaits devraient-ils influencer le destin de ma famille ? Les Tremayne sont habitués à écouter leur raison et à faire leur devoir.*

Cette pensée la travaillait encore au coucher. Incapable de fermer l'œil, elle fixa longuement le plafond.

12

Berlin, 2008

Alors que le métro roulait à grand bruit en direction du centre-ville, Diana essayait de mettre de l'ordre dans les informations qu'elle avait obtenues jusqu'à présent. Elle avait trouvé un très vieil oracle ou horoscope. D'habitude, elle riait de ces prédictions dans les journaux, toujours formulées de façon à s'appliquer à tout le monde. Elle ne croyait pas non plus qu'une quelconque instance puisse connaître l'avenir d'une personne, même si on disait que l'heure de la naissance et celle de la mort d'un être étaient programmées d'avance. Il émanait pourtant quelque chose de particulier de cette feuille de palmier. Les murs du manoir des Tremayne respiraient-ils mieux maintenant que la feuille en avait été éloignée ? Les pierres avaient-elles su ce qu'elles renfermaient ?

Il eût été vain de poser la question au pragmatique majordome…

Trois quarts d'heure plus tard, elle se retrouva devant chez elle. Quand elle ouvrit la porte, elle fut frappée par l'atmosphère glaciale dont elle était en partie responsable et qui régnait déjà au petit déjeuner.

Tiens, pourquoi est-il déjà rentré, pensa Diana contrariée. *D'habitude, il aime travailler tard.*

« Tu es de retour ? »

Diana leva la tête. Philipp était adossé à l'escalier.

« Tu as l'intention de traînasser à la maison en attendant que je rentre, maintenant ? Autrefois, tu ne faisais pas ça.

— Je suis en congé, tu as oublié ? En réalité, ce sont nos vacances.

— Nos vacances, siffla-t-elle, ironique. Quand est-ce que tu as décidé ça ? Pendant les deux semaines où j'étais en Angleterre ? Il y a bien longtemps que nous n'avons pas passé de vacances ensemble.

— C'est peut-être le moment de recommencer, justement. »

Diana secoua la tête. Quelle mouche l'avait piqué ?

« Désolée, j'ai du boulot, murmura-t-elle tristement.

— Écoute, il faut qu'on parle, dit-il. Crois-moi, c'était juste une aventure. »

Diana secoua de nouveau la tête. Elle n'avait pas envie de parler. Son cerveau bourdonnait de tout ce qu'elle avait appris aujourd'hui, et puis elle avait des documents importants à envoyer à Éva par e-mail.

Lorsqu'elle dépassa Philipp dans l'escalier, il lui attrapa le bras et le serra fort. Diana le regarda d'un œil noir. « Qu'est-ce que ça veut dire ?

— Je veux seulement mettre les choses au clair. »

C'est là qu'elle s'aperçut qu'il sentait l'alcool. Apparemment, il s'était donné du courage en buvant un petit verre.

Diana réalisa que cela ne l'avancerait à rien de se mettre en colère. Pour un peu, elle aurait eu peur de lui.

« Philipp, lâche-moi », dit-elle en se contenant autant que possible. Leurs regards se croisèrent et Diana constata que ses yeux, dont elle ne pouvait se rassasier autrefois, ressemblaient désormais à deux abîmes glacés. Elle savait d'avance que ses explications ne seraient que balivernes. De beaux mensonges destinés à la rassurer et à s'assurer l'entière liberté de recommencer si l'occasion se présentait.

« Philipp, s'il te plaît ! » Sa voix n'était pas suppliante mais ferme, comme si elle lui promettait une bonne correction s'il ne s'exécutait pas. Il relâcha aussitôt son bras.

« Bon Dieu ! », jura-t-il en donnant un coup de poing à la rampe. Diana recula, effrayée. Elle l'avait déjà vu en colère, mais jamais de cette manière.

« Alors d'accord, ne parle pas avec moi ! hurla-t-il. Allez, réfugie-toi dans ton travail chéri ou ta vieille baraque anglaise pourrie ! »

Il tourna les talons et bondit hors de la maison. Peu après, elle entendit sa voiture démarrer. Elle s'adossa au mur.

Il a raison, se dit-elle, *j'aurais mieux fait de rester en Angleterre et lui avec sa dulcinée.* Mais pourquoi diable était-il là ? Certainement parce qu'il voulait apaiser sa conscience.

Ce n'est vraiment plus l'homme que j'ai connu il y a quelques années. Ou est-ce moi qui ne suis plus la même femme ?

Après avoir écouté s'éloigner le bruit du moteur, elle monta chercher son coffret.

« Quels secrets détiens-tu encore ? », lui demanda-t-elle en passant délicatement la main sur le couvercle ouvragé. Essayant d'oublier l'accès de colère de Philipp, elle entreprit de récapituler ce que Michael lui avait expliqué et tant bien que mal réussit à rassembler toutes les informations.

Quelques minutes plus tard, elle s'assit à son ordinateur et essaya de compléter ces indices avec des informations trouvées sur Internet. Elle chercha des récits de témoins oculaires de ces oracles Nadi et des rapports sur le pourcentage de véracité des prédictions. Si ce que les gens avançaient était vrai – et l'esprit sceptique de Diana sonnait toujours le signal d'alarme en entendant ces affirmations –, les oracles des feuilles de palmier étaient extrêmement précis. Était-il possible que ce qui était écrit sur cette feuille de palmier se soit vraiment passé ?

Après avoir réfléchi un moment, Diana prit la vieille photo qui se trouvait aussi dans le coffret et qui s'effritait presque dans sa main. Pour la première fois, elle prit le temps de la regarder de plus près. *Je vais en faire faire un nouveau tirage,* se dit-elle tandis que son regard parcourait la surface jaunie et parsemée de taches sombres, qui représentait un paysage de montagnes devant un ciel éclatant.

En regardant de plus près, elle constata que le cliché montrait autre chose que l'imposante montagne. Au loin, on distinguait vaguement une silhouette blanche. Après avoir vainement essayé de l'identifier à l'œil nu, elle alla chercher la loupe qu'elle n'utilisait que pour enlever des échardes. Si cela ne lui en apprit pas davantage concernant l'identité de la personne, elle constata néanmoins qu'il s'agissait d'une femme, vêtue dans le plus pur style victorien. Elle repensa à la peinture dans le couloir du manoir. Était-il possible qu'il s'agisse de Grace ou de Victoria ?

Un autre regard à la loupe lui indiqua qu'il s'agissait d'une adulte. Sachant que Victoria devait avoir treize ou quatorze ans à l'époque, il ne pouvait s'agir que de Grace. Grace, son arrière-grand-mère.

Diana se laissa retomber dans son fauteuil. Un sentiment étrange l'envahit. Certes, elle l'avait déjà vue sur le tableau, mais ce que le peintre en avait restitué était influencé par le goût de l'époque. Les photos, en revanche, montraient les gens tels qu'ils étaient. Dommage qu'elle ne puisse distinguer son visage et deviner ce que Grace ressentait à cet instant-là !

En ce qui concernait l'arrière-plan, elle était un peu plus sûre d'elle. Elle avait déjà vu un tel paysage dans un reportage sur l'Inde. Grace était indéniablement devant une colline couverte de théiers. Elle devait être à Ceylan avec toute sa famille. À l'occasion de la mort de son oncle, peut-être ? Ou bien y avait-il une autre raison ?

Tout à coup, Diana sut où se trouvait la prochaine étape de sa quête. Elle remit rapidement les objets dans le coffret, coinça ce dernier sous son bras et dévala l'escalier.

Après avoir immobilisé sa voiture dans le parking, elle sortit du guide touristique la photo ternie de la femme qu'elle prenait pour son aïeule. Il devait bien être possible de lui arracher ses secrets restés dans l'ombre jusqu'à présent. Les yeux plissés, elle examina attentivement le cliché, mais la silhouette ne se rapprocha pas pour autant et les traits ne se firent pas plus nets. Le soleil ne monta pas davantage au-dessus de la colline, comme s'il était retenu par des chaînes invisibles. Ce qu'elle tenait entre les mains n'était qu'un battement de cils oublié depuis longtemps immortalisé par l'appareil photo.

En soupirant, elle rangea la photo entre les pages fragiles du guide et fit disparaître celui-ci dans son sac. Ce petit livre était le compagnon idéal de ses projets qui prenaient forme au fur et à mesure de son avancée.

La spontanéité de sa décision l'étonna elle-même. Elle avait toujours eu besoin d'un certain temps pour préparer un voyage mais, cette fois, elle sentait qu'il fallait agir rapidement, prendre les choses en main.

Après avoir quitté le parking, elle se dirigea vers l'agence de voyages dont la vitrine était presque entièrement recouverte d'un avion souriant et d'un soleil éclatant.

Dès que le contrat qu'Éva avait décroché en son absence serait signé, elle s'envolerait pour Colombo, sur les traces de ses ancêtres. Elle trouverait la bibliothèque où la feuille de palmier avait été dérobée.

Une jeune femme très soignée aux attitudes d'hôtesse de l'air la reçut et la dirigea vers un bureau auquel seule la photo d'une petite fille donnait une note personnelle.

S'interdisant de demander à la jeune femme s'il s'agissait de sa fille, Diana annonça tout de suite sa destination et observa un instant son interlocutrice étaler devant elle des brochures de villages de vacances.

« Je ne cherche pas un village de vacances, dit-elle. J'ai besoin d'un hôtel et d'un vol, c'est tout.

— Vous voulez partir à l'aventure.

— On peut dire ça comme ça.

— Dans ce cas, je vous recommande…

— Le Grand Oriental Hotel à Colombo existe-t-il encore ? », l'interrompit Diana. Quelqu'un en avait coché l'adresse dans le guide. Richard Tremayne avait-il habité là ?

« Bien sûr. Je voulais justement vous le conseiller.

— Parlez-moi un peu de cet hôtel ! », la pria Diana en souriant. Elle s'adossa à sa chaise pendant que la jeune femme racontait qu'il avait été construit en 1837 et qu'il était l'un des plus vieux hôtels de la ville. Il passait pour une légende. Elle dit qu'il se trouvait aujourd'hui tout à côté du World Trade Center de Colombo et qu'il offrait une vue unique sur le port.

Diana esquissa un petit sourire en découvrant la photo que lui montrait l'employée. Le bâtiment de style néoclassique entouré de gratte-ciel aurait tout aussi bien pu se trouver à New York ou à Londres. La charrette tirée par des bœufs stationnée devant l'hôtel ainsi que les palmiers qui l'encadraient semblaient parachutés d'un autre monde, alors même que c'était le bâtiment en soi qui venait d'un autre monde.

« Les chambres sont toutes bien aménagées, certaines encore dans le style authentique du XIXe siècle. L'hôtel se situe dans l'ancien fort de la ville et il propose d'ailleurs tout spécialement aux amateurs de pierres précieuses sérieux des excursions très intéressantes au sein de la ville.

— Eh bien, il semblerait que j'aie trouvé ce que je cherchais », répondit Diana en prenant le prospectus de l'hôtel.

Sans doute habituée à des discussions interminables, son interlocutrice la considéra un instant, interdite, puis elle sortit d'autres brochures.

« En ce moment, il y a quelques consignes de sécurité à respecter pour votre destination. Vous êtes-vous déjà informée à ce sujet ? »

Diana secoua la tête. Elle avait concentré toutes ses recherches sur Richard Tremayne. Manifestement il était mort à Ceylan, mais de quelle façon ? Et comment la feuille de palmier était-elle arrivée au manoir des Tremayne ?

La conseillère lui confia un nouveau dépliant : « Ici vous trouverez toutes les informations concernant la sécurité. En tant que voyagiste, nous sommes obligés de vous informer qu'il y a toujours des troubles entre les Tamouls et les Cinghalais. Il y a même eu des alertes antiterroristes, c'est pourquoi nous vous déconseillons fortement de vous aventurer dans le nord du pays.

— Je séjournerai plutôt dans le sud-ouest.

— Très bien. Cependant lisez bien ce qui est écrit et respectez les recommandations qui y figurent.

Pensez aussi aux vaccins. Tétanos, hépatite A, etc. Vous trouverez tout dans la brochure. »

Une demi-heure plus tard, Diana quittait l'agence de voyages munie des documents nécessaires. Devant elle, une brise fraîche souleva un sac plastique qui resta un moment suspendu dans les airs avant de virevolter devant un arbre. Tout à coup, Diana se sentit envahie de la même légèreté. Les jours qui la séparaient du départ allaient passer vite ; elle en profiterait pour se jeter dans le travail et s'efforcerait de ne plus penser à Philipp. Si elle se montrait suffisamment habile, elle parviendrait à rentrer quand il serait déjà parti et repartirait avant qu'il ne se réveille.

Tout à ses projets, elle monta en voiture et prit la direction du bureau.

Son portable sonna pendant le trajet. Pensant que c'était Philipp, elle ne se donna pas la peine de se garer. Elle suivit l'autoroute jusqu'à sa sortie et ne jeta un œil à son portable qu'après s'être garée près de son bureau à Charlottenburg.

Le correspondant avait laissé un message. Bien qu'elle n'eût pas encore enregistré le numéro, elle le reconnut aussitôt et se dépêcha d'écouter le message.

« C'est Michael, disait la voix. J'ai fini plus tôt que prévu avec ta feuille de palmier. Appelle-moi, puisque tu as mon numéro. »

Elle appuya sans hésiter sur la touche de rappel.

Michael décrocha au bout de quelques sonneries, l'air agité.

« Que se passe-t-il ? Tu fais ton jogging ?

— Non, je suis en train de chercher quelque chose, répondit-il. Sympa de me rappeler aussi vite, Diana.

— Je tombe mal, non ?

— Non, non, pas du tout. Je suis content que tu appelles. Tu as eu mon message ?

— Oui, je me suis dit que si tu avais l'air si pressé, c'est que tu avais une nouvelle sensationnelle à m'annoncer.

— Pas vraiment. D'abord, j'ai tout photographié dans les moindres détails et j'ai fait des prélèvements pour déterminer l'âge de la feuille. On aura les résultats dans quelques semaines, au plus tôt. »

Diana fut un peu déçue, mais elle n'allait pas rester inactive jusqu'à l'arrivée des résultats. « Est-ce que je peux quand même récupérer la feuille de palmier ? Je viens de réserver un voyage pour le Sri Lanka. Je pars la semaine prochaine.

— Eh bien ! Pour des vacances ou pour chercher la bibliothèque ?

— D'une part pour la bibliothèque, et puis je voudrais en apprendre un peu plus sur ma famille. Je crois que Ceylan a joué un grand rôle dans son histoire.

— Tu comptes aller où, exactement ? », se renseigna Michael alors que Diana l'entendait toujours farfouiller dans ses papiers.

« À Colombo. Tu sais, j'ai trouvé ce vieux guide touristique qui semble avoir appartenu à l'une de mes ancêtres.

— Ah ! s'exclama Michael, je l'ai !

— Qu'est-ce que tu as ? s'étonna Diana.

— La carte de visite que je cherchais. Je te la donnerai quand tu viendras. Tu n'as qu'à passer tout de suite, si ça t'arrange, tu veux sûrement te préparer à ce voyage.

— Tu as une carte de visite pour moi ? De qui ?

— Si tu vas à Colombo, il faut absolument que tu rencontres mon ami Jonathan Singh. Il ne va pas seulement t'éviter de te faire écraser à tous les coins de rue, mais tu pourras aussi l'exploiter comme guide et comme source d'informations. »

Diana hésita. « Je ne sais pas, tu crois qu'il sera d'accord ?

— C'est un vieux copain, il a une dette envers moi. Si je le lui demande, il se libérera.

— Est-ce un scientifique ? D'où vient-il ? Jonathan, ce n'est pas vraiment un prénom indien.

— Il est moitié anglais, moitié tamoul. Il a travaillé pour le Musée national du Sri Lanka, mais maintenant il est indépendant et il écrit des livres. Il est assez connu dans son pays d'ailleurs, et je le harcèle pour qu'il accepte d'écrire pour notre musée. Il connaît très bien l'histoire du Sri Lanka et les coutumes du pays. S'il y en a un qui peut t'aider, c'est bien lui.

— Mais je ne veux pas qu'il te paie sa dette à travers moi. »

Diana devina qu'il souriait.

« Ne te fais pas de souci. Il prendrait plutôt mal que j'envoie une amie dans son pays sans le lui dire. Il faut que tu saches que les gens sont très serviables, au Sri Lanka. Jonathan est vraiment un chic type.

— D'accord, annonce-lui ma venue et donne-moi son adresse. Ah oui, quand puis-je passer récupérer la feuille de palmier ? »

Tremayne House, 2008

En rentrant à la maison après avoir jardiné, M. Green trouva un e-mail de Diana Wagenbach.

Cher monsieur Green,
J'espère que tout va bien pour vous. Je voulais juste vous dire que je partais pour le Sri Lanka dans une semaine. J'ai fait toute une série de découvertes ces derniers jours qui me poussent à aller sur les lieux où mes ancêtres ont séjourné. Là-bas, je vais faire la rencontre d'un scientifique qui m'a été recommandé par un ami. Ne vous faites pas de souci. Si vous voulez me joindre, envoyez-moi un e-mail. Mon ordinateur va m'accompagner et je vais consulter régulièrement ma messagerie.

Je crois que j'aurai beaucoup de choses à vous raconter à mon retour.

Bien à vous

Diana Wagenbach

Un léger sourire éclaira le visage de M. Green. Elle semblait sur la bonne voie.

Il se leva, se dirigea vers la petite armoire et sortit du tiroir supérieur un paquet enveloppé d'un papier brun. Cela faisait un moment, déjà, qu'il sommeillait là. Son heure était venue.

Prochain indice, se dit M. Green en enfilant son manteau après avoir glissé le paquet dans un sac. Il restait suffisamment de temps pour l'envoyer par la poste, mais il craignait de lui confier un objet d'une telle importance. Il monta dans la Bentley et se dirigea vers Londres.

13

Colombo/Vannattuppūcci, 1887

Après trois jours supplémentaires à Colombo, Henry Tremayne apprit que les ouvriers avaient terminé les travaux et qu'il pouvait emménager dans la maison avec sa famille.

« Enfin ! gémit Claudia, soulagée, en serrant la lettre contre son décolleté de dentelle. Je pensais que nous allions rester éternellement dans cet hôtel.

— Ce n'est tout de même pas si mal que ça ici, ma chère, rétorqua Henry dont le soulagement était tout aussi perceptible. On s'occupe de nous du matin au soir, et on a une belle vue sur la mer.

— Ou plutôt sur les bateaux à vapeur qui enveloppent le port d'un nuage noir, corrigea Claudia. Et sur une bande de marchands ambulants qui se jettent sur tous les Européens comme la misère sur le monde. »

Henri éclata de rire. « Eh bien, quand tu seras à Vannattuppūcci, tu ne verras plus que du thé et des palmiers.

— Oui, mais la montagne me rappellera mes Highlands. »

Henry s'approcha d'elle, prit ses mains dans les siennes et les embrassa. « Je sais à quel point ton pays te manque. Mais je vais faire tout mon possible pour que tu te sentes chez toi, ici.

— Ne pourrais-tu pas confier la plantation à un administrateur ? D'après ce qu'on t'a dit, ce M. Cahill a l'air très compétent, n'est-ce pas ?

— Un lieu tel que celui-ci a besoin d'être surveillé par son maître. M. Cahill me l'a bien fait comprendre. Depuis que Richard n'est plus là, c'est le chaos. Les cueilleuses de thé et les ouvriers ont besoin de quelqu'un qui les dirige. »

Claudia baissa la tête en soupirant. Henry la prit dans ses bras.

« Écoute, Vannattuppūcci est une aubaine pour nous. Tu connais notre situation en Angleterre. Si tout fonctionne comme prévu, nous pourrons assainir notre domaine et garder ton château des Highlands. Peut-être trouverons-nous un jour un contremaître qui reprendra la direction de la plantation. Mais Richard est mort, et la priorité est de remettre de l'ordre dans ses affaires. »

Grace et Victoria étaient plongées dans la contemplation d'une pierre précieuse brute que la cadette avait achetée chez Sylvie's, dans Chatham Street. Bien que leur mère leur eût interdit toutes les promenades après leur escapade dans la bibliothèque de feuilles de palmier, elle avait autorisé ses deux filles à l'accompagner pour faire ses achats à condition qu'elles ne s'éloignassent pas d'un pas.

Au contraire des marchands ambulants qui guettaient les visiteurs étrangers, ces boutiques étaient réputées pour leur sérieux. Grace n'avait rien acheté. À ses yeux, ces pierres n'étaient que gaspillage d'argent et peut-être aussi une bonne entourloupe, mais les lampes multicolores qui lui rappelaient les prairies en fleurs et le parfum des bâtonnets d'encens lui avaient fait oublier un instant sa mauvaise humeur.

« Je suis sûre que c'est un saphir, affirma Victoria en retournant la pierre brute d'un bleu profond. Il suffira de la faire tailler et j'aurai un bijou qui n'aura pas son pareil dans les boutiques anglaises.

— Un bijou pour dix roupies ? Tu ne crois pas que c'est un peu trop bon marché ? »

Grace prit la pierre des mains de Victoria et l'examina elle-même. Elle avait la bonne couleur d'un saphir, c'était indubitable, mais elle ne pouvait pas imaginer que ces marchands vendent des pierres aussi grosses et aussi précieuses à ce prix-là. Même au bout du monde, c'était difficile à croire. Dix roupies étaient sans doute trop cher payé pour la pacotille qu'on avait vendue à sa sœur.

« Comme si tu t'y connaissais en pierres précieuses ! fanfaronna Victoria qui ne voulait pas se laisser gâcher la joie de sa trouvaille. Je t'avais bien dit qu'on était au pays des pierres précieuses. Ici, on dirait qu'elles poussent sur les arbres.

— Cela ne veut pas dire pour autant que toutes les pierres que tu vois sont précieuses. Comme tu l'as certainement appris chez M. Norris, il existe aussi des pierres semi-précieuses. »

Ce n'était un secret pour personne que le précepteur de Victoria, attendu au cours des jours qui suivaient, avait un faible pour la minéralogie.

« Tu devrais lui montrer ce caillou, suggéra Grace en reposant la pierre dans la main de sa sœur.

— Ce caillou ? s'emporta Victoria. Il est peut-être bien plus précieux que ce que papa trouvera à la plantation ! Cette pièce, ma chère sœur, pourrait faire de moi la personne la plus convoitée de toute l'Angleterre !

— Ne crois-tu pas que de telles pierres devraient orner la couronne de notre reine si elles étaient authentiques ?

— Qui dit qu'elle ne se fait pas livrer des pierres d'une taille exceptionnelle ? Je suppose que les chercheurs de pierres précieuses en mettent de côté pour les vendre aux visiteurs du monde entier.

— Pour dix roupies ? »

Leur dispute s'interrompit lorsque quelqu'un ouvrit la porte de leur chambre.

« Mlle Giles ! s'écria Grace étonnée, car la gouvernante était hors d'haleine et pressait ses mains sur son corset. Que s'est-il passé ?

— On s'en va ! », haleta-t-elle comme si elle avait dévalé l'escalier du Grand Oriental Hotel au pas de course. La jeune femme avait toutes les peines du monde à s'habituer à la chaleur ambiante. « Votre mère vient de m'informer que nous allions partir. Occupez-vous de vos bagages à main, je me charge des vêtements. »

L'air affairé, elle se précipita vers la chaise longue sur laquelle étaient étalées les robes de chambre et les diverses tenues des deux sœurs. Comme toujours quand elle était pressée, elle relâcha son attention et commença à fredonner une chanson pour se donner du courage.

« Si elle continue à serrer son corset comme ça, elle va tourner de l'œil », chuchota Victoria, impertinente. Son aînée mit sa main devant sa bouche pour cacher son ricanement. Chaque fois qu'elle voyait Mlle Giles, elle pensait la même chose. En Angleterre, son corset ne posait aucun problème mais ici, le climat était peu propice à cette compression.

« Nous savons tous pourquoi elle fait ça, chuchota-t-elle à son tour. Elle veut plaire à M. Norris.

— Oui, mais si ça continue, elle sera morte étouffée avant même qu'il ait posé le pied sur cette île. »

Les deux jeunes filles éclatèrent de rire et Mlle Giles se retourna d'un air désapprobateur. Avait-elle entendu ce qu'elles disaient ?

« Inutile de vous dire que madame votre mère sera très fâchée si vous prenez du retard.

— Oui, mademoiselle Giles », répondirent les jeunes filles en chœur. Victoria donna un coup de coude à son aînée et elles se mirent au travail.

Une heure plus tard, toutes les valises étaient calées sur la voiture. Les meubles devaient déjà être arrivés à Vannattuppūcci. Le précepteur ainsi que quelques serviteurs auxquels Mme Tremayne ne voulait pas renoncer devaient débarquer dans les jours suivants.

« Si tu veux mon avis, je ne suis pas pressée de reprendre les cours », chuchota Victoria lorsqu'elle eut pris place dans la calèche à côté de sa sœur. Il leur était impossible d'échapper au soleil sans leurs ombrelles. « Avec un peu de chance, M. Norris aura été avalé par un monstre marin pendant son voyage.

— Estime-toi heureuse que papa trouve bon pour une jeune femme d'avoir un peu de culture. Sinon, tu ne saurais rien des peintres scandaleux du Moyen Âge et tu serais incapable de lire les histoires rocambolesques que Mlle Giles rêve de te confisquer. » Grace regarda la gouvernante qui se tenait un peu en retrait, comme si elle attendait un ordre de sa maîtresse.

« En plus, notre gouvernante serait triste à mourir si M. Norris ne venait pas. Regarde comme elle tend son cou vers le port.

— D'ici, elle ne doit pas voir grand-chose, répondit Victoria d'un air réjoui. Même s'il ne vient pas, il y a assez d'hommes ici. Tu as vu ces dockers avec leur peau mordorée ? Moi, je suis certaine qu'ils auraient un succès fou auprès des femmes de Londres.

— Mais ça ne devrait pas encore t'intéresser ! répondit Grace en feignant l'indignation.

— Et pourquoi pas ? Dans d'autres temps, j'aurais été en âge de me marier. Certaines familles mariaient leurs filles très jeunes. »

Ces paroles rappelèrent à Grace la Saison qui commençait à Londres. *Je vais certainement terminer ma vie ici comme vieille fille*, pensa-t-elle. *Les jeunes Anglais intéressants seront mariés avant même que je pose à nouveau le pied sur notre île.*

Victoria sembla remarquer son chagrin, car elle posa sa main doucement sur celle de sa sœur.

« N'aie pas peur, je ne vais certainement pas me marier avant toi. Maintenant, tu devrais plutôt te réjouir de notre aventure. Je suis impatiente de voir les animaux dans la jungle. J'arriverai peut-être à détourner M. Norris des pierres froides pour qu'il s'intéresse aux êtres vivants. »

À peine avait-elle fini de parler que Mlle Giles se joignit à elles. Son regard était un peu absent, presque inquiet.

« Grace, savais-tu que les bateaux-poste accostaient la nuit ? » Sortant son guide de son sac, Victoria adressa à Grace un clin d'œil entendu.

« Non, d'où le sais-tu ?

— C'est écrit dans mon guide. Je suis sûre que M. Norris arrivera avec l'un de ces bateaux. »

Victoria observait Mlle Giles du coin de l'œil, mais celle-ci ne réagit pas à ses propos. Grace remarqua néanmoins une trace de nostalgie sur le visage d'habitude impassible de la gouvernante.

Regarderais-je le port avec tant de nostalgie si je craignais que mon bien-aimé venant de l'autre côté de la mer n'arrivât pas sain et sauf ? se demanda-t-elle lorsque la calèche démarra.

Ils arrivèrent à la plantation le lendemain aprèsmidi, après avoir fait une halte dans une petite auberge choisie par M. Cahill. La montagne qui se détachait sur le ciel bleu offrait un spectacle grandiose. On aurait dit un plaid vert jeté à même le sol, parsemé çà et là de taches claires ou plus foncées. Au premier plan, on voyait les plantations de thé verdoyantes bordées de palmiers isolés et d'arbustes inconnus.

Des bruits singuliers transperçaient le vacarme de la voiture et le claquement des fers des chevaux. Grace leva les yeux vers les palmiers et crut apercevoir des plumes multicolores.

« Ce sont des perroquets, dit Victoria, le nez en l'air. Peut-être pourrais-je en attraper un pour mettre dans le salon de maman.

— Et comment veux-tu t'y prendre ? », demanda Grace, espérant secrètement qu'un de ces oiseaux s'approchât. Elle avait déjà vu un perroquet dans le salon de Mme Roswell, à Londres, mais il était très vieux et un peu teigneux. Il avait pris l'habitude de se frotter la tête contre les barreaux en poussant des cris bizarres. Pour Mme Roswell, c'était la preuve qu'il savait parler.

Ici, ces volatiles s'entretenaient dans leur langage naturel, qui n'avait rien en commun avec les sons qu'émettait Polly.

« Oh ! regarde ! », s'écria-t-elle soudain en la tirant par la manche. Dans le buisson qu'elle désignait, un petit singe assis regardait avec curiosité passer la voiture. Il se tenait à une branche d'une main et se mâchait le pouce de l'autre, comme un bébé.

« Tu crois que maman me permettra d'en avoir un à moi ?

— Je croyais que tu voulais un perroquet.

— Oui, aussi. Tu verras. Je suis sûre qu'ils veulent des morceaux de sucre. Quand ils viendront sur ma fenêtre, j'en attraperai un avec un filet à papillons.

— Que tu n'as pas non plus.

— Mais je sais comment on les fabrique ! affirma Victoria. L'année dernière, j'ai vu comment Bobby

Fisher, le fils du jardinier, en avait fabriqué un à partir d'un cercle de métal, d'un peu de gaze et d'un bâton. Je suis sûre que je peux le faire. Et sinon, je demanderai à un des employés. Il y a certainement un jardinier, ici, il suffit de voir les aménagements. »

Grace dut bien admettre que le jardin était merveilleux. Au-delà des frangipaniers, les rhododendrons auraient fait pâlir d'envie tout Européen. Le gazon était tondu comme dans un jardin anglais, et même si elle n'avait pas vraiment le sens de la botanique, Grace brûlait d'envie de savoir le nom de ces fleurs rouge flamboyant.

La maison de style colonial ressortait dans son écrin de verdure. Grace trouva qu'elle ressemblait un peu à leur manoir, bien que les murs de celle-ci fussent plus foncés et couverts de vigne vierge. Il n'y avait pas de fontaine devant la maison ; en revanche, il y avait de nombreuses dépendances.

Au milieu de cette abondance de fleurs, Grace remarqua des personnes qui s'affairaient et couraient dans tous les sens. Des femmes portant sur leur tête des corbeilles pleines de thé disparaissaient dans des hangars où on les débarrassait de leur charge. Bien que leurs vêtements fussent simples, leurs couleurs irradiaient. Grace n'en avait jamais vu de telles auparavant.

Le parfum du thé et la fragrance suave des fleurs embaumaient l'air. Il eût été impossible de sentir pareille odeur à Londres à cette époque, hormis dans des salons étouffants dont les propriétaires affichaient un penchant pour l'exotisme.

La famille se réunit lorsque les voitures s'arrêtèrent. Grace arracha Victoria à la contemplation d'un arbre parsemé de fleurs orange et rouges et l'attira vers leurs parents. M. Cahill était en train de leur faire un exposé qu'il convenait d'écouter.

« Le propriétaire précédant votre frère a essayé de planter du café, ici. » L'avocat sourit avec une indulgence pédante. « Le résultat a été catastrophique. Les plantations ont contracté la maladie du caféier, la rouille, et le pauvre homme n'a pas eu d'autre choix que de vendre. Votre frère a décidé de planter du thé parce que le sol et le climat s'y prêtaient.

— Il semblerait que mon frère ait su reconnaître les signes de son temps. » Henry Tremayne regardait autour de lui avec admiration. Si le chaos décrit par M. Cahill avait vraiment existé, les ouvriers et les domestiques avaient fourni du très bon travail.

« Oh, oui, sir, votre frère était très estimé, tout le monde le regrette beaucoup. Mais je suis sûr que vous saurez combler au mieux le vide qu'il a laissé. »

Lorsqu'elle fut sûre que Cahill ne pouvait plus la voir, Grace secoua la tête. Elle n'avait jamais rien entendu de si pathétique ! Bien sûr qu'il parlait pour lui, ou plutôt pour ses revenus. Si son père était le nouveau maître à Vannattuppūcci, il était libre de prendre un autre conseiller. Mais Grace connaissait assez son père pour savoir qu'il s'en tiendrait à Cahill s'il ne faisait pas trop de faux pas.

Lorsqu'elle regarda sur le côté pour observer le buisson en fleur qui avait déjà attiré l'œil de sa sœur, Grace remarqua un bel homme de grande taille qui se tenait en retrait, attendant presque timidement qu'on le remarquât. Bien qu'il portât des vêtements anglais, quelque chose d'exotique émanait de lui.

Ses cheveux bruns presque noirs étaient plus longs que ce que la mode préconisait à cette époque. Une ombre dorée soulignait ses traits fins et anguleux. Ses sourcils épais et légèrement courbés rehaussaient ses yeux sombres. Une moustache et un bouc taillés très court encadraient ses lèvres charnues.

« Ah ! vous êtes là, jeune homme ! s'exclama soudain Cahill en faisant signe à l'inconnu de s'approcher. Puis-je me permettre de vous présenter M. R. Vikrama, le contremaître de la plantation ?

— R. ? », s'étonna Victoria, ce qui lui valut un regard menaçant de sa mère.

M. Vikrama afficha un sourire indulgent mais se garda de réagir. Au lieu de cela, il s'inclina devant Henry : « Ravi de vous connaître, sir, malgré les circonstances malheureuses. Je vous prie d'accepter toute ma sympathie.

— C'est très aimable à vous, répondit Henry, peu amène, puis il posa la main sur l'épaule de sa femme. Je vous présente mon épouse Claudia et mes filles, Grace et Victoria. » Alors que Mme Tremayne s'inclinait légèrement, les deux sœurs esquissèrent une révérence.

« Ravi de vous connaître, dit Vikrama en adressant un petit signe de tête à Grace et Victoria et en se tournant vers la maîtresse de maison. Faites-moi savoir si je peux vous être d'une quelconque utilité.

— Vous êtes d'ici ? demanda Henry en regardant le jeune homme avec attention. Votre anglais est irréprochable. »

Grace trouvait que quelque chose chez lui n'allait pas du tout avec le paysage, comme s'il n'avait pas été d'ici. Était-ce la couleur de sa peau ? Il aurait sans peine pu passer pour un Italien, et ses manières étaient exemplaires.

Flatté, Vikrama pencha la tête. « Merci beaucoup, sir. Ma mère était originaire d'ici, d'où la couleur de ma peau.

— Et votre père ?

— Je ne le connais pas, sir. Mais ma mère m'a toujours dit que c'était un homme blanc.

— Probablement un employé de votre frère, ajouta Cahill. Il n'est pas rare que nos garçons succombent à la beauté des femmes tamoules. »

Il émit un gloussement que Grace trouva parfaitement déplacé. Même si les choses qui se passaient entre les hommes et les femmes n'étaient pas un sujet de conversation, Grace n'ignorait pas ce qui attendait les femmes pendant leur nuit de noces et d'où venaient les enfants. Et elle savait que c'était particulièrement détestable pour un homme de laisser tomber sa bien-aimée enceinte.

« Vous ne connaissez donc pas votre père ? demanda Claudia, bouleversée.

— Non, madame, il est mort avant ma naissance.

— Il faut que vous sachiez que les gens ici n'ont pas toujours été aussi pacifiques, intervint Cahill. Il y a plus de vingt ans, il n'était pas rare que l'on se fasse attaquer et dévaliser en marchant dans la rue. Le père de M. Vikrama a dû être victime d'un tel malheur. »

Le jeune homme ne réagit pas à cette histoire. Apparemment, il ne s'était pas fait beaucoup d'idées sur ce père dont il ignorait le nom.

« Et votre mère ? Vous parlez d'elle au passé », continua Claudia, qui s'était visiblement mis en tête de tout savoir des collaborateurs de son mari.

Le visage de Vikrama prit une expression douloureuse. « Elle est morte d'un cancer il y a deux ans. »

Cahill lui posa la main sur l'épaule d'un geste protecteur. « Sa mère faisait partie de l'équipe des cueilleuses de thé de votre frère, sir. M. Tremayne a reconnu le talent du jeune homme et l'a envoyé à l'école. Vous pourrez constater que beaucoup de Tamouls occupent ici des postes administratifs. Ils ont leur propre langue et leur propre écriture. Les propriétaires de plantation prévoyants instruisent leurs Tamouls et forment ainsi des collaborateurs loyaux capables de s'occuper des plantations de manière autonome. Je ne sais pas ce qu'on aurait fait sans lui après cet accident tragique. »

Grace remarqua que Vikrama baissait la tête, visiblement gêné. Avait-il honte de ses origines ou n'aimait-il pas qu'on le complimente ?

Réalisant qu'elle le fixait de façon presque effrontée, elle se rappela à l'ordre et baissa les yeux en rougissant.

« Il semblerait que nous ayons beaucoup de chance de vous avoir, monsieur Vikrama, dit son père d'une voix forte. Vous devez absolument m'informer de tout ce qui se passe sur la plantation.

— Je ferai de mon mieux pour ne pas vous décevoir.

— Bien, alors voyons-nous demain matin pour discuter et faire un tour des lieux. Ces dames sont épuisées et je dois avouer que le voyage m'a fatigué, moi aussi. Que diriez-vous de 9 heures ?

— Je serai là à l'heure, sir.

— Bien ! Je crains que toute mon éducation de planteur de thé ne soit à faire. Jamais de toute ma vie je n'aurais imaginé devenir un jour le maître d'une telle plantation. Mais puisque Dieu l'a voulu, je compte sur votre soutien.

— Je vous l'apporterai dans toutes les situations, autant que faire se peut.

— Et ça, vous pouvez lui faire confiance, sir », ajouta Cahill alors que personne ne lui avait rien demandé.

Se trompait-elle ou avait-elle vraiment perçu un peu de ressentiment dans les yeux de Vikrama ? Il changea d'expression avant même qu'elle puisse vérifier son impression. Espérant que personne n'avait remarqué qu'elle le regardait de nouveau avec insistance, elle se tourna en souriant vers Victoria dont le regard se perdait dans la cime des arbres. Il n'y avait pas de singes, mais les perroquets poussaient des cris rauques et Grace comprit que Victoria était déterminée à en capturer un.

Lorsqu'elle se retourna vers ses parents, ils étaient en train de prendre congé de M. Vikrama. Cahill murmura quelque chose à l'oreille du jeune homme qui sortit. Grace aurait espéré un instant revoir son visage, mais il ne se retourna pas.

« Allez, les filles, fini de rêvasser ! » dit sa mère à cet instant.

Grace prit Victoria par la main et l'entraîna dans l'escalier.

« As-tu vu ce magnifique perroquet ? s'exclama Victoria, enthousiaste. Je te jure que j'en ai vu un tout bleu. C'est lui que je veux avoir.

— Peut-être devrais-tu essayer de l'attirer avec de la nourriture », proposa Grace d'un air absent. Curieusement, le jeune homme ne lui sortait pas de l'esprit.

À Londres, à condition d'être le fils d'un lord, il aurait été la coqueluche de la Saison. Elle n'avait encore jamais vu un homme comme lui ! Quels yeux ! Était-ce normal que des gens aient des yeux couleur d'ambre ? Elle n'en avait jamais vu de pareils en Angleterre. Un frisson parcourut son corps et elle eut une sensation bizarre au creux de l'estomac. Mais la raison reprit aussitôt le dessus.

Tu devrais mieux t'occuper de tes affaires, se réprimanda-t-elle en entrant dans la maison. *C'est un employé de ton père, et il ne t'a même pas accordé un regard.*

L'intérieur de la maison de maître ressemblait à ce que l'on trouvait en Angleterre mais, dès l'entrée, on remarquait que Richard Tremayne avait aimé la culture locale. Là où, dans la demeure Tremayne, un portrait de l'arrière-grand-père, dans un cadre doré, regardait les visiteurs d'un œil dur du haut de l'escalier, ici, un tableau aux couleurs vives attirait le regard. Victoria, tout comme ses parents, n'en avait jamais vu de semblable et le contempla avec surprise.

Les deux hommes représentés sur celui-ci semblaient danser ensemble. Alors que le premier regardait le spectateur avec une mine réjouie, l'autre portait sur ses épaules une tête d'éléphant ornée d'une couronne. Tous deux étaient vêtus de larges pantalons bouffants retenus par des ceintures incrustées d'or et de pierres précieuses. Des gilets bariolés recouvraient leur poitrine. Grace crut d'abord reconnaître des artistes de cirque, puis elle remarqua avec fascination les couronnes de fleurs pendues au cadre et les coupes de fleurs posées au pied du tableau.

« Est-ce que ce sont des divinités ? demanda Claudia, choquée.

— Ce sont les dieux Shiva et Ganesh, vénérés par les hindous, répondit Cahill d'un ton professoral. C'est la principale religion, dans la région. Il y a des bouddhistes et des musulmans, ici, mais ces derniers sont peu nombreux. Ils sont les descendants des Arabes qui ont visité l'île il y a plusieurs siècles pour faire du commerce avec les autochtones.

— Pourquoi mon frère a-t-il accroché ce tableau ici ? »

Même Henry n'avait pas l'air très enthousiaste.

« Peut-être espérait-il que cela porterait chance à sa plantation. Shiva est le dieu principal des hindous. Là où il danse règne la prospérité. Ganesh, à qui on a arraché la tête…

— Monsieur Cahill ! l'interrompit Claudia en désignant ses filles. Vous n'allez quand même pas raconter des histoires à faire frémir devant de si jeunes demoiselles !

— Loin de moi cette idée, madame Tremayne ! se défendit Cahill en rougissant. Cela fait malheureusement partie du mythe de cette région. Quoi qu'il en soit, la tête de Ganesh a été remplacée par celle d'un éléphant. C'est la raison pour laquelle les éléphants sont considérés comme portant bonheur dans cette région.

— Les éléphants ! », s'exclama Victoria enthousiaste en tapant des mains, attirant tous les regards. Elle baissa la tête, visiblement gênée. « Excusez-moi, je n'ai pas pu m'empêcher de penser aux éléphants de Colombo. J'aimerais tant voir l'un de ces animaux au naturel, sans décoration et sans ces couvertures brillantes.

— Si je peux me permettre, demoiselle, vous verrez ici des éléphants aussi naturels que possible, répondit Cahill en louchant vers Claudia qui semblait soupeser chacun de ses mots. On est en train de défricher un nouveau champ, un peu plus haut dans la montagne. On se sert d'éléphants pour enlever les palmiers. Aujourd'hui c'est dimanche, malheureusement, mais demain ou après-demain, vous pourrez observer à loisir ces colosses. »

Les joues de Victoria brûlaient d'excitation. Elle prit la main de Grace. « On ira les regarder, n'est-ce pas ?

— Si maman est d'accord. »

Claudia soupira et lança d'un ton théâtral : « Vous ai-je déjà interdit quelque chose sans que votre père ne revienne aussitôt sur mon interdiction ?

— Je ne vous laisse y aller que si vous promettez d'être prudentes, objecta Henry Tremayne. Les éléphants ne sont pas des bichons, ils sont capables d'écraser des gens.

— Nous les observerons de loin et nous partirons en courant s'ils s'approchent ! promit Victoria en caressant fébrilement la main de sa sœur, comme si elle voulait l'empêcher de dire quoi que ce soit.

— Oui, nous serons très prudentes, répondit Grace pour faire plaisir à sa sœur.

— Très bien, vous avez la permission de faire une balade dans la montagne. Peut-être que le jeune homme que nous avons vu tout à l'heure se proposera comme guide ? » Il regarda Cahill en haussant les sourcils et celui-ci baissa à nouveau la tête, soumis.

« Bien entendu ! Je le lui demanderai dès que je passerai au bureau.

— C'est très gentil de votre part, mais rien ne presse, répondit Henry en lui tapant sur l'épaule. Les éléphants ne vont certainement pas s'envoler. Et comme vous venez de l'expliquer, le défrichage va durer encore un moment.

— Bien entendu.

— Il faut d'abord que mes filles s'habituent un peu au climat. » Henry se pencha de nouveau vers le tableau. « Je crois qu'on va le laisser là, qu'en penses-tu, ma chérie ? » Il souriait à sa femme, l'air désarmé. « Un peu de chance ne peut pas nous faire de mal. »

Alors que Claudia faisait une mine sceptique, Cahill reprit la parole.

« Comme vous pouvez le voir à la décoration florale, ce lieu est une sorte de sanctuaire pour les ouvriers. Ils apportent régulièrement des cadeaux pour leurs dieux. Vous feriez preuve de sagesse, en effet, en le laissant à cet endroit. »

Henry réfléchit un instant avant d'approuver. « D'accord, on le garde. Les ouvriers à qui on laisse quelques petites libertés travaillent mieux, n'est-ce pas, monsieur Cahill ? »

Second livre

L'ÎLE AUX PAPILLONS

1

Berlin, 2008

Une semaine plus tard, Diana était de nouveau dans un avion pour Londres. De l'aéroport de Heathrow, elle prendrait un vol de Sri Lanka Airlines en direction de Colombo. Bien que ce ne fût pas son premier vol long-courrier, elle avait un nœud à l'estomac. Était-ce la peur de l'avion ou l'appréhension de ce qu'elle allait découvrir au cours de son voyage ?

Plutôt de mes attentes, songea Diana en souriant. Elle caressait l'écharpe en soie d'Emmely qu'elle avait emmenée comme porte-bonheur. Il s'était encore passé des choses les jours précédents. Juste avant son départ, M. Green lui avait envoyé un petit trésor qu'il prétendait avoir trouvé dans une vieille caisse du grenier en faisant le nettoyage annuel. Même si Emmely avait toujours affirmé avoir jeté un tas de fourbi, quelques souvenirs semblaient subsister. Une telle surprise était cependant inespérée. En le remerciant, elle avait demandé à M. Green de rester attentif, mais elle doutait qu'il trouvât encore quelque chose d'utile.

Après que l'hôtesse de l'air eut distribué les boissons et que son voisin, un homme d'affaires japonais, se fut assoupi, Diana se leva discrètement pour attraper le vieux guide touristique qui se trouvait dans la poche avant de son sac. Elle eut un petit sourire en sentant le papier rugueux et passa avec tendresse son doigt sur les grosses lettres de la couverture avant d'en extraire un papier plié.

Il s'agissait d'une photo d'un vieux paquet de thé que M. Green lui avait envoyé. À côté du nom de la compagnie qui l'avait acheminé par bateau figurait la mention du producteur : Tremayne Tea Company, Vannattuppūcci. Lorsqu'elle avait lu ce nom pour la première fois, elle en avait eu le souffle coupé. Cette photo était un premier indice. Le fait que les Tremayne aient possédé une plantation de thé faisait partie des secrets qu'Emmely avait bien gardés. Mais pourquoi l'avait-elle caché à sa mère et à Diana ? La famille en avait-elle honte ?

Difficile à croire, car beaucoup de familles britanniques avaient fondé leur fortune sur l'exploitation de plantations. Au cours de ses recherches, Diana avait découvert qu'on avait d'abord cultivé du café à Ceylan, mais que cela n'avait pas marché. Dans la seconde moitié du XIXe siècle, on avait défriché pour planter le thé qui avait fait le succès du pays. Le Ceylan était rapidement devenu un thé célèbre, diffusé dans le monde entier.

S'il était encore apprécié aujourd'hui, c'était en partie grâce à ses ancêtres. Il n'y avait vraiment pas de quoi s'en cacher. Pourquoi n'en avait-il jamais été question, alors ?

L'existence de ce paquet de thé au grenier montrait bien qu'Emmely connaissait l'existence de la plantation. Était-ce possible qu'elle l'ait oublié avec le temps ? En aurait-elle parlé si on lui avait posé la question ? Diana aussi se surprenait parfois à refouler certains événements de sa vie.

Peu importait désormais qu'Emmely ait, consciemment ou non, gardé ces informations pour elle. Avec ce paquet de thé, Diana avait l'impression d'avoir réuni les pièces nécessaires à la reconstitution des contours du puzzle. Il ne lui restait plus qu'à le compléter, maintenant.

Enfin, elle comprenait pourquoi des feuilles de thé ornaient la tombe de Beatrice Jungblut. Elle savait ce que Richard était allé faire à Ceylan et elle avait identifié les plantes qui recouvraient la montagne s'élevant derrière Grace, sur la photographie.

Cependant, elle ignorait toujours la raison pour laquelle Beatrice avait été exclue du caveau familial et ce qui la reliait au Sri Lanka, tout comme la cause de la chute de Richard Tremayne. Le grand mystère étant la feuille de palmier. D'où venait-elle ? Que signifiait-elle ? Dans quelles circonstances était-elle tombée entre les mains des Tremayne ? Une seule chose était sûre : la famille avait dû déménager pour Ceylan. C'était donc là qu'elle aurait peut-être une chance de trouver des réponses.

L'appareil se posa sur l'aéroport de Katunayake aux premières heures du jour suivant. Le commandant de bord prit congé des passagers dans un anglais parfait pendant que l'avion terminait sa course.

Diana massa ses mollets engourdis et jeta un œil à travers le hublot. En dehors des palmiers qui bordaient l'aéroport, elle n'aperçut qu'un autre avion.

Un air saturé de gaz d'échappement s'engouffrait dans l'aérogare et non la douce brise transportant mille odeurs exotiques que vantaient les guides touristiques. Diana se consola en supposant que ce serait différent en ville.

Pendant le trajet en navette, Diana sortit la carte de visite que Michael lui avait donnée avant son voyage.

Jonathan Singh, 23, Chatham Street, Colombo, Sri Lanka.

La sobriété de la carte suggérait un chercheur honnête, peut-être un peu vieillot, habitué à traduire des concepts complexes en mots simples. Diana se demanda s'il était vraiment l'homme de la situation.

Peu importait, elle était contente d'avoir un point de départ. Ce M. Singh aurait peut-être quelques indications intéressantes à lui fournir.

Elle continua son voyage dans un minibus qui se fraya un chemin à travers la circulation tant décriée de Colombo au milieu d'un brouhaha de musique indienne et d'un concert de Klaxons. Enfin, elle atteignit le Grand Oriental Hotel dont la façade brillait au soleil.

Bien que le gratte-ciel qui se dressait à l'arrière-plan ôtât un peu de sa superbe au bâtiment, pourtant d'assez grande taille pour l'époque, Diana put aisément imaginer l'effet qu'il avait dû produire autrefois sur les voyageurs.

À l'intérieur du Fort subsistaient encore beaucoup de vieux bâtiments. Le nom des rues avait également été préservé, constata Diana en consultant le vieux guide.

Le Grand Oriental Hotel était un véritable témoin du passé.

La rue grouillante lui rappelait des documentaires vus à la télé. Au milieu des hommes en pantalons foncés et en chemises claires, apparemment l'habillement standard ici, elle découvrit des hommes d'affaires de différentes nationalités ainsi que des femmes en saris ou en tenues modernes, des enfants et des touristes.

Confiante, elle poussa la porte vitrée en saluant le portier en livrée rouge, et se dirigea vers la réception.

L'intérieur de l'hôtel avait été restauré avec soin et enrichi de quelques éléments modernes. À la petite librairie d'origine s'étaient ajoutés d'autres magasins, dont un fleuriste regorgeant de fleurs de frangipanier qui semblaient sourire à travers la vitrine.

Dans la brochure, Diana avait découvert que l'hôtel s'était appelé Taprobane Hotel dans les années quatre-vingt, mais qu'une volonté de renouer avec la magnificence passée dont avaient joui d'illustres clients comme l'écrivain Somerset Maugham, avait incité la direction à revenir à son ancienne appellation.

« Bienvenue au Grand Oriental Hotel, que puis-je pour vous ? », lui demanda la réceptionniste avec un salut. Elle portait un tailleur élégant et ses cheveux étaient rassemblés en un chignon strict.

Diana se présenta et posa son attestation de réservation sur le comptoir. Après qu'elle eut rempli un formulaire et pris la clé, un groom l'accompagna jusqu'à sa chambre.

Comment les Tremayne s'étaient-ils sentis en montant cet escalier ? se demanda-t-elle en suivant le jeune homme. Claudia et ses filles, revêtues de grandes robes sur des corsets serrés, son époux avec son col haut, une escorte de domestiques à leur suite.

Malgré ses vêtements modernes, Diana transpirait. Comment ses ancêtres avaient-ils supporté cette chaleur ?

Bien que rénovée et soignée, la chambre d'hôtel la ramena droit dans le XIXe siècle. La jolie mosaïque brune du sol semblait d'époque, le lit à baldaquin qui dominait la pièce était sûrement une copie de ceux dans lesquels reposaient autrefois les clients. Les fauteuils neufs s'accordaient tout aussi bien avec le style de la pièce.

Diana chercha en vain au plafond un ventilateur tel qu'on en voyait dans les vieux films. Il avait été remplacé par une climatisation moderne.

Après avoir donné un pourboire au garçon, elle referma la porte derrière elle et s'imprégna de l'atmosphère de la chambre. Puis elle s'approcha de la fenêtre qui offrait une merveilleuse vue sur le port et la mer. La douce brise qui caressa ses cheveux et son visage la détendit un peu. *Je suis sur le bon chemin.*

Elle défit ses bagages et déposa sur le bureau le tube en carton dans lequel elle conservait la feuille de palmier. Les gens de la sécurité l'avaient regardée bizarrement lors du contrôle, mais elle avait expliqué qu'elle voulait rendre cette feuille à un ami de Colombo et ils avaient gobé son histoire.

Peut-être serait-il préférable que je la mette dans le coffre de l'hôtel, pensa-t-elle. Les photos que Michael lui avait envoyées suffiraient pour retrouver de quelle bibliothèque elle venait.

Malgré la fatigue, elle décida de faire un petit tour en ville.

Après s'être douchée et changée, elle envoya un message à Éva et à M. Green pour leur dire qu'elle avait bien atterri à Colombo. Armée de son vieux guide et d'un autre tout neuf pour se rendre chez M. Singh, elle quitta la pièce une demi-heure plus tard avec son rouleau en carton sous le bras.

En chemin vers le hall, Diana traversa un couloir où régnait beaucoup d'agitation. Dans la salle de bal, dont le nom « Lotus » était indiqué sur une plaque étincelante accrochée à la porte, on était visiblement en train de préparer une grande réception. Les housses de chaises blanches rehaussées de gros nœuds dorés laissaient deviner des préparatifs de mariage.

Tout à coup, son cœur se serra. La célébration de son mariage avait été assez modeste. Elle avait rêvé d'une grande fête mais avait vite laissé tomber l'idée quand Philipp l'avait menacée d'inviter son énorme famille. Maintenant, elle regrettait presque de ne pas s'être mariée de façon un peu plus pompeuse. Cela n'aurait rien changé au dénouement de son union mais, au moins, elle aurait gardé un merveilleux souvenir de cette journée.

Elle s'éclipsa en voyant arriver d'autres employés chargés de serviettes de table. *Tu devrais plutôt t'occuper du présent et de ton projet au lieu de regretter des choses qui n'ont jamais existé*, pensa-t-elle. Arrivée dans le hall de l'hôtel, elle sortit le vieux guide touristique de son sac. Elle avait glissé des petits bouts de papier là où des lieux étaient cochés. Les plus intéressants étant le Fort, Chatham Street, les *Cinnamon Gardens* – les jardins de Cannelle – et un quartier qui portait maintenant le nom beaucoup moins romantique de Colombo 7. Elle se demanda si les jardins de Cannelle existaient encore.

Après avoir enfermé la feuille de palmier dans le coffre, elle quitta l'hôtel. *Tel que je connais Michael, M. Singh m'attend déjà avec impatience. Il a dû le rendre fou. Enfin, plus vite je trouverai quelque chose, mieux ce sera.*

Bien qu'elle se soit beaucoup informée sur le Sri Lanka et qu'elle eût consulté des livres de photos, Diana fut étonnée par les forts contrastes de la ville. D'un côté, des gratte-ciel avec des publicités clignotantes, des voitures et des téléphones portables, de l'autre, des saris, des charrettes tirées par des bœufs, des maisons de style colonial et des baraques en bois.

Sur la route, elle faillit se faire écraser par un minibus rouge roulant à tombeau ouvert puis elle croisa un homme qui essayait de se frayer un chemin à travers la foule de York Street, sur un éléphant tout décoré. Les tuk-tuk et les vélos klaxonnaient à qui mieux mieux, on ne s'entendait plus.

Dans Chatham Street aussi, ça fourmillait de gens à pied et à vélo. Beaucoup de vieilles maisons avaient cédé la place à des bâtiments plus modernes. Des marchands de soie chinois avaient repris la plupart des magasins, mais on faisait toujours commerce des richesses du pays, particulièrement des pierres précieuses brutes que l'on pouvait acheter à prix raisonnable.

Diana pensa à la grosse pierre bleue qu'elle avait trouvée dans le compartiment secret et qu'elle avait également laissée dans le coffre de l'hôtel. *Peut-être aurais-je dû la prendre pour la faire examiner ; ici, on pourra sûrement me dire si c'est une vraie pierre précieuse, et de quelle pierre il s'agit.*

Elle s'arrêta, sortit son guide et chercha la boutique de l'ancien marchand de pierres précieuses. Quand elle en retrouva enfin l'adresse, ce fut pour constater que la boutique n'existait plus. Les volets étaient condamnés, l'enseigne sur la façade tombait en lambeaux.

Elle revint dans Chatham Street et longea la rue jusqu'au numéro 23. Délabrée, la maison de style colonial n'avait pourtant rien perdu de sa superbe. La sonnette moderne détonnait. Au milieu des noms aux caractères cinghalais en forme d'escargot, elle découvrit une étiquette avec deux inscriptions différentes. C'était lui ! Le cœur battant, elle sonna et fit un pas en arrière pour regarder vers le haut, dans l'espoir que quelque chose bougeât.

Il ne se passa rien pendant un bon moment. Elle s'apprêtait à sonner une nouvelle fois quand une fenêtre s'ouvrit en grinçant, laissant apparaître une tignasse sombre. Avec sa main, elle protégea ses yeux des rayons éblouissants du soleil, mais cela ne suffisait pas pour qu'elle puisse voir les traits de l'inconnu.

« Miss, c'est moi que vous voulez voir ? cria l'homme dans sa direction.

— Oui, si vous êtes Jonathan Singh ! », répondit-elle.

Il s'exclama : « Je descends tout de suite ! »

La tignasse disparut et la fenêtre se ferma. Un violent coup de Klaxon fit sursauter Diana. De surprise, elle lâcha son guide qui tomba non loin d'un tas d'immondices accumulés dans une petite niche, à côté de la gouttière.

La porte s'ouvrit alors qu'elle se penchait pour le ramasser. Diana se redressa brusquement et plongea son regard dans des yeux couleur d'ambre ornant un visage à la peau mate. De grande taille, l'homme était habillé de façon décontractée : un pantalon clair et une chemise blanche. Au premier abord, il ressemblait davantage à un artiste qu'à un scientifique poussiéreux et ne correspondait en rien à l'image qu'elle s'était faite de l'ami de Michael.

« Vous êtes donc monsieur Singh. »

Il sourit. « Oui, c'est moi. Et vous êtes l'amie de Michael. Diana Wagenbach, c'est ça ?

— Oui, c'est ça. » Un peu nerveuse, elle lui tendit la main. Quelque chose tomba alors de son guide. Surprise, elle esquissa un mouvement de recul tandis que Jonathan se penchait pour le ramasser.

« Vous avez perdu quelque chose ! » Il lui tendit le papier avec un sourire charmant. Diana fut parcourue d'un frisson lorsqu'elle reconnut de quoi il s'agissait : c'était une copie de la photo de son arrière-grand-mère ! Elle se souvenait maintenant l'avoir glissée dans les pages de son guide alors qu'elle était dans l'avion.

« Oh ! merci, j'aurais été très triste de la perdre ! »

En apercevant le petit livre qu'elle tenait, Jonathan sourit.

« Ne pensez-vous pas que vous devriez utiliser un guide plus récent ?

— Oh ! mais j'en ai un ! répondit Diana. Celui-là me sert à comparer le Colombo d'hier et d'aujourd'hui.

— Vous êtes donc historienne ?

— Non, avocate. » *Michael ne le lui avait-il pas dit ?* « Excusez-moi, mais Michael a fait grand mystère de toute cette histoire, comme s'il craignait que je m'en désintéresse tout de suite. Cela doit faire très longtemps qu'il n'est pas venu, s'il a oublié que les gens d'ici étaient toujours prêts à aider. »

Il tira Diana contre le mur pour laisser passer des piétons impatients.

« J'espère qu'il a été un peu plus bavard à mon sujet.

— Il m'a dit que vous aviez été scientifique et que vous écrivez des livres, maintenant.

— C'est juste. Comme mon nom l'indique, je suis le fils d'un Indien et d'une Anglaise. À propos, votre anglais est vraiment excellent. »

Diana rougit. Non, elle n'avait pas du tout imaginé Jonathan Singh comme cela. Pas aussi charmant, ni surtout aussi attirant…

« Ma tante… je veux dire ma grand-tante vivait en Angleterre. J'ai aussi des ancêtres anglais.

— Alors, nous sommes pour ainsi dire compatriotes ! répondit-il chaleureusement. Et si nous allions boire un thé ? Vous me parlerez de vous et de ce qui vous amène. Je connais un bon salon de thé dans le coin.

— Je ne vous arrache donc pas à votre travail ? s'inquiéta Diana.

— Non. Pour tout vous dire, je vous attendais. Mon passage de la recherche à l'écriture a vraiment réduit mes contacts avec l'extérieur, et je suis toujours heureux d'avoir affaire à des personnes en chair et en os. Ça me change du papier. Vous cherchez des feuilles de palmier, c'est ça ? reprit-il alors qu'ils se frayaient un chemin sur la Baillie Street. C'est la seule chose à laquelle Michael ait fait allusion.

— Oui, c'est ça ! répondit Diana.

— Alors, la meilleure chose à faire, c'est d'aller au musée national, ils ont une merveilleuse collection de manuscrits sur *ôles*.

— Sur *ôles* ?

— C'est le mot que l'on utilise ici pour désigner les feuilles de palmier. »

Diana n'arrivait pas à imaginer que des prédictions étaient conservées dans un musée. Michael lui avait bien dit qu'il y avait des bibliothèques conservées par des devins, ces Tamouls qui s'y connaissaient en vieux dialectes. Ou bien s'était-il trompé ? Les historiens s'étaient-ils aussi approprié le destin des hommes ?

« Qu'y a-t-il dans ces manuscrits ? demanda Diana pour être bien sûre qu'il s'agissait de la même chose.

— En fait, tout ce qu'il était utile de savoir, répondit Singh. Les Tamouls ont toujours écrit. La plupart de leurs écrits ont été détruits pendant l'époque coloniale, mais on peut encore en consulter une bonne partie dans les musées.

— Alors, j'ai bien peur qu'il ne s'agisse pas des feuilles de palmier que je cherche. »

Singh l'interrogea du regard, puis il comprit.

« Ah ! excusez-moi, vous voulez connaître votre avenir ! C'est ce genre d'*ôle* que vous cherchez.

— À vrai dire, je ne veux rien me faire prédire du tout. » *Michael ne lui a-t-il vraiment rien raconté ?* « J'ai trouvé une feuille de palmier dans les papiers de ma tante. J'imagine qu'elle a été volée. J'aimerais la rendre à la bibliothèque d'où elle vient. »

Singh resta un moment sans voix.

« Une feuille de palmier en Angleterre ?

— J'espère que ce n'est pas répréhensible de l'avoir emmenée avec moi ?

— Non, bien sûr que non, dit Singh en secouant la tête. J'imaginais simplement que les astrologues y prenaient garde et ne s'en dessaisissaient pas.

— Oui, c'est ce que pensait Michael aussi, répondit Diana. Je l'ai trouvée dans un coffre, derrière une étagère de livres. Je suppose que cette feuille est arrivée en Angleterre au XIXe siècle. Dans les bagages de mes ancêtres qui avaient séjourné ici. Et, comme je viens de l'apprendre, qui étaient propriétaires d'une plantation. »

Singh la regarda avec des yeux brillants. « Ça m'a l'air très intéressant. Je ne comprends pas pourquoi Michael ne m'a rien raconté.

— Je pense qu'il ne voulait pas vous gâcher la surprise », suggéra Diana un peu confuse.

Singh s'arrêta subitement. « Regardez, là ! » Il lui indiqua une maison plus ancienne que les maisons de Chatham Street.

Diana fronça les sourcils lorsqu'elle découvrit l'inscription sur la porte.

« C'est du néerlandais, c'est ça ?

— Exactement. Si l'on traduit, ça veut dire "Détruit arbitrairement, reconstruit justement".

— Qu'est-ce que cela signifie ?

— À l'époque coloniale hollandaise, il y avait ici un gouverneur du nom de Pieter Vuist. On dit de lui qu'il fut un des hommes les plus terribles et les plus cruels du pays. Il aurait détruit cette maison sur un coup de tête, d'aucuns disent par jalousie. Son successeur, qui était un peu plus mesuré, l'a fait reconstruire et a posé cette plaque. »

Pendant qu'il parlait, Diana fut parcourue d'un agréable frisson. Comme si la main froide du passé lui avait frôlé la nuque en l'invitant à la suivre. Aux côtés de Jonathan, elle ne risquait rien.

Le petit salon de thé de York Street était coincé entre deux magasins. L'intérieur était exigu et rempli d'objets d'art. La radio diffusait de la musique. Quelque part, une télévision était allumée. On entendait les informations. Les représentations habituelles de Shiva, Ganesh et des autres dieux manquaient. Diana découvrit une merveilleuse calligraphie arabe qui devait bien avoir une centaine d'années.

« Le propriétaire est musulman, expliqua Singh, lorsqu'ils prirent place sur les coussins. Il raconte fièrement à qui veut l'entendre que ses ancêtres sont venus du Yémen pour transmettre l'enseignement de Mahomet. Ils ont réussi en partie, mais l'hindouisme et le bouddhisme sont dominants sur l'île aux papillons.

— L'île aux papillons ?

— Oui, c'est comme ça qu'on appelle le Sri Lanka. Parce que l'île a la forme d'une aile de papillon. » Il souligna ses paroles d'un geste.

« J'ai encore appris quelque chose, constata Diana stupéfaite, mais elle ne lui parla pas de son rêve avec l'ange qui ressuscitait.

— Le Sri Lanka est plein de surprises, affirma Singh en commandant deux thés au patron en tamoul.

— Il a le meilleur de la région, expliqua-t-il lorsque l'homme fut reparti. Je me suis permis de commander quelques gâteaux. Il est encore un peu trop tôt pour un déjeuner, n'est-ce pas ? »

Diana avait la tête qui lui tournait. Était-ce le décalage horaire ? Ou avait-elle besoin d'un peu de temps pour mettre de l'ordre dans ses idées ?

« Peut-être devrais-je vous raconter des choses sur moi pour changer un peu, avant que je continue à vous cribler de questions. »

Diana sourit. « Oui, cela serait gentil ; comme ça, je saurai à quoi m'en tenir. »

Après que le patron eut apporté les deux thés ainsi qu'une petite assiette de pâtisseries, Singh commença à parler de lui.

« J'ai grandi en Angleterre. Mon père faisait partie des Indiens d'origine tamoule. C'est pourquoi je parle les deux langues. Il était professeur d'histoire indienne. D'une certaine manière, son intérêt a déteint sur moi, sauf qu'en ce qui me concerne, c'est ici que j'ai développé mon activité. Pour ainsi dire, c'est un peu grâce à lui que je m'intéresse aujourd'hui à une feuille de palmier qui s'est retrouvée en Angleterre au XIXe siècle. »

Il s'arrêta et se mordit la lèvre inférieure comme s'il hésitait à dire quelque chose. « Vous n'auriez pas cette feuille sur vous, à tout hasard ? », lâcha-t-il finalement.

Diana secoua la tête. « Non, malheureusement pas... » Elle hésita. Pouvait-elle l'inviter comme ça, à son hôtel ? Quelle impression lui ferait-elle ?

Une seconde plus tard, elle se rabrouait. *Il veut t'aider, pas se marier avec toi ! Réjouis-toi plutôt que Michael ait établi le contact.*

« Elle est à mon hôtel. J'ai aussi des photos. La feuille est bien trop précieuse pour que je la trimbale avec moi partout.

— Je comprends. » Singh faisait tourner son thé dans son verre. Il dit : « J'adorerais y jeter un œil. Malheureusement, je dois aller demain chez mon éditeur. Il voudrait que nous parlions de mon nouveau projet. »

Diana leva les sourcils. « Ah oui ? De quoi s'agit-il, si j'ose vous demander ?

— Il s'agit du conflit qui oppose les Tamouls aux Cinghalais, ses causes, ses répercussions, son histoire. La tension entre nos deux peuples s'amplifie depuis des décennies, et les Tigres tamouls deviennent de plus en plus intransigeants dans leurs actions. J'aimerais apporter un éclairage nouveau sur le sujet. »

Diana repensa aux mises en garde de l'employée de l'agence de voyages lorsqu'elle lui avait remis la brochure d'information. « Ça m'a l'air d'être un sujet difficile, voire dangereux.

— Ça l'est, en effet. Mais il faut bien qu'il y en ait un qui s'en charge. Cela ne nous avance à rien de nous taire. La paix reviendra seulement quand nous aurons trouvé un consensus. »

Impressionnée, Diana se tut.

« Mais cela ne veut pas dire que je n'ai pas de temps pour vous. Nous pouvons nous voir le soir, si vous voulez, c'est le moment le plus agréable pour être en ville. Qu'en pensez-vous ?

— Volontiers, répondit Diana avec un picotement bizarre au creux de l'estomac.

— Dans quel hôtel êtes-vous descendue ?

— Au Grand Oriental. »

Singh avança la lèvre inférieure en signe d'approbation. « Vous avez l'air de prendre vos recherches au sérieux. À l'époque coloniale, le Grand Oriental Hotel était l'une des meilleures adresses pour les Anglais qui séjournaient au Sri Lanka, avec le Mount Lavinia Hotel. C'est exactement ce qu'il faut pour commencer un voyage dans le passé.

— Je l'ai trouvé dans mon guide, il était coché. Je ne sais pas, mais l'idée que mes ancêtres aient dormi là me plaît.

— J'y serai demain soir à 20 heures, promis Singh. Je vais me permettre de vous enlever pour aller en ville. Dans tous les hôtels, les cuisiniers pensent que les étrangers veulent manger comme à la maison. Alors que l'on va aussi à l'étranger pour ses péchés culinaires. »

Sur ce, il engloutit un morceau de gâteau.

2

Pour se préparer à son rendez-vous avec Jonathan Singh, Diana fit le lendemain matin une visite guidée de la ville qui la mena au musée et dans quelques magnifiques temples qu'elle photographia. Comme elle l'avait justement supposé, les feuilles de palmier qui se trouvaient dans le musée ne renfermaient pas de prédictions. Son guide, M. P. Suma, lui expliqua qu'elles contenaient des contes et des récits historiques. Bien qu'il parlât anglais très correctement, les nombreux noms et dénominations en tamoul qu'il énumérait à propos de l'histoire de son pays lui tournèrent vite la tête.

Pour éviter de s'inquiéter pendant le parcours en minibus rouge qu'elle fit à une allure vertigineuse, Diana détourna son attention sur la soirée à venir. Elle se sentait fébrile. Pas seulement parce qu'elle espérait en savoir davantage sur les feuilles de palmier, mais parce que, d'une certaine manière, elle se réjouissait de revoir Jonathan Singh.

En récapitulant leur conversation de la veille, elle s'était rendu compte qu'il était très sympathique et qu'il avait beaucoup d'humour. Elle avait aussi repensé à ses beaux yeux. Une question insensée lui était venue à l'esprit. Comment était son regard dans d'autres circonstances ?

De retour à l'hôtel, elle prit une douche et fit une petite sieste, puis elle se planta devant son miroir, désemparée, et persuadée d'avoir emmené trop peu de vêtements. Elle voulait faire la meilleure impression possible sur M. Singh. Même s'il ne s'intéressait qu'à ses photos.

Elle finit par se décider pour une jupe blanche ample qui lui arrivait au genou. Elle était bordée d'un motif à fleurs. Elle l'assortit d'un chemisier noir à manches courtes.

M. P. Suma lui avait dit que les tee-shirts étaient tolérés, mais qu'on les considérait davantage comme des vêtements d'enfants. Comme ils allaient dîner à l'extérieur, elle ne voulait en aucun cas se faire remarquer à cause d'une tenue négligée.

Après s'être légèrement parfumée et avoir rangé les photos ainsi que son carnet de notes dans son sac, Diana descendit dans le hall. Un groupe de voyageurs venait juste d'arriver. Elle tendit le cou pour chercher Singh, mais elle ne le trouva pas. Elle regarda la pendule au-dessus de la réception. 19 h 55. Il sera probablement à l'heure. Ou un peu en retard, ce qui ne serait pas étonnant, avec son travail.

Lorsqu'elle vit que quelques hommes parmi les voyageurs la regardaient, elle alla s'asseoir dans l'un des fauteuils style victorien tardif. Impossible de faire abstraction du brouhaha. Impossible aussi de calmer son impatience.

À quoi devait-elle s'attendre ce soir ?

« Mademoiselle Wagenbach ? »

Diana leva les yeux, étonnée. Jonathan Singh était debout à côté d'elle, comme s'il venait de sortir du sol.

« Oh ! bonsoir ! », répondit-elle un peu gênée. Elle se leva et lui tendit la main. « Je suis heureuse de vous voir, monsieur Singh.

— Tout le plaisir est pour moi. J'espère que vous ne m'attendez pas depuis longtemps.

— Seulement quelques minutes. » Diana rit, embarrassée. « La ponctualité allemande, vous savez. » À peine avait-elle dit cela qu'elle aurait pu se gifler. C'était déjà assez pénible que ce cliché fût encore vivace. Singh se contenta de sourire.

« Que diriez-vous d'aller à Pettah ? Vous allez voir que la ville est plutôt calme, le soir ; à Pettah, c'est le contraire. Il y a un grand bazar. On y trouvera un restaurant où vous pourrez goûter la vraie cuisine sri lankaise.

— Ça m'a l'air très bien », répondit Diana. Ils quittèrent l'hôtel et traversèrent la ville à pied.

En effet, le trafic avait un peu diminué. Il y avait moins de passants aussi dans les rues où des fruits pourrissaient et où des chiens cherchaient de la nourriture. Certains nids-de-poule étaient si profonds qu'elle s'étonna qu'il n'y eût pas plus d'accidents graves. Tout semblait plus gai que dans les rues inanimées d'Allemagne, où les maisons aux yeux vides fixaient le bitume impeccable.

« Comment s'est passé l'entretien avec votre éditeur ? demanda Diana après quelques minutes de silence.

— Mieux que je ne l'imaginais, répondit Jonathan. Il est très intéressé et s'attend à un écho retentissant – même à l'étranger. C'est là que c'est le plus important, car à côté du thé, c'est le tourisme qui est la principale source de revenus dans notre pays. Depuis l'attentat de l'aéroport, beaucoup de gens ne se sentent plus en sécurité.

— J'imagine bien.

— Il n'y a plus de mesures de sécurité, mais on conseille la prudence aux touristes. Je suppose qu'on vous en a parlé, n'est-ce pas ?

— Oui, mais j'ai seulement survolé la brochure. Je préfère me faire une opinion par moi-même.

— Peu de gens font comme ça. J'aimerais aussi aider les touristes à comprendre et à voir les dangers.

— Ils vous en seront reconnaissants. Tout le pays aussi, certainement. »

Jonathan haussa les épaules d'un air modeste. « On verra. »

Au bout d'un petit moment, ils atteignirent ce que Jonathan appela la promenade Galle Face Green. Les marchands de limonade pullulaient. La vue sur la mer et le ciel séparés en deux par une bande dorée était renversante.

« Mais ce n'est pas un bazar, remarqua Diana en souriant.

— Non, mais l'une des plus belles vues qu'il y ait ici. Quand vous venez le matin, après la pluie, les gens émergent du brouillard comme des personnages de légende. »

Ils poursuivirent leur chemin jusqu'à une rue dans laquelle des lampes à pétrole se balançaient légèrement dans la brise du soir. Un gril installé à même le trottoir répandait un parfum divin auquel se mélangeait l'odeur du bois qui brûle.

Jonathan ouvrit les bras. « C'est Pettah ! »

Après avoir encore un peu marché, ils arrivèrent dans une grande halle très animée à cette heure.

« C'est le bazar ?

— Exactement, enfin, une partie, expliqua Jonathan. Dans cette halle, il y a le marché aux tissus. Si vous avez l'intention de vous faire confectionner un vrai sari, regardez ici, ça vaut le coup. »

Diana le crut volontiers, car les étals regorgeaient d'étoffes aux couleurs vives. Elle se dit qu'elle achèterait peut-être quelque chose ici après avoir résolu l'énigme de sa famille.

Jonathan la fit passer devant des marchands d'épices aux odeurs enivrantes et devant des marchands de bijoux jusqu'à ce qu'ils trouvent un restaurant dans lequel elle chercha en vain des touristes.

« Ici, c'est vraiment pour les initiés, expliqua Jonathan en attendant une place devant le petit comptoir. Tout du moins, en ce moment. Les propriétaires de salons de thé et de restaurants changent tout le temps. Il est donc tout à fait possible que ce local n'existe plus d'ici à un ou deux ans.

— Quand on voit le nombre de clients, c'est inimaginable.

— Les restaurants fonctionnent selon une logique qui leur est propre. Ce qui marche très bien à un moment peut tout aussi bien faire faillite dans les mois qui suivent. Réjouissons-nous de ce qu'on a à nous offrir ici. »

En attendant le serveur, Diana regarda autour d'elle. Quelques-unes des femmes assises là étaient vêtues de saris, la plupart des hommes portaient des pantalons sombres et des chemises unies. Les murs étaient ornés d'images saintes et de masques ; une grande photo encadrée représentait une danseuse habillée de mille couleurs. Des fleurs de frangipanier s'entassaient au pied d'un petit autel dédié au dieu Shiva. Des bâtons d'encens déroulaient de délicats rubans de fumée. Le tout, dominé par le bourdonnement des conversations sur un fond de musique. Diana s'imprégna littéralement de toutes ces sensations, histoire de se rappeler quelque chose de cette splendeur à son retour en Allemagne.

Dès qu'une table fut libérée, un jeune homme apparut. Alors qu'une fillette desservait avec agilité, il s'entretint brièvement avec Jonathan. Peu après, ils se retrouvèrent à la table propre sur laquelle on avait disposé des sets en feuilles de palme.

« Alors, qu'est-ce qui vous tente ? », demanda Jonathan après que le serveur leur eut apporté les cartes. On aurait dit de la peau d'éléphant recouverte de signes étranges et de chiffres.

« Je crains que vous ne deviez m'aider. Je ne comprends pas un mot. »

Singh éclata d'un rire discret. « Pas de problème, faites-moi confiance. Vous avez apporté les photos ? »

Diana fit un petit signe de tête et fouilla dans son sac. Elle étala les clichés de Michael sur la table. Ils étaient tellement nets qu'on pouvait voir la moindre fibre de la feuille de palmier. On aurait dit que les caractères avaient été marqués au fer.

Avant même que Jonathan eût pu les regarder, le serveur réapparut. S'il s'étonna des photos sur la table, il n'en laissa rien paraître.

Jonathan lui dit quelque chose en tamoul et le jeune homme disparut de nouveau.

« Que nous avez-vous commandé ? demanda Diana, curieuse.

— Vous verrez, répondit Jonathan avec un sourire sibyllin.

— Vous ne voulez pas me mettre sur la voie ?

— Vous aimerez, faites-moi confiance. La cuisine tamoule est délicieuse, surtout si vous aimez les plats un peu épicés.

— Si j'ai un seau d'eau à côté pour éteindre le feu, je suis toujours partante.

— L'eau ne calme le feu qu'un moment. J'ai aussi pensé à ça. »

En souriant, Jonathan prit l'une des photos et l'observa avec attention. Diana se mordilla la lèvre inférieure en le regardant. Allait-il pouvoir lire ce qu'il y avait dessus ? Soudain, il fronça les sourcils et elle prit cela pour un mauvais signe.

« C'est du tamoul ancien, constata-t-il. J'aurais dû m'en douter.

— Donc, vous ne pouvez pas le lire ?

— Le tamoul a beaucoup évolué au cours des derniers siècles. Des manuscrits sur *ôles* tels que celui-ci ont probablement plus de mille ans. » Jonathan reposa les photos. « Je crains que vous ne deviez trouver un *Nadi reader*, un devin qui connaît encore cette langue.

— Et il n'y en a que dans les bibliothèques.

— Ou dans un des villages aux alentours de Colombo. Vous voulez rendre cette feuille à la bibliothèque d'où elle vient ? »

Diana fit signe que oui. « J'en ai toujours l'intention.

— À votre place, je la ferais d'abord traduire. Peut-être y a-t-il dedans une indication sur sa provenance.

— Peut-on la trouver dans le texte ? »

Jonathan haussa les épaules. « Qui sait ? Ça vaudrait le coup d'essayer, vous ne trouvez pas ? »

Diana fit un petit signe de tête. Puis Jonathan la regarda un moment sans rien dire.

« Qu'est-ce qui se cache derrière votre voyage, quelle est votre motivation ? », demanda-t-il finalement.

Diana sortit la photo avec la montagne et la femme habillée tout en blanc, celle que Jonathan avait ramassée la veille. Son sourire lui indiqua qu'il la reconnaissait.

« Je pense que c'est mon arrière-arrière-grand-mère. Malheureusement, je ne peux pas en dire plus, puisque ma grand-mère a dû fuir pendant la guerre et que tous les papiers et toutes les photos ont été perdus. Sur un vieux paquet de thé, j'ai vu le mot Vannattuppūcci sous le nom du producteur. Je ne sais pas si c'est le nom de la plantation ou du lieu où elle se trouvait.

— Papillon, dit Jonathan en souriant.

— Pardon ?

— Papillon. Vannattuppūcci veut dire « papillon » en tamoul. Vos ancêtres devaient avoir le sens de la poésie. »

Diana resta muette. Son rêve lui revenait en mémoire. Le papillon qui avait ressuscité l'ange. Avait-elle eu une vision ?

Non, c'était impossible…

« Je suis prêt à parier qu'il s'agit du nom de la plantation. Les Anglais avaient l'habitude de donner un nom à leurs *estates*.

— C'est à peine imaginable qu'un de mes ancêtres ait eu la finesse d'appeler sa plantation comme ça. L'Anglais typique de l'époque lui aurait donné un nom anglais, non ?

— Vos ancêtres avaient certainement une bonne raison de le faire. »

Jonathan observa encore une fois la photo, puis il soupira. « Vous avez encore une montagne de travail devant vous.

— J'adorais ma tante Emmely, elle était comme une grand-mère pour moi. C'est une affaire d'honneur de faire ce qu'elle m'a demandé, surtout que… »

Non, ça va trop loin, pensa Diana. *Je ne peux quand même pas lui parler de l'échec de mon couple. C'est un inconnu qui se montre serviable, rien de plus.*

Lorsqu'elle se tut, Jonathan la regarda d'un air interrogateur. Elle chercha les mots pour poursuivre le fil de la conversation.

« En tout cas, je veux absolument savoir ce qui se cache derrière le rideau. Si vous voyez ce que je veux dire. »

Singh fit un petit signe de tête. « Oui, je crois. » L'air songeur, il hocha légèrement la tête. « C'est bizarre. De leur vivant, nos ancêtres essayaient de cacher les ombres de leur passé. Et maintenant, ils nous prient, nous leurs descendants, de les en alléger parce qu'ils n'en ont pas eu la force eux-mêmes. »

La sagesse de ses mots étonna Diana. En même temps, elle se demanda si le secret de sa famille était si grave pour qu'Emmely en ait honte.

« C'est un devoir envers nos descendants, n'est-ce pas ? » Singh la regarda avec une expression singulière. Comme s'il avait pris lui-même conscience d'une ombre dans son propre passé. « Découvrir le passé avant que nos enfants soient obligés de le faire.

— Je ne considère pas cela comme une obligation pesante, répondit Diana d'une voix un peu étranglée. Au contraire. Enfant, j'imaginais comment mes ancêtres avaient pu vivre. Beaucoup de souvenirs ont été perdus pendant la Seconde Guerre mondiale. Ma grand-mère, qui aurait pu me raconter beaucoup de choses, est morte en mettant ma mère au monde. Et tante Emmely s'est toujours montrée très discrète. Peut-être ne voulait-elle pas se souvenir elle-même…

— C'est même certain, répondit Jonathan qui se détendait maintenant. Sinon, elle ne vous aurait pas fait cette demande. Peut-être pensait-elle que vous seriez plus à même de comprendre si vous partiez vous-même à la recherche de cette histoire plutôt que si on vous la racontait tout simplement. »

Un silence suivit ses mots. Après une courte réflexion, Diana dut admettre qu'il avait raison. Avant même qu'ils puissent reprendre leur conversation, le serveur arriva avec plusieurs coupes fumantes aux délicieuses odeurs. Diana découvrit des petites galettes, différents chutneys et une préparation qui ressemblait au curry rouge que l'on trouvait dans les restaurants thaïs.

Le serveur dit quelque chose en tamoul à toute vitesse, puis il se retira. Diana regarda les plats les yeux écarquillés en inspirant profondément les différentes odeurs.

« C'est tout simplement magnifique ! Qu'est-ce que c'est ?

— Un aperçu de la cuisine tamoule. » Jonathan montra les plats les uns après les autres. « Il y a des *idli* et des *vadai,* des petites galettes à la vapeur et des beignets. Ils sont à base d'*urad* et de riz. Il y a aussi du chutney, du *rasam,* une sauce au poivre, et un curry rouge. Après, on nous servira du yaourt frais.

— Si je peux encore avaler quelque chose, répliqua Diana en riant.

— Chez nous, la tradition veut qu'on mange avec les doigts, à l'aide d'une feuille de bananier, expliqua Jonathan en montrant à Diana comment la tenir. Vous pouvez aussi manger avec des couverts, mais comme ça, c'est plus authentique. » Lorsque la main de Jonathan effleura celle de Diana, ils se regardèrent un instant. L'ambre de ses yeux paraissait plus foncé, presque brun, et Diana eut l'impression de s'y perdre. Mais elle se rappela aussitôt à l'ordre et, lorsqu'elle avala sa première bouchée, son trouble fut balayé par une sensation qu'elle n'avait encore jamais éprouvée.

Lorsqu'elle rentra à l'hôtel un peu après minuit, Diana se sentait légèrement bizarre. Cela n'avait rien à voir avec l'excellent repas, ni même avec Jonathan qui avait été un guide très sympathique et prévenant d'un bout à l'autre de la soirée. Le fait qu'elle se soit ouverte à lui, qu'elle lui ait confié son secret, lui donnait l'impression de comprendre mieux les choses, même si elle n'en savait pas plus qu'avant.

Jonathan lui avait promis de se renseigner le lendemain sur les devins Nadi. Elle était impatiente d'avoir de ses nouvelles.

Après qu'ils avaient échangé leurs adresses e-mails, il l'avait reconduite à son hôtel. En silence, chacun perdu dans ses pensées, ils avaient traversé la ville. Diana n'avait cessé de regarder Jonathan du coin de l'œil. Des questions aussi absurdes que : Va-t-il au fitness ? Combien chausse-t-il ? Comment est son appartement ? lui étaient passées par la tête et, pour un peu, elle se serait cru revenue à l'école, à l'époque où toutes les filles rêvaient du garçon plus âgé qui pouvait déjà faire du vélomoteur et qui était un as du sport.

Et maintenant, alors que la chaleur de la douche inondait son corps, Jonathan ne lui sortait pas de la tête. *Depuis quand n'as-tu pas autant pensé à un homme ?* Elle prit alors conscience qu'elle avait rayé Philipp de ses pensées depuis son arrivée à Colombo. Et elle se reprocha de lui permettre de s'y immiscer à nouveau.

Lorsqu'elle se glissa sous la couverture légère, le regard braqué sur les lumières du port, une profonde nostalgie l'envahit. Depuis quand Philipp et elle n'avaient-ils pas fait l'amour ? Ces derniers mois, le sexe lui était apparu plutôt comme un exercice imposé, calé entre les rendez-vous professionnels et les courses. Elle n'en avait pas souffert jusqu'au jour où elle avait découvert son infidélité. Cette découverte ainsi que la maladie d'Emmely l'avaient si bien détournée du sujet qu'elle ne prêtait plus attention à ses sensations physiques.

Mais ici, loin de son pays, dans une atmosphère baignée d'odeurs exotiques, au contact d'un air qui lui donnait l'impression de pouvoir s'évaporer à tout moment et d'être emportée par le vent au-dessus de la palmeraie, cette conscience lui revenait. Elle sentait le sang battre dans ses veines, son cœur frapper régulièrement contre sa poitrine et son estomac frémir, quand elle pensait à l'homme avec qui elle venait de dîner. Cette seule soirée lui avait apporté plus que la vie avec Philipp ces derniers mois. Et, secrètement, elle se réjouissait de revoir Jonathan Singh, même si elle se disait qu'il était tout simplement serviable et sympathique et qu'elle ne le reverrait jamais à partir du moment où elle aurait accompli sa mission sur cette île.

Lorsqu'elle finit par s'endormir, il commençait à faire jour sur le Galle Face Green. Elle se réveilla vers 10 heures, lorsque la lumière claire du matin inonda son visage. L'air était encore plus chaud, le vrombissement profond de la corne de brume des pétroliers résonnait dans le port. Dans les rayons du soleil qui traversaient la fenêtre, de petites particules de poussière dansaient comme autant de petits vers luisants. Diana se leva en souriant et sentit aussitôt la petite piqûre d'impatience au creux de son estomac. Elle se demanda s'il avait déjà écrit.

Elle eut du mal à se retenir de ne pas sauter tout de suite sur son ordinateur pour consulter ses e-mails. Impossible qu'il ait écrit, se dit-elle. Il a du travail.

Après une douche rafraîchissante et un bon petit déjeuner, Diana décida d'aller faire un tour sur la promenade.

« Mademoiselle Wagenbach ? »

Lorsque Diana se retourna, la dame de la réception lui souriait gentiment. « Excusez-moi, quelqu'un a déposé cette lettre pour vous tout à l'heure. Je viens d'appeler votre chambre, mais vous n'y étiez plus. »

Une lettre pour moi ? pensa Diana étonnée. *M. Green m'aurait-il écrit ? Non, la poste n'est certainement pas aussi rapide que ça.*

Lorsqu'elle s'approcha du comptoir, la réceptionniste lui tendit une grosse enveloppe au logo de l'hôtel. Elle était fermée à l'aide d'une cordelette. Dedans, il y avait une autre enveloppe plus petite, pleine à craquer, de couleur crème – et non ornée des lignes rouges et bleues caractéristiques du courrier par avion.

Elle remercia, puis monta la lettre dans sa chambre et la posa sur le bureau. Il n'y avait que son nom dessus. L'écriture sobre ne manquait pas d'élégance.

Après avoir caressé le papier du bout des doigts, elle prit le coupe-papier et l'ouvrit.

Le papier céda et laissa entrevoir une liasse de feuilles. À l'odeur, elle sentit que c'était des photocopies. Sur le dessus du paquet, il y avait une carte toute simple dont l'écriture laissait deviner des influences anglaises et tamoules à la fois.

Chère miss Wagenbach,

Merci pour cette charmante soirée qui m'a tellement inspiré qu'en rentrant à la maison, je me suis immédiatement mis à la recherche d'un Nadi reader. *Après avoir réveillé un ami qui m'a demandé si je n'étais pas fou, j'ai appris qu'un homme qui s'y connaissait en tamoul ancien vivait dans un petit village du nom d'Ambalangoda. Mon ami n'a pas pu me révéler son nom, mais je suis sûr qu'il n'y a pas beaucoup de gens comme lui dans la région.*

Je propose que nous nous retrouvions demain matin très tôt devant l'hôtel si vous êtes d'accord pour ne pas partir seule. Auquel cas, je vous prierais de m'envoyer un e-mail.

Je vous joins une carte où j'ai indiqué le village. Si vous le voulez, vous pourrez aller ensuite à Nuwara Eliya. Là, vous trouverez votre plantation. Les documents sont dans l'enveloppe.

J'espère vraiment que vous continuerez à m'associer à cette aventure, miss Holmes.

Votre dévoué
Jonathan « Watson » Singh

Après avoir retourné la carte trois fois, Diana comprit qu'il avait été assez fou pour passer le reste de la nuit à se démener pour elle. Bien qu'elle fût calme, son cœur battait comme si elle venait de piquer un sprint. Ses mains étaient glacées. Elle feuilleta les papiers et ouvrit la carte. Son intention d'aller marcher le long de la promenade tomba à l'eau et elle sut qu'elle allait passer toute la journée devant ces documents pour les assimiler au maximum.

Mais d'abord, elle devait répondre à Jonathan.

Après s'être assise à son bureau, elle alluma son ordinateur et écrivit un e-mail.

Cher monsieur Singh,

Je ne savais pas que vous aviez un faible pour Conan Doyle ! Après l'échantillon très impressionnant de votre travail de détective, pour lequel je vous suis très reconnaissante, je ne peux pas imaginer meilleur accompagnateur pour Ambalangoda que vous. J'espère que vous allez réussir à vous libérer de vos obligations pour m'accompagner, car je crains d'être larguée sans vos connaissances en tamoul.

Très cordialement
Diana « Holmes » Wagenbach

3

Vannattuppūcci, 1887

La chambre que Grace et Victoria devaient partager jusqu'à ce que les autres pièces soient rénovées était d'un style tellement oriental qu'elle aurait pu se trouver dans une maison arabe ou turque. Les ogives des fenêtres étaient ornées de motifs ajourés qui rappelaient ceux d'un sérail. Les rideaux en soie orange vif étaient recouverts de broderies. Ils gonflaient sous la brise chaude qui entrait par la fenêtre grande ouverte. Quelque part, on entendait le tintement d'un carillon. À part cela, la pièce était plutôt sobre et semblait aspirer à la vie.

Le sol était recouvert de dalles ocre. Il y avait un bureau, une armoire en marqueterie précieuse, une commode, deux lits au pied desquels un tapis s'étalait. Les valises avec les effets personnels des deux sœurs s'entassaient au milieu de la pièce.

« Notre oncle avait peut-être installé un harem ici ! », laissa échapper Victoria, après que Mlle Giles fut sortie. L'idée que son oncle indigne se fût peut-être adonné à la polygamie faisait briller ses yeux malicieux.

« Je ne crois pas qu'oncle Richard ait changé de religion, objecta Grace. Il faut être musulman pour pouvoir avoir un harem.

— Qui sait ? Peut-être s'était-il converti ! maintint Victoria, avide de sensations. J'ai entendu papa dire qu'il s'était fait incinérer comme les hindous. Nous ne trouverons pas sa tombe.

— Je ne crois pas pour autant qu'il ait changé de religion. Sa dernière volonté avait certainement des raisons pratiques. Un mort doit se décomposer à une vitesse folle, par cette chaleur. »

Victoria ne se laissa pas impressionner. « Mais qui connaît notre mystérieux oncle ? Même pas toi ! Tu ne l'as jamais vu en chair et en os, parce qu'il n'est jamais revenu en Angleterre après avoir quitté le manoir des Tremayne. »

Elle avait raison. Leur oncle Richard était à peine plus qu'un portrait accroché dans un des couloirs du manoir. Un homme aux cheveux bruns, au regard gris, plutôt engageant. On aurait dit que le col haut de sa chemise l'étranglait. Personne ne l'avait vraiment connu, d'après ce que disait son père, même pas lui ni son grand-père. Sa décision d'aller tenter sa chance à Ceylan vingt-cinq ans plus tôt avait horrifié tout le monde et poussé chacun à parler le moins possible de lui, pour ne pas inciter d'autres Tremayne à partir pour le vaste monde contre l'avis du patriarche.

Victoria bondit tout à coup, tendit les bras et se mit à virevolter. « Cela ne serait-il pas excitant de vivre dans un harem ?

— Plutôt ennuyeux », répondit Grace, submergée aussi par l'envie de danser. L'enthousiasme de Victoria était contagieux. Mais pouvait-elle le faire ? Elle avait dix-huit ans et, maintenant, elle était une adulte. Elle se mit à rêver. « Tu passes ta journée allongée sur des coussins en soie, tu écoutes des histoires sans pouvoir les vivre toi-même. Pour toute compagnie, tu as de gros eunuques en pagne qui te demandent toute la journée ce que tu désires. Sans parler des intrigues ourdies par les autres femmes. » Choquée, elle prit conscience que son image des harems aurait pu sortir tout droit d'une des nouvelles à six pence de Victoria.

« Mon mari serait un riche sultan qui me couvrirait de cadeaux et me gâterait, car je serais sa femme préférée ! » Victoria tournait toujours sur elle-même. Au lieu d'être prise de vertige, elle avait l'air d'avoir de plus en plus de plaisir à danser.

« Et d'où sais-tu tout cela ? lui demanda Grace en se levant d'un bond.

— Je me regarde tous les matins dans mon miroir qui me dit que je suis assez belle pour être la femme préférée d'un cheik.

— Tu ne te trouves pas un peu vaniteuse ?

— Certainement, mais les autres aussi le sont. Viens, fais comme moi, Grace, c'est comme si on volait ! »

Grace n'hésita qu'un instant. Tout adulte qu'elle était, toutes les barrières tombaient quand elle était avec sa petite sœur et elle avait l'impression d'avoir encore quatorze ans. Elle se mit à tourner sur elle-même. De plus en plus vite. Le vertige qu'elle ressentait était délicieux et il lui donna au bout d'un moment l'impression de voler.

« Mesdemoiselles ! »

Le ton réprobateur de la voix de Mlle Giles les arrêta immédiatement. Chancelantes, elles parvinrent tout juste à s'enlacer avant de tomber par terre.

Leur gouvernante secoua la tête en signe de désapprobation. « Vous devriez avoir d'autres choses à faire que de vous adonner à de tels enfantillages ! Votre mère demande si vous êtes prêtes pour le thé. »

Haletantes, riant toujours, les deux sœurs se relevèrent.

« Mais bien sûr, mademoiselle Giles, répondit Grace qui ne s'était pas sentie aussi légère depuis bien longtemps. Auriez-vous l'amabilité de nous sortir des robes de nos valises ? Vous savez bien que maman déteste nous voir prendre le thé en habits de voyage. »

En secouant la tête, la gouvernante ouvrit la malle et commença à fouiller.

Grace ne trouva pas le sommeil cette nuit-là à cause de tous les bruits étranges qui pénétraient par la fenêtre. Il était impossible de fermer complètement les volets à cause de la chaleur. L'air de la nuit apportait un peu de fraîcheur. Elle entendit le chant des oiseaux de nuit et les appels des singes au loin. Elle perçut aussi le bruissement des feuilles et des herbes. Lorsqu'elle en eut assez de se tourner dans tous les sens, elle se mit sur le dos et fixa les rideaux dont les couleurs semblaient avoir passé à la lumière de la lune. Ils se gonflaient sous le souffle du vent, comme les voiles abandonnés d'une reine des fées. Parfois, un des motifs brillait légèrement. Comme Grace l'avait remarqué, les broderies étaient faites en partie avec des fils d'or. Lorsqu'elle avait fait part de sa découverte à Victoria, sa petite sœur avait ajouté : « Seule la reine a probablement de tels rideaux. »

Tout à coup, Grace eut envie de se lever et de regarder par la fenêtre. Peut-être y avait-il quelques animaux exotiques qui traversaient le jardin la nuit. Ou des serpents. Elle n'en avait pas vu sur la route, mais en ville, dans le panier d'un jeune charmeur de serpents. Un frisson la parcourut quand elle repensa à la façon dont il avait calmé le cobra courroucé qui sifflait et comment il l'avait fait danser. Était-ce utile d'avoir toujours une flûte sur soi au cas où il y aurait un cobra ?

Grace tira un des poufs près de la fenêtre et s'assit dessus. Les rebords de fenêtres étaient tellement bas que, même assise, elle pouvait embrasser du regard une grande partie du jardin.

Bien que personne ne pût la voir, Grace recouvrit sagement ses jambes croisées avec sa chemise de nuit et contempla la lune qui ressemblait à un gigantesque ver luisant au-dessus de la cime des arbres.

En Angleterre, elle n'avait jamais cet aspect. La plupart du temps, elle était entourée d'une brume qui annonçait la pluie. Mais ici, elle brillait comme une meule de fromage hollandais sans que le ciel en perdît sa pointe de violet.

Tout à coup, elle vit quelque chose passer rapidement au-dessus des arbres. Grace pensa d'abord que c'était un oiseau, mais ses mouvements étaient bien trop fébriles.

Elle se dit que cela devait être une chauve-souris ! Même dans le manoir des Tremayne, il y en avait le soir, mais elles étaient moitié moins grosses. Elle fut parcourue d'un frisson agréable, celui-là même qu'elle avait quand elle lisait des récits d'épouvante. Ces grosses chauves-souris étaient-elles des vampires qui suçaient le sang ? Ou des roussettes qui, en Inde, pendaient des arbres par colonies entières ?

Grace nota d'en parler à Victoria le lendemain. Cela la passionnerait et elle voudrait sûrement attraper une roussette pour la plus grande frayeur de sa mère.

Lorsqu'elle baissa de nouveau son regard, elle vit quelque chose de blanc briller entre les haies sombres.

Elle pensa d'abord qu'elle s'était trompée, mais elle vit encore quelque chose bouger. Victoria aurait certainement dit que c'était un fantôme, mais Grace distingua une personne qui portait un pantalon bouffant.

Lorsque la lumière de la lune éclaira la silhouette, elle écarquilla les yeux. C'était un homme, un homme torse nu ! Involontairement, elle retint son souffle. Elle n'avait encore jamais vu un homme comme ça. Bien qu'elle sentît le sang lui monter à la tête et que intérieurement, elle entendît la voix impérieuse de Mlle Giles, elle ne put détourner son regard.

L'homme, qui ne savait pas qu'il était observé, avait un long paquet enveloppé d'un tissu sous le bras.

Lorsque Grace reprit son souffle, un rai de lumière éclaira son visage. La moustache et le bouc se détachaient distinctement de la couleur de peau trop claire pour un Tamoul et trop foncée pour un Anglais. Il s'agissait très distinctement du jeune M. Vikrama ! Lorsqu'elle eut l'impression qu'il allait lever la tête, elle disparut aussitôt derrière le rideau.

Où était-il allé ? Et pourquoi portait-il cette tenue qui ressemblait aux reproductions orientales ? Pourquoi n'avait-il ni chaussures ni chemise ? Et que transportait-il ? Son cœur battait à tout rompre et sa respiration lui semblait très forte. En vain, elle essaya d'écouter des pas. Même si son corps n'avait pas réagi aussi violemment, elle n'aurait probablement pas pu entendre quoi que ce soit vu que l'herbe étouffait les bruits.

Lorsqu'elle osa de nouveau regarder derrière le rideau, Vikrama avait disparu mais elle continua à fixer l'endroit où elle l'avait vu, comme électrisée, les joues enfiévrées.

Grace se sentit envahie par le trouble. Elle eut tellement envie de traverser la maison pour voir s'il passait par la cour dans cette tenue qu'elle se leva et sortit de la chambre sur la pointe des pieds.

La maison était calme, à part le léger murmure du vent qui s'engouffrait par les fenêtres ouvertes. Grace traversa le couloir en courant, passa devant la chambre de Mlle Giles qui ronflait doucement et atteignit l'escalier. Elle scruta la cour. Y avait-il quelque chose de blanc ?

Non, ce n'était qu'un puits éclairé par la lune. Derrière, il y avait les écuries, puis les bureaux. Vikrama était-il déjà parti ? Avait-il pris un autre chemin ?

Grace resta un moment immobile derrière les fenêtres du hall. Son cœur battait toujours très fort. Son père avait des employés qui faisaient des choses bizarres la nuit. Devait-elle le lui dire ?

Non, ce n'était pas une bonne idée. Pas avant de savoir ce que tout cela signifiait.

Lorsqu'elle se retourna, son regard tomba sur le tableau avec les deux dieux en train de danser. C'est à ce moment-là qu'elle remarqua qu'ils avaient tous les deux une épée courte ou un couteau dans la main droite et des fleurs dans la gauche. Leur pantalon ressemblait à celui que portait Vikrama et, tout à coup, elle se souvint de ce que M. Cahill avait dit. Vikrama était-il un adepte de l'hindouisme et venait-il d'accomplir quelque rite sacré ? Ou bien avait-il fait quelque chose d'interdit ? Sinon, pourquoi avait-il donc dû disparaître aussi vite ?

Elle fut impatiente de découvrir tout cela. *Peut-être devrais-je commencer par observer Vikrama pendant la journée*, songea-t-elle. Elle se glissa dans sa chambre avec cette résolution en tête et se recoucha après avoir jeté un œil par la fenêtre. Elle ne vit personne d'autre.

Après avoir réussi à s'endormir, Grace fut réveillée à l'aube par le cri des perroquets. Comme elle ne voulait pas rester au lit, elle alla jusqu'à la cuvette et ôta sa chemise de nuit. L'eau avait agréablement tiédi pendant la nuit. Lorsqu'elle y plongea ses mains, un papillon se posa sur le bord du récipient comme s'il n'y avait pas de meilleure place au monde. Grace ne fit plus le moindre geste, par peur de le mouiller. M. Norris affirmait que l'eau pouvait abimer les ailes des papillons. C'était la raison pour laquelle ils les refermaient dès qu'il pleuvait.

L'insecte ne semblait pas craindre l'eau. Il ouvrait et refermait ses ailes bleu et noir. C'était un magnifique papillon qui aurait fait la joie de n'importe quel botaniste – même de Victoria. Mais Grace ne put se résoudre à la réveiller et à le condamner à une mort certaine. Alors qu'elle faisait couler l'eau sur ses bras, elle observa le papillon jusqu'à ce qu'il se décidât à repartir. Elle le regarda s'envoler, fascinée, touchée par une grâce singulière qu'elle n'aurait jamais imaginée ici.

Après avoir terminé sa toilette, elle s'assit à la fenêtre et contempla le brouillard qui recouvrait la plantation comme un édredon. La lumière du matin lui donnait une tendre couleur bleutée, inimaginable en Angleterre. Aucun bal à Londres, aucune robe, si belle fût-elle, n'aurait pu lui faire davantage d'effet. Elle sentait la paix, le calme, déjà un sentiment de sécurité, autant de choses qu'elle n'avait quasiment jamais ressenties dans la maison familiale et qu'elle jugeait alors secondaires.

Quand le brouillard céda la place au soleil et que Victoria commença à bouger, Grace s'éloigna de la fenêtre, bien décidée à ne plus regretter la magnificence passée, mais à la chercher ici – et à retrouver ce sentiment sublime des premières heures de la journée.

« Après le petit déjeuner, nous allons traverser le jardin pour aller jusqu'au bureau de papa ! proposa Grace à sa sœur encore tout endormie en lui brossant les cheveux.

— Et qu'est-ce que ça va nous apporter ? répondit celle-ci, de mauvaise humeur. Je préférerais attraper des perroquets.

— Pour ça, il te faut un filet.

— Il y a certainement quelqu'un ici qui peut m'en fabriquer un, insista Victoria en se frottant les yeux.

— Même quand tu auras un filet, tu ne sauras pas où attraper les plus beaux spécimens.

— Cela me suffirait si je pouvais attraper le bleu qui était magnifique. »

Grace l'observa dans le miroir, souleva un sourcil, comme son père faisait de temps en temps quand il doutait de quelque chose. « Vraiment ? Mais qu'en sais-tu, il y en a peut-être d'autres ? Des violets, par exemple ?

— Je n'aime pas le violet, râla Victoria. Sinon, je me serais acheté cette améthyste dans Chatham Street. » Elle montra le prétendu saphir qu'elle avait posé devant le cadre doré de son chien mort, Oscar.

« Mais tu aimes le rouge et l'orange, objecta Grace alors qu'elle avait presque terminé sa natte. Peut-être même que tu vas en trouver un aux couleurs de l'arc-en-ciel.

— Tu penses qu'il y en a ? » La curiosité faisait briller les yeux de Victoria.

« C'est sûr ! Il ira certainement très bien avec ton perroquet bleu dans une volière.

— Une volière ? Mais ne met-on pas les perroquets en cage ?

— Oui, mais dans une volière, on peut en avoir davantage. Et ils ne passent pas à travers les barreaux. » Tout à coup, Grace se rappela une chose qu'elle aurait presque oubliée. « En plus, il y a certainement des roussettes ici. M. Norris en a déjà parlé, non ? »

Les yeux de Victoria pétillèrent.

« Des roussettes ! Bien sûr qu'il en a parlé. Il y a longtemps déjà ! Elles sont censées habiter dans les arbres et tomber sur leurs proies qui ne se doutent de rien.

— Tu ne penses pas qu'elles dorment la journée ?

— Oui, mais c'est la nuit qu'elles tombent sur leurs proies. » Le geste théâtral que Victoria fit pour souligner ses mots fit presque rire Grace.

« D'accord, on va faire une promenade après. Comme ça, tu pourras écouter aux fenêtres de papa.

— Merci, sœurette, tu ne vas pas le regretter ! »

En souriant de satisfaction, Grace releva la natte de sa sœur en chignon. Elle aurait pu y aller sans Victoria, mais elle avait besoin d'un alibi. Si on la remarquait, elle pourrait dire qu'elle était allée se promener dans le jardin avec Victoria et qu'elles s'étaient retrouvées par hasard là où son père se promenait avec le jeune homme.

Elle eut une drôle de sensation au ventre en repensant à ce qu'elle avait observé la nuit précédente. Depuis qu'elle était réveillée, elle n'avait cessé de récapituler la scène et s'était souvenue chaque fois de plus en plus de détails. L'arrondi de ses muscles, ses mollets forts, ses cheveux noirs ébouriffés…

« Pourquoi rougis-tu tout à coup ? demanda Victoria en l'arrachant à ses pensées. As-tu des pensées indécentes ? »

Parfois, Grace trouvait cela presque inquiétant que sa sœur la connaisse au point de pouvoir interpréter ses moindres expressions.

« Non, bien sûr que non ! se défendit-elle en baissant les yeux pour éviter que Victoria ne demande s'il n'y avait pas un homme derrière tout ça. Ne bouge plus, maintenant, je vais attacher ta natte avec des épingles. »

Selon la tradition familiale, le petit déjeuner fut pris dans la salle à manger. Les domestiques ne le montaient dans les chambres qu'en cas de maladie ou le lendemain d'une longue soirée. Henry Tremayne appréciait beaucoup de passer un moment en famille le matin, car il ne rentrait que tard le soir, au plus tôt pour le dîner.

La veille, la pièce était encore très impersonnelle mais, ce matin, des compositions florales blanches et orange ornaient la table. La vaisselle étincelait.

« Apparemment, maman a commencé à tout aménager, remarqua joyeusement Victoria.

— Et elle a dit à M. Wilkes de presser les domestiques », ajouta Grace. Comme s'il avait entendu son nom, le majordome apparut soudain derrière elles.

« Bonjour, miss Grace, miss Victoria. Vous êtes très matinales. J'espère que vous avez passé une bonne nuit.

— Elle a été un peu agitée », répondit Grace en allant à sa place. M. Wilkes se mit derrière elle pour reculer sa chaise et lui permettre de s'asseoir. « Ce n'est pas étonnant, avec ces températures, n'est-ce pas ?

— Vous avez complètement raison, fit Wilkes d'un air entendu, puis il se tourna vers Victoria pour l'aider aussi à prendre place.

— Comment avez-vous dormi, monsieur Wilkes ? », lui demanda-t-elle sans complexe. Grace savait à quel point Victoria aimait décontenancer le très sérieux majordome. Habituellement, les personnes de haut rang ne s'occupaient pas des petites affaires de leurs domestiques.

« Très bien, miss Victoria, répondit-il après une courte pause, puis il se tourna de nouveau vers Grace.

— Puis-je déjà vous faire apporter quelque chose ?

— Du cacao, cela ne serait pas mal. Qu'en penses-tu, Victoria ? Ça nous permettra de mieux faire descendre le porridge et les toasts. »

Victoria tapa dans ses mains. « Oh oui ! Du cacao, ça serait bien, monsieur Wilkes. »

Visiblement content qu'on ne lui pose pas davantage de questions personnelles, le majordome quitta la salle à manger.

Ce matin-là, Henry Tremayne arriva à la table du petit déjeuner l'air affairé. Claudia semblait abattue. Alors que Victoria buvait son cacao à la petite cuillère et que Grace était perdue dans ses pensées, elle se plaignit de la chaleur dans sa chambre et de la lourdeur de l'air. Elle dit que, si cela continuait, elle aurait probablement la migraine ces prochains jours.

Le petit déjeuner que la cuisinière avait préparé était riche en fruits exotiques. Il y avait aussi une sorte de gâteau et du yaourt.

Grace et Victoria cherchèrent en vain le porridge. Tout comme Henry qui feuilletait le journal que Wilkes lui avait procuré la veille.

« Richard a laissé s'installer d'étranges coutumes ici. Nous devrions dire à la cuisinière de s'adapter dès à présent à nos coutumes pour le petit déjeuner.

— Moi, je trouve que les mangues sont délicieuses, remarqua Victoria en mangeant bruyamment, ce qui lui valut un regard désapprobateur de sa mère.

— C'est peut-être un repas adapté aux gens d'ici, mais nous allons nous abîmer l'estomac avec ces aliments étranges. Qui sait ce que sont ces fruits ? »

Lorsque Grace regarda Victoria, celle-ci roulait des yeux. Elle dit : « Mais maman, goûte, elles sont très sucrées ! En plus, les domestiques n'ont certainement pas l'intention d'empoisonner leurs maîtres, si ? »

Claudia respirait bruyamment, comme si elle voulait prouver le contraire, puis elle se laissa aller à goûter un morceau de ce gâteau bizarre.

Après le petit déjeuner, Grace et Victoria se retirèrent avant de se faire happer par Mlle Giles – probablement était-elle en train de rêver de M. Norris. Puisque leur père n'était pas encore à son bureau et qu'il allait s'écouler un moment avant qu'il fît le tour du propriétaire, les deux sœurs disparurent dans l'un des couloirs encore inexplorés de la maison.

« Tu crois qu'elle peut nous trouver ici ? chuchota Victoria alors qu'elle regardait constamment par-dessus son épaule comme si elles étaient deux espionnes en fuite.

— Bien sûr que non. Nous n'avons pas encore visité cette partie de la maison, et tu sais très bien qu'elle est un peu trouillarde.

— Oui, mais je pensais que c'était seulement pour que M. Norris vienne à son secours.

— Je t'assure qu'elle ne nous trouvera pas ici. »

Et elle se dit que M. Vikrama n'arriverait qu'une demi-heure plus tard.

Alors qu'elle s'aventurait dans la maison, Grace dut avouer que même elle sentait l'angoisse la gagner. Les pièces dans lesquelles elle et sa famille avaient emménagé étaient toutes rénovées et elles étaient claires. Mais il y en avait encore beaucoup d'autres qui étaient restées telles quelles depuis l'accident de leur oncle inconnu.

« Peut-être allons-nous rencontrer l'esprit de notre oncle, chuchota Victoria en allant droit au but.

— C'est absurde, les esprits n'existent pas ! », objecta Grace, même si le murmure du vent était un peu différent ici.

Après être passées devant deux portes sans les ouvrir, la curiosité triompha.

Prudemment, elles poussèrent un des grands battants en marqueterie sombre. Devant leurs yeux étonnés, elles découvrirent le fumoir. Les fauteuils et le canapé sous les fenêtres étaient protégés par des draps tout comme les deux grandes vitrines et le bureau. Il y avait aussi une table de billard, un piano et un énorme globe terrestre qui, lui, n'était pas recouvert, comme si on l'utilisait de temps en temps.

« Ne trouves-tu pas cela bizarre qu'il n'y ait jamais eu une maîtresse de maison ici ? demanda Victoria en laissant courir sa main sur le piano dont le drap avait un peu glissé. Sais-tu si l'oncle Richard a été marié ?

— Hier, tu voulais lui attribuer un harem, répondit Grace en se moquant.

— C'était seulement pour rire. Même s'il était la brebis galeuse de la famille, il n'a pas dû tomber aussi bas, non ? »

Grace secoua la tête en observant le magnifique globe terrestre. Il était dépassé depuis longtemps, car Ceylan y figurait encore comme colonie hollandaise. « Il n'a probablement jamais trouvé de femme qui lui ait plu. Tu connais les histoires de papa. Son frère a toujours été assez têtu.

— Ou alors, il avait une maîtresse qui ne correspondait pas à son rang ? »

Grace se redressa brusquement. « Tu ne devrais pas encore savoir ce genre de choses !

— Et pourquoi pas ? Il y a beaucoup d'hommes qui tombent amoureux de femmes qui ne sont pas de leur rang.

— Mais pas oncle Richard. Il n'avait que le travail en tête et pas de temps, même pour sa famille.

— Apparemment, il n'était pas complètement hostile au plaisir », dit Victoria qui, l'air sûre d'elle, désigna l'énorme forme recouverte d'un tissu. « Pourquoi se serait-il offert un billard, alors ? »

Avant même que Grace eût pu la retenir, Victoria le découvrit. Il n'y avait rien de pareil chez les

Tremayne, parce que M. Tremayne senior était d'avis qu'on ne pouvait trouver ce genre de divertissements que dans les pubs et les bordels. Que l'on jouât aussi au billard dans son propre club réservé aux hommes, il l'ignorait volontairement.

En poussant une exclamation d'étonnement, Victoria caressa le tapis vert qui recouvrait la table. De nombreuses éraflures montraient à quel point on avait joué. Mais il n'y avait ni les billes en marbre ni les queues.

« Peut-être devrions-nous faire une partie pour avoir l'impression d'être débauchées ! proposa Victoria.

— Et avec quoi veux-tu jouer ? » Grace montra la table vide.

« Les billes sont certainement dans l'une des armoires. Je vais regarder.

— Victoria ! », cria Grace derrière elle, mais Victoria se mit à ouvrir les portes les unes après les autres. Comme elle ne pouvait arrêter sa sœur sans mettre sa promenade en jeu, elle la laissa faire et se dirigea vers une petite commode à côté de la fenêtre. Là, il n'y avait certainement pas de billes de billard. En fait, elle détonnait ici. Comme si on l'avait déplacée d'une autre pièce pour la poser là. C'était d'autant plus probable que la commode n'était pas recouverte.

Du coin de l'œil, elle perçut un mouvement et se tourna vers les fenêtres. Elle vit passer M. Vikrama de dos. L'examen de la commode attendrait.

« Nous devrions y aller maintenant », dit-elle, subitement envahie par une chaleur intense. Prise d'une singulière impatience.

« Mais pourquoi donc ? dit Victoria en traînant la voix, comme une enfant qui n'avait pas envie de sortir de la salle de jeux.

— Parce que le visiteur de papa est là. Le jeune homme d'hier, l'administrateur.

— C'est donc lui que tu guettais par la fenêtre ? »

Prise sur le fait, Grace inspira un grand coup mais, heureusement pour elle, elle retrouva les autres arguments auxquels elle avait pensé pendant la nuit.

« À cause de lui et à cause de ce qu'il a à raconter. N'as-tu pas entendu qu'il avait proposé à papa de lui parler de la culture du thé ? Je trouve que nous devrions écouter aussi, car nous allons passer un moment ici. »

En quittant la pièce, Victoria lui fit un grand sourire sans rien dire. Elles décidèrent de sortir par la porte de devant.

« Que se passe-t-il ? demanda Grace que le sourire de Victoria agaçait.

— Rien, répondit Victoria innocemment.

— Tu es devenue complètement sotte ? Y avait-il quelque chose d'effrayant dans l'armoire ? »

Victoria ricana doucement en portant la main à sa bouche. « Non, ne te fais pas de souci, sœurette, je n'ai pas perdu la tête. Je me rappelle seulement ta mine renfrognée pendant la traversée et à l'hôtel. Maintenant, tes yeux brillent quand tu parles de la culture du thé. Je savais bien que tu trouverais quelque chose qui te plairait dans ton nouveau pays. »

Grace essaya de se reprendre. « Je n'ai jamais dit que ce pays ne me plaisait pas ! » Elle se redressa et leva le menton. « Je regrette seulement de ne pas pouvoir assister au bal des débutantes devant la reine.

— Ne t'inquiète pas ! » Une lueur malicieuse passa dans les yeux de Victoria. « Je suis sûre que papa trouvera un homme riche pour toi. Ou alors, tu te marieras avec ce M. Vikrama, dont le prénom est une énigme pour tout le monde.

— Oh toi ! » Grace l'aurait bien menacée d'une bonne punition, mais elle entendit le claquement de talons qu'elle connaissait trop bien.

« Mlle Giles ! », murmura Grace. Rien que l'idée de devoir déballer ses bagages toute la journée fit qu'elle se rallia de nouveau à sa sœur. « Viens, disparaissons dans le jardin avant qu'elle ne nous trouve. »

4

Londres, 2008

Cher monsieur Green,

Sur le point de partir pour Nuwara Eliya, au sud du Sri Lanka, je suis heureuse de vous dire que je crois être sur la bonne voie. M. Jonathan Singh, un charmant scientifique et auteur, s'est proposé de m'accompagner dans un village où réside un astrologue Nadi susceptible de déchiffrer la feuille de palmier. Vous n'imaginez pas mon impatience ! Par ailleurs, nous avons découvert que la plantation de mes ancêtres existait encore ! Bien entendu, elle appartient depuis longtemps à de nouveaux propriétaires. C'est maintenant une entreprise publique dont les employés se sont montrés très sympathiques au téléphone, m'autorisant à consulter leurs archives. Peut-être y trouverai-je de nouveaux renseignements concernant Grace et les autres membres de ma famille.

Je ne sais toujours pas ce en quoi consiste ce grand secret, mais le séjour et les recherches ici me font du bien. J'aurais aimé que tante Emmely voie tout cela.

J'espère que vous allez bien.
Veuillez recevoir mes meilleures salutations.

Diana Wagenbach

Le majordome s'adossa à la chaise de bureau avec un soupir de soulagement. Le secret n'avait pas encore été découvert, mais miss Diana était sur la bonne voie. Le déchiffrage de la feuille de palmier et un voyage à la plantation feraient certainement éclater la vérité.

Après avoir survolé la lettre encore une fois, il se rendit dans la cuisine, mit de l'eau à chauffer puis alla dans le bureau où il avait rangé une enveloppe brune. Le dernier indice. Il s'agissait de trouver le bon moment pour la remettre, le but étant de l'aider et non de la troubler encore davantage. Il sortit la photo avec précaution et la contempla un moment, comme si souvent depuis que miss Diana était partie. Lui-même n'en saisissait pas le message, même s'il devait bien avouer qu'elle avait quelque chose d'étrange. Quelles mystérieuses motivations pouvaient pousser quelqu'un à rédiger un tel exergue ? Était-ce le souhait de la personne concernée ?

Heureusement, il existait aujourd'hui des méthodes modernes pour transmettre les informations. Green porta le cliché jusqu'à l'imprimante-scanner en employant autant de précautions que s'il avait porté un plateau de tasses de thé, et le déposa sur la vitre.

Le dernier indice, pensa-t-il, tandis que le rayon lumineux balayait la photo qui apparut peu après sur l'écran de l'ordinateur. Miss Diana allait-elle être capable de résoudre l'énigme du passé ? Et qu'adviendra-t-il d'elle, une fois qu'elle l'aurait déflorée ?

La découverte d'un tel secret ne laissait pas indemne…

Colombo, 2008

Le vieil homme un peu trop prudent conduisait son minibus avec autant de détermination que de lenteur sur la piste sablonneuse ocre rouge. Cette dernière n'était pas sans rappeler à Diana les routes australiennes aux bas-côtés bordés de palmiers et de bambous. À certains endroits, la végétation était si dense qu'elle plongeait la route dans l'ombre. Un peu impatiente, Diana observait Jonathan, manifestement indifférent à la lenteur de leur progression et aux coups de klaxon frénétiques du conducteur chaque fois qu'il croisait un véhicule. Imperturbable, il était plongé dans la lecture d'un journal. Il leva enfin le nez lorsqu'ils manquèrent de percuter un tuk-tuk déboulant comme une flèche d'une rue perpendiculaire.

« Peut-être qu'un autre chauffeur aurait été préférable », souffla Diana à Jonathan lorsqu'elle fut remise du choc.

Jonathan replia son journal. L'œil brillant, il sourit. « Tous les gens d'ici vous conseilleront d'engager un chauffeur âgé. Les jeunes roulent de façon plus décidée.

— Suicidaire, vous voulez dire !

— En dehors de la ville, ils prennent encore plus de risques parce qu'ils pensent avoir davantage de place. Les gens d'ici parlent de *Colombo Driving*. Vous vous imaginez pourquoi.

— Oh oui ! Je m'en rends compte depuis que je suis ici.

— Je vous assure qu'avec M. Gilshan, nous sommes plutôt bien lotis.

— À ce rythme-là, il fera nuit quand nous arriverons au village !

— Oui, et alors ?

— Et alors ? s'étonna Diana. Vous devez certainement rentrer à Colombo !

— Oh ! pas aujourd'hui ! Ni demain, d'ailleurs. Vous allez bien vouloir visiter la plantation, non ?

— Oui, mais…

— Je me suis octroyé une semaine de vacances, l'interrompit-il calmement. Je suis indépendant, cela ne pose pas de problème. »

Prise de court, Diana écarquilla les yeux sans piper mot.

« Cela vous convient-il ? J'ai pensé que vous auriez aussi besoin d'un peu d'aide à Nuwara Eliya.

— Mais votre livre ! Et puis je ne suis qu'une étrangère pour vous ! »

Singh secoua la tête. « Avez-vous oublié que vous m'avez raconté toute l'histoire de votre famille ? J'ai promis à Michael de vous aider et, en tant qu'historien, vos recherches m'intéressent. À moins que je ne vous encombre, bien entendu. »

Diana pencha la tête, gênée. « Je ne sais comment vous remercier. Vous sacrifiez votre temps libre pour moi au lieu de le passer avec votre famille.

— Je ne suis pas marié, répondit-il gravement. Plus maintenant.

— Que s'est-il passé ? demanda-t-elle sans réfléchir avant de se reprendre. Excusez-moi, cela ne me regarde pas.

— Je vous en prie, répondit Jonathan, mais l'ombre sur son visage ne disparut pas. Nous sommes devenus des étrangers l'un pour l'autre, comme on le dit si bien. Cela peut paraître bizarre, après cinq ans de mariage, mais c'est ainsi. Elle désirait faire carrière dans l'informatique, et je voulais me consacrer à ma passion et me rapprocher du pays de mes ancêtres. Dans l'impossibilité de trouver un compromis, nous nous sommes séparés.

— Vous avez des enfants ?

— Une fille. Elle vit à Delhi avec sa mère.

— Vous la voyez de temps en temps ?

— Oui, les jours fériés, je prends l'avion pour Delhi et je lui rends visite. Je la vois aussi pendant les vacances. Ne vous faites pas de souci pour notre excursion, ce n'est pas du temps volé à Rani. » Son visage s'éclaira enfin. « Et puis, on n'a pas toujours l'occasion de partir en exploration avec une Anglo-Allemande ! Vous êtes l'une des personnes les plus intéressantes que j'ai rencontrées ces derniers mois.

Et ça veut dire quelque chose ! Quand je travaillais au musée, je côtoyais les présidents ! »

Diana se réjouit intérieurement. Si elle avait secrètement espéré que Jonathan l'accompagnerait jusqu'à la plantation, elle n'avait pas osé compter dessus.

Le trajet pour Ambalangoda se termina sans heurts et le chauffeur les déposa près de baraques de pêcheurs entourées de palmiers.

Heureuse de descendre de voiture, Diana regarda autour d'elle. Une musique assez forte à laquelle se mêlaient des voix lui parvenait de loin.

« Manifestement, nous arrivons à point pour la fête, déclara Jonathan en tendant l'oreille. Une cérémonie de village, sans doute.

— Nous n'arrivons peut-être pas au bon moment, alors ?

— Au contraire, nous allons gagner du temps. Si tout le village est réuni, nous avons toutes nos chances de trouver rapidement notre devin Nadi. »

Après avoir dépassé un certain nombre de maisons vidées de leurs habitants, ils atteignirent l'endroit d'où provenaient la musique et les rires.

Une multitude de femmes en saris aux couleurs vives et d'hommes en sarongs étaient rassemblés devant une maison richement décorée. Une limousine rutilante, contrastant étrangement avec le paysage, semblait patienter un peu plus loin.

« Oh ! quelle chance ! s'écria Jonathan. C'est un mariage. Les jeunes mariés sont certainement sur le point de partir pour la cérémonie du Poruwa. »

S'éloignant de Diana, il se dirigea spontanément vers les invités qui ne se montrèrent nullement agacés par sa présence. Ils engagèrent la conversation en se retournant de temps en temps vers Diana restée discrètement en retrait.

Jonathan la rejoignit enfin avec un large sourire. « Ils nous invitent à la fête qui aura lieu plus tard. Nous devrions rester un moment, vous ne croyez pas ?

— Qu'en est-il de l'astrologue Nadi ?

— Nous n'avons pas de chance. A. Vijita est entré à l'hôpital il y a quelques jours. Ce n'est pas étonnant, à quatre-vingt-cinq ans. »

Aussitôt, des images de sa tante reliée à des appareils remontèrent à l'esprit de Diana. « J'espère que ce n'est pas trop grave.

— Dasmaya, la personne avec laquelle je viens de parler, pense qu'il va s'en remettre. En revanche, cela risque de durer un moment. »

Bien entendu, cela chamboulait leurs plans, sans compter qu'il était possible qu'il ne revînt jamais.

Jonathan perçut sa déception : « Les villageois semblent convaincus que les dieux l'aideront à s'en sortir. Suivons leur exemple. Le vieil homme est considéré comme une sorte de saint, ici. Si lui n'est pas en bons termes avec les dieux, qui d'autre pourrait l'être ?

— Et s'il meurt ?

— Nous trouverons de l'aide auprès de quelqu'un d'autre. Mais il faut rester optimistes, c'est le meilleur moyen d'aider Vijita. »

Les réticences de Diana quant à la noce disparurent à mesure que la fête battait son plein. Elle ne tarda pas à se retrouver assise sur un canapé en rotin recouvert de fleurs, à côté des mariés, comme un membre de la famille. Soudain, un murmure accueillit l'arrivée d'un groupe de moines bouddhistes dont les robes orange contrastaient avec leur peau brune. S'éventant avec des feuilles de palme, ils s'avancèrent vers les jeunes mariés pour les bénir. En remerciement, ceux-ci leur lavèrent les pieds et les invitèrent à partager leur repas.

Diana ne pouvait en détacher son regard. Elle avait vu des moines bouddhistes dans des films, mais jamais en chair et en os.

Lorsque les hommes eurent terminé, ils entonnèrent leurs chants rituels que les invités écoutèrent avec recueillement. Beaucoup avaient adopté la position du lotus que Diana était bien incapable d'imiter.

À la fin du repas, les moines se levèrent. L'un d'eux prononça quelques mots invitant chacun à venir s'agenouiller devant lui pour recevoir un ruban blanc, noué autour de son poignet.

Diana hésita. Avait-elle le droit de se laisser bénir ? Après tout, elle n'était pas bouddhiste…

« Acceptez ! l'encouragea Jonathan à voix basse. Ils prendront cela pour une marque de respect, cela ne peut pas vous faire de mal que d'être bénie par ces hommes. »

Diana s'agenouilla et regarda le moine au visage strié d'une multitude de rides. Souriant, il signa son front de ses mains jointes, puis il lui noua un ruban blanc autour du poignet.

« Ça porte chance, lui chuchota Jonathan une fois qu'il eut également reçu un ruban blanc. Vous allez en avoir besoin pour votre recherche. »

Diana répondit d'un petit signe de tête puis elle considéra son poignet en songeant au devin qu'elle ne connaissait pas. Tant de choses dépendaient de sa guérison !

5

Vannattuppūcci, 1887

Henry Tremayne eut une drôle de sensation quand il pénétra dans le bureau de son frère. Une partie de l'esprit de Richard semblait être encore là, comme s'il venait seulement de quitter la pièce pour faire le tour de la plantation. Henry eut un petit sourire amer. Il avait passé toutes ces années à détester son frère parce qu'il n'avait pas endossé ses responsabilités vis-à-vis de sa famille. En découvrant ses habitudes à travers son mode de vie, ses livres et ses objets posés sur la table en acajou, il éprouvait presque de la tendresse pour lui.

Il ne connaissait que trop bien la raison de son ressentiment contre lui.

Henry avait toujours rêvé de devenir scientifique, chimiste ou physicien. Malheureusement, son père était mort très peu de temps après la fin de ses études à Eton, et Henry s'était bientôt vu contraint de reprendre les affaires et le manoir des Tremayne. Durant toutes ces années, c'est avec une certaine rancune qu'il avait imaginé son frère jouissant de sa liberté dans un pays exotique, vivant des aventures qui lui resteraient à jamais étrangères, parce qu'il portait les responsabilités familiales qui auraient dû incomber à son aîné.

Henry fut arraché à ses pensées par quelques coups frappés à la porte. Un coup d'œil à la pendule lui indiqua que c'était l'heure de son rendez-vous.

« Entrez ! », cria-t-il en se postant derrière le bureau.

M. Vikrama se raidit visiblement en pénétrant dans le bureau de son ancien patron, puis il inclina la tête en signe de salut. « Bonjour, sir, j'espère que vous avez passé une bonne nuit. »

Tendant la main au jeune homme, Henry s'exclama : « Je ne peux que vous répéter que ce que j'ai dit ce matin à mon majordome : j'ai dormi comme une pierre. Je ne me serais pas senti mieux dans les bras de ma mère. » Son interlocuteur esquissa un sourire mais son regard sembla attiré par quelque chose, de l'autre côté de la fenêtre. Henry se retourna pour suivre son regard mais ne vit rien.

« Je suis heureux de l'entendre, sir, dit Vikrama en reprenant son sérieux. Certains Européens ont parfois du mal à s'adapter à notre climat.

— Nous avons eu le temps de nous y faire à Colombo. La première nuit que j'ai passée dans ce pays, j'étais tellement fatigué que j'aurais pu dormir à côté d'une turbine de bateau. Mais asseyez-vous donc. »

Henry lui indiqua la chaise devant le bureau. Vikrama s'assit avec une souplesse que lui-même avait perdue depuis longtemps.

« Si je comprends bien, vous êtes une sorte de contremaître, sur la plantation.

— Oui, on peut le dire comme ça. Dans sa bonté, votre frère m'a confié cette tâche. »

Henry l'observa un moment. Il avait peine à croire que ce jeune homme cultivé et manifestement intelligent soit le fils d'un ouvrier et d'une Tamoule !

« Depuis quand étiez-vous au service de mon frère ?

— Depuis l'âge de quatorze ans, répondit Vikrama. Mais je vis sur cette plantation depuis mon enfance. Ma mère y travaillait comme cueilleuse. Sir Richard m'a envoyé à l'école avec d'autres enfants pour que nous apprenions à lire et à écrire. Il pensait que des ouvriers avisés lui seraient d'une meilleure utilité que des gens incultes – surtout dans un domaine aussi délicat que le thé. Je crois que c'est M. Taylor qui lui a donné cette idée, la personne à qui il avait acheté ses premiers plants de thé. »

Henry se souvint que Richard avait évoqué ce James Taylor dans une de ses premières lettres, à l'époque où il espérait encore que son frère comprenne sa décision ou, tout au moins, qu'il continue de lui vouer son affection.

À l'époque, Henry avait prétexté ne pas s'y intéresser, mais la lettre s'était gravée dans sa mémoire presque malgré lui. Il se souvenait que James Taylor avait parcouru tout le trajet de Calcutta à

Ceylan, une caisse de plants dans ses bagages, dans le but de supplanter la culture du café. Le destin lui avait souri. Les planteurs de café étaient devenus planteurs de thé et les plantations s'étaient étendues.

Henry refoula son souvenir avec un toussotement et dit : « À quels postes mon frère destinait-il ces jeunes gens cultivés ?

— Il les plaçait généralement dans l'administration – à moins qu'un élève n'ait fait l'idiot, bien entendu. » Un souvenir ancien fit sourire un bref instant Vikrama. « Ma mère m'a toujours poussé à être le meilleur. Selon elle, c'était le seul moyen de réussir. Les autres la prenaient pour une folle, mais sir Richard a reconnu mes capacités et il les a encouragées. C'est grâce à lui que je suis devenu l'homme que vous avez devant vous. Je regrette beaucoup ce qui lui est arrivé.

— Nous le regrettons tous. » Henry joignit les mains, comme pour une prière muette. La facette inconnue de son frère le troublait tout autant que le jeune homme qui se tenait devant lui, et dont les capacités dépassaient visiblement une formation scolaire habituelle. « Je vous assure que l'esprit de mon frère continuera à régner ici. L'école dont vous parlez existe-t-elle encore ? »

Vikrama approuva d'un petit signe de la tête. « Un de mes anciens camarades de classe la dirige aujourd'hui. Il enseigne l'essentiel aux petits garçons tamouls.

— Et les Cinghalais ? »

Une légère expression de mépris passa dans les yeux de Vikrama. « Ils préfèrent rester entre eux.

Rares sont les familles cinghalaises qui acceptent d'envoyer leurs enfants à l'école.

— Eh bien, il faut des gens pour faire un travail un peu moins subtil dans ce bas monde, n'est-ce pas ? » Henry se leva. « Je suis très impatient de faire cette visite guidée. J'espère que vous ne ferez pas un mystère de vos connaissances sur le thé.

— Je ferai de mon mieux ! »

Les hommes se levèrent et quittèrent le bureau.

Haletante, Grace s'appuya au mur. Son cœur battait à tout rompre, comme si elle avait été surprise en train de faire quelque chose d'interdit. « Tu as perdu la raison ? chuchota-t-elle à sa sœur. Je parie qu'ils nous ont vues.

— Si c'était le cas, tu peux être sûre que papa serait venu nous gronder ! répondit Victoria. Tu devrais être un peu plus courageuse ; après tout, c'est ton idée ! »

Grace s'apprêtait à répondre mais un crissement de gravier lui ôta la parole. « Ils arrivent ! »

Elles se réfugièrent derrière un rhododendron aux fleurs blanches. Depuis leur cachette, elles pouvaient observer leur père et le contremaître sans craindre d'être vues. Les deux hommes se dirigeaient vers le bâtiment administratif de la plantation.

« Allons du côté des entrepôts à thé, proposa Victoria, impatiente. Je suis sûre qu'ils poursuivront leur visite par là. Vite, avant que le jardinier ne nous découvre. »

En effet, l'homme était occupé à tailler une haie, non loin de là. On entendait clairement le bruit de la cisaille quand les perroquets s'arrêtaient un instant de crier.

« Allons-y. »

Comme pour une simple balade, les deux sœurs avancèrent dans l'allée. En chemin, elles croisèrent quelques hommes qui les saluèrent d'un signe de tête ainsi qu'une femme portant sur la tête une corbeille vide, qui leur sourit aimablement.

Une fois arrivées à la hauteur des granges pleines de thé, une odeur enivrante les accueillit. Le parfum des boîtes de thé qu'elles conservaient à la cuisine n'était rien à côté de la véritable odeur de la plante. Étalées sur des claies, les feuilles illustraient les différents stades de séchage. Alors que certaines étaient encore vertes et dégageaient une odeur fraîche, d'autres avaient pris une teinte cuivrée, marron ou rouille. Non loin de là, des femmes assises à des tables roulaient les feuilles les plus flétries.

Perdues dans leur contemplation, Grace et Victoria faillirent manquer de vigilance.

« Ils arrivent ! », siffla soudain Victoria après avoir jeté un coup d'œil aux bâtiments. D'un même élan, elles disparurent aussitôt derrière la grange.

Si les femmes avaient remarqué leur apparition fugace, elles n'en montrèrent rien et n'interrompirent pas davantage leur travail à l'arrivée de leur nouveau maître et de son contremaître.

« Ici, le thé est encore travaillé à la main, comme en Chine, expliqua Vikrama, pendant que Henry laissait courir son regard sur les bâtiments couverts de feuilles de bananier et de palme. Quand le thé a atteint le stade de maturation idéal, nous le plaçons dans des fours pour qu'il sèche. Notre spécialiste,

M. A. Soresh, est irremplaçable pour reconnaître le moment de le faire sécher. Jusqu'à maintenant, toutes nos récoltes ont été excellentes. »

Muet, Henry contemplait la scène qui s'offrait à ses yeux. Il lui semblait qu'une tempête l'avait propulsé dans un monde féerique.

« Tu as vu ? chuchota Grace. Papa a l'air complètement subjugué ! Il en a perdu la parole.

— Ce Vikrama est impressionnant, je trouve, répondit Victoria avec un clin d'œil. C'est vraiment dommage que je sois trop jeune pour lui.

— Tu te marierais avec quelqu'un d'ici ? Maman en ferait une crise cardiaque !

— Tu oublies que M. Vikrama est à moitié anglais. J'ai lu que les métis jouissaient d'une très bonne réputation, ici. Ils forment même une sorte de caste.

— Une caste ? », s'étonna Grace, mais à cet instant, son père et Vikrama se remirent en route.

Dès qu'ils eurent le dos tourné, Grace et Victoria longèrent la grange pour atteindre un autre bâtiment dont les fenêtres laissaient échapper de l'air chaud.

« Dernièrement, votre frère s'était efforcé d'introduire des machines pour la fabrication du thé, continua Vikrama. La qualité est légèrement inférieure, mais on peut en produire davantage à moindre coût. Nos clients moins fortunés en sont ravis. »

En effet, un ronronnement de machines leur parvenait depuis le bâtiment suivant. Postées près d'une fenêtre, les deux sœurs n'osèrent jeter un coup d'œil à l'intérieur. Étouffées par les épais murs de glaise, les explications de Vikrama à propos du fonctionnement des machines ne leur parvenaient que par bribes.

Une fois la visite des bâtiments accomplie, les deux hommes se dirigèrent vers un bosquet auquel on accédait par un chemin renforcé par des madriers.

Les deux sœurs les suivirent à bonne distance, jusqu'à une sorte de village constitué de baraques aux toits de feuilles de palmier. Dans un espace laissé libre, au milieu des huttes, des enfants jouaient avec un petit chien.

« Les gens qui travaillent sur la plantation vivent ici. » Curieuse, Victoria allongea le cou, mais Grace la tira par la manche.

« Ils vont nous voir.

— Mais non, Vikrama est en train de parler à un vieil homme. Tu as déjà remarqué que les hommes portent des jupes, ici ?

— Ce sont des sarongs, l'éclaira Grace.

— D'où le sais-tu ? », s'étonna Victoria. Sa sœur ne lui semblait s'intéresser qu'aux bals et aux heures de thé.

« J'ai entendu des gens à l'hôtel en parler. Les vêtements des femmes s'appellent des saris. »

Victoria fut prise d'une envie de choquer sa sœur. L'air malicieux, elle lança : « Peut-être devrions-nous porter des saris, nous aussi. Avec le ventre nu, nous serions débarrassées de nos corsets.

— Vic... » Grace s'interrompit en découvrant le sourire satisfait de sa sœur. « Tu te moques de moi, n'est-ce pas ? Ces vêtements sont vraiment indécents, maman en ferait...

— Une migraine, oh oui ! devina Victoria. Pourtant, avec cette chaleur, les corsets sont vraiment une plaie, tu ne trouves pas ? »

Grace ne répondit pas. Risquant un œil au-dessus des hautes herbes, elle vit Vikrama éclater de rire. La tête renversée en arrière, le jeune homme riait de si bon cœur que son père lui-même, habituellement austère et réticent à exprimer ses émotions, se laissa gagner par son hilarité. À son tour, Grace ne put refréner un sourire. Elle aurait adoré connaître la cause de cet amusement.

Quelques instants plus tard, les deux hommes prirent le chemin du retour.

Le dos courbé, les deux sœurs filèrent à toute allure jusqu'au prochain buisson.

Quasi défaillante, Grace eut toutes les peines du monde à reprendre son souffle. Elle n'était pas habituée à courir.

Pendant ce temps, Victoria faisait le guet à travers les branches. « Ils montent à la plantation ! »

À quelle distance se trouve la plantation ? se demanda Grace en regardant le pic d'Adam dont la pointe ressemblait à un pain de sucre. Au-dessus d'elles, le cri d'un volatile la fit sursauter.

En voyant arriver un groupe de cueilleuses de thé, Grace s'affola : qu'allaient-elles penser d'elles ? Pour un peu, elle en aurait oublié de remarquer les somptueuses couleurs de leurs tenues. Certes, leurs saris étaient faits de tissus simples, mais leurs rose vif, orange feu et jaune soleil étaient éclatants. En comparaison, Grace et Victoria ressemblaient à de vilains petits canards.

Lorsqu'elles se croisèrent, les femmes interrompirent leurs bavardages pourtant discrets et pressèrent leur pas alourdi par des corbeilles encombrantes. Une fois qu'elles se furent éloignées, leur babillage mélodieux reprit, rappelant à Grace la séance qu'elle avait eue avec le vieux devin.

Un frisson bizarre la parcourut.

« Suis toujours les élans de ton cœur. Si tu ne le fais pas, tu attireras le malheur sur toi et sur ceux que tu aimes. »

Ces mots qui l'avaient peu émue il y a quelques jours la paralysèrent soudain.

« Qu'est-ce que tu as ? »

Victoria tirait sur sa manche.

« Rien », répondit Grace encore troublée. Devant l'air dubitatif de Victoria, Grace reprit la route, ne lui laissant d'autre choix que de la suivre.

Les cueilleuses se tenaient au milieu des théiers comme les premiers boutons de roses au milieu d'une verdure de printemps. Henry était bouleversé par cette richesse verte qui lui appartenait désormais.

« C'est la plus grande des trois parcelles de thé, expliqua Vikrama en embrassant le paysage d'un large geste de la main. Ici, nous faisons pousser le thé qui sera roulé à la main. Les deux autres parcelles ainsi que celle que nous sommes en train de défricher sont destinées à la préparation mécanique. Les théiers qui poussent là-bas sont plus serrés, mais sa qualité est moins bonne à cause de l'altitude. »

Henry observait le jeune homme dont les yeux brillaient de fierté quand il parlait de thé. On aurait dit qu'il lui faisait visiter sa propriété.

« Vous avez l'air très attaché à cette plantation.

— C'est ma maison, aussi loin que je puisse me souvenir. Je ne peux pas imaginer un endroit plus beau au monde. Et puis le thé procure du travail et du pain à mon peuple. Il est impossible de ne pas aimer un tel endroit. »

Henry se tut, impressionné. Ce garçon lui semblait décidément brillant. S'il n'avait pas lu autant de dévouement dans ses yeux, il l'aurait presque trouvé dangereux.

« Racontez-moi l'histoire de ce thé », suggéra-t-il enfin, avant que le silence entre eux ne devienne gênant.

Un léger sourire se dessina sur le visage de Vikrama. « Nous avons commencé avec des plants d'Assam mais, grâce à l'aide de M. Taylor, qui s'y connaît fort bien en greffes, nous sommes en train de développer une espèce nouvelle, qui portera le nom de thé de Ceylan. Croyez-moi : un jour, il dépassera tous les autres. »

En écoutant les explications de Vikrama, Grace eut envie de confier à sa sœur à quel point elle était impressionnée par ses connaissances, mais elle eut peur d'être repérée.

Une fois les deux hommes repartis, les sœurs restèrent dans les théiers. Grace n'avait pas envie d'aller s'enfermer dans la maison. « Nous pourrions aller voir les éléphants qui défrichent la forêt. Qu'en penses-tu ? »

Les yeux de Victoria s'illuminèrent d'enthousiasme.

Les deux sœurs s'enfoncèrent d'un pas décidé dans la plantation. À plusieurs reprises, elles croisèrent le regard de cueilleuses qui se remettaient aussitôt au travail.

Au bout d'un moment, elles atteignirent un boqueteau d'où s'échappaient des cris étranges. Le terrain très escarpé était peu praticable, mais d'énormes empreintes d'éléphants se dessinaient sur le sol et des troncs d'arbres coupés s'entassaient sur les bas-côtés. Elles étaient sur le bon chemin.

« Attention où tu mets les pieds, dit Grace à sa sœur, le regard rivé au sol. Si tu dévales la pente, tu ne seras plus qu'un tas d'os méconnaissable.

— Ça serait drôle ! », répondit Victoria, joyeuse.

En entendant des voix, Grace et Victoria s'arrêtèrent net. Trois hommes accompagnés d'un éléphant apparurent. Le pachyderme n'était pas aussi richement paré que ceux du temple de Colombo, et la chaîne qui entourait sa patte droite lui rentrait dans la chair. Un homme le tenait fermement. Grace avala sa salive en découvrant d'autres traces de maltraitance sur le corps de l'animal. Était-ce la raison pour laquelle Vikrama n'avait pas fait monter son père jusqu'ici ? Voulait-il lui éviter le triste spectacle des animaux de trait ? Victoria semblait tout aussi secouée qu'elle.

« Il serait préférable que nous rentrions », dit Grace en attrapant la main de sa sœur qui se laissa entraîner sans protester.

Elles n'échangèrent pas un mot sur le chemin du retour. Arrivées aux théiers, elles décidèrent d'emprunter un autre trajet qu'à l'aller.

Peut-être que ce sera plus joyeux par ici, se dit Grace en se promettant de parler des éléphants à son père.

Remarquant à quel point sa sœur était attristée par le sort de l'éléphant, Grace se creusa la tête pour la distraire.

« Ce matin, je me suis réveillée très tôt, finit-elle par raconter, et j'ai vu un beau papillon bleu qui t'aurait certainement plu.

— Pourquoi ne m'as-tu pas réveillée ? », demanda Victoria avec un manque d'enthousiasme qui serra le cœur de sa grande sœur. Victoria n'était plus une enfant, il ne suffisait plus de lui raconter une belle histoire pour lui changer les idées.

« Tu dormais si bien et il était si tôt… Je suis sûre qu'il reviendra. »

Tout à coup, un cavalier bondit hors d'un fourré. Victoria poussa un cri mais Grace la saisit par le poignet et l'entraîna vers le bas-côté juste avant qu'elle n'atterrisse sous les sabots du cheval. Effrayé, l'alezan se cabra tandis que son cavalier peinait à rester en selle. Il mit un moment à maîtriser l'animal. « Nom de Dieu, les enfants, qu'est-ce que vous faites ici ? »

L'homme qui les considérait avec un mélange d'effroi et de colère était brun et barbu. Tout comme son langage, ses vêtements trahissaient son appartenance à la haute société anglaise.

Grace se redressa en défroissant sa robe. « Excusez-nous, sir, nous venons d'arriver ici. Nous ne nous attendions pas à croiser quelqu'un. »

L'homme l'examina des pieds à la tête et se calma. « Vous êtes les nouveaux Tremayne, je suppose. »

Une fois que Grace eut acquiescé d'un petit signe de tête, il descendit de cheval et s'approcha d'elle. Il ne la quittait pas des yeux. « Je m'appelle Dean

Stockton. Très heureux de faire votre connaissance, miss…

— Grace. Grace Tremayne. Et voici ma jeune sœur Victoria. »

L'homme prit sa main et y déposa un baiser, puis se tourna en souriant vers Victoria. « Je suis confus d'avoir manqué de vous renverser mais, habituellement, personne ne circule dans ce coin. J'ai dû prendre de mauvaises habitudes à force de vivre ici. Vous devriez voir comment ils conduisent leurs calèches. »

Grace ne répondit rien. Quelque chose chez cet homme ne lui plaisait pas. Son odeur ? Son sourire ? Cet éclair singulier dans ses yeux ?

« Puis-je vous raccompagner jusqu'à la maison ? » Son sourire s'élargit quand il trouva dans l'expression de Grace l'incertitude qu'il avait semblé y chercher. « Comme vous avez pu le constater, cette région peut être très dangereuse. Cela me peinerait beaucoup qu'il arrivât quelque chose aux deux ravissantes filles de mon nouveau voisin.

— C'est très aimable à vous, répondit Grace avec raideur. Nous nous en voudrions de vous retenir, vous sembliez si pressé. Si nous avons réussi à venir jusqu'ici, nous trouverons bien le chemin du retour. Bonne journée, monsieur Stockton. »

Grace saisit la main de sa sœur et l'entraîna à sa suite. Elle sentit le regard de l'homme peser sur son dos jusqu'à ce qu'il remonte en selle et s'éloigne. Sa crainte de le voir passer à côté d'elles s'avéra inutile : l'homme disparut aussitôt dans un chemin transversal.

« Pourquoi as-tu été si méchante avec lui ? demanda Victoria après avoir cheminé un moment en silence.

— Il a failli te renverser ! répondit Grace. Et il s'est comporté comme si c'était notre faute !

— Il s'est excusé, tout de même, et puis il savait que nous étions arrivées ! Lorsqu'il a appris qui nous étions, il est devenu très aimable.

— Un peu trop aimable, si tu veux mon avis », répondit Grace, énervée. Elle ne savait pas d'où venait cette rage soudaine. D'habitude, elle ne s'emportait pas aussi vite contre des étrangers. « Si tu veux mon avis, il n'y a vraiment rien d'exceptionnel à savoir que nous venons d'arriver. Tout le monde le sait, ici, probablement. N'as-tu pas vu toutes les villas, sur notre chemin ? Tout le monde attend qu'il se passe quelque chose. Tu verras, un jour nous serons pareilles. Nous nous jetterons sur ceux qui viendront s'installer sur cette montagne. »

6

Nuwara Eliya, 2008

Le lendemain matin, l'un des parents des mariés conduisit Diana et Jonathan jusqu'à une petite station de chemin de fer, d'où ils partiraient pour Nuwara Eliya. Le train qui sortit d'un épais nuage de vapeur était déjà plein à cette heure-là, mais personne ne se plaignait de la promiscuité.

Des places se libérèrent après quelques stations, si bien que Diana et Jonathan purent s'asseoir.

« On appelle Nuwara Eliya la Petite Angleterre, dit Jonathan lorsque le train traversa de vertes collines. Vous imaginez bien pourquoi ? »

Diana était captivée par la vue. Çà et là, la verdure était piquée d'un point blanc. C'étaient des maisons qui existaient certainement depuis deux cents ans.

« Cette villa de style anglais, dit-elle en guise de réponse, on dirait le manoir des Tremayne, sauf que la nature est moins belle là-bas.

— Il y a beaucoup de villas telles que celle-ci ici, certainement plus que de plantations de thé. Cette région était très appréciée des Anglais. La différence était grande avec leur patrie. Pourtant, ils se sentaient ici chez eux. Seule la mousson leur rappelait peut-être leur pays. Il fait moins chaud ici que sur la côte.

— Apparemment, vous êtes déjà venu », remarqua Diana en souriant. Avec tout ce qu'il savait, on aurait presque dit un guide touristique.

« Cela fait un moment que j'habite dans ce pays et il n'y a rien de plus réjouissant pour un autochtone que de montrer fièrement son pays aux étrangers.

— Mais on ne peut pas vraiment vous qualifier d'étranger, avec vos ancêtres.

— J'ai les nationalités anglaise et indienne, pas celle du Sri Lanka. Donc je suis un étranger au même titre que vous. Avec un permis de séjour, bien entendu. » Après avoir jeté un œil par la fenêtre, il dit : « Vous n'avez pas bien choisi votre saison, c'est bientôt la mousson.

— Mais je n'ai pas l'intention de rester très longtemps. Juste assez longtemps pour apprendre quelque chose sur ma famille. »

Un petit sourire énigmatique éclaira le visage de Jonathan, mais il n'ajouta rien.

Le train entrait dans une petite gare au pied de la montagne. « C'est ici que nous descendons », expliqua Jonathan en prenant son sac du porte-bagages en filet qui avait pendu dangereusement au-dessus de leur tête pendant tout le trajet.

Il s'avéra difficile de se frayer un chemin au milieu des passagers mais, heureusement pour eux, le conducteur de la locomotive n'était pas pressé. Patiemment, il attendit que tout le monde fût descendu avant de donner le signal du départ. Alors que le train repartait avec son chargement très bavard, ils quittèrent la gare et prirent un chemin sinueux. Un panneau indiquait Hill Hotel.

« C'est l'une des plus vieilles bâtisses, ici. À l'époque coloniale, c'était déjà une pension pour voyageurs. Je crois que c'est un bon point de départ pour vos recherches.

— Il n'y a pas d'astrologue Nadi ici par hasard ?

— Non, certainement pas. Ici, vous trouverez beaucoup de traces des Anglais. Mais je vous assure que Vijita sortira de l'hôpital. Vous avez vu avec quelle richesse le coffre à son intention était décoré. Notre médecine est maintenant performante, tout du moins à Colombo. Comme il est là-bas, vous n'avez aucun souci à vous faire. Il va déchiffrer votre feuille dès qu'il le pourra. »

Peut-être aurais-je dû plutôt aller à la bibliothèque à Colombo, pensa-t-elle, mais la réticence de Jonathan lui revint à l'esprit. Bien sûr que les astrologues qui y travaillaient ne déchiffreraient pas volontiers une feuille qui viendrait d'ailleurs.

Après une montée d'une demi-heure à pied, l'hôtel surgit entre les arbres. Sous le soleil, la façade ressemblait à une perle posée sur du velours vert.

« Retournez-vous ! », lui cria Jonathan brusquement. Lorsqu'elle s'exécuta, elle fut récompensée par une vue à couper le souffle. Les collines verdoyantes étaient collées les unes aux autres comme des amants qui ne voudraient plus se quitter.

« Regardez en bas, on devrait voir notre gare. » Dans la direction qu'indiquait Jonathan elle ne put voir que les rails semblables à des veines serpentant entre les collines.

« Ça ressemble un peu aux Highlands écossais », remarqua Diana en souriant, lorsqu'elle se retourna vers Jonathan. Elle remarqua alors qu'il n'avait cessé de l'observer pendant tout ce temps. Il baissa un instant les yeux, comme s'il était embarrassé.

« Oui, sauf que nos températures sont meilleures ici.

— Là, vous avez raison ! »

L'entrée sur le site de l'hôtel fut comme un retour au manoir des Tremayne, mais le bâtiment était en moins bon état, car il manquait visiblement un homme aux multiples talents, tel que M. Green, pour s'en occuper. Le jardin situé au-dessous de la terrasse était redevenu sauvage. En revanche, on avait l'impression qu'à tout moment un gentleman à col haut et en redingote allait apparaître pour fumer un bon cigare indonésien en buvant un gin.

Les vacanciers présents venaient essentiellement d'Asie. Diana devina quelques Japonais et un couple qui venait probablement de Thaïlande. Deux Américains se trahirent par leur accent qu'on ne pouvait ignorer, tellement ils parlaient fort.

À la réception, qui devait certainement être telle qu'il y a cent cinquante ans, un jeune homme élégant les attendait. Le blanc éclatant de sa chemise contrastait avec sa peau brune.

« Que puis-je faire pour vous ? », demanda-t-il dans un anglais teinté d'un fort accent.

Jonathan lui demanda deux chambres dans la langue du pays et le jeune homme se précipita aussitôt sur le tableau démodé où pendaient quelques clés en laiton terni. Aucune trace de cartes-clés modernes ni même de porte-clés lourds comme il en existait en Allemagne pour empêcher les gens de les mettre dans leur sac à main.

« Il dit qu'il ne lui reste que des chambres à des étages différents, dit Jonathan tout bas. Préférez-vous être en haut ou en bas ?

— Cela m'est égal », répondit Diana.

Jonathan sourit. « Bon, alors vous aurez la chambre du haut. Afin que vous puissiez jouir de la magnifique vue. »

Le concierge demanda à Jonathan de s'enregistrer. Après qu'il se fut exécuté, il sonna et un jeune homme apparut pour accompagner Diana dans sa chambre.

« Bon, rendez-vous dans une heure en bas, d'accord ? », proposa Jonathan en mettant son sac sur l'épaule.

Diana fit un petit signe de tête et suivit le boy dans l'escalier en spirale.

La chambre n'était pas aussi moderne que celle du Grand Oriental à Colombo, mais son charme séduisit immédiatement Diana. Ici, il y avait un ventilateur au plafond semblable à ceux qu'on voyait dans les films, témoin des destins qui se jouaient sous lui.

Jonathan n'avait pas exagéré en ce qui concernait la vue. Les plantations de thé et les villas qui les parsemaient ressemblaient, en plein soleil, à des photos de magazines de voyage.

Elle se demanda involontairement si Jonathan était venu là avec sa femme. Après avoir vidé son sac, elle se déshabilla et prit une douche. Sous une agréable eau tiède, elle laissa vagabonder ses pensées. Sa mauvaise conscience lui souffla d'appeler le cabinet, mais elle était tellement impatiente de ce qu'elle allait trouver ici qu'elle ne voulut pas penser au travail.

Comme prévu, ils se retrouvèrent une heure plus tard dans le hall de l'hôtel. Jonathan avait pris aussi une douche et il sentait bon le bois de santal et le citron vert.

« Je me suis permis de réserver une place sur la terrasse. Cela ne m'étonnerait pas que le thé soit déjà servi. »

L'air avait changé, depuis une heure. L'odeur lui rappela celle de la pluie tombée après des jours et des jours d'été, quand la nature assoiffée engloutit l'eau dans sa terre brûlante.

« Je crains que nous ne devions nous dépêcher de faire notre excursion jusqu'à la plantation. Si je ne me trompe pas, la mousson va bientôt commencer et là, il y en a pour un mois. »

Sincèrement, cela n'aurait pas dérangé Diana, mais une pointe de sagesse lui rappela ses obligations au bureau et elle refoula ces pensées.

« J'ai quelque chose pour vous », déclara Jonathan après avoir pris place. Il sortit une enveloppe grise dont le papier était assez grossier.

Diana haussa les sourcils. « C'est quoi ?

— Des informations que j'ai trouvées sur la plantation de thé. J'aurais pu vous les donner plus tôt, mais je trouvais cela plus adéquat de le faire ici. »

Le cœur de Diana se mit à battre la chamade et ses mains commencèrent à trembler. « Merci beaucoup.

— Je dois avouer que je trouve cela très rafraîchissant d'avoir délaissé le sujet du terrorisme en ce moment. J'en suis à ce chapitre-là et c'est tout sauf réjouissant.

— L'attentat de l'aéroport a eu lieu il y a trois ans, c'est ça ? »

Jonathan acquiesça. « Oui, et depuis, il n'y a pas que notre ligne aérienne qui soit aux mains des Émirats arabes unis, nous avons aussi beaucoup de mesures de sécurité à prendre. Le sud et l'ouest du pays sont à peu près épargnés par les Tigres, mais nous ne pouvons pas commettre d'imprudence.

— Vous voulez dire, les Tigres tamouls ? »

Jonathan fit un signe de tête. « Ici, on les appelle la plupart du temps les Tigres. D'une organisation qui s'engageait pour les droits des Tamouls est née une organisation terroriste qui ne recule pas devant les attentats, les meurtres et les enlèvements. »

D'où les alertes antiterroristes, pensa Diana. Bien trop occupée à préparer son voyage et ses recherches, elle n'avait pas prêté attention aux consignes de sécurité.

« Est-ce qu'il y a quelqu'un qui connaît encore les causes de ce conflit ?

— Il y avait des tensions bien avant l'époque coloniale. Sous la domination anglaise, on préférait les Tamouls originaires du sud de l'Inde parce qu'ils savaient lire et écrire. On les employait à des postes administratifs et dans des bureaux. On en faisait des contremaîtres sur les plantations et ils avaient des postes à responsabilités dans les villes. Les Cinghalais, eux, étaient complètement exploités. Ils ont assez vite considéré les Tamouls qui leur étaient supérieurs comme les complices de leurs oppresseurs. À la fin de l'époque coloniale, quand les Anglais sont partis, la colère des Cinghalais, qui étaient supérieurs en nombre, s'est retournée contre les Tamouls. En 1983, il y a eu un terrible pogrome contre les Tamouls. Les années suivantes, on a même voulu leur interdire de parler leur langue. C'était la naissance des Tigres tamouls. »

Diana se rappelait vaguement des informations sur les conflits en Inde du Sud et au Sri Lanka.

« Aujourd'hui, les Tamouls et les Cinghalais vivent en paix dans cette partie du Sri Lanka. Mais dans le Nord, il y a une forte demande pour la création d'un État tamoul. Le gouvernement ne va pas céder si vite. Non, il n'acceptera probablement jamais. »

Dans la pause qui suivit, Diana pensa à la profondeur des blessures de ces deux groupes ethniques. Allaient-ils jamais vraiment trouver la paix ?

« Avec tout ce que vous savez, vous pourriez aussi être un bon journaliste », dit-elle finalement.

Jonathan fit un signe de tête. « Probablement. Mais, croyez-moi, dès que j'en aurai fini avec ce projet, je me tournerai de nouveau vers l'histoire ancienne. Je suis historien, il ne faut pas l'oublier. Avez-vous déjà entendu parler du royaume de Kandy ?

— C'est dans le coin, c'est ça ? »

Jonathan acquiesça. « Oui, c'est mon prochain projet. Je vais partir sur les traces des anciens rois et aller explorer le célèbre temple de la Dent. On dit qu'il y aurait une molaire de Bouddha là-bas. » Songeur, il sourit intérieurement, comme s'il était impatient de commencer et il ajouta : « On a tous besoin de légèreté de temps à autre.

— Cela ne doit pas être facile d'explorer un royaume disparu depuis longtemps.

— Il faut juste chercher aux bons endroits. C'est là qu'on trouve. Et je crois que la Vannattuppūcci Tea Company est une mine. »

Comme s'il avait feuilleté la pile de feuilles des centaines de fois, il en tira un prospectus sur lequel se trouvait, à côté d'une publicité, un encadré sur l'histoire de la plantation.

Jonathan tapota l'endroit du doigt en faisant un grand sourire.

« C'est pas vrai ! dit-elle étonnée.

— Si, apparemment. Je parierai tous les droits d'auteur de mon livre que vous allez trouver ce que vous cherchez. »

Le soir, Diana et Jonathan s'équipèrent pour monter à la plantation. Là où ils étaient, il n'y avait pas de transports publics, au mieux quelques éléphants qui étaient toujours utilisés pour le travail des champs. Mais Jonathan avait déniché un homme à l'hôtel pour les conduire jusqu'à un endroit précis.

Diana se réjouissait à l'idée de voir enfin l'endroit où son arrière-arrière-grand-mère avait vécu jadis.

Qu'allait-elle trouver là-bas ? Quelques dossiers avaient-ils survécu au temps ? Ou n'allait-elle trouver que du vide ?

Elle fut arrachée à ses pensées quand on frappa à sa porte.

« Entrez », dit-elle en pensant qu'il s'agissait d'une femme de chambre qui voulait remplir le minibar.

« Ah ! vous êtes presque prête ! »

Jonathan s'appuya à la porte en souriant. Diana se redressa et remonta les mèches qui lui tombaient sur le visage.

« Oui, je prends le strict nécessaire. Qui dit que nous allons trouver quelque chose à la plantation ?

— Si nous ne trouvons rien, vous aurez au moins vu le lieu où vos ancêtres ont vécu. C'est très important de retrouver ses racines. »

Diana sourit. « Vous êtes tellement optimiste, je crois que je devrais en prendre de la graine. »

Jonathan ouvrit grands les bras. « Je pense que j'en ai assez pour nous deux. »

Comme elle aurait aimé se laisser aller dans ses bras, même si elle savait que ce n'était pas une étreinte potentielle, mais seulement un geste pour donner du poids à ses mots ! Mais elle se l'interdit aussitôt. *Tu es une femme mariée. Ton couple est certes foutu, mais ce n'est pas une raison pour te jeter à son cou.*

En tout cas, Jonathan ne semblait pas avoir attendu de réaction à son geste.

« En fait, je ne suis pas là pour vous regarder faire votre sac, expliqua-t-il mystérieusement. J'ai découvert quelque chose que vous devriez voir. Cela pourrait vous faire avancer un peu dans vos recherches.

— Et c'est quoi ?

— Vous verrez. Descendez avec moi au club. »

Étonnée, Diana haussa les sourcils. « Je peux y aller comme ça ? » Elle avait posé cette question sur le ton de la plaisanterie, car tout le monde savait que les clubs anglais traditionnellement exclusivement masculins acceptaient désormais les femmes, ou tout du moins les toléraient.

« Bien sûr, en plus, vous êtes accompagnée d'un homme ! Mais une robe de soirée serait indiquée, si vous voulez entrer.

— Une robe de soirée ? s'étonna Diana. Vous êtes sérieux ou c'est encore une de vos blagues ?

— Je pense que le club attend une certaine élégance de ses membres. Quand j'ai voulu entrer dans le club tout à l'heure, on m'a proposé une cravate. Et, juste avant de décliner cette offre, j'ai vu ce que je voudrais vous montrer maintenant. Et j'ai mis la cravate. »

Diana regarda son col de chemise ouvert. « Et où est-elle maintenant ?

— J'ai été obligé de la rendre. Le portier va probablement me reproposer la même. Ou un modèle similaire, tout aussi ridicule.

— D'accord, j'arrive tout de suite. »

Tandis qu'elle fermait la porte et se précipitait vers la penderie qui contenait surtout des vêtements de randonnée, elle se demanda ce que Jonathan avait pu découvrir. Ou si c'était une combine pour l'inviter à une sympathique soirée dans le club le plus célèbre du coin réservé aux hommes ?

Après s'être décidée pour la même tenue qu'elle avait portée au Grand Oriental Hotel, elle sortit.

Jonathan était adossé au mur d'en face. Son regard la transperça. Il lui rappelait Philipp les premiers temps de leur rencontre. À l'époque, elle s'imaginait qu'elle avait de la chance. Un sentiment qui s'était complètement envolé depuis.

« Je sais, ce n'est pas une tenue de soirée, dit-elle un peu gênée, bien qu'elle sût qu'il n'affichait pas une expression de mécontentement. Mais ils ne vont quand même pas me laisser dehors pour ça, non ?

— Si vous mettez une cravate, je ne pense pas. »

Diana éclata de rire. Elle aimait cet humour anglais. En effet, il y avait un portier à la porte du club, même s'il n'avait rien à voir avec les gorilles musclés à l'entrée des clubs et des discothèques allemands. Il fit aimablement remarquer à Jonathan qu'il ne portait pas de cravate et ne montra pas qu'il l'avait déjà vu avant.

Les cravates mises à disposition des clients étaient les pires que Diana ait jamais vues. Elles dataient probablement des années soixante-dix ou quatre-vingt. Elles avaient de grands motifs aux couleurs criardes.

C'est avec humour que Jonathan choisit la pire de toutes : une cravate avec des rayures jaune et bleu turquoise, et des losanges rose vif sur la partie jaune.

« Même si une bombe éclatait dans le club, elle ne serait pas aussi explosive que votre cravate », lui souffla Diana à l'oreille lorsqu'ils purent passer. Il se retint d'éclater de rire.

« Je savais que vous aimiez mon style discret. »

Il la fit passer en souriant devant les membres du club qui les regardèrent d'un air étonné. On pouvait se demander si c'était parce que Diana ne portait pas de robe de soirée ou à cause de la cravate qui jurait avec les vêtements de Jonathan.

Mais personne ne fit de réflexion. Et, de toute façon, Diana n'aurait pas réagi car elle avait les yeux rivés aux photographies pendues au mur. Elles représentaient les membres du Hills Club au temps de la prospérité de l'hôtel. Son pressentiment fut confirmé peu après par Jonathan.

« Regardez les noms sous cette photo », dit-il, alors qu'il montrait une vieille photo sous verre. Elle était à peu près dans le même état que la photo de Grace, mais sur celle-ci les gens avaient été pris d'assez près pour qu'on puisse distinguer leurs visages.

La plupart des hommes en costume élégant regardaient l'objectif un peu contraints. Il est vrai qu'autrefois, il n'était pas habituel de sourire devant un objectif, et la réalisation d'une telle photo prenait du temps.

Le cœur battant, Diana survola les noms. Emmerson Walbury, Trent Jennings, Dean Stockton, Henry Tremayne…

Elle compta jusqu'au quatrième homme en partant de la gauche. Henry Tremayne était blond et grand. Apparemment, il avait transmis la couleur de ses cheveux à sa fille Grace.

« C'est pas vrai ! dit-elle.

— Apparemment, si ! répondit Jonathan. Votre ancêtre était visiblement membre du club. Vous savez que seuls les membres les plus estimés de la société avaient accès au club.

— J'imagine. En Angleterre, c'était la même chose. Aujourd'hui encore, souvent. »

Jonathan prit le temps d'observer la photo.

« Vous vous sentez comment ? », demanda-t-il alors.

Diana dut avouer qu'elle avait eu un petit frisson. « C'est comme si je regardais par la fenêtre du passé, répondit-elle. Vous croyez qu'il est possible d'en avoir une copie ? C'est la seule photo de mon arrière-arrière-grand-père qui existe. Apparemment, il n'a pas réussi à rejoindre la galerie des ancêtres du manoir.

— Je pense. Je vais demander au portier. Il me doit bien ça après la cravate.

— Oui, sauf que c'est vous qui l'avez choisie, répondit-elle en souriant.

— Vous avez vu le choix ? Elles étaient toutes pires les unes que les autres ! » Jonathan lui souriait aussi. « Attendez un instant, je vais lui demander tout de suite. Il devrait accepter, il suffit d'un pourboire. »

Avant que Diana eût pu lui donner de l'argent, il avait disparu.

À peine dix minutes plus tard, Diana avait la copie en main. Pour vingt dollars, le portier avait décroché la photo du mur et quitté son poste pour faire une copie. Une excellente copie, d'ailleurs.

« C'était bien trop cher ! dit Diana en regardant Jonathan d'un air réprobateur.

— Vous trouvez ? Je crois que c'était un bon prix. Maintenant, vous avez une trace supplémentaire. Ou, au moins, vous savez à quoi ressemblait votre ancêtre. »

Elle regarda la photo songeuse. Elle avait sous les yeux la fine fleur des barons du thé et du commerce.

Comme on pouvait le constater, le club n'avait pas beaucoup changé. Il avait été un peu rénové mais, dans l'ensemble, il était comme autrefois.

Qu'as-tu fait à Grace ? demanda-t-elle en pensée à Henry Tremayne en passant son doigt sur son visage. *Que s'est-il passé pour que tu rompes avec ta fille et que tu la déshérites…*

Diana passa le reste de la soirée au club avec Jonathan. Ils burent du thé glacé en prenant une collation composée de fruits de la région. Leur sujet de conversation ? La plantation et ce qui avait pu se passer là-bas. Ils discutèrent jusqu'à la fermeture du club puis ils allèrent se coucher.

Bien que cela ne fût pas nécessaire, Jonathan accompagna Diana à sa chambre. « On ne sait jamais quel chenapan peut attendre une lady à cette heure. »

En riant, elle lui avait rappelé qu'ils ne vivaient plus à l'époque de Henry Tremayne, même si elle dut bien avouer que le temps semblait s'être arrêté dans cet hôtel.

Lorsque Diana s'allongea sur son lit, elle entendit la pluie tomber sur les carreaux. Le bruit régulier des gouttes la plongea dans les profondeurs du sommeil.

7

Vannattuppūcci, 1887

L'espoir de Grace de ne plus revoir cet impertinent M. Stockton fut brisé le lendemain. Pendant le petit déjeuner, entre le porridge au miel et au sucre brun et les merveilleux petits gâteaux auxquels même sa mère s'habituait, son père déclara soudainement à toute la famille : « Hier, j'ai rencontré notre voisin. Il est très sympathique. Il s'appelle Dean Stockton et possède la plantation à l'ouest de la nôtre. Il est venu à ma rencontre pour me parler, n'est-ce pas aimable ?

— Oh oui, c'est vraiment très aimable. Vous avez eu une conversation agréable ?

— Oui, très agréable. Je crois que la mentalité d'ici a déteint sur lui, car il m'a tout de suite proposé de m'envoyer quelques-uns de ses ouvriers pour qu'ils aident au défrichage. »

Cela s'était-il passé avant ou après leur rencontre ? Grace devint écarlate, puis elle regarda Victoria. Celle-ci haussa les sourcils, étonnée.

« Il m'a dit aussi qu'il venait d'avoir le plaisir de rencontrer mes filles, ajouta leur père. Vous ne m'en avez rien dit. »

Grace toussota. « Je pensais que ce n'était pas important. Il s'en est fallu d'un cheveu qu'il renversât Victoria avec son cheval.

— Et il ne s'est pas excusé ? », demanda sa mère.

Comme si c'était ça le plus important, pensa Grace furibonde. *Et que s'est-il passé avec Victoria ? Tu devrais plutôt lui demander s'il lui est arrivé quelque chose ?*

« Bien sûr qu'il s'est excusé, et nous avons accepté ses excuses, répondit Grace en se replongeant dans son assiette.

— Il ne m'en a pas parlé. Tout va bien, Victoria ?

— Bien sûr, papa. Grace m'a écartée du chemin à temps. Et après, elle était très en colère après lui, car il aurait pu me tuer. »

Lorsque, soulagée, Grace regarda sa sœur, elle lui fit un clin d'œil.

« Oh ! alors apparemment, nous avons une héroïne dans notre famille !

— Papa, ce n'était pas un exploit ! se défendit Grace. J'ai juste fait attention à ma sœur comme mon devoir me l'impose.

— Et qu'est-ce que vous faisiez là-haut ? demanda Claudia qui regardait tour à tour ses filles.

— Nous voulions voir comment les éléphants défrichaient la forêt, dit Victoria devançant sa sœur. Tu nous l'avais promis, papa.

— D'ailleurs, l'un des éléphants était dans un piteux état », laissa échapper Grace. Elle avait oublié d'en parler la veille. « Je crois que les travailleurs maltraitent les animaux. Tu devrais faire quelque chose. »

Son père la regarda curieusement. Grace se rendit compte qu'elle se montrait effrontée en parlant ainsi. Si elle voulait aider les éléphants, il fallait qu'elle soit plus gentille et qu'elle ne prenne pas le risque que son père fasse la sourde oreille.

Mais l'idée que Stockton puisse de nouveau la regarder comme il l'avait fait lui déplaisait au plus profond d'elle-même.

« Je vais m'occuper de cet éléphant, dit Henry froidement en toisant sa fille. Y a-t-il encore une autre raison à ta colère ? »

Oui, Stockton, pensa Grace hors d'elle. Mais elle dit seulement : « Je dors assez mal. Je pense que cela vient de l'air.

— Il faudra bien que tu t'y habitues. Au reste aussi, d'ailleurs.

— Ma foi, il aurait été poli d'accepter l'aide de M. Stockton », dit Claudia en réorientant la conversation sur ce qui avait été dit précédemment, craignant un éclat au petit déjeuner.

Son aide ? pensa Grace ironiquement. *Il a embrassé ma main, d'une façon totalement inconvenante.* Elle avait encore l'impression que son regard était collé à sa peau. Alors qu'il avait au moins vingt ans de plus qu'elle !

« J'ai trouvé mieux de la refuser. C'est moi qui ai la responsabilité de Victoria quand nous sommes à l'extérieur. »

Les parents de Grace se regardèrent et cela ne lui échappa pas. Mais, au lieu de la réprimander à cause de son ton, son père posa sa tasse de thé et dit : « On dirait que tu n'as pas été très chaleureuse avec M. Stockton. Mais j'espère que cela va bientôt changer. Je l'ai invité à boire le thé cet après-midi. Cela te va, ma chérie ? »

L'idée de recevoir de nouveau du monde éclaira les yeux de Claudia.

« Mais bien sûr ! Nous pourrions aussi inviter toute sa famille. Il est marié, n'est-ce pas ?

— Oui, il l'est, et il a un fils. Un peu plus âgé que Grace. Il s'occupe de l'administration de la plantation.

— Alors, je vais lancer tout de suite une invitation, si tu n'as rien contre.

— Cela ne peut pas faire de mal de connaître un peu mieux ses voisins, non ? » Sur ce, il continua son petit déjeuner.

Grace resta d'abord figée, puis elle se souvint qu'une lady devait contenir ses sentiments et les cacher.

Si je m'oppose, je vais aggraver les choses. L'invitation pour le thé est certainement la punition pour mon comportement.

Ses parents eurent l'air satisfaits de son silence.

Victoria fut la seule à remarquer qu'elle était toujours en colère et elle lui posa une question après le petit déjeuner, pendant qu'elles faisaient un tour dans le jardin : « Est-ce si grave qu'il vienne ? Il ne t'a vraiment rien fait, il voulait simplement t'être agréable. La première impression est parfois trompeuse. En plus, ce n'est pas à toi d'organiser le thé, mais à maman. Il ne se souviendra même pas de toi, et puis l'heure du thé passera vite.

— Tu as raison. » Grace baissa la tête, gênée. « Je ne sais pas ce qui m'a pris. Parfois, j'ai… je veux dire, parfois j'ai l'impression de sentir quand quelqu'un n'est pas sincère. Son amabilité était presque exagérée pour une première rencontre, tu ne trouves pas ? Et puis, ce baisemain. L'instant d'avant, on aurait dit qu'il voulait nous frapper avec sa badine.

— Ça, c'est bien vrai. Mais papa réagirait de la même manière si on se jetait devant son cheval. Tu connais le genre d'accidents horribles qui peuvent se produire. Pense à l'oncle Richard.

— Il est tombé du pic d'Adam, pas de cheval.

— Une chute, c'est une chute ! », s'obstina Victoria. Puis quelque chose attira son regard.

« Ah ! regarde, M. Vikrama ! Tu crois que je peux lui demander de m'attraper un perroquet ?

— Tu ferais mieux de te concentrer sur la chasse aux papillons.

— Mais un perroquet irait très bien dans le salon de maman !

— Alors, il faudrait que tu en attrapes un rouge. Mlle Giles a raconté hier qu'elles avaient commandé de la soie rouge en provenance des Indes. »

Comme si Vikrama avait remarqué qu'elles regardaient dans sa direction, il se retourna, fit un petit signe de la main pour dire bonjour et sourit.

« Alors, que te dit ton intuition à propos de lui ? »

Grace détourna vite le regard. « Que veux-tu dire ?

— Que penses-tu de M. Vikrama ?

— Je n'ai même pas échangé un mot avec lui, alors je ne peux rien dire.

— Mais on l'a observé quand il était avec papa. Il a l'air très gentil.

— Je ne sais pas si tu es déjà capable de juger. » Grace savait très bien qu'une petite dispute la détournerait du sujet.

« Si je suis capable de juger ? bondit aussitôt Victoria. C'est toi qui me dis ça ! Tu n'as pas plus d'expérience que moi !

— Mais je suis sur terre depuis cinq ans de plus que toi.

— Quatre ! corrigea Victoria. Et M. Norris dit toujours que la connaissance du genre humain et l'intuition n'ont rien à voir avec l'âge. Même des gens très jeunes peuvent comprendre les choses.

— Il n'a certainement pas dit ça.

— Non, mais il l'a pensé. Et je me sens déjà extrêmement mûre. » Victoria releva le menton, mais Grace n'eut soudain plus envie de se disputer. Elle ne pouvait plus détacher ses yeux de Vikrama. Deux femmes discutaient avec lui en gesticulant dans tous les sens. De quoi s'agissait-il ?

Impossible de s'en rendre compte de loin et elle ne voulait pas se rapprocher. Elle se demanda soudain si Vikrama avait une femme ou peut-être une fiancée. Il avait l'âge et il était bien assez beau pour être marié. Les cueilleuses de thé étaient certainement folles de lui, car dans sa position à la plantation, il représentait un bon parti.

« Grace, tu rêves ? », demanda Victoria, en lui pinçant le bras.

Choquée, Grace se tourna vers elle. Elle ne ressentit la douleur qu'un instant plus tard.

« Qu'est-ce que ça veut dire ? »

Victoria sourit d'un air malicieux. « Je t'ai demandé si tu croyais qu'il allait arriver un jour.

— De qui parles-tu ?

— Ben, de M. Norris. S'il ne vient pas, nous serons obligées de jouer les entremetteuses avec un autochtone. Peut-être même avec M. Vikrama. »

Grace essaya de cacher la petite pointe de jalousie qui la piquait.

« Je ne crois pas qu'elle voudrait l'avoir. Après tout, ce n'est pas un Anglais. »

Son regard se posa de nouveau sur Vikrama qui était en train de prendre congé des deux femmes en souriant et qui se dirigeait vers les bureaux. « Non, ce n'est vraiment pas un homme pour elle. »

L'après-midi, Grace était au salon avec sa mère et Victoria. Elles attendaient l'arrivée de leur père et de M. Stockton. Dans son pays, Grace aimait bien quand il y avait de la visite au manoir. De temps en temps, il y avait des écrivains ou des peintres, la plupart du temps, recommandés par des amis. Aujourd'hui, elle ne pensait qu'au col de sa robe d'après-midi rose qui la grattait et au temps qui passait si lentement qu'on eût cru que quelqu'un leur avait jeté un sort.

Quelles histoires Stockton allait-il bien raconter ? Cette question la plongeait dans une agitation particulière. Il allait certainement parler de façon ennuyeuse de thé et poser des questions indiscrètes. Par exemple, si elle avait déjà fait ses débuts dans le monde. Et elle aurait envie de l'étrangler avec sa cravate.

Lorsqu'elles entendirent le martèlement des sabots d'un cheval, les trois femmes se sentirent soulagées en même temps. Le visiteur était là. On pouvait commencer. Grace regarda l'heure furtivement. Une heure. Peut-être deux. Et il repartirait. Elle aurait alors le temps d'écrire à son amie Eliza Thornton, qui était probablement en train de suer au cours de danse, impatiente de commencer la saison des bals.

La voix du majordome retentit dans l'entrée, et Grace regarda sa sœur. Avant, elles s'étaient mises d'accord de ne pas quitter Stockton des yeux et de comparer ensuite leurs impressions.

Stockton arriva seul. Où était leur père ? Les deux sœurs se regardèrent étonnées.

« Ah ! monsieur Stockton ! s'exclama Claudia en se levant pour aller à sa rencontre. Je suis ravie de faire votre connaissance. Mon mari m'a raconté tellement de choses sur vous.

— Que des bonnes choses, j'espère, répondit-il galamment, sans prêter la moindre attention à Grace et Victoria. Ce serait un scandale si je n'étais digne de votre salon.

— Vous n'avez rien à craindre si ma première impression est la bonne », répondit Claudia en lui faisant du charme. Puis elle présenta ses filles.

« Voici Grace et Victoria.

— Nous avons déjà eu l'honneur, répondit Stockton en s'inclinant légèrement. J'espère que vous vous êtes remise de votre frayeur.

— Bien sûr, monsieur Stockton ! », répondit Victoria en regardant sa sœur. Grace s'efforça de sourire. *Peut-être le jugé-je mal,* pensa-t-elle. *Je ferais mieux de ne pas causer d'ennuis à mère.*

« Nous savons que ce n'était pas de la malveillance de votre part », répondit-elle en lui tendant la main. Stockton sourit lorsqu'il la saisit.

« Vous m'en voyez ravi. Je serais inconsolable si je vous avais fâchée de quelque façon que ce fût.

— Vous ne l'avez certainement pas fait, s'interposa Claudia. Ma fille est juste un peu impulsive et elle protège sa petite sœur.

— Que de bonnes qualités pour une future épouse », confirma Stockton, toujours aussi souriant. Il s'inclina légèrement d'un air moqueur.

Par chance, les échanges de politesses étaient maintenant terminés et Claudia conduisit son hôte à la table où ils allaient prendre le thé.

« Excusez-nous pour les petits gâteaux qui sont un peu différents de ce à quoi vous êtes habitué. Mon beau-frère avait omis d'apprendre à la cuisinière comment faire des scones dignes de ce nom.

— Je ne pense pas qu'il faille imputer la faute à votre beau-frère, rétorqua Stockton. Ma cuisinière aussi est parfois un peu têtue, mais elle est très consciencieuse et, à mon avis, c'est l'essentiel. »

Lorsqu'ils s'assirent, Grace sentit une curieuse tension. Jusqu'à présent, on ne pouvait rien reprocher à Stockton qui eût pu la mettre de mauvaise humeur. Mais il y avait quelque chose dans l'air, comme un orage qui se formait lentement avant d'éclater. Était-ce la réflexion qu'il avait faite au sujet de la future épouse ? À vrai dire, elle n'avait rien contre le mariage et le voyant lui avait prédit une union…

« Je suis vraiment désolé de ce qui s'est passé pour votre beau-frère, commença Stockton. Cela a été un choc pour nous tous. En ce qui me concerne, je peux vous assurer personnellement que je n'attache aucune importance aux rumeurs malveillantes qui courent de temps à autre. »

Des rumeurs malveillantes ? Grace regarda Victoria, puis sa mère. Mais celle-ci avait toujours été un modèle de sang-froid. Même si cette réflexion lui faisait quelque chose, elle ne le montrait pas. Et son éducation l'empêchait aussi de demander de quelles rumeurs il pouvait bien s'agir.

Après qu'elle l'eut sonnée, l'une des bonnes tamoules apparut. Certes, elles n'avaient pas l'habileté des Anglaises, mais sous l'œil sévère de sa maîtresse, Rani se donnait beaucoup de peine.

Lorsque Grace loucha furtivement en direction de M. Stockton, elle remarqua la façon dont il suivait des yeux la femme habillée d'un sari aux couleurs vives.

« Vous autorisez vos bonnes à porter le costume traditionnel ? C'est très progressiste de votre part. »

Claudia rougit légèrement.

« Malheureusement, nous avons constaté qu'il n'y avait aucun uniforme dans la maison. Apparemment, mon beau-frère laissait les domestiques travailler dans leurs vêtements. Les uniformes devraient arriver à Colombo avec le prochain bateau.

— Ce n'était pas une critique, répondit Stockton en remuant son thé et en le humant. Je trouve les vêtements de ces femmes charmants. Elles ont des couleurs presque aussi somptueuses que les perroquets.

Au milieu de tout ce vert, quelques touches de couleur sont les bienvenues, n'est-ce pas ? »

Pendant qu'il buvait, Grace regarda sa mère. Elle se demanda si elle le trouvait encore sympathique. Faire des réflexions sur les vêtements des domestiques équivalait à une critique de l'hôtesse, en Angleterre.

— Votre thé est vraiment extraordinaire, dit Stockton après l'avoir goûté. J'avoue avec jalousie que cette année, il dépasse la qualité de ma propre récolte. *First flush*, n'est-ce pas ? »

Claudia le regarda d'un air embarrassé. « Excusez-moi, mais je crois que je ne peux pas vous répondre, je ne m'y connais pas encore très bien en matière de thé.

— Oh ! excusez-moi si je vous ai mise dans l'embarras ! Je suis habitué au thé depuis ma jeunesse et je laisse toujours échapper des termes du métier sans penser que les autres ne me comprennent pas forcément.

— C'est quoi le *first flush*, monsieur Stockton ? demanda Victoria avec curiosité.

— C'est l'une des quatre saisons de récolte. » Le regard de Stockton resta posé sur Grace comme s'il avait attendu qu'elle posât cette question. Nerveuse, elle baissa les yeux, mais elle remarqua qu'il souriait. « On l'emploie essentiellement pour parler du Darjeeling, mais c'est courant aussi pour l'Assam de différencier les saisons. Le thé qui est cultivé ici est de l'Assam, même si nous parlons désormais du thé de Ceylan. »

Grace se souvint des explications que Vikrama avait faites à son père et elle sourit, ce qui n'échappa pas à Stockton.

« Votre fille est vraiment charmante, madame Tremayne. A-t-elle déjà fait son entrée dans le monde ? »

Elle n'aurait jamais imaginé que cette question viendrait aussi vite. Heureusement, il s'était adressé à sa mère, pas à elle.

Claudia eut l'air gênée. « Non, malheureusement, nous n'avons pas eu le temps. La mort de mon beau-frère nous a terriblement surpris. Mais nous projetons de le faire l'année prochaine, quand la situation sera relativement stabilisée.

— Eh bien, s'il en est ainsi, je peux déjà vous dire que cette jeune dame devra se chercher une bonne couturière. La société de Nuwara Eliya est certes réduite, mais très exigeante. Avec une belle robe, votre fille sera en mesure de faire tourner la tête de tous les jeunes hommes.

— C'est très gentil à vous, monsieur Stockton, répondit Claudia flattée. Peut-être votre épouse sera-t-elle en mesure de me donner des conseils pour la couturière.

— Elle le fera avec grand plaisir. »

Grace sentit enfin qu'il détournait son regard.

Mais cela ne voulait pas dire que Stockton n'allait pas la reprendre encore comme sujet de conversation. « Vos filles pourraient rencontrer mes enfants, qu'en pensez-vous ? poursuivit-il après avoir goûté un morceau de gâteau. George a vingt ans et Clara, quatorze. Je crois qu'ils iraient bien ensemble. »

À la façon dont il dit cela, on avait l'impression qu'il espérait que Grace et son fils se plairaient. Tout à coup, Grace sut ce que son regard fixe voulait dire. *Il me jauge comme une jument poulinière.*

Elle aurait préféré bondir, mais elle se domina. Son désir silencieux de voir l'heure du thé passer se fit plus ardent.

« Cela nous ferait grand plaisir, monsieur Stockton ! entendit-elle sa mère répondre. J'ai de toute façon l'intention d'organiser un bal pour fêter notre arrivée. Mais, avant, il faudrait que je fasse la connaissance de toutes ces dames.

— Je crois que cela suffira si vous leur envoyez des invitations. Je peux vous assurer que ma femme a déjà attisé les curiosités sur vous. Les nouvelles vont vite, à Nuwara Eliya. Ces dames sont impatientes de vous rencontrer. »

À la façon dont il regarda ensuite Grace, elle vit qu'il avait l'air très désireux de jouer les entremetteurs entre elle et son fils. Elle le savait. Mais, avant de continuer à parler, on entendit des pas se diriger vers le salon. Un instant plus tard, son père entra.

« Dean, quelle joie de vous voir ! » Henry salua son invité cordialement et Grace put tout juste réprimer un soupir de soulagement, persuadée que Stockton allait maintenant reporter son attention sur son père et sur le thé.

Mais elle se trompait. « Pardonnez mon retard, je vous prie, s'excusa son père en prenant place. Je devais voir si tout allait bien sur le nouveau terrain défriché. Ma fille a attiré mon attention sur un petit problème.

— Vraiment, un problème ? »

Comme s'il savait de qui était venue cette indication, il regarda Grace de nouveau.

« L'un des éléphants était blessé et elle craignait qu'il ne fût maltraité par les ouvriers. En fait, cet animal s'est blessé en se battant avec un autre éléphant. Mes hommes ont décidé de le déplacer pour qu'il n'y ait plus de conflits. »

Henry regarda sa fille qui rougit. *Je n'aurais jamais dû m'attaquer à papa,* pensa-t-elle. *La prochaine fois, je passerai ma colère tout de suite sur Stockton.*

L'heure du thé se prolongea presque jusqu'au soir. Grace réussit à échapper à la compagnie de Stockton en prétextant un léger vertige. Certes, il ne fut plus question ni de mariage ni de débuts dans le monde, cependant elle se sentit extrêmement soulagée lorsqu'elle ne sentit plus ses regards sur elle. Alors qu'elle projetait d'aller se promener pour s'ôter Stockton de la tête, elle se heurta à M. Vikrama, apparemment en chemin pour la maison.

« Excusez-moi, miss, dit-il lorsqu'il se fut ressaisi, je ne voulais pas…

— C'est à moi de m'excuser, monsieur Vikrama, dit-elle promptement. J'aurais dû mieux regarder. Pour un peu, je vous aurais renversé. »

Ils se turent un moment, puis elle ajouta : « Vous vouliez voir mon père ? Il est justement au salon avec M. Stockton.

— Oh ! dit-il en faisant un pas en arrière. Alors, je reviendrai plus tard.

— Mais pourquoi ? s'étonna Grace. Si c'est important, mon père vous pardonnera le dérangement.

— Justement, ce n'est pas important, répondit Vikrama en la regardant comme s'il en avait trop dit. J'en discuterai plus tard avec lui, ce n'est pas pressé. »

Lorsqu'il se retourna, Grace le retint. « Monsieur Vikrama !

— Oui ? demanda-t-il. Son regard déclencha une vague de chaleur dans ses veines qui lui fit oublier ce qu'elle voulait dire. Ou bicn n'avait-cllc ricn voulu dire ? Confuse, elle chercha ses mots et finit par en trouver qui ne donnèrent pas l'impression à Vikrama qu'elle avait perdu la raison.

« Ma sœur adore les perroquets. Pourriez-vous lui montrer comment en attraper un ? »

Oscillant entre l'incrédulité et la surprise, il répondit : « Bien sûr. Je dois seulement vous faire remarquer que les animaux en cage ou dans des volières sont tout sauf heureux. Ils adorent voler en nuées et les plus beaux sont vraiment très précieux, quand on les voit par hasard dans les palmiers. »

Soudain, Grace sentit une boule dans la gorge. L'image de l'oiseau dément de leurs amis lui revint à l'esprit. Il était probablement fou – fou de nostalgie.

« Mais si votre sœur a envie de voir un perroquet de près, je peux arranger ça. »

Son sourire chaud dissipa les doutes qu'elle avait de l'avoir vexé.

« Cela serait infiniment gentil, répondit-elle. Pour tout dire, moi aussi j'aimerais bien voir des perroquets autrement qu'en haut des arbres. Je vous promets de le laisser en liberté après l'avoir regardé de près. »

Vikrama lui fit un signe de tête en souriant et il fit mine de s'en aller quand Grace pensa à autre chose : « Pourriez-vous m'expliquer ce que sont les saisons de récolte du thé ? M. Stockton a parlé d'un *first flush.* »

Le sourire qu'elle avait observé lorsqu'il parlait à son père illumina de nouveau son visage. Un homme pouvait-il afficher des sourires si différents ? Grace en fut troublée.

« Vous avez un moment ? demanda-t-il. Nous ne devrions pas discuter de cela dans l'escalier.

— Mais bien sûr. »

Grace descendit les marches derrière lui et le suivit dans le jardin, en direction des rhododendrons derrière lesquels elle et sa sœur l'avaient écouté en cachette.

« Alors, vous voulez apprendre des choses sur le thé ? », demanda-t-il curieux.

Prise au dépourvu, Grace fit un petit signe de tête. En fait, elle avait voulu lui dire : « J'habite maintenant ici, n'est-ce pas ? Alors, il faudrait que j'en sache plus sur le thé. Si ma mère ne donne pas naissance à un fils, c'est moi qui deviendrai la maîtresse de Vannattuppūcci. »

Une autre idée lui traversa l'esprit : « Que signifie Vannattuppūcci ? demanda-t-elle à Vikrama avant même qu'il eût pu lui répondre. C'est un mot de votre langue maternelle, n'est-ce pas ? »

Vikrama fit un signe d'approbation. « Cela signifie "papillon". C'est votre oncle qui en a eu l'idée à cause des magnifiques spécimens qu'il y a sur la plantation.

— Il y a quelques jours, j'en ai vu un, un très beau papillon bleu. Malheureusement, il a disparu aussi vite qu'il était venu.

— Certains pensent que les papillons sont les esprits des morts. Les hindous croient que les gens peuvent être réincarnés en animaux. Peut-être était-ce votre oncle qui voulait voir qui avait emménagé sur sa plantation. »

Cette pensée plut à Grace bien qu'elle n'ait éprouvé aucun sentiment pour son oncle. En revanche, une vraie tristesse assombrit le regard de Vikrama. Apparemment, il avait beaucoup estimé son maître.

Mais il ne s'abandonna à ses sentiments qu'un instant.

« Je pense qu'il se réjouit que sa nièce s'intéresse à l'œuvre de sa vie. Vous vouliez savoir des choses sur les récoltes, c'est ça ? »

Lorsque Grace acquiesça, Vikrama lui expliqua qu'on distinguait quatre saisons. Pour le *first flush*, on récoltait les jeunes pousses après l'hiver. Le *second flush* était la récolte d'été. La saison dans laquelle ils étaient. Le *rain flush* avait lieu pendant la mousson. Et, pour finir, l'année se terminait avec l'*autumn flush*, la dernière récolte avant la pause de l'hiver.

« Si vous voulez, je peux vous expliquer les différences pour chaque saison. Vous devez savoir que chaque *flush* donne un thé différent. Le *first flush* est léger et amer, le *second flush*, un peu plus doux, mais plus foncé. Il faut juste être attentif quand on boit du thé. »

Grace voulut dire quelques mots, mais ils restèrent coincés dans sa gorge. Son père venait de sortir de la maison avec son hôte et ils traversaient la cour. Stockton regarda autour de lui comme s'il cherchait quelque chose. Finalement, il se tourna vers elle. Grace se figea et, honteuse, baissa les yeux.

« Que se passe-t-il ? lui demanda Vikrama.

— Je pense que maintenant, mon père va pouvoir vous prêter une oreille attentive, dit-elle déçue. Il est en train de prendre congé de son hôte. »

Surpris, Vikrama leva les sourcils. Grace ne voulut pas rester plus longtemps auprès de lui.

« Je dois y aller, maintenant. Merci pour les explications, monsieur Vikrama. »

Ce faisant, elle attrapa sa jupe et emprunta le chemin sablonneux en direction de la maison.

Dean Stockton avait un sourire amusé sur les lèvres quand il quitta la plantation. La petite Grace était très prometteuse. Il l'avait déjà remarquée quand elle avait tiré sa sœur devant son cheval. Elle avait du tempérament et du courage. Elle était fougueuse et, apparemment, en bonne santé – des qualités qu'il attendait d'une belle-fille.

Sa femme n'avait jamais été tout cela. La tendre Alice était presque morte à la naissance de son deuxième enfant et les ceux qu'elle était parvenue à mettre au monde étaient délicats. George, son fils, empaillait toute la journée des oiseaux au lieu de s'intéresser à la culture du thé. Sa fille Clara était maladive et somnolait dans sa chambre la plupart du temps.

Autrefois, cela ne l'avait pas trop gêné, mais maintenant il vieillissait et, avec l'âge, il commençait à réfléchir à ce que deviendrait sa plantation.

Grace venait certes de la lointaine Angleterre, mais il sentait qu'elle aimerait le thé. À part ça, elle semblait avoir un bon contact avec les employés, sinon, pourquoi aurait-elle parlé au contremaître de son père ?

L'autre explication possible resta coincée dans sa gorge.

Ce type entreprenait-il cette petite ?

L'idée de la voir nue dans les bras d'un homme irrita Dean Stockton à tel point qu'il dut arrêter son cheval. Loin du regard permanent de la société et de celui de sa pauvre femme, il put se laisser aller à son imagination et celle-ci lui montra le visage d'une jeune femme, au visage rougi de plaisir, ses boucles blondes sur ses épaules nues, ses seins s'agitant de bas en haut sous l'effet de la passion. Tout à coup, c'est lui qu'il imagina entre ses cuisses…

Il arracha son col en haletant. Il fallait qu'il se calme. Il allait bientôt dîner en famille, ses yeux ne devaient pas briller de désir. Même s'il ne se passait plus rien avec sa femme depuis longtemps, elle avait ce sixième sens propre à toute femme qui a peur de perdre son mari. Elle verrait qu'il pensait à une autre.

Alors qu'il repartait, il essaya de détourner son esprit sur d'autres choses. Mais même lorsqu'il franchit les portes de sa plantation, les lèvres tendres de Grace Tremayne et ses yeux bleus ne lui étaient toujours pas sortis de la tête.

Je vais veiller à ce que George se marie avec elle, se dit-il. *Coûte que coûte.*

L'après-midi suivant, alors que Grace et Victoria s'apprêtaient à faire une promenade avec Mlle Giles, Vikrama vint les trouver, une cage en roseau à la main dans laquelle se trouvait un perroquet rouge vif dont les plumes de la queue étaient vertes et bleues. Il braillait de toutes ses forces.

« Bonjour, mesdames ! dit-il en s'inclinant légèrement. Je me suis laissé dire que miss Victoria voulait voir un perroquet de près. Ce matin, j'en ai croisé un par hasard. Il s'est déclaré prêt à lui faire plaisir à la condition, cependant, de recouvrer ensuite sa liberté. »

Alors que Mlle Giles le regardait comme si elle s'attendait à un numéro de puces savantes sur le dos de l'oiseau, les yeux de Victoria s'illuminèrent de joie.

« Oh ! merci, monsieur Vikrama ! Je vous promets que je vais me dépêcher de le dessiner.

— Mais, miss Victoria ! s'écria Mlle Giles indignée. Vous ne voulez pas dessiner cet oiseau pouilleux…

— Il est en parfaite santé et il ne va rien faire à votre protégée, *Madam,* s'immisça Vikrama en lançant un regard de connivence à Grace. Je vous déconseille juste de le toucher. Si l'on est imprudent, la morsure d'un perroquet peut être très douloureuse.

— Vous êtes-vous déjà fait mordre par un perroquet ? demanda Victoria tout excitée en prenant la cage.

— Oui, quand j'étais petit, tout le temps. Lorsqu'on en attrape un, il faut faire attention à le saisir prudemment par-derrière, de façon à ce qu'il ne puisse atteindre les doigts avec son bec. Si on ne lui fait pas mal, on a des chances de s'en sortir indemne, mais on ne sait pas toujours quand on fait du mal à un animal.

— Oui, mais je ne sais pas…

— Mademoiselle Giles, intervint Grace. J'ai demandé à M. Vikrama de trouver un perroquet.

C'est gentil de sa part, et nous lui en sommes très reconnaissantes. Comment ma sœur devrait-elle apprendre les sciences de la nature si elle ne peut rien observer ? M. Norris n'est malheureusement pas là pour l'instruire. »

La mention du précepteur fit monter le feu aux joues de Mlle Giles. Grace constata avec satisfaction qu'elle avait réussi à déstabiliser la gouvernante. Lorsqu'elle se tourna de nouveau vers Vikrama en souriant, quelque chose brillait dans ses yeux qui fit battre son cœur plus vite.

« Viens, Victoria, allons vite dessiner le perroquet », dit-elle en posant la main sur son épaule. Avant de se retourner, elle offrit encore un sourire à Vikrama et vit qu'il laissait une trace sur son visage.

8

Hills Club Hotel, mai 2008

La pluie chamboula les plans de Diana. Elle continua de tomber les deux jours suivants, rendant impossible un trajet jusqu'à la plantation. Non pas qu'il n'y eût personne pour les conduire, mais la façon de conduire des chauffeurs faisait peur à Diana.

« La mousson a-t-elle débuté plus tôt que de coutume ? demanda-t-elle à Jonathan au petit déjeuner. Dans le train, vous disiez qu'elle allait bientôt commencer.

— Ce n'est pas impossible, mais j'en doute. Nous pourrons certainement bientôt monter à la plantation. »

Diana hocha la tête, déçue et frustrée de devoir se contenter jusqu'à nouvel ordre des rares indices qu'elle possédait déjà.

Avant d'aller retrouver Jonathan pour le dîner, elle alluma son ordinateur portable pour profiter de la connexion, même faible, de l'hôtel et jeter un coup d'œil à ses e-mails. À la vue de la liste de messages en attente, elle soupira.

Éva la tenait au courant de l'avancée de leurs dossiers, ce qui était plutôt gentil. En revanche, elle découvrit trois messages de Philipp, tous trois sans objet comme pour attiser sa curiosité.

Réprimant son envie de les effacer, Diana reporta leur lecture à plus tard. Sans doute lui annonçait-il son intention de divorcer.

Plus prometteur, l'e-mail de M. Green l'informait brièvement des derniers événements au manoir. Une partie de la gouttière du bâtiment principal s'étant effondrée, il avait dû faire venir un artisan. Il la priait ensuite de jeter un coup d'œil à un document joint. M. Green avait-il photographié la nouvelle gouttière ?

En voyant la taille du fichier, Diana poussa un gémissement. Comment allait-elle ouvrir un document de cinq mégaoctets avec cette mauvaise connexion ? Peut-être ferait-elle mieux de sauvegarder ce message jusqu'à leur retour à Colombo.

Sa curiosité la rattrapa cependant, et elle décida de lancer le téléchargement pendant qu'elle dînerait avec Jonathan.

Au cours du dîner, Jonathan et elle discutèrent de la domination coloniale au Sri Lanka et des Tamouls.

« S'il nous reste un peu de temps, il faudra absolument que nous allions voir un des temples, sur les hauts plateaux, suggéra Jonathan. Bien qu'ils aient tout juste de quoi vivre, les hindous les aménagent de façon somptueuse. Leurs dieux sont très importants pour eux. »

Diana en avait vu dans un livre consacré à la région, et l'idée de voir les peintures multicolores et de sentir le parfum des offrandes de fleurs la séduisait.

« Ce serait merveilleux. Vous en connaissez dans le coin ?

— Il y en a un tout près de Vannattuppūcci et deux autres dans les environs. Dès que la pluie aura cessé, nous pourrons y accéder. Mais l'histoire de votre famille a la priorité, bien sûr.

— L'histoire de ma famille est peut-être davantage liée à l'hindouisme que je l'imagine, dit Diana en soupirant. Si seulement j'y voyais un peu plus clair ! Tout ce que j'ai découvert jusqu'à présent, ce ne sont que des suppositions et des généralités qui n'ont rien à voir avec le secret.

— Il me semble que c'est là l'essence même des secrets », murmura Jonathan et son regard s'assombrit, comme lorsqu'il avait évoqué son ex-femme. Avait-il aussi un secret ?

Diana l'observait, curieuse d'en savoir davantage sur lui. Il était si particulier !

Ils passèrent le reste de la soirée penchés sur une carte dessinée sur une serviette en papier, notant tout ce qu'ils savaient ainsi que des informations plus générales. Enfin, Diana put se faire une idée de ce qu'avait pu être la vie de ses ancêtres. Avec un peu de chance, ils élucideraient le secret à l'emplacement même où les choses s'étaient passées.

Sur le chemin de sa chambre, Diana sortit le prospectus de la plantation de sa poche et le plia de façon à voir le numéro de téléphone. Le lendemain étant un lundi, elle pourrait prendre facilement rendez-vous.

Elle se souvint de la photo lorsque l'économiseur d'écran afficha le téléchargement d'une nouvelle image.

D'abord flou, le fichier laissa bientôt apparaître un paysage qui n'avait rien à voir avec le Sri Lanka. La photo avait dû être prise en Europe, dans les années soixante. À la grande surprise de Diana, elle représentait un cimetière dominé par une croix centrale.

Les prédictions de Jonathan se vérifièrent dès le lendemain. Les nuages s'étaient dissipés, laissant filtrer quelques rayons de soleil. Les gouttelettes scintillantes sur les feuilles des arbres rappelèrent à Diana un conte dans lequel une princesse exprimait le vœu de posséder un diadème fait de gouttes de rosée brillant comme des pierres précieuses. Emmely avait coutume de lui raconter cette histoire quand M. Green venait d'arroser la pelouse.

Ah, Emmely, pensa-t-elle en regardant le bureau. *Pourquoi ne m'as-tu pas laissé davantage d'indices…*

Elle était en train de rassembler ses précieux indices dans un sac plastique pour les protéger de la pluie quand on frappa à la porte.

« Entrez ! », cria-t-elle. Jonathan apparut dans l'encadrement de la porte en tenue de randonnée, un sac sur l'épaule. « Qu'en pensez-vous ? On tente le coup ?

— Bien sûr ! répondit Diana. Je reprends l'avion dans cinq jours, il ne nous reste plus beaucoup de temps. J'ai appelé la plantation ce matin, et la secrétaire m'a donné son feu vert. Le gérant est là en ce moment, il pourra tout nous montrer. »

De son côté, Jonathan avait réussi à trouver une Jeep qui leur évitait de traverser la jungle à pied.

« C'était donc une blague, quand vous disiez que nous devrions marcher ? demanda-t-elle d'un air sceptique après être montée en voiture.

— Le trajet est beau, répondit Jonathan. Une randonnée à travers la brousse, c'est une expérience merveilleuse mais, avec ces conditions climatiques, il vaut mieux se faire conduire. À moins que vous ne vouliez tomber sur un ours lippu ? Ils peuvent être très dangereux si on leur fait peur. »

Le conducteur démarra, coupant la parole à Diana. Le voyage s'annonçait cahoteux. Toute conversation était impossible à cause du bruit du moteur et la voiture semblait à tout instant menacer de se renverser ou de s'enliser. Inquiète, Diana regarda Jonathan, calme et songeur, comme à son habitude. Était-ce une façade pour ne pas l'affoler davantage ?

Après avoir passé en revue les pires scénarios, elle finit par s'en remettre au destin et se laissa ballotter pendant que ses pensées s'envolaient de nouveau vers l'image singulière que M. Green lui avait envoyée. Un cimetière dans une région perdue. Que cachait ce message ?

9

Vannattuppūcci, 1887

Stimulée par la contemplation du perroquet, Victoria avait pris l'habitude de sortir, un bloc de papier à dessin sous le bras, pour croquer les impressions qui s'offraient à elle. Les animaux semblaient avoir senti qu'elle ne cherchait plus à les capturer, car ils se montraient plus souvent et elle ne tarda pas à disposer d'une belle série de dessins de perroquets, de papillons et d'autres insectes. Seule la roussette manquait encore à sa collection.

« Ne pourrais-tu pas demander à M. Vikrama de me trouver une roussette ? », demanda-t-elle à sa sœur après une énième tentative infructueuse.

Une fois de plus, Grace rougit à l'évocation du contremaître qui la traitait toujours gentiment et se montrait prévenant sans être aussi pressant que

Dean Stockton. Chaque fois qu'elle le rencontrait, elle avait l'impression de n'être pas assez bien vêtue, d'être mal coiffée ou de se conduire comme une gamine. Que lui arrivait-il ?

Leurs balades matinales prirent fin avec l'arrivée de M. Norris. Victoria reprit ses leçons quotidiennes tandis que Grace fut condamnée à seconder Mlle Giles dans la reconstitution de leur garde-robe abîmée par le voyage.

Quand elle en avait assez des travaux de raccommodage, elle se glissait dans la salle de classe de Victoria pour écouter M. Norris expliquer à son élève la géographie et la botanique du pays – des sujets qu'il ne maîtrisait pas vraiment. Leur père lui avait probablement demandé de familiariser sa cadette avec la faune et la flore locales.

Grace enviait Victoria d'avoir encore le droit de s'instruire au lieu de se consacrer aux obligations domestiques, surtout quand il s'agissait des magnifiques fleurs qui poussaient dans la région.

« L'arbuste que vous voyez devant la maison est un frangipanier, du latin *plumeria.* Il en existe plusieurs variétés de couleurs différentes, mais le jaune et le rouge sont plus fréquents. Cet arbuste de la famille des apocynacées est originaire des Indes.

— Existe-t-il des frangipaniers bleus ? demanda Victoria après avoir terminé d'écrire.

— Franchement je l'ignore. Qui sait toutes les couleurs que Dieu a données à cette plante ? » M. Norris ôta ses lunettes rondes et s'assit sur le bord de la table. « Peut-être en découvrirez-vous quelques-uns avec votre sœur, au cours de vos promenades. »

Surprise, Victoria se retourna tandis que Grace se levait. L'incrédulité se dessina sur son visage quand elle comprit que sa grande sœur était venue volontairement assister à son cours au lieu de faire autre chose.

« Je voulais juste écouter un peu ce que vous disiez », expliqua Grace, gênée. Bien que son enseignement fût terminé depuis trois ans, elle avait gardé le respect et la timidité d'une écolière face à son professeur. « Excusez-moi de vous avoir interrompus. »

Le précepteur se contenta de sourire en marmonnant pour lui-même. « C'est tout de même étrange, ce phénomène. Quand mes élèves doivent suivre mon enseignement, elles ne rêvent que d'y échapper. Mais dès qu'elles en sont dispensées, elles reviennent. »

« Autrefois, vous ne parliez pas des plantes et des animaux exotiques, répondit Grace.

— C'est vrai. Je dois d'ailleurs vous avouer que, bien que je sois un ami des roches, la nature de cette région me fascine. »

Il chaussa de nouveau ses lunettes. « Si vous n'avez pas d'autres obligations, je serais ravi de vous accueillir à mon cours. Bien entendu, vous serez dispensée de dictée. »

Victoria fit la moue. « Qu'est-ce que je peux faire pour être également dispensée de dictée, monsieur Norris ?

— Rien, mon amie, répondit sévèrement M. Norris. Miss Grace a terminé sa scolarité et elle ne pourra certainement pas assister à toutes les leçons. Il faut qu'elle se prépare à se marier et à fonder un foyer. Pour suivre la même voie, miss Victoria, vous feriez bien de redoubler d'attention pendant les cours. La semaine prochaine, je vous ferai écrire une rédaction. »

Victoria se replongea dans son cahier en soupirant.

Alors que M. Norris se lançait dans un discours concernant l'exploitation des cocotiers, le regard de Grace se perdit par la fenêtre avant de se figer. M. Vikrama avait dû faire un saut dans la grange où le thé séchait et passait justement par là.

Vikrama portait la tenue traditionnelle anglaise constituée d'un pantalon marron rentré dans ses bottes, d'un gilet dans les tons de beige et d'une chemisette à manches courtes. Il tenait sous le bras une mystérieuse boîte.

Où va-t-il comme cela ? se demanda-t-elle avant de reporter son attention sur le mouvement des palmiers, pendant que la voix de son professeur coulait sur elle comme une pluie d'été.

La mousson apporta son lot de journées sombres, de pluies continuelles et de fraîcheur toute relative puisqu'on était encore bien au-dessus des températures estivales anglaises.

Grace et Victoria restèrent cloîtrées à la maison pendant de longues journées, ce qui éprouva particulièrement la cadette. Si elle avait fini par accepter la nécessité de poursuivre ses leçons quotidiennes, la consolation que lui apportaient les promenades de l'après-midi lui manquait terriblement.

Les deux sœurs passèrent donc leurs heures de loisirs dans le jardin d'hiver, où elles avaient installé leur chevalet. En quelques minutes à peine, la bonne odeur de pluie était couverte par celles de la peinture à l'huile et de la térébenthine.

« Tu te souviens d'autrefois, au bord du lac ? dit Victoria tandis que son pinceau faisait naître une aile bleue de perroquet.

— Tu parles du jour où nous avons été portraiturées ? demanda Grace qui s'attaquait à une branche de frangipanier.

— Oui, répondit Victoria avec enthousiasme. N'était-ce pas un moment merveilleux ? Tu te souviens comme nous avons agacé le peintre alors qu'il essayait de nous fixer sur la toile ?

— Je suis surprise que tu t'en rappelles encore », répondit Grace. Elle-même n'en gardait qu'un vague souvenir. Elle avait neuf ans, à l'époque. Contrairement aux exhortations de leur mère, les deux sœurs s'étaient mises à courir dans tous les sens, engourdies à force de rester assises près du lac où les moustiques pullulaient.

« J'avais quand même cinq ans ! protesta Victoria. D'ailleurs, je me souviens de choses que j'ai faites à quatre ans.

— Ah oui ? Je n'en crois pas un mot », dit Grace en se cachant derrière son chevalet pour sourire. Malgré ses dix-huit ans, elle adorait taquiner Victoria.

« Je me souviens du jour où papa m'a soulevée jusqu'en haut du sapin de Noël pour que j'accroche l'ange ! Et puis, un jour en hiver, nous avons failli geler dans la forêt parce que tu ne te souvenais plus du chemin. »

Son ton lourd de reproches fit rire Grace. « Nous avons été sauvées, non ? Combien de temps vas-tu me reprocher cette histoire, sœurette ?

— Tant que tu douteras de ma mémoire ! » Elle écarquilla soudain les yeux et reposa son pinceau sur sa palette pleine de peinture bleue.

« Que se passe-t-il ? demanda Grace, croyant à l'une des blagues de Victoria.

— M. Vikrama a l'air de s'intéresser à l'art moderne. »

Lorsque Grace se retourna, leur observateur secret fit un pas en arrière, comme s'il craignait d'être pris en faute. Victoria lui adressa de la main un bonjour joyeux auquel il répondit discrètement. Il se retira aussitôt, non sans avoir adressé un aimable signe de tête à Grace, pétrifiée par la surprise.

Au cours des semaines précédentes, Grace avait observé à plusieurs reprises ses allées et venues nocturnes mais, cette nuit-là, Vikrama n'apparut pas. Le déluge qui s'abattait sur la maison et les arbres enfermait tout le monde chez soi.

Au bout d'une semaine, la pluie cessa. Dès que la cour fut relativement sèche, Grace se rendit dans la grange à thé. Les claies étaient encore vides. Vikrama contrôlait la stabilité du bâtiment en prévision de la prochaine récolte qui aurait lieu juste après les pluies.

« Miss Grace ! s'exclama-t-il, surpris, en la voyant arriver. Vous auriez pu envoyer une de vos domestiques, si vous aviez besoin de mes services.

— Je voudrais vous demander quelque chose. Et puis, je n'en peux plus de rester à la maison. En Angleterre, je n'aurais jamais imaginé que je prendrais un jour autant de plaisir à être dehors. »

Vikrama sourit sans se laisser détourner de son travail. « Il paraît en effet que votre pays est humide et frais. Ici, nous avons aussi de l'humidité, mais la température est plus agréable. Vous devriez vous lever un peu plus tôt, ces prochains jours, pour apercevoir la vapeur que la montagne et les plants de thé dégagent à l'aube. C'est merveilleux.

— J'ai vu cela », répondit Grace avant de s'interrompre. Oserait-elle ? L'occasion était idéale.

« D'ailleurs, je vous ai aperçu par hasard dans le jardin, une nuit, déclara-t-elle le cœur battant. Enfin, il me semble que c'était vous. »

Vikrama se raidit et ses traits se durcirent.

« Où vous rendiez-vous donc à cette heure dans ce costume singulier ?

— Je ne sais pas de quoi vous parlez, miss. »

Tout à coup, Grace se sentit affreusement indiscrète. Que lui importait ce que Vikrama faisait la nuit ? C'était un employé, et il était hindou. Il se consacrait peut-être à quelque rituel sacré qui ne la regardait en rien… Aussitôt, elle décida de se renseigner un peu mieux sur la religion du pays.

Très gênée, elle esquissa un pas en arrière en toussotant. « Je crois que je ferais mieux de vous laisser tranquille.

— Miss Grace, je… »

Mais elle se dirigeait déjà à grands pas vers la maison.

Malgré l'explication tout à fait plausible qu'elle avait trouvée, Grace se tournait et se retournait dans son lit. Dès qu'elle fermait les yeux, le visage du jeune homme s'affichait devant elle. Il l'avait regardée avec un mélange de colère et d'inquiétude, comme s'il craignait d'être pris sur le fait. En tant que fille du propriétaire, elle aurait pu exiger qu'il lui révélât son secret. Elle aurait même pu menacer de le trahir. Mais ce n'était pas sa nature. Une telle révélation aurait pu coûter sa place au contremaître.

Elle avait vu comment vivaient les gens moins chanceux qu'elle et ne voulait en aucun cas le précipiter dans la misère.

La question du rituel sacré la tarauda jusque tard dans la nuit. Tout doucement pour ne pas réveiller Victoria, elle se leva finalement et se posta à la fenêtre, près du rideau.

Devait-elle le suivre ?

Imaginant mille façons de prendre le contremaître en filature sans être vue, elle fixa les buissons où il disparaissait habituellement. Vikrama ne vint pas. Seule l'ombre d'un perroquet traversa l'espace éclairé par la lune.

Au bout d'un moment, Grace retourna dans son lit et repoussa son drap qui lui semblait soudain étouffant. Elle avait le cœur lourd. Maintenant qu'elle lui en avait parlé, il allait certainement trouver un autre chemin pour se rendre à ses rencontres secrètes…

10

Vannattuppūcci Tea Company, 2008

Diana et Jonathan finirent par arriver à la plantation, même si la Jeep avait parfois eu du mal à se frayer un chemin sur le sol détrempé. Il s'en était parfois fallu de peu qu'ils ne dévalassent un talus escarpé, mais le chauffeur avait toujours repris le contrôle de son véhicule, parfois calmement, parfois en jurant contre son engin qu'il rendait manifestement responsable de sa façon de conduire.

« Heureusement que ce n'est pas vraiment la mousson, sinon il nous aurait fallu un hélicoptère », remarqua Jonathan avec un clin d'œil.

Une fois arrivés, Jonathan régla la course au chauffeur, en ajoutant un paquet de cigarettes pour le faire patienter.

Après s'être annoncée à l'Interphone, Diana essaya en vain de jeter un œil au bâtiment caché derrière les palmiers et les rhododendrons luxuriants. Visiblement, l'architecte n'avait pas voulu qu'on puisse voir la maison depuis le portail.

Avec ses pointes en forme de javelot, la palissade du même style victorien que le portail existait probablement depuis plus de cent ans.

Le jardin aussi était très anglais. Diana essaya d'imaginer Grace et Victoria, tout de blanc vêtues sous leurs ombrelles en dentelle, en train de se promener sur les pelouses tondues ras.

Enfin, un homme d'une quarantaine d'années apparut, appuya sur un bouton et la grille s'ouvrit. Vêtu d'un pantalon kaki et d'une chemise beige de style colonial, il dégageait une autorité naturelle.

« Vous devez être la personne venue d'Allemagne. » L'homme aux traits européens lui tendit la main. « Jason Manderley. Je suis le gérant de la Vannattuppūcci Tea Company. »

Diana se présenta brièvement, puis elle fit de même pour Jonathan. « Je suis heureuse que vous ayez trouvé du temps pour moi. »

Le visage de Jason Manderley s'éclaira d'un large sourire. « Tout le plaisir est pour moi. Comme me l'a indiqué ma collaboratrice, vous êtes une descendante de l'ancien propriétaire. »

La dernière, pensa Diana en hochant la tête. « Grace Tremayne est mon ancêtre. C'était la fille de Henry Tremayne. »

Apparemment, le nom lui disait quelque chose.

« Si c'est le cas, elle figure sûrement dans nos archives. Venez, je vais vous les montrer. »

Jason Manderley les y conduisit en passant par de jolis petits chemins, le long de vieux bâtiments vides qui ne donnaient pourtant pas l'impression d'être à l'abandon.

« Jusqu'en 1950, ces hangars étaient utilisés pour le flétrissage et le séchage du thé. » Il indiqua le nouveau bâtiment fraîchement repeint qui se dressait au milieu de la propriété. « Là, les femmes roulaient le thé à la main. Vannattuppūcci était célèbre, vous savez. On y produisait l'un des meilleurs thés faits à la main. Malheureusement, pour des raisons de rentabilité, les propriétaires ont dû passer à la production mécanique. Nous continuons cependant à en fabriquer un peu pour les connaisseurs qui ne reculent pas devant son coût. »

Tandis que Jason Manderley parlait, Diana avait l'impression d'entendre les bavardages des femmes qui avaient vécu et travaillé là jadis à travers le bruissement des palmiers et des hévéas. La paix intérieure qu'elle avait ressentie au manoir des Tremayne resurgissait soudain, exerçant sur elle son étrange pouvoir. Elle avait presque l'impression de rentrer à la maison. L'héritage de Grace était-il si profondément ancré dans ses gènes ?

« Je ne sais pas dans quelle mesure vous êtes familiarisée avec l'histoire du thé au Sri Lanka, poursuivit le gérant alors que les graviers crissaient sous leurs pas.

— J'ai bien peur de ne pas vraiment m'y connaître, répondit Diana. Jusqu'à présent, j'ai orienté mes recherches sur des objets et des personnes. Je voulais en savoir le plus possible sur mon arrière-grand-mère et sur les choses que j'ai trouvées dans la maison de ma tante.

— Qu'avez-vous donc trouvé ? »

Diana s'arrêta un instant pour extraire la photo de son sac.

« Nom de Dieu ! s'exclama-t-il. C'est vraiment notre plantation. Je peux vous dire très exactement où cette photo a été prise. Suivez-moi ! »

Ils quittèrent le chemin pour s'engager sur un sentier qui menait directement aux plantations de thé.

Ils s'arrêtèrent enfin devant une forêt d'aspect relativement jeune et Diana jeta un œil à la photo pour comparer les deux endroits. Si la montagne se dressait bien en toile de fond, on ne voyait ni les théiers ni l'endroit dégagé où Grace avait posé.

« Nous avons commencé à reboiser cette partie de la plantation il y a quelques années. Pour une raison qui nous échappe, cette parcelle de terre avait un rendement moins important que les autres champs. Les cueilleuses de thé sont persuadées que cette terre est maudite. »

Diana eut un frisson. « Maudite ?

— Oui, ces histoires circulent encore de nos jours. Si vous voulez mon avis, ce n'est que du folklore. Si vous montriez la photo de votre ancêtre à l'une de ces femmes, elle la prendrait certainement pour un esprit, voire pour l'esprit qui prive ce champ de sa fertilité. Je crois plutôt qu'il y a une frontière naturelle à cet endroit. Plus on plante le thé en hauteur, moins il pousse. Comme pour tout, c'est une simple question d'équilibre. À cet endroit, le plateau penche du mauvais côté, le climat nuit au thé. Comme vous le remarquerez vous-même, l'air est bien plus frais ici qu'en bas, au pied de la montagne. »

Diana fut pourtant certaine que le frisson qui la parcourait ne venait pas de la fraîcheur de l'air. Les cueilleuses de thé avaient peut-être raison.

« Vous voulez voir cet endroit de plus près ? proposa Jason Manderley avant de se raviser. Non, allons d'abord consulter les archives. Comme la pièce où elles sont conservées est un peu triste, je propose de vous installer une table et peut-être même un petit abri pour que vous puissiez les étudier en plein air. Qu'en pensez-vous ?

— C'est très gentil de votre part, merci !

— Allons voir quels trésors ces archives renferment ! »

Une fois qu'il se fut retourné, Diana se laissa distancer pour chuchoter à l'oreille de Jonathan : « Moi, je crois qu'il y a vraiment une malédiction.

— Dans ce cas, nous avons tout intérêt à regarder cet endroit de très près ! Peut-être y trouverons-nous un indice.

— Que dites-vous ? »

Se croyant interpellé, Jason Manderley s'était retourné.

« Euh, rien. Je faisais remarquer quelque chose à M. Singh. »

Le gérant leur adressa un signe de tête avant de reprendre la route.

Chemin faisant, Diana remarqua un arbre de forme singulière qui se dressait à côté de la maison.

« Est-ce un pommier ? demanda-t-elle à Jason Manderley, étonnée de découvrir cet arbre fruitier si familier à cet endroit.

— Les Anglais avaient la manie de vouloir reproduire à l'identique leur environnement et leur mode de vie, peu importait où ils s'installaient. Ils organisaient des chasses, plantaient des arbres fruitiers et j'en passe. D'après ce que l'on sait, cet arbre noueux a été planté par Richard Tremayne qui a dû prendre goût aux fruits locaux par la suite, puisqu'on n'en trouve pas d'autre exemplaire. »

Voilà qui symbolise bien la manière d'exotisme des Anglais sous ces latitudes, se dit Diana.

Peu après, ils atteignirent l'ancienne maison patricienne qui servait maintenant de bâtiment administratif. Ses deux étages de murs blancs percés de fenêtres étroites se dressaient vers le ciel. Outre des éléments architecturaux typiquement anglais, Diana repéra quelques caractéristiques du classicisme européen ainsi qu'une influence locale discrète certes, mais néanmoins évidente.

« N'est-ce pas merveilleux ? observa le gérant enthousiaste. Dans les années soixante-dix, l'ancien propriétaire caressait l'idée de transformer la maison en hôtel. Des vacances au beau milieu des plantations de thé, spécialités culinaires comprises. Ce projet n'a pas vu le jour à cause de difficultés financières. Nous l'avons échappé belle, car les hordes de touristes auraient certainement abîmé le bâtiment et perturbé le bon déroulement du travail sur la plantation. Cela dit, nous offrons volontiers l'hospitalité à des hôtes isolés qui ont à faire ici.

— Nous avons trouvé un très bel hôtel dans le coin, dit Jonathan.

— Oh ! mais vous devriez le quitter au plus vite ! Je ne vous ferai pas payer une seule roupie si vous séjournez ici. »

À la perspective de dormir dans la maison ayant appartenu à ses ancêtres, Diana exulta intérieurement. Qu'en dirait Emmely…

« Je crois que nous devrions accepter l'aimable proposition de M. Manderley, dit-elle en se tournant vers Jonathan. À condition que nous ne dérangions personne, bien entendu.

— Absolument pas. À moins que vous n'ayez l'intention d'organiser une folle soirée, bien sûr. Les chambres des invités bénéficient d'une entrée séparée. Et en ce qui concerne la nourriture, je m'en occupe personnellement. Ma femme est une cuisinière hors pair, elle sera ravie de vous rencontrer.

— Vous êtes sûr que nous ne pouvons pas vous dédommager ? s'étonna Jonathan.

— Oui, pourquoi ? » Le sourire du gérant était désarmant de sincérité. « Considérez-vous comme mes invités et allez vite chercher vos bagages à l'hôtel. »

Lorsqu'ils pénétrèrent dans le hall qui ressemblait à un musée, deux jeunes femmes qui devaient travailler dans les bureaux vinrent à leur rencontre. Elles portaient des jupes étroites, noires ou kaki, associées à des hauts qui, bien que modernes, rappelaient les costumes traditionnels. Après avoir salué Jason Manderley, elles disparurent dans un autre bâtiment.

« Elles vont probablement vérifier que tout se passe bien au bureau des expéditions », expliqua l'homme alors qu'ils traversaient le hall somptueux, témoin du succès de la plantation.

Sur un mur, Diana remarqua une tache claire en dessous de laquelle avaient été déposés quelques bouquets de fleurs.

«Monsieur Manderley, que veulent dire ces fleurs ? »

Il sourit tristement. « Un très beau tableau se trouvait là, autrefois. Il représentait Shiva et Ganesh en train de danser, quelque chose dans le genre. Hélas ! le tableau a été… détruit.

— Il servait d'autel, semble-t-il…, intervint Jonathan en désignant les fleurs.

— Vous avez raison. Comme vous pouvez le voir, les ouvriers qui célébraient ici leur culte ne se sont pas découragés après la disparition du tableau. Pour eux, cet emplacement était sacré, peu importait la raison.

— Pourquoi ne l'a-t-on pas remplacé ? », s'étonna Diana.

Le gérant sembla hésiter à se lancer dans le récit de cette histoire.

« Vous devriez demander au propriétaire, moi je ne m'occupe que de l'aspect administratif des lieux, vous savez. En tout cas, cela fait un bout de temps que le tableau n'est plus là. Je crois qu'il a été perdu du temps des Tremayne. Peut-être trouverez-vous quelque chose à ce sujet dans les archives. »

Il signifia à Diana et Jonathan de le suivre au sous-sol et esquiva toute autre question concernant le tableau. Diana se promit aussitôt de trouver la raison pour laquelle il avait été détruit.

« Comme c'était courant dans les maisons patriciennes en Angleterre, le personnel travaillait *downstairs* tandis que les patrons vivaient *upstairs**. »

---

* En anglais dans le texte (note de la traductrice).

Cette coutume rappela à Diana une série télévisée qu'elle avait vue dans son enfance. À l'époque, elle avait beaucoup questionné sa tante et M. Green sur les domestiques.

« Comme nous n'avons plus besoin de domestiques, nous avons décidé de consacrer cette pièce aux archives. » D'un geste prompt, il ouvrit la porte derrière laquelle s'étiraient des rangées d'étagères et d'armoires. Diana ne vit d'abord que des livres de comptes. Les vrais trésors devaient être cachés dans les armoires.

« C'est vraiment impressionnant !

— Entrez donc, c'est davantage une bibliothèque privée qu'un lieu d'archivage où les documents se désintègrent peu à peu. Le climat est ici idéal pour conserver le vieux papier. Ni trop sec ni trop humide. Certaines archives européennes paieraient cher pour recréer ces conditions de conservation dont nous bénéficions naturellement ! »

En s'approchant du bureau démodé qui ressemblait à celui du manoir, Diana crut passer les portes d'un monde fabuleux. À côté d'un sous-main râpé se dressait une lampe Tiffany à l'abat-jour un peu abîmé, dont les bords étaient curieusement striés d'entailles. Que cela signifiait-il ?

« Vous pourrez effectuer autant de recherches que vous le désirez, ici. Il faudra juste laisser la place à mes employés quand ils auront besoin de consulter des dossiers.

— Oui, nous allons nous arranger », répondit Diana. Pour la première fois, il lui semblait être exactement au bon endroit. « Je ne veux surtout pas vous encombrer.

— Ne vous inquiétez pas. Je me réjouis que quelqu'un s'intéresse enfin à cette histoire. J'espère d'ailleurs que je pourrai exploiter quelques-unes de vos trouvailles pour nous faire un peu de publicité ! Cela ne vous choque pas, j'espère ?

— Bien sûr que non – à condition que je ne tombe pas sur des horreurs ! répondit Diana en ne riant qu'à moitié.

— Ne vous faites pas de souci, les détails personnels ne m'intéressent pas. En revanche, si vous trouvez quelques anecdotes concernant la plantation, ce serait formidable pour notre brochure, qui est un peu maigre. »

Diana lui fit un petit signe de tête. « Dans ces conditions, je mettrai un maximum d'informations à votre disposition. »

Jonathan se porta volontaire pour aller chercher leurs bagages au Hills Club Hotel et régler les formalités nécessaires pendant que Diana installait ses quartiers dans les archives. Son ordinateur portable était encore à l'hôtel, mais elle avait apporté un bloc de papier pour noter tout ce qui était important ainsi que son inséparable guide touristique de Colombo. Certes, il n'avait aucun rapport direct avec la plantation, mais il lui tenait lieu d'écrin pour la photo et la photocopie qu'on lui avait faite au Hills Club.

Deux heures plus tard, Jonathan était de retour. « J'espère que je n'ai rien oublié », dit-il en tendant son sac à Diana. Elle remarqua aussitôt qu'il n'avait pas rassemblé ses affaires à la va-vite, mais qu'il s'était donné la peine de les ranger soigneusement.

Le soir venu, une douce lumière pourpre baigna la plantation tandis que les arbres se transformaient en ombres noires. Ils semblaient tout droit sortis d'une bande dessinée et les cris d'oiseaux qui s'échappaient de leur feuillage semblaient s'amplifier à mesure que la nuit approchait.

« Rien qu'au poids, je peux vous dire que tout y est, dit Diana en souriant. Vous avez pris mon ordinateur portable, c'est ça l'essentiel. Je peux me passer de mes vêtements. »

Le sourcil droit de Jonathan se souleva. « Ah, vraiment ? »

Remarquant l'ambiguïté de son propos, elle éclata de rire. « Ce n'est pas ce que je veux dire ! Je n'ai pas besoin de grand-chose. Je peux laver les vêtements que je porte ! »

Plus Jonathan la considérait en souriant, plus elle rougissait.

« Je pense vraiment avoir tout pris. Vous n'aviez pas complètement déballé votre sac. Vous espériez secrètement dormir ici, non ? ajouta-t-il avec un clin d'œil avant de hisser son sac sur son épaule et de la suivre dans la maison.

— M. Manderley est venu me voir tout à l'heure pour me donner les clés de nos chambres », expliqua Diana alors qu'ils traversaient le hall. Les clés tintaient légèrement dans sa poche. « Selon lui, c'étaient les chambres des sœurs Tremayne. Malheureusement, il ne reste rien du mobilier d'origine. Dans ma chambre, la cheminée et la fenêtre me semblent être d'époque.

— Peut-être allez-vous trouver un journal intime caché dans la cheminée, dit Jonathan en souriant.

— Je l'espère bien ! Mais je n'ose pas trop y croire, à vrai dire.

— On ne devrait jamais dire jamais ! » Jonathan détailla les parois du couloir. « Qui sait ce qui se cache entre ces murs. Peut-être allez-vous rencontrer un fantôme à qui vous pourrez poser des tas de questions. Au Sri Lanka, les gens sont persuadés que les esprits veillent sur les vivants.

— Je pensais que la plupart des Tamouls étaient hindous.

— En effet, mais cela ne les empêche pas de croire aux esprits. On dit par exemple que certains esprits ne se réincarnent pas, qu'ils restent éternellement parmi nous, sous forme d'ombres. » Il s'interrompit soudain, et Diana attribua son silence à l'atmosphère singulière qui régnait dans la maison.

Arrivés à la première porte, Diana lui tendit la clé.

« Comme vous n'étiez pas là quand il m'a montré les chambres j'ai pris la meilleure, bien entendu, plaisanta-t-elle. La mienne donne sur le jardin. »

Jonathan ouvrit la porte en riant. « Je ne peux pas me plaindre non plus de la vue, je crois, et d'ailleurs je doute sérieusement que vous ayez été assez égoïste pour prendre la meilleure chambre. »

Diana rit. « Vous savez, je crois bien que nos chambres n'en formaient qu'une, autrefois. Regardez ce mur ! »

N'importe quel profane se serait aperçu que le mur était trop près de la fenêtre.

« Vous avez raison. La pièce était peut-être trop spacieuse. Peut-être était-ce une salle de bal. »

Diana secoua la tête. « Non, si mes suppositions sont exactes, la salle de bal a été transformée en bureaux. Ces chambres étaient vraiment celles des sœurs Tremayne qui disposaient d'énormément de place.

— Bon, s'il en est ainsi, je vais aller vérifier ce qui se cache dans ma cheminée. »

Diana tendit le doigt vers le poêle en faïence qui se dressait contre le mur de droite. « Je crois que vous ne trouverez rien là-dedans. Au pire, on y a brûlé de vieux papiers.

— J'espère qu'il ne s'agissait pas de documents importants concernant vos ancêtres. »

Diana repensa aux cachotteries d'Emmely. Les Tremayne auraient bien pu cacher des choses qu'ils ne voulaient pas rendre publiques.

« En tout cas, j'aime beaucoup ma chambre. Si je trouve quelque chose d'important, je vous le dirai », conclut Jonathan.

Après avoir déposé leurs sacs dans les chambres, Jonathan suivit Diana aux archives, où elle lui montra fièrement ses premières trouvailles.

« En fait, je ne me suis occupée que de la première armoire. Il y a pas mal de pagaille dans les vieux dossiers.

— Cela ne m'étonne pas », répondit Jonathan. La petite flamme du chercheur se mit à briller dans ses yeux lorsqu'il passa le doigt sur la tranche des livres de comptabilité en vieux cuir. « Ce n'est pas un musée, mais des archives privées. Toute leur attention se concentre sur le thé et non sur l'étude des vieux papiers. À l'heure du rendement obligatoire, le passé est devenu secondaire.

— J'ai bien peur cependant que le passé n'ait un certain pouvoir sur le présent », répondit Diana en scrutant le visage de Jonathan. Pour la première fois, elle remarqua l'imperceptible battement de sa tempe tout comme ces petits poils fins, à la pointe de ses sourcils.

« Eh bien, il ne nous reste plus qu'à nous plonger là-dedans ! », répondit-il. Leurs regards se croisèrent. « Mais pas l'estomac vide. Je meurs de faim ! »

M. Manderley ayant mis gentiment la cuisine à leur disposition, Jonathan proposa de lui faire découvrir une recette de riz tamoule. « Avec du lait de coco, expliqua-t-il lorsqu'il se mit aux fourneaux. À la campagne, c'est le repas que l'on sert traditionnellement lors d'un anniversaire. »

Diana l'observait, songeuse. *Que dirait Michael s'il nous voyait ici ?* Elle se promit de lui raconter en détail toutes ses aventures. Après tout, c'était un peu grâce à lui qu'elle se trouvait ici.

Une demi-heure plus tard, ils étaient à table. Jonathan avait mêlé au riz quelques morceaux de mangues fraîches, qu'il avait achetées au chauffeur de la Jeep qui en transportait une caisse pleine.

« Que nous le voulions ou non, nous sommes enfermés ici, raconta Jonathan en saisissant une tranche de mangue. Le chauffeur de la Jeep ne reviendra pas avant quatre jours.

— Quatre jours ! s'exclama Diana, horrifiée. Mon avion…

— N'y a-t-il pas un moyen de repousser votre retour ? »

Diana s'apprêtait à refuser quand une petite voix intérieure lui souffla qu'elle désirait également prolonger ce séjour. « Eh bien, pourquoi pas… Je pourrais essayer… » Jonathan rayonna. « Parfait ! De toute façon, je doute que nous trouvions quelque chose tout de suite, et ce serait dommage de passer à côté de votre secret par manque de temps, n'est-ce pas ? »

11

Vannattuppūcci, 1887

Comme il l'avait promis, M. Stockton emmena Henry dans le célèbre Hills Club où il fut présenté à de nombreux propriétaires de plantation, et à d'autres personnalités influentes. Ils n'hésitèrent pas longtemps avant d'en faire un membre régulier du club. Henry Tremayne venait d'une bonne famille et le malheur de son frère éveillait partout la sympathie.

Pour le remercier de l'avoir introduit dans cette société qui promettait de lui être très utile dans le futur, Henry invita Stockton avec sa famille ainsi que d'autres membres du club à la réception que Claudia prévoyait déjà depuis un moment.

Dans les jours qui précédèrent la fête, M. Wilkes forma les domestiques à donner le meilleur d'elles-mêmes, demanda et obtint l'engagement d'un domestique, un jeune Tamoul qui venait de quitter l'école et que Henry avait généreusement accepté d'embaucher. La cuisinière bénéficia également de la riche expérience de M. Wilkes. Il lui montra comment préparer des scones et comment détourner la recette du cake en y ajoutant des ingrédients locaux. Quand enfin le fournisseur arriva ponctuellement, chargé des légumes et du poisson commandés, il se crut au paradis. Si Dean Stockton ne leur était pas particulièrement sympathique, Claudia et M. Wilkes allaient néanmoins pouvoir lui démontrer que les vêtements des domestiques – les uniformes n'étaient toujours pas arrivés – n'engageaient en rien leurs compétences. Ce qui comptait, c'était ce que l'hôte avait à offrir à ses convives.

Il allait de soi que les deux sœurs Tremayne porteraient des vêtements neufs, tout au moins d'apparence, pour l'occasion. Leur situation financière passée ne leur ayant pas donné le loisir de suivre la mode du moment, Mlle Giles modifia avec soin les robes des filles en s'inspirant d'un magazine que Wilkes avait acheté à Colombo.

En cela, elle fut aidée de deux jeunes Tamoules qui raccommodaient les vêtements des ouvrières quand leur travail de cueillette le leur permettait. Grace était sûre que les jeunes femmes se moquaient à loisir de ses vêtements et de ses sous-vêtements. Victoria avait raison, les femmes d'ici ne portaient aucun corselet ou corset sous leurs saris, et leur peau brune semblait mieux supporter le vieillissement que celle des femmes blanches.

Elle les enviait secrètement chaque fois que Mlle Giles tirait sur les lacets, lui coupant le souffle.

Pendant les interminables retouches, Grace prétexta une soif irrésistible pour s'esquiver et se mit en route pour les cuisines. Tout comme au manoir, sa mère n'aimait pas y voir ses filles car elle craignait qu'elles ne dérangent les domestiques.

Grace entendit la cuisinière donner des ordres à ses aides d'une voix cassante. Comprenant qu'elle n'était pas contente, elle se cacha pour l'épier. C'était la première fois qu'elle voyait cette Tamoule d'une quarantaine d'années. Du même âge que Grace, ses assistantes sursautaient chaque fois que la cuisinière donnait un ordre. M. Wilkes se tenait prudemment à l'écart, se cantonnant au nettoyage de l'argenterie.

Depuis sa cachette, elle aperçut soudain une fillette recroquevillée sous la table. Manifestement, la petite n'avait rien à faire là. Elle avait dû se glisser dans la cuisine sans qu'on la remarque et se retrouvait prisonnière.

Occupée à savourer quelques fruits chipés sur la table, elle ne paraissait pas se plaindre de son sort.

Lorsque l'enfant s'aperçut qu'elle était observée, elle se figea, blêmit et cacha du mieux qu'elle le pouvait son larcin. M. Wilkes lui aurait certainement tiré les oreilles s'il avait remarqué le vol, mais Grace se contenta de lui sourire. Mlle Giles aurait objecté que ce n'était pas servir l'éducation d'un enfant que de lui pardonner un vol, mais la fillette était si touchante avec ses grands yeux foncés et ses joues délicates souillées par le jus des fruits que Grace n'eut pas le cœur de la trahir.

Au bout d'un moment, les traits de la petite se détendirent. Elle se retourna vers la porte par laquelle elle avait dû entrer et qui était restée entrouverte.

Aussitôt, Grace comprit ce qu'elle devait faire. Elle se détacha du chambranle de la porte et entra dans la cuisine.

« Bonjour, monsieur Wilkes ! »

Tous les regards se tournèrent immédiatement vers elle. Les bonnes firent de grands yeux, la cuisinière manqua de se couper un doigt et M. Wilkes reposa vite les couverts.

« Bonjour, miss Grace ! » Le majordome se redressa et signifia aux bonnes et à la cuisinière de se lever. « Pardon ! Je ne vous avais pas entendue venir. »

Rapide comme l'éclair, la petite fille profita de ce que tout le monde lui tournait le dos pour prendre la fuite. Seule Grace avait été témoin de son habile manœuvre. Elle cacha son sourire et dit : « Je passais voir où vous en étiez.

— C'est donc votre mère qui vous envoie. »

Grace ne dit rien pour le détromper.

« Les préparatifs battent leur plein, et je peux vous assurer que tout sera à la hauteur des attentes de Mme Tremayne. Nous sommes conscients de la responsabilité qui repose sur nos épaules et chacun de nous (son regard se promena sur les aides de cuisine qui venaient juste de se faire réprimander) fera de son mieux pour satisfaire votre famille.

— Ma mère sera certainement heureuse de l'entendre, monsieur Wilkes. Continuez à faire tranquillement votre travail et… auriez-vous la gentillesse de me servir un peu de thé froid ? »

Une heure plus tard, les vêtements retouchés étaient prêts. Bien que sa robe rayée bleu et blanc fût vraiment très belle, Grace ressentit un peu de tristesse en se regardant dans le miroir. Elle avait presque oublié le bal des débutantes pendant ces dernières semaines, mais cette séance d'essayage lui rappelait tout ce qui lui manquait de son pays. Il y a quelques jours, elle avait entendu Mlle Giles en parler à M. Norris.

« C'est un scandale que la jeune miss ne puisse pas participer au bal », avait remarqué la gouvernante en soupirant, sur quoi M. Norris avait répondu : « En chemin, j'ai vu tant de belles maisons et de plantations. L'une d'elles cache certainement un mari pour miss Grace. »

Elle passa la main sur le tissu enrichi de nœuds et de dentelles, l'estomac serré par la sombre intuition que l'élu pourrait bien s'appeler Stockton.

« Qu'en dites-vous, miss Grace ? » Impatiente, Mlle Giles se tenait à côté d'elle comme un peintre dans l'attente des louanges de son mécène.

« C'est magnifique », répondit Grace d'un air contraint. Elle savait bien qu'on ne transformait pas un âne en destrier mais, au moins, elle ne se couvrirait pas de ridicule devant les Stockton.

« Nous devrions peut-être adopter la tenue locale, dit Victoria depuis l'autre bout de la pièce. Elles grattent sûrement moins que la dentelle de mon décolleté.

— Ne dis pas de bêtises ! lança Claudia venue examiner les vêtements de ses filles. Vous êtes des ladies anglaises, pas des cueilleuses de thé. »

Grace remarqua le regard de l'une des jeunes couturières et si sa mère le remarqua également, elle l'ignora à dessein.

Tel un inspecteur, elle tourna autour de ses filles, examinant chaque ourlet, l'assise de chaque perle et la longueur des jupes. Lorsqu'elle eut terminé, elle fit un petit signe à la gouvernante.

« Très bon travail, mademoiselle Giles. Je suis sûre que mes ravissantes filles attireront tous les regards. »

À la veille de la fête, Vannattuppūcci était d'une magnificence tout à fait comparable à celle du manoir les jours de grandes réceptions. Tous les signes de délabrement, les fissures dans les murs avaient été soigneusement camouflés. La salle des fêtes, probablement inutilisée depuis longtemps, fut préparée par une armée de serviteurs. Si Claudia nourrissait encore quelques inquiétudes quant à cette nouvelle vie à la plantation, elle était sûre que cette soirée serait un triomphe.

Le soir du bal, Grace s'assit en silence devant sa fenêtre. Elle était nerveuse, agitée. La perspective de voir Dean Stockton et sa famille lui gâchait tout plaisir, et elle rêvait de disparaître dans le jardin.

« À quoi penses-tu ? Tu crois qu'un des gentlemen va m'inviter à danser ? » Soulevant son bras droit, Victoria esquissa une pirouette.

Grace se retourna. Au moins, sa petite sœur semblait bien s'amuser, savourant l'insouciance de n'être pas encore en âge de se marier.

« En fait, c'est un peu ton bal d'entrée dans la vie mondaine, tout de même, dit Victoria pour lui remonter le moral. Tu vas être présentée à la société de Nuwara Eliya.

— Je te parie que M. Stockton va me jeter dans les bras de son fils avant que j'aie le temps de dire ouf.

— Peut-être qu'il est beau, après tout. Même si tu ne peux pas le souffrir, avoue quand même que son père est bien de sa personne.

— Tu ne sais pas de quoi tu parles », murmura Grace. Elle jeta un nouveau coup d'œil par la fenêtre en se demandant ce que M. Vikrama faisait ce soir-là. Faisant partie du personnel, il n'avait certainement pas été convié. Cela dit, les Cahill avaient bénéficié d'une exception. M. Cahill avait demandé à son père s'il pouvait venir accompagné de sa femme et de ses filles et ce dernier avait accepté par politesse, mais aussi parce qu'il s'y sentait obligé vis-à-vis de son avocat. Grace préférait passer la soirée avec ses deux filles qui feraient certainement tapisserie, qu'avec Stockton et son fils.

Mlle Giles apparut à cet instant. En tant que gouvernante, elle ne devait pas égaler l'élégance de ces dames, mais elle avait néanmoins tiré le meilleur de ses vêtements.

Tout comme M. Norris, elle avait été conviée en sa qualité de responsable de l'éducation des filles de la maison.

« Vous êtes merveilleuse, mademoiselle Giles, dit Victoria en dansant autour de sa gouvernante. M. Norris va certainement danser avec vous toute la soirée. »

Elle fut si flattée par les compliments de Victoria qu'elle rougit et oublia de leur faire d'ultimes recommandations sur leur conduite pendant le bal.

Lorsque Grace quitta à contrecœur le bord de la fenêtre, elle prit la résolution de remplir aussi parfaitement que possible ses devoirs de jeune fille bien élevée en attendant patiemment que cette soirée se termine. Elle ne voulait pas faire honte à sa famille.

Ses parents l'attendaient déjà en haut de l'escalier. Claudia portait une robe de taffetas bleu ornée de nœuds blancs. Henry avait l'air très solennel dans sa redingote grise et son gilet noir, avec sa lavallière rouge foncé maintenue par une épingle ornée d'une perle.

Ils examinèrent leurs filles et Claudia ajusta une dernière fois les nœuds de la robe de Grace.

« Je suis sûre que vous allez faire sensation. Ce ne devrait pas être trop difficile ! Après tout, ces Anglais n'ont pas été dans leur pays depuis bien longtemps.

— Ma chérie, si tu pouvais éviter les préjugés... Les hommes que j'ai rencontrés au club étaient très aimables et très cultivés, tu sais. Je ne pense pas que leurs familles le seront moins qu'eux. »

Henry se pencha sur Claudia et lui donna un baiser. Au même instant, les premières voitures à cheval se firent entendre.

« Je crois qu'ils arrivent. À nous de jouer ! » Henry Tremayne ôta une poussière invisible du revers de sa veste pendant que Wilkes allait ouvrir la porte.

Au cours des minutes qui suivirent, une grande partie de la société de Nuwara Eliya passa le portail de Vannattuppūcci. Les calèches s'arrêtaient les unes après les autres devant la porte pour déposer des gens élégants qui gravissaient aussitôt l'escalier du perron.

« Ah ! voici les Stockton ! »

Grace se renfrogna.

« N'aie pas l'air si sombre, la rappela à l'ordre sa mère. Tu vas faire peur à leur garçon. »

C'est justement ce qu'elle voulait ! Même si George Stockton ressemblait davantage à sa mère, avec son teint pâle et ses cheveux roux, elle ne lui trouva aucun attrait.

Affublé d'une redingote en brocart vert, Dean Stockton précédait sa famille. Son regard se posa d'abord sur ses parents, puis sur Grace et il afficha un air satisfait quand Henry lui souhaita la bienvenue.

« Je suis ravi de vous accueillir ici, monsieur Stockton.

— Tout le plaisir est pour moi », répondit Stockton avant de présenter sa famille aux Tremayne. George, le rouquin avec son duvet sur le menton ; sa sœur à la peau diaphane et aux membres délicats. Si elle avait hérité des cheveux bruns de son père, elle avait l'air fragile de sa mère.

Grace leur sourit aimablement, remarquant au passage que le garçon la dévisageait comme si son père lui avait déjà parlé d'elle.

« Vos femmes sont tout à fait ravissantes, monsieur Tremayne, remarqua Stockton en se pliant pour un baisemain de rigueur.

— Je vous renvoie le compliment, répondit poliment le père de Grace. Vous avez par ailleurs un bel héritier. Je suis sûr qu'il vous apporte beaucoup de satisfaction.

— En effet. » Stockton mit la main sur l'épaule de son fils. « George est impatient de faire la connaissance de votre fille. Après tout, ce sont eux qui dirigeront un jour nos plantations, n'est-ce pas ? »

Le sens de ces mots n'échappa pas à Grace. En tant que femme, jamais elle ne dirigerait seule la plantation. Soit elle s'en occuperait à l'ombre d'un homme, soit elle ne s'en occuperait pas du tout, car l'homme reprendrait la direction des affaires.

Il y a encore quelques semaines, elle se serait soumise sans rechigner à ce que l'on attendait d'elle et aurait accompli ses devoirs d'épouse.

À présent, cependant, une légère rébellion montait en elle, qui l'étonnait autant qu'elle lui faisait peur. Aux côtés d'un autre homme que George Stockton, elle aurait consenti à respecter les conventions sociales, mais le garçon qu'on lui présentait là était manifestement plus faible qu'elle.

Heureusement, les autres invités attendaient, si bien que Henry et Claudia durent s'éloigner des Stockton. Libérée de leur présence, Grace accueillit avec bonne grâce les souhaits de bienvenue et les compliments des autres convives. Elle remarqua la sincérité de certains invités particulièrement sympathiques, qui ne la jaugeaient pas comme une bête curieuse.

Une fois tout le monde réuni, son père fit un petit discours pour dire à quel point il se réjouissait de saluer la bonne société de Nuwara Eliya et de s'installer dans ce beau pays. Il n'évoqua son frère que brièvement pour ne pas mettre l'assemblée dans l'embarras et assombrir l'ambiance. Une fois son discours terminé, il signifia aux musiciens de commencer.

La tête ne tarda pas à lui tourner à force de parler, de multiplier les politesses et les sourires, et Grace se retira un instant pour prendre l'air. Elle devait bien admettre que les invités n'étaient pas fondamentalement différents de ceux de Londres. Bien qu'ils fussent là depuis des années, rien ne semblait avoir changé dans leur comportement.

Le jardin l'enveloppa d'une tranquillité apaisante, et elle s'enfonça avec délice dans l'obscurité. Autrefois, elle ne se serait jamais aventurée dehors vêtue d'une telle robe de bal, mais les semaines précédentes l'avaient changée sans qu'elle en comprenne la raison. L'aversion qu'elle ressentait au début pour cet endroit s'était envolée à mesure que son intérêt pour le thé s'était éveillé, et elle comprenait de mieux en mieux l'état d'esprit de Victoria qui considérait ce séjour comme une grande aventure.

« Miss Grace ? », demanda quelqu'un à voix basse.

Vikrama était là, tout près d'elle. Au lieu de ses vêtements de travail ou de son mystérieux costume, il portait une chemise noire dont le col était légèrement ouvert et les manches un peu retroussées. Son pantalon large était également noir. Il n'avait pas de chaussures. On aurait dit un guerrier oriental sorti tout droit d'une des histoires qu'elle avait lues il y a bien longtemps. À l'inverse d'eux cependant, Vikrama ne cachait pas son visage. Au clair de lune, sa pâleur contrastait avec ses boucles noires, ses sourcils foncés et sa barbe soignée. Et il était encore plus beau que d'habitude.

« Monsieur Vikrama, je… »

Il leva la main en souriant. « C'est à moi de m'excuser. Ma réaction étrange vous a sûrement donné l'impression que je faisais des activités illégales alors que ce n'est pas le cas. »

Grace lui sourit, soulagée. Apparemment, il n'était plus fâché.

« Je n'ai jamais pensé cela, rassurez-vous, répondit-elle. Seulement je suis très curieuse, un trait de caractère que ma mère me reprochait constamment quand j'étais plus jeune. Cela s'était calmé ces dernières années, mais ici, tout est si nouveau, si différent que je crains de retomber dans ce travers.

— La curiosité aide parfois l'esprit à s'ouvrir à d'autres cultures, répondit Vikrama.

— Qui citez-vous ? demanda Grace en haussant les sourcils.

— Oh ! je vous parle juste de mon expérience et de celle de mon entourage ! Nous aussi, nous sommes curieux, surtout vis-à-vis de nouveaux arrivants. C'est aussi pour cette raison que vous trouverez toujours des gens prêts à vous rendre service, ici. En vous aidant, ils apprennent à vous connaître. »

Ils se turent. Au loin, un cri singulier se fit entendre, probablement celui d'un oiseau.

« Je n'avais aucun droit de vous demander des explications, remarqua-t-elle envahie de remords. Vous avez beau être l'employé de mon père, vous avez bien le droit d'avoir une vie à vous. »

Vikrama la regarda singulièrement, comme s'il voulait dire quelque chose. Il se retint cependant et secoua la tête en disant : « Kalarippayat. »

Grace le regarda, étonnée. « Comment ? » Était-ce une façon de saluer les gens ici ?

Vikrama sourit. « C'est ce que je fais la nuit. Du kalarippayat.

— Qu'est-ce que c'est ?

— Un art martial. Je m'entraîne tous les soirs avec quelques amis. Le médecin du village est notre *gurukkal*, le maître. Je suis l'un de ses disciples.

— En quoi consiste cet art martial ? », demanda Grace, surprise. Elle avait imaginé tout un tas de choses à propos de cet employé aimable et discret, mais certainement pas une activité de combattant.

« Nous combattons avec des épées et des boucliers, ou alors à mains nues, pieds nus. En réalité, il s'agit davantage d'une danse que d'un combat. Quand nous nous exerçons, nous nous battons avec notre adversaire et non contre lui. »

Grace essaya d'imaginer la scène. Les autres étaient-ils habillés comme Vikrama ? À quoi ressemblaient leurs épées ? Comment les combats s'organisaient-ils ? Certainement pas comme dans les pièces de théâtre sur Richard III !

« Il y a une histoire intéressante sur cet art martial », ajouta Vikrama en marchant à ses côtés, les mains croisées dans le dos. Ses mouvements étaient aussi souples que ceux d'un félin.

« Racontez-moi !

— Autrefois, les souverains indiens étaient si sages qu'ils voulaient éviter toute perte de sang inutile pendant les batailles. Chaque adversaire envoyait un unique combattant de sa garde, et les deux hommes se battaient jusqu'à ce que mort s'ensuive. Le prince dont le combattant avait péri devait s'avouer vaincu.

— Quelle sagesse ! », dit Grace, impressionnée. Jusqu'à présent, elle n'avait entendu parler que des combattants sikhs connus pour leur hardiesse et leur cruauté.

« En effet. Malheureusement, cette tradition est peu à peu tombée dans l'oubli. Les guerres entre princes indiens se sont faites moins fréquentes, et puis les armées devaient se mesurer à des envahisseurs qui n'étaient pas habitués à cette pratique. Aujourd'hui encore, les adeptes du kalarippayat continuent cependant de former la garde rapprochée des maharadjahs. »

Complètement absorbée par le récit, Grace se taisait.

« Nous nous battons dans le style du sud de l'Inde, même si nous ne pouvons pratiquer cet art martial au grand jour, comme à l'origine. »

Enthousiasmée par ces évocations, Grace ne remarqua pas que Vikrama avait soudain cessé de parler, comme s'il en avait trop dit.

« À quoi ressemble un combat ? » Un espoir traversa son regard. « Pourrais-je y assister un jour ? »

Vikrama plissa le front. « Je crains que cela ne soit pas si facile. À l'entraînement, il n'y a que des hommes. Les femmes restent à l'écart. On ne leur interdit pas de regarder, mais les combattants ne voient pas cela d'un très bon œil. Ils craignent d'être distraits ou que les femmes les poussent à prendre des risques pour leur plaire.

— Décidément, c'est exactement comme chez nous, sourit Grace. Les jeunes Anglais qui veulent plaire aux filles font parfois des bêtises.

— Cependant, vous pourriez peut-être assister discrètement à un entraînement, réfléchit Vikrama. Pour cela, il faudrait que vous puissiez repérer les lieux. Je pourrai vous y accompagner, mais je ne pourrai venir vous rechercher tout de suite. »

Les joues de Grace étaient brûlantes, comme si elle était restée trop longtemps devant un fourneau. Cette situation était tellement impensable dans sa bonne vieille Angleterre !

Soudain, l'expression de Vikrama se fit sérieuse.

« Que se passe-t-il ? », demanda-t-elle, inquiète. Il se posta devant elle et posa ses mains sur ses bras.

« J'aimerais que vous ne disiez rien à votre père. Gardez pour vous ce que je vous ai dit. C'est très important. »

Grace fut surprise. « Mais…

— Je ne connais pas encore votre père. Pendant la colonisation des Indes, des adeptes de kalarippayat ont mis les Anglais à rude épreuve et, dans certaines plantations, les disciples de cet art martial ont été sévèrement punis quand on a découvert qu'ils s'y entraînaient. Cette sorte de combat est interdite. »

Un peu oppressée, Grace réussit à dire : « Vous ne voulez tout de même pas…

— Non, nous n'avons aucune intention d'attaquer les Anglais. Nous ne sommes pas assez nombreux, de toute manière. En ce qui me concerne, il s'agit davantage de sauvegarder les traditions. Voilà pourquoi vous me voyez traverser la cour, le soir. Je vais retrouver les autres dans la forêt. Cela vous explique également pourquoi je ne voulais pas vous dire ce que je faisais. »

La comparaison avec le guerrier n'était donc pas complètement fausse. Il fallut un moment à Grace pour digérer ce qu'elle venait d'entendre. Ce jeune homme si gentil pratiquait un art martial interdit par les colons quasiment sous leurs yeux. Il courait un grand risque d'être puni. Pour couronner le tout, il venait de mettre dans la confidence la fille du maître.

« Pourquoi me racontez-vous tout ça ? dit-elle, un peu essoufflée. Je pourrais très bien aller voir mon père et tout lui raconter.

— Vous le pourriez, en effet. » Vikrama souriait de nouveau. « Mais vous ne le ferez pas, je le sais. Je le sais depuis l'instant où vous n'avez pas dénoncé la petite fille qui avait volé des fruits à votre cuisinière. Vous l'ignorez peut-être mais, ici, les maîtres considèrent le vol comme un crime, même s'il s'agit de nourriture. Et ils le punissent par le fouet.

— Pas les enfants, tout de même. »

Vikrama hocha tristement la tête. « Les enfants aussi. Ils n'ont d'égard, ni pour le sexe ni pour l'âge du voleur. »

Grace secoua la tête en frissonnant. « Comment connaissez-vous l'histoire de cette fillette ?

— Elle vient de me l'apprendre. C'est la fille d'un couple d'amis à qui je viens de rendre visite. »

Vikrama relâcha ses bras en souriant. Bien qu'il n'eût pas serré, Grace sentait encore la pression de ses mains. Une excitation singulière la traversa.

« Je ne dirai rien », dit-elle. Et elle ajouta : « Mais vous devez me promettre d'être prudent. Si on vous découvre, la punition sera autrement plus sévère que celle que vous venez de me décrire, j'imagine.

— Ne vous inquiétez pas, miss Grace. Tant que personne n'apprend ce que je fais, personne ne me punira. Mais je ferais mieux de vous raccompagner à la maison. J'imagine que votre absence au bal se fait cruellement sentir. »

Alors qu'ils revenaient en silence, Grace se demanda si on avait remarqué sa disparition. Son père et sa mère avaient certainement tant à faire avec leurs invités qu'ils n'avaient probablement rien vu. Victoria s'était sûrement fait de nouveaux amis et devait faire tourner les serveuses en bourrique, à moins qu'elle n'essayât de boire du vin.

« Ah ! monsieur Vikrama, vous avez retrouvé ma fille ! »

Grace sursauta en voyant son père venir à sa rencontre. Ils n'avaient rien fait de mal, mais la crainte qu'il pût se faire des idées lui traversa l'esprit.

« Je ne me sentais pas bien, expliqua-t-elle. Je suis sortie prendre l'air.

— Heureusement que M. Vikrama veille sur toi.

— Je rentrais justement chez moi, sir, dit Vikrama d'un ton calme et responsable. Je m'étais permis de rendre visite à quelques amis. Comme votre fille avait l'air égarée, je lui ai proposé ma compagnie.

— C'était très gentil de votre part. Viens, Grace, je voudrais te présenter quelques personnes. »

Avant de s'éloigner, Grace se tourna vers Vikrama qui s'inclina légèrement en lui jetant un dernier regard.

Stockton surgit alors derrière son père et Grace comprit qu'il avait entendu leur échange. Partagé entre la colère et la raillerie, il souriait. Grace savait pourquoi. À l'époque, lorsqu'il avait failli renverser Victoria, elle avait refusé qu'il la raccompagnât et maintenant, elle acceptait la compagnie d'un Tamoul. Si le regard de Stockton la transperça, Grace fit comme si de rien n'était.

De retour dans la salle de bal, Grace ne se sentait plus à sa place. Elle souriait, faisait les réponses que l'on attendait d'elle, mais dès qu'on détournait son attention d'elle, elle s'approchait des fenêtres et plongeait son regard dans l'obscurité qui enveloppait la maison.

Est-ce qu'il s'entraîne en ce moment ? se demandait-elle. Comme elle aurait aimé le regarder ! Mais son père ne l'aurait certainement pas laissée disparaître une nouvelle fois. À la moindre occasion, sa mère ou lui l'entraînaient pour la présenter à de nouveaux invités dont elle aurait oublié les noms à la fin de la soirée.

Après un laps de temps qui lui parut interminable, la réception se termina. Les Stockton prirent congé, non sans que Dean ait encore complimenté son père pour ses « belles femmes », promettant de revenir bientôt. Les autres invités s'éloignèrent dans de derniers éclats de rires, certains un peu ivres.

« La fille de Stockton est ennuyeuse au possible, déclara Victoria lorsqu'elles se retrouvèrent dans leur chambre. Tu as vu comme elle est pâle ? Pas étonnant, elle est tout le temps malade. Le médecin est un habitué de la maison. »

Grace, qui n'avait pas vraiment écouté, répondit par un « hum » distrait.

« Tu te demandes certainement comment je sais tout ça. Eh bien, figure-toi que l'une de ses qualités principales est de se vanter des souffrances qui l'ont retenue au lit. En ce moment, elle souffre de vertiges et d'un dérèglement du rythme cardiaque. D'ailleurs, elle ne voulait pas venir à la soirée, mais sa mère a insisté. Mary Cahill est bien plus intéressante. Tu l'as vue ? Eh bien, en voilà une qui n'aura aucun problème à trouver un mari. Quel pot de colle avec les garçons ! »

Voyant que sa sœur ne l'écoutait pas, Victoria se tourna vers elle. « Quelque chose ne va pas ? Tu es bien silencieuse.

— Non, rien. Je suis très fatiguée, c'est tout. Papa et maman m'ont présentée à chaque invité. Je ne pourrais même plus te dire quel fils ou quelle fille appartient à quelle famille.

— En tout cas, en ce qui concerne les fils, je crois que ce soir, tu as augmenté tes chances d'échapper à George Stockton. » Victoria éclata de rire. Remarquant le silence insistant de Grace, elle s'assit près de sa sœur sur le bord du lit.

« Où étais-tu quand papa est allé te chercher dehors ?

— Je me promenais », répondit Grace en déboutonnant sa robe. Elle ne souhaitait qu'une chose, se coucher ou être seule à la fenêtre, pour pouvoir réfléchir.

« Tu te promenais seule ? Dans l'obscurité ? » Les yeux de Victoria s'agrandirent comme si elle avait vu quelque chose d'effrayant. « Tu aurais pu rencontrer un mauvais esprit.

— Aucun risque, ils étaient tous dans la salle de bal ! C'était si calme, dehors, et je doute fort qu'il y ait ici des esprits du thé !

— Ça, tu ne peux pas le savoir ! » Victoria leva un doigt menaçant. « Chaque endroit a ses esprits. L'oncle Richard se balade peut-être la nuit à travers les champs de thé, pour examiner ses biens. »

Le ton sinistre que sa sœur maîtrisait à merveille pour raconter ses scénarios d'horreur fit involontairement frissonner Grace. « Tu dis n'importe quoi, dit-elle en se redressant pour s'extraire de sa robe. Oncle Richard n'est plus parmi nous sinon, il se serait déjà montré. »

Grace baisa le front de sa sœur, ôta le reste de ses jupons et se glissa enfin sous sa couverture. Renonçant à poursuivre la conversation, sa sœur l'imita en poussant un soupir.

Cette nuit-là, Grace ne s'assit pas à la fenêtre. Les yeux grands ouverts, elle fixa le plafond et réfléchit aux questions qui lui trottaient dans la tête.

Une question la taraudait concernant Vikrama : avait-il une femme ? Une fiancée ?

Troublée, elle réalisa qu'elle ressentait à l'égard de cette épouse imaginaire quelque chose qui ressemblait fort à de la jalousie.

S'efforçant d'écarter cette image, elle repensa aux mystérieux combats. Se battaient-ils comme des guerriers ? Ou bien comme dans les bas-fonds de Londres ? Prise d'une agitation singulière, elle ferma les yeux et sombra enfin dans le sommeil.

Grace consacra les semaines qui suivirent à l'étude de la vie des cueilleuses et à l'exploration des environs. À plusieurs reprises, elle tomba par hasard sur Vikrama qui lui sembla sortir peu à peu de son devoir de politesse pour lui dévoiler de plus en plus son caractère et ses sentiments.

Presque toutes les nuits, il disparaissait derrière les buissons pour revenir quelques heures plus tard. Parfois il levait la tête et, s'il la découvrait à sa fenêtre, il ne manquait pas de lui adresser un sourire. D'autres fois, il était tellement plongé dans ses pensées qu'il traversait la cour sans sembler s'en rendre compte. Ces nuits-là, Grace se cassait la tête pour savoir ce qu'il pensait.

À force de veiller tard, Grace dormait plus longtemps le matin.

« Tu ne viens plus aux cours, se plaignit Victoria un matin, alors que Grace se levait, indolente. Tu manques à M. Norris, tu sais, et puis papa se demande pourquoi tu te fais porter ton petit déjeuner dans la chambre depuis deux semaines avant de disparaître dans la nature pendant toute la journée.

— J'observe la vie à la plantation, prétexta Grace en espérant que sa sœur ne découvre pas la vraie raison de ses promenades solitaires.

— Et puis que fais-tu la nuit, quand nous sommes couchées ? »

Prise de court, Grace se tut.

« J'ai bien vu que tu passais des heures assise à la fenêtre en regardant la lune. Tu n'es quand même pas somnambule ?

— Je... Je n'arrive pas à trouver le sommeil avec ce clair de lune », répondit Grace en espérant que Victoria allait la croire. Heureusement, de son lit, il était impossible à celle-ci de voir ce qui se passait devant la fenêtre.

« J'ai vu que tu souriais toute seule, comme si tu pensais à de belles choses, ajouta Victoria, satisfaite d'avoir mis le doigt sur un secret de sa grande sœur. Tu ne vas quand même pas te transformer en un de ces poètes qui écrivent des odes à la lune ou, pire, en ce peintre allemand qui peint des paysages éclairés par la lune.

— Tu veux dire Caspar David Friedrich ? Si seulement je savais peindre aussi parfaitement que lui ! » Devant l'innocence de sa sœur, Grace reprit de l'assurance. « Que tu me croies ou non, depuis notre arrivée ici, je suis tirée de mon sommeil toutes les nuits à la même heure, et je ne peux me rendormir que bien après minuit.

— Ce n'est pas normal, constata Victoria. Tu devrais en parler à un médecin.

— Nous n'avons pas encore de médecin ici, grosse bêtasse, répondit Grace en lui caressant les cheveux. À part ça, je me sens tout à fait en forme. Cela vient certainement du décalage avec l'Angleterre. Dans l'un des journaux de papa, j'ai lu qu'ici, le soleil se levait beaucoup plus tôt que dans notre pays. Peut-être que je n'arrive pas à m'habituer. La nuit tombe également plus tôt que chez nous. »

Plus elle parlait, plus elle aimait cette explication. M. Norris lui-même serait bien en mal de la contredire.

De fait, son père aborda le sujet pendant le dîner. Après qu'elle lui eut expliqué avec assurance le mal dont elle se croyait atteinte, Henry regarda sa mère d'un air réprobateur. « Il faut absolument que notre fille s'acclimate. Mlle Giles ne peut-elle donc rien faire ?

— Que pourrait-elle bien faire contre les insomnies ? répondit Claudia déconcertée. Lui chanter des berceuses ? »

Elle se pencha vers Grace en souriant. « Ma chérie, nous pouvons nous passer de toi au petit déjeuner pendant quelques jours encore, mais il va falloir que tu t'efforces de retrouver ton rythme.

— Je vais faire de mon mieux », promit Grace avec sérieux, tout en repensant à ses rendez-vous nocturnes avec Vikrama.

Parmi les points que M. Stockton avait abordés avec son père pendant la réception, il y avait la question du recrutement d'employés anglais chargés de surveiller le transport du thé et le travail des cueilleuses. Henry engagea un second contremaître, Jeff Petersen, un blond mal dégrossi qui avait travaillé dans un élevage de moutons en Nouvelle-Zélande. Outre son grand nez, il se distinguait par une cravache en cuir tressé dont il semblait inséparable. Bien qu'il parlât doucement, ses mots semblaient toujours porter une menace. Il ne tolérait aucune défaillance. Une fois la confiance de son maître gagnée, il promettait de faire preuve de sévérité.

Vikrama était tout sauf content. Les moutons n'avaient rien en commun avec le thé et les cueilleuses n'avaient aucun besoin d'un garde-chiourme. Jusqu'à présent, elles avaient toujours donné le meilleur d'elles-mêmes parce qu'elles appréciaient la vie à la plantation et qu'elles estimaient Richard Tremayne au-delà de sa mort. En outre, la caste dans laquelle les dieux les avaient fait naître ne leur offrait que la misère comme alternative à la plantation.

« Excusez-moi, sir : n'êtes-vous pas satisfait de mon travail ? », demanda Vikrama à Henry, lorsqu'ils se retrouvèrent pour leur entretien quotidien. Le nouveau contremaître n'était pas encore là, mais les changements étaient imminents.

« Bien au contraire, mon cher, je suis très content de vous. Tellement content que j'ai décidé de faire de vous mon administrateur. »

Surpris, Vikrama le regarda fixement. « Mais M. Cahill…

— M. Cahill est mon avocat, et je pense que cette fonction occupe tout son temps. À mon avis, vous gâchez vos talents en tant que contremaître. Je vais mettre M. Petersen sous votre autorité. S'il n'agit pas comme vous le souhaitez, vous serez libre de lui donner des ordres. »

Mais Vikrama n'était pas complètement satisfait. Il connaissait les ouvrières et savait les motiver sans avoir jamais recours au fouet. Un œil sur Petersen lui avait suffi pour voir que cette paix serait révolue dès qu'il occuperait son poste dans les champs.

« On dirait que ma proposition ne vous fait pas plaisir ?

— Vous êtes le maître, sir. Vous ferez toujours ce qu'il y a de mieux pour la plantation. »

Henry l'observa un instant puis hocha légèrement la tête : « Prendrez-vous encore un peu de thé, monsieur Vikrama ? Vous avez raison, notre plantation produit vraiment un breuvage de première qualité. »

Vikrama acquiesça silencieusement avant de se lancer : « Avez-vous remarqué que les femmes chantaient en travaillant aux champs ? »

Henry fronça les sourcils. Pourquoi disait-il cela ?

« Lorsque nous avons visité la plantation, je n'ai rien entendu.

— Vous avez raison. C'est parce qu'elles nous ont vus venir mais, si vous approchez sans être aperçu, vous pourrez vous en rendre compte.

— Tout cela est bien joli, mais quel est le rapport avec notre conversation ?

— Eh bien, sir, je voulais juste attirer votre attention sur le fait que ces chants si beaux montrent à quel point les cueilleuses sont satisfaites, ici. Tant qu'on les entendra chanter sur la plantation, Vannattuppūcci produira du thé de cette qualité et vous vous ferez un nom dans le monde entier. »

Décontenancé par ces propos singuliers, Henry ne fit aucun commentaire. Où voulait-il en venir ? Un homme aussi intelligent que Vikrama ne disait pas de telles choses en l'air…

Un doute s'immisça en lui. Ce garçon semblait remettre son choix en question. Avait-il l'intention de monter ses employés contre lui si les choses ne se passaient pas comme il l'entendait ?

Il scruta un bref instant Vikrama qui demeura impassible bien qu'il semblât bouillonner intérieurement. *Il va falloir que je l'aie à l'œil*, se dit Henry.

L'arrivée de nouveaux employés entraîna de profonds changements à la plantation. La productivité grimpa à mesure que le silence se faisait dans la plantation. Si les femmes travaillaient plus vite qu'avant, elles ne chantaient plus. Selon M. Petersen, cette manie les détournait de leur travail.

Henry Tremayne n'en remarqua rien. Il avait refoulé les mots de Vikrama au fond de sa conscience, et son administrateur n'en avait plus reparlé non plus.

Vikrama changea, lui aussi. Il se fit plus silencieux, plus renfermé. Il savait que Petersen et ses gens n'obéiraient pas à un métis et que M. Tremayne prendrait leur parti s'il devait y avoir une dissension.

Il sentait que quelque chose avait changé dans leurs relations et attribuait ce changement au soir où il avait raccompagné la fille de Tremayne, pendant le bal. Stockton avait certainement dit à Henry que cela ne se faisait pas. Ce même Stockton qui s'était si violemment disputé avec Richard avant sa mort et qui attribuait secrètement la responsabilité de son décès à Vikrama. En avait-il parlé à M. Tremayne ?

Dans le doute, il préféra garder le silence – les Anglais étaient solidaires, il ne le savait que trop bien – et éviter autant que possible le moindre contact avec les filles Tremayne. Il réalisa pourtant qu'il lui en coûtait de ne plus voir Grace, dont la peau blanche comme du lait lui semblait si différente de celle des autres femmes. Jamais il n'avait ressenti dès le premier abord une telle inclinaison pour une femme.

Si son père ne voyait rien, Grace, elle, ressentit cruellement ce changement. Finis, les bavardages insouciants avec Vikrama quand ils se croisaient sur la plantation. Le jeune homme restait sur la réserve et, parfois, il était tellement raide que Grace battait aussitôt en retraite, déstabilisée, se reprochant amèrement de lui accorder tant d'importance. Mais quand la tristesse cédait le pas à la lucidité, elle ne manquait pas de s'interroger sur ce changement. Qu'est-ce qui pouvait le pousser à agir de la sorte ? Y avait-il des problèmes à la plantation ? Des soucis avec son père ? Elle avait remarqué l'arrivée des hommes, tout comme elle avait constaté que Vikrama était retenu de plus en plus tard au bureau, au lieu d'aller et venir comme à l'accoutumée. Quel rôle Stockton jouait-il dans tous ces bouleversements ? Bien qu'elle n'ait pas de preuve, l'aversion qu'elle nourrissait envers leur voisin s'accrut de jour en jour.

Par un bel après-midi particulièrement chaud, alors que Victoria était en train de suer sur la dictée de M. Norris, Grace décida d'écrire à ses amies de Londres. Elle en avait eu l'intention juste après son arrivée à Colombo, mais le temps lui avait manqué. Elle avait eu bien trop de choses à découvrir et d'événements à vivre.

Un cri strident fit glisser la plume de Grace, horrible trait barrant comme une balafre les mots qu'elle venait d'écrire.

Mais c'était secondaire. Sûre qu'il s'était passé quelque chose de terrible, elle se précipita à la fenêtre mais ne vit rien. Alarmée, elle quitta précipitamment la pièce.

Curieusement, personne d'autre qu'elle ne semblait s'inquiéter dans la maison. Par les hautes fenêtres du hall, elle ne tarda pas à découvrir un attroupement, près d'une des granges à thé. Les cris résonnaient toujours dans la cour. Que se passait-il ?

Elle voulut d'abord prévenir son père, mais il avait quitté la plantation tôt le matin et sa mère était de nouveau clouée au lit par une migraine.

Sans hésiter plus longtemps, elle souleva ses jupes et courut dehors.

Les claquements secs et sifflants qu'elle percevait entre les cris la glacèrent jusqu'au sang. Elle avait entendu les mêmes à Plymouth, quand ils avaient embarqué pour Ceylan.

Quand Grace voulut se frayer un passage dans leur groupe, les femmes s'écartèrent, stupéfaites.

Petersen était en train de fouetter une femme attachée à un palmier.

Voyant le sang sur les vêtements de la jeune femme, Grace se figea, horrifiée.

« Arrêtez ! », cria-t-elle, mais l'homme ne se laissa pas distraire.

Ulcérée, Grace fit un pas en avant. Quelques hommes s'écartèrent, l'un d'eux cria même quelque chose qu'elle ne comprit pas à Petersen.

Une seule chose pouvait l'arrêter. Sans hésiter, Grace s'interposa entre la femme et Petersen.

Ce dernier poussa un grognement de colère, mais réalisa juste à temps qui elle était.

« Ôtez-vous de mon chemin, miss grace !

— Allez-y si vous voulez, lança-t-elle, mais c'est moi que vous frapperez ! Je serais heureuse de vous entendre expliquer à mon père pourquoi sa fille a une plaie saignante sur le visage. »

Autour d'eux, le temps s'arrêta. Les murmures des cueilleuses de thé se turent.

Petersen se mordit la lèvre inférieure comme s'il hésitait effectivement à frapper. Enfin, il baissa le bras.

« J'ai le droit de punir cette femme qui a volé, grogna-t-il enfin.

— Qu'a-t-elle volé, monsieur Petersen ? Du thé ?

— Des pommes. »

Grace secoua la tête, décontenancée.

« Vous la fouettez parce qu'elle a pris quelques pommes de cet arbre ? » Furieuse, elle pointa le doigt en direction du pommier à la silhouette si caractéristique. Pourquoi l'oncle Richard avait-il choisi de le planter là, le vouant une dégénérescence assurée ?

« Avez-vous déjà goûté à ces pommes ?

— Je n'oserais jamais, *Ma'am* ! répondit Petersen en gonflant fièrement la poitrine.

— Eh bien vous devriez le faire ! dit-elle d'une voix forte. Ces pommes sont inutilisables, c'est bien pour cette raison qu'elles sont encore là ! Si une personne de la plantation veut en manger une, qu'elle le fasse !

— Mais votre père serait certainement…

— Mon père se moque complètement de ce pommier et quand bien même ce ne serait pas le cas, je vous assure qu'il ne souhaiterait en aucun cas que l'on fouette une femme sur sa propriété. De telles punitions, monsieur Petersen, appartiennent au Moyen Âge et non à une société cultivée. Vous allez relâcher cette femme et faire le nécessaire pour qu'on la soigne ! »

Le contremaître grinça des dents mais Grace ne se laissa pas intimider et il finit par enrouler le fouet, non sans ajouter rageusement : « Je vais en informer votre père !

— Allez-y, mais n'oubliez pas de lui parler de votre comportement, car moi, je le ferai sans aucun doute, monsieur Petersen ! »

Quand leurs regards se croisèrent, Grace vit très nettement le désir de vengeance briller dans les yeux du contremaître. *Je suis la fille de la maison,* se dit Grace. *Un jour, je dirigerai cette plantation, avec un mari ou sans mari.*

À son retour, son père apprit immédiatement ce qui s'était passé et convoqua Grace. Vikrama se tenait à côté de lui, blême.

« Assieds-toi ! », dit Henry d'un ton furieux. Alors qu'elle prenait place sur la chaise devant le bureau, son père se leva et fit quelques pas dans la pièce. Grace regarda Vikrama, mais son visage trahissait une telle expression de peur qu'elle détourna les yeux. Son père allait probablement la punir sévèrement pour son ingérence.

«M. Petersen vient de me raconter ce qui s'est passé dans la cour.

— Il a fouetté une femme, papa ! s'emporta-t-elle. Tout ce qu'il a pu te raconter d'autre n'est que mensonge !

— Grace ! » Le ton sans appel de sa voix la glaça.

« Pardon. » Grace baissa la tête et lutta pour contenir sa colère. Devait-elle être punie alors qu'il s'était comporté comme un bourreau du Moyen Âge ?

« Il est inutile que je te dise que tu as eu un comportement parfaitement inadmissible pour une jeune femme ! Tu aurais pu être blessée !

— Tu permets à M. Petersen de fouetter les gens ? Pour des pommes que nous ne touchons même pas ?

— C'est une question de principe. Un vol reste un vol !

— Un pauvre larcin, tout au plus ! Même en Angleterre, on ne punit pas les voleurs par le fouet.

— Non, mais on les renvoie sans aucune référence.

— Tu devrais dédommager cette femme pour les blessures qu'on lui a infligées ! » Grace avait les yeux brillants. Qu'était-il arrivé à ce père qu'elle croyait connaître ? Stockton l'avait-il remplacé par une méchante marionnette ? « Depuis quand nous conduisons-nous comme des barbares ? »

Henry pinça les lèvres et ses joues s'empourprèrent, signes avant-coureurs d'un de ses accès de colère. L'estomac de Grace se serra, non de peur mais parce qu'elle venait de comprendre que son père ne la défendrait pas. Petersen avait manifestement réussi à imposer sa vision des choses.

« Jamais plus tu ne te mêleras des affaires de mes employés, tu entends ! dit-il doucement mais en martelant chacun de ses mots lourds de menaces. Tu es privée de sortie pour le reste de la journée. Je ne veux en aucun cas te voir dehors, tu entends ? Cela t'apprendra à me manquer de respect. »

Grace regarda son père, décontenancée. La dernière fois qu'il l'avait consignée à la maison remontait à huit ans. À l'époque, elle avait grimpé dans un arbre avec une robe en dentelle pour savourer la vue sur le parc. La robe s'étant abîmée, elle avait dû passer le reste de la journée seule dans sa chambre, car la petite Victoria était restée auprès de sa mère.

Tu n'es pas sérieux, aurait-elle voulu lui dire, mais les mots restèrent coincés dans sa gorge. Elle observa Vikrama au regard toujours aussi énigmatique, puis elle se leva.

Son père la regardait avec colère. « J'attends des excuses adéquates dès demain. Tu peux t'en aller. »

Le cœur de Grace se serra. Elle sentit les larmes de colère et de déception lui monter aux yeux, mais elle les refoula, fit demi-tour et quitta la pièce. Elle se dominait encore quand elle traversa le hall où sa mère était en pleine discussion avec Mlle Giles. Les deux femmes s'entretenaient à propos du tableau représentant des divinités hindoues, au pied duquel se trouvaient des fleurs fraîches que des mains invisibles déposaient régulièrement. Après un mois ici, on n'avait toujours pas vu les fidèles qui semblaient guetter le bon moment pour apporter leur offrande.

Grace réussit à passer sans se faire remarquer et disparut dans la pénombre du couloir où elle se laissa aller aux larmes. Elle pleura sans bruit sur l'injustice dont elle était victime et sur le manque d'intérêt de son père pour le bien-être de ses employés. Mais elle pleura surtout parce que Vikrama avait été témoin de sa réprimande.

Arrivée au bout du couloir, elle entendit très nettement la voix de Victoria qui chantait doucement. Sans doute était-elle de nouveau assise à son chevalet.

Si Grace entrait, elle lui poserait une multitude de questions. Bien que Grace fût certaine du soutien de Victoria, elle ne voulait pas lui montrer à quel point son père l'avait blessée.

Elle repensa soudain au fumoir. Pour autant qu'elle le savait, son père n'en avait pas encore pris possession. La gorge serrée, elle revint sur ses pas et se dirigea vers la porte que sa sœur et elle avaient découverte quelques semaines plus tôt. Grace tourna prudemment la poignée de la porte.

À peine en eut-elle passé le seuil qu'une sorte de magie s'empara d'elle, comme si l'oncle Richard l'attendait personnellement pour la consoler. Ses larmes cessèrent de couler et son esprit s'éclaircit. L'injustice dont elle avait fait l'objet passa au second plan, laissant place à une autre pensée : qui était Richard Tremayne ?

Elle se sentit soudain coupable de ne rien savoir de lui. L'aurait-il punie, lui aussi, d'avoir osé porter secours à une femme de la plantation ? Comment se comportait-il avec ses employés ? Les quelques phrases que Vikrama avait lâchées à son sujet étaient empreintes d'une profonde considération.

Elle repoussa aussitôt l'espoir de retrouver quelques notes écrites de sa main. Les Tremayne n'avaient pas l'habitude d'écrire leurs mémoires. Si Richard avait ressemblé à son frère, il avait dû être un homme courageux, vivant dans le présent et peu enclin à remuer des souvenirs.

Son tempérament à elle venait probablement de sa mère. Elle aussi se posait beaucoup trop de questions. D'après le médecin, c'était d'ailleurs la cause de ses migraines.

Elle referma la porte derrière elle avec un léger sanglot, comme celui d'un enfant qui aurait déjà oublié la cause de son chagrin. Lentement, elle traversa la pièce, caressa les draps qui recouvraient les meubles, palpa leurs contours. Elle ouvrit le couvercle du piano et appuya sur une touche blanche, laissant échapper un son passablement faux. Selon toute vraisemblance, personne n'y avait touché depuis bien longtemps. Alors pourquoi était-il là ? Son oncle avait-il souhaité apprendre à en jouer ?

C'était peu probable. Peut-être voulait-il tout bonnement impressionner ses amis ou ses camarades du club.

Prise d'une impulsion subite, elle se dirigea vers la commode Empire située sous un tableau représentant un paysage avec un lac et un manoir. Elle constata non sans déception qu'il ne s'agissait pas de la demeure des Tremayne.

Après avoir ôté le drap posé sur la commode, elle en ouvrit le premier tiroir. Son cœur battait. Allait-elle y trouver quelque chose qui lui révélerait un peu plus de la personnalité de son oncle ?

Le bois grinça. Dans le tiroir, elle découvrit un morceau de velours rouge couvert de poussière. À l'usure du tissu, on voyait que quelque chose avait dû être posé dessus il y avait bien longtemps. Grace laissa courir ses doigts sur le velours mais, ne sentant rien en dessous, elle décida de passer au deuxième tiroir. Elle y trouva quelques bouts de papier, des factures jaunies couvertes de caractères tamouls, une tabatière vide à laquelle il manquait une charnière et un bout de chaîne en laiton. Un bric-à-brac abandonné là après qu'on eut prélevé le plus intéressant.

Au premier abord, le dernier tiroir, plus difficile à ouvrir, lui sembla vide. En tirant un peu plus fort, néanmoins, un étrange roulement sourd se mêla au frottement du bois. Titillée, Grace tira encore un peu plus et eut la bonne surprise de découvrir un objet brillant.

Avait-il délibérément été placé tout au fond du tiroir ? Elle le saisit délicatement. C'était un vieux médaillon dont l'argent était terni et tacheté, et la chaîne, presque noire. Les mains tremblantes, elle essaya de l'ouvrir mais elle n'y arriva pas. Que pouvait-il bien cacher ?

Tout à coup, des voix se firent entendre de l'autre côté de la porte. Sa mère et Mlle Giles la cherchaient-elles ? Elle s'appuya contre le mur, à côté du tableau, et referma sa main sur le médaillon comme si cet objet avait le pouvoir de la rendre invisible. Les voix passèrent, puis elle entendit une porte s'ouvrir. *C'est celle de notre chambre,* pensa-t-elle, effrayée. *Victoria va dire à maman que papa m'a convoquée.*

Allaient-elles la chercher ici ? Elle se rabroua aussitôt. De quoi avait-elle peur ? Cette pièce ne faisait-elle pas également partie de la maison ?

Alors que le médaillon se réchauffait petit à petit dans sa main, elle entendit la porte se rouvrir et les bruits de pas repasser dans l'autre sens, cette fois en silence. Sa mère et Mlle Giles se dirigeaient visiblement vers le hall d'entrée.

Grace souffla, puis regarda le médaillon niché dans sa main. Sans l'aide d'un coupe-papier ou d'une épingle, il lui serait impossible de l'ouvrir. Elle passa autour de son cou la chaîne qui sentait le métal rouillé et cacha le médaillon sous sa robe puis elle referma le tiroir, étendit le drap sur le meuble et, après avoir jeté un bref coup d'œil au tableau, elle quitta la pièce.

Comme elle l'avait supposé, Victoria était assise à son chevalet et peignait une composition de fleurs de frangipanier disposées dans une coupe en argent.

« Ah ! c'est toi ! J'ai cru que c'était de nouveau Mlle Giles. Comment s'est passé l'entretien avec papa ?

— Pas très bien, répondit Grace.

— Je suis au courant de ce que tu as fait. On ne parle plus que de cela à la plantation. Un ouvrier l'a raconté à M. Norris alors qu'il pensait que j'étais plongée dans mon travail. C'était très courageux de ta part.

— Tu trouves ? » Grace s'assit sur le lit en soupirant. « En tout cas, cela m'a valu une interdiction de sortie pour aujourd'hui. Le pire, c'est que papa m'a morigénée devant M. Vikrama, comme si j'étais une petite fille ! »

Victoria leva les sourcils. « Tu as été privée de sortie ? Mais tu as dix-huit ans ! Comment peut-il agir ainsi ? »

Grace haussa les épaules d'un air buté. « Apparemment, c'est encore permis quand on ne se conduit pas en adulte. Je ne sais pas moi-même ce qui m'a pris. Il y a quelques semaines encore, j'étais bien plus docile. Qu'est-ce qui m'arrive ?

— Tu n'es plus en Angleterre. Chez nous, des pratiques barbares telles que le fouet n'existent pas. Père va certainement prendre des mesures contre Petersen. À Vannattuppūcci, c'est lui le maître, pas toi !

— Mais qui d'autre aurait pu aider cette femme ? Personne n'aurait pu l'arrêter. »

Grace préféra rester à la fenêtre plutôt que de toucher au dîner qu'une bonne lui avait apporté. Son père ne pouvait pas lui interdire cela, au moins. Un rideau de larmes lui brouilla la vue alors qu'elle s'apitoyait sur son sort.

Pourquoi ne lui avait-il pas donné raison ? Pourquoi lui avait-il infligé une punition devant Vikrama ? Et Petersen ? Oh ! cela devait beaucoup l'amuser !

La honte lui transperçait la poitrine comme un couteau chauffé à blanc. Son père l'avait trahie. Jamais elle n'aurait imaginé que cela pourrait arriver !

« C'était vraiment stupide de votre part ! »

Grace sursauta. Vikrama se tenait devant sa fenêtre, tout habillé de noir. Son visage était blanc et ses yeux brillaient. Si quelqu'un le voyait !

Grace n'eut pourtant pas le courage de le chasser.

« Je n'ai pas pu faire autrement, répondit-elle en essuyant ses larmes d'un rapide revers de la main. Je ne voulais pas voir cette femme se faire fouetter. Elle n'avait rien fait de plus que de prendre quelques pommes acides.

— Des pommes qui appartiennent à votre père », objecta Vikrama.

Soutenait-il son père, maintenant ? Tout à coup, elle eut très envie de rentrer à Londres. Comment avait-elle pu se laisser avoir par la beauté de cette région ? Apparemment, les gens redevenaient sauvages quand ils étaient loin de leur pays.

« Ces pommes m'appartiennent tout autant ! J'aurais tout aussi bien pu les cueillir moi-même et les lui donner, rétorqua-t-elle avec entêtement.

— Cela aurait été différent. C'est un vol, c'est vrai. Je vais dire aux femmes d'arrêter de cueillir des pommes, à l'avenir. Maintenant, nous avons un nouveau maître, et il n'a pas les mêmes habitudes que son prédécesseur. »

Le mépris de ses mots choqua Grace.

« Mon oncle autorisait donc ses employés à les cueillir ? »

Un sourire nostalgique passa sur le visage de Vikrama. « Oh oui…

— Et pourquoi ne l'avez-vous pas dit à mon père ? Il ne pouvait pas le savoir… » Grace s'interrompit en voyant un éclair de tristesse dans ses yeux.

« Les choses ont beaucoup changé, dernièrement, dit-il doucement. Il m'a transformé en chien de compagnie. Je n'ai quasiment plus de contact direct avec les gens de la plantation. Je dois l'accompagner à ses rendez-vous et donner des ordres à son contremaître. Petit à petit, ce sont eux qui commanderont, j'en suis bien conscient. Bientôt, je ne servirai plus à rien et il me demandera de partir. Il est impensable pour lui qu'un Tamoul métis occupe une position importante dans une plantation. »

Maudit Stockton ! pensa Grace en colère. *C'est lui qui met ces idées dans le crâne de papa.*

« Je ne pense pas que mon père ira jusque-là. Il estime vos capacités, et puis il ne s'y connaît pas encore assez bien avec le thé.

— Peut-être, répondit Vikrama en regardant ses mains, peut-être que je me trompe. Mais cela m'inquiète beaucoup de ne plus m'occuper des cueilleuses et des ouvriers. Ils me font confiance, ils aimaient travailler sous mon commandement. Les hommes de Petersen patrouillent sur la plantation comme si nous étions en guerre et Petersen fouette une femme parce qu'elle aurait volé des pommes. Tout a changé. » Un frisson le parcourut. Visiblement, il rêvait de dire ses quatre vérités à Petersen. Enfin, il planta son regard dans les yeux de Grace qui rougit violemment.

« Je vous remercie d'avoir soutenu mes gens et d'avoir protégé Naala.

— Elle s'appelle donc Naala ? »

Vikrama fit un signe de tête.

« Je m'en souviendrai.

— Elle portera toute sa vie les cicatrices que le fouet a laissées. Elle n'oubliera jamais la personne qui les lui a faites et la raison pour laquelle il a fait ça. Et jamais elle n'oubliera que c'est la fille du maître qui l'a protégée du pire. Personne ici ne l'oubliera. »

Leurs visages étaient si proches maintenant qu'ils se touchaient presque, mais dès qu'il eut fini de parler, il baissa les yeux et recula.

« Monsieur Vikrama ! s'écria-t-elle en le voyant sur le point de repartir.

— Oui, miss Grace ?

— Serait-il possible... » Elle s'interrompit de peur de trop en demander.

« Quoi donc ? » Vikrama souriait de nouveau.

Encouragée, Grace se lança : « Serait-il possible que vous m'appreniez quelques mots de tamoul ?

— Mais la plupart des gens parlent anglais, ici.

— Je sais, mais je… après ce qui s'est passé, j'aurais bien aimé… parler à Naala dans sa langue. J'aurais voulu comprendre ce que disaient les femmes qui se trouvaient autour d'elle. Je crois que cela serait tout simplement… poli de comprendre leur langue, vous ne trouvez pas ? »

Son cœur battait à tout rompre. Tout à coup, elle se sentit bête. Vikrama avait raison ; ici, tout le monde parlait anglais. Et après l'incident de cet après-midi, les habitants du coin ne souhaitaient certainement pas que leurs maîtres parlent leur langue. Ils préféraient sûrement se plaindre sans que le contremaître ne les comprenne.

« Le tamoul n'est pas une langue facile, dit Vikrama après l'avoir observée un moment. Mais je ferai de mon mieux pour vous l'apprendre. »

Sur ce, il fit demi-tour et disparut dans les buissons.

Grace le regarda partir en souriant avant de repenser au médaillon. Elle le sortit et l'étudia de près. Elle s'apprêtait à aller chercher une épingle à cheveux quand Victoria déboula dans la chambre. Elle fit aussitôt disparaître le médaillon sous son col.

« Tu ne manges pas ? demanda sa sœur étonnée en voyant le plateau intact.

— Si, j'allais justement y goûter.

— Tu fais bien, c'est excellent ! Et puis cela ne sert à rien que tu boudes, papa a repris ses esprits et il a dit qu'il avait réprimandé M. Petersen pour les coups de fouet. Il s'est probablement fâché parce que tu t'étais interposée. »

Non, il m'en a voulu de ne pas avoir été la petite fille sage à laquelle il était habitué depuis des années, pensa Grace tout en faisant mine d'approuver sa sœur.

« Demain, j'irai voir papa et je m'excuserai », annonça-t-elle en sachant déjà ce qu'elle ferait de sa liberté retrouvée.

Dès qu'elle eut présenté ses excuses à son père, Grace se rendit à l'endroit où logeaient les cueilleuses de thé. Naala habitait aux abords de la plantation. Apparemment, elle n'avait pas de mari, mais deux enfants. Son fils était assez âgé pour l'aider aux champs, mais sa fille n'avait que trois ou quatre ans. En voyant Grace approcher, elle la regarda avec de grands yeux puis disparut dans la pénombre de son logement.

Médusée, Grace regarda le logement que l'on ne pouvait qualifier ni de maison ni de hutte, ni de grange. Les murs étaient faits de planches trouées et le toit recouvert de feuilles de palmier ne semblait pas étanche. Grace eut presque honte du luxe dans lequel elle vivait.

Peu après, la petite ressortit et fit signe à Grace d'entrer. Il faisait sombre à l'intérieur. L'air était saturé par une odeur de sang séché et d'herbes.

À côté de la couche sur laquelle Naala gisait se tenait une femme dont la peau était aussi brune que la coquille des noix. La vie avait tracé de profonds sillons sur son visage qui rappelait une carte géographique. Elle examina Grace des pieds à la tête de ses grands yeux foncés, son visage s'éclaira. « Toi être jeune miss. »

Grace mit un instant à déchiffrer le lourd accent de la femme, puis elle acquiesça. « Oui, c'est moi.

— Toi aider Naala.

— J'aimerais savoir comment elle va.

— Ça va mal », dit la femme en relevant un peu le drap qui recouvrait le dos de Naala. Les plaies étaient couvertes d'une pommade qui soulignait la gravité des blessures qui ressemblaient à des gueules sanguinolentes.

Effarée, Grace porta la main à sa bouche.

« Il faudrait montrer cela à un médecin. »

La vieille femme secoua la tête. « Pas médecin. Je suis là et je m'occupe d'elle. Ma médecine soigne les plaies. Il faut du temps. »

Ses paroles la dissuadèrent d'insister, mais elle doutait que la médecine traditionnelle suffise à soigner la jeune femme. Et si les plaies se gangrenaient ? Elle avait lu qu'on pouvait en mourir de façon horrible.

« Est-ce que je pourrai revenir pour prendre de ses nouvelles ?

— Maîtresse peut aller où elle veut », répondit simplement la vieille dame en remontant le drap.

Grace se sentit totalement inutile. Elle aurait tant aimé aider cette femme, mais comment ?

Un silence pesant s'installa entre elles, et Grace préféra prendre congé en promettant de repasser au cours des jours suivants.

Elle revint par les cultures de thé qui s'étendaient comme un drap vert, croisant sur son passage le regard étonné des cueilleuses qui se remettaient immédiatement à l'ouvrage. Tout en parcourant l'étroit chemin, elle regardait les nuages menaçants qui se détachaient sur le bleu du ciel. Annonçaient-ils la pluie ?

« Miss Grace ! », cria une voix.

Lorsqu'elle mit sa main sur ses yeux pour se protéger du soleil, elle reconnut Vikrama. Aujourd'hui, il portait un gilet sur une chemise dont il avait grossièrement remonté les manches. Son pantalon foncé tout comme ses bottes hautes étaient couverts de poussière. Apparemment, il revenait d'une ronde d'inspection.

« Oui, monsieur Vikrama ? demanda-t-elle en souriant.

— Vous voulez toujours apprendre notre langue ?

— Mais bien sûr ! répondit-elle. Cela m'aurait bien servi, à l'instant. Je viens de rendre visite à Naala. La femme qui est chez elle est une guérisseuse, n'est-ce pas ? »

Vikrama hocha la tête. « Elle est venue du village hier pour s'occuper des plaies. Elle fait tout pour qu'elle puisse bientôt revenir travailler. »

Grace sentit un léger reproche dans ses paroles. *Quand va-t-il cesser de ne voir en moi que la fille du maître ?*

« Il faut veiller à ce que ses plaies ne se gangrènent pas. Je suis très inquiète.

— Vous êtes si différente des autres Anglaises que je connais, miss Grace.

— Je prends cela comme un compliment ! répondit-elle en souriant. J'ai longtemps pensé que j'étais comme les autres, mais cet endroit exerce sur moi un effet magique.

— C'est vrai, il peut changer ceux qui acceptent de changer. » Il sourit et croisa les mains derrière son dos. « Que diriez-vous de demain pour notre première leçon ? Je suis libre l'après-midi.

— Vous n'avez sûrement aucune envie de me faire travailler pendant votre temps libre !

— Je n'ai rien de prévu. Et puis, c'est pour la bonne cause. Si votre père s'intéresse un jour au tamoul, c'est vous qui le lui apprendrez. »

Grace faillit éclater de rire. Son père allait-il accepter qu'elle lui enseignât quelque chose, alors qu'il la punissait comme une petite fille dès qu'elle prenait une initiative ?

« Je m'en ferais un plaisir, répondit-elle pour ne pas donner l'impression à Vikrama qu'elle était une forte tête. Je vous promets d'être à l'heure, merci ! »

De retour à la maison, Grace se demanda si elle devait en parler à son père. Elle se rappela le regard vengeur du contremaître. S'il la voyait avec Vikrama, il serait trop heureux de raconter n'importe quoi pour les mettre dans l'embarras. Elle décida de jouer cartes sur table.

Nerveuse, presque angoissée, elle profita du dîner pour annoncer ses intentions. Elle récolta la stupéfaction de tout le monde.

« Que veux-tu faire de cette langue barbare alors qu'ici, presque tout le monde parle anglais ? demanda sa mère qui était certainement au courant de la punition de sa fille, mais la considérait comme passée.

— Je veux comprendre ce que les gens disent », expliqua Grace en regardant son père qui semblait peu favorable à son idée.

Elle réalisa un peu tard que ses mots pouvaient être mal interprétés.

« Tu crois donc qu'ils complotent contre nous ? » La mine de son père devint grave.

« Non, c'est juste que… » Grace hésita. En aucun cas, elle ne devait donner l'impression que les gens avaient quelque dessein caché contre leur maître. « Je veux pouvoir parler avec eux. Je peine à comprendre leur accent. Et puis, je trouverais cela poli de parler leur langue.

— De la politesse vis-à-vis de ces gens-là ! se moqua Henry, puis il prit son verre et but deux petites gorgées. Ils ne connaissent rien d'autre que les ordres et les devoirs. Ils seraient bien étonnés si leurs maîtres se montraient amicaux. »

Grace pinça les lèvres. Cela voulait-il dire non ?

« Mais il faut bien avouer que ce serait un avantage de connaître leur langue. Au moins, on connaîtrait leurs intentions. Tu me rendrais un précieux service si tu pouvais te renseigner un peu auprès d'eux. J'aimerais tellement savoir ce qu'ils pensent. »

Soudain, Grace eut l'impression que ses mots lui brûlaient la gorge. Son père allait accepter sa requête pour qu'elle espionne. Pour lui ! Elle regretta amèrement de lui avoir parlé de son dessein.

« Moi aussi, je veux apprendre cette langue ! dit Victoria.

— Occupe-toi d'abord de faire les devoirs que M. Norris te donne, répondit son père aussitôt. Il m'a montré ta dernière dictée, tout à l'heure. C'est impossible qu'une jeune fille ait une telle écriture ! »

Victoria fit la moue tandis que Grace réprimait à grand-peine un soupir de soulagement. Elle adorait sa sœur par-dessus tout, mais elle ne souhaitait pas partager avec elle ses leçons avec Vikrama.

« Très bien, Grace. J'accepte que tu prennes des cours avec M. Vikrama, mais à la seule condition que tu ne le déranges pas dans son travail. Mlle Giles te servira de chaperon.

— Un chaperon ? explosa Grace. Qu'est-ce que tu vas imaginer ?

— Rien, c'est pour ça qu'elle va t'accompagner. C'est à prendre ou à laisser. »

Grace souffla bruyamment, mais elle savait qu'elle ne devait pas tirer sur la corde. Son père lui accordait une faveur en l'autorisant à apprendre cette langue. Il ne fallait pas la gâcher.

« Très bien, j'irai avec Mlle Giles, dit-elle d'une voix doucereuse. J'espère qu'elle ne va pas trop s'ennuyer.

— Elle emmènera un ouvrage, ajouta Claudia, visiblement contente d'avoir trouvé une nouvelle occupation pour la gouvernante. Je préfère que tu ne sois pas seule avec cet homme, moi aussi. Il a beau être un bon employé, nous ne savons rien de lui. » Elle regarda son mari dans l'espoir qu'il éclaire sa lanterne. « Le fait que tu lui aies demandé était très courageux de ta part. »

Grace pinça les lèvres. Mais que s'imaginaient-ils ? Qu'il allait lui tomber dessus comme un sauvage ?

« Si tu le dis, maman », répondit-elle enfin. Bien qu'elle n'eût plus faim, elle se resservit un peu de viande qu'elle mâcha lentement pour éviter de parler.

« Pourquoi veux-tu apprendre le tamoul ? s'étonna Victoria lorsqu'elles se furent retirées dans leur chambre. Je pensais que tu détestais ce pays. En tout cas, c'était encore le cas il y a trois semaines. »

Songeuse, Grace sourit intérieurement alors qu'elle examinait son ouvrage. Elle avait commencé à broder une fleur de frangipanier sur de la soie, quelques jours auparavant. « C'est à cause de la femme d'hier. Celle qui s'est fait fouetter. »

Victoria la regarda sans comprendre. « Eh bien ?

— Les autres femmes se sont soufflé des choses à l'oreille que j'aurais bien aimé comprendre. Elles avaient l'air tellement énervées !

— Tu veux donc vraiment faire l'espionne pour papa ?

— Bien sûr que non ! répondit Grace, choquée. Ils ne disent sûrement rien de mal sur nous.

— Peut-être cela a-t-il changé depuis que le contremaître a fouetté cette femme.

— Espérons que ce n'est pas le cas. En tout cas, je n'ai pas l'intention de leur tirer les vers du nez. Je veux simplement pouvoir discuter avec elles. »

Sur ce, Grace se pencha sur sa broderie. Elle venait de terminer le bord d'un pétale lorsque Victoria demanda soudain : « Tu aimes bien M. Vikrama, n'est-ce pas ? »

Elle manqua de se piquer le doigt. « Qu'est-ce que c'est que ces bêtises ?

— Inutile de le nier ! Je suis ta sœur. Je vois bien comment tes yeux brillent quand on parle de lui et quand tu en parles. Ce n'est pas étonnant que papa souhaite que Mlle Giles t'accompagne. »

Ma sympathie pour lui est-elle vraiment si visible ? se demanda Grace avec effroi. Ses joues s'empourprèrent.

« C'est vrai qu'il est très gentil, avoua-t-elle. Et il est beau, tu ne trouves pas ?

— Il ressemble à un dandy londonien resté trop longtemps au soleil. » Les yeux de Victoria brillaient joyeusement.

« Je ne savais pas que tu t'intéressais déjà aux hommes, répondit Grace en feignant l'indignation.

— Tu as déjà oublié les invités de la soirée d'adieu ? répondit Victoria alors qu'elle s'asseyait en face de sa sœur, sur le bord de la fenêtre. M. Hutchinson semblait chercher une fiancée alors qu'il a une femme riche et bonne, d'après ce que j'ai compris. »

Le souvenir de cet homme qu'on pouvait vraiment qualifier de dandy chassa son inquiétude et la fit rire.

« Oh oui ! Tu te souviens de la veste qu'il portait, avec ces motifs ridicules ? ajouta-t-elle. On aurait dit un épouvantail !

— C'était tout sauf de son âge ! ajouta Victoria. Toutes les jeunes femmes se sont moquées de lui. »

Les deux jeunes filles éclatèrent de rire. « Tu sais, dit Victoria quand elle se fut remise, je crois que j'ai menti jusqu'à présent. Londres et ses fêtes me manquent aussi un peu. »

D'un geste presque maladroit, elle prit la main de sa sœur. « Tu aurais été la plus belle au bal des débutantes, je peux te le dire.

— Tu le penses vraiment ? » Ce disant, Grace remarqua qu'elle ne souffrait plus de ne pas pouvoir danser devant la reine. Quelque chose était venu combler le vide que cet événement manqué avait creusé, quelque chose qu'elle ne pouvait encore nommer mais qui était autrement plus satisfaisant que l'éclat d'une salle de bal.

« Je me demande si j'aurai un bal de débutantes. » Victoria balança les jambes, claquant ses talons contre la boiserie sous la fenêtre. « Tu penses qu'on va retourner en Angleterre ?

— Si tu rebats assez les oreilles de papa... » Grace savait que cela ne voulait rien dire, mais elle ne voulait pas lui ôter tous ses espoirs.

« J'ai entendu dire qu'il y avait un bal des débutantes à Nuwara Eliya, dit Victoria. Il a lieu chaque année, dans un hôtel des environs. Les hommes du Hills Club le financent et, comme ça, leurs femmes qui s'ennuient ont quelque chose à faire. »

Grace fit un clin d'œil à sœur. « Fournissent-ils aussi le sosie de la reine ?

— Non, mais je crois qu'ils exposent une copie du tableau officiel, prétendit Victoria. C'est un peu comme de danser devant la reine, non ? »

Les deux jeunes filles éclatèrent de rire.

12

Vannattuppūcci Tea Company, 2008

Lorsque Diana s'éveilla, aux alentours de 6 heures, la brume matinale se levait sur la plantation, la plongeant dans une lumière bleue. Comme intimidés par cette douce lueur, les perroquets s'annoncèrent d'abord de façon isolée, perçant l'un après l'autre le silence que seul le bruissement lointain des feuilles de thé caressées par le vent troublait.

Diana se leva et alla pieds nus à la fenêtre. La fraîcheur du carrelage et surtout la vue qui s'offrit à elle chassèrent d'un coup sa fatigue. La lumière était très différente de celle d'Europe, et les brumes n'avaient rien de déprimant. On aurait dit le voile d'une mariée impatiente de montrer son visage à son bien-aimé.

Diana s'assit sur le rebord de la fenêtre et regarda son reflet dans la vitre. Restait-il quelque chose de

Grace dans cette pièce ? Par où devait-elle commencer ses recherches ?

La lumière du matin ne tarda pas à s'intensifier, absorbant le brouillard. Dans l'éclat du soleil, elle découvrit une petite entaille de forme étrange dans le montant de la fenêtre.

Un papillon, se dit-elle le cœur battant, comme si elle venait de découvrir le journal intime de Grace Tremayne. Elle se pencha pour l'étudier de plus près et vit alors une minuscule gravure très complexe, faite avec art. Datait-elle de l'époque de Grace ?

La grand-mère d'Emmely était connue pour avoir réalisé de merveilleuses eaux-fortes et des dessins. Malheureusement, le temps les avait rongés et seuls deux fusains subsistaient encore dans le salon du manoir. Hélas ! Diana n'en avait qu'un vague souvenir. Que n'aurait-elle pas fait pour pouvoir les comparer au papillon maintenant ?

Elle songea à demander à M. Green de lui envoyer une photo ou un scan mais rejeta finalement cette idée et s'empara de son appareil photo qui n'avait capturé jusqu'à présent que quelques impressions de Colombo.

Les deux clichés qu'elle prit étaient loin de reproduire fidèlement l'aspect réel du papillon, mais ils feraient l'affaire pour une comparaison.

En relevant les yeux de l'écran de son appareil photo, elle remarqua que la fente située devant le papillon, entre le rebord de la fenêtre et le chambranle, était un peu plus large. Suffisamment large, en tout cas, pour y cacher quelque chose.

Intriguée, elle ouvrit la fenêtre et se pencha sur la fente. Il faisait trop sombre pour distinguer quelque chose, mais une fois qu'elle eut récupéré son téléphone portable, sur son lit, la lumière faible de son écran révéla en effet la présence d'un objet.

Était-ce un bout de papier ou seulement un morceau de tapisserie ? Il lui était impossible de l'attraper avec les doigts, mais peut-être y parviendrait-elle avec une pince à épiler.

Aussitôt, elle alla chercher sa trousse de toilette dans la table de nuit et s'efforça de le saisir avec sa pince. Ce ne fut pas une mince affaire.

Personne n'avait dû le remarquer jusqu'à présent, il était quasiment inaccessible. Lorsqu'elle eut enfin réussi à l'attraper et à l'extraire avec mille précautions, elle s'aperçut qu'il ne s'agissait pas d'un bout de papier ordinaire.

C'était une lettre. « Incroyable ! », murmura-t-elle, le cœur battant.

En guise d'adieu, 1907. La lettre était fermée par un sceau orné d'un papillon.

Qui l'avait écrite ? Victoria, peut-être ? L'écriture ressemblait à celle de la lettre trouvée dans le caveau, mais plus mature et aussi plus nerveuse, comme si la personne qui l'avait écrite était bouleversée. Elle savait que Victoria était rentrée en Angleterre.

Diana soupesa un moment l'enveloppe de papier brun assez grossier. Elle semblait contenir plus d'une feuille.

Mourant de curiosité, Diana décida pourtant de reporter l'ouverture de l'enveloppe à plus tard. Vingt et un ans s'étaient écoulés entre la mort de Richard Tremayne et la rédaction de cette lettre. Tant de choses avaient pu se passer ! Consciente qu'une partie de l'histoire de la famille se trouvait peut-être dans cette enveloppe, Diana préféra d'abord partir sur d'autres traces.

Après avoir regardé le lever du jour, elle enfouit la lettre dans son sac pour ne pas céder à la tentation de l'ouvrir et saisit le rouleau en carton avec la feuille de palmier, que Jonathan avait soigneusement rangé au milieu de ses vêtements.

« As-tu prédit l'avenir à l'une des filles ? murmura Diana en laissant courir ses doigts sur les caractères. Ou bien ne viens-tu pas d'ici ? » Le silence ne lui apporta aucune réponse.

Bientôt, la cour s'anima et les premiers employés de la Tea Company arrivèrent. Diana rangea la feuille de palmier dans sa valise, résistant encore à l'envie de jeter un œil à la lettre de 1907. Chaque chose en son temps, se dit-elle en disparaissant dans la salle de bains qu'elle partageait avec Jonathan.

Manifestement ce dernier dormait encore, car la cabine de douche était sèche et il lui fallut attendre un moment avant que l'eau soit chaude.

Une fois prête, elle s'apprêta à traverser le couloir lorsque la porte voisine s'ouvrit. Jonathan apparut en tee-shirt et pantalon de pyjama.

« Bonjour ! », dit-elle avec un grand sourire. Jonathan semblait encore fatigué et sa réponse ressembla davantage à un grognement qu'à un bonjour, mais elle se dit qu'il en serait autrement après la douche.

« J'espère que vous avez bien dormi ! », lui lança M. Manderley lorsqu'elle entra dans la cuisine. Diana avait voulu rendre la pareille à Jonathan pour le dîner de la veille, mais elle vit que tout était déjà prêt.

« Je me suis permis de m'occuper du petit déjeuner, expliqua Manderley en souriant. Je reviens des archives. J'avais besoin de livres pour une analyse de marché et j'ai vu que vous aviez déjà sorti quelques documents.

— Oui, il y a beaucoup de choses, dans ces vieilles armoires.

— Votre fiancé est scientifique, n'est-ce pas ? »

Diana leva les yeux, étonnée. « Mon fiancé ? »

Manderley la regarda, soudain confus. « Vous n'êtes pas... Oh ! excusez-moi, ce sont les pièges de la langue anglaise ! Je pensais que vous...

— Non, Jonathan, je veux dire M. Singh, est un ami d'ami ; il s'est montré prêt à me soutenir dans mes recherches.

— Dans ce cas... » Pour cacher son embarras, Manderley s'attela à remplir la bouilloire avant de la déposer sur la cuisinière.

« J'ai fait une découverte, dit Diana pour dissiper le silence. J'ai trouvé un papillon sculpté dans le chambranle de la vieille fenêtre de ma chambre.

— Je le connais bien, répondit le gérant qui avait repris toute son assurance. Nous supposons qu'une des filles des Tremayne l'a gravé dans le bois. À moins que ce ne soit un amoureux secret !

— Les jeunes filles avaient-elles quelque fiancé dont on connaîtrait le nom ? Tout ce que je sais, c'est que Grace a épousé un capitaine. »

Manderley la regarda de façon un peu singulière. « Un capitaine ?

— Oui, un capitaine allemand. C'est une des rares informations que j'aie à propos de mon aïeule.

Peut-être était-ce justement le scandale qui l'a poussée à couper les ponts avec le reste de la famille.

— Je crains de ne pouvoir vous éclairer à ce sujet, mais je pense que vous devriez chercher aussi du côté des Stockton. L'année dernière, des documents ont été sortis des archives de la plantation voisine qui a malheureusement fait faillite. Pour autant que je sache, on y parlait également de la famille Tremayne. »

Diana ouvrit de grands yeux. Stockton était l'homme qui se trouvait à côté de Tremayne sur la photo !

« Merci pour le renseignement ! répondit-elle. Je m'y rendrai dès que possible. »

Manderley fit un signe de tête bienveillant, puis il tourna les yeux vers la porte.

« Bonjour, monsieur Singh. Mlle Wagenbach et moi parlions justement de ses recherches.

— M. Manderley m'a dit qu'il y avait peut-être des choses dans la plantation voisine. La famille Stockton aurait également des informations sur ma famille. N'est-ce pas formidable ?

— Stockton ? N'est-ce pas l'homme de la photo du Hills Club ?

— Oui, c'est bien lui !

— Je constate que vous vous en sortez très bien ! intervint Manderley en regardant sa montre. Je vous prie de m'excuser, je dois partir inspecter la plantation. N'oubliez pas le thé ! »

Avant que Diana ait pu le remercier, le gérant avait disparu.

Une délicieuse odeur de thé flottait dans la cuisine. Diana s'occupa des toasts tandis que Jonathan prenait place à table.

« Comment avez-vous dormi dans la chambre partagée ? », demanda Diana tout en tartinant son toast de margarine et de confiture d'oranges. Sans savoir pourquoi, elle ne révéla rien de sa découverte de la matinée. Peut-être qu'elle voulait garder cet atout pour le moment où ils seraient bloqués dans leurs recherches.

« Plutôt mal, comme vous avez dû vous en apercevoir quand nous nous sommes croisés devant la salle de bains. »

Diana l'examina. En effet, il avait l'air d'avoir passé une nuit blanche.

« Auriez-vous rencontré un esprit ? À l'hôtel, vous n'avez pas eu de mal à dormir, si ?

— Non, en temps normal je dors très bien mais, cette nuit, tout un tas de choses m'ont trotté dans la tête. Cet endroit stimule les pensées, vous ne trouvez pas ? Les bonnes comme les mauvaises, d'ailleurs.

— Je n'aurais peut-être pas dû vous détourner de votre travail, répondit-elle d'un air coupable. Je vous attire dans la brousse et votre éditeur est furieux.

— Il ne s'agit pas de ça, répondit-il promptement. Je repensais à mon ex-femme.

— Alors ça, c'est autre chose. » Un peu gênée, Diana se concentra sur son toast et sa tasse de Ceylan *first flush*, le meilleur thé qu'elle eût jamais bu.

« Hier, elle m'a envoyé un message pour me dire qu'elle avait rencontré quelqu'un, poursuivit-il, un peu hésitant. Un spécialiste en informatique de Melbourne. Elle envisage de déménager pour l'Australie et d'emmener Rani. Ce sera autrement plus compliqué de voir ma fille, sans parler du fait qu'elle sera arrachée à son école actuelle.

— Je suis désolée de l'apprendre.

— Vous n'avez pas à l'être. Cela faisait un moment que je le sentais venir. Rani l'avait évoqué dans ses lettres. Elle ne sait pas encore assez bien écrire pour entrer dans les détails, mais je sens que cela lui pèse.

— Et si vous demandiez la garde ? Vous êtes citoyen indien.

— Dans ce cas, je serais obligé de déménager pour Delhi. Je devrais renoncer au Sri Lanka et à tous mes projets. »

Diana repensa au royaume de Kandy qu'il avait évoqué.

« C'est très égoïste de ma part, n'est-ce pas ? » Il eut un sourire amer.

« Et si votre fille venait au Sri Lanka ?

— Dans ce cas, mon argument sur le changement d'école ne tiendra plus la route, car elle devrait également en changer. Et puis elle est très liée à sa mère. » Il reposa sa tasse en soupirant. « Il faut absolument que mon livre ait du succès, sinon je ne pourrai pas me permettre d'aller en Australie.

— Et si votre ex-femme paie le voyage à votre fille pour venir ici ? »

Jonathan secoua la tête. « Rani a huit ans, je crois qu'aucune mère au monde ne voudrait faire prendre l'avion seule à une enfant de cet âge – sauf en cas de force majeure. Il va bien falloir que je me fasse à l'idée de ne pas voir ma fille pendant un certain temps. »

Diana sentit à quel point ça le touchait. Spontanément, elle lui prit la main. « Je suis sûre que vous allez trouver une solution. S'il le faut, je me chargerai personnellement d'agacer les éditeurs de mon pays pour qu'ils achètent les droits de votre livre. »

Perdu dans ses sombres pensées, Jonathan sourit distraitement, puis il hocha la tête et changea de sujet.

« Parlons plutôt de ce que vous voulez faire. Je suppose que vous avez l'intention d'aller jeter un œil à la plantation voisine, c'est ça ? »

Diana hocha la tête. « Oui, si nous avons la possibilité d'y aller. Il ne faut pas oublier que notre chauffeur ne revient que dans trois jours. » Elle se souvint qu'elle devait modifier sa réservation.

«M. Manderley nous prêtera certainement un de ses véhicules. Il semble très intéressé par nos recherches. »

Le fait qu'il s'inclue dans ses recherches fit chaud au cœur de Diana, qui cacha son sourire derrière sa tasse de thé.

Une demi-heure plus tard, ils prenaient le chemin des archives. La plantation était maintenant complètement réveillée. Les ouvriers parlaient fort, des femmes réajustaient leur sari en fixant leur corbeille sur leur dos. Un téléphone sonna, quelque part dans la maison. Derrière une porte, on entendait quelqu'un taper sur le clavier d'un ordinateur.

À l'étage inférieur de l'ancienne aile réservée aux domestiques, tout était calme. Seul le bourdonnement des néons grésillait dans le couloir. La poussière scintillait dans les rayons du soleil qui tombaient sur le bureau. La veille, quelqu'un avait installé une table qui était maintenant couverte de livres de comptes.

Jonathan se frotta les mains, puis il ouvrit les portes de l'armoire. Considérant le désordre avec une certaine dévotion, il sourit. « Vous voulez que je vous dise ? Ce genre de trouvailles me manquait. Autrefois, au musée, nous avions constamment des tas de documents à examiner et cataloguer. C'était parfois pesant mais, avec le recul, je réalise à quel point j'aimais cela.

— Eh bien, défoulez-vous, répondit Diana en s'asseyant au bureau. J'ai trouvé là quelques livres qui pourraient nous intéresser. Dès que je comprendrai de quoi il s'agit, j'irai chercher les suivants. »

Aussitôt, Jonathan plongea la tête dans la vieille armoire comme un écolier zélé.

« Si je comprends bien, Henry Tremayne a repris la plantation en 1887 », dit Jonathan, debout devant une pile de livres. Il avait passé deux heures entières à classer ces documents. « Les autres documents sont tous signés par un certain Richard Tremayne.

— Henry est probablement venu ici quelques mois après l'annonce du décès de son frère, déclara Diana en repensant au télégramme qu'elle avait retrouvé. Il avait reçu un pli l'informant que son frère avait fait une chute du pic d'Adam.

— Était-il alpiniste ? »

Diana haussa les épaules. « Aucune idée. Peut-être aimait-il faire de la randonnée. Il y a un temple là-haut, non ?

— Oui, il est accessible par un sentier de pèlerins, confirma Jonathan. Aujourd'hui, il est encore assez escarpé. On peut facilement tomber si l'on ne fait pas attention. Il y a plus de cent ans, l'ascension était certainement encore plus dangereuse.

— Si nous avons le temps, j'aimerais bien voir le sentier, dit Diana en parcourant les pages d'un livre de comptes.

— A-t-on des indications précises sur l'endroit où Richard Tremayne a chuté ? »

Diana secoua la tête. « Je crains que non. Peut-être y a-t-il quelque chose dans le procès-verbal de police, mais on ne le trouvera pas ici. Encore faudrait-il qu'il existe.

— Les Anglais étaient assez proceduriers pour ce genre d'histoires. Il existe certainement des centaines de documents dans des armoires ou des caves. Cela prendrait pas mal de temps de les examiner, cela dit, et je ne sais pas si vos clients pourront se passer de vous encore longtemps. »

Il avait raison, il fallait bien qu'elle mette fin à cette aventure à un moment ou à un autre. Sa vie l'attendait à Berlin. Mais elle ne voulait pas encore y penser. Hier, elle avait réussi à ne pas consulter ses e-mails et elle ne s'en portait pas plus mal.

Lorsque le soir tomba sur Vannattuppūcci, Diana s'adossa à sa chaise, se frotta les yeux en lâchant un petit gémissement. Combien de volumes avait-elle parcourus ? Combien de colonnes de chiffres joliment alignés, qui ne lui disaient rien du tout ?

Jonathan se leva. « Nous avons bien mérité une pause, vous ne trouvez pas ? Que diriez-vous d'une promenade sur la plantation ?

— Excellente idée », répondit Diana en repoussant les documents.

Arrivée sur les marches de la maison, elle sentit une douce chaleur l'envelopper. Après des heures passées sous une lumière artificielle, ses yeux mirent un certain temps à s'habituer à la lumière du jour. Elle embrassa avec gourmandise les couleurs vives qui l'entouraient et essaya d'imaginer ce que Grace avait dû ressentir quand elle quittait la maison armée d'une ombrelle pour aller se promener au soleil.

« Passons par le jardin, proposa Jonathan. J'ai vu de magnifiques rhododendrons depuis ma fenêtre. Je suis sûr qu'ils sont très vieux. »

Les graviers crissèrent sous leurs pas tandis qu'ils contournaient la maison, débouchant sur le jardin. Jonathan avait raison, les rhododendrons étaient vieux et arboraient des couleurs merveilleuses, allant du blanc immaculé au pourpre foncé.

« J'en connais qui seraient prêts à tuer pour en obtenir de pareils, à Berlin », dit Diana en souriant. Mais les fleurs de frangipanier la fascinaient encore davantage. Si ses connaissances en botanique ne la trompaient pas, ils étaient même antérieurs à la plantation.

Devant ce spectacle, Diana repensa à la fleur blanche avec le bouton rouge qu'elle avait découverte dans le guide touristique. Il était fort probable qu'elle vînt d'ici. Fascinée par cette pensée, elle s'approcha de l'arbuste pour en caresser les fleurs charnues. Grace et Victoria avaient-elles eu les mêmes gestes ? Avaient-elles également humé ce parfum sucré ? Diana reconnaissait l'odeur qu'elle avait sentie dès le matin même, au réveil.

« C'est notre fleur nationale, expliqua Jonathan qui lui emboîtait le pas. Ce que l'orchidée est à la Thaïlande, le frangipanier l'est à l'Inde et au Sri Lanka. Ces arbustes magnifiques poussent comme des champignons, ici.

— Dans mon pays, on en trouve tout au mieux dans les jardins botaniques ou dans les serres. »

Diana se perdit dans la contemplation du frangipanier, imaginant Grace et Victoria jouant dans son ombre, comme sur le tableau qui se trouvait au manoir des Tremayne. Une nostalgie singulière s'empara d'elle. Elle aurait tant aimé en savoir davantage sur elles ! Pour l'instant, il lui semblait qu'un brouillard opaque la séparait de ses ancêtres, mais elle y distinguait quelques petites ouvertures. La vieille lettre qu'elle avait trouvée ce matin serait peut-être le sésame qui lui manquait.

Lorsque enfin elle se retourna, son regard tomba sur la magnifique façade arrière de la maison. L'agencement du jardin était typiquement anglais et ressemblait à s'y méprendre à celui du manoir des Tremayne, sauf qu'il était mieux entretenu.

Arrivés à la hauteur de l'aile de la maison dans laquelle ils logeaient, Jonathan s'arrêta soudain.

« Regardez là-bas ! » Jonathan indiqua une petite brèche séparant la haie et une bande de terrain nue. Une piste semblait commencer là. Où pouvait-elle mener ?

« On va voir ? »

Diana se retourna vers la maison. Est-ce que M. Manderley approuverait qu'ils se faufilassent là comme deux voleurs ? Ne voyant personne, elle décida de suivre Jonathan qui se frayait déjà un chemin à travers la haie.

Le chemin disparaissait entre d'épaisses broussailles et de hautes herbes.

« Quelles sont les probabilités de tomber sur un serpent, ici ? demanda-t-elle, peu rassurée.

— Oh ! ils ont bien trop peur de nous ! répondit Jonathan. C'est des félins qu'il faut se méfier, ici. Cela dit, eux aussi sont farouches. En tout cas, il y a beaucoup de singes et de perroquets ! »

Après avoir crapahuté pendant un moment dans la broussaille, les deux explorateurs aperçurent soudain un toit fait de feuilles de palmier.

« Une cabane ?

— Allons voir ! », dit Jonathan en écartant les branches. Le sentier disparaissait à mesure que la nature reprenait ses droits, mais il menait néanmoins jusqu'à la cabane. Construite à partir de madriers et de planches, elle ressemblait un peu aux constructions sur pilotis que Diana avait vues sur la côte – sauf qu'il ne s'agissait pas ici de se protéger des flots.

Le toit avait souffert de nombreuses tempêtes et l'ensemble penchait dangereusement sur un côté. Les trous laissés par les fenêtres ressemblaient à des yeux tristement braqués sur les hévéas et les palmiers, comme pour se souvenir de jours meilleurs.

« Quelle sorte de maison était-ce ? » demanda Diana en examinant l'entrée. Bien que l'herbe eût poussé entre les planches, on imaginait sans peine à quoi elle avait dû ressembler.

« Je n'en jurerais pas, mais il me semble que c'était la maison d'un gourou, d'un chef religieux, à moins que cela n'ait été un lieu de rencontre pour les gens du village voisin.

— Pourquoi la maison est-elle surélevée ? s'étonna Diana.

— Il faut poser cette question aux gens du village. Je vais jeter un œil à l'intérieur. »

Jonathan grimpa les marches et disparut par l'embrasure de la porte. Il en ressortit quelques instants plus tard en souriant, un long bâton dans la main.

« Je pense savoir ce qu'il y avait ici autrefois. »

Diana leva les sourcils. « C'est ce bout de bois qui vous l'a dit ?

— Ce n'est pas un bout de bois, c'est un bâton de combat. Je ne veux pas trop m'avancer, mais cette cabane était probablement une école d'art martial. »

Diana s'approcha, monta les marches menant à la véranda et regarda à l'intérieur. Le sol était couvert d'objets et de vieux meubles en rotin recouverts d'une épaisse couche de poussière.

« Une école de combat ? Quelque chose comme le karaté, vous voulez dire ?

— Beaucoup mieux que le karaté ! dit Jonathan en faisant tournoyer le bâton au-dessus de sa tête. Le kalarippayat !

— Pardon ?

— C'est le nom d'un art martial. Kalarippayat. » Jonathan lui expliqua brièvement de quoi il s'agissait et Diana reconnut, impressionnée, qu'il s'agissait d'une méthode très sage pour mesurer sa force. « Si seulement on avait eu des gouvernements aussi sages, pendant nos guerres mondiales...

— Il y a cependant un revers à la médaille, reprit Jonathan. Imaginez que le joueur malhonnête soit physiquement supérieur au joueur honnête. Sa seule victoire entraînerait tout un peuple dans la servitude du mal.

— Vous avez raison. Vu sous cet angle, c'est tout à fait déloyal. »

Diana observa Jonathan qui furetait dans les lieux avec une sorte de respect, comme s'il admirait les hommes qui avaient combattu ici. « Vous pratiquez le kalarippayat ? »

Jonathan secoua la tête. « Je suis scientifique, pas sportif. Cet art martial est très exigeant. La plupart des joueurs commencent à s'entraîner dès leur plus jeune âge, comme pour le judo ou le karaté. C'est fascinant à regarder. Les combattants sautent pour ainsi dire l'un sur l'autre suivant un enchaînement bien précis, avec des épées ou à mains nues. »

Diana s'imagina les jeunes élèves assis sur la large véranda, s'efforçant de retenir les gestes des combattants. « Une école de combat sur la plantation de mes ancêtres ! Décidément, nous ne sommes pas au bout de nos surprises.

— Peut-être était-elle déjà oubliée du temps de Henry Tremayne. À moins que les hommes du village ne vinssent s'entraîner là en cachette. Si c'était le cas, on ne peut que saluer leur courage. Si le propriétaire de la plantation les avait attrapés, ils auraient pu avoir de graves ennuis. »

Diana regretta de n'avoir pas emporté son appareil photo.

« Je reviendrai plus tard pour prendre quelques clichés, lui promit Jonathan. Ce sera un bien joli complément pour mon livre.

— Vraiment ? demanda Diana en souriant. Pourtant, ce n'est qu'une école de combat.

— C'est aussi un témoignage de la perpétuation des traditions tamoules à l'époque coloniale. Vu que le conflit actuel prend sa source à cette époque, c'est tout à fait à propos. »

Ils rebroussèrent chemin à travers la végétation luxuriante et, cette fois, Diana crut voir un singe au-dessus d'elle.

Ils tombèrent sur le gérant des lieux en émergeant des fourrés.

« Ça alors, d'où venez-vous donc ? », s'étonna Manderley. Quelques feuilles de thé étaient restées accrochées à son pantalon kaki.

« Nous avons fait une découverte, répondit Diana. Saviez-vous qu'une ancienne école de combat se cachait derrière la plantation ?

— Une école de combat ? »

Jonathan indiqua le trou dans la haie. « Vous n'avez jamais vu ce petit chemin ? »

Incrédule, Manderley secoua la tête. « C'est la première fois que je le remarque. La plupart du temps, j'ai la tête prise par tout un tas de choses, et je ne regarde pas par terre.

— Vous devriez peut-être y jeter un œil, c'est très intéressant. La cabane est un peu altérée par le temps, mais elle est d'époque, l'encouragea Jonathan. Il suffirait de quelques travaux pour en faire une maison d'hôtes ou une charmante attraction pour touristes. On ne trouve plus beaucoup d'écoles de combat secrètes datant de l'époque coloniale. Les Anglais étaient tellement méfiants que de tels lieux sont vraiment rares ! »

Manderley les regardait avec le même air que celui des clients de Diana, quand elle leur expliquait l'importance d'une bonne stratégie de défense.

« Je vais y réfléchir. Mille mercis de me l'avoir indiquée ! »

Il leur fit un signe de la main et poursuivit son chemin.

« Nous devrions nous remettre au travail, vous ne croyez pas ? dit Jonathan.

— Oui, en effet. » En se retournant, son regard tomba sur la fenêtre de sa chambre.

Est-ce que Grace ou Victoria avaient vu les combattants se faufiler par ici ? Connaissaient-elles l'existence cette école secrète ? Peut-être même y étaient-elles allées ?

Diana secoua la tête. C'était fort peu probable, vu l'éducation stricte qu'elles avaient dû recevoir. Pourtant, l'idée que Grace eût pu observer ces hommes en plein combat lui plut.

13

Vannattuppūcci 1887

Mademoiselle Giles semblait tout sauf enthousiaste en allant chercher Grace pour son premier cours de tamoul. Jouer au chaperon n'était pas dans ses habitudes et l'éloignait de M. Norris mais, quoi qu'elle en pense, elle devait se soumettre aux instructions de son maître.

Le sac que Grace portait à l'épaule contenait un paquet de feuilles prises dans le bureau de son père, un encrier fraîchement scellé ainsi qu'un porte-plume, une petite boîte avec des plumes de rechange et un crayon. Il lui semblait être revenue à l'époque où, telle une écolière docile, elle se rendait quotidiennement dans la salle d'étude du manoir où M. Norris lui enseignait son savoir. Quand elle aperçut Vikrama posté devant la porte, son cœur se mit à battre un peu plus vite. Elle avait secrètement espéré qu'il viendrait en tenue tamoule, mais il portait une chemise blanche à fines rayures rouges. Il avait taillé sa barbe pour l'occasion et dégageait une agréable odeur de propre, tel un jeune dandy.

La petite équipe s'installa dans un espace dégagé, non loin de la nouvelle parcelle de thé. De cet endroit, la vue sur le pic d'Adam était magnifique. Grace frissonna de plaisir à l'idée d'y monter un jour et d'embrasser toute l'île du regard.

Mlle Giles quant à elle montrait peu d'intérêt pour les joies de la nature. Elle ronchonnait sans cesse sur l'état du sol et, quand elle ne se plaignait pas, elle s'agitait pour chasser des insectes.

« Mais où va-t-on s'asseoir ? claironna-t-elle dans le dos de Grace et Vikrama.

— Là, Mlle Giles ! dit-il en désignant quelques grosses pierres qui avaient dû dévaler de la montagne.

— Vous voulez que nous nous asseyions sur des pierres ?

— Ce n'est que provisoire, Mlle Giles, répondit aimablement Vikrama, imperturbable malgré les jérémiades incessantes de la gouvernante.

— Je demanderai à M. Tremayne de faire installer une table et des chaises. La décision de miss Grace de prendre des cours a été très soudaine, et je ne sais pas encore si cela va lui plaire. »

Grace le rassura aussitôt d'un petit signe. Oh ! cela lui plairait, elle en était certaine !

Vikrama commença avec des mots simples et des phrases courtes, prononçant avec aisance des combinaisons de lettres qui paraissaient imprononçables à Grace. Il écouta avec patience ses premiers balbutiements et supporta les réflexions de Mlle Giles avec le sourire.

Une fois la leçon terminée, Grace était emplie d'un bien-être nouveau. Enfin, il lui semblait faire quelque chose qui avait du sens.

Lors du souper, elle ôta tout espoir à ses parents en relatant avec enthousiasme les mots qu'elle avait appris et leur signification. Décidément, il ne s'agissait pas d'une passade.

« La richesse de cette langue est étonnante ! Et les caractères ! On dirait une écriture secrète ! »

Loin de vouloir éveiller les soupçons chez son père à l'égard des ouvrières, elle espérait seulement que l'évocation d'une langue secrète le convaincrait de la laisser persévérer. S'il lui posait des questions, elle ne pourrait lui dire que ce qu'elle savait, à savoir que les gens n'avaient absolument pas l'intention de se révolter contre lui.

« Moi aussi, j'aimerais apprendre le tamoul, pleurnicha Victoria lorsque, le soir venu, elle vit Grace recopier les lettres dans un carnet.

— C'est plus compliqué que tu ne l'imagines, répondit Grace sans lever les yeux de son travail. Apprends déjà le français et après, tu pourras toujours apprendre le langage d'ici.

— Mais le français, ça ne sert à rien ici !

— Bien sûr que si, c'est du meilleur effet en société. Tu as bien vu à quel point les dames adoraient cette langue !

— Mais je n'ai aucune envie de passer mon temps avec ces filles ennuyeuses qui ne s'intéressent sûrement pas à la nature. »

Victoria se tut, mais Grace sentit qu'elle n'avait pas dit tout ce qu'elle avait sur le cœur.

Elle reposa son porte-plume et s'approcha de sa sœur qui esquiva son regard.

« Que se passe-t-il, Victoria ?

— Tu l'aimes bien, n'est-ce pas, Vikrama ? », dit-elle en plantant ses yeux dans les siens.

Grace prit une profonde inspiration. « Bien sûr que je l'aime bien, il est très gentil. »

Victoria l'examina. « Tu me le diras, quand tu tomberas amoureuse d'un homme ? »

Grace se tut, interloquée. Pouvait-elle lui en parler ? Si son père et sa mère l'apprenaient ? Jamais ils n'accepteraient qu'elle s'amourache d'un autochtone.

Mais à quoi pensait-elle donc ? Vikrama lui était sympathique, rien de plus. Par ailleurs, et même si elle ne voulait pas se l'avouer, la prédiction inscrite sur la feuille de palme la taraudait encore. À aucun prix elle ne voulait porter malheur à sa famille !

Grace prit Victoria dans ses bras. « Promis, je t'en parlerai ! Mais je n'ai rien à dire au sujet de Vikrama. Il est très gentil et c'est un professeur patient, rien de plus. »

Les deux sœurs restèrent un moment enlacées, puis Grace alla chercher son carnet, montrant à Victoria les mots qu'elle y avait consignés. Elle n'en connaissait certes pas assez pour tenir un journal secret ! Victoria se coucha rassurée.

Petit à petit, Grace découvrit la joie d'échanger quelques mots en tamoul quand elle rendait visite à Naala. Les blessures s'étaient refermées mais, comme Vikrama l'avait prédit, les chances qu'elles disparaissent complètement étaient aussi minces que celles qu'elle oublie qui les lui avait infligées. Si les habitants du village virent d'abord d'un œil méfiant les visites régulières de Grace, la guérisseuse se chargea bientôt de leur dire qui était vraiment cette jeune femme.

À la fin de la saison, les saris multicolores disparurent des champs de thé pour laisser les plants pousser. Les cueilleuses furent occupées à d'autres tâches, principalement à l'emballage du thé. M. Petersen était toujours derrière elles, son regard guettant au-dessus de leurs têtes comme celui d'un rapace. Aucune d'elles n'avait le loisir de « massacrer le travail », selon son expression. Dès qu'il surprenait une femme en train d'emballer le thé plus lentement que les autres, il lui caressait ostensiblement le dos avec son fouet roulé. Certes, il n'avait pas le droit de les fouetter, mais elles le savaient capable de tout. Dès qu'elles en avaient l'occasion, elles se plaignaient auprès de Vikrama qui ne pouvait pas faire grand-chose. Tant que Petersen ne fouettait personne, Tremayne le laissait faire.

Grace évitait ses hommes autant que possible. Quand elle croisait Petersen, il ne manquait jamais de ricaner, mais elle s'efforçait dignement de ne pas montrer sa colère.

S'il n'avait tenu qu'à Grace, les choses en seraient restées là. Un soir, cependant, son père s'adressa à elle pendant le dîner.

« Je crains que tu ne doives renoncer à ton cours pendant un certain temps. J'ai besoin de

M. Vikrama toute la journée, maintenant. Il faut mettre les comptes à jour et établir de nouveaux contrats. »

Choquée, Grace le regarda en silence, consciente du fait qu'il valait mieux ne pas protester. Le travail était plus important que son cours, la plantation assurait leur subsistance.

N'ayant plus rien à faire l'après-midi, Grace se promenait ou installait son chevalet dans le jardin pour peindre les fleurs de frangipanier et les rhododendrons. Un jour, un photographe fut convoqué pour réaliser des portraits de chaque membre de la famille devant la maison, mais il se mit à pleuvoir, si bien que seule Grace eut droit à sa photo.

Une nuit, alors que Grace veillait en attendant le passage de Vikrama, Victoria se mit à gémir dans son sommeil. Grace crut tout d'abord reconnaître un des singes que Victoria aimait tant, mais quand le bruit se reproduisit, elle réalisa qu'il provenait du lit de sa petite sœur qui s'agitait et claquait des dents. Grace se précipita vers elle.

« Vicky, ma chérie, que se passe-t-il ? »

Victoria ne répondit pas. Lorsque Grace toucha son front, son cœur fit un bond. Sa sœur était brûlante !

Effrayée, elle se rendit précipitamment dans la chambre de ses parents. Il fallait appeler un médecin !

Elle ouvrit la porte à la volée et secoua brutalement l'épaule de son père.

« Papa, tu m'entends ? »

Henry Tremayne s'éveilla en grognant : « Que fais-tu ici, Grace ?

— Victoria est malade. Elle tousse et elle a de la fièvre. Il faut appeler un médecin. »

En un clin d'œil, Claudia était levée.

« Henry, envoie Wilkes chez ce docteur Desmond que tu as rencontré au club. »

Sans mot dire, Tremayne se leva et enfila sa robe de chambre tandis que Grace retournait auprès de Victoria et que Claudia interpellait une domestique qui les avait entendus. D'une voix habituée à donner des ordres, elle lui demanda de faire chauffer de l'eau.

Victoria s'agitait toujours fiévreusement dans son lit.

« Victoria, ma chérie », gémit-elle en lui caressant le front, mais ni sa voix ni ses gestes n'arrivaient à sortir sa sœur de son cauchemar. Que lui arrivait-il ?

« Sors vite, Grace ! », lui intima soudain sa mère depuis la porte de la chambre.

Grace, qui venait de s'accroupir à côté du lit, l'interrogea du regard. « Mais maman, elle…

— Une telle fièvre ne peut être que contagieuse. Attendons de savoir ce que dit le médecin.

— Qui sait quand il arrivera !

— Jusque-là, nous ne pouvons rien faire. Éloigne-toi du lit, je ne veux pas que mes deux filles soient malades. »

Affolée et malheureuse, Grace alla se réfugier dans son lit. Sa mère semblait tellement effrayée par cette fièvre singulière que Victoria avait contractée, qu'elle n'osait même pas entrer dans la pièce. Grace en fut fort choquée. C'était tout de même le devoir de sa mère d'essayer de réveiller Victoria, ou tout au moins de la calmer ! Elle n'en fit rien. Postée sur le seuil de la porte tel un ange de la mort indécis, elle fixait le lit de sa fille.

Une éternité s'écoula avant que le médecin n'arrive.

Le docteur Desmond avait un air bon enfant et une barbe rousse, et sa tenue trahissait qu'on l'avait sorti du lit. Il salua rapidement Claudia et Grace avant de se pencher au-dessus du lit de Victoria.

Comme si la présence du médecin avait aseptisé la pièce, Claudia trouva enfin le courage d'entrer. Henry de son côté alla communiquer quelques ordres aux domestiques.

Peu après, deux jeunes femmes chargées de bassines apparurent, l'une d'eau chaude, l'autre d'eau froide. Claudia leur signifia de les poser sur des chaises et elles s'exécutèrent avant de s'éclipser aussitôt.

L'examen du docteur Desmond fut bref. Il écouta les poumons de Victoria avec son stéthoscope, mesura son pouls et tâta son front. Il plaça un thermomètre sous sa langue et regarda sa montre.

« C'est bien ce que je craignais, dit-il en se désinfectant les mains. Votre fille montre tous les symptômes de la malaria. A-t-elle été piquée par des moustiques, récemment ? »

Claudia consulta Grace du regard.

« Pas que je sache, répondit-elle, alarmée. Nous avons passé beaucoup de temps dehors, mais Victoria n'a pas une nature à se plaindre d'une piqûre de moustique.

— Mademoiselle, les moustiques qui donnent la malaria sont dangereux. Ils portent des maladies. Avez-vous été piquée, vous aussi ? »

Grace chercha du réconfort dans le regard de sa mère, mais celle-ci avait viré au gris et semblait avoir pris dix ans en un clin d'œil.

« Non, pas que je sache, répondit-elle alors.

— Parfois, leurs piqûres se calment vite, mais leurs effets secondaires font des ravages.

— Que pouvez-vous faire, docteur ? demanda Claudia d'une voix rauque en croisant nerveusement les bras devant sa poitrine.

— Je vais vous rédiger une ordonnance pour de la quinine, que vous trouverez à Colombo. Préparez-la selon la prescription que je vous donnerai et, surtout, veillez à ce que la température de votre fille ne monte pas. Elle a l'air robuste, mais c'est encore une enfant, et la maladie est redoutable… »

Le médecin s'interrompit en entendant Grace étouffer un sanglot.

« Bien entendu, nous allons éviter le pire. Faites en sorte de la rafraîchir constamment, sur tout le corps si nécessaire. Quant à vous, versez un peu de quinine dans votre eau au cours des prochains jours, c'est plus prudent. »

Il se dirigea vers le bureau de Grace et nota quelque chose sur un papier. « Voici. Envoyez un domestique chercher ces médicaments et, en attendant, surveillez la fièvre. »

Grace prit l'ordonnance et sortit précipitamment de la pièce. Elle tomba sur son père qui arrivait dans le couloir. « Le docteur Desmond dit qu'il faut aller chercher ça tout de suite en ville.

— Qu'est-ce qu'elle a ? » Un regard au papier l'informa plus rapidement que Grace. « La malaria ! Seigneur, dans notre maison !

— Nous devons prendre de la quinine, nous aussi », annonça Grace.

Henry acquiesça avant de faire demi-tour et de se diriger en toute hâte vers le hall d'entrée. Quelques minutes plus tard, un cavalier partait au galop.

Le médecin prit congé après leur avoir assuré que la malaria n'était transmissible que par les moustiques et non par le contact entre humains. Dès son départ, Claudia appela une domestique mais avant que celle-ci n'arrive, elle chuchota à l'oreille de son aînée : « Je pense qu'il serait plus judicieux de ne rien lui dire. Nous ne voulons pas que les employés fuient la plantation. »

Grace hocha la tête en signe d'assentiment. Jusqu'à présent, elle n'avait entendu parler de la malaria que dans des récits de voyage en Afrique ou en Asie. Elle ignorait à quel point la maladie était contagieuse, quelle était son évolution et quelles étaient les chances d'en réchapper. Il était raisonnable de ne pas susciter la panique. Cela dit, les employées de la maison n'allaient-elles pas deviner toutes seules de quoi était atteinte Victoria ? Elles en connaissaient certainement fort bien les symptômes, et elles n'étaient pas bêtes…

Grace s'efforça toute la nuit de faire baisser la fièvre de Victoria, mais les linges qu'elle appliquait sur le corps de sa sœur se réchauffaient plus vite qu'elle n'arrivait à les refroidir. Victoria gémissait dans son délire, alternant des périodes de calme et des vagues de frissons.

Lorsque l'aube pointa, Grace éreintée se sentait comme une poupée de chiffon.

Sa mère, qui s'était assise un instant pour se reposer un peu, s'était aussitôt endormie et sommeillait désormais depuis trois heures. Ne souhaitant pas la réveiller, Grace décida de tenir jusqu'au lever du jour avant de se reposer à son tour.

Les larmes lui montèrent aux yeux quand la lumière naissante éclaira le visage de Victoria. Avec ses cernes noirs, le visage de sa sœur ressemblait à une tête de mort, mais ses pommettes empourprées trahissaient le combat auquel son corps était en train de se livrer.

Sa mère finit par se réveiller et s'étira en gémissant de douleur.

Chancelante, elle s'approcha du lit.

« Comment va-t-elle ? demanda-t-elle à Grace, comme si sa fille était médecin.

— Je ne vois pas de changement, répondit Grace. Touche, elle est bouillante et les compresses sont sans effet.

— Je vais chercher de l'eau fraîche. » Avec une tendresse inattendue, elle caressa d'abord les cheveux de Grace, puis passa doucement la main sur le front de Victoria avant de s'éclipser.

À peine Claudia était-elle partie que Vikrama apparut à la fenêtre. Grace quitta précipitamment le chevet de Victoria pour le rejoindre, honteuse de ses vêtements souillés de sueur et de sa coiffure désordonnée.

« J'ai entendu dire que votre sœur est malade. »

Grace jeta un regard inquiet à Victoria dont le visage était toujours écarlate. « Un médecin de Nuwara Eliya est venu hier soir, mais notre domestique n'est pas encore rentré avec la quinine. Maman est partie chercher de l'eau fraîche, car la fièvre ne cesse de monter. Heureusement elle ne frissonne plus, mais cela peut changer à tout moment.

— Elle a contracté la malaria ? demanda Vikrama, alarmé.

— Comment…

— Vous avez parlé de quinine. C'est le produit que les Anglais utilisent ici pour soigner cette maladie. Vous savez, quand quelqu'un a de la fièvre, ici, c'est généralement à cause de la malaria. » Il saisit sa main. « Soyez prudente, Grace. »

Grace hocha gravement la tête. « N'ayez crainte, je ne tomberai pas malade.

— Je l'espère. Je vais aller chercher la guérisseuse, au village. Elle pourra peut-être faire quelque chose pour votre sœur.

— Vous croyez qu'elle aura de la quinine ?

— Non, mais elle a sûrement quelque chose d'autre. Je me dépêche. »

Il disparut. Grace le suivit des yeux un instant, puis revint au chevet de Victoria. Une odeur acide flottait autour d'elle. La jeune fille agitait la tête de droite à gauche en gémissant, remuant les lèvres comme si elle voulait dire quelque chose.

Un sanglot monta dans la poitrine de Grace tandis qu'une prière se formait dans son cœur. *S'il te plaît, mon Dieu,* supplia-t-elle en silence, *ne prends pas ma sœur. Si tu crois que j'ai péché, punis-moi, mais pas elle.*

Dans la matinée, la fièvre monta si haut que Victoria commença à délirer. Grace et sa mère firent installer une baignoire dans la chambre et plongèrent la jeune fille brûlante dans l'eau froide.

Grâce à ce traitement, Victoria se calma rapidement et ses joues reprirent une teinte plus normale. Malheureusement, la fièvre ne tarda pas à revenir de plus belle.

« Maudit serviteur ! murmura Claudia impatientée. Il a probablement pris la poudre d'escampette avec l'argent et l'ordonnance.

— Mais non, il va revenir, j'en suis sûre, dit Grace pour l'apaiser. Tu as vu l'état des routes ? Pour couronner le tout, les chemins doivent être complètement détrempés depuis la dernière averse. »

Claudia n'écoutait pas. « Maudit pays, murmura-t-elle. Pourquoi n'a-t-il pas vendu la plantation ?

— La plantation n'y est pour rien, maman, murmura Grace en caressant le bras de sa mère. C'est la faute d'un moustique. M. Cahill aurait pu nous dire qu'il fallait mettre de la quinine dans notre eau. Tout le monde fait ça, ici. »

Elle ne réalisa qu'après coup qu'elle s'était trahie, mais Claudia était dans une colère et une inquiétude telles qu'elle ne remarqua rien.

Elles reprirent l'application des compresses d'eau fraîche. De temps en temps, Victoria ouvrait les yeux, mais elle ne semblait rien voir.

Autour de midi, Claudia ne supporta plus d'attendre. « Je veux que quelqu'un se rende à cheval à Colombo pour chercher ce maudit domestique. »

Avant même que Grace eût pu la retenir, elle était déjà sortie de la pièce. L'instant d'après, on frappait au carreau.

Le cœur battant, Grace se retourna. Vikrama était enfin revenu !

Elle courut à la fenêtre.

Il sortit un petit sachet de tissu de dessous ses vêtements et le lui remit en disant : « C'est de la part de Kisah. Il faut en diluer une petite quantité dans de l'eau.

— Est-ce que c'est de la quinine ?

— Oui, mélangée avec quelques herbes, contre la fièvre. Il est possible que son état empire dans un premier temps, c'est normal. Elle ira mieux ensuite.

— Est-ce que ça peut être dangereux pour elle ? »

Vikrama secoua la tête. « Dans notre village, les gens en prennent à titre préventif contre la malaria. Ici, tous les Anglais mettent de la quinine dans leur eau. Si j'avais su que votre père n'en faisait rien, je l'aurais prévenu.

— Vous ne pouviez pas le savoir. Nous n'en savions rien, nous non plus. »

Vikrama la scruta avec inquiétude. « Comment vous sentez-vous ? Vous devriez en prendre un peu. Il ne faudrait pas que vous…

— Je me sens tout à fait bien, répondit Grace, heureuse qu'il s'inquiète pour elle. Mais vous avez raison, il vaut mieux être prudent. »

Ils se regardèrent un instant, puis Vikrama prit congé.

« Merci beaucoup ! » lui cria-t-elle quand il se retourna pour lui adresser un petit signe de la main.

Une fois seule, elle ouvrit le sachet. Si le mélange d'herbes avait un aspect désagréable, il sentait plutôt bon. Comment allait-elle procéder ? Si sa mère en apprenait la provenance, elle s'en débarrasserait aussitôt.

Elle fut prise d'un doute. Cette médecine valait-elle vraiment quelque chose ? *Écoute ton cœur*, lui souffla une petite voix.

Elle se rappela que la guérisseuse avait remis Naala sur pied. Cela avait été long, mais la cueilleuse de thé avait fini par reprendre le travail.

Tandis que Claudia essayait encore de persuader son père d'envoyer quelqu'un à la recherche du cavalier, Grace se rendit à l'office, remplit deux verres d'eau et y versa aussitôt quelques herbes. Après avoir avalé d'une traite le contenu du premier verre, elle retourna au chevet de Victoria chargée du second.

Comment allait-elle le lui faire boire ? En tout cas, si c'était du poison, c'est elle qui en ressentirait en premier les effets.

« Victoria, ma chérie, appela-t-elle doucement en soulevant précautionneusement le corps brûlant de sa sœur. Bois, cela devrait te soigner. »

Victoria émit un faible gémissement. Grace regarda vers la porte, guettant un bruit de pas. Sa mère ne serait certainement pas longtemps absente, et les domestiques pouvaient arriver à tout moment avec une bassine d'eau.

« Victoria, je t'en prie », supplia-t-elle.

La jeune fille entrouvrit ses paupières collées par la sueur. Grace douta que Victoria comprît ce qui se passait autour d'elle, mais, encouragée par cet infime signe de conscience, elle posa le verre contre ses lèvres.

Craignant qu'elle ne s'étouffe, Grace lui fit tout doucement avaler l'eau brune. Son goût amer la réveilla un peu et elle réussit à en boire un demi-verre avant de retomber dans le sommeil.

Dès qu'elle fut rendormie, Grace versa le reste du verre par la fenêtre. Quant au petit sachet, elle le cacha sous sa robe avant de retourner au chevet de sa sœur en priant pour que ce remède la sauve.

La guérisseuse avait dit vrai : peu après, l'état de Victoria empira. Les frissons cédèrent la place à un violent délire. Folle d'angoisse, Grace se demanda si elle avait bien fait de lui administrer cette potion inconnue. Et si elle la tuait au lieu de la guérir ?

Elle regarda sa mère arpenter la chambre en se tordant les mains. De temps en temps, son père passait prendre des nouvelles de Victoria, mais il n'osait pas s'approcher du lit.

En fin d'après-midi, enfin, le messager rentra. Descendue à la salle à manger pour y prendre quelques fruits, Grace le vit en premier. Elle remarqua aussitôt que son cheval était à bout de forces. Sans y prendre garde, elle déposa la corbeille de fruits au premier endroit qui se présentait à elle, au pied du tableau sacré qui était fréquemment resté sans fleurs ces derniers temps.

Manifestement épuisé, le jeune cavalier grimpa péniblement l'escalier du perron et s'écroula à moitié sur les marches, aussi affaibli que sa monture.

Grace se dépêcha d'aller à sa rencontre.

Trempé de sueur, il lui confirma qu'il revenait de la pharmacie et lui tendit une boîte enveloppée dans un papier brun.

« Nanri », le remercia Grace en tamoul avant de l'envoyer reprendre des forces à la cuisine. Elle courut immédiatement dans sa chambre dont elle ouvrit la porte à la volée, faisant sursauter Claudia.

« Il a rapporté la quinine ! s'écria Grace tout excitée. Il vient d'arriver, son cheval est presque mort. Mais le principal, c'est que nous l'ayons ! »

Claudia lâcha un long soupir de soulagement. Ses mains tremblaient tant qu'elle dut laisser à Grace le soin de préparer le médicament. Lorsque celle-ci s'assit auprès de Victoria pour lui donner de l'eau mélangée à la quinine, elle remarqua que la sueur avait séché sur son front.

Prudemment, elle rehaussa le buste de sa sœur et se mit à lui parler doucement. Victoria ouvrit les yeux et, cette fois-ci, elle la regarda. Son regard était vitreux mais elle semblait reconnaître sa sœur et, une fois qu'elle eut ouvert la bouche, elle avala l'eau plus facilement qu'auparavant.

Peut-être sa raison lui jouait-elle des tours, mais elle avait la nette impression que l'état de Victoria s'était stabilisé. Elle la recoucha enfin sur l'oreiller trempé de sueur et mit de l'ordre à ses boucles.

Pendant les heures qui suivirent, Grace ne la quitta pas des yeux. La faim lui donnait des crampes d'estomac mais elle ne put pas se résoudre à manger. Elle se relaya avec sa mère pour changer les compresses et bientôt Victoria sembla plus calme, passant du délire au sommeil.

« La quinine a l'air de lui faire de l'effet », remarqua la mère à la fin de la journée. L'épuisement avait creusé des cernes noirs sous ses yeux. « Je pense que la fièvre va persister encore un peu, mais qu'elle n'empirera plus. »

Elle avait sûrement raison, mais quand Grace s'allongea après vingt-quatre heures de veille quasi continue, elle était convaincue que cette guérison miraculeuse résultait davantage des herbes médicinales.

La fièvre se prolongea quelques jours, entrecoupée de violents frissons, mais la malaria finit par lâcher prise. La fièvre baissa. Amaigrie et affaiblie, Victoria garda le lit. Adossée à des oreillers, elle put enfin se nourrir de soupes de fruits légères, que la cuisinière préparait à la perfection. Un jour, enfin, elle réclama du papier et un crayon rouge.

Bien que ces jours de veille eussent éprouvé Grace, elle ressentit un soulagement qu'elle n'avait jamais éprouvé auparavant. L'ange de la mort ne menaçant plus la vie de sa sœur, elle retrouva le loisir de consacrer ses pensées à d'autres sujets. Sa première pensée fut pour Vikrama qu'elle voulait absolument remercier.

À la moindre occasion, ce dernier avait passé la tête par la fenêtre pour s'enquérir de l'état de Victoria. Par un après-midi nuageux, Grace se mit à la recherche de l'administrateur et le trouva dans une grange, en train de contrôler la qualité du thé séché.

« Monsieur Vikrama, pourrais-je vous parler un instant ? »

En la voyant, l'administrateur adressa quelques mots en tamoul aux ouvrières et la rejoignit d'un pas rapide.

« Comment allez-vous ? J'espère qu'il n'est rien arrivé à votre sœur ? Les filles m'ont dit qu'elle s'était battue avec courage. »

Pour la première fois depuis de longs jours, Grace sourit avec insouciance. « Victoria va beaucoup mieux. Le docteur Desmond dit que ses jours ne sont plus en danger. Elle est encore faible, mais ça devrait passer. »

Vikrama poussa un soupir de soulagement. « Je suis heureux de l'entendre. J'ai vu Kisah dernièrement, qui s'inquiétait également de l'état de miss Victoria.

— Vous pourrez lui dire que sa potion a eu l'effet escompté, et que nous lui en sommes très reconnaissants.

— Vous en avez parlé à votre mère ? demanda Vikrama.

— Oh non ! Elle... » Honteuse, Grace s'interrompit et baissa la tête avant d'ajouter d'une voix faible : « Elle aurait sûrement pensé que c'était du poison. J'ai profité d'une de ses absences pour donner les herbes à Victoria.

— Vous m'avez donc fait confiance ? »

Grace le regarda. « Bien sûr que je vous fais confiance. »

Un sourire passa sur le visage de Vikrama, aussi furtif qu'un souffle de vent.

« À moins que votre sœur n'ait été guérie parce que vous avez fait une offrande à Shiva et à Ganesh ? dit-il.

— Pardon ?

— C'est bien vous qui avez déposé cette coupe de fruits sous le tableau, n'est-ce pas ? »

Grace réfléchit un instant et se souvint soudain qu'elle avait oublié les fruits sous le tableau.

« Une des filles a raconté à qui voulait l'entendre que vous aviez fait une offrande aux dieux. Depuis, tout le monde croit que Shiva et Ganesh ont guéri votre sœur. »

Vikrama eut un sourire joyeux et, d'un geste spontané, il chassa une mèche de la joue de Grace. L'effleurement de ses doigts lui fit l'effet d'une décharge électrique. Troublée par ce signe de tendresse, elle se recula.

« Excusez-moi, je ne voulais pas... » Vikrama rougit.

« Non, non... Ce n'est rien. » D'un geste rapide, Grace rassembla ses cheveux en se maudissant intérieurement. Son brusque mouvement de recul avait certainement blessé Vikrama.

« En tout cas, je vous remercie beaucoup. Nous vous remercions tous.

— C'était un plaisir pour moi de vous aider », dit Vikrama en la regardant droit dans les yeux. Grace ressentit jusqu'au plus profond de ses entrailles une attirance qui perdura jusqu'à ce qu'elle fût rentrée à la maison.

« Nous sommes invités chez les Stockton, annonça Claudia pendant le dîner. Maintenant que Victoria est guérie, nous pouvons nous le permettre.

— Fort bien, approuva Henry en s'essuyant la bouche avec sa serviette. Qu'en penses-tu, Victoria ? »

Les yeux encore fatigués de la jeune fille se mirent à briller.

« Oh ! ce serait merveilleux ! Comme ça, je pourrai damer le pion à leur fille, je suis sûre qu'elle n'a pas encore eu la malaria !

— Il serait préférable que tu n'en parles pas devant les Stockton, objecta sa mère. Ils vont s'imaginer que tu es encore contagieuse. Sachant que leur fille est fragile, sa mère risquerait de s'inquiéter inutilement.

— Le docteur Desmond a dit que la malaria ne se transmettait pas entre les humains.

— À ta place je n'en serais pas aussi sûre, jeune demoiselle, rétorqua son père. La science progresse tous les jours. Qui sait quelles découvertes on fera la semaine prochaine ? Peut-être découvrira-t-on que la malaria est tout de même contagieuse et, dans ce cas, nous aurions mis nos voisins en danger. »

Éclatant de rire, Henry s'essuya les lèvres d'un geste rapide et Claudia lui tapota le bras tandis que Victoria faisait la moue.

Bien que la perspective de passer un après-midi avec ce trouble-fête de George suffît à la rendre malade, Grace réussit à garder son calme. Sans parler des regards du père de George ! Ses parents devaient être aveugles pour n'avoir rien remarqué.

Elle regretta soudain de ne pas avoir la malaria. Quelques employés l'avaient contractée mais, grâce à la guérisseuse tamoule, aucun n'avait été vraiment malade.

« Et toi, qu'en penses-tu, ma chérie ? dit Henry en s'adressant à Grace. Tu es tellement silencieuse. Ne te réjouis-tu pas de faire une sortie ?

— Si, bien sûr.

— Eh bien, on peut dire que tu as l'air heureuse ! On dirait qu'on t'a obligée à avaler une caisse entière de citrons.

— Je ne me sens pas très bien.

— Alors tâche d'aller mieux dans les prochains jours. Cela serait très triste que tu ne puisses pas te joindre à nous. »

Elle esquissa un sourire poli et demanda : « Quand y allons-nous ?

— Dimanche prochain, tout de suite après l'office. Si vous voulez, nous pourrons aller à l'église à Nuwara Eliya. »

Très bien, comme cela je pourrai prier pour que le vieux bonhomme arrête de me regarder, pensa Grace en espérant qu'on ne remarque pas l'ironie dans son regard.

La semaine passa à toute allure. Aidée de Grace et de Victoria, Mlle Giles prépara les vêtements qu'elles porteraient pour cette visite à leurs voisins.

« On me relègue au rôle de femme de chambre », maugréait-elle quand elle se croyait seule. Si Claudia l'avait entendue, elle l'aurait certainement réprimandée, mais ni Victoria ni Grace n'avaient intérêt à la trahir. Tandis que Victoria rattrapait les cours manqués pendant sa convalescence, Grace se promenait ou brodait des galons et de la dentelle en rêvant de reprendre les cours avec son séduisant professeur.

Le dimanche matin, ils se mirent en route après avoir assisté à la messe dans la nouvelle église de Nuwara Eliya. La piste qu'ils empruntèrent pour traverser la brousse était défoncée et cahoteuse. De temps en temps, un buffle se mettait en travers du chemin et les regardait arriver en mâchonnant paisiblement des brins d'herbe, comme s'il se moquait de ces hommes et de ces chevaux qui avançaient péniblement. Des perroquets et des petits singes virevoltaient dans les branches des arbres. L'un d'eux surgissait parfois près de la voiture, tel un espion cherchant à savoir qui perturbait la tranquillité de la forêt pour aller en informer ses congénères.

Indifférente à tous ces détails, Grace essayait de se convaincre que tout allait bien se passer. En Angleterre, elle avait assisté à quelques rencontres désagréables, notamment quand son père rendait visite à ses créanciers. Celle-ci ne pouvait être pire. Stockton n'allait pas la mordre – pas tant qu'elle resterait dans le giron de sa famille, en tout cas.

Après environ une heure de route, ils aperçurent les toits du domaine des Stockton. La demeure à trois étages resplendissait comme une perle sur du velours vert. Leur plantation était bien plus développée que celle de Vannattuppūcci, et des communs se dressaient tout autour de la demeure principale. La propriété était ceinte d'une haute clôture, magnifiquement ouvragée, que Henri ne manqua pas d'admirer : « C'est le meilleur ouvrage de fer forgé que j'aie jamais vu !

— Notre clôture est aussi belle », ne put s'empêcher de lâcher Grace. La maison était peut-être somptueuse, mais elle la trouvait trop tape-à-l'œil pour un homme qui n'avait même pas de titre de noblesse. Les Tremayne n'étaient pas plus nobles, mais ils n'avaient qu'une maison à deux étages.

Claudia leur adressa un petit rappel à l'ordre au moment où leur calèche se garait devant l'énorme escalier du perron. « Vous deux, tâchez de vous tenir de façon convenable et évitez de faire des réflexions déplacées. Victoria, n'importune pas leur fille avec tes histoires de malaria et Grace, essaie d'avoir l'air un peu plus aimable que maintenant. Comporte-toi convenablement devant les Stockton. »

Un majordome prétentieux les conduisit jusqu'au hall d'entrée, où les attendaient les parents Stockton escortés de leur fille malingre et de leur fils blafard. George semblait étranglé par sa lavallière couleur argent.

« Mes chers amis », susurra Alice Stockton les bras grands ouverts pendant que son mari serrait vigoureusement la main de Henry tout en regardant Grace.

Après les mondanités de bienvenue, ils furent conduits dans le salon, une merveilleuse pièce ronde dissimulée derrière une porte coulissante ornée de vitraux. Claudia admira les magnifiques meubles en rotin, les tapis et tableaux précieux.

Le thé fut servi dans un ravissant service chinois. Le cake était parfait. Grace remarqua que sa mère contemplait presque jalousement les scones avant de planter ses dents dedans.

Quant à elle, elle eût ressenti le même plaisir si on lui avait servi des pierres. Les regards croisés que George et Dean Stockton lui lançaient la mettaient extrêmement mal à l'aise. Quand elle surprit George en train de se passer la langue sur les lèvres, elle eut un frisson de dégoût. Elle se pencha sur sa tasse pour éviter de le regarder mais, au même instant, Dean Stockton lui posa une question : « Londres doit vous manquer, jeune fille, non ? La saison des bals commence tout juste.

— Pour être sincère, je regrette Londres, en effet, répondit-elle froidement. Mais le spectacle de la nature et de la vie à Vannattuppūcci compense largement ce manque. »

Elle prononça cette réponse avec tant de candeur qu'il ne trouva rien à redire et se contenta de lancer : « Eh bien puisqu'il en est ainsi, pourquoi n'iriez-vous pas visiter la plantation ? En tant que futur maître des lieux, je suis sûr que George se fera une joie de vous guider.

— Avec grand plaisir, répondit ce dernier en devenant cramoisi. Si vous le désirez. »

Quel choix avait-elle ? Sa mère et son père la regardaient comme pour la rappeler à l'ordre. En acceptant, elle récolta leur sourire bienveillant. Personne, en revanche, ne surprit le sourire moqueur que lui lança Victoria.

Grace écouta distraitement la conversation. Son regard était sans cesse attiré par un frangipanier rose fuchsia, devant la fenêtre, qui fleurissait au milieu du jardin anglais. À Vannattuppūcci, les frangipaniers étaient tout aussi beaux, mais cet arbre-là avait quelque chose de particulier. Elle avait très envie de le voir de plus près.

Elle aurait aimé que l'heure du thé durât encore des heures, mais le moment tant redouté arriva où l'assemblée se sépara. Tandis que Dean invitait Henry dans son bureau, Victoria disparut dans la chambre de Clara. Les dames décidèrent de savourer la tranquillité dans la fraîcheur du salon – et George Stockton offrit son bras à Grace.

Comme elle enviait sa petite sœur ! Elle aurait tellement préféré écouter les histoires ennuyeuses sur les maladies de Clara que de tenir une conversation forcée avec un homme qui n'avait rien d'intéressant.

George refusa catégoriquement de visiter la plantation ou le village avoisinant, car il ne voulait pas gâcher son après-midi à côtoyer des primitifs. Selon le désir de Grace, ils se rendirent auprès du magnifique frangipanier. Ce qui ressemblait à un arbre était en fait une multitude de troncs entremêlés. Était-ce l'œuvre de la nature ou celle d'un jardinier habile ? En tout cas, le résultat était superbe et très impressionnant.

« Un peu plus loin, il y a un arbre de la Bodhi. On dit que Bouddha aurait atteint l'éveil sous un tel arbre, dit George d'un ton blasé. Du coup, les gens d'ici s'adonnent régulièrement à un rituel absurde autour de cet arbre. Heureusement, nous leur interdisons de déposer des fleurs dessous. »

Grace repensa à la représentation des dieux, dans le hall d'entrée de leur demeure. Depuis que les domestiques l'avaient vue en train de poser la corbeille de fruits, avant la guérison miraculeuse de Victoria, le nombre de fleurs déposées à cet endroit grandissait de jour en jour. Elle espérait que Stockton n'exercerait pas son influence néfaste sur son père, qui serait bien capable d'en interdire également l'accès.

Arrivés sous l'arbre aux larges branchages, Grace aperçut quelques perroquets.

« Oh ! regardez ! s'écria-t-elle. Ces oiseaux ne sont-ils pas magnifiques ? »

George leva les yeux en pérorant : « Il n'y a pas longtemps, j'ai tué un perroquet vert ! J'ai réussi à l'empailler sans qu'il ne perde rien de son naturel. »

Grace ouvrit de grands yeux effrayés que le jeune Stockton dut prendre pour une expression de son admiration, car il ajouta : « Il faut que vous sachiez que j'adore empailler des animaux. C'est ma passion.

Je naturalise aussi des insectes et des papillons. Si vous voulez, je vous montrerai ma collection. »

Grace repensa aux trophées exposés dans le fumoir de son père, à Londres. Il n'avait pas tué lui-même ces animaux, mais il les conservait comme autant de souvenirs. Petite, leurs yeux de verre noirs lui avaient toujours donné des frissons dans le dos.

« Non, merci, dit-elle aussitôt. Je préfère observer les animaux dans la nature. »

Si Grace pensait ainsi détourner George de son sujet de prédilection, elle se trompait. Avec une ferveur insoupçonnée chez ce garçon insipide, il commença à parler du processus de naturalisation des bêtes, si bien que Grace se sentit encore plus mal. La coupe fut pleine quand il lui avoua qu'il était en train d'empailler une aile de perroquet ! Il voulait en faire un bijou qu'il offrirait à sa mère pour Noël.

« Excusez-moi, je ne me sens pas très bien ! dit-elle un peu plus violemment qu'il convenait.

— Je vous raccompagne, proposa George, mais Grace refusa en secouant vivement la tête.

— Non, c'est inutile, je ne voudrais pas vous arracher à la contemplation de vos prochaines… victimes. »

Elle tourna les talons et s'éloigna le plus dignement possible mais dès qu'elle estima être assez loin de lui, elle se mit à courir comme si elle fuyait les esprits des animaux naturalisés par George.

De retour à la maison, elle essaya de retrouver son calme. Ce qu'elle reprochait à Dean Stockton était ridicule par rapport au dégoût que lui inspirait son fils.

Alors qu'elle se dirigeait vers le grand salon, elle surprit la voix de sa mère et de Mme Stockton. Les deux femmes s'entretenaient sur un ton de confidence qui la poussa à s'arrêter pour les écouter.

« Ma chère, notre fils s'est déjà entiché de votre fille, racontait Alice avec enthousiasme. Depuis le bal, il ne pense qu'à elle.

— Pourtant, il l'a très peu vue, regretta Claudia en soupirant. Je ne sais pas ce qui lui est passé par la tête ce soir-là, je ne la reconnais pas.

— Cela vient certainement du climat. Il perturbe facilement les jeunes gens, vous savez. Bien que je sois ici depuis vingt ans, je ne m'y suis jamais vraiment habituée. Mais soyez-en sûre, notre George et votre Grace formeront un couple merveilleux, pour autant que vous envisagiez cette union. »

Grace retint son souffle. Était-il possible que les deux femmes en soient déjà à parler de leur union ?

« N'ayez crainte, nous y songeons en effet, chère madame Stockton. Il leur faut juste un peu de temps pour s'habituer l'un à l'autre. »

Grace dut presser la main sur sa bouche pour ne pas hurler d'horreur. Sa mère la voyait-elle sérieusement avec ce jeune homme terne, elle qui avait épousé un aussi bel homme que son père ?

Elle fut prise d'un tel vertige qu'elle dut se tenir au chambranle de la porte. Malheureusement, elle n'eut pas le loisir de se laisser aller, la voix de Stockton retentit derrière son dos. Une fois de plus, il redoublait de bons conseils au sujet de la plantation.

Un malaise chassant l'autre, elle se redressa et entra dans le salon.

« Ah ! te voilà, Grace ! dit sa mère d'un ton mielleux. Nous parlions justement de toi. »

Elle garda pour elle ce qu'elle avait entendu et sourit gauchement.

Stockton et Henry entrèrent dans le salon peu après. Étonné, le maître de maison leva les sourcils lorsqu'il découvrit Grace aux côtés de sa mère.

« Où avez-vous donc laissé mon garçon ? dit-il sur un ton léger que son regard perçant démentait. Vous ne jouez quand même pas à cache-cache en laissant ce pauvre garçon vous chercher dehors ?

— Non. Bien sûr que non, répondit Grace le plus poliment possible, en baissant timidement les yeux. Il est sûrement dans le jardin.

— Ah ! alors il est probablement en train de chercher des animaux », répondit Stockton d'un air presque dédaigneux. Apparemment, l'inclination de son fils ne l'enchantait guère plus qu'elle. « La passion de George dépasse toutes les bornes, mais je suis sûr qu'une jolie femme saura lui donner d'autres idées, un jour. » Ce disant, son regard se porta de nouveau sur elle.

« Auriez-vous une objection à ce que je fasse visiter notre belvédère à cette jeune dame ? proposa-t-il alors. Si le jardin ne vous attire pas, la vue magnifique sur les montagnes – et sur votre propriété – ne pourra vous laisser indifférente.

— C'est trop d'honneur ! » répondit Henry en lançant un regard impérieux à Grace.

L'idée de se retrouver seule avec Dean Stockton la terrifiait, mais Grace s'efforça de sourire.

« Joignez-vous à nous, si vous le désirez.

— Merci, je vais tenir compagnie à ces dames. »

Papa lui-même en a assez de lui, se dit Grace avec rancœur. Le cœur battant et les mains glacées, elle se leva et saisit la main qu'on lui tendait.

Stockton la regarda en souriant et l'attira hors du salon. Alors qu'ils descendaient silencieusement les marches du perron, elle se demanda avec inquiétude si la plate-forme en question se trouvait loin de la maison. Elle espérait tant voir George ou Clara apparaître en compagnie de Victoria ! Il n'en fut rien et, l'espace d'un instant, elle soupçonna Stockton de les avoir enfermés dans une quelconque pièce.

« Venez, ce n'est pas très loin », dit Stockton avec une gentillesse si inattendue qu'elle redoubla de méfiance.

Ils gravirent des marches en bois qui avaient été installées tout au long des cultures de thé. La vue et le murmure des théiers firent oublier un instant à Grace en quelle compagnie elle se trouvait.

Au fil de leur progression, il s'était rapproché d'elle à tel point qu'elle pouvait presque sentir la chaleur de son corps et l'odeur de sa lotion après-rasage.

« Nous arrivons », expliqua-t-il quand la silhouette de la plate-forme se dessina devant eux. Construite sur un rocher artificiel, elle était entourée d'une barrière métallique protégeant les visiteurs d'une chute, et un petit télescope installé en son centre brillait au soleil.

Grace dut bien admettre que la vue était à couper le souffle. Au loin se détachait le pic d'Adam, cette montagne qui avait précipité son oncle dans la mort.

« Grâce au télescope, vous pouvez apercevoir jusqu'au sommet des montages », dit Stockton qui se tenait derrière elle. Elle crut sentir son souffle sur ses épaules. « Seulement, il ne faut pas avoir le vertige.

— Je ne crois pas l'avoir, répondit Grace tiraillée entre la curiosité et l'angoisse.

— Vous êtes courageuse. Cela me plaît. »

Il posa doucement une main sur son dos et la poussa en avant.

Quand Grace se pencha sur le télescope, ses hanches effleurèrent le corps de Stockton. Surprise de le sentir si près d'elle, elle tourna la tête et le dévisagea.

« Ce bouton sert à régler la netteté du télescope », poursuivit-il sans ciller.

Avant que Grace eût pu reculer, il passa le bras autour de sa taille et sa main caressa ses cheveux au passage, comme par hasard. Il l'enlaça le temps de tourner la molette, puis retira de nouveau sa main, en touchant subrepticement sa taille.

Grace frémit. Se comportait-il normalement ?

Faute de réponse, elle tenta de se concentrer sur la vue et y parvint un moment. Elle admira le pic d'Adam, puis inclina le télescope pour voir leur plantation et la maison de Vannattuppūcci, toute blanche dans la verdure.

Soudain elle s'aperçut que Stockton respirait plus bruyamment qu'avant. Effarée, elle se retourna et les yeux sombres de son hôte se plantèrent alors sans détour dans les siens. Une flamme inquiétante brillait dans son regard. Bien qu'elle n'eût pas encore beaucoup d'expérience avec les hommes, elle comprit immédiatement qu'il la désirait. Tremblant, il se passa la langue sur les lèvres.

« Grace », murmura-t-il de façon presque inaudible tandis qu'un singulier sourire se dessinait sur son visage.

Elle voulut reculer, mais elle buta contre le télescope et la barrière. Stockton fit un pas vers elle et leva la main pour saisir ses cheveux.

« Je vous en prie, partons d'ici, dit-elle d'une voix étranglée. J'ai le vertige. S'il vous plaît ! »

Stockton retint sa main et son regard changea.

« Comme vous voulez, miss », fit-il d'un ton raide. Il lui tendit le bras mais, cette fois, Grace descendit les marches toute seule.

Pendant tout le chemin du retour, elle dut se retenir de ne pas courir. Stockton se tenait maintenant à une distance respectable, mais son regard en disait long.

De retour au salon, elle vit que George, Clara et Victoria avaient rejoint leurs mères.

« Alors, comment était la vue ? demanda gaiement son père, sans remarquer le malaise de sa fille.

— Magnifique », répondit Grace d'une voix monocorde. Le regard que Mme Stockton lança à son mari ne lui échappa pas. Manifestement, Alice semblait percevoir quelque chose. Grace passa le reste de la visite à éviter le regard de Mme Stockton. Après tout, la pauvre femme n'y était pour rien.

Heureusement, l'enfer prit fin une heure plus tard et tout le monde rentra à Vannattuppūcci. Pendant tout le trajet de retour, Grace silencieuse rumina les événements de l'après-midi. Elle bouillonnait intérieurement, partagée entre la crainte du père et le dégoût du fils.

Personne ne le remarqua. Victoria était intarissable sur les maladies que Clara Stockton s'inventait : « Cela m'a coûté un gros effort, mais je ne lui ai pas dit que j'avais eu la malaria », ajouta-t-elle quand elle surprit le regard sombre de son père.

Lorsque la calèche s'arrêta enfin, Grace ne ressentait plus qu'une colère immense. Ses fiançailles étaient presque décidées ! Sa mère pouvait-elle la donner au premier venu, juste parce que leurs plantations étaient voisines et que les Stockton étaient plus riches qu'eux ?

Qu'aurait-elle dit si elle avait su que Stockton lui avait fait des avances... *Elle aurait sans doute déclaré que je fabulais,* se dit Grace avec dépit.

Arrivée dans sa chambre, elle ôta rageusement son chapeau et le lança dans un coin de la pièce avant de passer la main dans ses cheveux pour relâcher ses boucles. Victoria, qui la suivait, referma aussitôt la porte derrière elles.

« Que se passe-t-il ? Tu avais une bête sous ton chapeau ? »

Grace ne répondit pas, affairée à déboutonner sa robe. Ses yeux brillaient comme ceux d'une folle. Choquée, Victoria eut un mouvement de recul. « Tu as perdu la raison ?

— C'est Mme Stockton qui a perdu la raison ! cracha Grace. Elle trouve que George et moi formerions un couple remarquable ! Délicieux ! Et maman qui n'arrêtait pas de l'approuver ! Comme s'il n'y avait aucun autre homme dans les parages. »

Elle était trop honteuse pour lui raconter la tentative d'approche de Stockton.

« D'autres hommes dont tu ne voudrais pas davantage, n'est-ce pas ? répondit Victoria en ôtant son chapeau comme une dame.

— Bien sûr que j'aimerais en épouser un. Mais pas George Stockton ! Comment maman peut-elle imaginer me faire épouser ce garçon blafard ? Tu ne connais pas la meilleure ! Il adore empailler des animaux ! Pendant notre promenade, il m'a expliqué par le menu comment il leur enlevait les intestins avec un crochet. Si tu veux mon avis, ce garçon n'est pas normal ! »

Les yeux de Victoria brillaient. Curieuse comme elle l'était, elle aurait certainement adoré voir ce genre de préparation de ses propres yeux. « Peut-être devrais-tu en parler à maman ?

— Elle ne m'écouterait probablement pas. Elle est bien trop flattée par la proposition de Mme Stockton. Cela fait seulement deux mois que nous sommes ici !

— Si nous étions restés à Londres, tu aurais certainement un prétendant, à l'heure qu'il est.

— Ce ne serait sûrement pas un hurluberlu qui tue des animaux et les remplit de laine de bois.

— Maman pense qu'une jeune fille doit se marier le plus tôt possible, reprit Victoria, impassible. Elle-même venait d'avoir dix-huit ans quand elle a connu papa. »

Elle aurait bien crié que son père n'avait pas de passe-temps sanguinaire, et puis qu'il était bien content d'être dispensé de chasses au renard parce qu'il n'avait pas de titre de noblesse, mais son sentiment pour lui avait mûri depuis qu'il lui avait infligé une punition. Elle l'aimait, certes, mais quelque chose avait changé. Elle ne savait pas, d'ailleurs, si c'était elle qui avait changé ou lui.

« Je sais bien que je devrai me marier un jour ou l'autre, et si on m'avait dit il y a six mois que je serais un jour l'épouse d'un riche propriétaire, eh bien j'aurais été aux anges. Mais maintenant... » Elle hésita. En Angleterre, aurait-elle accepté sans résistance que ses parents lui choisissent un mari ?

En Angleterre, j'aurais eu le loisir de rencontrer des soupirants pendant la saison des bals. Peut-être serais-je tombée amoureuse de l'un d'eux – sans que son père me regardât comme un loup affamé.

L'amour ! C'est exactement de cela qu'il s'agissait. Petite fille, elle en avait toujours rêvé. En grandissant, elle s'était entendu rabâcher que son devoir vis-à-vis de sa famille était plus important, mais le désir d'amour ne se laissait pas étouffer aussi facilement sous le poids des obligations et de la rigueur.

« Je n'aime pas George Stockton, et je ne l'aimerai probablement jamais. Il paraît que l'on sait tout de suite si l'on aime quelqu'un ou pas.

— On dit aussi que beaucoup de femmes s'habituent à leur mari et que un jour, leur sentiment se transforme en amour.

— C'est ce qu'on dit en effet, mais toi qui es chavirée en lisant des romans à l'eau de rose et qui connais les œuvres de Jane Austen par cœur, tu serais bien la dernière à vouloir t'habituer à un homme, non ? Ne voudrais-tu pas avoir ton M. Darcy ? »

Tout en parlant, Grace se rendit compte qu'elle avait trouvé son Fitzwilliam Darcy.

« Je préfère le colonel Brandon, avoua Victoria avec passion.

— Eh bien va pour le colonel Brandon, répondit Grace. Le problème, c'est que George Stockton n'est ni l'un ni l'autre. Il est peut-être l'héritier d'une merveilleuse plantation, mais il y en a certainement beaucoup d'autres dans les parages. Par tous les diables, pourquoi nos parents veulent-ils absolument me marier à ce garçon ?

— Si tu épouses George, tu resteras tout près d'ici. Tu sais que papa espère que tu reprennes la plantation.

— Jusque-là, il était plutôt question que je reprenne le manoir de Londres, objecta Grace. Sincèrement, en ce moment, je préférerais être là-bas ! »

Ce n'était pas complètement vrai, mais elle se sentait capable d'aller au bout du monde pour éviter un mariage avec George Stockton.

« Que veux-tu faire de cette vieille baraque ? demanda Victoria étonnée. Avoue qu'ici, le climat est beaucoup plus agréable ! Et puis la maison est moins sinistre.

— Tu as raison, mais mets-toi à ma place ! »

Les larmes lui montèrent aux yeux, et Victoria vint s'asseoir à côté d'elle, lui caressant doucement l'épaule.

« Ils vont peut-être y réfléchir. Et puis je ne veux pas que tu partes d'ici, moi. D'ailleurs, qui sait si le fils Stockton est d'accord. Peut-être qu'il tombera de cheval en accompagnant son père sur la plantation, aussi ! Personne ne sait ce que le destin nous réserve. »

Après leur visite chez les Stockton, un silence glacial s'abattit sur le domaine des Tremayne. De fort méchante humeur, Grace resta invisible jusqu'au dîner. Loin d'imaginer qu'elle en portait la faute, Claudia s'indigna du mauvais caractère de sa fille. Quant à Henry, il était si préoccupé par la plantation qu'il ne s'en aperçut même pas.

Picorant sans entrain dans son assiette, Grace ruminait de sombres pensées. Bien sûr qu'une femme devait accomplir son devoir et se marier. Mais pourquoi fallait-il que cela tombe sur George Stockton ? Parallèlement, elle se demandait ce qu'il était advenu de la petite fille docile qui ne rêvait que de faire son entrée dans la société pour se préparer au mariage. Une évidence ne tarda pas à s'imposer à son esprit : personne ne pouvait prendre de place dans son cœur, car celui-ci était déjà pris, entièrement occupé par un homme dont elle ne savait pas même s'il était libre.

14

Vannattuppūcci Tea Company, 2008

Le lendemain matin, le petit déjeuner attendait de nouveau Diana et Jonathan, mais à la place de M. Manderley, ils trouvèrent une carte par laquelle il s'excusait de son absence. Il avait à faire à Colombo et ne reviendrait que le lendemain.

« Il va nous manquer, dit Diana alors qu'ils retournaient à leurs archives. Qu'allons-nous faire si nous avons une question ?

— La maison est pleine de gens sympathiques qui n'attendent qu'une chose : que nous les détournions de leur travail. » Jonathan sourit et tendit une pochette de CD à Diana. « J'ai trouvé quelques documents sur le kalarippayat, dont une vidéo qui vous donnera une idée de ces combats. Vous en aurez peut-être besoin pour votre collection.

— D'où tenez-vous ce CD ? demanda Diana étonnée.

— Eh bien, vous savez, les dames de l'administration de la plantation… On leur fait un petit sourire charmant, on exprime modestement un souhait et toutes les portes s'ouvrent. Regardez le CD, ça vaut le coup. »

Diana le prit et l'examina. « Et votre projet, vous en êtes où ? demanda-t-elle. J'ai tellement mauvaise conscience de vous empêcher de faire votre travail !

— Je ne peux pas vous laisser dire cela. Je vous ai signalé hier que j'avais trouvé ici des éléments qui pouvaient m'être utiles pour mon livre. En fait, c'est moi qui dois vous remercier, vous et Michael. Grâce à vous, je vois les choses sous un autre angle. Nous, les historiens, nous avons tendance à être trop terre à terre. Alors qu'ici, dit-il en ouvrant les bras, on peut voir de près les différents aspects du conflit. Que demander de plus ? »

Au cours des heures suivantes, la seule chose nouvelle que Diana trouva fut une vieille ordonnance prescrivant de la quinine et établie par un certain docteur Desmond. Elle dénicha des bons de livraison et de la correspondance commerciale, mais aucune lettre personnelle. Elle découvrit cependant l'écriture de son ancêtre, Henry Tremayne. Il n'y avait nul besoin de s'y connaître en graphologie pour déceler son caractère volontaire. Qu'est-ce qui l'avait donc mis en colère ?

Elle repensa à la cérémonie funèbre d'Emmely. L'incident ou plutôt le scandale, comme l'avait écrit Victoria dans sa lettre, avait dû être assez grave pour qu'on en perçoive encore l'écho aujourd'hui.

Plus personne ne savait ce qui s'était passé, mais tout le monde savait qu'il s'était passé quelque chose.

« Oh ! mon Dieu ! », s'écria soudain Jonathan.

Diana se retourna vivement. « Que se passe-t-il ?

— Je crois que j'ai trouvé quelque chose ! »

Il lui tendit un petit carnet tout esquinté, qui avait manifestement été mouillé. La couverture et les premières pages ne comportaient aucune inscription, mais les pages suivantes étaient couvertes de caractères tamouls.

« Qu'est-ce que cela veut dire ? demanda-t-elle en montrant du doigt l'écriture légèrement effacée. Vous savez bien que je ne comprends pas le tamoul.

— Les caractères n'ont aucune signification. Ce sont tout au plus des exercices d'écriture. Mais regardez un peu plus loin, je crois que nous avons là un trésor. »

Diana continua à feuilleter le carnet et découvrit enfin ce à quoi Jonathan faisait allusion.

« Incroyable ! », s'exclama-t-elle en retenant son souffle.

L'écriture était si petite que seule une loupe permettrait de la déchiffrer. Les lignes étaient collées les unes contre les autres, comme si la personne qui les avait rédigées s'était efforcée de remplir chaque espace libre du carnet. Au premier coup d'œil, cela ressemblait presque à l'un de ces gribouillis que l'on griffonne sans réfléchir au coin des pages. Quand Diana se pencha sur les lignes, cependant, elle distingua nettement l'écriture soignée de la personne qui avait pris ces notes.

« Celui qui a écrit cela a utilisé une plume extrêmement fine, dit-elle en reposant le carnet. Je vais demander une loupe à M. Manderley.

— Pour écrire si petit, il faut vouloir cacher quelque chose, affirma Jonathan. Les secrets de Grace et de Victoria vous y attendent peut-être.

— Ne nous emballons pas ! Si ce carnet appartenait vraiment à l'une des sœurs Tremayne et qu'il avait contenu quelque secret, elle l'aurait ramené en Angleterre, vous ne croyez pas ? »

Diana caressa les pages dont le papier était légèrement râpeux.

« Je vais aller demander une loupe aux dames des bureaux. Je crois que celle qui m'a donné le CD a un petit faible pour moi. »

Pourquoi cette remarque éveilla-t-elle la jalousie de Diana ?

Jonathan se leva et quitta les archives. Diana le regarda partir avant de reporter son attention sur le carnet, qu'elle rapprocha instinctivement de son visage pour le sentir. Il dégageait une légère odeur de cannelle, la même que celle qu'elle avait décelée en ouvrant le coffre. Trop impatiente pour attendre Jonathan, elle s'efforça de déchiffrer les caractères.

Par où dois-je commencer ? Mes pensées sont tellement confuses et je ne sais pas à qui me confier. N'ayant pas d'amie ici, je m'épancherai donc dans ce carnet que je brûlerai dès qu'il sera rempli. Peut-être que cela m'aidera à mettre de l'ordre dans mes pensées…

Jonathan revint à cet instant, chargé d'une loupe et d'une petite corbeille de fruits.

« Ces dames m'ont donné ça quand j'ai décliné leur invitation à déjeuner. »

Surprise, Diana s'exclama : « L'heure de déjeuner est donc déjà passée ? » Un coup d'œil à sa montre le lui confirma.

« Manderley doit avoir peur que nous dépérissions. En tant que chercheur, je sais à quel point la quête du passé peut être captivante. Prenez votre temps et tenez-moi au courant si vous trouvez une piste dans ce carnet. Pendant ce temps, je continue de chercher d'autres perles. »

Diana lui sourit avec reconnaissance et saisit la loupe ainsi qu'une banane. Quand elle eut fini de manger, elle alla chercher l'enveloppe qu'elle avait trouvée sous le cercueil de Deidre. L'encre était de la même couleur. Les deux écritures aussi se ressemblaient indéniablement, mais chacune avait des caractéristiques singulières. L'écriture de la lettre de Victoria semblait plus jeune, plus enjouée, alors que l'autre était plus plate, plus anguleuse aussi. Dans sa hâte, la personne qui avait rédigé ces notes ne s'était pas préoccupée d'écrire soigneusement.

Le cœur battant, Diana saisit la loupe et commença à lire.

Arrivée au bout de la première page, elle en avait le cœur net : ces lignes étaient bien de Grace. Conforme à la mentalité victorienne, le texte était fort pudique, mais on ressentait toute l'ampleur du bouleversement intérieur qui l'avait poussée à écrire.

Au bout de quelques pages, Diana ferma le carnet et poussa un soupir :

« Il faut que nous allions chez les Stockton !

— Maintenant ?

— Pourquoi pas ?

— Vous avez trouvé quelque chose à ce sujet dans votre petit carnet ?

— Et comment ! répondit Diana. Grace raconte que son malheur a commencé après une visite chez les Stockton. Je meurs d'envie d'aller voir sur place. »

Jonathan leva les mains en signe de reddition. « Très bien, c'est vous le boss ! Voyons un peu le trajet qui nous attend. »

Il se leva pour aller consulter la carte accrochée au mur, près de la porte. Si elle ne datait pas d'hier, comme le papier jauni en témoignait, il y avait de fortes chances pour que les chemins soient toujours les mêmes.

« Qu'est-ce que vous diriez d'une bonne marche ? Nous pouvons y être en trois heures, estima-t-il après avoir étudié les routes menant vers le nord.

— Je suis prête à tout ! Il faut absolument que je voie la plantation des Stockton et les documents qui s'y trouvent. »

Jonathan éclata de rire et partit chercher son sac.

Si la déchéance de la plantation était évidente, la maison patricienne qui se dressait devant eux n'avait rien perdu de sa superbe. La peinture s'effritait par endroits et quelques fenêtres avaient été condamnées à l'aide de planches clouées, mais on imaginait aisément l'aspect majestueux que ces lieux avaient dû revêtir il y a cent vingt ans.

« Excusez-moi ! », cria Jonathan brusquement.

Diana, qui n'arrivait pas à décoller son regard de la façade, venait également de remarquer l'homme en tenue de travail qui s'apprêtait à traverser la cour.

« Que vous voulez ? », demanda celui-ci en mauvais anglais. Jonathan passa aussitôt au tamoul.

L'homme répondit brièvement avant de disparaître. Perplexe, Diana consulta Jonathan du regard. « Il va juste chercher les clés. Il dit que le gérant n'est pas là en ce moment, mais que nous pouvons visiter la maison si nous promettons de ne rien toucher. »

Jonathan la regarda en souriant : « Cette maison est vraiment impressionnante, n'est-ce pas ? Je suis surpris de voir qu'elle a été abandonnée alors que les conditions géographiques et météorologiques sont les mêmes qu'à Vaṉnattuppūcci.

— C'est probablement la faute du propriétaire », répondit Diana en arrachant une feuille de lierre. Cette plante avait manifestement été importée pour rappeler aux propriétaires leur pays d'origine. « Ce que Grace Tremayne écrit au sujet de Stockton est tout sauf flatteur.

— C'était un salaud ?

— Plutôt un coureur de jupons. J'aimerais bien savoir ce qu'il est devenu. »

L'homme revint enfin avec les clés. La plainte que poussa le portail en s'ouvrant fit frissonner Diana.

« En route ! », s'exclama joyeusement Jonathan.

Au milieu de la pelouse, une pancarte en trois langues clamait « À vendre ».

« Que pourrait-on faire d'une telle maison ? chuchota-t-elle à Jonathan.

— Un hôtel doté d'un spa, ou un musée.

— Cela dit, les théiers sont encore là, aussi, objecta Diana. Il devrait être possible de faire revivre cette production de thé.

— En effet. À mon avis, M. Manderley serait un bon candidat puisque les propriétés se jouxtent. En revanche, entretenir ces deux bâtisses représente un travail colossal. »

Quel dommage ! pensa Diana en dépit des horreurs qu'elle avait lues dans le carnet.

La façade de la maison était fissurée, comme s'il y avait eu un tremblement de terre. La peinture s'effritait sous les fenêtres du premier étage et la vieille porte d'entrée avait été remplacée par une porte moderne d'un style totalement différent. En Allemagne, la protection des monuments historiques aurait tiré la sonnette d'alarme depuis belle lurette, se dit Diana. Cela lui faisait mal de voir cette belle demeure ainsi laissée à l'abandon.

Une fois entrés, ils se retrouvèrent immédiatement transposés dans l'ombre du passé. Malgré l'absence de meubles et les tristes marques qu'ils avaient laissées sur les murs, Diana arrivait fort bien à s'imaginer à quel point la maison avait été somptueuse. Elle admirait presque respectueusement l'escalier de marbre qui conduisait au premier étage. Un homme aux cheveux bruns et à la stature imposante, vêtu d'une élégante redingote, les regardait du haut de son lourd cadre doré. Attirée par lui de façon presque magique, Diana gravit les marches.

Aucune inscription n'indiquait de qui il s'agissait mais le paysage, les cultures de thé ainsi que la maison dont on reconnaissait au loin les contours trahissaient son identité. S'étant davantage intéressée à Henry Tremayne sur la photo du Hills Club, elle ne reconnaissait pas son visage mais ne doutait cependant pas de se trouver en face de Dean Stockton.

Au premier abord, ses traits anguleux lui donnaient un air sérieux et scrupuleux, sa barbe rasée de près et ses boucles grises soigneusement domptées témoignaient d'une certaine coquetterie. Si le peintre ne l'avait pas flatté, il pouvait se vanter de n'avoir aucune trace de la bedaine que certains hommes de son âge arboraient fréquemment. Dans l'ensemble, Dean Stockton présentait bien et seuls ses yeux noirs, d'une profondeur insondable, témoignaient des désirs refoulés d'un homme de l'époque victorienne.

Lorsqu'elle se retourna, Diana surprit le regard de Jonathan qui l'observait attentivement.

« C'est l'homme de la photo du club, n'est-ce pas ?

— Je suppose, oui. Qui d'autre que le maître de la plantation pouvait être représenté grandeur nature dans la cage d'escalier ?

— J'espère que nous trouverons quelque chose sur les relations que les Stockton entretenaient avec les Tremayne. L'administrateur nous a donné une heure, nous devrions nous dépêcher si nous voulons fouiller chaque pièce. »

Diana acquiesça. En descendant l'escalier, elle eut l'impression que les yeux de Stockton lui transperçaient le dos.

La plupart des pièces étaient totalement vides. Des câbles nus qui pendaient aux murs indiquaient qu'elles avaient servi de bureaux à une époque, mais le mobilier avait dû être enlevé depuis longtemps.

Ils ne trouvèrent rien, pas même dans la pièce que Diana avait prise pour le salon. En montant au premier, ils repassèrent devant le portrait de Stockton.

À l'étage, quelques portes étaient fermées à clé. Un coup d'œil à travers la serrure leur révéla des pièces inutilisées depuis bien longtemps, sans doute déjà à la grande époque de la plantation.

« Regardez-moi ça ! On dirait une sorte de musée privé ! »

Jonathan força légèrement une porte qui s'ouvrit sur une des rares pièces meublées de la maison. Diana supposa aussitôt qu'il s'agissait du bureau de Dean Stockton. Les hautes étagères avaient visiblement été délestées des livres les plus précieux, car seuls quelques exemplaires insignifiants et abîmés gisaient là, en désordre. Les meubles de valeur avaient été sauvés à temps, à moins que les voleurs n'aient pu les emporter à cause de leur poids. Un tas de papiers gisaient sur le rebord de la fenêtre, un amas désordonné de documents d'époques différentes, de journaux jaunis, de classeurs en carton décolorés.

Laissant courir son regard sur la pièce, Diana dénicha sur une vieille commode abîmée une pile de brochures jaunies, affichant sur leur couverture une photo du manoir du temps de sa splendeur.

Diana en saisit une et l'ouvrit. Elle frissonna en constatant que le propriétaire s'était donné la peine de rédiger l'histoire de la plantation en anglais et en cinghalais.

À côté du texte de présentation de la plantation figurait une photo de la famille Stockton au grand complet, qui vint confirmer l'identité de l'homme du portrait.

« Dean Stockton mena la plantation jusqu'à son apogée, et ne céda l'affaire à son fils qu'à l'âge de soixante-dix ans, pour cause de maladie. Il décéda deux ans plus tard, rejoignant sa femme morte subitement vingt ans plus tôt. »

Diana parcourut la biographie succincte de cette dernière. Alice Stockton était décédée en 1888, à l'âge de quarante-trois ans. Rien n'indiquait que son époux se fût remarié par la suite.

« Je me demande s'il est responsable de la mort de sa femme, murmura-t-elle.

— Qu'est-ce qui vous fait dire cela, Sherlock ? répondit Jonathan.

— Dans les notes de Grace, je n'ai trouvé qu'une date jusqu'à présent, le 4 octobre 1887. Peut-être que Stockton a fait la cour à Grace. Si l'on se réfère à l'histoire du belvédère, il devait avoir un œil sur elle depuis un moment.

— De là à tuer sa femme…

— Pourquoi pas ? s'obstina Diana.

— Il aurait pu divorcer.

— Cela aurait été un scandale. »

Ce mot lui rappela la lettre de Victoria. Stockton avait-il quelque chose à voir dans cette histoire ? Avait-il promis à Grace de l'épouser ? Avait-il fait quelque chose qui justifiait le renvoi de Grace en Angleterre ?

Elle regretta amèrement d'avoir laissé le carnet aux archives, à Vannattuppūcci.

« Peut-être Henry a-t-il renvoyé Grace parce qu'il voulait la protéger de Stockton, et non parce qu'elle s'était brouillée avec lui, dit Jonathan en suivant son raisonnement.

— Mais alors, pourquoi l'aurait-il déshéritée ? »

Diana se tut et regarda par la fenêtre. La plate-forme sur laquelle Stockton avait harcelé Grace existait-elle encore ?

Un œil sur sa montre lui indiqua qu'il leur restait un quart d'heure avant le départ.

« Allons chercher cette plate-forme, lança-t-elle, mue par une intuition soudaine.

— Vous ne voulez pas voir le reste de la maison ?

— Je n'ai pas l'impression que nous y trouverons grand-chose de plus. » Elle glissa la brochure dans la poche de son pantalon. La photo de famille allait l'aider à réfléchir. « Je veux voir l'endroit où Stockton a entraîné Grace. »

Le jardin entourant la maison était visiblement laissé à l'abandon. Seul le frangipanier aux troncs entortillés que Grace avait évoqué se dressait encore dignement au milieu de la végétation enchevêtrée.

La description du chemin dans les notes de Grace étant plutôt imprécise, Jonathan alla tout de suite consulter l'homme qui s'affairait derrière une haie.

Les gestes un peu brusques de l'homme étaient confus pour qui ne comprenait pas la langue mais, heureusement, Jonathan saisit ce qu'il voulait dire.

« Suivez-moi, c'est par ici. »

Dans le coin du jardin où ils se rendirent, la nature avait repris ses droits depuis longtemps. Les marches que Grace avait gravies avec Stockton étaient presque complètement recouvertes de verdure, mais un sentier était encore visible.

En regardant à travers les épaisses broussailles, on devinait les cultures de thé s'étendant à perte de vue.

À mi-chemin, ils tombèrent sur une chaîne rouillée qui leur barrait la route. Une pancarte comportant des inscriptions en tamoul et en cinghalais s'y balançait.

« *Passage interdit*, traduisit Jonathan. Apparemment, il y a un risque d'effondrement. »

Diana s'apprêta à passer outre, mais Jonathan la rattrapa par le bras.

« Je préférerais que nous ne nous y risquions pas. Votre secret de famille ne sera jamais résolu, si vous tombez. Il n'y a probablement plus rien là-haut. »

Elle résista un court instant mais se souvint alors que Grace avait parlé d'une avancée artificielle.

Elle renonça.

« J'aurais tellement aimé voir cet endroit, marmonna-t-elle comme une enfant déçue.

— Qui sait, l'esprit de Stockton est peut-être encore là-haut, répondit Jonathan avec un sourire de consolation. S'il vous voyait, cela pourrait lui donner de mauvaises idées. Je n'ai malheureusement pas emmené ma panoplie anti-fantôme. »

Diana retrouva aussitôt le sourire.

De retour auprès de la maison, Jonathan glissa quelques billets à l'homme qui les attendait impatiemment en le priant de l'excuser d'avoir dépassé l'heure convenue. Après avoir pris congé, il rejoignit Diana.

« Il a dit que nous pouvions revenir quand nous voulions, lui raconta-t-il une fois qu'ils eurent passé la grille couverte de lierre.

— Ce n'est pas étonnant, si vous lui avez donné de l'argent.

— Je sais comment me faire des amis. »

Diana le regarda : « Est-ce que je vous ai déjà remercié pour tout ce que vous avez fait pour moi jusqu'à présent ?

— On n'en est pas encore là, me semble-t-il, répondit Jonathan. Nous n'avons toujours pas trouvé le dernier morceau du puzzle. »

Diana sourit intérieurement. Il était gentil. Si Philipp n'avait disposé que de la moitié de cette gentillesse, elle lui aurait peut-être donné une seconde chance, mais plus elle passait de temps avec Jonathan, plus il lui semblait évident qu'il leur serait impossible de faire machine arrière après son retour en Allemagne.

De retour à Vannattuppūcci, elle était épuisée mais aussi très excitée, comme électrisée. La clé du secret était à portée de main, elle le sentait.

Après un dîner rapide, ils redescendirent dans la cave qui tenait lieu d'archives.

« Réveillez-moi si vous trouvez quelque chose de révolutionnaire ! demanda Jonathan qui venait de s'installer sur une chaise pour faire une petite sieste.

— Bien sûr », répondit Diana brièvement avant de reprendre sa loupe pour poursuivre sa lecture.

15

Vannattuppūcci, 1887

Pendant la deuxième nuit qui suivit la visite chez les Stockton, Grace décida de se confier à Vikrama. Ce qui s'était passé à la plantation lui pesait tellement qu'elle semblait sur le point d'exploser, et sa sœur était bien trop jeune pour lui apporter un quelconque réconfort. La présence d'un ami lui manquait cruellement, et ses confidentes londoniennes étaient bien trop éloignées. Le temps que Grace leur écrive et qu'elles lui répondent, les fiançailles seraient décidées depuis longtemps.

Après avoir vérifié que Victoria dormait bien, Grace enfila sa robe de chambre en velours bleu par-dessus sa chemise de nuit et ouvrit la fenêtre le plus silencieusement possible.

Elle hésita un bref instant au moment d'enjamber la fenêtre, puis elle saisit sa robe de chambre et escalada le rebord.

Jamais encore elle ne s'était promenée de nuit dans la plantation. Au manoir, l'idée de rencontrer des fantômes la terrifiait. Mais là, elle s'enfonça hardiment dans l'obscurité de la plantation qui cachait pourtant des dangers autrement plus réels.

Arrivée aux abords du parc, elle réalisa qu'elle ne savait pas où trouver Vikrama. Elle avait toujours supposé que sa maison se trouvait au village, mais elle n'en avait jamais eu la confirmation. Peut-être habitait-il une chambre dans le bâtiment administratif, après tout. Elle regretta amèrement de n'avoir jamais posé la question.

Elle décida de se rendre au village. Si elle ne tombait pas sur lui, elle pourrait toujours demander à quelqu'un de lui indiquer où il habitait. Se fiant à ses seuls souvenirs dans la nuit noire, elle s'engagea sur le chemin bordé d'arbustes.

Tout d'un coup, des voix percèrent l'obscurité. Apparemment, quelqu'un était encore éveillé, à moins que des amis de Vikrama ne soient justement en route pour leur entraînement.

Quand elle aperçut une silhouette blanche se détacher devant elle, elle prit son courage à deux mains et lança : « Vikrama *teedureen* ! Où puis-je trouver Vikrama ? »

La silhouette se retourna. « Miss Grace, que faites-vous ici ?

— Je... je vous cherchais, dit-elle, soudain embarrassée de se retrouver devant Vikrama en chemise de nuit. Je voulais... j'ai besoin de vous parler. »

Intrigué, Vikrama pencha la tête et déposa par terre le paquet entouré d'un linge blanc qu'il tenait à la main.

« Est-ce que c'est au sujet des leçons de tamoul ? Votre père me monopolise tellement que je n'ai même plus le temps de respirer. »

Grace secoua la tête. « Non, je... »

Elle hésita. Avait-elle raison de lui en parler ? Peut-être pensait-il lui aussi qu'une femme devait se marier coûte que coûte. Après tout, les jeunes Tamoules de son village aussi se préparaient au mariage, comme elle l'avait appris lors d'une de ses visites.

« Qu'y a-t-il ? demanda Vikrama en l'enveloppant de son regard préoccupé et protecteur.

— Ma mère veut me marier à George Stockton ! » laissa échapper Grace comme une enfant contrariée.

Le visage de Vikrama ne laissa rien paraître, mais son corps se raidit imperceptiblement.

« Oh ! alors... » Il n'en dit pas plus.

« Je ne veux pas l'épouser ! Je ne l'aime pas. »

Une ride se forma entre les yeux de Vikrama.

« Le mariage n'a pas toujours à voir avec l'amour », dit-il d'une voix où perçait une certaine tristesse. Il fit un pas en arrière comme pour se défendre d'elle, puis il la regarda gravement. « Dans mon village aussi, des filles sont données à des hommes choisis par leur famille. Chez nous, on ne peut se marier qu'au sein de sa caste.

— Et vous... Êtes-vous marié ? »

Vikrama secoua la tête. « Non. En tant que métis, je n'appartiens à aucune caste. Je suis le bienvenu dans toutes les maisons, mais personne ne me confierait sa fille. C'est ce que veut la tradition. Les hindous se marient entre eux. Je pourrais tout au mieux épouser une femme qui n'appartient à aucune caste, elle non plus. »

Grace le regarda. Chaque trait de son visage lui était si familier qu'elle aurait pu le dessiner les yeux fermés. Une chaleur bienfaisante l'avait envahie en apprenant qu'il était libre – libre de l'aimer, peut-être.

Soudain, la prophétie qu'on lui avait faite lui traversa l'esprit. Allait-elle vraiment porter malheur à sa famille ? Elle rejeta aussitôt cette pensée. Pourquoi devait-elle se laisser influencer par les inepties d'un vieil homme ? Le malheur serait autrement plus grand si elle se pliait au désir de ses parents et épousait un homme pour lequel elle ne pourrait jamais éprouver le moindre sentiment.

Tout à coup il fut là, tout proche, son visage tout près du sien, ses mains délicatement posées sur son dos. Il la regarda un bref instant, cherchant une éventuelle résistance. Ne la trouvant pas, il l'embrassa. Ses lèvres sèches s'entrouvrirent, cédant le pas à sa langue humide. Grace fut incapable de résister. Tout son corps brûlait, et son pouls s'emballa, mugissant dans ses oreilles comme une tempête.

Lorsqu'il se détacha d'elle, une impression de fraîcheur envahit son visage mais aussitôt son contact lui manqua.

« Je…, commença-t-elle, mais elle se tut lorsqu'il prit sa main.

— Que diriez-vous de trouver un endroit tranquille pour parler ? », suggéra-t-il doucement.

Sans mot dire, Grace se laissa entraîner dans l'obscurité. Mille pensées lui traversèrent l'esprit tandis qu'elle le suivait, mille émotions si fortes qu'il lui semblait impossible de les retenir en elle.

Son cœur se mit à battre violemment quand Vikrama la fit entrer dans une petite maison en bois. Qu'allait-il se passer maintenant ?

Quoi qu'il arrive, elle le désirait de tout son cœur. Tout, en lui, l'attirait : sa peau, ses lèvres sur sa bouche, sa chaleur et la manière dont il l'avait prise dans ses bras.

Elle ouvrit la bouche pour l'interroger mais Vikrama lui coupa la parole en l'embrassant encore, cette fois plus tendrement. Tandis que leurs langues se mêlaient, leurs mains se mirent à explorer doucement leurs corps respectifs, comme s'ils étaient fragiles.

Vikrama se détacha un instant d'elle pour fermer la porte. Enfin ils étaient seuls. Le désir montait en elle, lui faisant oublier toute prudence. Il ne revint pas tout de suite vers elle mais la contourna pour poser le paquet blanc sur la table et allumer quelques lampes posées sur le rebord de la fenêtre.

La pièce était aménagée de façon très simple. Un vieux lit recouvert de draps propres avait été poussé contre un mur, et la commode installée près de la porte venait probablement du manoir. Une petite armoire de style oriental se dressait en face de l'entrée de la pièce. En guise de chaises, des poufs étaient posés à même le sol. La peinture rouge des murs s'effritait et les lames du parquet craquèrent sous ses pas lorsqu'il traversa la pièce.

Pourrais-je vivre dans une telle hutte ? se demanda-t-elle.

Oui, elle le pourrait. Aux côtés de celui qu'elle aimait, elle se sentait prête à vivre dans n'importe quelles conditions. Cela lui semblait si évident, tout à coup ! Elle n'avait aucun besoin d'une maison de campagne en Angleterre, et encore moins d'être présentée à la reine. La seule chose dont elle ne pouvait se passer, c'était l'homme qui se tenait devant elle.

« Ce n'est pas aussi confortable que chez vous », remarqua Vikrama, gêné. Sa voix résonnait singulièrement dans ce silence un peu embarrassé. « Mais c'est mon foyer, je l'ai aménagé moi-même.

— C'est la plus belle maison que je puisse imaginer », répondit Grace sans savoir où poser son regard tant le visage de Vikrama était plus beau à la lumière chaude des bougies. On aurait dit un prince sorti de l'un de ses vieux livres de contes.

« Assieds-toi, je t'en prie », l'invita Vikrama en lui désignant un des poufs. La perspective de s'asseoir près de lui la fit rougir.

« Non, ça va aller comme ça, je… » Son cœur battait à tout rompre. Elle prit soudain conscience du danger auquel elle s'exposait – tout du moins à ce que sa mère et Mlle Giles qualifiaient de danger. « Il faut que j'y aille, souffla Grace terrifiée.

— La porte est ouverte, répondit Vikrama comme s'il comprenait les doutes qui la torturaient. Je ne te ferai rien que tu ne veuilles pas, et tu le sais. »

Mais tout en elle réclamait qu'il lui fît précisément cette chose qui l'effrayait tant mais qu'elle ne regretterait jamais, cette chose qui la sortirait à jamais du carcan étouffant dans lequel ses parents voulaient l'enfermer.

Elle ne voulait pas être la femme de George Stockton, mais elle désirait profondément se donner à cet étranger qu'elle avait remarqué dès le premier jour.

Elle n'ouvrit pas la porte. Elle resta debout au milieu de la pièce, chancelante de peur et de désir.

Vikrama s'approcha de quelques pas et s'arrêta à deux doigts d'elle. De nouveau, elle sentit le parfum de sa peau, la chaleur que dégageait son corps.

Elle ne se défendit pas lorsqu'il l'attira dans ses bras. Son corps se fondit littéralement dans le sien et elle lui rendit passionnément son baiser. Encouragé, il commença alors à embrasser ses épaules.

Quand sa main effleura la poitrine de Grace, il s'arrêta brusquement et recula d'un pas, la repoussant doucement.

« Non, je ne peux pas !

— Pourquoi pas ?

— Je ne veux pas te faire courir de risque. Et si tu tombais enceinte ? Je ne peux pas te faire ça. »

Choquée, Grace le regarda avec effarement. Ces mots ne seraient pas sortis aussi facilement de la bouche d'un Anglais. Même si son corps désirait violemment le sien, même si elle ne rêvait que de s'abandonner à son étreinte, sa raison savait qu'il disait juste. Se retrouver enceinte eût été une catastrophe. Son cœur pourtant se moquait des conséquences. Qui devait-elle écouter ?

Ils se séparèrent finalement sans autre baiser, sans dernière étreinte, mais avec la promesse de se retrouver aussi vite que possible. Grace quitta la hutte le cœur empli d'une joie immense : Vikrama l'aimait autant qu'elle l'aimait ! Cette seule pensée lui insufflait suffisamment de force pour repousser pendant un moment la perspective du mariage avec George Stockton.

Sur le chemin du retour, elle se sentit soudain observée. Ce n'était qu'une impression, mais elle avait la sensation que quelqu'un essayait de s'adapter à son pas.

Tout à coup, un craquement sec retentit derrière elle. Elle sursauta, laissant échapper un petit cri, mais elle s'aperçut aussitôt que le bruit venait des branchages. Il s'agissait probablement d'un singe effrayé. Quand elle reprit sa route, le bruit tout comme l'impression désagréable d'être suivie avaient disparu ; elle les mit donc sur le compte de son imagination.

À partir de cette nuit-là, Grace retrouva Vikrama aussi souvent qu'elle le put. Ils passaient de longs moments à s'embrasser, explorant la forêt main dans la main, respirant l'air pur et goûtant la beauté de la nuit ainsi que tous les secrets qui se révélaient à ceux qui réussissaient à voir le monde autrement.

Quand ils s'asseyaient sur des rochers, Vikrama recouvrait ses épaules de sa veste. Sa chaleur et ses baisers faisaient monter en elle l'envie d'autre chose. Elle le voulait autant qu'il la désirait et, bien que le désir leur brûlât le corps et fît briller leurs yeux, ils ne s'y abandonnèrent pas. Si les baisers de Vikrama étaient de plus en plus passionnés, il s'interdisait de toucher son corps.

Grace passait le reste de ses nuits à scruter le plafond, se consumant d'un désir qu'elle ne savait pas apaiser.

Elle rayonnait littéralement de bonheur, et sa sœur s'aperçut bien vite du changement.

« Est-ce que tu dors mieux ? Tu as l'air en pleine forme.

— Oui, je dors beaucoup mieux », mentit Grace. Sachant sa sœur incapable de garder un secret, elle ne pouvait rien lui raconter de ses rencontres amoureuses.

La joie de Grace perdura jusqu'au jour où Stockton s'annonça pour le thé. Elle songea trop tard à se faire passer pour souffrante et se retrouva une fois de plus contrainte d'écouter ses flatteries. La menace d'un mariage avec son fils se fit encore un peu plus concrète.

Cette fois, sa mère l'envoya carrément se promener dehors avec Victoria pour discuter en tête à tête avec Stockton.

Elle est probablement en train d'arranger mes fiançailles avec George, se dit amèrement Grace, prenant sur elle pour ne rien laisser paraître.

« On joue à cache-cache dans le jardin ? », proposa Victoria. Grace, qui n'était absolument pas d'humeur à jouer, accepta pour faire plaisir à sa petite sœur.

« Je commence à compter ! », lança sa sœur en courant vers le frangipanier.

Alors qu'elle cherchait une cachette, son regard se posa sur une charmille à laquelle elle n'avait pas encore accordé beaucoup d'attention. Victoria ne penserait certainement pas à la chercher à cet endroit.

Ces mystérieux arbres de la Bodhi au tronc noueux lui rappelèrent le verger du manoir des Tremayne. Comme elle entendait encore la voix de sa sœur, elle s'enfonça plus profondément dans le feuillage. La lumière du soleil qui passait à travers les branches dessinait des taches claires sur le sable tiède. Arrivée au milieu de la charmille, il lui sembla que le feuillage étouffait tous les bruits environnants. Elle s'immobilisa, rejeta la tête en arrière et ferma les yeux pour savourer le silence en se réjouissant d'avoir découvert ce havre de paix secret…

« Vous profitez du silence, miss Grace ? »

Stockton se tenait à côté d'elle. Comment était-il arrivé là ?

Grace recula vivement, le souffle coupé, regrettant amèrement d'être venue s'aventurer si loin. Stockton l'avait sans doute vue partir et l'avait suivie.

« Monsieur Stockton. Je croyais que vouliez vous entretenir avec ma mère ? »

Stockton s'approcha d'elle en souriant, les mains croisées dans le dos. « Nous avons eu une petite conversation, en effet, mais je ne voulais pas partir sans vous avoir saluée. »

À la façon dont ses yeux brillaient, il ne pensait certainement pas à partir de sitôt. Grace connaissait désormais cette expression pour l'avoir vue sur le visage de Vikrama.

Comme s'il avait lu dans ses pensées, il s'approcha d'elle et la poussa fermement contre la barrière d'arbres. Le désir incontrôlable qu'elle lisait dans ses yeux la glaça.

« Quel privilège, de me retrouver enfin seul avec ma petite princesse…

— Lâchez-moi ! » Grace agrippa ses poignets mais elle n'avait pas la force de le repousser. Elle sentit son souffle sur son visage lorsqu'il se mit à haleter : « Je te désire depuis le jour où tu t'es jetée devant mon cheval pour sauver ta sœur. Je n'ai pas cessé de penser à toi depuis cet instant. La nuit, quand je suis allongé à côté de ma femme, je rêve de te posséder, de faire de toi ma maîtresse. Sur la plate-forme, je t'aurais aimée si tu ne m'avais pas rejeté, tu sais.

— Monsieur Stockton ! cria Grace, révoltée. Vous n'êtes pas sérieux !

— Bien sûr que je suis sérieux ! Je te désire, douce Grace, depuis des mois déjà ! Je sais que ton père me tuerait si je cédais à mon désir mais si tu épouses mon fils, ce sera parfait. Qui sait si ce mollasson raté qui n'a d'yeux que pour des animaux morts est en mesure de procréer. De toute manière, je m'en chargerai.

— Laissez-moi tranquille, monsieur Stockton ! » Désespérée, Grace se débattit furieusement mais elle n'arriva pas à lui échapper. « Vous dites n'importe quoi ! »

Soudain il s'arrêta, une expression de folie dans le regard. « N'importe quoi, tu dis ? Ah ! vraiment ! Et qu'en est-il de ces rumeurs qui courent sur toi ? Elles pourraient bien intéresser ton père, d'ailleurs, et nous verrons alors s'il les prend pour n'importe quoi !

— Je ne sais pas de quoi vous parlez ! » Grace le regarda avec autant de rage que d'angoisse. Pouvait-il être au courant ? Qui les avait observés et trahis ?

Soudain, elle se rappela avoir croisé Petersen après l'un de ses rendez-vous avec Vikrama. Elle avait cru à un hasard, mais maintenant qu'elle y repensait…

« Je parle de ce métis, Vikrama. Un joli garçon, il faut bien le reconnaître. Apparemment, il sait comment te prendre pour arriver à ses fins. »

Grace eut l'impression que le sol se dérobait sous ses pieds.

Paralysée de terreur, elle n'eut pas la force d'arrêter la main qui remontait sous ses jupes et se glissait entre ses jambes.

« Balivernes ! balbutia-t-elle en se demandant désespérément comment échapper à cette situation épouvantable.

— Peut-être pourrais-tu me rendre le même service que tu rends à ce sauvage, haleta Stockton. Personne n'y verra rien puisqu'il a déjà ouvert la voie, hein ? »

Sans attendre de réponse, il glissa une main dans sa culotte. Grace eut le souffle coupé. La peur et le dégoût lui serraient tellement la gorge qu'elle ne parvenait même pas à crier. Elle sentit bientôt son souffle sur son visage, il pressait ses lèvres contre les siennes, étouffant son cri avec sa langue. Pendant ce temps, son doigt trouva le chemin de son sexe. Grace crut s'évanouir d'horreur.

Soudain il s'interrompit et détacha ses lèvres des siennes. « Il n'a pas encore… »

Grace eut un hoquet de dégoût et de colère et retrouva enfin la force de s'opposer à lui.

Au même moment, la voix de Victoria retentit comme la cloche de la liberté. « Grace ? »

Stockton s'immobilisa, le visage empourpré par l'effort. Grace gémit. Allait-il enfin la laisser tranquille ou était-il suffisamment fou pour abuser d'elle sous les yeux de Victoria ?

Au second appel de sa sœur il recula mais, au lieu de la lâcher, il planta ses doigts dans le bras de Grace.

« Pas un mot à ton père, d'accord ? grogna-t-il tout doucement. Si tu lui parles de notre petite entrevue, je lui raconte que tu vois Vikrama en cachette.

— Vous êtes un porc, Stockton ! lui répondit Grace, folle de rage et de dégoût.

— C'est possible, mais un porc qui obtient toujours ce qu'il veut, souviens-t'en ! En contrepartie de mon silence, je veux que tu m'offres la nuit précédant ton mariage. Mon imbécile de fils ne s'apercevra même pas que tu n'es plus vierge et, pour tout te dire, je ne compte pas laisser reposer l'avenir de la plantation sur les épaules de George. C'est moi qui te ferai un héritier. Et compte sur moi pour te donner beaucoup de plaisir. »

Lorsque enfin il la lâcha, Grace le repoussa violemment mais il ne broncha pas et se contenta de se passer une main dans les cheveux en la fixant comme un loup affamé.

« Pense à mes mots, princesse. Tant que tu ne parles pas à ton père, tout cela restera notre petit secret. Si tu te donnes à moi la veille de ton mariage, j'oublierai tout ce que je sais. Tu as ma parole. »

Grace lui aurait volontiers craché au visage si Victoria n'était pas apparue au même instant.

Surprise, elle regarda alternativement Grace et Stockton.

« Tu es là ! Pourquoi n'as-tu pas répondu ? »

Grace crut mourir d'humiliation quand elle s'entendit répondre, stoïque : «M. Stockton et moi nous entretenions. Je ne t'ai pas entendue.

— Je t'ai cherchée partout ! J'ai failli appeler M. Vikrama pour qu'il m'aide à te chercher. »

En entendant ce nom, un éclair passa dans les yeux de Stockton. Il pinça les lèvres. Grace ne savait que trop bien qu'il mettrait ses menaces à exécution si elle le trahissait.

« J'arrive, ma chérie », dit-elle en emboîtant le pas à Victoria sans se retourner.

Garder le secret lui coûtait un effort quasi surhumain, et elle lutta contre les larmes jusqu'à ce qu'elles arrivent à la maison.

Sur le pas de leur chambre, Victoria fut appelée par Mlle Giles. Restée seule, Grace se laissa tomber sur le lit. Que devait-elle faire, maintenant ? Comment pouvait-elle dénoncer l'attitude innommable de Stockton sans perdre la face ? Ses parents l'accuseraient sans doute de calomnie – ou, pire, d'avoir essayé de le séduire !

Non, c'était impensable.

À cet instant, son regard se porta sur la commode. Mue par une intuition étrange, elle se leva, s'en approcha et en ouvrit un tiroir. Sa feuille de palmier qu'elle y avait cachée s'y trouvait encore. Les mots de Stockton résonnaient dans sa tête. La seule solution qui se présentait à son esprit était lourde de conséquences, mais elle n'avait pas le choix. Stockton devait se détourner d'elle, autant comme maîtresse que comme belle-fille. *Écoute ton cœur,* avaient été les mots du devin. En cet instant, son cœur ne lui dictait qu'une chose, et cette chose défiait toute raison…

Cette nuit-là, Grace ne se faufila pas hors de la maison. Assise sur le rebord de la fenêtre, les genoux repliés contre sa poitrine, elle lutta contre son dégoût. Elle sentait encore la main de Stockton se frayer un chemin entre ses jambes. Allait-elle pouvoir supporter le contact d'un autre homme sans voir le visage libidineux de cet horrible individu ?

Un grattement attira son attention. Vikrama se tenait devant la fenêtre, tout de blanc vêtu.

Grace jeta un coup d'œil à Victoria qui dormait profondément avant d'ouvrir la fenêtre. Vikrama rayonnait.

« Viens, je t'emmène, souffla-t-il. Tu as toujours voulu voir comment je combattais, non ? »

En effet, elle en avait maintes fois exprimé le souhait. Ce soir, cependant, elle était incapable de se réjouir de ce geste de confiance, ou, d'amour.

« Que se passe-t-il ? demanda Vikrama, intrigué par son silence. Tu ne veux plus venir ? Tu es indisposée ? »

La liberté avec laquelle il parlait de certains sujets la fit sourire.

« Non, tout va bien. Je ne me sentais pas très bien, mais c'est fini maintenant que tu es près de moi. » Elle se pencha vers lui pour l'embrasser. « J'arrive tout de suite. »

Elle enfila rapidement une robe, vérifia une nouvelle fois que Victoria dormait à poings fermés et enjamba la fenêtre avec l'aide de Vikrama. En l'accueillant en bas de la fenêtre, il la serra un instant tendrement. Elle aurait voulu rester toujours contre lui.

Vikrama crut deviner les sentiments qui l'habitaient à cet instant car il saisit doucement son menton et l'embrassa plus passionnément encore que d'habitude. Mais il se reprit cependant aussitôt. « Nous devons y aller, souffla-t-il. Ils nous attendent, et tu ne voudrais pas que ta sœur nous voie, n'est-ce pas ? »

Grace secoua la tête et se laissa entraîner à travers l'étroit passage dans les buissons.

Elle chassa de son esprit l'agression de Stockton. De toute façon, elle n'aurait pas pu en parler à Vikrama. Elle savait qu'il aurait voulu se venger, et elle ne voulait pas qu'il lui arrivât quelque chose. Non seulement son plan était sûr, mais il lui permettrait d'être avec l'homme qu'elle aimait.

Arrivés à la cabane faiblement éclairée par des torches, Grace eut le souffle coupé. Une vingtaine de jeunes hommes d'âges différents étaient assis sur la véranda en bois. Devant eux, quelques objets avaient été disposés par terre.

« Qu'est-ce que c'est ? souffla-t-elle à Vikrama.

— Notre école de combat.

— Vous avez installé votre école de combat juste derrière notre maison ? »

Vikrama l'embrassa. « Mais oui, miss Grace. Et je m'en remets à toi pour que tu gardes ce secret.

— Évidemment, mais comment se fait-il que papa ne s'en soit pas aperçu ? Mon oncle vous permettait-il de vous entraîner ?

— Oui, il nous laissait faire, à la condition que nous ne nous servions pas de cette technique avec ses hommes. Les coups que nous apprenons peuvent être très dangereux pour une personne non prévenue. Mais tout le monde aimait ton oncle et nous lui avons tous juré de ne nous servir de notre savoir-faire qu'en cas de force majeure.

— Est-ce également valable pour notre famille ? »

Vikrama hocha la tête d'un air presque solennel. « Je dois avouer que cela m'a démangé de punir Petersen quand il a fouetté Naala, mais je sais me contrôler. Je suis sûr, cependant, que ton père n'aurait pas envers nous la même tolérance que ton oncle. C'est pourquoi nous nous retrouvons ici la nuit. Nous veillons également à laisser l'endroit comme s'il avait été abandonné depuis longtemps. Si quelqu'un s'avisait de passer par ici pendant la journée, il ne trouverait rien qu'une vieille cabane battue par les vents. »

Il l'entraîna jusqu'à la véranda. Les garçons tout comme leur maître se montrèrent aussi surpris qu'elle en la découvrant. Vikrama leur expliqua brièvement l'objet de sa présence.

« Tout va bien, lui dit Vikrama. Je leur ai expliqué que tu étais digne de confiance.

— Leur as-tu dit qui…

— Je leur ai dit que tu étais une amie – la jeune femme qui avait sauvé Naala.

— Cela a suffi ?

— Oui. Assieds-toi sur l'une des pierres et regarde comment nous faisons. »

Dès qu'elle fut assise, il se dirigea vers son maître. Si elle comprenait bien, Vikrama lui tenait lieu de bras droit. Comme le vieil homme n'avait plus la force de combattre, c'est son jeune élève qui enseignait aux jeunes les mouvements complexes.

Les jeunes combattirent d'abord les uns contre les autres, un spectacle à couper le souffle. Quand Vikrama se battit à son tour avec l'un des plus vieux élèves, Grace fut stupéfaite. Jamais elle n'aurait imaginé que des hommes pouvaient se mouvoir aussi rapidement et avec autant de souplesse. Ils sautaient l'un vers l'autre comme des chats en faisant mine de se frapper avec de petits poignards factices. Parfois, ils semblaient se fondre l'un dans l'autre, rappelant presque la représentation de Shiva dansant sur le tableau du hall d'entrée.

Une fois le combat terminé, Vikrama et son adversaire s'inclinèrent d'abord l'un devant l'autre, puis devant le maître.

D'autres combats suivirent. Quand Vikrama était au repos, il prenait place à côté de son maître, l'air sérieux, presque grave. Personne ne parlait, seul le claquement des armes se faisait entendre et Grace comprit pourquoi elle n'avait jamais rien remarqué jusqu'à présent.

Une fois l'entraînement terminé, les élèves se dispersèrent dans la nuit et Vikrama raccompagna Grace. Seul le bruissement des arbres troublait le silence. Tout à coup, le cri d'un oiseau retentit au-delà du coteau éclairé par une lumière douce.

« Est-ce que tu m'épouserais ? », lui demanda-t-elle brusquement, surprise par sa propre audace. La terreur qu'elle éprouvait vis-à-vis de Stockton lui donnait un courage insoupçonné.

Vikrama s'immobilisa. « T'épouser ? Ton père ne serait jamais d'accord, Grace.

— C'est possible, mais si nous nous mariions sans son accord ? Devant tes dieux, par exemple ! Ils m'ont bien soutenue quand Victoria était malade, peut-être que c'est bon signe. »

Vikrama eut l'air tellement troublé que le cœur de Grace se serra. Ne le souhaitait-il pas ?

« Cela porte malheur…, dit-il finalement. Je porterais malheur à ta famille. Je ne suis qu'un métis. Je n'appartiens ni à ton monde ni à celui des Tamouls.

— Est-ce que tu m'aimes ? » Grace fouilla son regard pour y découvrir la vérité, et la trouva dans l'éclat humide qui reflétait la lune.

« Je t'aime, répondit-il. Plus que ma vie. Plus que tout ce que j'ai aimé jusqu'à présent ! »

Ils s'embrassèrent passionnément, tant et si bien qu'ils finirent par se laisser tomber dans l'herbe moelleuse. Les mains de Vikrama descendirent le long de son corps, jusqu'à atteindre ses cuisses, et Grace ne s'étonna pas que cette caresse lui fût agréable. Attentive, elle le laissa glisser sa main sous sa jupe et caresser l'intérieur de ses cuisses, à l'endroit le plus sensible. Il n'osa pas aller plus loin.

« Non, murmura-t-il tout en sachant aussi bien qu'elle qu'ils étaient allés trop loin, cette fois, pour reculer.

— Je t'en prie, viens, le supplia-t-elle en tendant les mains. Je n'ai aucune idée de ce qu'il adviendra ensuite, mais c'est ce que je veux maintenant.

— Cela va te faire mal, la prévint-il doucement.

— Je sais », répondit Grace en chuchotant, brûlante de désir.

Vikrama se coucha sur elle.

Alors qu'il la pénétrait doucement, Grace ferma les yeux. La douleur fut horrible. Sentant ses hanches trembler contre les siennes, Vikrama s'arrêta. L'inquiétude tempéra un instant la passion dévorante qui brillait dans ses yeux.

« J'espère que je ne t'ai pas… »

Grace l'embrassa. Bien que son ventre brûlât, elle ne pouvait imaginer plus belle chose en cet instant.

Ils restèrent un moment ainsi, peau contre peau, puis la douleur céda la place à un désir grandissant. Lorsqu'il commença à se mouvoir en elle, elle ne ferma pas les yeux. Elle voulait voir ce qui se passait en lui, elle voulait voir son plaisir l'envahir pendant qu'elle se laissait aller au sien.

Dès qu'elle eut atteint l'orgasme, il se retira en haletant. Quelques instants plus tard, un liquide chaud se répandit sur son ventre et Vikrama s'effondra sur elle en gémissant.

Encore étourdie, elle réalisa cependant que son plan n'avait pas fonctionné. Elle était assez informée pour savoir que l'homme devait se répandre dans la femme. Vikrama ne l'avait pas fait, apparemment par égard pour elle.

Ils restèrent un moment allongés en silence l'un contre l'autre, attentifs à leur souffle.

« Sais-tu que je ne connais toujours pas ton prénom ? demanda Grace avec une pointe de malice, la tête posée sur sa poitrine.

— Mon nom est Vikrama, je n'en ai pas d'autre. Chez nous, ce n'est pas l'usage de donner un prénom.

— Et que signifie le R ?

— C'est le nom de ma mère. En réalité, j'aurais dû porter celui de mon père, mais elle me l'a toujours caché. Comme elle s'appelait Rani, elle m'a légué le R.

— La seule indication qu'on a sur ses ascendants, ici, est donc la première lettre du nom d'un des parents ?

— Oui, ici, c'est la tradition.

— N'est-ce pas un peu troublant ?

— Tu as raison, d'une certaine manière, mais la plupart des gens veillent à ce que leurs enfants ne portent pas le même prénom que ceux de leur entourage chez lesquels une même combinaison serait possible. »

Ils se turent de nouveau et Grace sut qu'elle devait bientôt rentrer.

« Tu voudras recommencer ? lui demanda-t-il en lui caressant les cheveux et le visage.

— Oui, répondit-elle dans un souffle. Jamais je ne voudrai d'autre homme que toi.

— Je vais demander à Kisah si elle peut me donner un peu de ses herbes.

— Pourquoi ? s'étonna Grace tandis que Vikrama caressait son ventre.

— Parce que j'aimerais rester en toi jusqu'au bout sans que tu tombes enceinte. »

Grace rougit de sembler aussi naïve. Bien sûr qu'elle pouvait tomber enceinte si elle couchait avec un homme ! Seulement Vikrama ne pouvait pas savoir qu'elle voulait accueillir sa semence…

« Tu crois que ces herbes servent vraiment à quelque chose ?

— Aucune de nos femmes ne tombe enceinte, si elle ne le veut pas. Tant qu'elles ne sont pas mariées, elles prennent ces herbes et rien ne se passe. Après le mariage, elles ne les prennent plus et tombent enceintes. »

Il la caressait tout en parlant, éveillant de nouveau son désir.

« Je me retiendrai jusqu'à ce que les herbes agissent.

— Cela prend combien de temps ?

— Quelques jours. Ensuite, il n'y a plus de danger. »

16

Vannattuppūcci Tea Company, 2008

Il était maintenant minuit. Alors que Jonathan cogitait encore sur les livres de comptes, Diana se renversa sur sa chaise et se frotta les yeux. Sa tête bourdonnait d'impressions mêlées. Le récit de Grace était tout simplement merveilleux, digne des meilleurs romans d'amour.

Elle était émue par la confession de son ancêtre. Si les sentiments qui agitaient cette dernière étaient sinon impensables, du moins terriblement choquants pour l'époque victorienne, ils étaient tout simplement humains du point de vue du XXIe siècle.

« Vous devriez aller vous coucher, dit Jonathan qui paraissait bien fatigué, lui aussi. Le carnet ne va pas disparaître pendant la nuit.

— Je doute de pouvoir m'endormir après cette lecture.

— C'est aussi grave que ça ?

— Non, ce n'est pas grave, mais c'est surprenant et, surtout, parfaitement scandaleux pour l'époque. Si certains points s'éclaircissent pour moi, ils entraînent également de nouvelles interrogations.

— Que diriez-vous d'une promenade au clair de lune ? », proposa Jonathan en montrant la petite fenêtre par laquelle on voyait la façade du bâtiment voisin, baignée d'une clarté étrange. La douceur de l'air du soir vous aidera peut-être à mettre de l'ordre dans vos idées. »

Diana accueillit cette proposition avec reconnaissance.

Le détecteur de mouvement se déclencha lorsqu'ils quittèrent la maison et la lumière se répandit sur l'escalier. Les silhouettes des palmiers se découpaient sur le ciel violet, au milieu duquel un croissant de lune argenté brillait parmi les étoiles. Un léger bruissement se faisait entendre.

« Venez », dit Diana en prenant Jonathan par la main. Elle l'entraîna jusqu'à la charmille où Stockton avait harcelé Grace. Comment l'histoire se serait-elle finie s'il ne l'avait pas menacée ?

« Figurez-vous que mon arrière-arrière-grand-mère avait une liaison avec l'administrateur de la propriété, déclara Diana tandis qu'ils se frayaient un chemin à travers le couloir végétal.

« Un type qui s'appelait Cahill ? demanda Jonathan. J'ai trouvé son nom dans les archives.

— Non, il s'appelait R. Vikrama. C'était un homme du coin. »

Jonathan ouvrit de grands yeux. « Ça, c'est vraiment une surprise.

— Je doute de plus en plus des vraies raisons de la discorde ou du scandale. Henry ne voulait pas la sauver des mains de Stockton. On a dû découvrir la liaison de Grace et Vikrama d'une autre manière.

— Peut-être quelqu'un a-t-il trouvé le carnet. Après tout, il se trouvait dans ce livre de comptes. Peut-être quelqu'un s'est-il fait un malin plaisir de le lire.

— Mais comment cette personne l'a-t-elle trouvé ? Grace avait dû le cacher, puisqu'elle avait même prévu de le brûler. Si elle en avait eu la possibilité, elle l'aurait fait, j'en suis sûre. Les Tremayne semblaient être des gens très consciencieux quand il s'agissait de cacher quelque chose... »

Tout à coup, le visage de Jonathan fut tout près du sien. Elle sentit son odeur et, soudain, elle eut l'impression d'être dans la peau de Grace, embrassant pour la première fois son prince charmant. En cet instant, il lui sembla à elle aussi qu'il n'y avait pas de meilleur endroit au monde que celui où elle se trouvait.

Lorsqu'elle rouvrit les yeux, Jonathan la regardait, un peu étonné.

« Qu'y a-t-il ? J'embrasse si mal que ça ? »

Diana secoua la tête en souriant. « Pendant un moment, je me suis crue dans la peau de Grace. »

Jonathan la regarda d'un air moqueur. « Est-ce que je devrais être jaloux de Vikrama ?

— Non, je t'ai embrassé pour toi, répondit Diana en posant doucement ses mains sur son visage. Mais il faut que tu saches que je suis une personne assez compliquée. Et puis j'ai encore un mari dont je dois d'abord divorcer.

— Tu penses déjà à te remarier ? » demanda Jonathan en riant. Elle rougit aussitôt.

« Tu as raison, si ça se trouve nous ne nous entendrons pas bien du tout ! Mais, pour l'instant, je crois que je suis un peu amoureuse de toi.

— Un peu, c'est tout ? », s'exclama-t-il, rieur, en saisissant sa main.

Elle vit brûler dans ses yeux le même désir qu'elle ressentait en elle. Pendant un instant, elle se demanda si elle n'agissait pas ainsi pour se venger de Philipp. Non, se dit-elle, cela n'a rien à voir avec Philipp.

Sa nuit avec Jonathan fut très différente de ce qu'elle avait l'habitude de vivre avec Philipp. Non que son mari fût discourtois ou indifférent. Lorsqu'ils étaient encore heureux ensemble, elle n'aurait pas pu imaginer meilleur amant. Mais Jonathan lui ouvrit un nouveau monde. Ses baisers, ses gestes étaient si doux, si sensuels qu'elle perdit la notion du temps et de l'espace, livrée à une vague d'émotions intenses qui culminèrent en un magnifique orgasme.

Enlacés et silencieux, ils contemplèrent ensuite le plafond sur lequel dansaient des taches de lumière. Diana sourit intérieurement en se disant que ce n'était pas un hasard si son ami venait du pays du Kama Sutra.

« Cet instant est parfait, chuchota Diana en se blottissant contre son torse.

— Vraiment ? dit Jonathan en souriant tout en caressant ses cheveux. C'est que je ne t'ai pas encore tout montré, alors.

— Si on commence comme cela, tu vas revenir à Colombo complètement épuisé.

— Ne t'inquiète pas pour cela, je suis solide. » Il l'attira contre lui et l'embrassa.

Au bout d'un moment, Diana se redressa et enfila son peignoir.

« Où vas-tu ? s'étonna Jonathan.

— Je vais chercher quelque chose.

— Une petite collation ?

— Non, le carnet, répondit-elle avec sincérité.

— Ah non ! maugréa-t-il. Tu t'ennuies déjà ?

— Non, mais j'ai trop hâte de connaître la suite. De toute façon, je n'ai plus envie de dormir. Ne me dis pas que tu ne veux pas savoir ce que sont devenus Grace et Vikrama. »

Elle revint bientôt avec le carnet, s'installa tout contre Jonathan, la tête confortablement appuyée contre sa poitrine, et lut à haute voix à la lumière de la lampe.

Depuis ce jour, rien n'est plus comme avant. Chaque nuit, je me glisse hors de la maison pour retrouver Vikrama, et nous nous aimons. Pendant la journée, je m'efforce de rester la fille bien élevée qui supporte patiemment l'engouement de sa mère pour George Stockton, ignore les conseils de Mlle Giles et explore la propriété en compagnie de sa petite sœur.

Par bonheur, Dean Stockton n'est pas revenu depuis cette terrible journée.

J'aime à croire qu'il a peur que je raconte à mon père ce qui s'est passé mais, pour dire la vérité, j'ai tout aussi peur qu'il trahisse mon secret.

Le soir, quand je suis à ma fenêtre et que j'attends Vikrama, j'écoute la petite voix au fond de moi. Après notre première nuit d'amour, Vikrama m'a apporté un sachet rempli d'herbes, mais je n'y ai pas encore touché. Je déteste mentir de cette façon, mais mon cœur me dit que j'agis justement. N'est-ce pas ce que prédisait la feuille de palmier ?

Nous faisons l'amour depuis trois semaines et il serait tout à fait possible que je sois déjà enceinte. Je n'ose imaginer la réaction de mes parents, mais je suis certaine en tout cas que cette nouvelle me débarrassera de George Stockton qui ne voudra certainement pas d'une femme enceinte.

Diana tourna avidement la page mais elle s'aperçut, terriblement déçue, que les notes s'interrompaient à cet endroit. « À ton avis, elle est tombée enceinte ? demanda Jonathan en caressant doucement ses épaules.

— C'est possible, répondit Diana, puisqu'elle n'a pas pris les herbes de la vieille guérisseuse. » Elle regarda son bras, puis attrapa une de ses boucles noires qui tombaient sur ses épaules. « Tu crois que Grace et Victoria étaient claires de peau ?

— C'était des Anglaises, elles avaient la peau blanche comme le lait dans le thé. Pas étonnant que ta peau soit aussi claire.

— Du lait dans le thé, c'est joliment dit. Si Vikrama était vraiment le père de cet enfant né en Allemagne, son sang coule dans mes veines.

— Le sang d'un combattant de kalarippayat ! Vu la couleur de ta peau, ce n'est pas improbable.

— J'aimerais tellement savoir comment cela s'est passé, comment toute cette affaire a éclaté au grand jour ! Est-ce que Grace a dû avouer à son père qu'elle attendait un enfant ? Est-ce qu'elle leur a dit qui était le père ? C'est terrible de ne pas avoir la réponse !

— Elle ne l'a probablement pas nommé. Elle l'aimait et elle était courageuse. Elle n'aurait pas pris le risque de le mettre en difficulté. Son père lui aurait certainement fait vivre un enfer s'il avait appris qu'il était l'amant de sa fille.

— Du coup, je me demande pourquoi Vikrama n'est pas venu la rejoindre en Allemagne », continua-t-elle, réfléchissant à voix haute. Elle repensa à la lettre qu'elle avait dans son sac. Était-ce la dernière pièce du puzzle ? « Dans une lettre que j'ai trouvée dans le caveau de famille des Tremayne, sa sœur Victoria écrivait que quelqu'un voulait venir la retrouver. Je suppose qu'il s'agissait de Vikrama.

— Il s'est peut-être défilé, en fin de compte. À moins que le père de Grace ne lui ait fait donner une bonne correction. »

Diana leva les sourcils d'un air sceptique. « Je crains que nous ne soyons pas encore arrivés au bout de cette histoire. Il faut que nous découvrions comment ce journal intime a atterri dans les tiroirs de la comptabilité.

— Nous avons encore un peu de temps. Tant que mon éditeur ne me harcèle pas…

— Tu es une vraie perle, tu sais ? » Diana se pelotonna contre sa poitrine. « Je ne pourrai jamais assez remercier Michael…

— Tu vas bien trouver une idée. » Jonathan embrassa ses cheveux.

« Dans la lettre en question, Victoria demandait à Grace si elle lui avait pardonné… », dit Diana en regardant par la fenêtre. Elle hésita un instant, puis elle ajouta : « Je ne te l'ai pas encore dit, mais j'ai trouvé une seconde lettre, ici. Elle était coincée dans le rebord de la fenêtre. »

Elle se leva pour aller chercher son sac.

« Pardon ? demanda Jonathan, stupéfait.

— Elle pourrait être de Victoria. » Diana lui tendit la lourde enveloppe.

« Tu ne l'as pas encore lue ?! »

Diana secoua la tête. « Non. Je ne sais pas pourquoi, j'avais l'impression que c'était trop tôt, qu'il fallait d'abord que je trouve les autres pièces du puzzle. Je voulais attendre le bon moment pour l'ouvrir.

— Tu es incroyable. Ça tombe bien, le carnet s'arrête là. Maintenant, tu vas pouvoir l'ouvrir », dit Jonathan en lui rendant l'enveloppe. Diana passa le doigt sur l'inscription qui figurait sur son verso : « En guise d'adieu. »

« Je crois que je l'ouvrirai au moment de repartir d'ici. »

Jonathan la prit dans ses bras et l'embrassa. « Fais comme tu veux. Je suis sûr que cette lettre t'apportera les pièces manquantes. »

Songeuse, elle posa la lettre sur la table de nuit avant de se blottir dans les bras de Jonathan.

Bien qu'ils n'eussent guère fermé l'œil de la nuit, ils se retrouvèrent dès l'aube aux archives. Ils avaient emporté du thé pour se donner du courage pendant les longues heures de recherches minutieuses qui les attendaient.

« Tiens, c'est bizarre ! s'exclama soudain Jonathan en apportant à Diana un livre qu'il venait de parcourir. Ce n'est pas un livre de comptabilité normal, mais une liste de salaires dans laquelle figure un certain R. Vikrama. Selon les critères de l'époque, il gagnait plutôt bien sa vie ! Cela dit, il disparaît de la liste en 1887.

— Cela correspond sans doute au moment où Tremayne a découvert qui avait engrossé sa fille.

— Crois-tu qu'elle le leur aurait avoué ? Elle aurait tout aussi bien pu accuser Stockton, après tout. »

Cela parut improbable à Diana. Mais pourquoi Grace avait-elle arrêté d'écrire ? Il avait dû se passer quelque chose de grave.

Soudain, une idée lui traversa l'esprit. « Quelqu'un a dû tomber sur le carnet, peut-être même avant qu'elle soit enceinte. Son récit est plus qu'explicite, et cela aurait été une bonne raison de jeter Vikrama à la porte.

— C'est plausible, admit Jonathan. Mais il y a quand même quelque chose qui cloche. Sans doute son père n'a-t-il appris sa grossesse qu'à partir du moment où elle ne pouvait plus la cacher. Et si Vikrama a été mis à la porte à cause de cela, qu'est-ce qui aurait pu l'empêcher de venir la rejoindre, comme c'est évoqué dans la lettre dont tu m'as parlé ? Pourquoi n'est-il jamais arrivé ?

— Peut-être parce qu'il n'en a jamais eu l'occasion. »

Diana faillit laisser tomber sa loupe en apercevant Manderley. Le gérant était entré sans qu'elle s'en aperçoive, et devait avoir entendu toute leur conversation.

« Monsieur Manderley ! Que venez-vous... »

Vêtu d'un costume beige rehaussé d'une cravate rouge, le gérant enfonça les mains dans ses poches.

« Ce n'est pas pour rien que les gens d'ici croient qu'une malédiction a frappé ces lieux par la faute de notre ancêtre commun.

— Que voulez-vous dire par là ? demanda Jonathan, étonné.

— Je savais que, tôt ou tard, cette histoire éclaterait au grand jour. Que l'on garde jalousement un secret ou qu'on le cache derrière le rideau de l'histoire, il ne manque jamais d'être dévoilé. C'est juste une question de temps. »

Diana frémit. Ses propos l'inquiétaient sérieusement, tout à coup.

« Nous devrions en parler autour d'une bonne tasse de thé. Venez. »

Alors que la bouilloire électrique se mettait à siffler, Diana et Jonathan s'assirent à la table de la salle commune. Ils ne savaient toujours pas où Manderley voulait en venir, mais ils étaient reconnaissants pour tout indice leur permettant d'avancer dans leur enquête.

« Permettez-moi d'ores et déjà de vous présenter mes excuses. Je n'ai pas pu résister à la tentation de jeter un œil au carnet de Grace.

— Il se trouvait dans les vieux livres de comptes, expliqua Diana. C'est un miracle que personne ne l'ait trouvé auparavant.

— Eh bien, je crois tout simplement que personne ne s'y était vraiment intéressé jusque-là », répondit Manderley en versant de l'eau dans la théière. Des traînées d'infusion de couleur rougeâtre, comme du sang, se mélangèrent à l'eau.

« C'est tout un art de préparer du thé de Ceylan, mais on est toujours largement récompensé par sa saveur incomparable. Voici une récolte d'automne, un *autumn flush.* »

Une fois le thé bouillant versé dans les tasses, Manderley poursuivit.

« Lorsque j'ai vu les résultats de vos recherches, un nom m'a frappé. Celui de Cahill, l'avocat de M. Tremayne. »

Le fait qu'il avait lu le carnet était aussi désagréable à Diana que s'il l'avait vue nue.

« Ce Cahill était l'un de mes ancêtres, expliqua-t-il. Notre famille est liée au destin de cette plantation. Les descendants de cet avocat ont essayé à plusieurs reprises de recommencer une autre vie ailleurs, mais ils ont toujours fini par revenir ici, comme si une malédiction pesait sur ma famille.

— Il semblerait que nous ayons quelque chose en commun.

— Oui, je le crois aussi. Tout du moins en ce qui concerne Cahill. »

Manderley se leva, sortit un bref instant de la pièce et revint avec un petit livre.

« Vous devriez jeter un œil à ceci.

— Qu'est-ce que c'est ?

— Les notes de mon ancêtre. Il les a écrites depuis l'asile de Colombo.

— L'asile ?

— C'est incroyable, n'est-ce pas ? Apparemment, son emploi à la plantation l'a conduit tout droit à l'asile.

— Vous l'avez déjà lu ?

— Non, répondit Manderley. Ce recueil de notes a longtemps été un sujet de discorde dans ma famille. On l'appelait "le scandale". Quand on l'a trouvé, il était trop tard pour punir les coupables. Mes grands-parents ont enfermé ce carnet dans un coffre de la maison avant de répandre la rumeur que cela portait malheur de le lire. Au fil du temps, plus personne ne s'y est intéressé. Moi-même, je ne m'en suis souvenu qu'après avoir vu son nom figurer dans les documents de la propriété. »

Diana examina le livre relié en cuir. Il était un peu abîmé, et sa couverture comportait quelques empreintes de doigts très nettes ainsi que des taches d'encre.

« Il a été rédigé par l'avocat de votre ancêtre. Je suis sûr que vous y trouverez quelques scènes choquantes, mais aussi des détails qui vous éclaireront. S'il y a quelque chose que je dois savoir, dites-le-moi, je vous en prie. »

Pendant toute la matinée, Diana ne put se décider à ouvrir le livre de Cahill. Jonathan essaya de se rendre utile en cherchant d'autres traces de l'avocat dans les documents qu'ils avaient à leur disposition. Effectivement, ce nom apparaissait à plusieurs reprises dans des papiers, et il trouva également sa signature sur la page de garde d'un traité de commerce.

« Cette signature pourrait nous être utile pour comparer les écritures », dit-il en lui tendant la feuille en question. Il suffit d'un regard à Diana pour savoir qu'il s'agissait bien de la même.

Ce soir-là, ils quittèrent les archives plus tôt que d'habitude. Sachant qu'elle aurait besoin de paix pour lire les notes de Cahill, Diana avait mis le petit livre de côté et s'était consacrée à d'autres documents.

Rien qu'en le regardant, il lui semblait que l'étroit petit livre noir dégageait quelque chose de négatif. Diana préféra ne pas réfléchir à ce que pouvaient bien être ces taches sur la couverture.

Quand elle se décida enfin à l'ouvrir, elle ressentit comme un malaise au creux de son estomac. Y trouverait-elle la raison pour laquelle Vikrama n'avait jamais pu rejoindre Grace ? Ou, peut-être, celle pour laquelle son père l'avait rayée de famille ?

« Est-ce que c'est vraiment une bonne idée, de le lire ? se demanda-t-elle à voix haute.

— Si tu n'as pas peur du récit d'un fou…

— Qui sait ce qu'il a bien pu raconter ?

— Tu ne le sauras que si tu le lis. » Jonathan passa un bras autour de sa taille et l'autre autour de ses épaules avant de poser sa joue contre son cou. « Je suis là, si jamais tu lis des horreurs. Les pensées d'un fou peuvent être contagieuses, tu sais.

— C'est exactement ce dont j'ai peur, répondit Diana. Crois-tu vraiment que Manderley ne l'a pas lu ?

— Pourquoi aurait-il menti ? Beaucoup de gens ont peur des secrets de famille, surtout quand ils sont entourés d'une aura négative. Et celui-ci n'a pas l'air très reluisant, si tu veux mon avis. »

Diana contempla le petit livre en soupirant, puis elle se secoua et l'ouvrit.

17

L'incroyable histoire de John Cahill

Vannattuppūcci, 1887

L'arrivée du nouveau maître de Vannattuppūcci avait mis Lucy Cahill en émoi. Comme si la reine Victoria en personne était venue, se moquait secrètement Megan, sa fille aînée, devant sa petite sœur. Si Lucy s'en aperçut, elle n'y prêta pas attention. La venue d'un nouveau maître lui ouvrait de toutes nouvelles perspectives.

« J'ai entendu dire que les Tremayne ont deux filles charmantes. Peux-tu faire en sorte que je les rencontre un jour ? », demanda-t-elle à son mari. Peut-être parviendrait-elle à introduire Megan dans le cercle d'amis des deux filles, ce qui augmenterait considérablement ses chances de trouver un mari aisé.

« Oui, oui », avait grommelé Cahill, le regard rivé sur son journal, une tasse de café à la main.

Pourtant, l'objet de son attention ne figurait pas dans les nouvelles du jour. Comme si souvent au cours des dernières semaines, il prétextait la lecture du journal pour se perdre dans ses pensées. Que devait-il dire à Henry Tremayne ? La mort de son frère l'avait certainement terriblement secoué. Avait-il l'intention de vendre la plantation ou, peut-être, de lui en confier entièrement l'administration ?

« Tu m'écoutes ? lança Lucy, l'arrachant à ses pensées. Le sort de tes enfants ne t'intéresse-t-il donc pas ?

— L'avenir de nos enfants ne dépend pas des Tremayne, que je sache.

— Bien sûr que si ! insista sa femme. Si tu t'y prenais bien, tu ferais en sorte que Megan et Sophia aient leur place dans la société. »

Sentant la dispute sourdre comme un orage de mousson et menacer d'éclater tout aussi violemment, Cahill jugea opportun de reposer son journal et sa tasse de café refroidi.

Cahill savait d'expérience qu'il était inutile de contredire sa femme, et il n'avait aucune envie de l'affronter juste avant de partir pour Colombo, où il était censé accueillir le frère du défunt. « Ma chérie, commença-t-il doucement, si l'occasion s'en présente, tu peux être certaine que je ferai en sorte que vous soyez présentées aux Tremayne. Mais ne serait-il pas préférable que je fasse d'abord la connaissance du nouveau propriétaire ? Si les deux filles sont gentilles et sociables, nous leur ferons rencontrer nos enfants. »

Peu satisfaite de sa réponse, Lucy pinça les lèvres et esquissa un signe d'assentiment. Elle savait que cela ne servait à rien de précipiter les choses. Cahill n'aimait pas être brusqué.

En route vers Colombo, Cahill ne cessa de se demander combien de secrets de son ancien patron il allait devoir révéler à son frère. Dire toute la vérité n'aurait pas vraiment d'intérêt puisqu'il était le seul à la connaître. Non, il valait mieux ne pas réveiller l'eau qui dormait. La priorité était que Tremayne garde la plantation.

L'homme qu'il rencontra dans la capitainerie du port était tout le contraire de son frère. Blond, un peu rond, des yeux bleus et un léger voile de barbe. Un véritable gentleman.

« Bienvenue, monsieur Tremayne. Je suis heureux de vous accueillir à Ceylan, vous et votre famille. » Les deux hommes se serrèrent la main avant d'aller s'enfermer dans le bureau de la capitainerie. Le malaise de Cahill se prolongea tout au long de l'entretien. Parler de feu Richard Tremayne réveillait beaucoup de souvenirs, alors qu'il s'était efforcé d'oublier le visage du défunt au cours des semaines passées. Il était évident que Henry Tremayne voulait connaître les détails de l'accident qui avait coûté la vie à son frère. En s'entretenant avec lui, Cahill revoyait sans cesse le corps brisé du maître de la plantation au moment où on l'avait ramené à Vannattuppūcci. Il se souvenait de la haie d'honneur que les employés de la plantation avaient formée sur le passage de leur maître bien-aimé.

Plus sensible qu'on ne l'imaginait, Cahill s'était senti mal en voyant tout ce sang. Il s'était cependant forcé à assister à la reconstitution de la dépouille mortelle de sir Richard, comme on avait coutume de l'appeler ici, bien qu'il n'eût pas de titre de noblesse.

Bien qu'il fût chrétien, Tremayne avait manifesté le souhait d'être incinéré selon la tradition hindoue, avant que l'on dispersât ses cendres dans la mer. Avec le recul, Cahill lui avait été reconnaissant de cette solution qui facilitait bien des choses. Transférer son corps en Angleterre aurait certainement duré des semaines. Au lieu de cela, il s'était contenté d'adresser un télégramme à Henry Tremayne avant de lui écrire une lettre plus personnelle, dans laquelle il lui expliquait qu'il ne trouverait pas la tombe de son frère, conformément à ses dernières volontés.

Il ne savait pas où en était l'enquête de la police, mais il avait tout au moins la certitude que personne ne rechercherait un mort dont les cendres avaient été dispersées en mer. À la fin de la conversation, Tremayne l'avait invité à déjeuner, un geste qu'il avait grandement apprécié.

Tout se déroulait au mieux. Les ouvriers étaient en train de finir les travaux de rénovation et, bientôt, Cahill pourrait avertir son nouveau maître que plus rien ne s'opposait à son emménagement à Vannattuppūcci.

Au terme de leur discussion, il rencontra enfin Mme Tremayne, escortée de ses filles – de magnifiques jeunes femmes, surtout l'aînée. Conscient du fait qu'elle reprendrait probablement la direction de la plantation, il repensa aux paroles de sa femme.

Ce serait assurément une bonne chose que ses filles se rapprochent des sœurs Tremayne.

Il fut d'abord surpris de voir apparaître Vikrama. Qu'est-ce que ce garçon venait faire là ? Désireux de faire bonne impression à Henry Tremayne, il n'eut cependant pas d'autre choix que de chanter les louanges du jeune homme. Après tout, ce métis, comme il l'appelait en secret, était aussi inoffensif qu'il était incompétent.

Une fois le garçon reparti, Cahill fit faire le tour du propriétaire aux Tremayne et se retira. Son service était terminé pour la journée.

Sur le chemin du retour, un cavalier vint à sa rencontre. Il s'agissait de Dean Stockton, le propriétaire de la plantation la plus prospère de la région. À une époque, Richard Tremayne lui avait disputé la vedette, mais l'accident avait permis à Stockton de conserver sa suprématie.

« Bonjour monsieur Cahill ! Qu'est-ce qui vous amène par ici ? » lança Stockton en arrêtant son cheval. Apparemment, il était en route pour Nuwara Eliya, où il allait retrouver ses amis au Hills Club. Cahill avait bien essayé de s'y faire intégrer mais il avait toujours échoué, au grand dam de sa femme. Les propriétaires de plantations et autres hommes d'affaires ne voyaient pas d'un bon œil la présence d'un avocat sans cabinet parmi eux, surtout s'il était employé par un grand propriétaire.

Malgré cette disgrâce, Dean Stockton l'avait toujours traité avec courtoisie.

« Je viens d'accueillir le nouveau maître de Vannattuppūcci, M. Henry Tremayne.

— Le frère de Richard ? » Il semblait curieux d'en apprendre davantage. Il se demandait sans doute si le nouveau propriétaire était aussi têtu que son frère. De son vivant, Richard Tremayne lui avait fait pas mal de concurrence et, surtout, il lui avait causé quelques problèmes à propos des terres.

« Oui, exactement. Il vient d'emménager ici avec sa femme et ses deux filles – de très belles femmes, d'ailleurs. »

Stockton, qui avait pour réputation d'aimer les jolies femmes, le considéra avec intérêt et se redressa un peu sur sa selle. « Dans ce cas, j'irai dès que possible leur présenter mes hommages.

— Voilà une excellente idée, monsieur. Tout est peut-être encore un peu chaotique à Vannattuppūcci, mais je suis sûr que cela s'arrangera dans les prochains jours. M. Vikrama se chargera de faire visiter les lieux à son maître. »

À l'évocation du jeune homme, Stockton avait fait grise mine. Pendant la période de vacance qui avait suivi le décès du propriétaire de Vannattuppūcci, Stockton trouvait qu'il s'était conduit comme le nouveau maître des lieux. Stockton ne manquait pas de s'en plaindre à qui voulait l'entendre, taisant la vraie raison de cette inimitié : il avait espéré profiter de cette période d'incertitude pour placer ses pions en vue d'acquérir un jour la plantation voisine.

Cahill le savait bien, et il était certain que Stockton ferait tout pour obtenir ces terres.

« Deux filles, dites-vous, reprit Stockton en réfléchissant à haute voix. Pas de fils ?

— Pas que je sache, non, mais Mme Tremayne est encore jeune. Il n'est pas exclu qu'elle lui donne encore un héritier. »

Stockton joignit les mains, comme pour prier le ciel que cela n'arrive pas, puis il sc redressa sur sa selle et tira les rênes de sa monture.

« Merci pour ces renseignements, monsieur Cahill. À bientôt !

— Bonne journée, monsieur Stockton ! », cria Cahill alors que Stockton partait au galop.

Lors du rendez-vous suivant avec Henry Tremayne, Cahill apprit que Stockton était effectivement venu se présenter à ses nouveaux voisins. Cahill avait bon espoir que le nouveau maître s'adapterait sans problème. Tremayne semblait compétent et la plantation se remit d'ailleurs à fonctionner comme une machine bien rodée.

Un après-midi, alors qu'il traversait à la hâte le hall d'entrée de la propriété, il aperçut Grace en grande conversation avec M. Vikrama. S'il n'y avait rien de blâmable à cela, Cahill n'en fut pas moins intrigué. Un mauvais pressentiment l'envahit, quelque chose qu'il avait refoulé de longue date. Cette façon qu'avait la jeune fille de sourire au jeune homme ! Et le regard de Vikrama sur le visage et le corps de cette dernière ! Ces deux jeunes gens-là avaient le sang chaud et plein de désirs auxquels ils avaient à peine goûté.

Eh bien, s'était dit Cahill pour se calmer, quoi de plus naturel qu'une jeune fille charmante comme miss Grace voulût connaître les employés de la plantation. Si elle ne ressemblait en rien à son oncle, elle semblait avoir hérité de son caractère : une personnalité aimable, ouverte et sincère.

C'était une excellente chose, car en tant que future maîtresse de Vannattuppūcci, elle aurait besoin de la sympathie des ouvriers qui, c'était bien connu, étaient plus enclins à travailler dur pour un maître qu'ils aimaient que s'ils ne faisaient que le respecter.

Amorçant une grande période de changement, les semaines qui suivirent le bal furent le témoin d'événements importants.

Tremayne confia à Vikrama des responsabilités que Cahill avait portées jusqu'alors et le consola en maintenant son salaire pour une moindre charge de travail et en lui exprimant toute l'estime qu'il avait pour son travail de conseiller juridique. Parallèlement, la femme de Cahill lui mit en tête que le bal avait été tout sauf une réussite. « Ils n'ont pas regardé mes filles, même pas l'aînée, se plaignit-elle. La plus jeune a poliment accueilli notre Sophie, voilà tout.

— Ils sont d'une autre classe sociale, ma chérie, avait avancé Cahill pour tenter de la calmer. Et puis il y avait tellement de monde qu'ils ne pouvaient pas s'occuper de chaque invité, non plus. Je te promets que nous aurons d'autres occasions de les rencontrer. »

Mme Cahill se contenta de soupirer et commença aussitôt à chercher ce qu'elle pourrait reprocher aux filles Tremayne.

« Qu'est-ce qu'elle a à traînasser avec ce métis, leur fille aînée ?

— Ce sont des choses qui ne nous regardent pas, ma chérie », répétait Cahill bien qu'il en fût aussi surpris qu'elle. Ce n'était pas la première fois qu'il voyait la jeune fille en compagnie de Vikrama, et les deux jeunes gens semblaient de plus en plus intimes.

Au cours des jours qui suivirent, il observa avec curiosité Vikrama disparaître régulièrement avec Grace et sa pimbêche de gouvernante. Où allaient-ils ?

« Elle veut apprendre le tamoul. C'est très utile pour savoir ce qu'ils disent de nous », avait expliqué Tremayne avec le plus grand sérieux, comme s'il pressentait quelque chose de grave. Pensait-il qu'une révolte se tramait, ou avait-il l'intuition que la relation entre Vikrama et sa fille ne se résumait pas à celle d'un professeur et d'une élève ?

Peut-être devrais-je le lui dire, se dit Cahill, mais il rejeta aussitôt cette idée. Il n'y avait sans doute pas de quoi s'inquiéter. Miss Grace avait tout simplement envie d'être avec des gens de son âge. Et, pour la future maîtresse de Vannattuppūcci, il était effectivement important de connaître la langue du pays. Richard Tremayne aussi la parlait, après tout.

Au cours des semaines suivantes, Cahill n'eut presque rien à faire. Tremayne ne lui confiait que de stupides travaux d'écriture, lui demandant de préparer des documents qu'il devait ensuite porter en main propre aux quatre coins de la région.

« Il te prend pour son facteur, on dirait, sifflait Lucy d'une voix cinglante. Ce jeune Tamoul va te supplanter plus vite que tu n'imagines.

— Mais non, ma chérie, ne t'inquiète pas », affirmait Cahill, mais la méfiance de son épouse commençait à le gagner. Vikrama lui avait-il vraiment damé le pion ? Tremayne avait-il appris que…

Non, c'était impossible. Personne ne le savait.

Un jour qu'il revenait de Colombo après avoir fait authentifier des documents pour M. Tremayne, il fut arrêté en chemin par Dean Stockton, juché sur son cheval. Très agité, l'homme semblait l'attendre.

Il m'a probablement vu arriver avec sa longue-vue, se dit Cahill avec une pointe d'inquiétude. La rumeur courait que Dean Stockton passait beaucoup de temps à scruter les environs depuis sa plate-forme d'observation.

« Bonsoir, monsieur Cahill ! » Stockton se planta devant la petite calèche, l'empêchant de continuer sa route. *On dirait un voleur de grand chemin*, pensa Cahill.

« Bonsoir, monsieur Stockton. Que puis-je pour vous ?

— Il me semble en effet que vous pourriez me rendre un grand service. »

Sa surprise se mua en stupéfaction quand Stockton lui confia l'objet de sa requête.

« L'un des hommes que j'ai cédés à Tremayne m'a raconté que miss Grace voyait régulièrement ce Vikrama.

— J'ai cru comprendre qu'il lui donnait des leçons de tamoul ! répondit Cahill, très mal à l'aise.

— Voyez-vous ça ! Le tamoul ! En pleine nuit, et dans les champs, d'après ce que m'a dit M. Petersen ! Je ne crois pas que ce soit ainsi qu'on apprenne une langue. »

Cahill resta sans voix.

« Vous en avez été témoin ? reprit Stockton.

— Non, sir, je ne l'ai jamais croisée que l'après-midi.

— Eh bien, gardez-la à l'œil. Je ne voudrais pas que la future épouse de mon fils tombe enceinte. »

Cahill en fut soufflé. Comment une chose pareille était-elle possible ? C'était parfaitement inimaginable…

« Je serai vigilant, monsieur Stockton. » Tout à coup, quelque chose lui traversa l'esprit. « Qu'en est-il de M. Tremayne ? Dois-je lui faire part de cette observation ? »

Stockton secoua la tête. « Non, pas encore. Il a fort à faire avec la plantation, cela ne sert à rien de l'affoler, n'est-ce pas ? Si nos soupçons se concrétisent, il sera toujours temps d'en informer votre chef mais, en attendant, n'en parlez qu'avec moi. » Stockton sortit une bourse de la poche de son gilet. « Prenez cela. Un petit dédommagement. »

Avant même que Cahill eût pu le remercier, Stockton avait disparu dans un nuage de poussière.

À partir de ce jour, Cahill prit l'habitude d'espionner Grace. *C'est pour le bien de la plantation*, se disait-il. *Et pour celui de la jeune miss, bien entendu. Ça se séduit facilement, ces petites choses-là.* Dès qu'il le pouvait, il observait la fenêtre de sa chambre et surveillait ses allées et venues. Malgré toute sa bonne volonté, il ne trouva rien, cependant, qui puisse appuyer les soupçons de Stockton.

Quand ils se rencontrèrent, il lui affirma donc que ses doutes étaient infondés – peu importait ce que Petersen avait bien pu voir.

« Il ne serait pas étonnant qu'il souhaite discréditer la jeune fille. Vous avez certainement entendu dire, vous aussi, que miss Grace s'était opposée à lui lorsqu'il avait fouetté une cueilleuse de thé.

— Oui, cette histoire est parvenue à mes oreilles, admit Stockton, et sa mine songeuse sembla indiquer qu'il n'avait pas encore pensé à cette éventualité.

— Je suis sûr que votre homme veut se venger. Miss Grace est une jeune fille bien élevée qui sait ce qu'on attend d'elle. Elle ne s'acoquinerait jamais avec l'un de ces sauvages. »

Stockton sembla croire ses explications car il ne lui demanda plus rien, comme s'il avait eu la preuve de l'innocence de miss Grace.

Mais les certitudes de Cahill furent détrompées quelques semaines plus tard. Un jour qu'il se rendait à sa réunion habituelle avec Henry Tremayne, il remarqua un tumulte inhabituel dans la demeure de son patron. Arrivé dans le hall, il prit une des domestiques à part et lui demanda ce qui se passait. Quelqu'un était-il malade ? s'enquit-il en apercevant au loin le docteur Desmond.

« Miss Grace a eu un malaise. Vous pouvez prendre place dans le bureau de M. Tremayne, en attendant. »

Miss Grace, un malaise ? Une femme si jeune, solide et en parfaite santé !

Lorsque Henry Tremayne pénétra dans son bureau, deux heures plus tard, il était blême. « Ah ! Cahill, je vous avais complètement oublié, pardonnez-moi !

— Puis-je vous demander ce qui s'est passé, sir ? »

Tremayne se laissa choir dans son fauteuil en lâchant un profond soupir. Son visage était un masque de souffrance.

« Ma fille…

— J'espère que ce n'est pas une rechute de la malaria », avança Cahill avec hypocrisie. Il savait pertinemment que ce n'était pas de la cadette qu'il s'agissait cette fois.

« Non, non, c'est Grace… », commença Henry Tremayne avant de s'interrompre. Il sembla peser ses mots puis se ravisa : « Écoutez, peut-être ferions-nous mieux de repousser cet entretien. Je ne suis pas en mesure de travailler. »

Cahill aurait aimé insister davantage, mais il y renonça et se promit de découvrir par lui-même ce qu'il était advenu.

Quand il raconta à Lucy que Grace s'était évanouie, elle répondit tout aussi sec : « Est-ce possible qu'elle ne soit pas très à cheval sur la morale ?

— Que veux-tu dire ?

— Pour autant que je sache, les jeunes femmes ont des vapeurs quand elles sont enceintes. C'était pareil pour moi lorsque j'attendais Megan, tu ne t'en souviens pas ? »

De fait, Cahill ne s'était pas beaucoup préoccupé de l'état de santé de son épouse pendant sa grossesse. Un jour, il était rentré à la maison et elle lui avait annoncé la bonne nouvelle.

« Réfléchis deux minutes : un garçon lui fait la cour, et peu après elle a un malaise. Elle est enceinte de lui, c'est tout. »

Cette révélation avait coupé l'appétit au pauvre Cahill.

Le lendemain, toute la plantation était en émoi. La rumeur de la grossesse éventuelle de miss Grace était sur toutes les lèvres, et Henry Tremayne ne décolérait pas, refusant obstinément de nommer le père de l'enfant à venir.

Très agité, Cahill arpentait nerveusement son bureau. Il le savait ! C'était donc vraiment Vikrama. Pourquoi n'avait-il rien vu ? Et voilà qu'il avait ajouté au drame en laissant croire à Stockton que Petersen avait voulu se venger ! Quel imbécile il faisait ! Petersen était certainement peu recommandable, mais il avait de bons yeux et il semblait encore fidèle à son ancien maître.

C'était une véritable catastrophe ! S'il n'en avait pas su autant sur Richard, cela aurait peut-être pu lui être égal que Grace ait fricoté avec Vikrama. Mais la relation de ces deux-là était extrêmement dangereuse, et il était de son devoir d'intervenir pour le bien de Vannattuppūcci. Hélas ! Il était trop tard désormais.

Il essaya néanmoins de découvrir comment Tremayne avait appris que Vikrama était le père de l'enfant. Les bruits de couloirs parlaient d'un cahier trouvé dans les affaires de la jeune Victoria. Apparemment, celle-ci avait voulu lire les escapades nocturnes que sa sœur avait consignées dans une sorte de journal, et elle avait été surprise en pleine lecture par Mlle Giles.

La réaction de Henry fut violente. Il chargea Petersen et ses hommes d'aller quérir Vikrama pour le punir.

Il n'avait pas l'intention de laisser sa fille assister aux représailles, mais elle en eut vent et sortit de sa chambre juste après que Tremayne eut donné ses ordres.

Il n'oublierait jamais les hurlements de la jeune fille lorsqu'ils avaient ramené le jeune homme en le traînant par terre.

« Je vous en supplie, laissez-le tranquille ! », avait-elle hurlé en sanglotant. Plusieurs hommes avaient été obligés de l'immobiliser tant elle se débattait.

« Eh bien, on a perdu un peu de sa superbe, miss ! ironisa Petersen. Votre père nous a demandé de lui donner une leçon, nous ne faisons qu'exécuter ses ordres ! Amenez-le jusqu'à l'arbre, que je puisse lui enlever la peau !

— Non ! hurla Grace d'une voix tellement stridente que Cahill faillit se boucher les oreilles. Défends-toi ! lui cria-t-elle finalement. Défends-toi donc. Ne les laisse pas te tuer ! Pense à notre enfant ! »

Stimulé par sa colère, Vikrama trouva le courage d'affronter ses bourreaux. Le regard qu'il jeta alors à Grace par-dessus son épaule indiqua clairement que ce qui allait se passer désormais les séparerait à jamais.

L'instant d'après, Vikrama sembla littéralement exploser. Avec des gestes que Cahill n'avait jamais vus auparavant, il se libéra de l'étreinte des sbires de Petersen et les attaqua de front. Avant même qu'ils puissent réaliser ce qui leur arrivait, deux d'entre eux saignaient du nez, un troisième chancelait. Petersen déroula son fouet à toute vitesse mais ne réussit qu'à le faire claquer une fois avant que Vikrama ne le fît reculer à son tour.

« Nom de Dieu, personne n'a donc d'arme, ici ? », hurla quelqu'un, mais, au même instant, Vikrama se retournait et plongeait dans l'obscurité, non sans avoir regardé une dernière fois sa bien-aimée.

Aussitôt les hommes qui l'avaient retenu se précipitèrent à sa suite, disparaissant dans les buissons. La jeune femme s'effondra sur les marches de l'escalier en fixant l'obscurité d'un air hagard tant elle espérait qu'il arriverait à s'enfuir.

Lorsque M. Tremayne sortit enfin, les blessés s'étaient un peu remis de leurs émotions. La lèvre enflée, Petersen raconta que Vikrama avait pris la fuite. Lorsqu'il ajouta qu'il s'était battu comme un possédé, Grace prit la parole, souriant de façon singulière. « Le diable n'a rien à voir avec le kalarippayat, pauvre imbécile ! »

Cahill crut qu'elle parlait d'un démon mais Henry, parfaitement indifférent à sa réflexion, la saisit brutalement par le bras et la secoua.

« Qu'est-ce que tu fais ici ? Je t'ai punie, tu l'as déjà oublié ? »

La jeune fille chancela mais elle se ressaisit et regarda son père avec une expression qui eût fait pleurer tout être doté de sensibilité.

« Vous ne l'attraperez pas, père, vous ne l'aurez pas. Ses dieux le protégeront, croyez-moi. »

Henry la foudroya du regard et, pendant un instant, il sembla prêt à la gifler, mais il se contenta finalement de la traîner vers la maison.

Cahill, que personne n'avait vraiment remarqué auparavant, s'appuya contre la rampe d'escalier, bouleversé.

Quelle nuit ! Quelle agitation ! Tout ça parce qu'il n'avait pas parlé, parce qu'il n'avait rien fait quand le malheur avait commencé à se dessiner !

J'aurais tout de suite dû raconter le secret de son frère à maître Henry. Certes, les conséquences auraient été lourdes, mais peut-être pas aussi catastrophiques et irréversibles que la situation actuelle !

Épuisé, il sortit son mouchoir de sa manche et épongea son front trempé de sueur. Il pouvait oublier son entretien avec M. Tremayne, maintenant. Vu les événements, il reviendrait le lendemain.

Le lendemain soir, Dean Stockton arriva au galop dans la cour. Entre-temps, on avait élargi les recherches aux deux plantations et il avait aussitôt proposé son aide aux hommes de Tremayne, mais sans succès. Très en colère, il immobilisa son cheval devant le perron et monta l'escalier quatre à quatre, n'accordant pas même un regard à Cahill qui attendait dans le hall.

« On aurait dû l'abattre comme un chien ! », pestait-il quelques instants plus tard dans le salon des Tremayne, presque aussi furieux que s'il avait été le père de Grace.

C'est vrai qu'il aurait été son beau-père, se dit Cahill, si Vikrama ne l'avait pas mise enceinte. De nouveau, il repensa au sombre secret qu'il portait. Il fallait qu'il mette M. Tremayne au courant. Dès qu'une opportunité se présenterait, il lui en parlerait.

Cahill jugea plus sage de s'en aller mais, au moment de partir, il remarqua une silhouette dans l'escalier. Miss Grace ! Il se cacha vite derrière une porte ouverte.

Plongée dans ses sombres pensées, la jeune femme ne le remarqua pas.

« Il y a peut-être une solution…, commença Stockton quand il se fut un peu calmé.

— À quoi pensez-vous ? demanda Henry tandis que sa femme, aveuglée par les larmes, geignait toujours.

— Dans les villages du coin, certaines femmes s'y entendent pour libérer une femme de son marmot. »

Ses mots s'abattirent sur Henry Tremayne comme de la foudre.

« Vous voulez l'envoyer chez une faiseuse d'anges ?

— Eh bien, vous pourriez faire venir une de ces personnes. À l'abri de la maison, elle pourrait tout arranger.

— Mais c'est un péché ! le rabroua Tremayne, très choqué.

— Ce que votre fille a fait avec ce bâtard est aussi un péché ! lui lança Stockton avec colère. Songez un peu à votre réputation ! Je ne veux pas d'une femme enceinte pour mon fils ! »

Cahill se mordit la lèvre quand Grace passa devant lui, fièrement redressée. Elle avait distinctement entendu les exigences de Stockton. Elle s'arrêta un instant à la porte, hésitante, puis elle entra d'un pas décidé. Avant que Stockton ne puisse proférer d'autres menaces, elle annonça calmement : « Je vais garder l'enfant, monsieur Stockton. Vous ne me forcerez pas à pécher contre la vie. »

Ses mots furent suivis d'un silence glacial. Cahill aurait adoré voir la tête des parents de Grace et de leur voisin. Même Mme Tremayne ne sanglotait plus.

« Père, mère, pour vous éviter le scandale, j'ai décidé de retourner en Angleterre et d'accoucher là-bas. »

Personne ne lui répondit.

« Le môme d'un sauvage ? hurla finalement Stockton, explosant de colère. Miss Tremayne, revenez à la raison ! Une petite intervention et vous serez tirée d'affaire !

— Vous voulez donc que je commette un meurtre ? Pourquoi ? Pour vous laisser me faire vous-même un héritier ? À moins que vous n'ayez changé d'avis depuis notre discussion de l'autre jour ?

— C'est…

— Un mensonge ? C'est cela que vous voulez dire, monsieur Stockton ? » Après une pause, Grace poursuivit : « Père, tu as lu mes notes, n'est-ce pas ! Mais les as-tu bien lues ? Tu voulais savoir qui était le coupable, n'est-ce pas ? Eh bien, ce n'est pas Vikrama ! Cet homme est bien plus coupable que lui ! »

Stockton soufflait si fort que sa respiration était audible jusque dans le hall d'entrée. « Vous n'allez quand même pas…

— Taisez-vous, monsieur Stockton ! Nous sommes chez moi, ici, et c'est encore moi qui décide. Je vous conseille d'ailleurs de partir avant que je perde mon sang-froid.

— Vous le regretterez, Tremayne ! feula Stockton. Je ferai en sorte que tout Ceylan sache qui est votre fille ! »

Il sortit à grands pas, écumant de rage et maugréant des paroles incompréhensibles. Enfin, une porte claqua et le calme revint.

« Père ? dit Grace tout bas.

— Tu vas retourner en Angleterre aussi vite que possible, dit-il d'une voix tremblante. Tu accoucheras de cet enfant là-bas et nous le donnerons à une famille prête à l'accueillir.

— Non, père. Je…

— Pas d'objection ! gronda Tremayne. Et maintenant, remonte dans ta chambre et n'en sors plus. »

Grace n'ajouta rien à cela. Lentement, elle fit demi-tour et quitta la pièce. De sa cachette, Cahill vit que des larmes coulaient le long de ses joues.

On ne fit pas appel à lui au cours des jours qui suivirent. Des averses refroidirent l'atmosphère, signalant le début de la saison des pluies. Un mois plus tard, on fêterait la résurrection du Sauveur.

Cahill se retira dans son bureau. Il ne voulait parler ni à sa femme ni à ses enfants. Qu'allait-il advenir de la plantation, maintenant ? Les Tremayne avaient encore une fille, qui pouvait tout aussi bien hériter de Vannattuppūcci. Mais qu'en était-il de la réputation de la famille ? Stockton ne se calmerait pas avant que les Tremayne ne soient ruinés – surtout si miss Grace avait dit la vérité.

Une semaine plus tard, une voiture s'avança devant la maison. Miss Grace n'emporta que quelques affaires. Mlle Giles l'accompagnait.

Cahill ne sut jamais comment Grace avait pris congé de sa famille, mais hormis Victoria, personne ne se tenait sur l'escalier pour dire au revoir aux deux femmes. La voiture quitta la plantation et la fille Tremayne embarqua sur le *Calypso*, un bateau-poste, pour rentrer en Angleterre.

Une fois sa fille partie, Henry Tremayne changea du tout au tout. Il s'enfermait des heures dans son bureau et ruminait sa déception, sa colère et son désespoir.

Le voyant ainsi, Cahill trouva enfin le courage de lui parler. S'il ne pouvait espérer dérider Tremayne avec sa révélation, bien au contraire, il espérait néanmoins que rétablir la vérité empêcherait d'autres malentendus catastrophiques.

« Je n'ai besoin de rien, monsieur Wilkes, cria Tremayne quand il frappa à sa porte, croyant que c'était son majordome.

— C'est moi, Cahill ! chuchota l'avocat. Il faut absolument que je vous parle. »

Le silence se fit. Tremayne avait-il décidé de l'ignorer ?

« Entrez ! », cria-t-il finalement.

En entrant, Cahill fut choqué. Jamais il n'avait jamais vu son maître dans un tel état.

Cela ne tenait pas tellement aux vêtements : qu'il ne portât pas de veste, cela lui était déjà arrivé. Non, mais il était mal rasé, ses lèvres étaient réduites à une ligne pâle et ses yeux étaient profondément enfoncés dans leurs orbites.

« Que voulez-vous, Cahill ? », demanda-t-il. Même sa voix n'était plus la même. Il semblait avoir vieilli de dix ans en l'espace de quelques jours.

« Je crois que j'ai là quelque chose qui pourrait vous intéresser. »

Henry haussa les sourcils d'un air las. « Ah oui ?

— Il y a quelque chose que vous devriez savoir, maintenant que… » Le regard furieux de son maître le fit taire. Tremayne fit mine de se lever de son fauteuil, comme s'il voulait lui tomber dessus. Mais il se contenta finalement de se redresser en soupirant : « Approchez. »

En refermant la porte derrière lui, il eut une inspiration. *Ne rends pas les choses plus graves qu'elles ne le sont.* Mais le pas était franchi et il ne pouvait plus revenir en arrière. Son maître avait droit à la vérité pour pouvoir effacer à jamais les traces du passé.

« Vous comprendrez que je n'ai pas beaucoup de temps, monsieur Cahill, commença par dire Tremayne en désignant la chaise installée devant son bureau pour signifier à l'avocat de prendre place. Venez-en vite au fait, s'il vous plaît. »

Un coup d'œil au livre de comptes ouvert sur le bureau de Tremayne lui révéla que son chef n'avait rien fait depuis leur dernière entrevue. Il n'y voyait aucune nouvelle entrée.

« Il y a certaines choses que je vous ai tues à votre arrivée, parce que je pensais qu'elles n'étaient pas importantes. »

La mine de Henry s'assombrit, mais il garda patiemment le silence.

« C'est au sujet de M. Vikrama…

— Qu'y a-t-il encore avec lui ? Qu'a-t-il pu faire de pire encore que de séduire ma fille ?

— Eh bien, il me semble en effet qu'il y a plus grave, même si ce n'était pas sa faute, mais celle de votre frère.

— Richard ? Expliquez-vous. »

Cahill hésita, sentant monter en lui une sorte d'excitation perverse. Enfin, il allait se libérer de ce poids qu'il traînait avec lui depuis si longtemps.

« Lorsque votre frère est arrivé à Vannattuppūcci, une jeune cueilleuse de thé lui a tapé dans l'œil. Mon Dieu, elle était si belle ! Une peau dorée, des cheveux couleur de jais et des yeux verts très singuliers, comme on en voit parfois en Égypte. Étant le maître, il la convoquait à la moindre occasion. La pauvre chose crut qu'il allait en faire sa femme, puisqu'il existe des mariages mixtes entre les Hollandais et les autochtones, et que les descendants bénéficient même d'un certain prestige. Mais votre frère n'a pas agi ainsi. Au bout d'un moment, il se désintéressa d'elle. Trop tard, cependant, car elle était enceinte. Quand elle le lui annonça, il se mit dans une colère terrible et la chassa de la plantation. Craignant le scandale, elle dut fuir et retourner chez elle. Au bout d'un moment, cependant, votre frère eut des remords. Il alla la trouver juste avant la naissance du bébé et passa un marché avec elle. Elle était autorisée à revenir, à la seule condition de ne rien dire. Elle mit l'enfant au monde, lui donna un nom et l'éleva. À sa mort, M. Tremayne se sentit obligé de recueillir l'enfant. Sans savoir que Richard était son père, Vikrama a grandi ici, et il n'a pas tardé à devenir l'un des acteurs les plus importants de la plantation.

— D'où tenez-vous cette information ?

— Votre frère me l'a avoué peu avant sa mort. » Cahill se mordit la lèvre. Cela non plus n'était pas complètement vrai, mais qui cela intéressait-il, maintenant ? « Il avait l'intention de prendre son fils pour héritier, puisque sa femme était morte sans enfants et qu'il n'avait pas voulu se remarier. Dieu merci, il n'en a pas eu le temps avant sa mort. Je n'ai pas jugé bon de le dire à Vikrama, car vous êtes le frère de Richard et que vos droits sur la plantation passent avant ceux de ce garçon. Où irait-on, si ces sauvages se mettaient à diriger eux-mêmes les plantations ? »

Henry le considérait d'un air parfaitement perplexe. Les mots de Cahill mirent un moment à atteindre sa conscience mais ils finirent par s'y frayer un chemin. « Ce garçon est donc le fils de Richard, murmura Tremayne, incrédule. C'est incroyable que Dieu se soit autorisé une telle farce.

— Je vous l'aurais bien dit plus tôt, mais vous étiez sans cesse occupé… »

Le cri de colère de Tremayne lui coupa la parole aussi sec. D'un geste brusque, Henry balaya de son bureau l'encrier qui alla se fracasser au sol.

« Ma fille est donc enceinte de son cousin ?

— On pourrait le dire comme ça, en effet, » confirma Cahill en levant un bras pour éviter un éventuel coup.

Henry fixa son administrateur avec stupeur. Sa bouche s'ouvrit et se referma sans qu'aucun son n'en sortît.

En regardant le visage de son patron, Cahill fut parcouru de frissons. Les yeux de Tremayne étaient deux puits sans fond, prêts à l'engloutir.

« Vous auriez dû me dire tout de suite que mon frère avait un bâtard ! »

Cahill ne sut que répondre, car son maître avait raison.

« Connaît-il son identité ? », demanda Henry en serrant les poings.

Cahill secoua la tête. « Non, je ne pense pas. Sinon, il ne se serait pas acoquiné avec votre fille. Ils sont cousins au premier degré. Les sauvages eux-mêmes ne sont pas corrompus à ce point, par ici. »

Henry, qui réalisait seulement maintenant la portée de ce qu'il venait d'apprendre, s'effondra sur sa chaise.

Sa faiblesse redonna du courage à Cahill.

« Je n'imaginais pas que lui et votre fille... Votre fille est une vraie lady, et le jeune Stockton lui a fait la cour. Rien n'indiquait que ce jeune homme et Grace... »

En y repensant, cependant, il réalisa que les signes avant-coureurs avaient été nombreux. Le père de Grace avait dû être aveugle pour ne pas les voir.

Tout à coup ce dernier bondit, contourna son bureau et attrapa Cahill par le col.

« Vous auriez dû faire plus attention à ce garçon. Non, vous auriez dû le mettre à la porte dès que vous avez appris son identité !

— Mais votre frère...

— Mon frère était encore un bien plus grand salaud que je ne le pensais ! Jamais il n'aurait dû fréquenter cette brave femme. Heureusement qu'elle a gardé le silence ! »

L'espace d'un instant, il sembla traversé d'un doute. Et si elle lui avait raconté quelque chose ? Mais il chassa cette pensée en secouant la tête. Ce serait trop horrible.

Il ne voyait qu'une seule solution à son problème. « S'il a le front de se représenter ici encore une fois, faites en sorte qu'il disparaisse une bonne fois pour toutes !

— Vous voulez dire que je dois… ? demanda Cahill, le souffle coupé.

— Vous avez bien compris ! grommela Henry en souriant méchamment. Cet honneur vous revient parce que vous m'avez caché cette information aussi longtemps ! Vous vous chargerez donc d'en effacer les traces pour toujours, et toutes les traces. Alors seulement j'oublierai peut-être que vous m'avez trompé. Si vous remplissez votre mission, je vous garderai à la plantation. Dans le cas contraire, vous pourrez faire vos bagages, vous et votre famille. »

Quand Tremayne le lâcha, il eut l'impression que la foudre lui avait traversé le corps. Il resta immobile, comme pétrifié, pendant de longues secondes, fixant l'homme qui se consumait de colère parce qu'on lui avait pris ce qu'il aimait le plus.

Que ferais-tu s'il s'agissait de Megan ? se dit Cahill. La réponse ne se fit pas attendre : *Je tuerais ce garçon de mes propres mains, s'il le fallait !* Et c'est ainsi que se dessina son avenir.

Jour et nuit, Cahill réfléchit à la façon d'attirer Vikrama dans un piège. La tentative ratée de Petersen pour lui donner une bonne correction avait rendu l'avocat prudent. *Le jeune homme est un combattant entraîné contre lequel tu n'as aucune chance,* se répétait-il. *Il n'a même pas besoin d'un couteau pour te tuer.*

Mais avant de pouvoir l'acculer, il fallait qu'il revienne. Les hommes de Tremayne et de Stockton le cherchaient toujours en vain.

Finalement, le destin lui sourit pour la première fois depuis des semaines. Alors qu'il regardait par la fenêtre de son bureau, pendant une de ses longues nuits de veille, il aperçut une silhouette dans le jardin et reconnut tout de suite sa manière de se mouvoir. Que faisait Vikrama ici ? Grace était partie depuis plus d'un mois déjà, et son maître lui avait interdit de revenir ici. Allait-il s'en prendre à sa sœur, maintenant ?

Sans réfléchir plus longtemps, il enfila son pantalon sur sa chemise de nuit et ouvrit le tiroir de son bureau. Le métal de son revolver brillait de façon inquiétante. On entendrait certainement un coup de feu à des lieues d'ici, mais il ne se présenterait pas de sitôt une nouvelle occasion de surprendre le garçon. Un couteau ne suffisait pas pour un adversaire aussi agile. Après avoir caché son arme dans la ceinture de son pantalon, il quitta la maison. Comme la plantation était calme ! Seuls les bambous et les arbres bruissaient comme un murmure de fées.

Il repéra bientôt Vikrama qui se dirigeait vers la maison des Tremayne. Ce garçon a du culot, pensa Cahill, presque admiratif. Lui-même ne se serait pas montré après une telle bagarre.

Caché dans l'ombre des arbres et des haies, l'avocat le suivit. Les fenêtres de la maison étaient toutes noires comme des yeux morts braqués sur la fontaine dont l'eau était presque lisse.

Malgré tout son courage, Vikrama n'osa pas passer par la porte d'entrée. Abrité par l'ombre du bâtiment, il le contourna et disparut du champ de vision de Cahill.

Quelle était son intention ?

Après avoir contourné la maison, il aperçut Vikrama, debout devant une fenêtre ouverte. Une fine main de jeune fille apparut pour prendre quelque chose qu'il lui tendait. Cela ressemblait à un paquet allongé, entouré d'un linge. Il échangea quelques mots inaudibles pour Cahill avec Victoria avant de se retirer. La main de l'avocat se posa sur son revolver, mais ce n'était pas encore le bon moment. Lorsque Vikrama fit demi-tour, il se baissa et disparut dans l'ombre. Vikrama revenait sur ses pas et n'allait pas tarder à le dépasser. Cahill se cacha derrière un gros massif de rhododendrons et attendit. Retournait-il chez lui ? Cahill n'eut pas le loisir de deviner la réponse à cette question car, l'instant d'après, Vikrama avait disparu dans les buissons. Ce n'était pas le chemin qui menait chez lui. Où voulait-il aller ?

Une fois sûr que Vikrama ne pouvait le voir, l'avocat se redressa et le suivit dans les broussailles. En emboîtant le pas au jeune homme, il comprit soudain où celui-ci se rendait. Il s'enfonçait dans la plantation. Allait-il à l'endroit où il avait séduit miss Grace ?

Vikrama ne semblait pas se méfier. La plantation était sa maison depuis son enfance, il devait s'y sentir parfaitement en sécurité. Pour un peu, Cahill aurait éclaté d'un rire amer. Il ne sent pas que la mort le suit. Ou peut-être que si ? Se doutait-il de quelque chose ?

Une vague de chaleur le submergea, le couvrant de sueur comme ce jour maudit où il avait suivi son maître dans la montagne, persuadé de sauver

Vannattuppūcci. Si Richard n'avait pas eu l'idée saugrenue de se révéler à son fils et de lui confier la direction de la plantation – à cette moitié de sauvage ! s'offusqua Cahill, toujours aussi choqué – il aurait pu avoir la vie sauve.

Mais Cahill avait jugé qu'il relevait de son devoir de ne pas laisser la plantation passer aux mains d'un Tamoul. Il avait bien essayé de l'en dissuader, mais rien n'y avait fait. Après qu'il l'eut rattrapé sur le pic d'Adam, les deux hommes s'étaient disputés et Richard avait disparu dans le précipice.

Cahill voyait encore son corps fracassé, mais il était convaincu que cette mort l'avait empêché de commettre une énorme erreur. Il n'avait rien fait pour le sauver et était parvenu à se convaincre du fait que c'était pour le bien de la plantation. Oui, il se voyait un peu comme le sauveur des lieux. Qui aurait voulu négocier avec un autochtone ?

Il se retrouvait désormais dans la même situation. Il serait de nouveau le sauveur qui effacerait les preuves de l'infidélité de Richard Tremayne. Il ne pouvait plus aider Grace, mais peut-être pouvait-il contribuer à l'avenir de Vannattuppūcci.

Il arma le revolver le plus silencieusement possible.

Il inspira à fond et tira.

Le bruit résonna comme un coup de tonnerre dans les montagnes. Pendant un moment, Cahill se vit déjà la corde au cou, puis il se rassura en se disant qu'il agissait sur ordre de son maître, et que ce dernier lui serait éternellement reconnaissant d'avoir réussi là où ses hommes avaient échoué.

Vikrama s'abattit comme un arbre, on entendit à peine un gémissement à cause de l'écho du tir.

Cahill le regarda, incrédule, presque choqué, avant de réaliser qu'il fallait maintenant se débarrasser du corps. Il fallait l'emmener loin d'ici, pour que personne ne puisse le retrouver. Le désespoir, la peur de la punition s'allièrent pour lui inspirer rapidement une solution.

Il avait besoin d'une bêche et il savait où il pourrait en trouver une.

Le cœur battant, il rentra dans la maison en courant. Le coup de revolver n'avait réveillé personne. Les fenêtres de son maître étaient aussi sombres qu'avant.

Tout à coup, la plantation lui parut hostile, les ombres autour de lui semblaient souffler des reproches et le vent une complainte pour la vie qui venait d'être ôtée.

C'était une chose de tuer un homme. C'en était une autre de se débarrasser de son corps. Même enveloppé d'un tissu, ses yeux semblaient toujours le regarder.

Il s'éreintait à présent sous l'œil du mort, croyant entendre sa voix chuchoter. *Tu m'as pris mon père, mon amour, ma vie. Peux-tu t'imaginer quelle sera ta punition ?*

« Balivernes, murmura Cahill. Personne ne le saura. Tout le monde croira l'histoire que ton maître répandra. »

Après avoir creusé assez profondément, il se redressa et décolla la chemise de sa peau trempée de sueur. Une fraîcheur agréable lui caressa le dos.

C'est bientôt fini. Demain, ton maître te récompensera. Il saisit le mort par les jambes et le tira jusqu'au bord de la tombe. Ce faisant, le tissu dont il l'avait recouvert glissa. Les yeux morts le fixaient. Un instant, il eut l'impression de voir Richard Tremayne, écrasé sur les rochers.

Épouvanté, il lui donna un grand coup de pied qui le précipita dans la fosse. Il crut alors entendre un gémissement. Était-il encore vivant ?

La peur s'empara de lui, mais il ne voulut pas risquer un autre coup de pistolet. Il se mit au travail avec une ardeur redoublée et reboucha fiévreusement la fosse avec le sable.

Mais, cette nuit-là, Cahill ne retrouva pas le calme. La voix du mort, ses accusations et ses menaces revinrent en force dès qu'il fut allongé auprès de sa femme.

Dès qu'il eut fermé les yeux, il vit distinctement le visage de Vikrama, la surprise qui s'était affichée sur son visage quand la balle l'avait atteint, la lumière mourante dans ses yeux. Il revit aussi Richard Tremayne, le regard à la fois étonné et plein de reproches au moment de basculer dans le ravin.

« Je devais le faire, chuchota-t-il. Vous ne comprenez pas ? Je devais le faire. »

Mais les voix ne le laissèrent pas tranquille. Elles lui soufflèrent des choses qu'il ne voulait pas entendre, des désirs secrets, des souvenirs horribles. Elles le tinrent éveillé toute la nuit. Enfin le jour se leva et l'heure vint d'aller dire à son maître qu'il avait accompli sa mission. Ce dernier devait avoir entendu le coup de feu pendant la nuit et se doutait certainement que le problème était résolu.

Lorsqu'il se retrouva quelques heures plus tard dans le bureau de Tremayne, les voix se firent moins fortes, comme si elles étaient curieuses d'entendre ce que son maître allait dire. Elles l'incitaient aussi sournoisement à avouer le meurtre de son frère, un meurtre commis avec la certitude profonde que Richard ne devait pas céder la place à son fils. La plantation devait rester aux mains des Anglais. Dans le monde de Cahill, il n'y avait pas d'alternative possible.

« Je suppose que la chose est réglée », dit Henry sans se détourner de la fenêtre devant laquelle il était posté. Il semblait plus calme, plus serein que ces derniers jours. Comme si un poids avait été ôté de ses épaules. Le fait que l'amoureux de sa fille ne soit plus là lui donnait l'illusion que tout était rentré dans l'ordre. Grace accoucherait en Angleterre, loin du monde. Peut-être pourrait-on confier l'enfant à une quelconque nourrice en taisant son identité. Tout cela devait être possible, une fois que Grace serait arrivée en Angleterre.

« Oui, c'est fait. » Cahill sortit un mouchoir de sa poche et essuya son front couvert de sueur. « Je l'ai enterré dans la nouvelle parcelle. C'était plus facile que je ne le pensais. » Son rire hésitant résonna de façon étrange dans sa tête.

« Personne ne vous a vu ?

— Personne, sir. Je m'attendais à ce que le coup réveille quelqu'un, mais ce ne fut pas le cas. »

Tremayne esquissa un petit mouvement de tête satisfait. « Bon travail, monsieur Cahill. Je pense qu'à présent, ma fille est arrivée en Angleterre. Nous allons trouver une solution, et vous pouvez de nouveau vous considérer comme mon administrateur.

— Vous êtes trop bon, monsieur. Mille mercis. »

Cahill ne se doutait pas qu'il ne pourrait pas savourer longtemps sa position retrouvée. Deux semaines plus tard, les voix prirent l'avantage sur sa raison. Il essaya bien de s'en débarrasser en couchant ses méfaits et sa mauvaise conscience sur le papier, ce fut peine perdue. Pour les esprits, ce n'était pas assez.

Un jour, il s'élança dans la cour, nu comme un ver, effrayant au passage les cueilleuses de thé ainsi que la maîtresse de maison. Il fut transféré à l'asile de Colombo après avoir été examiné par le docteur Desmond. Prisonnier d'une camisole de force et placé dans un trou noir où la lumière ne pénétrait pas, Cahill fut livré aux reproches de ses victimes. Les piqûres de morphine qu'on lui administrait pour lutter contre ses troubles amplifièrent au contraire la portée des voix, si bien qu'il ne lui resta plus d'autre choix que de se rendre à elles, complètement.

18

Vannattuppūcci Tea Company, 2008

Encore un peu ensommeillée, Diana se regarda dans le miroir. La lecture des notes de Cahill lui avait pris presque toute la nuit et, bien qu'elle eût réussi à dormir quelques heures, elle se sentait abattue par la découverte de ce meurtre que personne ne pouvait plus expier.

L'injustice criante du destin de Vikrama lui avait arraché quelques larmes, mais Jonathan avait accueilli sa peine et l'avait bercée, lui donnant la force de continuer sa lecture.

Elle trouvait juste, en revanche, que la mauvaise conscience de Cahill l'eût poussé dans la folie et elle aurait aimé que Henry connût le même sort, mais, sans le savoir, il avait été puni d'une autre manière. Petit à petit, sa branche s'était éteinte, son nom avait disparu avec ses deux filles et, en fin de compte, la seule descendance qui subsistait provenait du lignage qu'il avait voulu supprimer. Apparemment, il existait tout de même une justice dans ce bas monde.

Au petit déjeuner, Diana et Jonathan tombèrent sur Manderley. S'il semblait les attendre, il n'osa pas poser tout de suite la question qui le turlupinait.

« Avez-vous bien dormi ? »

Diana secoua la tête.

« Non, votre trouvaille m'a tenue éveillée toute la nuit, mais ce n'est pas grave. Maintenant, je sais enfin ce qui est arrivé à mon arrière-arrière-grand-mère.

— Aha... » Le gérant se tordait nerveusement les mains. Cet homme si sûr de lui en apparence semblait tout à coup un petit garçon attendant sa punition.

« Ce petit livre est une véritable bombe à retardement ! » Diana sentit que le gérant brûlait d'en apprendre davantage.

« Cahill a tué mon arrière-arrière-grand-père avant de l'enterrer dans la nouvelle parcelle de thé, lui expliqua-t-elle. Mais, à partir de ce jour, il s'est mis à entendre des voix, qui l'ont finalement envoyé à l'asile de Colombo, celui-là même qui figure comme attraction touristique dans le vieux guide que je possède.

— La mentalité de l'époque était bien différente de la nôtre, répondit Manderley un peu gêné. Je me doutais bien que mon ancêtre avait dû commettre quelque chose de suffisamment impardonnable pour devenir un sujet tabou. Rendez-vous compte que, dans notre bible familiale, son nom a carrément été rayé. Quelqu'un a bien dû lire ses aveux, peut-être même sa femme, mais il était déjà trop tard pour des poursuites. Si je me souviens bien, Cahill est mort dcux mois après son entrée à l'asile. Il a avalé sa langue.

— Quelle horreur ! », murmura Diana en imaginant les dernières minutes de cet homme. Même pour un homme aussi méprisable, cette fin était tragique.

« Je suis désolé pour votre ancêtre, dit Manderley, ému. Je savais depuis longtemps qu'une ombre pesait sur notre famille. C'est certainement la raison pour laquelle nous n'arrivons pas à partir d'ici.

— Ne vous excusez pas. C'est de l'histoire ancienne, et votre famille ne porte pas de responsabilité pour les actions de ses ancêtres. Et si vous avez vraiment le sentiment qu'une ombre pesait sur votre famille, elle est maintenant dissipée, puisque vous avez mis de la lumière sur le passé. »

Manderley hocha gravement la tête.

Soulagée d'avoir reconstitué la destinée des Tremayne, Diana s'empara enfin de la lettre qui était rangée dans son sac de voyage. Elle n'en attendait plus grand-chose, mais elle l'emmena néanmoins dans la chambre de Jonathan pour poser la dernière pierre à l'édifice.

« L'heure a sonné ! lui annonça-t-elle lorsqu'il leva les yeux de son sac. Nous partons de Vannattuppūcci, je crois que c'est le moment de l'ouvrir. »

Jonathan attrapa sa main et l'attira sur le bord du lit.

Après avoir pris une grande inspiration, Diana rompit le sceau et sortit les deux feuilles qui s'y trouvaient.

Ma très vénérée maison,

Vingt ans se sont écoulés depuis l'arrivée de ma famille à Vannattuppūcci. Vingt ans que celle-ci a pris possession de tes murs et qu'elle a essayé de la remplir de vie. Aujourd'hui, je quitte ce lieu pour toujours. Avec ma petite Deidre qui compte maintenant 12 ans, je suis une femme et une mère comblée, et il faut bien que quelqu'un s'occupe du manoir des Tremayne avant qu'il ne tombe complètement en ruine. Mon père ayant rayé ma sœur de la succession, je me vois obligée de retourner en Angleterre avec Noel et Deidre pour veiller à la destinée de notre demeure londonienne.
Mais avant de partir, il y a quelque chose dont je voudrais me libérer. Quelque chose que personne ne devrait savoir, et que je ne peux confier qu'à toi. Je ne veux pas emporter ce secret en Angleterre, il ne me reste donc qu'à le laisser ici, dans ce même lieu où je me suis rendue coupable.
Parfois, les images du passé se raniment comme si elles dataient d'hier. De temps en temps il me semble entendre la voix de Grace, apercevoir sa silhouette dans le parc. Les larmes me montent alors aux yeux, tant le souvenir de nos jours heureux me fait encore mal.
Tout a changé le jour où Grace s'est évanouie et que le médecin a constaté sa grossesse. Elle a gardé sous silence aussi longtemps qu'elle le pouvait l'identité du père, fixant le plafond de son regard vide, quand mes parents la harcelaient de questions.

Mais toute vérité, si bien cachée soit-elle, éclate un jour ou l'autre.

On a dit que Mlle Giles avait montré les notes secrètes de Grace à mon père après les avoir découvertes chez moi. Ce n'est pas exactement ainsi que les choses se sont déroulées. À la décharge de notre gouvernante, je suis bien obligée d'avouer que j'ai moi-même confié le carnet à mon père. Loin de moi l'intention de nuire à Grace ! En agissant de la sorte, j'espérais au contraire montrer à mon père toute la pureté du sentiment de Grace, son grand amour que je décelais depuis un moment déjà. J'espérais qu'il la comprendrait mieux, qu'il se montrerait plus clément envers elle. Il était tellement en colère qu'elle osât lui cacher l'identité du père de l'enfant !

Finalement, mon initiative, motivée par les meilleures intentions du monde, fut le véritable déclencheur de la catastrophe. Notre famille s'est disloquée et j'ai probablement perdu ma sœur pour toujours.

Elle n'a pas répondu à la lettre dans laquelle je lui annonçais que Vikrama voulait la rejoindre, pas plus qu'à toutes mes autres lettres, dans lesquelles je lui demandais pardon et lui proposais mon aide. J'ai enfin retrouvé sa trace. Résidant dans une petite ville d'Allemagne, elle s'est donc mariée et a donné naissance à une petite fille. Elle ne répond toujours pas à mes lettres. A-t-elle jamais su que Vikrama voulait venir la rejoindre ? En ce qui concerne le sort de ce dernier, je suis bien en peine de réponses car ce beau Tamoul a disparu du jour au lendemain sans laisser de traces. Je suppose qu'il ne vit plus. Du jour au lendemain, la campagne de recherche dont il était l'objet a été interrompue et la paix est revenue à Nuwara Eliya. Sans doute l'un des limiers de Stockton l'a-t-il rattrapé et fait

disparaître. C'est la seule explication que je trouve à son silence.
Il est temps. La calèche est avancée, déjà. Je glisse la lettre à l'endroit même où Grace attendait chaque nuit son amoureux, celui où j'ai gravé le symbole de notre plantation, ce merveilleux papillon. Le précieux rideau qui était accroché dans notre chambre est usé, mais j'en emporte un morceau qui me tiendra lieu de foulard et me rappellera le temps passé ici.
Bonne chance, Vannattuppūcci, tu me manqueras !

Avec tout mon amour

Victoria Princeton, née Tremayne

Quand elle eut fini de lire cette lettre, Diana se sentit envahie d'une grande sérénité. Il n'y avait plus rien à ajouter. Assis côte à côte sur le lit, Jonathan et elle écoutèrent en silence le bruit des arbres, semblable à un murmure du passé.

« C'est donc Victoria qui a trahi sa sœur, conclut finalement Jonathan.

— On peut dire cela comme ça. Voilà en tout cas la faute dont elle voulait s'acquitter. Grace n'en a jamais rien su. »

Jonathan passa le bras autour d'elle. « Es-tu soulagée, maintenant que l'énigme est résolue ?

— Pas complètement, dit Diana. Il reste encore la feuille de palmier, même si je ne suis plus très sûre de vouloir connaître son message. Maintenant que nous connaissons l'histoire de ma famille, à quoi peut bien nous servir de connaître cette prophétie ?

— Eh bien, tu pourrais te rendre compte de son exactitude, par exemple. C'est toujours bon à savoir, non ? Peut-être voudras-tu également connaître ton destin un jour, qui sait ? »

Diana se blottit dans ses bras. « Est-ce que je veux vraiment connaître mon avenir ? Savoir quels seront mes échecs et mes réussites, connaître tout ce qui m'attend ?

— Pour moi, ces horoscopes ne sont que des indicateurs, des orientations générales, répliqua Jonathan. Chaque individu a la liberté de changer de chemin, surtout s'il prend conscience qu'il s'est trompé de route.

— Tu ne crois donc pas que nous accomplissons justement notre destin en essayant d'y échapper ?

— C'est un argument. » Sa joue caressa ses cheveux. « Tu sais, je suis heureux que nous ayons davantage de choses en commun que nous le pensions.

— Tu parles de notre sang tamoul ?

— Oui. Qui sait, peut-être que l'un de mes ancêtres connaissait un des tiens. Après tout, les Tamouls indiens amenés ici par les Anglais venaient tous d'une même région bien précise. Peut-être même qu'ils sont arrivés sur le même bateau !

— Nous n'avons plus qu'à espérer que nous ne soyons pas parents, comme Grace et Vikrama !

— Non, sûrement pas », la rassura Jonathan en l'embrassant.

Une heure plus tard, Diana et Jonathan quittèrent Vannattuppūcci après avoir chaudement remercié Manderley et lui avoir promis de lui envoyer un résumé de leurs dernières découvertes pour sa chronique.

Très ponctuel, le chauffeur les attendait déjà devant le portail et les conduisit à grande vitesse jusqu'à la petite station de chemin de fer par laquelle ils étaient arrivés il y avait un peu plus d'une semaine.

Alors que le train bondé se dirigeait vers Colombo, Diana contempla avec nostalgie les montagnes de Nuwara Eliya. Maintenant qu'elle savait qu'une partie de ses racines étaient ici, l'idée de les quitter lui était pénible. *Je reviendrai un jour*, se promit-elle.

Aucune fête ne les attendait au village, cette fois. Les huttes au bord de l'eau étaient silencieuses. Seuls quelques enfants jouaient dans le sable, courant en criant après un petit chien brun.

« Crois-tu que M. Vijita est de retour ? », se demanda Diana à voix haute.

Jonathan partit se renseigner auprès des villageois et revint bientôt vers elle en courant.

« Nous avons de la chance, il est de retour. Il n'est pas encore complètement rétabli, mais son fils ne voit pas d'objection à ce que nous nous entretenions avec lui. »

Fort bien rangée, la hutte du vieillard était sans conteste un endroit très miséreux pour des yeux occidentaux. Elle comportait un lit simple, une petite table dont les pieds étaient un peu de travers, deux chaises qui n'avaient pas l'air en meilleur état et une commode dans laquelle l'homme devait conserver toutes ses richesses. S'ajoutaient à cela quelques rares vêtements et souvenirs.

L'homme était assis sur son lit, vêtu d'une chemise et d'un sarong traditionnel, sandales aux pieds. Il les reçut avec un large sourire édenté et son regard s'attarda sur Diana, qu'il observa avec attention avant de lui faire signe de prendre place.

Ne maîtrisant que le tamoul et le cinghalais, il s'entretint avec Jonathan qui ne tarda pas à lui montrer la feuille. L'homme la contempla un instant en fronçant les sourcils, puis il prononça quelques mots.

« Qu'est-ce qu'il dit ? souffla Diana. Il peut faire quelque chose ?

— Je crois que oui, répondit Jonathan à voix basse. Il pense que ta feuille de palmier ne vient pas d'une bibliothèque.

— Ah non ? » Diana haussa les sourcils, surprise. « Mais…

— Il dit que cette feuille de palmier a été rédigée à l'occasion d'un mariage. C'est une coutume de comparer les horoscopes des futurs époux avant leur union. Cela permet d'éviter les alliances néfastes. »

Le vieil homme reprit bientôt la parole dans le staccato typique de sa langue. Jonathan répondit aussitôt et une discussion sembla s'engager entre les deux hommes. *J'aurais dû faire comme Grace et apprendre quelques mots de tamoul,* se dit Diana.

Jonathan lui résuma ainsi les mots du vieillard : « Il est sûr maintenant qu'il s'agit d'un horoscope de mariage.

— Mais Grace semblait dire que cette feuille avait porté malheur à sa famille.

— Alors, il doit s'agir d'une copie. Comme les Tamouls les utilisaient comme papier à lettres, la prédiction de R. Vikrama aussi a été rédigée sur une feuille de palmier.

— C'est donc l'horoscope de mariage de Vikrama ?

— Oui, c'est sans doute cela. Il avait probablement l'intention de l'emmener en Angleterre pour y épouser Grace. Si M. Vijita ne se trompe pas, cette feuille a tout au plus cent vingt ans. »

Diana se rappela soudain que Michael avait semblé très étonné du résultat de l'analyse.

« Dommage, dit-elle, un peu dépitée. Quelle tristesse que Vikrama n'ait pas réussi à épouser Grace !

— Oui, vraiment. » Jonathan réfléchit un instant puis il sourit. « Mais, d'un autre côté, je suis bien content que les choses se soient déroulées ainsi.

— Pourquoi ?

— Si Vikrama avait vraiment épousé ton ancêtre, quelle aurait été ta vie ? Je ne t'aurais sans doute jamais rencontrée. Je n'aurais pas voulu manquer cela ! »

Diana passa encore quelques jours chez Jonathan. Quand le jour du départ sonna, ce dernier insista pour l'accompagner à l'aéroport. Il voulait partager ces dernières heures avec elle. Pendant la nuit, ils avaient beaucoup discuté. Non seulement du passé, mais également du présent et surtout du futur.

Diana avait un peu le vertige, mais elle était heureuse. Enfin le mystère des Tremayne était levé. Elle avait exaucé le vœu d'Emmely et maintenant qu'elle connaissait ses origines, elle pouvait reprendre les commandes de sa vie.

L'heure du départ lui déchira presque le cœur.

« Tu vas tellement me manquer ! Toi, et ton pays aussi.

— C'est également ton pays.

— D'une certaine manière, oui.

— À bientôt, dit Jonathan en l'embrassant passionnément. Mets de l'ordre dans ta vie pendant que je termine mon livre, et après nous nous consacrerons à nous. »

Ils restèrent enlacés pendant un long moment, puis l'heure du départ sonna.

Pendant le vol, Diana relut toutes les photocopies des documents qu'elle avait rassemblés à Vannattuppūcci. M. Green allait ouvrir de grands yeux !

Lorsque son avion se posa à Berlin, Diana avait pris une décision. Elle allait passer quelque temps en Angleterre, non seulement pour mettre de l'ordre dans l'histoire de sa famille, mais aussi pour se spécialiser en droit anglais. Éva lui avait prouvé au cours des semaines passées qu'elle était parfaitement capable de diriger le bureau de Berlin sans son aide. Maintenant que le voile qui pesait sur son passé était levé, elle pouvait commencer une nouvelle vie.

Par chance, Philipp n'était pas là quand elle arriva chez elle. Songeuse, elle regarda la façade du bâtiment qui avait servi de décor au naufrage de son couple. Tout cela était terminé, maintenant. Bien qu'elle eût mis tout son cœur dans cette maison, elle ne souhaitait pas rester un instant de plus entre ces quatre murs. Elle avait passé ces dernières semaines à mettre son passé en lumière, il était hors de question qu'elle retournât dans l'ombre.

Elle appela un camarade d'études spécialisé en droit familial pour solliciter un rendez-vous et eut la chance d'en obtenir un pour le lendemain. Ensuite, elle téléphona à Éva pour lui annoncer qu'elle passerait la voir durant l'après-midi.

En ouvrant la porte de la chambre à coucher pour se changer, elle s'arrêta net. Une culotte traînait sur le lit. Un slip vert pâle, avec de la dentelle.

Quelques semaines plus tôt, cette découverte l'eût rendue hystérique mais, aujourd'hui, elle se contenta de sourire. Confortée dans sa décision, elle entreprit de vider son armoire et de déposer dans une valise les vêtements qu'elle souhaitait conserver. Elle fourra tout le reste dans un sac-poubelle qu'elle déposerait dans un container de la Croix-Rouge, sur le chemin.

Après avoir rangé la valise et le sac de vêtements dans sa Mini, elle remonta dans son bureau. Philipp avait déposé quelques lettres sur sa table de travail. Quelques factures et de la publicité, une carte postale et une brochure de voyage pour l'Inde. Elle jeta le tout dans la poubelle.

Se félicitant de n'avoir jamais eu de penchant pour les babioles, elle commença à remplir deux cartons des objets dont elle aurait besoin, essentiellement des cahiers et des livres, mais aussi des factures. Ainsi, Philipp n'aurait pas à se plaindre de payer quoi que ce soit pour elle.

Pour finir, elle s'assit à son bureau et rédigea une lettre adressée à Philipp, dans laquelle elle lui expliquait que l'heure était venue que chacun fasse son chemin. Elle ne s'étendit pas sur sa famille, mais justifia son besoin de prendre un nouveau départ par la découverte récente de secrets. Après lui avoir encore souhaité beaucoup de chance pour l'avenir, elle signa et glissa la lettre dans une enveloppe qu'elle déposa dans son bureau.

Le téléphone sonna au moment où elle descendait l'escalier chargée d'un premier carton.

Elle voulut l'ignorer, mais la sonnerie persista si longtemps qu'elle finit par décrocher. Elle s'en réjouit en reconnaissant la voix de M. Green.

« J'espère que vous avez bien atterri en Allemagne, miss Diana.

— Merci beaucoup, monsieur Green. Oui, tout s'est bien passé. Quand nous nous reverrons, j'aurai une foule de choses à vous raconter ! Et vous, vous avez quelque chose à me dire ? »

Elle entendit qu'il souriait.

« Ma tante vous avait mis au courant de tout, n'est-ce pas ? Vous avez sciemment placé les indices pour que je les trouve !

— Comment vous en êtes-vous aperçue ?

— Pendant mon séjour au Hills Club Hotel, vous m'avez envoyé par e-mail une photo que personne ne connaissait dans ma famille. On n'avait jamais su où Grace avait été enterrée. Quelqu'un a dû la faire parvenir à Emmely – à moins que ma grand-mère ne l'ait conservée sur elle. Ma mère ne savait rien du cimetière où Grace était enterrée. Emmely avait dû garder précieusement cet indice. Elle vous avait donc forcément mis au courant. »

Un silence amusé accueillit sa théorie.

« En tout cas, bravo pour la lettre glissée sous le cercueil ! Vous avez eu de la chance que je la trouve, mais c'est aussi à partir de ce moment-là que j'ai commencé à nourrir des doutes à votre sujet. Personne ne laisse traîner une lettre dans un caveau !

— Je vous félicite, miss Diana ! Vous feriez honneur à Sherlock Holmes. »

Diana sourit en pensant à Jonathan. Que pouvait-il bien faire maintenant ? Pensait-il à elle ? Lui manquait-elle ?

« Cependant, je n'appelais pas seulement pour prendre de vos nouvelles. Un gentleman vient de sonner à ma porte, et je crois qu'il aimerait vous parler. Je lui ai bien dit que vous n'étiez pas là, mais il a insisté pour que je vous appelle. Il semble avoir quelque chose de très important à vous dire. »

Elle eut un pressentiment et se mit à trembler. « Merci beaucoup, monsieur Green. Passez-le-moi. »

Elle crut défaillir en entendant la voix de Jonathan. Que faisait-il en Angleterre ?

« Quelle belle propriété ! Je suis sûr qu'on y vivrait très bien si on la rénovait un peu. Tu ne crois pas ? »

Diana en eut le souffle coupé. « J'ai justement l'intention de venir passer quelque temps en Angleterre. Le bureau marche très bien sans moi, et je n'ai pas envie de discuter avec Philipp. Il gardera la maison et je reprendrai le manoir des Tremayne.

— Tu as donc décidé de divorcer ?

— Oui, en tout cas en ce qui me concerne. Je dépose les papiers aujourd'hui chez mon avocat. » Elle ne parla pas de la petite culotte qu'elle avait découverte sur le lit. « Ensuite, je passerai discuter avec mon associée. Je ne sais pas encore si je veux vendre mes parts du cabinet ou si je reste bailleur de fonds. En tout cas, j'ai décidé de m'inscrire à l'université, en Angleterre.

— Tu veux repartir de zéro. »

Diana regarda d'un air songeur le mince fil blanc qu'elle portait encore au poignet, le porte-bonheur qu'elle avait reçu lors du mariage tamoul. Il avait survécu à toutes les sollicitations et à toutes les douches. Il lui collait à la peau. « Je réalise que ce voyage au Sri Lanka n'a pas été uniquement une quête de mon histoire familiale, mais également de moi-même. Je crois que je me suis trouvée, en tout cas partiellement. Et puis c'est tellement excitant de repartir de zéro, tu ne trouves pas ?

— Est-ce que ton nouveau départ supporterait la présence d'un colocataire, à Tremayne ? »

Son cœur se mit à battre avec une force assourdissante.

« Qu'est-ce que tu racontes ?

— Eh bien, je me suis dit que je pouvais tout aussi bien passer un moment en Angleterre. Après tout, je n'ai pas besoin d'être sur place pour terminer mon livre. Et puis ce sera beaucoup plus simple pour le proposer à un éditeur anglais. Est-ce que tu pourrais me loger pendant quelque temps ? »

Diana eut du mal à ne pas hurler comme une adolescente, mais elle répondit sur le même ton que Jonathan : « Il me semble qu'une chambre s'est libérée. Je vais demander à M. Green de la préparer. »

Trois jours plus tard, Jonathan allait chercher Diana à Heathrow. Entre-temps, Diana avait résolu la plupart des questions urgentes et pouvait enfin se tourner vers la nouvelle vie qui s'offrait à elle.

« Tu m'as tellement manqué ! chuchota Diana à l'oreille de Jonathan.

— Pourtant, nous venons à peine de nous quitter, répondit-il avec des étincelles dans les yeux.

— Une éternité, tu veux dire ! », s'exclama-t-elle en lui prenant le bras.

Une fois installés à la table de la cuisine, autour d'un thé et des délicieux petits gâteaux de M. Green, Diana sortit de sa sacoche les différents trophées qu'elle avait rassemblés au cours de leurs recherches.

« Asseyez-vous donc, intima-t-elle au majordome qui n'aurait jamais avoué qu'il brûlait d'impatience de tout savoir. Vous avez joué une part significative dans cette histoire, tout de même ! Vous avez le droit d'apprendre comment elle s'est terminée. »

Diana et Jonathan lui racontèrent à tour de rôle chaque détail de leur enquête, du plus effrayant au plus surprenant. Égal à lui-même, M. Green les écoutait avec une mine impassible laissant croire qu'il savait tout depuis longtemps, mais, quand ils en vinrent au cahier de ce fou de Cahill, une ride se forma sur son front.

« Je me demande ce que Mme Woodhouse savait, au-delà du fait que sa mère avait vécu jusqu'à l'âge de douze ans à la plantation. Lorsqu'elle m'a mis dans la confidence, elle m'a parlé d'un secret qui concernait sa grand-tante Grace, ainsi que d'un incident à Ceylan. » M. Green but une gorgée. « Je me demande par ailleurs si lady Deidre connaissait l'histoire familiale, car il ne me semble pas que Victoria ait évoqué l'histoire de Grace et de son enfant illégitime devant sa fille.

— Certaines personnes emportent leurs secrets jusque dans la mort, remarqua Jonathan pensivement, si elles les croient nuisibles pour leur famille ou leurs proches.

— Par ailleurs, la responsabilité de découvrir la vérité n'incombait pas à Emmely, puisqu'elle n'était pas l'ultime descendante de la famille Tremayne, renchérit Diana. Cela dit, je suis sûre qu'elle l'aurait supportée. Emmely était forte. »

Diana sourit en repensant à Emmely.

« Il me semble tout de même que l'histoire n'est pas finie », dit M. Green en se levant et en quittant la cuisine. Diana regarda Jonathan d'un air abasourdi.

« Serait-il possible qu'il t'ait caché encore quelque chose ?

— Il est capable de tout, tu sais ! répondit Diana en riant. Il a distillé tous ses indices très adroitement. »

M. Green revint quelques instants plus tard, tenant à la main une enveloppe brune : « La photo que je vous ai envoyée par e-mail n'était que l'une d'une série de trois. Sans réponse de votre part, je suis parti du principe que vous étiez trop occupée.

— Nous aurions pu avoir été enlevés !

— Oh ! on en aurait entendu parler à la télévision ! Je ne me suis pas inquiété. Vous avez suffisamment prouvé par le passé que vous étiez capable de vous occuper de vous toute seule. » Il ouvrit l'enveloppe en souriant et en sortit deux photos noir et blanc.

La première montrait une tombe, l'autre un tableau représentant Victoria et Grace, enfants.

Diana regarda le majordome l'air interrogateur. « Vous savez ce que cela signifie ? »

M. Green secoua la tête. « Non ! D'où le saurais-je ? Votre tante ne m'a pas communiqué ses intentions. Elle s'est contentée de me donner des directives. Si je peux me permettre une dernière remarque, cependant… Puisque la tombe ne se trouve pas en Angleterre, vous devriez commencer par le tableau.

— Vous croyez qu'un indice y a été dissimulé ? » Diana regarda Jonathan qui prit un air innocent.

« Pourquoi pas ? Il me semble que le bout de mur qui est caché derrière aurait besoin d'un peu de lumière. »

Le cœur battant, Diana quitta la cuisine suivie de Jonathan et de M. Green. Lorsqu'elle se retrouva devant le tableau qui retransmettait merveilleusement l'intimité d'une mère et de ses deux filles, elle hésita.

N'aie pas peur, Diana, ce n'est que la vérité, après tout, sembla lui souffler sa tante. Elle eut presque l'impression que des mains étrangères l'aidaient à se mouvoir – les mains de Grace, de Victoria et d'Emmely. Prudemment, elle fit glisser ses mains le long du lourd cadre, puis elle souleva le tableau.

Un article de journal s'en détacha en voletant jusqu'à ses pieds. Le temps l'avait tellement aplati qu'il chut comme une plume sur le sol. Jonathan le ramassa et lut : « *Calypso* en détresse – un cargo allemand vient en aide au bateau-poste anglais. »

« *Calypso* ? », demanda Diana, car le nom lui rappelait quelque chose. N'était-ce pas le bateau que Cahill avait mentionné dans ses notes ?

En retournant le tableau, cette fois avec l'aide de Jonathan, elle découvrit une feuille blanche coincée dans le vieux châssis. Non, c'était plutôt du papier à dessin, de ceux que l'on utilise aujourd'hui encore pour les gravures et les pastels.

Elle le retourna en sentant son pouls battre la chamade et porta aussitôt sa main à sa bouche.

« C'est le visage de l'ange ! »

Très réaliste, le dessin était signé du même papillon qu'elle avait trouvé sur le rebord de la fenêtre, à Vannattuppūcci. À côté figuraient les lettres V.T. « C'est Victoria qui a dû le dessiner, mais d'où… »

Soudain, elle comprit : ce n'était pas l'ange qui avait servi de modèle. C'était le contraire.

« Serait-il possible que cet homme soit Vikrama ? »

Elle regarda Jonathan qui étudiait attentivement le dessin.

« Oui, car ses traits sont nettement indiens.

— Mais il a une barbe, alors que l'ange…

— Je n'ai jamais vu un ange avec de la barbe ! objecta M. Green. Il est fort probable que Mme Woodhouse ait pris la liberté de le raser.

— Vikrama veille donc sur Beatrice…

— C'est magnifique, n'est-ce pas ?

— Oui, magnifique.

— Et quelle belle preuve de réconciliation ! Quand on pense que Deidre l'avait exclue du tombeau de ses ancêtres, considérant Grace comme une paria à l'instar de son grand-père ! »

Épilogue

Pologne, 2009

Ils avaient mis du temps avant de repérer le cimetière où la tombe devait se trouver. La première photo de M. Green, le dernier indice, n'avait pas été d'une grande aide, car la guerre et six décennies avaient changé le visage de la région. Le cimetière de village était presque à l'abandon. Après le départ des Allemands, les habitants s'étaient déchaînés en représailles de ce que les troupes allemandes leur avaient fait subir. Le village avait disparu, mais heureusement, les tombes n'avaient pas été rasées, soit par superstition, soit parce qu'ils savaient que les morts n'avaient plus d'exigences.

Le regard de Diana se posa sur le portail dont les grilles avaient disparu depuis bien des années, comme la rouille qui avait attaqué les charnières en témoignait. Les piliers en pierre émergeaient du sol comme des doigts de géant.

Personne n'avait entretenu la haie qui proliférait et recouvrait tout, comme dans le jardin de la Belle au bois dormant.

La croix fichée dans la tombe était de travers et la terre s'était tassée au fil du temps. Après tant d'années, le bois du cercueil avait manifestement cédé.

Diana s'arrêta dans l'allée couverte de feuillages et son bras chercha instinctivement la présence de Jonathan. Sa main trouva la sienne et la serra fort.

La seconde photo de M. Green montrait une pierre tombale, mais le cliché n'était pas assez net pour qu'on puisse en déchiffrer l'inscription. Une seule chose apparaissait clairement : un médaillon ornait son centre.

Celui-ci brillait de façon mystérieuse sous le lierre, comme s'il voulait qu'on le trouvât enfin.

Après avoir écarté les feuilles, Diana pencha la tête et lut :

Ci-gisent en paix

Capitaine de vaisseau
Friedrich Södermann
1er juillet 1860 - 4 mai 1918

V. Grace Södermann
Née Tremayne
25 décembre 1868 - 19 décembre 1931

« V ? s'étonna Diana.

— V, répéta Jonathan décontenancé. Ma parole !

— Quoi donc ?

— Au Sri Lanka, on a pour coutume de noter la première lettre du nom de son père devant son propre nom. Dès qu'une femme est mariée, elle enlève la lettre du nom de son père et prend la première lettre du nom de son mari, pour montrer son appartenance à cet homme. »

Tout à coup, elle se sentit envahie d'une vive émotion.

« Elle était donc mariée à Vikrama ?

— Si l'on se réfère à ce qui est écrit sur la tombe, oui, répondit Jonathan. À moins qu'elle n'ait voulu signifier qu'elle lui appartenait. Elle connaissait visiblement cette coutume. »

Diana s'accroupit et scruta l'horizon pendant quelques minutes.

Grace avait été mariée à Vikrama – selon le droit et la coutume tamouls.

Son mari l'avait-il su ? Si c'était le cas, comment avait-il pu vivre avec cette réalité ? Comment avait-il pu supporter que Grace n'attendît qu'une chose, à savoir que Vikrama vînt la chercher ?

Et comment Victoria s'était-elle sentie en découvrant que Vikrama avait disparu ? Est-ce pour cela qu'elle avait caché les souvenirs tels que le guide de voyage, la pierre bleue, la photo et l'horoscope de mariage ?

Lorsque Diana tendit la main vers le médaillon incrusté dans la pierre tombale, elle remarqua qu'il n'était pas bien fixé.

« Est-ce que tu as un couteau ? », demanda-t-elle à Jonathan. Elle ne voulait pas l'emporter – à moins que Grace n'eût voulu que sa descendance le fît.

Jonathan lui tendit un couteau de poche. Avec son aide, ils réussirent à détacher le médaillon de la pierre.

À peine eut-elle le médaillon dans la main qu'elle découvrit un petit rouleau de papier glissé dans une échancrure située au niveau de la fermeture. Elle le saisit en tremblant et le déroula. Ces mêmes caractères qu'elle avait déjà vus sur la feuille de palmier ! Elle avait confié cette dernière à Michael en lui expliquant sa méprise.

Une petite notice l'accompagnait, des mots-clés délicatement notés à la main. Diana reconnut l'écriture de Grace.

« Cela doit être la copie de la feuille de palmier, s'exclama-t-elle aussitôt. C'est celle dont elle parle dans le carnet !

— Peut-être était-ce seulement son horoscope, dit Jonathan.

— Non, je suis sûre que c'est la copie de la feuille de palmier, sinon elle aurait eu l'original. »

Diana essaya en vain de mettre de l'ordre dans ses pensées qui tourbillonnaient comme un ouragan. Son regard tomba ensuite sur le médaillon.

« Et si une photo des deux amants se cachait là ? » Diana eut l'impression qu'elle avait perdu la tête, mais Jonathan accueillit son euphorie avec le sourire. Lorsqu'il ouvrit le médaillon avec son couteau de poche, ils tombèrent sur le visage d'une magnifique femme indienne qui avait beaucoup de ressemblance avec la représentation de Vikrama.

« Ce doit être sa mère.

— La bien-aimée de Richard… », répondit Diana en se sentant faiblir. Avec ce médaillon qui représentait peut-être le visage de la mère de Vikrama ainsi que la supposée copie de la feuille de palmier, elle avait réuni les dernières pièces du puzzle.

Diana décida de garder ses deux trouvailles pour les générations futures – si tant est qu'il y en aurait. Elle restait confiante. Le divorce entre elle et Philipp était en cours, son bonheur avec Jonathan s'épanouissait de jour en jour, et tout le reste arriverait, même sans prophétie.

Océan Indien, 1887

Une fois en pleine mer, Grace ne sut pas tout de suite si son malaise venait de sa grossesse ou du mal de mer dont beaucoup souffraient ici. L'hiver apportant son lot de tempêtes n'était pas une bonne époque pour voyager mais, dès qu'ils auraient traversé le canal de Suez, le climat s'améliorerait et le chemin ne serait plus long jusqu'en Angleterre.

Grace s'en moquait. Elle se moquait d'avoir froid ou chaud, de vivre ou de mourir. De temps à autre, elle se sentait attirée par l'obscurité profonde de la mer. Dans ces moments-là, elle repensait à son enfant comme à un rayon de soleil dans le ciel nuageux, et son envie de vivre renaissait. Elle devait vivre pour son enfant, et pour l'espoir de revoir un jour son amour.

Elle sortit de sa poche le papier qu'elle avait reçu du vieil homme, dans la bibliothèque de feuilles de palme.

Écoute ton cœur, lui avait-il dit. Aurait-elle pu éviter le malheur en lui cédant ? Sa grossesse lui avait valu le plus grand malheur imaginable… Mais elle avait tout de même connu un grand amour…

Mlle Giles, très agitée, interrompit ses réflexions : « Je crois qu'il va y avoir une nouvelle tempête. » La mer l'avait transformée en boule de nerfs. La plupart du temps, elle se tenait en silence dans un coin de la cabine, ne partageant que quelques rares mots avec sa protégée. Loin d'être en colère après elle, elle était terrassée par la mauvaise conscience. Grace en était sûre.

Sa séparation d'avec M. Norris n'était que justice, s'était dit Grace dans un premier temps. Après tout, c'était elle qui avait révélé l'identité du père à Richard Tremayne après avoir fouillé dans les affaires de Victoria.

Mais le temps qui passait si lentement en mer avait fait réfléchir la gouvernante et elle avait fini par comprendre le point de vue de Grace. Elle nourrissait encore l'espoir que son maître la ferait revenir pour s'occuper de Victoria, mais elle était consciente du fait qu'on aurait davantage besoin d'elle pour s'occuper de ce bébé qui faisait scandale, ce bébé qui avait toutes les chances d'être retiré à sa mère pour sauver les apparences.

Grace s'efforçait d'oublier sa colère et quand elle sentait que Mlle Giles regrettait son ami, elle la consolait en lui disant qu'il viendrait sûrement la retrouver à la première occasion.

Elle aussi espérait revenir à Ceylan, mais son espoir s'amenuisait à mesure qu'elles voguaient et que la peur pour son amour grandissait. Si Vikrama tenait à sa vie, il resterait loin de Vannattuppūcci. Elle priait pour que son cœur courageux ne le pousse à faire une bêtise qui lui serait fatale. Et elle espérait que le destin les réunirait de nouveau.

Lorsque la tempête éclata au-dessus du bateau, Grace se prit à douter du pouvoir de la feuille de palmier. Le vieil homme s'était-il trompé quand il lui avait prédit quarante-trois ans de vie ? D'où les brahmanes connaissaient-ils toutes les catastrophes auxquelles les gens seraient confrontés ? La houle furieuse fit presque chavirer le bateau. La panique ne tarda pas à gagner les passagers du paquebot. Alors qu'elles se trouvaient momentanément sur le pont, une énorme lame balaya le bateau. Grace entendit un cri et, l'instant d'après, Mlle Giles avait disparu. Au même moment, Grace sentit des mains puissantes la soulever et la déposer dans un canot de sauvetage.

Autour d'elle, des cris perçaient l'orage. Quelqu'un lui jeta une couverture. Des rafales de vent glaciales et chargées d'eau mordaient ses joues, mais elle n'y prêtait pas attention. Se raccrochant désespérément à l'inscription de la feuille de palmier, elle se disait que tout serait comme on le lui avait prédit.

« Tout va bien, miss ? », lui demanda un jeune officier un peu plus tard, en l'aidant à s'extraire du canot de sauvetage. Claquant des dents, Grace hocha la tête et se laissa conduire dans la cabine qui avait été préparée pour elle. Elle ne remarqua pas le regard admiratif que le jeune homme avait posé sur son visage, et elle se serait hardiment moquée de quiconque lui aurait prédit à cet instant que ce jeune officier aux cheveux blonds et aux yeux bleus serait un jour son mari.

Mais son attitude changea pendant la fin du voyage. Aux petits soins, le jeune officier s'occupa d'elle comme un ange gardien, lui apportant à la moindre occasion des rations supplémentaires pour nourrir le petit qui grandissait en son sein. Lorsqu'ils accostèrent enfin et que Grace trouva un refuge dans une pension de Hambourg – pour rien au monde elle ne serait retournée à Tremayne –, il prit l'habitude de venir la voir, lui apportant de menus cadeaux et l'emmenant en promenade. La plupart des gens les prirent pour un couple marié attendant un heureux événement. Quand ses amis moquaient Friedrich sur son impatience, il se contentait de les menacer en riant de leur administrer une bonne paire de claques. Grace ne tarda pas à réaliser la fierté avec laquelle il la regardait quand on le prenait pour le père de l'enfant.

Peut-être était-ce ces mille attentions, peut-être aussi la conscience d'avoir besoin de soutien jusqu'à l'arrivée de son prince, toujours est-il que Grace finit par lui ouvrir un peu son cœur. Cela commença par de la sympathie, qui se mua bientôt en affection. Il l'épousa dans une petite église de Prusse-Orientale, alors qu'elle était enceinte de sept mois.

Le oui qu'elle prononça en face de cet officier était sincère, et elle fit de lui le plus heureux des hommes. Ce jour-là, elle portait sur son cœur la lettre que sa sœur lui avait écrite le 15 février 1888.

L'une des femmes de chambre du manoir des Tremayne la lui avait fait suivre.

Je t'ai pardonné, Victoria, pensa-t-elle en sortant de l'église sous les acclamations de leurs invités.

L'enfant vit le jour pendant cette fameuse année des trois empereurs qui marqua l'histoire de l'Allemagne. Grace appela sa fille Helena. Très tôt, la petite révéla une grande ressemblance avec son père. Si Grace pensa d'abord adjoindre la première lettre du nom de Vikrama à celui de sa fille, elle y renonça finalement pour lui épargner des questions indiscrètes.

Il lui suffisait qu'Helena la regardât avec les yeux de Vikrama.

VOUS AVEZ AIMÉ CE ROMAN ?

Découvrez la nouvelle saga de Corina Bomann,
Les Héritières de Löwenhof,
en lisant tout de suite le premier chapitre !

Couverture provisoire

Stockholm, 1913.

Agneta ne peut que retenir ses larmes quand elle apprend que son père est décédé sans qu'elle ait pu le revoir. Sommée de retourner dans la demeure qu'elle avait fuie pour étudier l'art et vivre libre, loin des carcans imposés par son sexe, elle est désormais la seule héritière du domaine de Löwenhof et doit reprendre la gestion du haras familial. Titre de noblesse et vie luxueuse s'offrent à elle, mais n'est-ce pas tout ce qu'elle souhaitait éviter en quittant sa puissante famille ?

Tiraillée entre son devoir et ses rêves, Agneta est confrontée à des choix déchirants, alors que partout autour d'elle l'Europe marche déjà vers la guerre.

Disponible en librairie le 9 mars

1

Quelque chose m'éblouit. Lorsque j'ouvris les yeux, je crus être dans ma chambre à Löwenhof. Mais ce que j'avais d'abord pris pour un ornement en stuc se révéla être une longue fissure dans le plafond, autour de laquelle s'étaient formées des taches d'eau. Les plus sombres étaient déjà là lorsque j'avais emménagé, deux ans plus tôt. Les autres étaient récentes. Dans l'appartement du dessus, on avait renversé un seau d'eau, enrichissant l'œuvre d'art d'une nouvelle facette. Les murs des maisons du quartier universitaire de Stockholm étaient troués comme des éponges et aspiraient l'eau aussi vite qu'ils la dégorgeaient ensuite chez les résidents.

Cependant les étudiants trouvaient à s'y loger pour trois fois rien. Ma mère aurait jugé l'immeuble miteux et indigne de moi, mais je pouvais y mener la vie dont je rêvais. J'avais la possibilité de faire des études, ce que la haute société ne voyait pas d'un bon œil, et je n'avais pas besoin de me plier aux conventions. Alors qu'importaient quelques taches au plafond ?

Un souffle de fraîcheur me caressa le visage. Tournant les yeux vers la fenêtre à croisillons, je constatai que le papier journal qui masquait le trou était tombé une fois de plus. La vitre du bas était cassée depuis longtemps. La faute à un gamin turbulent jouant dans la rue qui l'avait brisée par mégarde avec un caillou. Mon propriétaire refusait d'admettre qu'il devait la faire remplacer. Quant à moi, je ne pouvais pas prendre en charge la réparation, cela m'aurait obligée à demander plus d'argent à mon père. Or je n'avais pas remis les pieds à Löwenhof depuis notre dernière grosse dispute, à Noël, et ne m'étais pas non plus manifestée.

Mes parents désapprouvaient mon mode de vie. Lorsque, deux ans plus tôt, j'avais déposé une demande au tribunal pour être déclarée majeure, ils en avaient été contrariés, ayant espéré que je me marierais avant mes 25 ans. Ce qui n'avait pas été le cas. Qui plus est, en prenant en main mon existence, je leur avais clairement fait comprendre que je ne suivrais pas la voie qu'ils avaient tracée pour moi.

De toute façon, ce n'était pas moi qui hériterais du domaine, mais mon frère. Hendrik était un enfant modèle – le comte Thure Lejongård n'aurait pu souhaiter meilleur fils. Ce que mon père, d'ailleurs, ne se lassait pas de me rappeler. Dès lors, n'étant ni un garçon ni l'aînée de ses enfants, je pouvais mener ma vie à ma guise. En tout cas, mes amies et moi en étions fermement convaincues et défendions ce point de vue avec acharnement.

L'odeur pénétrante qui régnait dans l'appartement faisait elle aussi partie de l'existence que j'avais choisie. Les émanations âcres de la térébenthine se mêlaient à celles, moins prononcées, du vernis et de la peinture à l'huile. Elles paraissaient installées à demeure, même quand je ne peignais pas. Si j'ignorais qui avait vécu là avant moi, la personne qui me succéderait, en revanche, pourrait avoir la certitude que la précédente locataire était peintre.

Michael remua à côté de moi. Sa tignasse blond roux émergea des oreillers et je vis son visage chiffonné. Il ouvrit un œil, puis le second, avant de plisser les paupières face à la lumière du soleil qui entrait à flots dans l'appartement.

— Tu te réveilles bien tôt ! dit-il.

Un sourire monta en moi telles des bulles de limonade. J'empoignai son épaisse chevelure, douce comme la fourrure d'un chat. J'aimais y enfouir mes doigts, surtout quand nous nous abandonnions au plaisir et que sa tête reposait entre mes cuisses.

— Il est plus de 9 heures, répondis-je. Nous devrions être levés depuis longtemps.

— Qui a dit ça ? répliqua-t-il en tendant les bras vers moi.

Parmi les militantes de la cause féministe, certaines détestaient les hommes et se seraient refusées à une étreinte. Mais moi cela me plaisait. Ce que je voulais, c'était pouvoir choisir moi-même avec qui partager mon lit. Depuis un an, Michael était le seul à avoir ce privilège et je me surprenais à envisager de ne plus le quitter. Quand il aurait achevé ses études de droit, nous ferions peut-être des projets de mariage. Il était plutôt comique qu'une fille ayant fui le domicile parental songe à se marier, mais cette idée me réchauffait le cœur, même si cela risquait de me faire perdre l'indépendance que j'avais durement acquise. Cependant j'étais certaine que Michael ne verrait aucun inconvénient à ce que je continue à peindre. Le fait que je sois une suffragette ne l'avait pas fait reculer…

— J'ai grandi dans une maison où régnaient l'ordre et la ponctualité, rétorquai-je.

— Vraiment ?

Ses lèvres se posèrent sur mon cou, puis descendirent lentement. Je sentis entre mes cuisses une excitante sensation de chaleur. Quand nous nous aimions peu après notre réveil, cela me donnait de la force pour la journée.

Un coup à la porte me fit sursauter. Michael s'interrompit, m'adressa un regard interrogateur.

— Tu attends quelqu'un ?

Le teint échauffé, il peinait à réfréner son désir. J'aurais préféré moi aussi m'adonner à nos jeux plutôt que m'interroger sur l'identité du visiteur impromptu.

— Mademoiselle Lejongård, vous êtes là ? demanda une voix accompagnée d'un coup plus sonore. Un télégramme pour vous, c'est urgent !

Un télégramme ?

— Un instant, j'arrive ! lançai-je avec un regard à l'adresse de Michael.

— Est-ce vraiment nécessaire ? grommela-t-il.

Il se remit à m'embrasser dans le cou. Malgré mon envie de rester dans ses bras, je me dégageai et sortis du lit. La fraîcheur de ce matin de mars chassa instantanément ma fatigue – et hélas aussi mon désir. Je passai ma robe de chambre en un tournemain pour aller ouvrir.

L'homme, vêtu de l'uniforme de la poste royale suédoise, me regarda avec gêne.

— Bonjour, excusez-moi de vous déranger, mais ce pli devait vous être remis sans délai.

Je pris la petite enveloppe et la retournai. Le télégramme venait de ma mère.

— Un instant, je vous prie.

J'allai chercher dix øres dans la commode, où je gardais toujours un peu d'argent, les donnai au facteur et refermai la porte. Sans que je comprenne pourquoi, la petite enveloppe me paraissait lourde comme du plomb.

— De quoi s'agit-il ? demanda Michael, qui s'était redressé.

Lui, adossé torse nu contre les oreillers, ne semblait pas avoir froid. En voyant l'éclat doré que le soleil donnait à sa peau, je songeai qu'il aurait pu poser pour l'un des nombreux peintres qui habitaient le quartier.

— On va voir ça tout de suite, répondis-je.

Je glissai un doigt sous le rabat et déchirai le pli. Qu'est-ce que ma mère pouvait bien me vouloir ? Nous avions rompu tout contact depuis Noël. Je sortis le télégramme et sursautai en prenant connaissance de son contenu.

`Père et Hendrik ont eu un accident`
`Stop Reviens tout de suite Stop Mère`

Le cœur battant, je restai figée sur place. Un accident ?

Un instant, je tentai de me convaincre qu'il s'agissait d'une vilaine ruse de ma mère pour me ramener au bercail. Cependant Stella Lejongård ne plaisantait jamais au sujet de la santé et de la vie des membres de la famille.

— Que se passe-t-il ? demanda Michael en se levant.

Hors d'état de répondre, je restais plantée là, le regard rivé sur le télégramme. Les caractères tapés à la machine me paraissaient brûler le papier. Je ne repris mes esprits qu'en sentant la main de Michael se poser sur mon épaule.

— Mon… mon père… bégayai-je. Lui et mon frère… ils ont eu un accident.

— Comment c'est arrivé ?

— Je ne sais pas, à cheval peut-être…

Mes pensées se bousculaient. Mon père et Hendrik étaient des cavaliers remarquables. Un accident qui les aurait blessés tous deux me paraissait improbable. Dans quel état se trouvaient-ils ? Cela devait être grave, sinon ma mère ne m'aurait pas rappelée. Le papier me glissa des mains. Michael se baissa et le ramassa.

— Il faut que je rentre, chuchotai-je.

Il me prit la main et j'eus l'impression qu'elle ne m'appartenait plus.

— Est-ce que je peux faire quelque chose pour toi ? Veux-tu que je t'accompagne ?

— Non, dis-je en m'efforçant de me ressaisir. Je… je dois prendre le train. Ou la diligence.

— La diligence mettrait trop de temps. Mais tu trouveras peut-être un train pour Kristianstad aujourd'hui.

J'acquiesçai, tout en ayant la sensation que mon corps ne m'obéissait pas. Il fallait que je me dépêche, mais je n'y arrivais pas. Comme si je n'étais pas là. Cependant il fallait que je parte. Il le fallait !

Je parvins enfin à m'arracher à ma paralysie.

— Tu veux que je t'aide ? demanda Michael.

Je secouai la tête. Je devais surmonter cette épreuve seule, personne ne pouvait rien pour moi. Et il n'était pas question que j'emmène Michael. Qu'aurait pensé ma mère ?

Lorsque j'ouvris l'armoire à la porte voilée, mon apathie se transforma en fébrilité. Les mains tremblantes, je rassemblai quelques affaires, indifférente à ce que ma mère trouverait sans doute à redire. Mes meilleurs habits étaient restés à Löwenhof, rien de ce que je portais ne trouverait grâce à ses yeux. Je tombai sur un chemisier noir. Pour une raison inconnue, je le fixai plus longuement que nécessaire. *Pas de noir,* me dis-je alors, soudain prise d'angoisse. *Noir, la couleur du deuil.* Emporter ce chemisier m'aurait paru un mauvais présage. Je le jetai tout au fond de la penderie. *Un accident,* pensai-je. *Un accident. Ils sont blessés, mais toujours en vie. Si l'un d'eux était mort, mère me l'aurait dit.*

En m'habillant, je me sentis fiévreuse. Le tissu me faisait mal. Le manteau que j'enfilai m'écrasa presque sous son poids.

Je me tournai vers Michael, qui, entre-temps, avait enfilé une robe de chambre.

— Voilà, dis-je, comme chaque fois que j'avais terminé quelque chose. Mon sac de voyage est prêt.

Il ouvrit les bras.

— Viens là, dit-il tout bas.

Il m'attira à lui et pressa son visage contre mon cou, tandis que je faisais de même. Je l'étreignis avec une sorte de désespoir et l'embrassai avec passion.

— Je suis à ton côté, chuchota-t-il dans mes cheveux. Peu importe ce qui t'attend, je suis avec toi. Je t'aiderai en pensée.

— C'est gentil, répondis-je. Merci.

Ses paroles auraient mérité une réponse plus chaleureuse mais, désormais, je me sentais tenue de rester sur la réserve. En dépit de tout l'amour que j'avais pour Michael, le télégramme avait refait de moi la fille de la maison Lejongård qui devait rester chaste jusqu'à ce que ses parents lui aient trouvé un mari. Cela me brisait le cœur, mais je n'avais pas le choix. Je me dégageai à regret et pris mon bagage.

— Tu reviendras ? demanda sa voix derrière moi.

Je me figeai. Il me posait cette question chaque fois que je rentrais chez moi. J'avais coutume de répondre oui en riant mais, cette fois, la tristesse m'envahit. Bien sûr que je reviendrais. Cependant il m'était difficile de prévoir à quel moment, et cela m'inquiétait.

— Dès que possible, promis, dis-je en lui envoyant un dernier baiser.

Dehors, je fus accueillie par une fraîche odeur de printemps qui, pour une fois, n'était pas gâchée par des remugles d'urine. Certains avaient l'habitude de se soulager sous l'un des porches avoisinants. Surtout dans la soirée du dimanche, quand des hordes d'hommes sortaient des auberges et des cafés.

Les militants de l'abstinence avaient-ils réussi à convertir les étudiants ? C'était peu probable.

Je me mis rapidement en route. Le lundi matin, le quartier de Norrmalm, avec ses rues larges et ses bâtiments de style classique, était un endroit très animé. Outre les gens qui partaient travailler et ceux qui se rendaient à la gare, on voyait beaucoup d'étudiants.

Ce midi, j'aurais dû assister à un cours à l'Académie royale des beaux-arts, mais cette pensée m'inspira une étrange indifférence. J'avais l'impression qu'autour de moi tout avait reculé dans les lointains, que je me déplaçais dans un brouillard où n'apparaissaient que de vagues silhouettes. Je percevais seulement le poids de mon sac et les tiraillements nerveux de mon estomac. Quand le prochain train partait-il ? Aurais-je le temps d'envoyer un télégramme à ma mère ?

Étonnant de voir ce que le destin nous réservait parfois. La veille encore, la maison de mes parents était bien loin de mes préoccupations. À présent, je ne pouvais penser à rien d'autre. Les odeurs et les impressions, les jours ensoleillés mais aussi les blessures, tout me revenait – scènes et images à jamais gravées dans mon esprit.

— Agneta ! lança une voix, m'arrachant à mes pensées.

Je me retournai. Marit arrivait en courant, sa jupe verte retroussée laissant voir un bout de son caleçon long. Ses bottines marron, qui avaient toujours un aspect un peu fatigué, étaient éclaboussées de boue. Autour de son cou flottait une écharpe tricotée main.

— Tu es sourde ou quoi ? lâcha-t-elle lorsqu'elle m'eut rejointe. Ça fait je ne sais combien de temps que je te cours après !

Elle exagérait, je n'étais qu'à deux cents mètres de mon logement. Mais c'était typique de Marit. Je posai mon sac à mes pieds et la serrai dans mes bras.

— Excuse-moi, j'étais dans mes pensées. Je vais à la gare, une affaire de famille.

— Alors tu ne viendras pas à l'action prévue tout à l'heure devant le bureau du doyen ?

Mon amie paraissait déçue. Elle organisait des manifestations avec beaucoup d'ardeur, se procurait le matériel pour les banderoles et battait le rappel des camarades. Ce jour-là, nous avions prévu de protester devant le bureau du doyen contre les efforts en cours pour réglementer l'inscription des femmes.

— Je croyais que tu n'étais plus en bons termes avec ta famille.

— En effet, mais il est arrivé quelque chose à mon père et à mon frère. Ça a l'air grave, ma mère m'a demandé de rentrer sur-le-champ.

Marit porta la main à sa bouche.

— Mais c'est terrible ! Elle t'a dit ce qui s'était passé ?

— Non, mais elle ne se serait pas manifestée si cela n'avait pas été un cas d'urgence.

— Je suis vraiment désolée. Est-ce que je peux faire quelque chose pour toi ? me demanda-t-elle en m'étreignant avec force.

— Je crains que non, mais merci. Je te donnerai des nouvelles dès que j'en saurai plus, d'accord ?

— Oui. Je prierai pour ton père et ton frère. Je ne raffole ni de Dieu ni de l'Église, mais pour vous je ferai une exception.

Marit se montrait rarement à l'église, trouvant qu'on n'y faisait rien pour promouvoir l'égalité entre hommes et femmes. Sa proposition de prier pour nous n'en avait que plus de prix.

J'aurais souhaité pouvoir l'emmener avec moi. Quelle que soit la situation qui m'attendait, son soutien m'aurait été précieux. Mais c'était hélas impossible.

— Salue les autres de ma part, dis-je en la lâchant. Et bonne chance pour la manifestation.

— Ne t'en fais pas pour ça, répliqua Marit. Pour l'instant, tu ne dois plus penser qu'à ta famille. Mais c'est vrai, tu nous manqueras. Quand je repense à la façon dont tu as cloué le bec au Pr Svensson…

— Merci.

Je la serrai une dernière fois sur mon cœur, puis repris mon sac. Il me parut peser encore plus lourd.

— Bon courage, et sois prudente !

Je passai devant le magnifique bâtiment de l'opéra, devant lequel je m'arrêtais si souvent pour l'admirer. La gare n'était plus très loin.

Il régnait dans l'air une forte odeur de fumée. Une sirène de vapeur retentit dans le port, suivie du sifflet d'une locomotive. Depuis que la Suède avait décidé de ne plus se laisser entraîner dans la guerre, le pays était en plein essor. La situation des femmes commençait également à changer. Nous avions désormais le droit de nous faire déclarer majeures à 25 ans si nous n'étions pas mariées. Et l'on venait de promulguer une loi autorisant les femmes à protéger par un contrat de mariage les biens qu'elles avaient reçus en héritage. C'étaient là d'importantes victoires pour le mouvement féministe. Cependant nous n'avions pas encore atteint notre principal objectif : le droit de vote, que la Finlande avait déjà introduit sept ans plus tôt. En Norvège aussi, on notait des progrès. Mais la Suède restait à la traîne. Les hommes politiques avaient beau faire la sourde oreille, cela ne signifiait pas qu'ils ne remarquaient pas nos actions. Nous voulions poursuivre le combat.

Cela bougeait aussi à l'Académie des beaux-arts. Anna Nordlander avait été en 1864 la première femme à y être admise. Les efforts fournis par quelques étudiants et artistes réunis dans un groupe baptisé Opponenterna pour réformer l'institution avaient échoué, mais les femmes étaient désormais de plus en plus nombreuses à entrer à l'Académie. Il va de soi que cela n'allait pas sans conflits, cependant les difficultés étaient contrebalancées par un sentiment de liberté.

J'arrivai enfin à la gare. Je me félicitai d'avoir mis un manteau : cette journée de mars avait beau être annonciatrice de printemps, l'air n'en était pas moins sournois. Devant le bâtiment blanc de style classique, c'était une cohue de gens affairés. Çà et là, on distinguait un chapeau ou une veste couleur crème. Des fiacres se succédaient pour déposer leurs passagers. Comment faisaient-ils pour ne pas se rentrer dedans ?

L'année précédente, j'avais réalisé une peinture de la gare qui m'avait valu une réprimande de mon professeur, M. Andersen. Sachant qu'il vénérait

Van Gogh, j'avais opté pour son style. Andersen s'était planté devant mon chevalet – en présence de tous mes camarades, bien sûr – en dodelinant de la tête. Puis il s'était gratté le menton, avait plissé les paupières et s'était tourné vers moi.

« Joli travail », avait-il dit.

Moi, j'avais eu la bêtise de croire qu'il allait m'adresser des compliments.

« Vraiment bien… pour une imitatrice. »

Sa mine s'était assombrie, et j'avais eu l'impression que le soleil disparaissait.

« Je ne crois pas que vous soyez ici pour apprendre à devenir faussaire. Si tel était le cas, je me verrais dans l'obligation de vous faire renvoyer sur-le-champ », avait-il tonné.

Je m'étais sentie comme paralysée. Les regards de mes condisciples avaient été autant de coups d'épingle. Je n'avais aucune pitié à attendre de la majorité d'entre eux. Il y avait très peu de femmes dans le cours d'Andersen, et la plupart des hommes pensaient, à l'instar de leur maître, que leur rôle était de se marier et de rester à la cuisine. Le professeur avait dû deviner mes pensées.

« Et, avant que vous ne me sortiez une fois de plus vos discours de suffragette, avait-il poursuivi, furieux, je peux vous assurer que, si vous étiez un homme, je vous aurais expulsée de mon cours séance tenante. Si je veux voir un Van Gogh, je vais à Paris. Ce que je veux voir ici, c'est ce que vous êtes ! Et si vous êtes digne de recevoir mon enseignement ! »

J'étais restée figée, incapable d'aligner deux pensées, puis j'avais compris mon erreur. La flatterie n'était pas dans mes habitudes. Pourquoi m'étais-je comportée de la sorte avec Andersen ?

Les larmes m'étaient montées aux yeux, mais je ne voulais pas pleurer devant les autres. Les garçons se seraient assurément moqués de moi. Je m'étais alors demandé ce que ma mère aurait dit et fait en pareille situation. Et l'autoapitoiement avait cédé la place à la colère.

Andersen s'était sans doute attendu à me voir fondre en larmes. Mais je l'avais gratifié du regard le plus furieux dont j'étais capable.

Chassant ce souvenir, j'entrai dans le hall de la gare. Mon regard se porta sur la grande horloge. Il s'était écoulé une heure depuis que j'avais reçu le télégramme. Une longue file s'était formée devant le guichet. Je n'avais pas le choix : je me joignis aux gens qui patientaient. Mes tempes bourdonnaient. Sous les voûtes du hall, les voix se mêlaient en un brouhaha inextricable évoquant les grondements du tonnerre. Autrefois, ce bruit m'avait semblé excitant : après le silence dans lequel j'avais grandi à Löwenhof, il m'était apparu comme le son même du monde, celui de la liberté. Mais ce jour-là il me gêna, je le trouvai même insupportable.

Le sifflet d'un train entrant en gare me détourna de mes pensées. Les voyageurs continuaient à affluer dans le hall. Certains portaient comme moi des manteaux en loden, d'autres arboraient des fourrures coûteuses. Une femme coiffée d'un énorme chapeau à plume attira mon regard. Ma mère en avait probablement de semblables par dizaines. Pour ma part, je ne faisais pas grand cas de ce type de couvre-chefs. Ils étaient lourds, massifs, et cachaient la personne qui se trouvait dessous.

— Mademoiselle ?

Je me retournai vivement. La file avait avancé et c'était mon tour.

— Excusez-moi. Je voudrais un billet pour Kristianstad. À quelle heure part le prochain train ?

— Dans une demi-heure. Un aller simple ?

— Oui, m'entendis-je répondre instinctivement.

J'avais promis à Michael de revenir au plus vite. Mais mon père et Hendrik avaient sans doute tous deux besoin de mon aide. Et si le pire devait arriver… Je chassai énergiquement cette pensée.

Le guichetier me jeta un bref regard et m'indiqua le prix. Je payai et récupérai mon ticket. Le temps dont je disposais avant le départ me permettait d'envoyer un télégramme à ma mère.

PEFC™ PEFC/14-38-00277

Cet ouvrage est composé de matériaux issus de forêts gérées durablement certifiées PEFC™.
Le Programme de reconnaissance des certifications forestières (PEFC™) est le plus grand organisme mondial indépendant de contrôle pour une gestion durable des forêts. Pour en savoir plus, consultez le site www.pefc-france.org

Achevé d'imprimer en mai 2022
par Novoprint
Deuxième tirage
Dépôt légal : février 2022
Imprimé en Slovaquie